HEYNE BÜCHER

Von der gleichen Autorin erschienen außerdem
als Heyne-Taschenbücher

Rose und Schwert · Band 879
Purpur und Diamant · Band 5041

SANDRA PARETTI

LERCHE UND LÖWE

Roman

WILHELM HEYNE VERLAG
MÜNCHEN

HEYNE-BUCH Nr. 965
im Wilhelm Heyne Verlag, München

3. Auflage

Die Originalausgabe erschien unter dem Titel
LERCHE UND LÖWE
im Wolfgang Krüger Verlag, Stuttgart

Lizenzausgabe mit Genehmigung der Goverts
Krüger Stahlberg Verlag GmbH, Frankfurt/Main
Printed in Belgium 1974
Umschlaggestaltung: Atelier Heinrichs, München
Gesamtherstellung: Marabout s.a., Verviers

ISBN 3-453-00286-5

ERSTER TEIL

Der König von Saint Malo

KAPITEL 1

Im Brand der sinkenden Sonne jagte der Braut=Troß die Küstenstraße nach Saint=Malo dahin. Der Staub wirbelte unter den Hufen der Pferde, schwarzbrauner Anglo=Normannen. Ihre Mähnen flogen im Wind. Die zwei silberbeschlagenen Karossen und die Gepäckwagen, auf denen sich die Sandelholzkisten türmten, ächzten in den Federn. Über allem lag die stumpfe Schmutzpatina von dreihundert Meilen. Die Peitschen der Kutscher schlugen den Takt zu der rasenden Fahrt.

Aber Caroline ging es immer noch nicht schnell genug. Sie hätte Pferde gebraucht, schneller als ihre Augen, schneller als ihre Wünsche. So nah am Ziel kannte ihr Herz keine Geduld mehr.

Ihr gegenüber, die Beine von sich gestreckt, zog Philippe jetzt die flache goldene Uhr aus der Westentasche. »Wir brechen alle Rekorde. Ich glaube, noch nie sind Kutschen so schnell von Paris nach Saint=Malo geflogen. Wenn seine Yacht so schnell war wie wir, muß er den Cup des Prinzregenten gewonnen haben . . .«

Caroline antwortete nur mit einem Lächeln. Sie hatte die Regatta der Hochseesegler um die Isle of Wight, die der Herzog seit Jahren mitmachte, ganz vergessen, und jetzt lenkte etwas anderes ihre Aufmerksamkeit auf sich. In der Ferne tauchte die Silhouette der bretonischen Hafenstadt auf. Die starkbefestigte Stadtmauer mit ihren Toren; von Regen, Wind und Sonne ausgewaschene Giebel; Zinnen aus dem bräunlichen Grau alten Silbers schoben sich in den glühenden Himmel, überragt vom Filigran einer gotischen Kathedrale. Dort, in Saint-Vincent, würde sie morgen an seiner Seite vor dem Altar knien, am Tag der Tag- und Nachtgleiche, wie es seit Generationen in ihrer Familie Tradition war. Aus der Komtesse Caroline de la Romme Allery würde an diesem 23. September 1815 die Herzogin von Belômer werden.

Seine Frau — war es wirklich erst diese Zeremonie, die sie dazu machen würde?

Gab es nicht ein stärkeres Band, etwas, das sie selbst vor sich noch wie ein Geheimnis hütete?

Gehörte sie ihm nicht schon immer an? Sie hatte ihn, so schien es ihr, schon geliebt, noch bevor sie ihn gekannt hatte. Er war nur ein Name gewesen: Gil de Lamare, die Fama eines Mannes, unwirklich sogar in jener Nacht, als sie sich dem Unbekannten hingegeben, dem Mann mit der Maske. Seither brannte in ihr ein übermächtiger Durst, geliebt zu werden, Liebe zu geben; ihn jene süße Macht der Frau spüren zu lassen, unter der Männer leiden und jubeln, die sie zu Sklaven ihrer Sehnsucht macht und zu Göttern ihrer Lust ...

Sie lehnte in ihre Gedanken versunken am offenen Fenster der Karosse. Der dunkelrote Taftvorhang flatterte im Wind. Falber Ginster säumte den Weg, zerzauster Wacholder; verblaßtes Heidekraut zog sich über das karge Land.

Philippe rückte neben sie. »Dort! Dort — das ist das Schloß!«

Von dem schaumweißen Saum der Brandung umspült und

durch eine Mole mit dem Land verbunden, glich Schloß Mortemère mit den vier Ecktürmen aus dem 16. Jahrhundert eher einer Wasserfeste.
Im selben Augenblick verlangsamten die Kutschen die Fahrt. Auf der Straße wurde eine Staubwolke sichtbar, wälzte sich auf sie zu. Ein Trupp Reiter stob ihnen entgegen, Männer in strahlendem Blau auf weißen Arabern. Eine Pferdelänge vor der ersten Kutsche teilten sie sich. Im vollen Galopp zogen sie die Zügel an. Schnaubend stiegen die Pferde in die Höhe.
Die Kutschen rollten durch das Spalier der vierundzwanzig Pferde. Plötzlich war die Luft voller Blumen. In den Steigbügeln stehend, warfen die Männer die Rosen über die Kutsche der Braut.
Sie streiften Carolines Wangen. Ihr war es, als fielen sie alle aus seinen Händen ...

Von dem Kordon der Reiter umgeben, rollte der Zug der Kutschen weiter. Der Wind ergriff die Blüten, die auf der Straße lagen, trug sie davon, flocht sie in das lohfarbene Haar des Küstengrases.
Caroline war in die Polster zurückgesunken. In der Hand eine Rose, träumte sie vor sich hin.
Schweigend betrachtete Philippe seine Schwester. Den Kopf mit dem blauschwarzen Haar an das Polster gelehnt, saß sie da, verloren in ihre Gedanken an den Mann, den sie liebte. Alles an ihr drückte unbewußt die Bereitschaft des Weibes aus, sich hinzugeben. Der Schimmer ihrer blaugrauen Augen, die einzelne Locke, die sich gelöst hatte, hinter dem Ohr den Hals herunterfiel; der Schoß, dessen Linien der

smaragdgrüne Seidensaum des Reisekostüms nachzeichnete ...

Und doch spürte er wie immer, wenn er sie ansah, jenes andere, Rätselhafte, das ihr Wesen ausmachte: die tiefe Verschlossenheit, die sie selbst in Augenblicken innigster Vertrautheit nicht verließ.

Caroline war nie wie die anderen Mädchen ihres Standes gewesen; sie lernten tanzen, singen, ein paar Sonatinen auf dem Pianoforte klimpern — nicht aus Freude daran, sondern um einem Mann die Illusion eines vollkommenen Wesens vorzugaukeln. Philippe haßte diese dressierten Pferdchen und ihre Sucht, einen Mann verrückt zu machen, ohne dabei etwas anderes zu empfinden als den kalten Triumph eines unbeteiligten Herzens. Caroline war nicht so, und auch nicht wie jene anderen Frauen dieser Epoche, die, eine allzu leichte Beute männlicher Begehrlichkeit, jede Zärtlichkeit entschlossen und rücksichtslos genossen, nur weil sie wußten, daß sie in diesen unruhigen Zeiten jeden Augenblick alles verlieren konnten ...

Auch Caroline hatte das alles erlebt, den Brand von Rosambou, die Flucht, den Tod des Vaters, die Rache Fouchés — aber sie schien nur stärker daraus hervorgegangen zu sein, noch mehr sie selbst.

Nie war sie ihm schöner erschienen. Er hatte die Fahrt genossen, das Aufsehen, das ihre Schönheit überall erregte, die neidischen Blicke der Männer, die ihn für den Mann dieser Frau hielten ... Er riß seinen Blick von ihr los, wie so oft betroffen von dem, was er für seine Schwester empfand. Das waren nicht die Gefühle eines Bruders, es war zuviel Schmerz in ihnen, Unruhe, eine quälende Hoffnungs=

losigkeit ... Der Herzog war der einzige Mann, dem er sie gönnte; dieser Mann, dem er sein Leben verdankte und dessen Ritterlichkeit und Furchtlosigkeit ihm ein Vorbild waren.
Und doch enthielt auch dieser Gedanke einen Stachel der Eifersucht. Der Herzog von Belômer war ein Mann, der das Spiel liebte, die Maske. Gefahr und Abenteuer waren sein Element. Würde er darauf verzichten können für die Frau an seiner Seite? Philippe fühlte dunkel, daß er es ihm niemals verzeihen könnte, wenn er Caroline unglücklich machen würde, daß es sie zu Feinden machen könnte ...

Ein Rütteln erschütterte die Kutsche. Sie waren von der breiten Straße auf einen schmaleren Weg abgebogen, der im Schatten der Festungswälle von Saint-Malo in einem weiten Bogen abwärtsführte.
Kreischend fiel ein Schwarm Vögel aus dem roten Himmel. Von ferne grollte die Brandung. Hell leuchtete der Saum des Meeres. Aus der grünen See stieg Schloß Mortemère auf, alt und unzerstörbar wie der Fels, aus dem seine Mauern und Türme wuchsen. Auf den vier Ecktürmen wehten blau-goldene Fahnen.
Donnernd rollten die Kutschen über die Bohlen der mit Mauern und Zinnen befestigten Mole. Es war Ebbe, und graugrüner Tang bedeckte den rosa Schlamm des Watts. Der Schatten eines Torbogens glitt über sie hinweg.
Caroline glaubte zu träumen: Das war nicht der graue, strenge Schloßhof einer Seefestung, das war der Kirchweihplatz von Arcis-sur-Aube zur Zeit ihrer Kindheit. Ein Gärt-

ner war mit einem Gehilfen dabei, die Portale und Fenster mit frischem Grün und bunten Blumengirlanden zu umwinden. Zimmerleute hämmerten an einem Tanzpodium. Mägde trugen in flachen Körben frischen Lachs ins Haus. An einem eisernen Gestell hingen Wildbret, abgezogene Lämmer, rote Rinderhälften. Aus den offenen Fenstern der Küche zog würziger Pastetenduft über den Hof. Über allem lag das tiefe Leuchten des vergehenden Tages, der zu zögern schien, als gäbe ihm das farbenprächtige Bild der Kutschen, der Reiter, der jubelnden Menschen einen Grund, länger zu verweilen . . .

Mit einem Ruck kam die Kutsche vor dem Portal zum Stehen. Philippe sprang hinaus, reichte Caroline die Hand. Dann eilte er zu der zweiten Kutsche, um Eliette, der Halbschwester des Herzogs, die mit ihnen aus Paris gekommen war, herauszuhelfen. Pagen rollten einen blauen Läufer aus, in den mit Goldfäden das Wappen der Herzöge von Belômer, der Phönix, eingewebt war.

Lächelnd schritt Caroline durch das Spalier der Menschen, die alle einen Blick dieser Frau erhaschen wollten, die einen Mann bezaubert hatte, dessen Herz für uneinnehmbar gegolten hatte.

Sie war nur wenige Schritte vom Portal entfernt. Von unsichtbaren Händen bewegt, schwangen die Flügel zur Seite. Sie glaubte im Schatten der Halle schon die hohe Gestalt des Herzogs zu erkennen. Sie konnte kaum noch atmen. Sie glaubte zu ersticken unter dem übermäßigen Druck der angestauten Gefühle.

Aus dem Halbdunkel trat ein ganz in Schwarz gekleideter,

großer weißhaariger Mann, Leblanc, Intendant von Schloß Mortemère und Vermögensverwalter des Herzogs. Seine Verbeugung vor Caroline war mehr die Höflichkeit eines Herrschers als die eines Dieners.

»Komtesse — im Namen des Herzogs, Willkommen auf Schloß Mortemère!«

Sie blickte in ein Gesicht wie aus Stein gehauen. Keine Empfindung war darauf zu lesen. Nur die schwarze Glut der Augen, die alles durchdrangen, was sie berührten, verriet einen unbeugsamen Willen. Caroline schien es, als wäre dieser Mann aus einem anderen Stoff gemacht als die Menschen rundum — eher verwandt mit den Granitquadern der Mauern, in deren dunklen Adern immer noch das vulkanische Feuer zu pulsieren schien.

»Der Herzog ist noch nicht von der Regatta zurück?« Sie brachte die Frage kaum über die Lippen.

»Wir erwarten ihn jede Stunde.«

Sie stand vor der Schwelle, zu der sie einen so weiten Weg gemacht hatte, und sie zögerte. So nahe am Ziel überfiel sie plötzlich Bangigkeit. Die ganzen letzten Wochen hatte sie sich nie eingestanden, daß in der Melodie ihres Glücks ein dunkler Ton mitschwang. Jetzt war er unüberhörbar. Die alte Unruhe, die ihr wie eine Narbe geblieben war von dem vergangenen Jahr, das in ihrem Leben mit der Unbarmherzigkeit eines Fluchs gewütet hatte, durchzitterte ihr ganzes Wesen. Sie wehrte sich dagegen. Sie wollte nicht denken, daß das Glück auch diesmal vielleicht nur ein Trugbild war . . .

Sie war in ihrem jungen Leben schon durch zu viele Schrekken gegangen, um in diesem Augenblick die Kontrolle über

sich zu verlieren. Sie richtete den Blick auf Leblanc. »Lassen Sie es mir melden, wenn die Yacht des Herzogs gesichtet wird.« Ihre Stimme verriet nichts von ihren Gefühlen.
Leblanc verbeugte sich. Die Legende, die dieser Frau vor=ausging, hatte ihn nicht beeindruckt. Paris brauchte jeden Tag neue Heilige, neue Sünder. Und die Schönheit einer Frau hatte nie etwas über diesen Mann vermocht. Er besaß die Stärke jener, die stark sind, weil sie weder Zweifel noch Hoffnung kennen, weder Liebe noch Haß. Aber die Ruhe, mit der sie diesen Augenblick gemeistert hatte, in dem sogar ihm die Worte schwer geworden waren, hatte ihn gewonnen. Diese Frau schien seines Herrn würdig zu sein — und daß ein Leblanc ihr diente. »Darf ich Sie führen ...«
Caroline schüttelte die Schwäche wie etwas ihrer Unwürdi=ges ab. Sie raffte den Rock und schritt über die Schwelle.

KAPITEL 2

Die Gästezimmer, die man für Caroline, ihren Bruder und Eliette hergerichtet hatte, lagen im westlichen Turm. Erst morgen, nach der Trauung, würde die Braut in den neu umgebauten Wohnflügel umziehen.
Caroline hatte die Diener angewiesen, die großen Reise=koffer und Kisten unausgepackt stehen zu lassen. Sie stand in dem weiten Rund des Fensters, das den Blick auf das Meer freigab. Finstere Wolken jagten über das Meer her, die fliehenden Wellen spien weißen zornigen Gischt. Sie suchte die wogende Fläche nach einem Segel ab.

»Ich verstehe ihn nicht«, sagte Eliette neben ihr, »daß er nicht einmal an einem solchen Tag auf sein Vergnügen verzichten konnte.«
Caroline antwortete nicht. Sich im Zimmer umsehend, hatte sie über dem Hocker vor dem Spiegel einen schwarzen Abendmantel entdeckt. Ja, es war der Mantel, der gleiche, den sie damals auf der Flucht vor dem Ungeheuer Tibot verloren hatte. Er hatte sie damals gerettet. Und er hatte den Mantel hierhergelegt als ein Zeichen... Sie warf den Mantel um die Schultern, und es war ihr wie eine Umarmung seiner starken und zwingenden Hände.
Mit halbgeschlossenen Lidern, ein entrücktes Lächeln auf den Lippen, begann sie sich um sich selber zu drehen. Der grüne Teppich unter ihr wurde zur Wiese, die Blumen der japanischen Seidentapete lebendig. Sie war wieder das kleine Mädchen, das die Sprache der Blumen und Vögel verstand – und von einem Prinzen träumte . . .
Mit einem Blick voll Bewunderung und voll Resignation sah Eliette ihr zu. Es schien nichts zu geben, das unter den Füßen dieses Geschöpfes nicht zu einer Brücke wurde, die sie hinüber ins Glück trug.
Atemlos sank Caroline in einen Stuhl. Der Mantel glitt ihr von den Schultern. Sie fing ihn auf. Zärtlich gruben sich ihre Finger in die schwere Seide.
Eliette schüttelte leise den Kopf. Sie kam sich uralt vor neben diesem Geschöpf. Viel zu alt, und viel zu vorsichtig, um geliebt zu werden. Nie mehr würde ihr die vollkommene Hingabe dieses Mädchens an den Augenblick möglich sein. Immer würde sie vor dem letzten Schritt zurückschrekken. »Ich habe einfach nicht die Kraft, die man braucht, um

das Glück zu halten — so wie Sie.« Fast gegen ihren Willen hatte Eliette zu sprechen begonnen. »Ich bewundere Sie. Ich säße jetzt da und würde weinen. Ich könnte nicht verstehen, daß der Mann, der mich morgen heiratet, eine Regatta dem Zusammensein mit mir vorzieht.«
Caroline schüttelte lachend den Kopf. »Nein, das würden Sie bestimmt nicht. Sie kennen ihn doch. Segeln ist seine Leidenschaft. Und Sie wissen auch, daß er, seit es den Regent's Cup gibt, diesem Heiligen Gral der Segler nachjagt. Immer ist er ihm um Haaresbreite verlorengegangen. Aber diesmal hat er ihn gewonnen. Ich spüre es. Und ich habe das Gefühl, er hat ihn allein mir zuliebe gewonnen.«
Eliette starrte vor sich hin. »Nein, ich wüßte nur eines: daß er mich warten läßt. Und das könnte ich nicht ertragen. Ich wäre todunglücklich.«
Caroline war ernst geworden. Diese Frau, die sich nach der Ermordung ihres Geliebten elf Jahre lang in einem Kloster vergraben hatte und erst vor ein paar Monaten ins Leben zurückgekehrt war, sie müßte doch eigentlich wissen, daß man die Schmerzen, die einer litt, nicht an dem Aufschrei messen durfte; daß ein Lächeln manchmal dasselbe bedeuten konnte wie Tränen . . .
Caroline sprach mehr zu sich, als sie antwortete. »Vielleicht habe ich meine Mutter zuviel weinen sehen. Vielleicht habe ich schon als Kind gespürt, daß es der Terror ihrer Tränen war, der meinen Vater immer wieder in den Krieg trieb — der ihn einsam machte und hart. Nein, ich glaube einfach nicht daran, daß es so sein muß, daß die Liebe aus zwei Menschen Gefangene macht, einsamer und ärmer als vorher!« Sie verstummte.

Eliette hatte den Kopf gesenkt. Der rötliche Widerschein des hell lodernden Kaminfeuers umspielte ihre schmale hohe Gestalt in dem sandfarbenen Kaschmirkostüm, und Caroline war es, als wäre sie errötet . . .

Draußen kamen Schritte näher, Stimmen wurden laut. Dann klopfte es an der Tür. Caroline eilte hin, riß sie auf — es war Leblanc.

»Haben Sie eine Nachricht?«

Er schien ihre Frage nicht zu hören. Abwesend und zugleich konzentriert wie ein Schlafwandler wies er die beiden livrierten Lakaien an, die fünfarmigen Silberleuchter in den Raum zu tragen. »Schließt die Läden«, sagte er mit seiner dunklen Stimme, die außer seinen Augen das einzige Lebendige an diesem Mann aus Granit zu sein schien. »Wir bekommen Sturm.«

»Sturm!?« Er hatte die Worte nicht an sie gerichtet, aber Caroline zuckte unter der Bedeutung zusammen.

»Es ist immer so um diese Zeit, Komtesse. Es ist die Zeit der Stürme. Im September, um den 23. herum, kommen die großen Stürme. Werden Sie das Essen auf dem Zimmer einnehmen?«

»Es eilt nicht. Ich werde mich melden.«

Die Tür schloß sich hinter Leblanc und den beiden Dienern.

»Ich werde nie ganz klug aus diesem Leblanc«, sagte Eliette.

»Leblanc — ist das sein richtiger Name?«

»Seinen richtigen Namen kennt niemand. Er war neun oder zehn Jahre; ich war noch nicht geboren, als das Meer ihn hier anspülte und die Familie ihn aufnahm. Jede Erinnerung an seine Vergangenheit war ausgelöscht – und schon da=mals waren seine Haare schneeweiß. Daher der Name, Le=blanc, der Weiße; er ist ihm geblieben.«

Caroline sah wieder die feine, wie gestochene Handschrift des Heiratsvertrages vor sich, den Leblanc aufgesetzt hatte.

»Und er verwaltet das Vermögen . . .?«

»Mehr als das. Es gibt nichts, was in seinen Händen nicht zu Gold würde. Er findet immer neue Quellen; er gräbt alte, in Vergessenheit geratene Lehensdokumente aus, uralte Pri=vilegien. Er bekommt Wegzoll für jedes Stück Vieh, das hier auf den Wochenmarkt getrieben wird; die Gemeinde Dinard=Saint=Enogat hat uns an jedem Osterfest Lebkuchen zu liefern; die Pfarrei von Saint=Vincent schuldet uns zwölf Messen im Jahr . . . und ich weiß nicht, was noch alles. Die Leute hier nennen ihn nur den König von Saint=Malo. – Fragen Sie mich nicht, was uns alles gehört. Ich kenne mich darin so wenig aus wie der Herzog. Ich weiß nur: In einer Zeit, in der ganze Adelsgeschlechter verarmt sind, in der die Emigranten alles verloren haben, hat Leblanc Geld zusam=mengetragen, hat es aufgehäuft, vermehrt. Schon unser Vater sagte immer, ›die Rechnungen kommen hereinge=schneit wie Schnee, aber die Flocken landen immer auf Le=blanc . . .‹«

Caroline blickte immer noch auf die Tür, als müsse Leblanc dort auftauchen, ohne daß sie sich öffnete.

Es war der stärker aufkommende Wind, das Geräusch der in den Haltern rüttelnden Fensterläden, das ihre Gedanken ablenkte. Sie eilte zum Fenster, öffnete einen Flügel, löste den Laden. Im Westen tauchte die Sonne eben wie eine glühende Goldmünze in das brodelnde Silber der See. Von

einem Augenblick zum anderen verlor Saint-Malo das Gesicht einer Stadt, wurde zu einem Teil der Küste, graues, nacktes Felsgestein, Schluchten und Riffe, die das Meer ausgespült hatte.
Sie glaubte von dorther, wo sich die Schiffe, ein leise schwankender Wald starrender Masten, unter den Felsen des Hafens duckten, eine Alarmglocke zu hören, aber der immer stärker anschwellende Anschlag der steigenden Flut gegen die Grundfesten des Schlosses übertönte das Signal. Ein einzelnes Schiff strebte dem Hafen zu; es war keine Yacht, sondern ein dreimastiger Schoner ...
Sie suchte das Meer ab, den schwachen gelblichen Lichthof des Leuchtturms. Von einer Sekunde zur anderen schien die Luft voll unsichtbarer Peitschen, die schneeweiße Striemen in den dunklen Rücken des Meeres schlugen.
Eine Böe riß ihr den Laden aus der Hand. Die Vorhänge neben ihr flatterten auf. Der erste Brecher zerbarst donnernd an den Klippen.
Sie zog den Laden zu, verriegelte das Fenster. Raschelnd schlossen sich die elfenbeinfarbenen Vorhänge. Alles in ihr bebte. Aber es war nicht Angst. Mit traumwandlerischem Instinkt fühlte sie, daß es nicht der Sturm war, der Gefahr für ihn bedeutete. Diese Art Gefahren waren für ihn nur ein Spiel. Etwas, das er suchte: das Erlebnis, stärker zu sein als die eigene Furcht; sich mit den Elementen zu messen, sich mit ihnen zu verbünden, sich gottähnlich zu fühlen ... es war ein Teil seines Wesens.
Caroline dachte es ohne Erschrecken. In ihr selber schlummerte etwas, das sie ein gefährliches Leben einem ruhigen vorziehen ließ. Und bei dem Gedanken, daß es im Grunde

immer noch der Fremde von Pré=des=Rôs war, den sie liebte, erfüllte sie ein Schauder voll geheimer Wollust.

Aus dem Haus, das sich nach und nach mit Gästen gefüllt hatte, drangen die Geräusche geschäftigen Lebens: ge=dämpfte Stimmen, eilige Schritte, das Klirren beladener Tablette, das Prasseln der Öfen, die von den Gängen aus beheizt wurden, das Rauschen von Wasser, fernes Lachen.

Eliette war gegangen. Caroline verschloß die Tür und eilte in das anschließende Schlafkabinett.

Auf der Bergère hingebreitet lagen die beiden Roben für die Hochzeit. Aus azurblauem Seidenbrokat das eine, star=rend in seiner reichen Perlenstickerei. Dazu, aus demselben Stoff, der Mantel mit der neun Meter langen Schleppe und dem Futter aus silbergrauem Marabuflaum. Daneben, zart wie eine Blüte, das Kleid für den Ball, aus schneeweißen Brüsseler Spitzen auf apfelblütenfarbener Seide.

Die Journalisten der Pariser Modejournale hatten ihrem Schneider Leroy die Tür eingerannt, um die Erlaubnis zu erhalten, diese beiden Kleider abbilden zu dürfen . . .

Wie gerne hatte sie Paris verlassen. Wie glücklich war sie gewesen über den Entschluß des Herzogs, in Saint=Malo zu heiraten, fern von diesem Paris, in dem jeder ihrer Schritte, jedes ihrer Worte in der nächsten Stunde stadtbekannt waren . . .

Caroline hatte sich vor dem Frisiertisch niedergelassen. Sie nahm die Nadeln und Kämme aus dem Haar, löste die Bänder der Ziegenlederschuhe, streifte die seidenen Strümp=fe ab. Sie zog die Jacke aus, die Bluse. Raschelnd sanken

Rock und Unterkleider zu Boden. Wie befreit stieg sie über den Wall warmen duftenden Stoffs.
Im Spiegel erblickte sie ihren nackten Leib. Verwirrt wandte sie sich ab, löschte die Kerzen, nur eine Öllampe ließ sie brennen. Fliehend vor sich selbst, vor der Unruhe dieses einsamen Körpers, schlüpfte sie in das Bett. Aber auch die kühlen Hände des Linnens konnten ihre Erregung nicht beschwichtigen.
Sie war müde, und doch ersehnte ihr Körper eine andere Erlösung als die des Schlafs. Die reglose Liebkosung, mit der die Tücher sich um ihre Brüste, ihren Schoß, ihre Schenkel schmiegten, machte sie fast wahnsinnig. Und doch brachte sie nicht die Kraft auf, sie wegzuschieben, diese letzte traurige Zärtlichkeit auch noch zu entbehren.
Mit angehaltenem Atem lag sie da. Sie wußte nicht mehr, war es der Sturm oder ihr Blut, das ihr in den Ohren rauschte ... Er war es gewesen, in dessen Armen sie sich als Weib zum erstenmal voll erfahren hatte, damals in Pré-des-Rôs. Wieviel Nächte waren seitdem vergangen? Wie oft hatte sie seitdem so in ihrem Bett gelegen, hilflos einem Verlangen ausgeliefert, das nur er zu stillen vermochte...
Zuerst war sie vor einem Rätsel gestanden — so peinlich hatte er nach der einen Nacht die Grenze gewahrt. Aber dann hatte sie begriffen, hatte sie das Wunder erlebt, daß ihr gerade durch seine Zurückhaltung das ganze Ausmaß seiner Liebe zu ihr bewußt geworden war.
Er hatte sie die süße schwelende Lust des Wartens gelehrt — aber jetzt war es nur Qual. Die Begierde ließ sie nicht zur Ruhe kommen. Arme umschlangen sie, Lippen brannten auf ihrem Hals, die Last eines Körpers begrub sie unter sich.

Immer neue, immer noch stärkere Visionen der Lust bedrängten sie, folterten ihren Leib, bis die Natur sich erbarmte und der Schlaf ihr Zuflucht bot . . .

KAPITEL 3

Ein strahlender Himmel spannte sich am anderen Morgen über Saint-Malo.

Sonne erfüllte den Raum. Das starke, blendende Licht eines normannischen Septembertages umflutete die Frau in dem azurblauen Hochzeitsgewand, wob um das kunstvolle Gespinst aus Gold und Perlen, das, nach einem Bild von Raphael angefertigt, die Fülle des blauschwarzen Haares zähmte, eine zweite Gloriole funkelnden Glanzes.

Das Frühstückstablett stand unberührt neben Caroline auf dem kleinen runden Tischchen. Sie hatte nur im Bad eine Tasse Tee getrunken. Sie hätte nicht einen Bissen essen können. Sie war krank vor Bangigkeit. Der Sturm war vorüber, der ersehnte Morgen gekommen; aber er war noch immer nicht da.

Der Friseur und die Zofen waren gekommen. Eine Stunde lang hatte sie geduldig alles über sich ergehen lassen, aber dann hatte sie plötzlich das halbe Dutzend zupfender Hände nicht mehr ertragen.

Zum erstenmal in diesen Stunden aufreibenden Wartens, seit sie gestern auf Mortemère angekommen war, stieg etwas wie Bitterkeit in ihr auf. Wäre sie nur mit zu der Regatta gefahren, wie sie es ursprünglich gewollt hatte. Es hätte ihr nichts ausgemacht, einen kleinen Skandal zu verursachen ... Zugleich mußte sie über sich lächeln, denn sie wußte genau, in dem Moment, wo er vor ihr stünde, würde sie ganz anders denken. Diese Stunden des Wartens, die Sturmnacht, ihre Ungeduld — alles würde mit einem Schlag zu etwas Besonderem werden, das sie nicht mehr würde missen mögen.

Sie öffnete den Schmuckkoffer, der auf dem Frisiertisch stand, hob das Zwischenfach heraus. In roten Samt eingeschlagen stand das Kästchen da: ihr Hochzeitsgeschenk für ihn. Sie nahm es in die Hände. Der Juwelier Merillo am Place Vendôme hatte es nach ihren Angaben angefertigt. Die Emailleminiaturen zeigten die fünf schicksalhaften Orte ihrer Liebe: St.-Dizzier, das Kloster, wo sie zum erstenmal seinen Namen vernommen hatte. Vincennes, der Kerker, aus dem er ihren Vater gerettet hatte. Malmaison, wo ihre Liebe erwacht war, Pré-des-Rôs, wo sie sich erfüllt hatte, und das Verließ in der Rue Cerutti, diesem Ort des Schreckens, der für sie beide zu einem Ort des Glücks geworden war ...

Sie drehte den winzigen goldenen Schlüssel um, schlug den Deckel auf. Der taubeneigroße Diamant lag auf dem scharlachroten Samt, weißes Feuer versprühend, Symbol des Unzerstörbaren, Magnet des Glücks ... Und doch berührte sie etwas Dunkles in diesem Augenblick, ein eisiger Hauch. Sie kannte es. Sie hatte dagegen gekämpft, und sie hatte geglaubt, es besiegt zu haben — für immer. Der Fluch, der sie zu verfolgen schien seit jener Nacht vor eineinhalb Jahren, als sie aus Rosambou, dem Schloß ihrer Kindheit, fliehen mußten, hatte er sie wieder eingeholt?

Betäubt von dem dunklen Vorgefühl drohenden Unheils, hörte sie nicht den Tumult, der unten entstanden war, nicht das lebhafte Schwirren, das plötzlich das ganze Haus erfüllte. Erst als die Tür aufsprang und Philippe, in dem schwarzen Seidenanzug, wie ihr schien, noch schmaler als sonst, mit strahlendem Gesicht hereinstürzte, kam Caroline wieder zu sich.

»Die Yacht! Sie müssen gleich einlaufen.«

Er war da! Dieser Gedanke löschte alles aus, alle Bangigkeit, alle Schatten. Hatte sie eben noch gezittert? Warum eigentlich?

Sie legte das Kästchen aus der Hand, gleichgültig, als wäre es ein wertloses Geschenk. Er war da. Das war die Wirklichkeit — und die Freude, die in ihr brannte, der stürmische Jubel, ihn in die Arme zu schließen . . .

In der Halle warteten schon die Hochzeitsgäste, die mit zur Kirche fahren würden. Caroline eilte grußlos an ihnen vorbei, hinaus auf den Hof, in dem die Equipagen bereitstanden.

Als sie zu der steilen Steintreppe kamen, die zu dem kleinen Yachthafen hinabführte, wollte Philippe ihr die Hand reichen, aber sie wehrte lachend ab. Allein war sie schneller . . .

Die Yacht, schwarz die Segel, schwarz der Schiffsleib, schoß über die glatte See. Die Segel flogen herum, das Boot legte sich zur Seite. In einem scharfen Bogen fuhr es in den Hafen ein, immer noch in voller Fahrt. Gleich mußte es an der Kaimauer zerschellen, aber wie von Geisterhänden gelenkt drehte es sanft ab, glitt an die Kaimauer heran.

Gebannt starrte Caroline hinüber. Jeden Augenblick mußte er auftauchen. Aus einer Luke erschien ein roter Haarschopf. Ein Hüne in rostroter Uniform stand plötzlich an der Reeling — sprang mit einem gewaltigen Satz zur Mole hinüber, noch ehe die Taue befestigt waren.
Der Hüne eilte an ihr vorbei auf Leblanc zu, den sie erst jetzt entdeckte. Er redete auf ihn ein, in einem für Caroline unverständlichen Kauderwelsch. Sie versuchte das Echo seiner Worte in Leblancs Gesicht zu lesen, und was sie sah, ließ sie frösteln. Das Gesicht des Verwalters war grau wie die Felsen der Küste. Er machte eine Geste, als wollte er Carolines Hand ergreifen, aber seine Hand sank wieder herab. »Es ist etwas Unfaßbares geschehen, Komtesse«, sagte er dann. »Man hat den Herzog in England verhaftet — unter den Augen des Regenten . . .«
Sie war schon durch viele Feuer gegangen, ohne zu straucheln, aber jetzt begann sich alles um sie zu drehen. Der Stein unter ihren Füßen gab nach, das Meer öffnete seine wiegenden Arme. Für einen Atemzug schlug die dunkle Woge der Betäubung über ihr zusammen, die dem Begreifen und seinen Qualen vorangeht. Aber Caroline litt ohne zu begreifen.
Philippe, der neben ihr stand, nahm ihren Arm, wollte sie wegführen. Caroline stieß ihn zur Seite. Sie trat einen Schritt auf Leblanc zu. »Sie haben mir nicht alles gesagt!« Ihre Stimme hatte einen fremden, rauhen Klang.
Leblanc antwortete nicht. Seine Augen sanken noch tiefer in ihre Höhlen, waren nur noch ein Glimmen unter dem Gestrüpp der Brauen.
»Sie brauchen mich nicht zu schonen. Sprechen Sie! Ich

befehle es Ihnen ... Oder muß ich ihn selber fragen?« Sie winkte den Hünen heran. »Was ist geschehen?«
Charles Tarr trat zögernd näher. Der eckige Schädel des Norwegers, der unmittelbar auf den mächtigen Schultern zu sitzen schien, deutete eine Verbeugung an. So wie er neben Leblanc stand, schienen sie beide Gestalten aus einer wil=den, längst versunkenen Zeit zu sein, einer Zeit, in der nicht angestammte Rechte einen Mann zum Herrscher bestimmt hatten, sondern allein seine Kräfte ...
Solche Männer redeten nicht gerne, aber was sie sagten, war wenigstens keine Lüge. »So reden Sie schon! Was ist geschehen?«
Tarrs hellbraune Augen mit den korallenroten Sprenkeln blickten an ihr vorbei aufs Meer hinaus. »Wir hatten den Cup gewonnen. Am nächsten Morgen wollten wir in See gehen. Der Herzog folgte einer Einladung des Prinzregen=ten ...« Er sprach stockend, schien die einzelnen Worte zusammenzusuchen. »... der Herzog kam nicht, am näch=sten Morgen ... nur ein Bote ... mit der Nachricht, daß man den Herzog verhaftet hätte, während des Festes ...«
»Und der Grund?«
Der Norweger zuckte mit den Schultern. »Wußte nie=mand ...« Jede Linie seines vom Wind und vom Salz des Meeres ausgewaschenen Gesichts drückte Mißbilligung aus. Schöne Frauen hatten alle dieselbe aufreizende Art, Männer wie ihre Sklaven zu behandeln.
Caroline wußte, es war sinnlos, weiter zu fragen. Sinnlos wie diese mysteriöse Verhaftung, sinnlos wie ihre Hoffnung, im nächsten Augenblick müßte sich etwas ereignen, das mit einem Schlag alles änderte.

Sie blickte hinaus zu der Yacht. Eben fielen die schwarzen Segel herab, sanken nach einem letzten Aufbäumen in sich zusammen. Mit einer Schnelligkeit, die für Caroline in diesem Augenblick etwas Grausames hatte, entkleideten weißblonde Hünen das Schiff. Schwarz schaukelte es auf der gleißenden Flut, schwarz starrten die Masten in den blauen Himmel — ein Skelett . . .

Die Worte des Kapitäns hatte sie vernommen, ohne sie zu begreifen; ihr Herz hatte sich verzweifelt gewehrt dagegen, aber die stumme Sprache dieses Bildes drang mit schneidender Schärfe in sie ein.

Er war nicht zur Hochzeit gekommen. Der Fluch hatte sie eingeholt.

KAPITEL 4

Mit dem rechten Fuß warf sie den schweren Brokatrock zur Seite, wandte sich zum Gehen. Etwas so Wildes ging von ihr aus, daß Leblanc und der Norweger vor ihr zurückwichen. Auch der Priester, der unvermittelt aus der Menge auf sie zutrat, um ihr ein Wort des Trostes zu sagen, prallte zurück. Das schwarze Feuer ihrer Augen schloß ihm den Mund.

Nein, das Wort Gott hätte sie in diesem Augenblick nicht hören können. Ihr Leben lang hatte sie verabscheut, mit ihren Tränen zu Gott zu laufen wie mit einem wehen Finger zum Arzt. Und es waren auch keine Tränen in ihr, kein demütiges Hinnehmen, sondern nur Aufbegehren.

Wenn das, was eben geschehen war, Gottes Werk wäre – dann müßte sie den Weg in die Hölle finden, um den Teufel zu ihrem Verbündeten zu machen ...

Aber sie mußte den Weg in die Hölle nicht erst suchen. Sie hatte den Hafen verlassen, eilte die steile, in den Fels gehauene Treppe empor. Als sie den Schloßhof betrat, blieb sie unwillkürlich stehen. Stimmengewirr schlug ihr entgegen. Die ganze Hochzeitsgesellschaft stand dichtgedrängt in dem engen Halbrund, das die vielen bereitstehenden Equipagen und Pferde ließen. Die Fächer, die sich eben noch bewegt hatten, kamen zur Ruhe. Die Gesichter erstarrten zu Masken. Die Lorgnons flogen blinkend in die Höhe.

Caroline war es, als müßte sie davonrennen, fliehen aus dieser Arena, gefüllt mit Menschen, lüstern vor Neugier, bereit, sie zu zerreißen. Zu einer Hochzeit waren sie gekommen; aber was war schon eine Hochzeit gegen dieses Schauspiel einer Braut ohne Bräutigam!

Caroline straffte sich. Hocherhobenen Hauptes, ohne Hast durchschritt sie die sich bildende Gasse. Es war wie ein Zwang. Sie mußte in die Gesichter dieser Menschen blicken. Die Männer wichen ihren Augen aus, manche schuldbewußt wie Jungen, die man beim Quälen eines hilflosen Tieres ertappt hatte. In den Augen der Frauen aber funkelte unter dem dünnen Schleier des Mitgefühls Triumph. Nackt und schamlos brandete ihr der Urhaß des Weibes gegen ihr eigenes Geschlecht entgegen.

Mit diesen Menschen wäre sie in die Kirche eingezogen, mit ihnen hätte sie an einer Tafel gesessen, die gleichen Speisen gegessen, den gleichen Wein getrunken, zur selben Melodie getanzt!

Dunkel wie Ebenholz im weißen Goldbrokat seines Gewandes, die Stirn überschattet von den üppigen weißen Straußenfedern des Turbans, tauchte vorne unter dem Portal die Gestalt ihres schwarzen Dieners, Batu, auf. Seine Augen starrten über die Menge, blind vor Trauer.
Er war ein Sklave, ein ehemaliger Pirat, ein Mann, dessen Hände unzählige Male getötet hatten — und doch war es Caroline, als sei auf einer wüsten Insel unter den Tieren plötzlich ein Mensch erschienen.
Sie schritt die vier flachen Stufen hinauf. In ihren Schenkeln, in ihrem Rücken war das Zittern der Erschöpfung wie nach einem scharfen Ritt. Aber die Menschen sahen nur das stolz erhobene Haupt, die Hand, die voll Anmut den Rock raffte, das Leuchten einer unbesiegbaren Kraft im Schatten der dichten Wimpern — und sie hatten plötzlich das Gefühl, daß man sie um etwas betrogen hatte ...

Aufatmend, wie ein Schiffbrüchiger, der endlich das rettende Ufer erreicht, betrat Caroline die Halle. Es vergingen Sekunden, bis sich ihre vom Sonnenlicht geblendeten Augen an die Dämmerung gewöhnten. Allmählich verwehten die grellroten Schleier. Die unerschütterliche Ruhe dieser alten Mauern umgab sie. Sie atmete den süßen Duft des die Stirnwand schmückenden Rosenteppichs mit den Initialen seines und ihres Namens.
In einer ganz natürlichen Reaktion ihrer starken Natur, erst einmal Atem zu schöpfen, trat sie an die lange Tafel, auf der das kalte Büffett aufgebaut war.
Es waren nicht die üblichen pompösen Platten mit kunstvollen Arrangements. Antoine Carème, der ungekrönte

König der französischen Köche, den der Herzog nach Saint-Malo hatte kommen lassen, hatte sich nicht mit Alltäglichem zufriedengegeben. Aus Hummern, Lachsen, Aalen, Forellen, aus Bärenschinken, Rehziemern, Gänsebrüsten, Straußeneiern, weißen und schwarzen Trüffeln, aus allen Früchten und Kräutern dieser Erde hatte er eine phantastische Landschaft aufgebaut. Ein künstlicher Fluß, in dem Goldfische schwammen, und die fünf, in purem Gold nachgebildeten Besitzungen des Herzogs, malerisch in die Landschaft komponiert, vervollständigten den Eindruck des Märchenhaften.

Ein abwesendes Lächeln auf den Lippen, stand Caroline davor. Für einen Augenblick hatte der Schmerz seine Macht über sie verloren. Aber als sie sich jetzt umwandte und die vier Pagen erblickte, die den hochgetürmten Hochzeitskuchen hereinbalancierten, kam sie jäh zu sich.

Mit Entsetzen gewahrte sie Monsieur Carème, der in dunkelviolettem Anzug, einen funkelnden Ordensstern auf der Brust, die Pagen mit stummen Zeichen genau zu ihr hindirigierte. Sein Gebaren erinnerte eher an einen Tanzmeister als an einen Koch. Die kurze fleischige Hand auf dem Herzen, ein geziertes Lächeln in dem runden, von braunen Locken umgebenen Gesicht, verneigte er sich tief. »Euer Gnaden machen mich glücklich, indem Sie mein Werk bewundern ...«

Caroline mußte sich Gewalt antun, ihn nicht schroff zurechtzuweisen. »Bitte, Monsieur Carème, lassen Sie alles abräumen ...«

Antoine Carème starrte sie mit offenem Mund an. »Aber das kann doch nicht ...«

»Augenblicklich! Ich kann es nicht mehr sehen . . . keine Minute mehr.«

Er stand vor ihr, rührte sich nicht von der Stelle. »Ich habe vier Tage und vier Nächte daran gearbeitet, ununterbrochen. Ich habe mein Bestes gegeben . . . Nein, nein, das kann nicht alles umsonst gewesen sein . . .« Er hob flehend die Hände. »Noch sind die Gäste da! Sie werden ihnen diese Köstlichkeiten nicht vorenthalten . . .« Seine Stimme war jetzt eine Mischung aus Schmeichelei und Arroganz.

Carolines Geduld war am Ende. War dieser Mensch so naiv oder war er so roh? »Monsieur Carème, Sie haben meinen Wunsch gehört. Sie können die Speisen an die Armen von Saint=Malo verteilen.«

»Nein!« Es war ein Aufschrei. Er breitete theatralisch die Arme aus. »Diese Gedichte . . . auf Holzteller! In dreckige Hände, zahnlose Mäuler. Niemals soll das geschehen . . .« Wie ein Besessener lief er vor der Tafel auf und ab. »Lieber zerstöre ich es mit meinen eigenen Händen . . .« Er raufte sich die Haare. »Dem Wiener Kaiserhof habe ich abgesagt, der Fürstin Borghese, dem Kurfürsten von Württemberg . . . um hierher zu eilen, Wunder zu vollbringen für Menschen, die dieser Wunder würdig sind.«

»Und weil der Herzog von Belômer die höchste Gage bot . . .« Leblanc stand wie aus dem Boden gewachsen mitten in der Halle.

Carème zuckte zusammen wie unter einem Schlag. Zitternd stand er da, blaß bis in die Lippen. »Sie sprechen von Geld, Monsieur Leblanc! In einem solchen Augenblick! Kein Gold dieser Welt . . .« Seine Stimme brach ab. Seine Schultern zuckten. »Das ist das Ende . . .«

Caroline stand am Fuß der Treppe. Sie wünschte lachen zu können über diese groteske Szene. Aber ihr graute. Das ernste Antlitz des Schicksals hatte sie ertragen — aber zu einer lachenden Grimasse verzerrt flößte es ihr besinnungsloses Entsetzen ein. Wie von Furien gehetzt stürzte sie die Treppe hinauf ...

Aber es gab kein Entrinnen. Es folgte ihr über die Treppen und Gänge. Von den Wänden der Galerie blickten aus ovalen goldenen Rahmen Gesichter auf sie herab, die lange Reihe der Herzöge von Belômer, ihre Frauen, ihre Kinder. Die Trachten wechselten, aber in den Gesichtern kehrten immer die sinnenden grauen Augen wieder, von einem undeutbaren Lächeln verschleiert — seine Augen ...
Sie hörte Schritte hinter sich. Sie erkannte Philippes Stimme. Er rief ihren Namen. Aber sie konnte ihn jetzt nicht sehen, nicht mit ihm sprechen. Sie rannte weiter. Sie war außer Atem, als sie ihr Zimmer erreichte. Sie verschloß die Tür hinter sich.
Sie beachtete sein Klopfen nicht. Auch er war ein Mann! Von allen Fallen, die das Leben einer Frau stellen konnte, war die Liebe die grausamste. Ach, es waren nicht geheimnisvolle, unergründliche Schicksalsmächte, die die Erde zu einer Hölle machten. Die Männer waren es. In ihren ewig friedlosen Gehirnen keimte die Saat des Bösen. Ihr rastloser Trieb, die Welt zu verändern, war es, der den Schlaf der Dinge störte, alles ins Gegenteil kehrte: Frieden in Krieg, Leben in Tod und die Liebe in tödliche Folter.
Und die Frauen? Sie waren so verblendet, ihnen noch

dabei zu helfen. Kannten sie ein anderes Ziel, als in die Fesseln der Liebe geschlagen zu werden?
Sie selber war nicht anders! Wie stolz war sie gewesen, als sie ihn darin bestärkt hatte, vor der Hochzeit noch zu der Regatta zu fahren, wie stolz, sich selbst verleugnet zu haben. Sie hatte sich eingebildet, ihm zeigen zu müssen, daß sie ihre eigenen Wünsche ohne Zaudern opferte — ja, daß sie gar keine eigenen mehr hatte, daß ihr einziges Glück war, ihn glücklich zu wissen!
Es bereitete ihr eine seltsame Lust, sich selber zu quälen. Es war, als ob diese kleinen gewollten Schmerzen jenen großen, der ihr ganzes Wesen erfüllte, wenigstens für Augenblicke zum Schweigen brächten . . .
Alles war ihre Schuld. Sie hätte ihn halten müssen. Mit beiden Händen. Dazu hätte sie ihre Liebe gebrauchen müssen — nicht um ihn fortzuschicken . . . Wenn nun etwas Furchtbares geschehen war, etwas Unabänderliches?
Er, der den Tod so oft überlistet hatte, daß die Legende umging, er sei durch einen Zauber geschützt — ihm sollte es nicht möglich gewesen sein, einer Verhaftung zu entgehen, oder wenigstens doch eine kurze Botschaft an sie zu senden . . .
Ein Schauder überlief sie. Eine wahnsinnige Angst schnürte ihr die Kehle zu. Sie versuchte sich das Gesicht des Norwegers vorzustellen, das Gesicht Leblancs. Nein, sie hätten ihr die Wahrheit gesagt. Trotzdem blieb die Angst. Nicht den Tod, nicht das Schicksal fürchtete sie. Diese nackte feige Angst, dieser Feind in ihr selber ließ sie erzittern.
Sie gehörte nicht zu den Menschen, die mutig sind, weil sie die Furcht nicht kennen. Ihr Mut war nichts anderes

als ein verzweifeltes Aufbegehren. Sie mußte mutig sein, weil ein Leben in Furcht für sie unerträglich war — so unerträglich wie die Last dieser sinnlosen Pracht, die ihre Schultern drückte.

Ihr Bild starrte ihr aus dem Spiegel entgegen. Der schimmernde Brautschmuck im blauschwarzen Haar, das Brillantkollier, das goldstrotzende Brautkleid. Keinen Augenblick länger konnte sie diese Dinge ertragen. Sie hatte nicht mehr die Nerven, den Verschluß der breiten perlenbestickten Passe zu suchen. Sie mußte die Fesseln sofort sprengen. Wie eine Rasende riß sie sich das Gewand vom Leib. Zischend zerschliß der Brokat, Perlen fielen zu Boden.

Erst als sie ganz nackt war, hielt sie inne. Ein wundersames Gefühl der Befreiung überkam sie. Es war ihr, als hätte sie mit den Kleidern auch die Hysterie der letzten Stunde abgestreift, als begänne sie erst jetzt wieder sie selbst zu sein ...

Ihr Blick glitt hinaus in die Weite des Himmels. Rein und blau spannte er sich über der grünen See, von Anbeginn der Erde sich Tag um Tag neu erschaffend. Und sie spürte in sich, genau so stark, genau so unbesiegbar — nach jedem Sturm sich nur um so strahlender erhebend — ihre Liebe.

Nicht durch den Segen eines Priesters, nicht durch einen Ring, nicht durch ein Gelöbnis gehörte sie zu ihm. Nicht einmal durch das Kind, von dem nur sie wußte. Das waren Bande, die zerreißen konnten. Ihre Liebe wurzelte tiefer, war unauflöslich mit ihrem Wesen verschmolzen. Solange sie atmete, würde diese Liebe in ihr leben ...

Entschlossen griff sie nach dem Klingelzug ...

Die fünf dunklen Schläge der Uhr im Eckturm verklangen. Der Schrei eines Wasserhuhns kam aus dem nahen schilf=bestandenen Ufer. Caroline stand unter dem Portal und blickte in den Schloßhof.

Es dunkelte schon. Die Gäste waren abgereist. Als letzte hatten vor wenigen Minuten Philippe und Eliette Morte=mère verlassen. Es war nicht leicht gewesen, ihren Bruder davon zu überzeugen, daß er in Paris beim König mehr für den Herzog tun konnte, als wenn er sie nach England begleitete . . .

Von zwei Knechten gezogen, rollte jetzt ihre Reisekutsche auf den Hof. Vier flandrische Pferde wurden aus dem Stall geführt, haselbraun und kräftig. Ihren Reisekoffer auf der Schulter, sprang Batu auf den Bock, warf ihn auf das Kutschendach. Sorgfältig begann er ihn festzuschnüren. Er hatte ihre Befehle mit einem an ihm ganz ungewohnten Zögern entgegengenommen, aber sie war nicht in der Stimmung, darüber nachzudenken.

Ein Tag war vergangen, vierundzwanzig endlose Stunden, seit sie mit ungeduldig klopfendem Herzen hier eingefahren war. Und jetzt verlangte es sie mit derselben Ungeduld von hier fortzukommen . . .

Sie wandte sich ins Haus, durchschritt die Halle, suchte den Weg zu Leblancs Arbeitszimmer. Die Wände des Raumes nahmen vom Boden bis zur Decke Archivschränke ein, schwere Schlösser hingen davor. Leblanc, in [illegible] steifen hochlehnigen Stuhl hinter dem Schreibtisch [illegible] ihr Eintreten nicht zu bemerken. Nach vorne gebe[illegible] da. Die Feder in seiner Hand raschelte über das vor ihm liegende Papier.

»Bitte, Monsieur Leblanc«, brach Caroline das Schweigen, »sorgen Sie dafür, daß alle zwanzig Meilen frische Pferde bereitstehen.«

Die steile Falte zwischen seinen Brauen vertiefte sich. Ohne im Schreiben innezuhalten, ohne aufzusehen, antwortete er: »Ich hoffte, Sie würden es sich doch noch anders überlegen, Komtesse.«

»Sehen Sie in den Hof hinunter. Die Pferde sind angeschirrt. Daß auch Sie mich wie ein eigensinniges Kind behandeln, dem man eine Laune ausreden muß ... Sie sollten wissen, daß mich nichts abhalten kann.«

Leblanc legte den Federkiel aus der Hand. Noch immer mied er ihren Blick. Er öffnete den Mahagonikasten, in dem er Petschaft und Siegellack aufbewahrte ... So eine Frau war ihm noch nicht begegnet. Jede andere hätte eine Tragödie daraus gemacht mit Ohnmacht, Arzt, Priester, endlosen Tränen, einer hysterischen Verzweiflung, mit der sie das ganze Haus auf den Kopf gestellt hätte.

Diese da hatte niemand weinen sehen, keiner hatte einen Seufzer gehört. Eine Weile war sie auf ihren Zimmern verschwunden geblieben. Dann hatte sie ihrer Zofe geklingelt; sie hatte sich ein Bad bereiten und dazu frischen Lachs, Butterkartoffeln und Weißwein servieren lassen. Er wußte auch von dem zerfetzten Hochzeitskleid, und es imponierte ihm mehr als alles andere. Nein, diese da war nicht eines jener Treibhausgeschöpfe, die ein zerrissener Spitzeneinsatz tiefer traf als der Verlust ihrer Unschuld, und die, wenn sie die Züge ihres Mannes längst vergessen hatten, immer

noch jede Schleife, jede Stickerei ihres Hochzeitskleides vor sich sahen . . .
Sie war anders. Sie war wild und stark, und in ihrer Liebe wohnte die unaufhaltsame Kraft der steigenden Flut. Er hatte nicht Angst um sie, wenn sie allein nach England fuhr. Einen Augenblick spielte er sogar mit dem Gedanken, ob er sie nicht zu seiner Verbündeten machen sollte. Es war eine spontane Gefühlsaufwallung — und das genügte, ihn davon Abstand nehmen zu lassen; wenn Leblanc etwas mißtraute, so waren es Gefühle . . .
Er sah zu ihr auf. »Ich verstehe Sie sehr gut«, begann er, »trotzdem bitte ich Sie ein letztes Mal, bleiben Sie! Überlassen Sie alles mir. Fahren Sie nicht nach England. Hören Sie auf mich.«
Carolines Blick war auf die Gegenstände gefallen, die neben Leblanc auf dem Tisch lagen: mit seltsamen Zeichen bedeckte Blätter, ein Kasten mit Zirkel und Winkelmesser, ein siderisches Pendel, ein Astrolabium . . . Dieser Mann setzte sie immer von neuem in Erstaunen. »Wie ich sehe«, sagte sie lächelnd, »beschäftigen Sie sich mit Astrologie, Monsieur Leblanc. Sie wollen mich doch nicht etwa deshalb von meinem Vorhaben abbringen, weil die Sterne und Zeichen dagegen sind?«
Er blickte sie an, aus Augen, deren Feuer sein weißes Haar und die Runen, die das Alter in sein Gesicht gegraben hatte, vergessen ließ. »Es ist nur ein Zeitvertreib«, sagte er, »der Zeitvertreib eines Mannes, der wenig Schlaf braucht.«
»Und erfüllen sie sich — Ihre Berechnungen? Sind in Ihrem Leben die Dinge eingetroffen, die in den Sternen standen?«

»Ich habe das Glück, mein eigenes Horoskop nicht stellen zu können. Wenn man Ort und Stunde seiner Geburt nicht kennt . . .«

»Verzeihen Sie«, murmelte Caroline. »Und mein Horoskop? Und das des Herzogs? Haben Sie es gestellt?«

»Ich habe es mir erlaubt.«

»Und was haben Sie herausgefunden?« Für einen Augenblick vergaß sie vollkommen, warum sie hergekommen war.

»Die Bahnen seiner Sterne sind unauflöslich mit denen Ihrer Sterne verbunden, Komtesse.« Seine Stimme war voller Zurückhaltung, fast abwehrend.

»Ich will es sehen«, sagte sie, »zeigen Sie es mir.« Sie trat näher an den Tisch. Aber er legte die Hände über einige Blätter. »Wir haben hier ein Sprichwort«, sagte er, »ein sehr weises . . . Wenn man auf die eigenen Füße schaut, stolpert man . . .«

Zuerst war Caroline betroffen von seiner Weigerung, aber dann lachte sie. »Ich will es beherzigen«, sagte sie, »ich werde nicht auf meine Füße blicken, sondern auf schnellstem Weg reisen.«

Wieder sah er sie an. »Ich bezweifle, ob es der schnellste Weg sein wird, Komtesse . . . und der beste, dem Herzog zu helfen.«

»Nennen Sie mir einen schnelleren und besseren, und ich will ihn gerne befolgen. Wenn Sie einen Verdacht haben, sprechen Sie!«

»Einen Verdacht?« Leblanc entzündete eine Kerze, hielt sie an den Siegellack. Langsam drehte er den roten Lackstift. Der erste Tropfen fiel auf das weiße Papier. Er preßte das Siegel in den Lack. »Ein Mann, der so reich ist wie der

Herzog, hat immer Feinde«, sagte er. »Reich zu sein — und ein Träumer, nichts schlimmer als das. Keine Schwäche zu haben ... Das hat die Welt noch keinem verziehen. Sie haben es heute selbst erlebt. Es war kein einziger unter den Gästen, der nicht eine gewisse Schadenfreude empfunden hätte.« Nachdenklich verstummte er.
Caroline hatte plötzlich das Gefühl, daß er etwas wußte, daß er mit dem nächsten Wort das Dunkel um die mysteriöse Verhaftung des Herzogs lüften würde.
Aber Leblanc blieb stumm. Mit abwesendem Blick räumte er die Schreibsachen auf. Sicher, er hatte eine Vermutung. Es war ihm immer klar gewesen, daß einmal der Tag kommen mußte: so dicht das Netz der Geheimhaltung auch gesponnen war, so gut die Papiere der Schiffe auch getarnt waren, so unauffällig das Geld in den verschiedensten Bankhäusern Europas deponiert war, einmal hatte eine Masche dieses Netzes reißen müssen. Aber noch war es nichts weiter als ein Verdacht. Und Leblanc war ein zu weitsichtiger und zu praktisch denkender Mann, um seine Entschlüsse auf Vermutungen zu gründen.
Dieser Mann war nicht wie die Menschen rund um ihn. Er handelte nicht aus Stimmungen. Gefühle und Menschen waren unberechenbar, veränderlich. Er aber jagte dem Unveränderlichen nach, dem, das sich ewig gleich blieb, wie die Bahn der Sterne, wie das Gold ... Er hatte sein Herz im Kerker seiner stählernen Brust begraben wie einen Feind. Die Einsamkeit, die Wurzellosigkeit hatten aus dem namenlosen Findelkind den Erschaffer eines unermeßlichen Reichtums gemacht, der alles in seinen Händen hielt, nur sich selber nicht. Er wußte, er würde die Ketten, die sein Herz

fesselten, niemals sprengen. Er empfand Trauer bei diesem Gedanken, die Trauer, die den Sieger überkommt, wenn er in das verschlossene Gesicht des Besiegten blickt. Aber er konnte nicht anders: Gefühle waren die einzige Sünde, die er kannte. Auch der Gedanke, aus Caroline vielleicht eine Verbündete machen zu können, war nur ein Gefühl gewesen, und er hatte es schnell überwunden . . .

Er erhob sich, reichte ihr ein offenes Kuvert. »Eine Vollmacht für das Londoner Bankhaus Barring. Wenn Sie diese Vollmacht vorzeigen, erhalten Sie jede beliebige Summe, Komtesse. Eine Kaution kann unter Umständen sehr hoch sein.«

»Eine Kaution?« Sie begriff nicht gleich. Dann stieg Röte ihr ins Gesicht. »Was auch immer geschehen ist, der Herzog ist zu Unrecht inhaftiert!«

»Geld wird dieses Unrecht aus der Welt schaffen . . .« Er spürte, daß sie ihn in diesem Augenblick verachtete, aber sie konnte ihn damit nicht verletzen. Sie war doch kindlicher, als er gedacht hatte. Seine Worte kamen langsam, väterlich. »Im Recht zu sein, ist ein Luxus, den sich nur Reiche leisten können. Ich gebe Ihnen den Schlüssel, der jede Türe, jeden Kerker öffnet: Geld.« In den düster glimmenden Blick des Mannes trat fast etwas Schwärmerisches. »So wie die Menschen nun einmal sind, sind sie vor Gott eben doch nicht alle gleich. Wenn Sie jemals die Armut gekostet hätten, wüßten sie, daß es nur eine Schuld gibt, die der Mensch nicht auf sich laden darf: arm zu sein . . .«

Sie kannte die Armut. Sie hatte es vergessen, aber jetzt stiegen die Bilder wieder vor ihr auf. Damals in Florenz hatte sie nicht einmal einen Groschen besessen, um ein Stück

Brot zu kaufen . . . Leblanc hatte recht. Sie lebten in einer Zeit, wo Recht und Unrecht vertauschbar waren wie Figuren auf einem Schachbrett. Eine Tat, die gestern noch bejubelt wurde, konnte am nächsten Tag als Verbrechen angeprangert werden. Hatte sie es nicht oft genug erlebt? Und doch wehrte sich etwas in ihr. Ihr war, als hörte sie aus all seinen Worten ein verstecktes Schuldbekenntnis heraus.

Was verheimlichte er vor ihr? Die Frage lag ihr schon auf der Zunge, aber sie wußte, dieser steinerne Mann würde nicht antworten. Eine Hand auf den Schreibtisch gestützt, stand er da. Seine Gestalt verschwamm in dem Halbdunkel, das aus den Ecken des Raumes drängte, und Caroline schien es, als sei er aus demselben ungreifbaren und doch undurchdringlichen Stoff gemacht und kehrte nur in sein eigentliches Element zurück.

Nein, hier kam sie nicht vorwärts. Genausogut hätte sie die Mauern dieses Schlosses befragen können.

Sie nahm das Kuvert aus seiner Hand entgegen. Wie hatte sie überhaupt ein Wort verlieren können. Was auch immer geschehen war — sie würde vor keinem Mittel zurückschrecken.

Leblanc hatte ein zweites Kuvert aufgenommen, den Brief, den er vorher versiegelt hatte. »Vielleicht kann auch das für Sie von einigem Nutzen sein . . . Das Haus Santi steht seit vielen Jahren mit uns in Geschäftsverbindung.«

Caroline konnte sich nicht erinnern, diesen Namen jemals gehört zu haben. Sie nahm den Brief voller Ungeduld. Vom Hof drang wie leiser lockender Ruf das Geklingel des Pferdegeschirrs herauf. »Ich danke Ihnen.«

Leblanc verneigte sich. Eigentlich waren es nur seine Augen, die noch mehr ins Dunkel zurücksanken.

Mit demselben Blick stand er wenig später im nächtlichen Hof neben ihrer Kutsche. Seine hohe Gestalt ragte schwarz aus dem von dünnen weißen Nebelfäden durchzogenen Lichtkranz, den die Kutschenlaternen um seine Füße zeichneten. Noch einmal verneigte er sich stumm, als die Pferde anzogen ...

Die Flügel des Tores schwangen auf. Dröhnend brach sich der Hufschlag im Gewölbe des Torbogens. Die Bohlen der Mole grollten unter den Rädern. Dann ging es aufwärts. Caroline fühlte sich in die Polster gedrückt. Sie wollte noch einmal zurückblicken, ehe sie die Vorhänge zuzog, aber Mortemère war verschwunden. Eine weiße Nebelwand verbarg alles: die Küste, die Mole, das Schloß. Um Leblanc war dieselbe Nebelmauer. War es Tarnung? Wußte er mehr, als er sagte? Oder war das Unbestimmte sein Wesen? Caroline war sich nicht sicher, und sie verwandte auch keine weiteren Gedanken darauf. Alles in ihr strebte vorwärts. Morgen früh um neun Uhr würde sie in Calais das Paketboot nach England besteigen. Spätestens am anderen Morgen würde sie in London sein ...

Sie streckte die Beine wohlig auf dem Fußpolster aus, das zwei flache, mit heißem Wasser gefüllte Kupferflaschen von unten her erwärmten. Die rollenden Räder unter sich, den Klang von Batus Peitsche im Ohr, das helle Klirren des Zaumzeugs, mit jedem Fußbreit, den sie sich von Mortemère entfernte, erhob sich ihr Wille entschlossener.
Die innere Spannung, die sie erfüllte, hatte nichts Beklemmendes mehr, sondern wirkte eher befeuernd. Sie fragte nicht länger, warum alles so hatte kommen müssen. Im Kampf mit Schatten würde sie nur unnötig Kraft vergeuden. Sie war ganz Weib, und als solches konzentrierte sich ihre Energie ausschließlich auf das eine Ziel . . .
Sie öffnete den Deckel des runden Proviantkörbchens, das neben ihr stand. Ihre Finger glitten tastend über die verschiedenen Tüten und Dosen. Sie suchte nicht die kandierten Früchte, das Schokoladengebäck. Sie hatte Lust auf das Stück Roggenbrot, das Batu ihr immer in einer silbernen Dose hineinschmuggelte. Jede Magd bekam davon, soviel sie wollte, nur sie mußte sich dieses Stück Brot seit ihrer Kindheit »stehlen«. Marianne, die Beschließerin von Rosambou, und für sie fast so etwas wie eine Mutter, die es selber so gerne aß, am liebsten frisch aus dem Backofen, hatte immer getan, als würde Caroline krank davon werden. Nur weil sie eine Adelige war!
Caroline hatte das nie begriffen. Aber es war immer noch so. Die Revolution? Auch sie hatte daran nichts geändert. Gerade die einfachen Menschen waren es, die hartnäckig auf diesen äußerlichen Zeichen des Unterschiedes zwischen

Herr und Diener beharrten, als wäre es eine Schande, einem Herrn zu dienen, der dasselbe Brot aß. Diese Welt war manchmal schwer zu verstehen . . .
Die Kutsche kam so unvermittelt zum Stehen, daß es Caroline vornüber warf. Mit beiden Händen fing sie sich gerade noch an der dicken Kordelschlaufe, die neben dem Vorhang herunterbaumelte.
Sie stieß den Schlag auf. Der Nebel war so dicht, daß sie die zwei Führungspferde des Vierergespanns kaum erkennen konnte. »Was ist denn? Warum geht es nicht weiter?«
Sie erhielt keine Antwort. Plötzlich entdeckte sie die Männer. Zwei hielten die Zügel der Leitpferde. In ihren Händen blitzten Revolverläufe. Der dritte kam auf sie zu.
Was war nur in Batu gefahren? Drei Männer waren kein Grund anzuhalten, wenn man vier Pferde hatte und eine Waffe im Gürtel. Er wußte doch, daß sie keine Zeit zu verlieren hatten . . .
Die breite goldene Verschnürung einer Kapitänsuniform schimmerte auf, als der Mann an den Schlag trat. Er setzte den Fuß auf das aufgeklappte Trittbrett. Caroline sah es mit Empörung, und sie wünschte, sie wäre nicht so leichtsinnig gewesen, ihre Waffe in den Koffer zu werfen. »Wer sind Sie? Und woher nehmen Sie die Frechheit, meine Kutsche anzuhalten?«
Ein dunkles Gesicht hob sich ihr entgegen. »Manuel Jânio Herera, Kapitän der *Myrmidon.*« Er sprach ein rauhes, kehliges Französisch. »Und dieser Aufenthalt dient nur Ihren Interessen, Komtesse . . .«
Er kannte sie! Und wagte es dennoch, sie aufzuhalten. »Ich bin in Eile. Befehlen Sie Ihren Leuten . . .«

»Ich kenne den Grund Ihrer Eile«, fiel er ihr in seinem seltsamen Tonfall ins Wort. »Aber warum die weite Reise nach England, wenn Sie von Manuel Herera erfahren können, warum der Bräutigam nicht zur Hochzeit erschienen ist.«
Der Atem stockte ihr. Aber ihre Stimme klang herausfordernd gleichgültig, als sie sagte: »Ich höre, Monsieur Herera.«
Er legte den Kopf ein wenig zur Seite. Sein glattes, von Feuchtigkeit benetztes Haar glich einem schwarzen Helm. »Ich befürchte, Sie würden meinen Worten kaum Glauben schenken. Darum ist es besser, Sie überzeugen sich mit eigenen Augen ...«
»Was sollen diese Andeutungen? Reden Sie endlich!« Sie sah die Züge des Peruaners jetzt deutlicher, das olivfarbene Gesicht, die breiten Backenknochen, die schrägen, weit auseinanderstehenden Augen, die Reflexe von zwei Pupillen, die unverwandt auf sie geheftet waren und etwas Tigerhaftes hatten.
Um den breiten, schmallippigen Mund des Mannes lag ein gespannter Zug. Es konnte ein Lächeln sein, aber genausogut Grausamkeit. »Ich möchte Ihnen ein Schiff zeigen. Eines der vielen Schiffe Ihres zukünftigen Gatten, des Herzogs von Belômer. Vor allem aber die Fracht, die wir an Bord haben. Wir werden gerade recht kommen, wenn die Ware ausgeladen wird ... Dann werden Sie vieles verstehen, Komtesse.«
Er wandte sich einen Augenblick ab, gab seinen Männern ein Zeichen. Die Pferde zogen an. Er schwang sich in die anfahrende Kutsche. »Wenn Sie gestatten, Komtesse, so kommen wir schneller ans Ziel ...«

Warum hatte sie das zugelassen? Warum hatte sie ihm auch nur einen Augenblick zugehört? Sie legte die Arme eng an den Körper, denn selbst die geringste Berührung mit diesem Mann war ihr zuwider. Sie rückte noch mehr von ihm ab, tiefer in ihre Ecke.

Sie konnte sich immer noch nicht beruhigen, daß es diesem Mann gelungen war, sie derartig zu überrumpeln. Nur diese mit Scham gemischte Empörung über sich selber hatte Platz in ihr. Seine geheimnisvollen Andeutungen, sie wogen in diesem Augenblick nichts gegen das Gefühl, versagt zu haben.

Ein Schiff des Herzogs? Sie wußte nicht einmal, daß Schiffe zu seinem Besitz gehörten. Und was sollten diese Andeutungen von der Fracht? So als spräche er von etwas Verbotenem. Leblanc mußte davon wissen, mußte diesen Mann kennen, wenn er der Kapitän des Schiffes war. Warum hatte er nicht gesprochen, wenn es in Zusammenhang mit der Verhaftung des Herzogs stand?

Wo fuhren sie überhaupt hin? Wirklich zum Hafen? Die Scheiben der Kutsche waren blind vom Nebel, und nicht einmal das Geräusch der unter den Rädern wegspringenden Steine konnte ihr das entsetzliche Gefühl nehmen, daß kein Boden mehr unter ihnen war, daß sie in einer Nebelwolke dahinfuhren, die plötzlich unter ihnen zerreißen würde.

Sie hatte jede Orientierung verloren. Tückisch und lautlos, wie durch einen bösen Zauber hatte sich die Welt verwandelt. Nie mehr würde sie Calais rechtzeitig erreichen, London . . .

›Dann werden Sie vieles verstehen . . .‹ hatte der Peruaner gesagt. Gab es im Leben des Herzogs etwas, von dem sie nichts wußte? Etwas, das er ihr verschwiegen hatte, um sie zu schonen, sie in Sicherheit zu wiegen? Weil eine Frau gewisse Dinge nichts angingen? Weil die Wahrheit für die zarten Schultern einer Frau zu schwer war? — Ein Spielzeug, ein prächtiger Vogel in einem goldenen Käfig, so wollten die Männer die Frauen. Welch ein Wahnsinn! Er hatte sie dadurch nicht glücklicher gemacht — nur wehrloser.

Vielleicht war das, ihr selber noch unbewußt, der Grund dafür, daß sie diesen Fremden neben sich in der Kutsche duldete. Sie mußte Klarheit bekommen. Unwissend war sie anderen ausgeliefert, ihren Lügen, ihren Ränken. Alle würden ihre Unwissenheit als Waffe gegen sie benützen.

Und doch fürchtete sie die Wahrheit. Bis zu dieser Stunde hatte sie nur die Furcht vor sichtbaren Dingen gekannt, die einen Namen hatten, ein erkennbares Gesicht. Zum erstenmal griff etwas Unsichtbares nach ihr, etwas, das weder Gestalt noch Namen hatte. Lautlos und körperlos wie der Nebel kreiste es sie ein, drang durch die Ritzen der Kutsche, nistete es sich in den Falten ihres Kostüms ein, peinigende Vorboten des Furchtbaren, das am Ende dieses Weges auf sie wartete.

Ihr graute vor dem Augenblick, an dem die Kutsche anhalten würde. Lieber ewig weiter fahren, in ewigem Nebel, in ewiger Angst, nur nicht ankommen . . .

Verschwommen drangen Lichter durch den Nebel, Stimmen, die geisterhaften Silhouetten nackter Masten. Die Kutsche hielt. Herera sprang hinaus, streckte ihr mit einer Geste hochfahrender, aggressiver Grandezza die Hand entgegen.
Alles in Caroline wehrte sich dagegen, sich auf den Arm dieses Mannes zu stützen; doch etwas warnte sie, seinen Stolz zu sehr zu verletzen. Als hätte sie seine Hand über=sehen, stieg sie schnell aus.
Die feuchten fingerlosen Hände des Nebels strichen über ihre Wangen, naß glänzte das grobe Pflaster. Das Licht der wenigen Laternen versickerte im Dunst. Das weite Halb=rund des Hafenkais von Saint=Malo glich einer im Unge=wissen dahintreibenden Insel.
Carolines erster Blick galt Batu. Während der ganzen Fahrt hatte sie das Gefühl gehabt, der Platz auf dem Bock wäre leer. Aber Batu war da. Die langen muskulösen Beine ge=spreizt, den breiten, athletischen Oberkörper leicht vor=gebeugt, saß er da. Er nickte nur stumm, als sie ihm zurief zu warten; es war die unbewußte Bewegung eines Schlafen=den. Sie fragte sich, was wohl diese Veränderung bewirkt hatte, was dieser starre Blick, mit dem ihr Diener in die Nacht hinauslauschte, bedeuten mochte.
»Ich denke, Sie wollten keine Zeit verlieren, Komtesse!« Hereras Hand schloß sich um ihren Arm und ließ sie gleich wieder los, als er ihren Widerstand spürte. Ein Rohling wäre ihr nicht halb so unheimlich gewesen wie dieser Tiger, der sie seine Pranke nur fühlen ließ, um ihr zu zeigen, wie sanft sie sein konnte.

Schweigend schritt sie neben ihm den Kai entlang. Der An=schlag der Wellen begleitete ihren Weg, aufgespannte Fischernetze, überzogen mit dem glitzernden Gespinst der Feuchtigkeit.
Ein Boot wartete auf sie; am Heck steckte eine rauchende Fackel. Sie nahm auf der Bank Platz. Ein anderes Boot kam ihnen beim Übersetzen entgegen, tief im Wasser liegend. Schulter an Schulter, in drei Reihen kauerten dunkle Ge=stalten. In das Klatschen der Ruder mischte sich Ketten=geklirr. Durch einen Riß des Nebels fiel Licht auf sie: schwarze krause Köpfe, schwarze nackte Leiber — Sklaven?
Sie wandte den Kopf, suchte den Blick des Peruaners. Doch Herera beachtete sie nicht; in einer Art verzückten Hasses starrte er zu dem Boot hinüber . . .

Ein Offizier hatte sie an Deck der *Myrmidon* erwartet; die nächste Kolonne dunkler nackter Leiber stand zum Aus=laden bereit.
Carolines Verstand registrierte es, aber nicht ihr Herz. Wie eine belagerte Festung hatte es alle seine Zugbrücken auf=gezogen, alle Einlässe geschlossen. Taub gegen jeden an=deren Gedanken hatten sich ihr Wille und ihre Liebe darin verbarrikadiert.
Schweigend folgte sie dem Peruaner über das dunkle Deck des Schiffes. Beleuchtet von sechs Laternen ragte am Heck die Kapitänskajüte wie ein fürstlicher Pavillon auf. Caroline schloß geblendet die Augen, als sie eintrat. Es war, als stürze ihr das sengende Licht eines tropischen Himmels ent=gegen. Überall brannten Lampen, deren geschliffene Glas=zylinder die Helligkeit vervielfachten.

Trotz der strahlenden Helligkeit und des verschwenderischen Reichtums der Einrichtung hatte der Raum etwas Düsteres. Der chinesische Seidenteppich, die Vorhänge und Portieren — schwarze barbarische Muster bedeckten sie: Riesenblumen mit weitgeöffneten tierähnlichen Kelchen, feuerspeiende Drachen. In den überladenen Schnitzereien der Ebenholzmöbel wiederholten sich dieselben Motive. Dann fiel Carolines Blick auf den seltsamsten Gegenstand dieses Raumes. Zwischen zwei hohen Vasen mit mexikanischem Jasmin erhob sich in einer Ecke lebensgroß die aus Goldblech getriebene Statue einer unheimlichen Gestalt — ein makelloser Frauenleib und darauf der Kopf eines Raubvogels . . .

Wortlos hatte Herera ihr einen Stuhl hingeschoben; es war dieselbe Bewegung wie an der Kutsche, herrisch und zugleich unterwürfig, schmeichelnd und zugleich grausam. »Muß ich noch viel erklären«, begann er jetzt, »oder erraten Sie die Wahrheit? Die *Myrmidon* ist nichts anderes als ein Sklavenschiff, Komtesse! Eine schwarze, aber goldene Fracht. Ich bin nur mit einem Achtel an diesem Schiff beteiligt — aber selbst dieses Achtel macht mich zu einem reichen Mann . . .« Sein breiter schmallippiger Mund öffnete sich zu einem lautlosen Lachen. Messerscharf blitzte die Reihe der oberen sechs Schneidezähne; sie waren golden, künstlich. »Diese eine Fahrt allein bringt 50.000 Pfund ein. Und ich weiß mit Sicherheit von fünf weiteren solchen Schiffen, die dem Herzog von Belômer gehören. Monsieur Leblanc könnte Ihnen gewiß noch genauere Auskünfte geben . . .«

Caroline hatte das Gefühl, von einem bösen Traum gefangen=

gehalten zu werden. Und wie im Traum fühlte sie sich wie gelähmt, ihrer Sprache beraubt . . .

»Nicht daß ich etwas dagegen einzuwenden hätte, daß der Herzog auf diese Art seinen Reichtum vermehrt«, fuhr Herera fort. »Sklaverei ist noch eine zu milde Form der Existenz für diese . . . Tiere. Viele haben sich an dieser goldenen Ernte beteiligt. Der Reichtum Liverpools, Bristols, Londons, es gäbe ihn nicht ohne den Sklavenhandel. Warum ich Ihnen das alles sage: Weil gerade die Engländer, die dieses Geschäft mit soviel Tüchtigkeit und Erfindungsgabe betrieben haben, plötzlich ihre sentimentale Ader für das Recht entdeckt haben. Plötzlich sind auch die Nachkommen Hams unsere Brüder. Kurz, Komtesse, England hat seit einigen Jahren den Handel mit Sklaven auf allen seinen Schiffen zum Verbrechen erklärt. Aber sie interessieren sich nicht nur für ihre eigenen Schiffe. Sie kontrollieren auch die anderen Nationen — zum Beispiel ein Schiff namens *Felicidade*. Ein Spanier? Zur Tarnung, ja. Aber in Wirklichkeit gehört das Schiff Ihrem zukünftigen Gatten, und es hatte dreihundertfünfzig Sklaven an Bord. Nach dem englischen Gesetz wird so etwas mit fünfzehn Jahren Deportation bestraft, und zweihundert Pfund Buße für jeden auf dem Schiff transportierten Sklaven. Das war der Grund für die Verhaftung des Herzogs . . .«

Carolines Gehirn registrierte die Worte. Der Mann sprach zu sicher, als daß es eine Lüge sein konnte. Und doch hatten seine Worte keine Gewalt über sie. Sie war bereit zum Kampf gegen die Schatten, gerüstet mit Gleichgültigkeit, dieser stärksten Waffe der Leidenschaft, unbesieglich selbst da, wo sie im Unrecht ist . . .

Sie hob den Kopf. »Und das ist alles? Deshalb haben Sie mich hierhergebracht? Was ist — ist Ihr Gewissen beun=ruhigt?«
Er starrte sie an. Er hatte sie schon in Tränen gesehen, auf=gelöst. Wie er sie haßte, diese stolzen, marmornen Seelen der Weißen. Zu lange trug er den Wunsch in sich, sie einmal in seinem Leben seinem Willen zu unterwerfen. Er, der Nachfahre eines Indio, der sich selbst dazu verdammt hatte, unter diesen schwarzen Kreaturen zu leben.
»Sie sind mir eine Antwort schuldig, Kapitän Herera«, sagte Caroline ruhig. »Ich denke, Sie stehen in den Diensten des Herzogs. Aber ich will Sie gerne davon entbinden . . .«
Der Olivton seiner Haut erblaßte zu einem schmutzigen Grau. Sie sah die gelben Augen aufflammen. Nein, das war nicht allein Grausamkeit. Sie hatte das Gefühl zu sehen, wie die rote Woge des Wahnsinns sich in ihm erhob.
Sie wich vor ihm zurück, floh zur Tür. Ihre Hand lag schon auf der Klinke, da sprang er sie an, packte sie bei den Schul=tern, riß sie herum. Die goldene Schneide seiner Zähne blitzte vor ihren Augen. Sie schlug die Hände in sein Ge=sicht. Rote Streifen zogen sich über seine Wangen. Er schien es nicht zu merken.
Irre, kaum verständliche Worte kamen über seine Lippen. »Keinen mehr wirst du verfolgen . . . Keiner mehr wird vor dir im Staub kriechen — seine Seele verlieren um der Sünde willen . . .« Mit beiden Händen riß er die Samtjacke ihres Reisekostüms auf, die Bluse. Sie spürte seinen Leib, die erregte männliche Kraft.
Draußen wurden Stimmen laut, Schritte kamen näher, die Türe wurde aufgerissen. Herera ließ sie los. Ein junger Offi=

zier stürzte herein, blaß vor Angst, seine Hand um eine neunschwänzige Peitsche aus Krokodilleder gekrampft, als wäre sie sein einziger Halt. »Feuer an Bord! Sie haben ein Faß Rum in Brand gesteckt.«

»Feuer . . .«, sagte Herera leise. Er schien Caroline ganz vergessen zu haben. Ein irres Lächeln trat auf sein Gesicht. Mit einer fast wollüstigen Gebärde riß er dem Offizier die Peitsche aus der Hand. »Tiere, dunkle Tiere mit Kindergehirnen. Sie sollen bekommen, wonach sie verlangen.« Er packte Caroline am Handgelenk. »Und Sie, Komtesse, werden zusehen . . .«

Qualm und Rauch erfüllten das Deck. Zitternd, aneinandergedrängt, wie flüchtendes Wild, das sich plötzlich von allen Seiten von Treibern umstellt sieht, standen die Sklaven an die dunklen Holzplanken gedrückt.

Am Boden krochen die letzten ersterbenden Flammen dahin. Ein paar Eimer Wasser hatten genügt, das Feuer zu löschen.

Immer noch hielt Herera Carolines Handgelenk mit eisernem Griff umklammert. Aber als er jetzt vor die Sklaven trat, schleuderte er Carolines Hand von sich.

Die Peitsche in der Hand wiegend stand er da. Allein die dunkle Haut dieser Menschen schien zu genügen, ihn in Raserei zu bringen.

Seine Worte kamen mit derselben Wut wie die zischenden Schläge. »Verbrennen . . . das wäre keine Strafe . . . die Herzen ausreißen . . . die Augen mit Blei ausgießen . . .«

Die Sklaven standen aneinander gekettet, je zwei mit einer Fessel verbunden, eine Mauer dunkler nackter Leiber, aus

der nur die Augen leuchteten. Die Peitsche zuckte über sie hin. Ein Gemurmel erhob sich, schwach zuerst, dann drohen=der, zu einem Aufschrei anschwellend, den nicht Menschen auszustoßen schienen. Die Mauer aus Leibern schien ins Wanken zu geraten. Der Boden erbebte. Eine Gestalt löste sich aus der Reihe, trat vor . . .
Caroline sah das Entsetzen in den Augen der Wachen, die mit gespannten Musketen in einem Halbkreis hinter Herera standen. Sie hörte das Schnappen der Hähne.
Durch Herera, der breitbeinig dastand, ging eine Bewegung, als wollte er seine Füße in die Holzbohlen rammen. Blitz=schnell zog er einen seltsam geformten Dolch aus dem Gürtel. Seine Lippen wurden noch schmaler, waren Lächeln, Grausamkeit und Wollust in einem. Sein Arm holte aus. Der Dolch war ein Blitzen in der Luft, ehe er den rechten Fuß des Anführers durchstieß, sich federnd in das Holz der Bohlen bohrte. Der Mann wankte, aber kein Laut kam über seine Lippen.
Die anderen Sklaven waren verstummt. Sie wichen noch mehr an die Wand zurück. Die eben noch drohend auf=gerichteten Gestalten sackten in sich zusammen, mutlos, kraftlos. In ihren Augen stand nur stummes Entsetzen, Er=gebung . . .
Die Peitsche zerschnitt die Luft, biß sich in die dunkle Haut des Negers, zerriß sie. Blut quoll hervor. Mit einer sich stei=gernden Raserei schlug Herera auf den Neger ein.
Caroline konnte nicht mehr hinsehen. Übelkeit stieg in ihr auf bei dem Gedanken, daß sie es war, die diesen Blut=rausch in diesem Mann entfesselt hatte, daß seine Raserei im Grunde ihr galt, daß er ihren Leib peitschte.

Vor ihren Augen begann es zu flimmern. Die Gestalten um sie herum schwankten. Noch einmal tauchte das ver=zerrte Gesicht des Peruaners auf, die goldene Reihe der Zähne. Immer näher kam das Gesicht, wurde größer, bis es nichts mehr anderes gab als die maskenhafte Fratze dieses Dämons, uralt und zeitlos . . .

KAPITEL 8

Sie wollte sich aufsetzen, aber sie war wie gelähmt, begra=ben unter lastender Dunkelheit. Benommen und mit einem Leib, der ihr nicht mehr zu gehören schien, trieb sie dahin. Nur langsam zerrann das Dunkel um sie, zerbrach in grelle, bunte Flecken; schwarze Tierköpfe tauchten auf, der goldene Leib einer Frau — die schmalen gelben Augen des Dämons . . .

Aber Herera beachtete sie nicht. Er kniete vor der Statue aus Gold, versunken in ihren Anblick, Worte eines ge=heimen obszönen Rituals murmelnd. Dann sah Caroline ihn das Kreuzzeichen schlagen, die Finger küssen, mit denen er sich bekreuzigt hatte.

Dunkel erinnerte sie sich, die gleiche Geste einmal in Notre=Dame bei einem Spanier beobachtet zu haben, aber immer noch waren die Signale, die ihre Sinne ihr gaben, ver=schwommen und unwirklich, hatte sie das Gefühl, in einem Alptraum befangen zu sein . . .

Ihr Blick fiel auf die neben dem Knienden am Boden lie=

gende Peitsche; die Lederriemen trugen eine rötliche Kruste. Die schreckliche Erinnerung kehrte zurück. Ihr wurde klar, was geschehen war. Sie war ohnmächtig geworden. Herera hatte sie in seine Kajüte zurückgebracht. Wehrlos war sie hier gelegen, seinen Augen, seinem Willen preisgegeben. Wie lange? Mit einem Ruck setzte sie sich auf. Was war mit ihr geschehen während der Zeit, da sie hier war? Langsam erst fand sie den Mut, an sich hinunterzusehen. Wie von den behutsamen Händen einer Zofe hingebreitet lag der Rock über ihren Beinen. Der smaragdgrüne Seidensamt zeigte keine Falte. Die Füße in den silbergrauen Ziegenlederschuhen ruhten auf einem schwarzen Seidenkissen.

Die Vorstellung, daß er sie nicht berührt hatte, beruhigte sie keineswegs. Sie kam sich trotzdem wie beschmutzt vor — und vor allem fühlte sie, daß die Gefahr noch nicht vorüber war. Solange sie hier war, hatte er sie in seiner Gewalt.

Der Peruaner hatte sich erhoben. Er wandte sich langsam um. Der Haß war aus seinem Gesicht verschwunden. In seiner ausdruckslosen Starre ähnelte es einer goldenen Maske. Er schien sich besinnen zu müssen, wo er war, wer sie war, und warum er sie hierhergebracht hatte. Suchend irrte sein Blick durch den Raum. Dann trat er an einen der Schränke. Als er wieder auf sie zukam, lag ein schwarzer Lederbeutel in seiner Hand. »Nehmen Sie«, sagte er gelassen, »es ist der volle Preis eines Sklaven . . . das war es mir wert.«

Ohne zu begreifen blickte Caroline ihn an.

»Ich möchte nicht, daß der Herzog einen Verlust erleidet. Als sein Kapitän hafte ich für die Fracht, lebend oder tot . . . Also nehmen Sie es schon . . .« Seine Hände schlossen sich um ihre Rechte, preßten das prallgefüllte Ledersäckchen hin=

ein. »Es brennt nicht. Es tut nicht weh, ist nicht vergiftet. Es ist dasselbe Geld, mit dem der Herzog seine guten Taten getan hat — mit dem er Kleider und Schmuck für Sie bezahlt hat und bezahlen wird.«
Sie zog die Hand zurück, als hätte sie sich verletzt. »Schweigen Sie!«
Herera zuckte die Achsel. »Leblanc wird es nehmen, so wie ich ihn kenne.« Er verstummte. Sein Gesicht war ruhig, entspannt. Der Widerschein einer weichen Regung schien darüber hinzugleiten. »Er hat Ihnen kein Wort von alledem gesagt. Ist es so? Er hätte Sie nach England reisen lassen, ohne daß Sie überhaupt gewußt hätten, worum es geht. Er scheint Geheimnisse ebenso zu lieben wie das Geld.«
Leblanc! Caroline erinnerte sich an Eliettes Worte, daß der Herzog sich nie um Geld oder Geschäfte gekümmert hatte. Wenn er von diesen Geschäften ebensowenig wußte wie sie bis zu dieser Stunde? Wenn es allein ein Werk Leblancs war? Aber noch während sie es dachte, wurde ihr klar, daß es ihr im Grunde gleichgültig war . . .
Sie mußte zu ihm. Alles andere war bedeutungslos. Sie hatte schon genug Zeit verloren. Aber sie würde nicht mehr den Fehler begehen, zu vergessen, mit wem sie es zu tun hatte; je mehr sie diesen Mann bitten würde, sie gehen zu lassen, um so mehr Befriedigung würde es ihm sein, sie zurückzuhalten. Sie sah Herera an. »Sie haben mir gezeigt, was Sie mir zeigen wollten«, sagte sie. »Welches Interesse hatten Sie daran?«
»Ganz einfach. Wir beide sind gleich stark an einer Sache interessiert — an der Freiheit eines Menschen. Ich habe Ihnen die Freiheit des Herzogs anzubieten — gegen die Frei=

heit eines Mannes, den Intendant Leblanc auf Mortemère beherbergt.«

»Ein Gefangener — auf Schloß Mortemère?«

»Ich sagte beherbergt ...«

»Aber Sie meinen es so. Was ist mit ihm? Kommen Sie zur Sache!«

»Ich habe Freunde, die sich für diesen Mann interessieren, das heißt für eine Erfindung, die er gemacht hat. Das Haus Santi und Leblanc hatten ursprünglich vor, diese Erfindung gemeinsam auszuwerten ... aber Leblanc scheint plötzlich das Geschäft allein machen zu wollen. Übergeben Sie mir den Mann, und schon morgen wird der Herzog frei sein. Das Haus Santi ist mächtig genug ...«

Caroline hörte zu, ohne den ganzen Sinn der Worte zu begreifen, die Hintergründe dieses überraschenden Angebots. Und sie versuchte es auch gar nicht erst. Was gingen sie diese Männergeschäfte an? Sie dachten alle nur an sich, an ihren Vorteil, an ihre Ziele. Sie mußte es genauso machen.

»Was reden wir lange«, sagte sie. »Lassen Sie uns aufbrechen. Sie sollen Ihren Mann haben.«

Herera verneigte sich. Um seinen Mund spielte ein Lächeln, halb Staunen, halb Triumph ...

Gefährlich hin und her schwankend raste die Kutsche dahin. Manchmal tauchten im tanzenden Schein der Windlichter die Silhouetten der zwei Reiter auf, die ihr folgten, Herera und sein Begleiter, oft nur der Umriß eines Hutes, ein wehender Mantel, wie selbständig dahinfliegend.

Sie waren beide keine guten Reiter, beide nicht an den Rücken von Pferden gewöhnt, aber Caroline ließ den Gedanken, ihnen davonzujagen, sie einfach hinter sich zu lassen, in dem weißen Nebel, der sich jetzt dicht über dem Boden zusammengezogen hatte, bald fallen. Ihre Gedanken waren ohne Richtung und Klarheit. Nur ihr Wille war sich seines Zieles deutlich bewußt; es hieß Calais, London, immer noch, und nun erst recht. Batu würde aus den Pferden die doppelte Geschwindigkeit herausholen, wenn es sein mußte . . .

Aber als sie dann Mortemère aus dem Nebel auftauchen sah, änderte sie ihren Plan. Sie hämmerte gegen die Kutschenwand. Sie sprang ins Freie, sobald das Gefährt hielt. Batu neigte sich vom Bock herunter. »Komtesse?«

»Fahr mit der Kutsche voraus«, sagte sie, »die Straße nach Calais. So versäumen wir keine Zeit mehr. Ich werde dich auf einem Pferd leicht einholen.«

»Sehr wohl, Komtesse.« Er nahm die Zügel hoch. Wieder spürte sie sein Zögern, und wieder hatte sie keine Zeit darüber nachzudenken, denn Herera hatte sein Pferd neben ihr pariert. »Was soll das? Haben Sie es sich anders überlegt?«

Sie maß ihn mit einem kalten Blick. »Warten Sie hier!«

Sie hörte die davonrollende Kutsche, als sie über den Hof

schritt. Die Vorstellung der Kutsche, die ihr voraus durch die Nacht fuhr, gab ihr Zuversicht. Alles schien plötzlich ganz einfach.

Der große Saal, die leere abgeräumte Tafel, sie schritt acht=los daran vorüber. Ein Lichtstreif fiel durch den Spalt der angelehnten Tür zu Leblancs Arbeitszimmer. Sie öffnete sie leise, trat ein. Er saß an seinem Schreibtisch, im Lichtkreis einer einzigen Kerze.

Er hob den Kopf, stand auf, als er sie erkannte, Verwunde=rung auf den Zügen, Überraschung, dann Freude. »Sie sind zurückgekehrt? Ein weiser Entschluß, Komtesse!«

Caroline stand da, drehte die silbergrauen Glacéhandschuhe zwischen den Fingern. Nein, Leblanc war kein Untergebener, dem man einen Befehl erteilte und der blind gehorchte. Zu lange Jahre stand er schon in den Diensten der Herzöge von Belômer. Er hatte ein Recht auf eine Erklärung. »Es ge=schah nicht freiwillig«, sagte sie. »Ich bin aufgehalten wor=den, gegen meinen Willen . . . von dem Kapitän der *Myrmidon,* Herera.« Sie beobachtete sein Gesicht, aber kein Muskel verriet ihr seine Gedanken, und doch spürte sie instinktiv, daß ihn diese Nachricht traf. »Er hat mich auf die *Myrmidon* gebracht, die gerade ihre Fracht löschte . . .«

Leblanc stand da, die Arme auf der Brust ineinander ver=schränkt, blickte sie ruhig an. Kein Erschrecken, nicht der Schatten eines schlechten Gewissens lag in seinem Blick, eher Trauer, Melancholie. »Und dieses Wissen — macht es Sie leichter, glücklicher?«

Sie wich seinem Blick nicht aus. »Der Herzog . . . weiß von diesem Handel?«

Leblanc schüttelte bedächtig das Haupt. »In der Welt eines Herzogs von Frankreich ist es nicht üblich, von Geld zu sprechen, noch sich darüber Gedanken zu machen, wie es erworben wird. Das ist allein meine Aufgabe.« Er lächelte. »Wenn man seine hohen Begriffe von etwas bewahren will, ist es besser, die Wirklichkeit nicht kennenzulernen. Ich rate Ihnen, vergessen Sie, was Sie gesehen haben.«
»Sie vergessen, daß diese Art von Geschäften der Grund ist, warum man den Herzog verhaftet hat.«
Leblanc hob die Brauen, zum erstenmal betroffen.
»Eines seiner ... Ihrer Schiffe wurde aufgebracht. Die *Felicidade*, mit Sklaven an Bord. Herera bot mir einen Han=del an: Die Freiheit des Herzogs gegen die Freiheit eines Mannes, den Sie hier gefangenhalten. Herera wartet draußen, daß ich ihm diesen Mann ausliefere.« Caroline hatte geglaubt, ja gehofft, daß in diesem Augenblick seine stei=nerne Maske fallen würde. Aber die Unerschütterlichkeit war keine Maske, sie war sein Wesen, und sie verstand plötzlich, warum die Leute ihn den König von Saint=Malo nannten.
»Es ist gut, daß Sie Herera hergebracht haben«, hörte sie ihn schließlich sagen. »Ich werde mit ihm sprechen ... in einer Sprache, die er versteht.«
»Nein! Es ist genug geredet worden. Sie geben den Mann heraus!«
»Ich vertrete die Interessen des Herzogs«, sagte Leblanc, »und ich würde sie verletzen, wenn ich Ihren Befehl be=folgte.«
Eben noch hatte sie ihn bewundert, jetzt haßte sie ihn. Der Wille dieses Mannes erschien ihr wie eine unüberwindliche

Mauer. »Tun Sie, was ich sage«, stieß sie hervor. »Sie ... Sie sind doch an allem schuld!«

Ein Zittern lief durch die hohe Gestalt des Mannes, ein unmerkliches Beben, das sie bei einem anderen nicht beachtet hätte, das sie aber bei diesem Mann erschütterte.

Er neigte den Kopf. »Wenn mich eine Schuld trifft, dann die, daß ich nicht genug Vorsicht habe walten lassen, und das wäre in der Tat ein unverzeihlicher Fehler. Was die Art des Handels, den wir mit einigen Schiffen betreiben, anlangt ... die Welt ist häßlich und schmutzig, gewiß. Ich habe sie nicht gemacht, ich finde mich nur in ihr zurecht, Komtesse. Es gab eine Zeit nach der Revolution, da wurden die Schlösser des Adels geschleift, die Alleen zu Brennholz zerhackt, da saßen Herzöge in London in der Emigration in kalten Dachstuben, da verbargen sich die stolzesten Namen Frankreichs hinter den Zeichen von Pastetenbäckern und Schnapsbrennern. Der Herzog von Belômer aber konnte Hunderten das Leben retten, dank seines bewahrten Vermögens. Er bekämpfte Napoleon, während ich, sein Diener, ganz Europa mit Marmorbüsten des Kaisers überschwemmte. Und während unsere Schiffe, Gesetze und Verbote übertretend, Spezereien und Zucker ins Land schmuggelten ... konnte der Herzog Ihren Vater aus Vincennes befreien, vor dem sicheren Tod ... Niemand kann einem Belômer das Wappen aus dem Herzen reißen ...« Er schien nicht mehr zu ihr zu sprechen Rastlos durchmaß er den Raum, den Kreis des Lichts verlassend, wieder in ihn zurückkehrend. »Es ist soviel Böses im Namen des Guten geschehen, warum nicht Gutes im Namen des Bösen.«

Er blieb vor Caroline stehen, warf ihr einen forschenden

Blick zu. Mit seinem untrüglichen Sinn für die Realität wußte er, daß er dem Herzog mit der Auslieferung Ramon Sternes nicht im mindesten half. Aber wie sollte er das dieser Frau klarmachen, die in dieser Stunde für jedes Argument der Vernunft taub war, die nur die Sekunden zählte, um in die Nacht hinauszureiten. Trotzdem sagte er: »Hören Sie mir bitte noch einen Augenblick zu, Komtesse, dann mögen Sie entscheiden. Sie wollen, daß ich diesen Mann ausliefere ... gegen ein vages Versprechen. Dieser Mann besitzt ein wertvolles Geheimnis: das Wissen und die Pläne, Schiffe zu bauen, die schneller sein werden als der schnellste Clipper, dampfgetriebene Schiffe. Begreifen Sie, was das bedeutet? Wer diese Schiffe besitzt, der wird ...«

Caroline hörte seine Worte, fühlte seinen erwartungsvollen Blick auf sich gerichtet. Sie hatte ihm die ganze Zeit zugehört, obwohl es sie große Überwindung gekostet hatte. Jetzt war es ihr genug. Das war nicht der Augenblick nachzudenken! Wenn sie damit anfing, würde sie morgen noch hier sein ...

»Und wenn dieser Mann Gold machen könnte, geben Sie ihn frei.«

Leblanc sah Caroline mit dem Blick eines Menschen an, für den es nur eines gab, vor dem ihm graute: Handlungen, die vom Gefühl diktiert waren. Trauer war in seinem Blick, die ganze Kluft zwischen Vernunft und Leidenschaft. Er neigte leicht das Haupt. »Ihr Diener, Komtesse.« Ohne ein weiteres Wort wandte er sich um. Er zog einen Vorhang an der Schmalseite des Raumes zur Seite. Eine Tür wurde sichtbar, schwang lautlos auf.

Zwei Kandelaber mit bläulichen Glaszylindern verbreiteten kühles Licht in dem weiten Raum, der mit seinem Kreuzgewölbe und den Bogenfenstern an ein gotisches Refektorium erinnerte. Die ungleichmäßigen Rauten der roten Fliesen trugen die Spuren von Jahrhunderten. Trotz der peinlichen Ordnung, die überall herrschte, machte der Raum auf Caroline einen phantastischen Eindruck: Der runde schwarze Tisch, auf dem astrologische Instrumente aufgebaut waren, der in die weite Nische des Kamins eingebaute Herd mit seinen Retorten und Phiolen.

Leblanc hatte einen der Kandelaber ergriffen. »Ich muß Sie noch weiter bemühen«, sagte er. Die Flamme in seinen Händen brannte ruhig und klar weiter. Ein Zittern, eine Schwäche schienen die Hände dieses Mannes nicht zu kennen. Sie folgte ihm eine Wendeltreppe abwärts. Ein Gang nahm sie auf. Schwere Eisengitter waren in die Wände eingelassen. Scharfer Tiergeruch schlug Caroline entgegen. Leblanc, der ihre Verwunderung bemerkt hatte, blieb stehen, hob das Licht. Aus dem Dunkel eines weiten Zwingers tauchte der zottige Körper eines Bären auf, ein zweiter. Vom Licht aufgeschreckt, reckten sie sich in die Höhe, die Pranken erhoben. »Unsere Bären«, sagte Leblanc neben ihr. »Die Herzöge von Belômer halten seit Generationen auf jedem ihrer Schlösser ein Paar. Heute sind sie um ein altes Privileg gekommen, die Reste der Hochzeitstafel.«

Caroline hatte plötzlich das Empfinden, im Schloß eines Fremden zu sein. Was wußte sie eigentlich vom Herzog? War sie mit ihm zusammen, glaubte sie alles von ihm zu wissen. Aber seit sie gestern dieses Schloß betreten hatte, war ein Erlebnis dem anderen gefolgt, das ihr gezeigt hatte, daß sie dabei war, einen Mann zu heiraten, von dem sie im Grunde wenig wußte . . .

Durch wie viele Gänge war sie Leblanc noch gefolgt? Endlich blieb er vor einer Eichentür stehen. Es wunderte sie, daß sie nicht verschlossen war. Sie traten in einen Raum. Er lag im Dunkeln, aber der Luftzug ließ die Glut eines Holzkohlenbeckens aufglimmen. Leblanc schob einen Vorhang zur Seite, hob die Lampe. Auch hier war es finster.
»Hat man Ihnen denn kein Licht gebracht?« fragte Leblanc besorgt.
»Ich habe es gelöscht«, sagte eine Stimme, »die Tage sind mir lang genug . . .«
Caroline stutzte, als sie die Stimme vernahm, die metallisch war, mit dem braunen, satten Klang der Bronze; es war wie ein vergessener Klang, der irgendwo aus der Erinnerung aufstieg. Leblanc stellte die Lampe auf einem Marmortisch ab. Der Raum glich in nichts einem Verließ. Am Boden lagen wertvolle Teppiche; an der Wand stand ein Bücherschrank; der goldene Rahmen eines Spiegels schimmerte matt. Eine offene Bogentür führte in einen zweiten Raum, in dem ein großer Zeichentisch aufgestellt war. An einer Tischstaffelei lehnte der Aufriß eines Schiffes.
Ihren Blicken entzogen, in einem hohen Backensessel, der in der Nähe eines Fensters stand, saß die Gestalt, deren Stimme sie gehört hatte.
»Man erwartet Sie«, sagte Leblanc. »Ich bedauere, daß ich Sie nicht überzeugen konnte, daß Ihre Erfindung hier in guten Händen gewesen wäre.«
Der Mann erhob sich. Er trat an das Bücherregal, nahm

einen schmalen silberbeschlagenen Lederband heraus. »Ich bin bereit ...«

Als er sich umwandte, fiel das Licht der Lampe voll auf sein Gesicht. Caroline erschauerte. Wie schon einmal stand er vor ihr, wie von den Toten auferstanden, wie damals, als er aus der Nacht am Portal ihres Pariser Palais' auftauchte, aus Sturm und Gewitter. Nur ein Mann hatte diese mandelförmigen Augen, die wie dunkle Lichter waren, glühend in fanatischem Ernst, Ramon Sterne, der Bruder des Korsaren ...

Sie lief auf ihn zu. »Sie? Wie in aller Welt kommen Sie hierher? Warum sind Sie damals nicht mehr gekommen? Haben Sie es gefunden, das Vermächtnis Ihres Bruders?« Sie wußte in diesem Augenblick, daß sie diesen Mann nicht ausliefern konnte.

Er sah sie an. Sein Gesicht war ruhig und doch schien es zu brennen. Die Augen, jede Linie dieser bronzenen Züge schienen aus Leidenschaft geformt und zur Leidenschaft bestimmt. »Ja, ich habe es gefunden, Komtesse. Aber wie Sie sehen, sind andere mächtiger.« Seine Augen ruhten auf ihr, diese heißen Augen. Sie war versucht, ihre Hand auf diese Augen zu legen, damit sie nicht länger so auf sie blicken konnten. Aber dann senkte sie nur den Kopf.

Sie wandte sich ab, suchte Leblancs Blick. »Zwei schnelle Pferde, Sattelzeug ...« sagte sie. Wenn er davon überrascht wurde, so verriet sein Gesicht nichts. »Komtesse befehlen«, sagte er. »Ich werde es veranlassen.«

»Nein! Zeigen Sie uns nur den Weg zu den Ställen ... Und überlassen Sie alles andere uns.«

Er hob die Lampe so, daß sein Gesicht im Schatten blieb.

»Sehr wohl, Komtesse . . .«
Leblancs Schritte verhallten im Dunkel. Caroline tastete nach dem Riegel der Holztür; knirschend öffnete sie sich. Vor ihnen lag ein zweiter Hof, gesäumt von den Ställen, den Wohnungen des Gesindes. Das Licht von Fackeln und der beleuchteten Fenster wob ein milchiges verschwommenes Muster in den Nebel. Irgendwo in einen der Pferdetröge tröpfelte Wasser. Ein Flattern huschte um den entlegensten der vier Ecktürme, eine Eule schrie. Weit entfernt, davor zu erschrecken, weckte dieser Laut in Caroline eher einen prickelnden Reiz. Lächelnd wandte sie sich an Ramon Sterne. »Ich bin immer schon mit der Nacht munter geworden, wenn die Eulen ihre Schlupfwinkel verlassen.«
Sie ging voran, öffnete das Stalltor. Die Tiere hoben die Köpfe. Sie schritt die Boxen ab; bei einem Hengst mit weißer Blesse blieb sie stehen. Sie band das Tier los, führte es vor, zur Geschirrkammer. Sterne war ihrem Beispiel gefolgt, hatte ein Pferd losgebunden. Sie wehrte ab, als er ihr helfen wollte, das schwere Sattelzeug auf den Rücken des Pferdes zu heben. Sie zurrte die Gurte fest. Dann ging sie noch einmal zurück in die Kammer. An den Wänden hingen Mantelsäcke. Sie tastete sie ab, bis sie den Lauf einer Pistole fühlte. Sie nahm sie an sich, ging zurück, steckte sie in die Satteltasche. »Fertig?« fragte sie. Sterne nickte stumm.
Den Schwarzen am kurzen Zügel führend, wies sie den Weg zum Schloßtor. Sie spähte durch das Gitter der seitlichen Pforte nach draußen. Der Nebel hatte sich gelichtet, und sie sah die beiden Männer auf ihren unruhig tänzelnden Pferden. Sie wandte sich an Sterne. »Was auch geschieht, wir müssen zusammenbleiben.«

Sie zog das Tor auf, langsam, behutsam, schwang sich in den Sattel. Sie spürte das warme Fell des Tieres, seine Muskeln und Sehnen. Die Berührung mit dem Tier hatte etwas Beruhigendes, Vertrautes. Nichts und niemand würde sie nunmehr daran hindern, der Kutsche nachzufliegen . . .
Die Zähne des Tieres mahlten an der Trense, so als hätte sich ihre Ungeduld ihm mitgeteilt. Sie wußte, es brauchte keine Sporen, nur den leisen Druck ihrer Schenkel, ein Schnalzen ihrer Lippen. Der Hengst schoß voran. Der harte Schlag wechselte, als die Hufe über das Holz der Bohlen donnerten. Erst jetzt wurden sie von den beiden Reitern bemerkt. Sie rissen ihre Pferde herum, wollten ihnen den Weg versperren. Hereras Pferd bäumte sich auf, drehte sich unter ihm. Aber sein Begleiter hatte das seine in der Gewalt. Caroline sah, wie er sich in den Steigbügeln aufrichtete; mit der einen Hand hielt er die Zügel, in der anderen blitzte eine Pistole . . . .
Caroline zog die Waffe aus der Satteltasche. Für den Bruchteil einer Sekunde zögerte sie. Sie drückte den Hahn durch. Die Wucht des Rückschlages riß ihr die Waffe aus der Hand. Neben ihr stürzte der Mann aus den Steigbügeln; ihr Weg war frei . . .

KAPITEL 10

Am Ende des Dammes, der Saint-Malo mit dem Festland verband, hatte sich der Nebel aufgetan. Der Mond schwamm in einem milchigen See aus Dunst. Sein ungewisses Licht floß über das von niedrigen Hecken durchzogene Land, das auch in der Nacht seinen herben Reiz bewahrte. Wie ge=spannte Seide lag das Meer in der Tiefe. Nur der ferne An=prall der Brandung und der Atem des Windes kündeten von den darin schlummernden Kräften.

Tief über den Rücken des Pferdes gebeugt, in gestrecktem Lauf dahinjagend, erkannte Caroline die Stelle, an der sie der Kordon der vierundzwanzig Reiter empfangen hatte. Rosen waren aus dem Himmel gefallen. Wo waren sie ge=blieben, wo die Rose, die sie aufgefangen hatte, wo ihre Freude, ihr Glück? Vergessen — wie der Sturm, der nachts gewütet hatte, wie die entsetzlichen Augenblicke auf der *Myrmidon.* Sie hatte einen Menschen befreit und einen an=deren getötet, und schon jetzt, ein paar Augenblicke später, begann Erinnerung daraus zu werden, begann die Wirklich=keit sich aufzulösen in Schemen der Phantasie ...

Würde es immer so sein, würde immer alles so schnell ver=gehen, unwiederbringlich? Ihrer ganzen Natur nach war sie ein Geschöpf der Gegenwart. Dieses Einssein mit dem Augenblick war das Geheimnis ihrer Kraft, die Sprungfeder ihres Wesens. Und doch empfand sie dieses Dahinschwin=den in dieser Stunde als etwas Unheimliches. Zum ersten=mal in ihrem Leben spürte Caroline, daß auch jedesmal ein Teil von ihr selber mit dahinging. Aber auch dieser Gedanke verging, und zurück blieb nur das vage Gefühl der Erlösung, mit dem das Vergessen immer beginnt. Und es war gut, daß sie das, was in dieser Nacht geschehen war, vergessen würde ...

Ihren Gedanken nachhängend sprengte sie dahin, als sie bemerkte, daß der Hufschlag des zweiten Pferdes, der ihr wie ein Echo gefolgt war, verstummte. Sie zog die Zügel scharf an, blickte sich um.
Ramon Sterne war etwa hundert Meter zurückgefallen. Sein Pferd ging in ungleichem Trab. Sie wandte ihren Schwarzen, ritt ihm entgegen. »Ein Eisen verloren?«
»Gleich beide, an der Hinterhand. So kann ich Ihnen nicht folgen.«
Caroline zog ihre kleine Uhr aus der Jackentasche. Es war schon nach Mitternacht. »Meine Kutsche ist vorausgefahren. Ich weiß nicht, wann wir sie einholen ... Zu zweit auf einem Pferd schaffen wir es nie. Ich muß in der Frühe um neun Uhr in Calais sein, zum Paketboot nach England.«
»Reiten Sie zu. Ich werde in der nächsten Ortschaft einen Schmied finden. Unser Vorsprung ist groß genug. Für mich geht auch morgen noch ein Boot, jeden Tag ...«
Sie suchte seinen Blick, aber wie schon vorher, konnte sie ihn dann kaum ertragen. Es war eine Heftigkeit darin, vor der sie zurückschrak. Wie sehr mußte das Leben ihn verletzt haben, ihn, dessen Äußeres ein Bild von Entschlossenheit und Kraft bot. Sie zögerte, und doch konnte sie nicht anders. Sie mußte ihm die Wahrheit sagen. »Der Herzog ist verhaftet worden. Für seine Freiheit hat man die Ihre verlangt. Ich war entschlossen, Sie auszuliefern ...«
Ein Lächeln ging über sein Gesicht. »Es gibt kein Verbrechen, das die Santis nicht begehen würden.«
»Die Santis?« Wieder fiel dieser Name, der ihr nichts sagte.
Er schüttelte den Kopf. Nein, er konnte in diesem Augenblick nicht davon sprechen. Seit mehr als einem Jahr ver=

folgten sie ihn. Seine Freunde hatten sie beseitigt, einen nach dem anderen, ihn langsam eingekreist, immer enger war das Netz geworden. Er hatte nichts mehr als sein nacktes Leben besessen und sein Wissen, als Leblancs Leute ihn nach Mortemère gebracht hatten. Aber er hatte die Tage dort nicht einmal als Gefangenschaft empfunden. Etwas in ihm war fast erleichtert gewesen, daß endlich alles ein Ende haben würde . . .

Und dann war plötzlich sie vor ihm gestanden, diese Frau, und Gefühle, die er für immer in sich erstorben geglaubt hatte, waren aufgebrochen. Er mißtraute ihnen — aber er wußte schon jetzt, daß sie von Stunde zu Stunde wachsen würden.

Er beugte sich im Sattel vor. Seine Hand löste den Verschluß der Satteltasche; er zog das Buch, das er aus dem Schrank genommen hatte, heraus. »Sie haben sehr viel für mich getan«, sagte er, »darf ich Sie auch noch darum bitten. Nehmen Sie es an sich . . .«

Er reichte ihr den schmalen Lederband. Er ließ keinen Blick von ihren Händen, während sie das Buch in die Satteltasche schob. »Geben Sie gut darauf acht«, sagte er. »Und sobald Sie in London sind, bitte, bringen Sie es in die Neal Street, zu . . .« Er zögerte, den Namen zu nennen. »Fragen Sie nur nach Madame Blanche. Sie werden sie leicht finden.« Seine Stimme wurde beschwörend. »Aber nur ihr, nur ihr persönlich dürfen Sie es aushändigen.«

Caroline nickte. Es schien ihr nicht nötig, ihr Versprechen durch Worte zu bekräftigen. Schweigend reichte sie ihm eine Börse mit Geld, und ehe er abwehren oder danken konnte, riß sie ihr Pferd herum und jagte davon . . .

ZWEITER TEIL

Der Gefangene von London

KAPITEL 11

Leuchtende Helligkeit lag über dem Hafen von Dover. Das Meer, die Kreidefelsen, der Himmel, alles schien zu schwe=ben, schwerelos, als wäre es aus dem flirrenden Licht und der lauen Brise dieses Herbsttages gemacht.

Caroline hatte die ganze fünfstündige Überfahrt verschla=fen. Erschöpft von der durchrittenen Nacht und erwärmt von einem heißen Getränk aus Wein, Wasser und Zitronen=saft, das Batu ihr zubereitet hatte, war sie, eingehüllt in eine Reisedecke, im Backensessel der Kapitänskajüte eingeschlum=mert. Jetzt aber stand sie mitten unter den Passagieren an der Reling, während das breitbauchige Paketboot leise schwankend auf seinen Anlegeplatz zutrieb.

Batus hohe Gestalt überragte die anderen Passagiere. Ein breitrandiger Hut überschattete sein Gesicht. In seiner Hal=tung lag zugleich Ruhe und Spannung. Wie Caroline ihn kannte, würde er der erste an Land sein. Und bis sie ans Ufer gelangen würde, hätte er bestimmt einen Wagen für sie gemietet, das Gepäck verstaut . . .

Am Morgen in Calais war es trüb und dunstig gewesen, und doch schien es Caroline, als wäre es dieselbe Szenerie wie dort. Es herrschte dieselbe Atmosphäre. Etwas von der ewigen unumstößlichen Ordnung der Gestirne war um diese Boote, die täglich zwischen Calais und Dover ihre 21 See=meilen abfuhren, und deren Bahn weder durch Stürme noch durch Nebel ernsthaft gestört werden konnte. Sie konnten aufgehalten werden, aber schließlich erreichten sie doch immer ihr Ziel.

An der Poststation, wo die Diligencen bereitstanden, war es dasselbe. Reisende verschwanden in den großen sechssitzigen Wagen. Postillione luden das Gepäck auf die Dächer, zurrten die Lederriemen fest. Es glich einem Ballett, wo jeder seinen festen, ihm zugewiesenen Platz hatte und bestimmte immer wiederkehrende Bewegungen ausführte. Der Zufall, das Ungewisse, schien hier keine Macht zu haben. Auch der Kutscher des Wagens, den Batu gemietet hatte, ein wettergebräunter gedrungener Mann, lächelte Caroline zu, als hätte er im voraus gewußt, daß er sie heute fahren würde, sie und keine andere. Er zog tief den Hut. »Madame, in drei Stunden sind Sie in London, so wahr ich Tippet heiße. Und wo werden Sie absteigen?«

Caroline reichte ihm den Zettel, auf dem ihr Philippe die Adresse aufgeschrieben hatte. Der Kutscher warf einen kurzen Blick darauf. »Church Yard. Zu den Schwestern Short!« Sein Gesicht strahlte auf. »Die zwei alten Mädchen werden aus dem Häuschen geraten. Eine Französin! Da werden sie Ihnen jeden Wunsch von den Augen ablesen. Frankreich, das ist ihr Fimmel. Erst neulich mußte ich die beiden nach Portsmouth fahren — nur, um sich den gefangenen Napoleon anzusehen . . . Da haben Sie gut gewählt, Madame, und wenn ich Ihnen einen Rat geben darf, schauen Sie auch mal in das Ledergeschäft von Joshua Short. Wenn sich einer aufs Koffermachen versteht, dann Short. Köfferchen macht er, die werden von Generation zu Generation nur noch schöner . . . Nur eingestiegen, Madame.

Sie werden nicht merken, daß wir fahren. Sie werden glauben zu fliegen.« Er sprudelte das alles in einem Dialekt hervor, den Caroline mehr erriet als verstand.
Batu hatte den Schlag geöffnet, klappte das Treppchen heraus. Caroline raffte den Rock, setzte den Fuß darauf, als bei der Postkutsche neben ihnen plötzlich Gezeter entstand.
»Zuviel Gepäck!« rief eine dunkle Frauenstimme. »Sie sollten stolz sein, das Gepäck von Madame Salmon befördern zu dürfen.« Eine kleine Frau, um die sich ein in grellem Rosa und Grün karierter Mantel bauschte, stand bebend vor einem jungen blonden Kutscher. »Gewiß, Madame«, gab er zur Antwort, »aber zuviel ist zuviel.« Er deutete auf einen Träger, der eine Pyramide von Schachteln, Körben und Gepäckstücken auf Armen, Schultern und Nacken balancierte. Sie kam in diesem Augenblick ins Rutschen, alles fiel zu Boden, der Deckel eines Korbes sprang auf — ein Kopf rollte heraus. Verdutzt verstummten alle, die die Szene beobachtet hatten. Die Frau stieß einen Schrei aus, stürzte sich auf den aus Wachs geformten Kopf, hob ihn auf und drückte ihn an sich wie einen kostbaren Schatz. »Rohlinge!« stieß sie hervor. Sie warf dem Kutscher einen vernichtenden Blick zu. »Ich werde nicht in Ihre Heringstonne steigen! Lieber gehe ich den ganzen Weg nach London zu Fuß.« Sie wandte sich um, blickte in die Runde. Ihre Augen blieben an Tippet hängen, der grinsend auf dem Bock saß. Ein Lächeln funkelte in ihren Augen auf. »Tippet! Lachen Sie ruhig — aber bringen Sie mich nach London. Sie bekommen auch zusätzlich ein Dauerbillet für Ihre ganze Familie.«
»Würde ich mir gerne verdienen, Mrs. Salmon — aber

ich habe meinen Fahrgast. Ich sollte schon längst hier weg sein.«

Die Frau hatte Caroline erblickt. Entschlossen kam sie auf sie zu. Etwas in ihrer Bewegung ließ Caroline befürchten, sie würde sich ihr zu Füßen werfen, aber sie breitete nur die Arme aus. »Eine Französin! Ich sehe es, ich rieche es — ich bin gerettet!« In dem Ausruf mischten sich exaltiertes Bühnenpathos und entwaffnender Charme. Das blasse, von grauen Haaren eingerahmte Gesicht der Frau war für einen Augenblick sehr jung.

Caroline hatte den doppelten Preis gezahlt, um die Mietskutsche, die sonst gewöhnlich zwei Personen beförderte, allein zu bekommen. Diese Frau mit ihrem vielen Gepäck bedeutete Zeitverlust. Aber sie war in einer Stimmung, wo sie es nicht über das Herz brachte, nein zu sagen. »Bitte, Madame, steigen Sie ein.«

Madame Salmon ergriff Carolines Hand. »Das Glück bleibt mir auf dieser Fahrt treu! Ich danke Ihnen, mein Kind! Ich werde es Ihnen nicht vergessen. Ich will Ihre gute Fee sein. Sie sind zum erstenmal in England?«

Lächelnd nahm Caroline die Frau beim Arm. »Kommen Sie!« Sie gab dem Kutscher, der sich zusammen mit Batu um das Gepäck des neuen Fahrgastes bemühte, ein Zeichen, sich zu beeilen.

Mit einem Seufzer sank Madame Salmon in die mit braunschwarz gestreiftem Serge bezogenen Polster, als die Kutsche anfuhr. Den Kopf, den sie noch immer an sich gepreßt hielt, bettete sie behutsam in ihren Schoß. Obwohl Caroline sofort gesehen hatte, daß es sich nur um eine Wachsplastik han=

delte, war ihr der Anblick unheimlich; eine merkwürdig zwingende Kraft ging von dem Männergesicht aus. Hoch=mut und Träumerei lagen darauf, eine untergründige Wild=heit. Madame Salmon hatte ihre Blicke bemerkt. Sie zwin=kerte Caroline zu. »Das war schon immer sein liebster Platz. Der Schoß einer Frau. Wie finden Sie ihn? Oh, ich vergesse ganz, daß Sie sicher nicht wissen, wer ich bin, noch wer er ist.« Sie deutete auf den Kopf. »Darf ich vor=stellen, Marquis Bonfrémour, erst vor fünf Tagen in Paris hingerichtet. Dieser Kopf ist seiner Totenmaske nach=gebildet.«

Dunkel erinnerte sich Caroline an den Prozeß, der wochen=lang ganz Paris beschäftigt hatte; unter dem Deckmantel eines Frömmlers und Privatgelehrten hatte der Marquis Bonfrémour zusammen mit einer ihm hörigen Stiftsdame Dutzende junger Mädchen auf bestialische Weise ermordet. »Er wird die Attraktion in meinem Kabinett«, fuhr Madame Salmon fort. »Es hat mich hundert Louisdor gekostet, daß ich ihm überhaupt die Maske abnehmen durfte.« Sie beugte sich über den Kopf, beobachtete ihn von der Seite. »Er hat immer noch etwas Unheimliches. Das ist nicht nur Werg, Wachs, Farbe, ein paar Glasaugen. Sie haben ihn geköpft, aber das tötet so einen nicht.« Ihre kleine Hand in den gift=grünen Seidenhandschuhen fuhr sanft über das Haar. »Es ist sein eigenes. Auch die Wimpern. Es läuft einem kalt über den Rücken, nicht? Dieser träumerische Blick ... Wimpern wie ein Mädchen ... und dazu dieser Mund, rot und feucht wie von frischem Blut ... Ich habe seine Ori=ginalkleider erwischt. Er wird mein Glanzstück werden. Die Leute lieben das Gräßliche. Sie wollen Blut sehen. Und seit das köstlichste Vergnügen der Londoner, die Hinrichtungen, so rar geworden sind, ist mein Umsatz um das Zehnfache gestiegen. Ich lade Sie schon jetzt zur Premiere ein. Sie müssen kommen!«

Sie zog etwas aus ihrem grünen Taftbeutel und reichte es Caroline. Es war ein winziger Papierfächer, der geöffnet auf kolorierten Miniaturen Vauxhall, Fleetstreet und ein Hausboot auf der Themse zeigte — die drei Adressen der Madame Salmon.

»Die nächsten Tage werden Sie mich in meinem Hausboot auf der Themse finden«, sagte sie lächelnd, »in Klausur mit meinem Marquis hier.« Sie lehnte sich zurück. »Verzeihen Sie. Ich bin der reinste Wasserfall. Aber Paris macht mich jedesmal ganz betrunken — und dann vorhin noch die Aufregung. Kommen Sie auch aus Paris?«

»Nicht direkt.«

»Ah, ich verstehe. Ist er Engländer? Erwartet er Sie in London? Oh, Sie werden sich wohlfühlen in London. Es ist eine gute Stadt für die Liebe. Wie alle großen Städte. Schrecklich, auf dem Lande zu lieben. Sie sehen einen Mann, er gefällt Ihnen, doch er ist verheiratet und unerreichbar. Sie leiden. In einer großen Stadt gehört uns alles, was unser Herz begehrt, selbst ein verheirateter Mann. Nichts ist unerreichbar . . .«

Caroline lachte laut heraus. »Sie sind eine Philosophin.«

»Sie müssen meine Neugier verzeihen, aber in meinem Alter zehrt man nur noch von Erinnerungen oder vom Zuschauen. Dabei hatte ich Glück. Ich war nie schön. So hat mir die Zeit auch nichts genommen. Im Gegenteil. Der Tag, an dem ich begriff, jetzt ist es endgültig aus, hat mich wunderbar ruhig gemacht. Für schöne Frauen muß es furcht=bar sein. Zu lernen den Spiegel zu hassen, es muß wie der Tod sein.«

Caroline senkte den Kopf. Während der ganzen Zeit hatte sie versucht, sich diese Frau jung vorzustellen, aber es war ihr nicht gelungen. Männer alterten auch, aber das Alter nahm ihnen nichts, sie reiften wie Wein, bekamen etwas von der majestätischen Einsamkeit eines alten Baumes.

Wie sie sich darnach sehnte, sein Gesicht aufleuchten zu sehen, wenn sie ihm entgegentrat, das von innen kommende Feuer der Leidenschaft, wie sie sich darnach sehnte, seine Stimme zu vernehmen . . .

In ihre Gedanken verloren, blickte Caroline in das grüne Land hinaus, das sich links und rechts der Straße in sanften Wellen bis zum Horizont dehnte. Die roten Dächer eines Dorfes tauchten auf. Sie drehte das Fenster etwas her=unter. Sie hatte Verlangen, frische Luft zu atmen. Der Wind wehte ihr ins Gesicht, griff unter die mit silbergrauer Seide gefütterte Krempe ihrer smaragdgrünen Schute. Sie sog die Luft tief in sich ein . . .

Ein Klang flog ihr zu, hell und jubelnd. Und dann sah sie den Vogel; ein paar Meter vom Wegrand stieg er über der Wiese auf. Das sandfarbene Gefieder, vom Licht vergoldet, schraubte er sich in den blauen Himmel.

»Eine Lerche!« rief sie. »Hören Sie nur!« Sie lauschte auf das Lied, das allmählich verklang, starrte auf das flatternde Etwas zwischen Himmel und Erde, das jetzt nur noch einer goldenen Mücke glich.

Sie hatte die Frau neben sich vollkommen vergessen. Kind=

heitserinnerungen standen auf, die Geschichten Mariannes, der Beschließerin von Rosambou, abends an der mächtigen Feuerstelle der Schloßküche ... Was hatte sie vom Gesang der Lerche gesagt ... daß ihr Gesang den Liebenden ansage, ob sie noch zusammenbleiben dürften, und wann sie sich trennen müßten ...

Sie begann eine Melodie zu summen, schwermütig und leicht; sie hatten dazu getanzt, die jungen Knechte und Mägde. Dann fielen ihr die Worte ein, *Si m'ait Amors, l'alouette nos ment* ... »wenn die Liebe mich hat, belügt uns die Lerche«.

Aber sie spürte nur, wie sich in ihr etwas erhob, als entfaltete auch ihr Herz seine Schwingen. Ob auch er es fühlte, in diesem Augenblick, daß sie in England war, daß sie, noch ehe die Sonne sank, in London sein würde. Es war wie ein Gesicht: sie wußte plötzlich, daß sie ihn sehen würde — noch heute.

KAPITEL 12

Caroline stand vor dem offenen Kamin, aber den verhungerten Flämmchen, die an den verkohlten Holzstücken leckten, schien es genauso kühl zu sein wie ihr. Gleich würde auch dieses Feuer ausgehen, und es würde hier im Salon genauso kalt werden wie in den übrigen drei Räumen.

Sie hatte um Holz und zusätzliche Holzkohlenbecken gebeten. Die Unruhe im Haus ließ Caroline vermuten, daß sie

die Schwestern Short mit diesem Wunsch in Verlegenheit gebracht hatte.
Tippet hatte sie vor dem schmalen Haus an der Ecke des St.=Pauls=Friedhofes abgesetzt, nicht ohne sie noch einmal auf die Auslagen des Ledergeschäftes aufmerksam zu ma=chen, bevor er seinen Fahrgast der Obhut der Schwestern Short übergab. Caroline hatte alles so gefunden, wie Philippe es ihr geschildert hatte: das zweistöckige Haus aus Ziegel=steinen, die Fenster breit, das Dach mit unzähligen Schorn=steinen besetzt; die Schwestern, Emma und Lilibeth Short, weißhaarig, überschlank, in schwarzen Kleidern und Spitzen=häubchen; auf rührende altjüngferliche Art zugleich zaghaft und überschwenglich; ihre Räume eine skurrile Mischung aus erlesener Eleganz und kleinbürgerlichem Kitsch. Ein be=zauberndes Entree, ganz mit rotem Maroquinleder ausge=schlagen, ein kleines mit Boulemöbeln überladenes Speise=zimmer; ein Schlafzimmer mit zartgrüner Musselintapete. Keines jener kleinen überflüssigen Dinge des Luxus fehlte, von denen die Schwestern Short glaubten, daß eine Französin ohne sie nicht existieren könnte. Zartes veilchenfarbenes Briefpapier lag auf dem Schreibtisch. Im Salon, auf dem Spinett, stand aufgeschlagen ein Sonatenband, und im Bad hatten sie eine Schale mit Rosenblättern bereitgestellt.
Aber Caroline fröstelte bei dem Gedanken an ein Bad. Doch auch wenn es warm genug gewesen wäre, hätte die Zeit dazu nicht gereicht. Gleich nach ihrer Ankunft hatte sie Batu mit einem Billet zum französischen Gesandten in London, dem Marquis d'Osmond, geschickt, und hatte sich bei ihm angemeldet.
Sie hatte mit Bedacht das eisvogelblaue Atlaskleid für den

Besuch am Portland Place gewählt. Der schwere Abend=mantel lag neben ihr am Stuhl bereit. Allmählich wurde sie ungeduldig. Wo blieb Batu nur mit der Droschke?
Es klopfte an der Tür. Sie öffnete. An jedem Arm einen Korb voller Holz stand Timothy da, das Hausfaktotum der Schwe=stern Short. »Komtesse, entschuldigen bitte. Das Holz mußte erst gehackt werden.« Brockenweise kamen die einzelnen Worte durch das Dickicht des roten Schnurrbartes.
Er stellte die Körbe neben den Kamin. Caroline drückte ihm eine Münze in die Hand. »Bitte, sorgen Sie dafür, daß in allen Kaminen immer ein Feuer brennt. Auch wenn ich nicht zu Hause bin. Lassen Sie das Feuer nie ausgehen.« Er nickte, schien eine Bemerkung machen zu wollen, aber dann griff er schweigend nach dem Schürhaken.
Caroline trat an eines der mit verschnörkelten Eisenbalkonen verzierten Fenster. Weiche blaue Dämmerung entrückte die Dinge, die engstehenden Häuser, den Friedhof mit den alten, ausladenden Trauerweiden, und darüber im Dunst, frei in den Lüften schwebend, gleich einem Bergmassiv, das aus den Wolken ragt, die Kuppel der St.=Pauls=Kathedrale; ein letz=tes Aufleuchten der Sonne fing sich auf ihrem Kreuz.
Unten lag die Straße verlassen da, in dem eigenartigen Licht der Gaslaternen, ein Licht, das sie noch nie woanders gesehen hatte. Sie wollte sich schon abwenden, da sah sie die elegante Droschke in die Straße einbiegen. Sie hielt vor dem Haus.
Caroline griff nach dem Abendmantel, warf ihn über, als die Tür des Salons aufging. Es war Batu. »Entschuldigen Sie, Komtesse, daß ich so eindringe. Aber der Marquis d'Osmond . . . Er möchte Sie sprechen.«

Caroline nickte. »Führ ihn herein!«
Der Gesandte kam zu ihr? Was bedeutete das? Caroline kam nicht weiter in ihren Überlegungen. Der Marquis stand bereits unter der Tür. Sie warf schnell einen Blick zum Kamin, aber Timothy war verschwunden. Lautlos schloß Batu die Tür.

Einen Augenblick war nur das Prasseln des neu entfachten Feuers zu hören. Mit dem kurzen energischen Schritt, mit dem kleine Männer die fehlenden Zentimeter auszugleichen versuchen, kam der Marquis auf Caroline zu. »Komtesse, Sie sehen, Sie brauchen nur zu rufen.«
»Ich danke Ihnen, Marquis.« Caroline war sich noch immer nicht sicher, ob sein Kommen ein gutes Zeichen war ...
Marquis d'Osmond hatte seine schwarze Pelerine über eine Stuhllehne geworfen. Hastig zog er die Ärmel seines schwarzen knappsitzenden Anzugs und die grünblau gestreifte Seidenweste zurecht, warf einen prüfenden Blick in den Spiegel über dem Kamin. Er schien nicht zufrieden zu sein mit dem, was er sah. Der leidenschaftliche Ehrgeiz, ein gefeierter Elegant zu sein, vergällte diesem Mann das Leben; er besaß weder die Geduld noch den Geschmack, dieses Ziel jemals zu erreichen. Er gab Unsummen für seinen Schneider aus, aber er machte damit nur seinen Kammerdiener reich, dem er alle »fehlgeschlagenen« Anzüge schenkte.
Sich die Hände reibend, trat er jetzt näher an den Kamin. »Ich freue mich, Sie so gut untergebracht zu sehen.« Er wandte sich vom Feuer weg, ihr zu. Wie schon beim Eintreten, konnte er sich beim Anblick dieser Frau nicht gegen eine Regung von Genugtuung wehren, daß diese außer=

gewöhnliche Schönheit eine Französin war. »Was für ein bezauberndes Kleid Sie tragen! Es macht mich stolz. Sie bestätigen den fabulösen Ruf, den Französinnen in diesem Land genießen — in der Mode und in der Liebe mehr zu verstehen, als die Frauen anderer Nationen . . . Sie bleiben länger in London?«

»Ich hoffe, nur wenige Tage«, sagte sie, bis sich das Mißverständnis um den Herzog von Belômer aufgeklärt hat.«

Von Natur aus war der Marquis ein gutmütiger, hilfsbereiter Mann, dem es meist wie ein persönliches Versagen vorkam, wenn er einem Bittsteller nicht helfen konnte. Aber jetzt konnte er nicht umhin, wieder an die Szene zu denken, die sich erst vor zwei Tagen in Brighton beim Fest des Prinzregenten nach der Regatta abgespielt hatte. Es war kurz vor der Verhaftung des Herzogs gewesen, da hatte Belômer ihm vor allen Anwesenden die Krawatte aufgezogen und neu geknüpft. Es war, als hörte er wieder seine Worte, in der ironischen, hintergründigen Art: »Mein lieber Marquis, politische Überlegenheit fängt beim besseren Schneider an.«

Caroline ahnte nicht, was in dem Marquis vorging, aber sie begann dem allzu freundschaftlichen, fast familiären Ton zu mißtrauen. Sie sah, wie er nervös seine weiße Batist-Krawatte zurechtzupfte, wie plötzlich das Lächeln von seinem Gesicht verschwand. »Das Ganze ist äußerst peinlich . . . delikat.« Er biß sich auf die Lippen. Noch auf der Fahrt hierher hatte er sich die Szene genußvoll vorgestellt. Aber er hatte dabei nur an den Herzog gedacht. Im Angesicht der Frau konnte er keine Genugtuung mehr empfinden.

»Äußerst delikat, Komtesse.«

Caroline rückte einen Sessel zum Kamin. »Wollen Sie nicht Platz nehmen?«

»Danke. Aber ich bin auf dem Weg in den Club.«

Der freundliche Ton täuschte Caroline nicht länger. Aber, wenn es ihm lästig war, warum war er dann überhaupt gekommen? Weil es hier unauffälliger war als im Haus am Portland Place? Bevor sie noch etwas sagen konnte, nahm er wieder das Wort. »Ich weiß, was Sie nach London führt. Ich habe über den Fall nachgedacht. Heute früh kam mit der Korrespondenz aus Paris Order für diesen Fall.«

»Der König?«

»Ihr Bruder hat beim König interveniert, ja . . .«

»Sprechen Sie! Was gedenkt der König gegen dieses Unrecht zu unternehmen, die Verhaftung eines Herzogs von Frankreich.«

Der Marquis nickte. »Gewiß, Komtesse. Die Sache ist nur die — wir haben eben einen Krieg verloren. Seit Waterloo ist kaum ein Vierteljahr vergangen. Unsere Position England gegenüber ist alles andere als gut. Wir können im Moment nicht auftrumpfen. Dem König sind die Hände gebunden.«

»Ludwig XVIII. hat diesen Krieg nicht geführt und nicht verloren.«

»Richtig — und er denkt auch nicht daran, den Kredit, den er in aller Welt hat, dadurch zu erschüttern, daß er Skandale des französischen Adels deckt. Sehen Sie, Komtesse, es ist nicht nur der Fall Ihres zukünftigen Gatten. Er fällt unglücklicherweise mit drei anderen Affären zusammen. Der Fall des Marquis Bonfrémour — er hat viel böses Blut gemacht. Dann ist da der Herzog von Raslin — vergiftet zwei Dirnen durch ein zu starkes Aphrodisiakum. Und der Graf de Mortis — gibt seiner Geliebten selbst das Messer in die Hand und schaut zu, wie sie seine Frau ersticht ... Der höchste Adel des Landes, Komtesse! Was soll das Volk vom Königtum denken! Es grenzt an ein Wunder, daß es in Paris nicht zu einer zweiten Revolution kam.«

»Sie nennen den Herzog in einem Atemzug mit gemeinen Verbrechern.«

»Sklavenhandel ist in England ein Verbrechen.«

Sie starrte ihn an, unfähig, etwas zu sagen. Es war ausgesprochen, das Unglaubliche! Alles in ihr verlangte danach, diesem Mann auf der Stelle die Tür zu weisen. Aber sie besann sich, zwang sich zur Klugheit. Sie wollte sich nicht neue Feinde schaffen. »Wir haben uns mißverstanden, Marquis«, sagte sie mit der vollkommenen Ruhe, die über sie kam, wenn es galt zu kämpfen. »Ich habe mich nicht an Sie gewandt, damit Sie etwas unternehmen. Ich wollte Sie lediglich um einige Informationen bitten.«

»Ich fürchte, ich werde Ihnen auch da nicht weiterhelfen können. Der Fall liegt beim obersten Gericht der Admiralität. Soviel ich weiß, wurde Lord Barth damit betraut. Er ist heute den letzten Abend in London. Er wird morgen zu den Herbstrennen nach Newmarket reisen ... Und wenn Sie die Bräuche dieser Stadt und ihrer Gesellschaft kennen würden, wüßten Sie, daß nichts in der Welt den Lord davon abhalten kann.«

»Ich will nur wissen«, unterbrach sie ihn, »wohin man den Herzog gebracht hat?«

»Das, Komtesse, übersteigt mein Wissen. Ich kann Ihnen auch nicht helfen, es in Erfahrung zu bringen.«

»Das heißt, Sie wollen nicht helfen.«
»Sie zwingen mich, unhöflich zu sein, Komtesse . . . es heißt ganz einfach für den französischen Gesandten laut Order vom König, daß der Herzog von Belômer nicht existiert.«
Caroline konnte die Verachtung, die sie für diesen Mann empfand, nicht länger verbergen. »Deshalb durfte ich also Ihr Haus nicht betreten.«
Die braunen Augen des Marquis wurden hart wie Florett=spitzen. »Jetzt haben wir uns verstanden, Komtesse! Und noch einen Rat. Ich bemerkte, daß Sie einen schwarzen Diener haben. Treten Sie nicht allzu offen mit ihm in London auf. Man würde es als Affront empfinden, in dieser Situation.«
Dieser Mann war nicht nur feige, er war auch dreist, wie es nur dumme Menschen sein konnten. Jedes weitere Wort war sinnlos. Trotzdem konnte sie es sich nicht versagen, zu antworten: »Wie peinlich, Marquis, daß der König nicht auch eine Order gab, die meine Existenz aufhob. Aber keine Sorgen. Ich werde Sie nicht noch einmal kompromittieren. Sie waren nie hier. Ich existiere so wenig für Sie wie der Herzog.«
Der Marquis d'Osmond nahm die Pelerine vom Stuhl, ver=neigte sich. Ein gezwungenes Lächeln spielte um seinen Mund. »Sie übertreffen den Ruf, der Ihnen vorausgeht, Komtesse. Der Herzog ist zu beneiden. Ich sehe, ich brauche mir weiter keine Sorgen um ihn zu machen.« Die Pelerine über dem Arm, eilte er hinaus.

Immer noch vor dem Kamin stehend, hörte sie das Geräusch der davonfahrenden Kutsche. Es war seltsam. Sie empfand fast Erleichterung. Sie klingelte. Als Batu dann erschien, als

er vor ihr stand, auf ihre Befehle wartend, sie ansah, mit Augen, aus denen sie seine ganze treue Abhängigkeit herauslas, sagte sie: »Wir haben nie darüber gesprochen, Batu, aber wenn du je den Wunsch hättest, nicht mehr in meinen Diensten zu stehen . . . Ein Wort von dir würde genügen.«
Aber er schien nur zu erschrecken, als hätte sie mit ihren Worten an seinen kostbarsten Besitz gerührt. »O nein, Komtesse, Sie dürfen mich nicht wegschicken.«
Sie lachte auf. »Nur um eine Kutsche zu besorgen. Und erfrage die Adresse von Lady Northumberland.«
Sie würde dem französischen Gesandten beweisen, wie wenig sie ihn brauchte. Wozu hatte der Herzog seine vielen Freunde.
Sie holte aus dem Schlafzimmer ihre Schmuckkassette. Nach einigen Zögern nahm sie den brillantenen Halbmond heraus. Die langausgezogenen Enden nach oben, steckte sie ihn über der Stirn ins Haar. In ihr war ein leises Zittern, als schmückte sie sich für ihn.

KAPITEL 13

Im Northumberland House, dem Stadtpalais der gleichnamigen Herzöge im Stadtteil Mayfair, fand an diesem Abend eines jener glänzenden Feste statt, auf denen diese Familie ihre ebenso reichen wie mächtigen Freunde um sich versammelte.
Ein Diener hatte Caroline in den stillen Anmeldesalon geführt, ihre Karte entgegengenommen. Sie hatte nicht die

Ruhe, sich zu setzen, obwohl man sie nun schon fast eine halbe Stunde warten ließ. Langsam ging sie auf und ab. Der dicke grüne Teppich schluckte ihre Schritte. Leise raschelte ihr Mantel bei jedem Schritt. Gleich einer fernen Brandung drang der Festeslärm zu ihr.

Lautlos, wie aus dem Boden gewachsen, stand der Haushofmeister plötzlich vor ihr. »Es tut mir leid — Lady Northumberland bedauert. Sie empfängt heute nur geladene Gäste.«

Caroline blickte auf das Tablett, auf dem ihre Karte lag, auf die Hand, die es hielt. Mechanisch legte sie eine Münze auf den silbernen Teller, raffte ihren Mantel. Eine Tür flog vor ihr auf. Sie durchschritt einen Säulengang. Hinter ihr klang Musik auf, Lachen, Stimmengewirr.

Sie war zu betroffen, um irgend etwas zu empfinden. Sie spürte nur, wie etwas Dunkles sich in ihr ausbreitete, etwas, für das sie keinen Namen hatte. An den beiden Türstehern vorbei stieg sie die flache Freitreppe hinunter . . .

Der französische Gesandte war zu ihr gekommen, um sie nicht in seinem Haus empfangen zu müssen. Hier hatte man sie abgewiesen wie eine lästige Bittstellerin. Sie konnte es immer noch nicht fassen. So klein, so verächtlich durften Menschen einfach nicht sein. Der Herzog hatte die Northumberlands immer als seine besten Freunde in London bezeichnet. Wenn sie schon so handelten — wie würden sich dann erst seine Feinde verhalten? Aber sie durfte nicht an sich denken, an Beleidigungen, die man ihr zufügte; was mußte es erst für ihn bedeuten, sich von allen denen verlassen zu sehen, die ihn umworben und hofiert hatten.

Sie stand draußen am Fuß der Freitreppe. Ihr Blick ging

zurück, über die cremefarbene Fassade des Hauses, die strahlend erleuchteten, hohen Fenster. Säulen aus sibirischem Porphyr trugen die Vorhalle. Zwei gigantische Kandelaber verströmten ihr Licht. Aus allem sprach alter Reichtum und Würde, vor allem aber, so schien es ihr, eine Art Herablassung gegenüber jedem Fremden, der nicht dazugehörte.

Hufe klapperten hinter ihr. Eine Kutsche fuhr an ihr vorbei, hielt vor der Treppe. Der Schlag flog auf. Ein junges Mädchen stieg aus; ein blasses, durchsichtiges Gesicht, eingehüllt in einen dunklen Schal, wurde sichtbar. Ihr folgte ein Mann; der zu lange und zu weite pelzgefütterte Mantel schlotterte um seine hagere Gestalt.

Einer der Lakaien drängte Caroline zur Seite, um den Weg für die Neuankommenden frei zu machen. »Lord Christopher Osbert Barth und Tochter!« rief eine betont feierliche Stimme.

Mit der Linken auf den silbernen Stock gestützt, mit der Rechten das Mädchen am Arm, wollte Lord Barth eben die Stufen hinaufsteigen, als ein Uniformierter ihm nacheilte. Er trat vor den Lord, salutierte. »Die Aussage von Leutnant Fawkes«, sagte er in militärischem Tonfall. Er hielt dem Lord ein Kuvert entgegen.

»Zum Teufel! Glauben Sie, ich lese am Spieltisch Akten? Wer hatte denn diesen verrückten Einfall. Bringen Sie das Zeug in meine Kutsche.«

Der Stock des Lord Barth schlug ärgerlich auf die Marmortreppe, dann setzte er seinen Weg an der Seite des Mädchens fort . . .

Caroline stand wie angewurzelt. Lord Barth! Zu spät war ihr eingefallen, wo sie den Namen schon gehört hatte. Diesem Mann war der Fall des Herzogs anvertraut.
Es mußte ihr gelingen, mit ihm zu sprechen. Jetzt gleich? Das wäre sinnlos gewesen, das spürte sie. Es würde sich nur wiederholen, was ihr eben widerfahren war. Und sie wollte kein Aufsehen, keinen Skandal.
Unwillkürlich war sie dem Offizier gefolgt, der dem Lord das Kuvert hatte übergeben wollen. Eine Akte, die man ihm mit einem Eilkurier zustellte, mußte von großer Wichtigkeit sein. Wenn es ihr gelänge . . .
Sie ließ den Kurier nicht aus den Augen. Er war jetzt bei den Kutschen angelangt. Sie standen in der Nähe des pompösen Tores aus schwarzlackiertem, mit Vergoldungen abgesetzten Schmiedeeisen, das den Vorplatz zur Straße hin abschloß. Caroline hörte, wie er einem der Kutscher auf seinem Bock zurief: »Das hier ist für seine Lordschaft. Erinnern Sie ihn daran!« Er öffnete den Schlag der Kutsche, warf das Kuvert hinein.
Einen Augenblick blieb er dann noch neben dem Bock stehen. »Ist das nicht langweilig, das ewige Warten?« hörte Caroline ihn sagen. »Nicht für mich«, antwortete der Kutscher. »Komm rauf und spiel eine Runde mit.«
»Du spielst gegen dich selber?«
»Sicher! Meinst du, ich will mein Geld an einen anderen verlieren? Das können sich nur die Herren leisten . . .«
Die beiden lachten. »Na, dann gib mir mal ein Blatt!«
Caroline näherte sich der Kutsche von der anderen Seite. Behutsam zog sie den Schlag auf. Sie sah das Kuvert auf dem abgenutzten Rosa der Polsterung liegen. Ihre Hand war

ruhig, als sie danach langte. Sie fühlte sich im Recht. Das Kuvert unter ihrem Mantel verborgen, schritt sie ohne Eile aus dem Tor, zu der auf der Straße wartenden Droschke.

KAPITEL 14

In Popes Kaffeehaus in der Fleetstreet gab es um diese Stunde mehr stille Ecken als dem Wirt lieb war. Aber gerade das hatte Caroline gesucht.

Sie schob die blaue Steingut=Terrine mit der dampfenden Suppe, die sie aufs Geratewohl bestellt hatte, zur Seite. Ihre Neugier auf den Inhalt des Kuverts war größer als ihr Hun=ger. Sie warf noch einen Blick durch das Lokal, eine freund=liche Stube mit holzgetäfelter Decke, prasselndem Kamin=feuer und einem großen Tisch, auf dem unzählige Zeitun=gen lagen; der Wirt war in dem anschließenden Billard=zimmer verschwunden; die Frau an der Kasse las in einem Journal. Zwei Männer brüteten über einer Schachpartie. Ein Student übertrug eifrig etwas aus einem Buch in ein dickes schwarzes Leinenheft. Sie würde ungestört sein . . .

Sie nahm die Papiere aus dem unversiegelten Kuvert. Es waren nur wenige Seiten, das Protokoll einer Aussage, das mit der Bemerkung begann, daß der Gesundheitszustand des Zeugen Andrew Fawkes es noch nicht zuließe, persönlich vor dem königlichen Staatsanwalt der Admiralität zu er=scheinen. Ein Wort sprang ihr aus all dem in die Augen: *Felicidade.* Das war doch das Schiff, von dem Herera ge=sprochen hatte? Sie las Wort für Wort. Die Aussage war nur kurz. Caroline entnahm daraus, daß Leutnant Fawkes, Kapitän der Brigg *Thistle,* jener Mann war, der die *Felicidade* beobachtet hatte, als sie in Wydah Sklaven an Bord nahm, sie verfolgte und schließlich aufgebracht hatte. An Bord hatten sich dreihundertfünfzig Sklaven befunden, auf dem Weg nach Barbados. Fawkes hatte die Prise nach Sierra Leone gebracht; dort hatte sich dann herausgestellt, daß spanische Flagge und spanische Schiffspapiere nur Tarnung, daß die *Felicidade* hoch versichert war und der Besitzer – der Herzog von Belômer.

Ihr Herz begann schneller zu schlagen. Sie hatte eine Spur gefunden! Der Zufall und ihr Instinkt hatten ihr eine Chance zugespielt, und sie zögerte keinen Augenblick, sie zu ergreifen. Sie mußte mit diesem Leutnant Fawkes sprechen! Vielleicht war das ein Weg, der sie zu ihm führen würde. Alles andere zählte nicht. Nur solange sie im Dunkeln tappte, war sie auf die Hilfe anderer angewiesen. Sobald sie wußte, wo der Herzog gefangen gehalten wurde, hatte das ein Ende.

Sie überflog noch einmal die Seiten, bis sie den Namen des Hospitals gefunden hatte, in dem Fawkes lag, dann schob sie die Papiere in das Kuvert zurück.

Die Suppe war kalt geworden. In dieser Stunde hätte sie auch das feinste Essen unberührt gelassen. Sie trank nur einen Schluck von dem roten Wein und bezahlte. Dann verließ sie das Kaffeehaus.

An einem Apfel kauend, lehnte der Kutscher am Wagen, in einen dicken Mantel gehüllt. »Zum Königlichen Marine Hospital«, sagte Caroline, »auf dem kürzesten Weg!«

»Ich fahre Sie gerne, aber wenn es schnell gehen soll, neh=

men Sie besser ein Boot. Das Hospital liegt themseabwärts, bei den Docks.«

»Gut, dann bringen Sie mich zu einem Boot.«

Der Mann nickte stumm und öffnete den Schlag. Einen Augenblick huschte ein Lichtschein über sein Gesicht, aber Caroline war viel zu sehr mit sich selbst beschäftigt, um zu merken, daß der Kutscher nicht mehr der Mann war, der sie hergebracht hatte.

Von einer unsichtbaren Uhr schlug es elfmal, als das Boot endlich an eine Pier anlegte. Caroline hatte das Gefühl, als wären nur Minuten vergangen. Sie waren an dem steinernen Wall der Häuser dahingeglitten, unter zwei Brücken hin= durchgetaucht, an erleuchteten Hausbooten vorbei, einfachen Kähnen und vergoldeten Barkassen; das Massiv des Towers war aufgetaucht, ungefügig zwischen den vier schlanken Ecktürmen; das Gewirr der in die Ufer eingeschnittenen Dockanlagen hatte sich vor ihnen geöffnet ... Dauernd hat= ten die Bilder gewechselt und waren einander doch gleich geblieben wie der Strom, der vom Dunkel seines jenseitigen Ufers beraubt sich ins Unendliche zu dehnen schien. Die Seine und Paris — sie kokettierten miteinander, spielerisch verliebt. London und die Themse hatten für Carolines Emp= finden eher etwas von zwei Riesen, die ihre Kräfte anein= ander maßen.

Der Schiffer war in die steinerne Ufernische gesprungen, reichte Caroline die Hand. Sie warf die Decke aus zusam= mengestückelten Katzenfellen von den Schultern und stieg ans Land. Sie folgte dem Mann die schmale, in den Kai ge= hauene Treppe hinauf. Vor ihnen lag ein weiter Rasenplatz mit einem leeren Wasserbecken in der Mitte. Dahinter er=hoben sich zwei vollkommen gleiche rote Ziegelbauten. Der Schiffer deutete auf ein in der Dunkelheit schwebendes Licht. „Die Tür unter den Arkaden, das ist die Pforte . . .« Caroline bezahlte ihn. »Warten Sie auf mich!« Sie zog den Abendmantel enger um sich; sie war froh, daß sie den schweren mit dem doppelten Futter genommen hatte.

Die Tür der Pforte stand offen. Sie trat in einen matt er=leuchteten Gang, sah sich suchend um. Hinter einem großen Fenster saß ein Mann.

Er bemerkte sie nicht, als sie näher trat, so versunken war er in seine Beschäftigung. Der rechte Ärmel seines blauen Uniformrockes hing lose herab; in der Linken hielt er einen Pinsel. So saß er da, über ein kleines ovales Glas gebeugt. Neben ihm lag eine Palette mit Farben.

Caroline klopfte an das Fenster. Er hob den Kopf, nickte und wandte sich wieder seinem Bild zu. Behutsam setzte er winzige Farbtupfen auf das Glas. Schließlich legte er den Pinsel weg, schob das Fenster auf. »Sie wünschen?«

Er war viel jünger, als sie auf den ersten Blick gedacht hatte.

»Leutnant Fawkes«, sagte sie, »kann ich ihn sehen?«

Mit leicht zusammengekniffenen Augen schaute er zu ihr auf. Er konnte sich ein Gesicht in Sekundenschnelle ein=prägen — und es dann naturgetreu malen. Seine Hinter=Glas=Miniaturen brachten ihm ein schönes Geld ein. Für die hier würden sicher Nachbestellungen kommen.

Caroline deutete sein Zögern anders. »Ich bin seine Schwe=ster — und nur heute in London«, sagte sie.

»Seine Schwester, so. Armer Teufel! Wunderte mich schon,

daß sich niemand um ihn kümmert. Den hat's böse erwischt.« Er griff nach dem dicken Quartband, der auf der Fensterbank lag. Sein farbverschmierter Zeigefinger glitt über die Seiten.

»Was fehlt ihm denn?« fragte Caroline.

»Sie haben einen gelehrten Namen dafür, die Herren, aber wir nennen es nur Neger-Speien. Sie haben es alle, wenn sie ein Jahr Dienst an der Sklavenküste hinter sich haben. Schlechte Schiffe, kein Platz, die Geschütze zu bedienen, schlechte Luft unter Deck, die Hitze am Tag, die Kälte in der Nacht, Krankheiten ... vomito negro, das sagen sie dazu, die Herren ... Erster Stock, siebter Saal. Faucit wird Ihnen den Weg zeigen.«

Ein Alter erhob sich von dem Ledersofa im Hintergrund. Eine Lampe in der Hand, trat er humpelnd auf den Gang. Caroline folgte ihm die Treppe hinauf, einen Gang entlang. Er öffnete eine hohe Tür, reichte Caroline die Lampe. »Das zweite Bett dort. Aber gehen Sie nicht zu nahe an ihn heran.«

Zögernd trat Caroline ein. Der penetrante Geruch eines Desinfektionsmittels hing in der Luft. Hier und dort regte es sich in den Betten, weißgestrichenen Eisengestellen, die auf beiden Seiten des Raums in langer Reihe nebeneinanderstanden.

Die Lampe erhoben, trat Caroline an das bezeichnete Bett. Ein wirrer weißblonder Haarschopf wurde sichtbar, ein blasses hohlwangiges Gesicht, dessen Konturen die Stoppeln eines Bartes verwischten. Eine heiße Hand griff nach ihr. »Mary ...«

Caroline hatte das Gefühl, als hielten plötzlich alle im Raum den Atem an. Sie stellte die Lampe ab, ließ sich am Rand des Bettes nieder. Er blickte sie aus fieberglänzenden Augen an, aber er schien sie doch nicht zu sehen, denn er murmelte wieder »Mary . . .«

»Leutnant Fawkes«, sagte Caroline. »Der Besitzer der *Felicidade* . . .« Sie kam nicht weiter. Der Name löste eine schreckliche Wirkung aus. Ein Zittern schüttelte ihn. Seine Hände verkrampften sich, Schweiß perlte auf seiner Stirn. Seine Augen irrten umher, ohne etwas festhalten zu können.

Caroline gab noch nicht auf. Sie beugte sich zu ihm, tupfte mit einem Taschentuch den Schweiß von der Stirn. »Leutnant Fawkes«, sagte sie eindringlich, »der Besitzer der *Felicidade* ist ein Herzog von Belômer. Sagt Ihnen der Name etwas? Wissen Sie, wo man ihn nach seiner Verhaftung hingebracht hat?«

Aber er hörte sie nicht. Er phantasierte vor sich hin. »Mary . . .« verstand sie, dann »Dorsetshire . . .« Alles andere blieb unverständlich.

Sie nahm die Lampe vom Nachttisch, trat vom Bett zurück. Sollte sie wirklich nichts erfahren? Sollten ihr Instinkt, ihre Hoffnung sie getrogen haben? Worauf sollte sie sich sonst schon stützen, wenn nicht darauf? Sie verließ den Saal, stieg die Treppe hinunter. Das Fenster des Pförtnerzimmers stand noch offen. Sie reichte die Lampe hinein, legte eine Silbermünze auf den Zinnteller, in dem schon einige kleinere Geldstücke lagen.

Sie war keinen Schritt weiter als vorher. Es war als hätte sie ein Labyrinth betreten, und jeder Schritt führte sie nur tiefer hinein, immer weiter weg vom eigentlichen Ziel.

Die Nacht umfing sie mit feuchter durchdringender Kühle. Der Mond stand am Himmel; in seinem Licht schien die Themse wie mit goldenen Plättchen gepanzert. Sie eilte über den Platz zu der Ufertreppe, aber der Anlegeplatz war leer. Kein Boot und kein Schiffer waren zu sehen.
Ein Geräusch hinter ihr ließ sie zusammenfahren. Aus dem Boden gewachsen stand ein Mann neben ihr, in einen schwarzen Mantel gehüllt. »Ich habe mir erlaubt, das Boot wegzuschicken«, sagte er. »Die Nacht ist empfindlich kalt, und es ist besser, Sie nehmen eine Kutsche, Komtesse.«
Sie blickte ihn erschrocken an. »Mein Boot weggeschickt? Wer sind Sie?«
Der scharfgeschnittene Habichtskopf deutete eine Verbeugung an. »Nur ein Bote. Aber jemand, der weiß, wie schwierig es ist, in einer fremden Stadt etwas zu erreichen, wenn man keine Freunde hat.«
»Sie scheinen Gedanken lesen zu können«, sagte sie. Der Klang ihrer eigenen Stimme gab ihr einen Teil ihrer Sicherheit zurück.
»Das wäre eine zu unsichere Methode«, antwortete der Fremde lächelnd. »Alles zu wissen, ist ein besserer Wahlspruch. Zum Beispiel, daß Sie sich bemühen, Papiere unter Ihrem Mantel zu verbergen, die einem Herzog sehr schaden könnten, nicht wahr, Komtesse? Überlegen Sie schon, sie zu verbrennen? Aber was würde das nützen? Leutnant Fawkes würde die Aussage wiederholen. Besser wäre es schon, er würde sterben.«

Ihr Staunen wurde immer größer; ein geheimes Grauen beschlich sie vor diesem Mann, der sich nur einen Boten genannt hatte. Und doch — nach dem ersten Schrecken war sie fast froh über diese Begegnung. Es war ihr selber unerklärlich, aber ihre Hoffnung regte sich wieder. Wenn die Freunde ihr nicht weiterhalfen, warum nicht ein Fremder. »Warum dieses große Interesse«, fragte sie. »Nur aus Freundlichkeit?«

»Das wäre nicht unsere Art, nein.« Er schien amüsiert. »Selbstverständlich erwarten wir etwas dafür. Aber davon später. Wir mißbilligen, was mit dem Herzog geschah — genau wie Sie. Daß uns seine Verhaftung gelegen kommt, ist etwas anderes. Jedenfalls — es stünde in unserer Macht, ihm die Freiheit zu bringen.«

Es war ihr plötzlich, als hätte sie dieselben Worte schon früher einmal gehört. Ihr Mißtrauen erwachte. Wenn das alles nur eine Falle war? »Woher weiß ich, daß Sie die Wahrheit sprechen?«

»Wir haben damit gerechnet, daß Sie Worten allein keinen Glauben schenken würden. Aber wenn wir Sie nun zum Herzog bringen würden, wenn Sie ihn sehen könnten?«

»Ihn sehen? Jetzt!?«

»Nur als kleine Probe dessen, was wir vermögen, Komtesse. Sie müssen uns nur gestatten, daß wir es auf unsere Weise tun, nach unseren Spielregeln . . . Einverstanden?« Caroline nickte. »Dann kommen Sie«, sagte der Fremde.

Er ging voran. Im Schatten einiger Bäume stand eine Kutsche. Auf dem Bock saß ein Mann. Der Fremde sagte etwas zu ihm, in einer Caroline fremden Sprache. Dann öffnete er den Schlag. »Steigen Sie ein, Komtesse.«

Sie würde ihn sehen! Weiter dachte sie nicht. Nach diesem Abend, an dem sie nur an verschlossene Türen geklopft hatte, besaß sie nicht mehr den Gleichmut, das Für und Wider abzuwägen. Sie griff nach der ledernen Schlaufe, stieg in die Kutsche.

Sie erschrak vor dem Rascheln der eigenen Röcke, als sie sich in die weichen Polster sinken ließ. Mit beiden Händen drückte Caroline den sich bauschenden Stoff nieder; es war ihr, als legte sich mit den Stimmen der Seide auch der Aufruhr ihrer Nerven.

Der Fremde hatte ihr gegenüber Platz genommen. Als sie ihn jetzt ansah, gewahrte sie das schwarze seidene Tuch in seinen Händen. »Sie wollen mir die Augen verbinden?«

»Aber Komtesse! Es wird Sie doch nicht der Mut verlassen?« Er lachte fast schalkhaft. »Sie haben versprochen, sich an unsere Spielregeln zu halten. Sie werden ihn sehen! Aber uns liegt daran, daß Sie vorerst nicht mehr wissen ... Also?«

Caroline erwiderte nichts. Was hätte sie auch sagen sollen. Niemand hatte sie gezwungen, in diese Kutsche zu steigen. Sie spürte, wie sich das Tuch über ihre Augen legte, festgezogen und verknotet wurde. Nur nicht nachdenken! Sie brauchte ihre ganze Kraft für den Augenblick, da sie ihn sehen würde.

In die Polster der Kutsche gelehnt, lauschte Caroline angespannt auf jedes Zeichen, das ihr hätte verraten können, wohin man sie brachte. In Paris hätte sie gewiß erraten, wohin der Weg ging. Dort kannte sie jede Straße, jeden Winkel. Allein an den Gerüchen hätte sie erkannt, wo sie sich befand. Der Pont Neuf, das war Orange, Mandel und Minze; der Boulevard des Italiens ein Gemisch aus Kaffee, Parfüm und durchtanzten Schuhsohlen; sogar Saint-Germain hatte seinen unverwechselbaren Duft, die leise Bitternis verwelkten Ruhms. Paris war wie ein Haus, in dem sie sich auch blind zurechtfinden konnte.

Auch hier gab es Zeichen. Der wechselnde Hufschlag der Pferde, Drehorgelmusik, eine Woge von Lärm, Peitschenknallen, Lachen, Zweige, die das Kutschendach streiften . . . Aber sie verstand sie nicht zu deuten. Eines war vom anderen so verschieden, als durchführe sie nicht die Straßen einer Stadt, sondern viele Länder. Dieses London war wie ein weites Meer, in dem sie steuerlos trieb.

Wie lange waren sie schon unterwegs, zehn Minuten, eine Stunde? Als die Kutsche endlich zum Stehen kam, öffnete ihr Begleiter das Fenster der Kutsche. Sie hörte Geflüster in einer fremden Sprache.

Ihr Begleiter sprang hinaus. Der Wagen vibrierte leise in den Federn. Eine Hand ergriff ihren rechten Arm, eine zweite hakte sie auf der anderen Seite unter. »Komtesse, darf ich Sie führen.«

Sie hatte sich hellwach geglaubt, aber jetzt erst schienen sich ihre Sinne wirklich zu schärfen. Kühle, seidige Luft streifte ihre Wangen. Es war dieselbe Luft wie vorhin auf dem Boot. Die Themse? Der ferne langgezogene Ruf eines Schiffshorns schien ihre Vermutung zu bestätigen. Durch die dünnen Chevreausohlen fühlte sie buckeliges Kopfstein=pflaster. Der Griff um ihren Arm verstärkte sich. Eine ver=rostete Tür ächzte in ihren Angeln; in ihren Ohren klang das Geräusch wie das Knirschen eines schon lange nicht mehr benützten Folterwerkzeuges; aber sie wollte alle Qualen ertragen, wenn man sie nur wirklich zu ihm führte, wenn sie ihn wirklich sähe!

Plötzlich erfüllte ein hoher klagender Laut die Stille. Ein durchdringender Geruch stand in der Luft. Caroline wollte stehen bleiben, aber die Hände zogen sie weiter.

Das Pflaster unter ihren Füßen hatte gewechselt. Nun waren es ebene Platten. Kälte stieg ihre Beine herauf, der Eishauch eines Höhlenganges. Türen öffneten und schlossen sich. Ein=mal blieben die Männer stehen. Ganz in der Nähe wurden Stimmen laut. Eine dunkle Frauenstimme erhob sich über die anderen. Caroline stutzte. Hatte sie diese Stimme nicht schon einmal gehört? Eine Erinnerung wollte aufsteigen und verschwamm, als die Stimmen verstummten. Der Druck der Hände gab ihr den stummen Befehl weiterzugehen. Der Weg führte jetzt aufwärts, über Steintreppen. Es roch nach uraltem Mauerwerk, das die Sonne längst vergessen hatte, nach Luft, die zwischen schweigenden Mauern erstarrt war, selbst zu Stein geworden.

Die Hände lösten sich von ihrem Arm. »Wir sind da, Kom=tesse. Ich nehme Ihnen jetzt die Binde ab. Aber, bitte, kei=nen Laut!«

Ohne Atem, ohne Herzschlag stand sie da, während die Hände des Mannes den Knoten des seidenen Tuchs zu lösen versuchten. Sie glaubte zu ersticken, keine Sekunde länger die Ungewißheit ertragen zu können. Mit beiden Händen riß sie sich das Tuch von den Augen.

Finsternis umgab sie. Sie fühlte sich nach vorne geschoben. Ihre Hände trafen auf die rauhe Oberfläche von Steinquadern. Dann sah sie den Lichtschein einer Öffnung, nicht größer als eine Guinee. Sie legte das Gesicht an die Mauer.

Sie war auf ein kahles Verlies gefaßt gewesen, aber sie blickte in einen großen, eleganten Raum. Doch sie sah weder die Teppiche, die in doppelter Lage den Steinboden bedeckten, nicht das kunstvolle Gitterwerk der Mahagoni-Bibliothek, nicht den Wein in der schimmernden Kristallkaraffe, die halbgeleerten Gläser . . .

Sie hatte nur Augen für den Mann, der im Halbdunkel dort vor dem Kamin stand.

Seine Gestalt hob sich deutlich gegen den hellen Schein des prasselnden Feuers ab. Nie war er ihr so groß erschienen, nie die Schultern so breit, und die Hüften, über die sich das weiße seidene Hemd bluste, so schmal. Aus dem offenen Kragen des Hemdes stieg der Hals, der schmale Kopf, das Gesicht, dessen vollkommenes Ebenmaß an eine antike Statue erinnerte – offen und leuchtend, und doch voller Rätsel. Mit der ganzen Kraft ihres Herzens versuchte sie seinen Blick auf sich zu lenken. Sie spürte, wie es sie heiß durchflutete, wie ihr Körper darnach verlangte, diese Statue zu erwecken. Sie vergaß, daß eine Mauer zwischen ihnen war. Sie preßte sich gegen die Quadern, als könnte sie den Stein zwingen, sie durchzulassen.

Fiebernd verfolgte sie jede seiner Bewegungen. Aber er sah sie nicht. Er stand dort, nicht wie ein Gefangener, sondern so, wie er oft neben ihr in der Theaterloge gestanden hatte, in der für ihn typischen lässigen Haltung, diesem leichten Schwung, der seinem Körper die Anmut spielerischer Kraft verlieh. Sogar seine Lippen bewegten sich, so als machte er Konversation, leichtes ironisches Geplauder.

Jetzt verließ er seinen Platz am Kamin. Er verschwand in einem Teil des Raumes, der sich ihren Blicken entzog. Nur sein Schatten, der über das riesige Gewölbe der Decke wanderte, blieb zurück. Caroline starrte in den Raum, dessen vornehme und behagliche Einrichtung sie erst jetzt mit Bewußtsein wahrnahm. Die beiden Männer hinter ihr flüsterten miteinander. Nein, sie durften sie noch nicht wegführen. Die Vorstellung, von hier fortzugehen, ohne daß er wußte, wie nahe sie ihm gewesen, war unerträglich. Sie mußte ihm ein Zeichen geben. Rufen? Das Verbot hätte sie nicht gehindert. Aber was wäre von ihrer Stimme hineingedrungen zu ihm? Wie Wind wäre sie an den Mauern zerschellt. Und doch trieb ihre Natur sie zu handeln. In einem jähen Entschluß streifte sie den Goldreif mit dem flachen runden Saphir vom kleinen Finger.

Sie wollte ihn schon durch den schmalen Spion in der Maueröffnung werfen, als ihre Hand erstarrte. Er kehrte in diesem Augenblick in ihr Blickfeld zurück — aber nicht allein. Ein Mädchen stand neben ihm. Rotgoldenes Haar zu einer Krone geflochten, ein rundwangiges Gesicht, noch fast ein Kind. Er legte ihr einen lindgrünen Mantel um die Schultern.

Plötzlich wußte Caroline, wo sie das Mädchen schon ge=

sehen hatte, vor Stunden erst, am Portal von Northumber=land House. Ja, sie war mit Lord Barth aus der Kutsche ge=stiegen, war seine Tochter.
Sie sah die beiden deutlich, wie zwei Scherenschnitte neben=einander stehen. Die Wangen des Mädchens glühten. Ihre Augen hingen an dem Mann. Der Blick sagte Caroline alles. Das Mädchen liebte ihn . . .
Mit der Wucht und der Schärfe eines Pfeiles fühlte Caroline einen Schmerz in sich eindringen.

Sie wehrte sich nicht, als Hände nach ihr griffen. Sie schob den Ring an den Finger zurück, ohne zu wissen, was sie tat. Sie spürte nicht, daß sie ging. Das schwarze Tuch lag wie=der um ihre Augen. Aber die Dunkelheit in ihr war viel tiefer als die vor ihren Augen. Caroline litt an etwas, für das sie keinen Namen hatte. Es war nicht Eifersucht. Es war etwas Schlimmeres: das Gefühl, daß sie ihn ein Leben lang immer nur suchen würde, nie erreichen. Wehrlos war sie dem Schmerz ausgeliefert, der mit diesem Gefühl in ihr aufgebrochen war. Doch je mehr er von ihr Besitz ergriff, desto vertrauter wurde er, und wie geblendet erkannte sie plötzlich, daß es — Liebe war.
Das andere Gesicht der Liebe, dunkel und fremd, wie gut sie es kannte! Sie hatte es nur vergessen in der Vorfreude der letzten Wochen. Aber jetzt erinnerte sie sich wieder an all die Stunden, so anders als diese, und ihr doch so ähnlich durch die Qualen der Liebe.
Nein, nicht das Mädchen war es, das sie leiden machte. Es würde immer Frauen geben, die ihn anbeteten, genau wie es immer Männer geben würde, die ihr zu Füßen lagen. Es war

auch nicht der undurchdringliche Schleier über seinem Wesen. Sie wollte den Geliebten gar nicht bis in seine letzten Gedanken hinein kennen, das war in ihren Augen eine erbärmliche Art der Liebe — eine Art dauernden Verhörs, das nur Menschen für Liebe halten konnten, die den anderen als ihr Besitztum betrachteten, als den Gefangenen ihrer Liebe.

Sie wehrte sich nicht mehr gegen diesen Schmerz. Jede Stunde, die sie nicht bei ihm war, würde sie damit leben müssen. Ihr ganzes Wesen kristallisierte sich um den Schmerz. Und je mehr sie ihm Raum gab, desto sanfter schien er zu werden, bis er endlich seine schneidende Schärfe verlor und in ein süßes Brennen überging. Liebe. Ihr wirkliches und wahres Gesicht. Sich mit dem Geliebten eins fühlen, im Schmerz, im Zweifel, in der Sünde.

KAPITEL 16

Obwohl man ihr längst das Tuch von den Augen genommen hatte, warf Caroline keinen Blick auf die Straßen, durch die sie fuhren. Ihr Herz, ihre Gedanken gingen einen anderen Weg.

Erst als die Pferde in Schritt fielen, erwachte ihr Interesse an der Umwelt wieder. Sie rollten durch eine zur Themse hin abfallende Gasse, so eng, daß die Kutsche mit knapper Not durchkam. Schemenhaft tauchte ein runder Torbogen auf. An den Wänden der tunnelartigen Einfahrt brannten Gaslaternen. Ein Hof öffnete sich. Die Kutsche hielt. Der

Schlag wurde von außen geöffnet, ohne daß jemand zu sehen war. Ihr Begleiter stieg aus, reichte ihr die Hand. »Darf ich bitten, Komtesse.«
Sie trat ins Freie. Lagerhäuser und Speicher umgaben den Hof. Auf einer Rampe türmten sich Weinfässer. In einem Dock, das in einer Seite in den Hof schnitt, ankerten Lastkähne. »Wo sind wir?« fragte Caroline.
»Beim zweiten Akt unseres Stücks«, sagte der Mann. »Sie haben es doch nicht vergessen? Sagte ich nicht, daß auch wir von Ihnen eine Kleinigkeit erwarten — für die Freilassung des Herzogs.« Er deutete eine Verbeugung an. »Don Santi erwartet Sie voller Ungeduld.«
Santi. Der Name löste Unruhe in ihr aus, so wie ein Stein die ruhige Oberfläche eines Wassers zerstört. Er war es also, der ihr eine Probe seiner Macht gegeben hatte. Ob er auch gewußt hatte, daß der Herzog nicht allein sein würde, wenn sie ihn sähe? Sie betrachtete ihr Gegenüber jetzt mit anderen Augen. Sie hatte fast den Eindruck, daß es nicht mehr derselbe Mann war wie vorher. Der weite, seine ganze Gestalt verhüllende Mantel, der Schlapphut, alles erschien ihr wie eine Verkleidung, eine Maske, mit der sie genarrt werden sollte. Wie mußte erst dieser Santi sein, der dieses Chamäleon zum Diener hatte? »Dann wollen wir Don Santi nicht länger warten lassen.«

Durch einen zweiten Lagerhof waren sie an ein Wohnhaus gelangt. Mit seinen vorgelegten Läden, dem verwitterten, fleckig gewordenen Verputz wirkte es wie unbewohnt, dem langsamen Verfall anheimgegeben. Aber Don Santi schien ein Mann zu sein, der diese ärmliche Fassade brauchte,

um sich des dahinter verborgenen Reichtums und Luxus um so tiefer erfreuen zu können.
Der große Vorraum, in den ihr Begleiter sie geführt und allein zurückgelassen hatte, hing voller wertvoller Bilder; in mattgoldenen Rahmen prangten sie, auf den mit perlgrauer Seide bespannten Wänden, lauter Frauenbildnisse, eines vollendeter als das andere. Verwundert ließ Caroline ihren Blick über die Bilder wandern. Jedes hatte seinen Zauber, war eine Welt für sich; eine Welt, in der es kein Schicksal gab, sondern nur Schönheit, Lächeln.
Unwillkürlich suchte Caroline nach einem Spiegel. Sie trat an das Glas: ein schimmernder Halbmond in blauschwarzem Haar, von dichten Wimpern verschattete Augen, Schultern, die in eisvogelblauer Seide untertauchten, ein Lächeln. Es war, als zeigte der Spiegel ihr nichts anderes als eines der Gemälde. Sie trat noch näher. Auch jetzt blieb sie sich nur ein Bild. Nichts von dem, was sie erlebt hatte, fand sie in diesem Antlitz. Es war Schönheit, Lächeln; nichts vermochte es von ihrem Gesicht zu tilgen — vielleicht nicht einmal der Tod.
Sie trat vom Spiegel zurück, als sie die Schritte hörte. Die Portiere zu einem Nebenraum hatte sich geöffnet. Eine Stimme sagte: »Sie studieren Ihre Waffen, Komtesse? Die ewigen und uralten Waffen der Frau?« Sie wandte sich um. Der Raum schien zu eng zu werden beim Erscheinen dieses Mannes. Alles an Rafael Santi war schwer und massiv. Der Schädel mit dem lockigen Flaum über der breiten Stirn, der Nacken, die Brust . . .
Er war ganz Kraft; ein Stück Kraft, das sich zufällig die Form eines Mannes gesucht hatte.

Er schien keine Minute vor dem Spiegel verbracht zu haben für dieses Zusammentreffen mit ihr. Die schwarze Samt= jacke, die seinen mächtigen Brustkorb umspannte, war ab= gewetzt. Das weiße Hemd war nicht mehr frisch. Die über= raschend schlanken Beine steckten in seltsamen abgekappten Pantoffeln, die fast ganz unter einer goldfunkelnden Schnalle verschwanden.

Wie er jetzt auf sie zukam, mußte sie unwillkürlich an einen Zentauren denken. Seine Verbeugung war nur ein leichtes Senken des Kopfes; etwas von der trügerischen Ruhe eines kampfbereiten Stieres war in ihm.

Seine mandelförmigen braunen Augen, das einzige, was an seine phönizischen Ahnen erinnerte, leuchteten auf. »Seit drei Monaten führe ich das Leben eines Heiligen wider Willen. Jeder Reiz ist Gift für mich, jede Leckerei verboten, der Anblick einer Frau — aber gegen alle Verbote meines Arztes, seien Sie willkommen!« Seine Augen glitten über ihren Hals, das Dekolleté. Der Gaumen war nicht sein Problem, der konnte noch lange fasten — aber nicht sein Fleisch.

Caroline mußte lachen. Alles hatte sie erwartet, nur nicht, daß diese Begegnung mit einer Anspielung auf eine amouröse Krankheit beginnen würde. Aber wenn das die Art war, in der dieser Mann zu reden liebte, würde sie ihm den Spaß nicht verderben. »Dann sind Sie sehr leichtsinnig, mich zu empfangen.«

Seine Augen zogen sich zusammen. Diese Frau brachte ihn aus dem Konzept. Sie schien weder Furcht noch falsche Scham zu kennen. Daß man mit einer Adeligen wie mit seinesgleichen reden konnte, war neu für ihn. Sie tat, als

spräche er vom Wetter und nicht von einer Krankheit, über die man sonst nur hinter vorgehaltenen Händen flüsterte. Was war los mit ihm? In den fünfzig Jahren seines Lebens hatte er nie über solche Dinge nachgedacht. Und er wollte es auch in Zukunft nicht. Er wollte nach den Gesetzen weiterleben, die sein Vater ihm und seinen zwei Brüdern vererbt hatte: der Gabe, Unmögliches möglich zu machen, der Lust am Bösen, einer unersättlichen Sinnlichkeit — und seiner Vorsicht, jede Frau erst von einem Diener ausprobieren zu lassen.
»Ich hoffe, es stört Ihren Appetit nicht, wenn ich mich nur an Salate und Schwefelwasser halte«, sagte er. »Sie müssen hungrig sein. Erst ein paar Stunden in London — und schon die ganze Stadt durchmessen, auf der Suche nach Freunden! Aber kommen Sie.« Er schlug vor ihr die Portiere zurück. Ein in Scharlach gehaltener Salon nahm sie auf. Auf einem ovalen Tisch war für zwei gedeckt. Die Teller und Bestecke leuchteten golden. Caroline spürte plötzlich, wie hungrig sie war . . .

Ein zierlicher braunhäutiger Diener in einem Anzug aus stumpfer schwarzer Seide bediente sie so flink und unauffällig, daß es an Zauberei grenzte. Unsichtbare Hände schienen die Teller zu wechseln, die Weingläser auszutauschen, das Wasser in den Karaffen eisgekühlt zu halten.
Caroline vergaß, daß Rafael Santi ihr mit trübem Schwefelwasser zutrank, daß der Duft der Speisen ihn wahnsinnig machen mußte bei seinen rohen, nur mit etwas Zitrone angemachten Salaten. Sie aß mit Lust und Hingabe, als wäre es ihr entfallen, warum sie hier war.

Lautlos, wie er die Speisen gebracht, trug der Diener die Schüsseln, Platten und Teller wieder fort, tauchte noch einmal auf und stellte ein Kupferbecken auf einen Dreifuß neben Santi. Eukalyptusduft zog durch den Raum. Santi suchte Carolines Blick. »Ich hoffe, der Herzog von Belômer wird bald ebenso mein Gast sein wie Sie. Glauben Sie mir, niemand hat diese Verhaftung mehr bedauert als ich. Es ist, wie wenn ein Kunstwerk zerstört wird.«

Der Sinn seiner Worte blieb ihr dunkel. »Sie haben mir durch Ihren Boten Hilfe angeboten«, sagte sie. »Was ist der Preis?«

»Einen Moment, Komtesse. Ein Kunstwerk, sagte ich. Eines, das meine ganze Bewunderung fand! Nur ein Franzose konnte der Welt diese blendende Komödie vorspielen! Gil de Lamare, Herzog von Belômer, der gefeierte Held, der letzte Ritter, der Helfer aller Unterdrückten — finanziert seine Heldentaten mit Gold aus dem Handel mit Sklaven.«

Die Worte trafen Caroline nicht. Sollte er nur reden, ihr seine innersten Gedanken enthüllen. Um so leichter würde sie seine schwache Stelle herausfinden.

»Das nenne ich Größe«, fuhr er fort. »Das Böse in der Vollendung. Was sind wir Santis dagegen! Wir haben es zu Reichtum, zu goldenem Geschirr gebracht. Aber uns fehlen ein paar Generationen Vorfahren, um so raffiniert zu sein. Der Sklavenhandel, so wie wir ihn betreiben ... wie gewöhnlich! Und da gibt es Menschen, die glauben, das Böse bedürfte keiner Phantasie.« Der Gedanke faszinierte ihn, eine tollkühne Idee regte sich, wollte ihn mitreißen. Um sich zu sammeln, trat er vor das Bild auf der Mahagonistaffelei am Fenster: Seine neueste Erwerbung, aufgestöbert bei einem Trödler an der Cheapside, ein Mädchenkopf von Rembrandt, auf der Rückseite eines wertlosen Nelson=porträts. Lange starrte er es an, aber es half nichts. Die Vorstellung, dem Herzog diese Frau wegzunehmen, hatte etwas Betäubendes.

Scheinbar in das Bild versunken, sah er doch nur sie. Sie hat Augen wie grauverschleierte Ceylonsaphire, dachte er, und eine Haut wie Magnolienblüten. Er war fünfzig Jahre alt geworden, ohne je sein Herz zu fühlen. Sollte das, was er in diesem Augenblick empfand, der Anfang von dem sein, was die Leute Liebe nannten . . .

Der Gedanke brachte ihn wieder zu sich. Er hatte diese Frau nicht hierherbringen lassen, um Tollheiten zu begehen, sondern um ein Geschäft mit ihr zu machen. »Sie wollen den Preis wissen«, wandte er sich an sie. »Nun gut. Er ist nicht hoch. Sagen Sie mir, wo wir Ramon Sterne finden.«

»Ich weiß es nicht.« Hatte ihre Stimme sie verraten? Er lächelte, aus Augen, die plötzlich sinnlich schimmerten. »Ein bißchen mehr Phantasie, Komtesse! Sie können sich wirklich nicht erinnern? Ist der Preis zu hoch — für die Freiheit des Mannes, den Sie lieben? Oder haben Sie etwa Skrupel?«

»Ich sagte Ihnen doch, ich weiß es nicht.«

Sie standen voreinander. Rafael Santi lächelte noch immer. Er ergriff ihre Hand, beugte sich darüber. »Es war mir eine Ehre! Und zögern Sie nicht zu lange. Der Preis könnte sich erhöhen.«

»Ich werde darüber schlafen«, sagte sie.

»Ja, schlafen Sie.« Während er die Worte aussprach, trat eine gefährliche Spannung in seine Züge. Es war wie eine Verwandlung. Das Bewußte wich daraus, verdrängt von elementaren Kräften ... Aber das machte Caroline keine Angst. Alles, was seinen Verstand, seine Wachsamkeit ein=schläferte, kam ihren Plänen zugute. Sein Begehren durfte ihr folgen — wenn es ihr nur gelang, seine Aufpasser ab=zuschütteln.

KAPITEL 17

Der zuckende Schein einer fast im Öl erstickenden Laterne geisterte durch die Straße. Sie war so eng, daß Caroline das Gefühl hatte, mit den Schultern die Hausmauern zu strei=fen. Der starre Blick blinder Fenster traf sie. In jedem Winkel schien sich etwas zu bewegen, bereit zum Sprung. Selbst die Häuser mit ihren seltsamen kastenförmigen Erkern aus Maschendraht wirkten auf sie wie schlummernde Untiere, denen man riesige Beißkörbe umgebunden hatte.
Sie hatte die Kutsche am Beginn der Nael Street weg=geschickt; sie wollte keine Zeugen. Nur wenige Schritte hin=ter ihr verklangen die Geräusche des sich entfernenden Wagens, und doch war ihr, als trennte sie schon ein Ozean von der Stadt mit ihrem bunten nächtlichen Leben, durch die sie eben noch gefahren war.
Dicht in den Mantel gehüllt, eilte sie weiter. Bei jedem Schritt spürte sie die Bibel, die sie bei sich trug. Santis Forderung hatte sie daran erinnert, das Versprechen, das sie Ramon Sterne gegeben hatte, einzulösen.
Sie hatte die Bibel gleich nach ihrer Ankunft in London auf

das Tischchen im Korridor unter die Andachtsbücher gelegt, mit denen die frommen Schwestern Short auch ihre Mieter auf den rechten Weg weisen wollten. War es aus einer Ahnung um den geheimen Wert dieses Lederbandes geschehen, aus dem instinktiven Gefühl, daß es eine ganz besondere Bewandtnis damit haben mußte? Jedenfalls war ihr dieser offene Platz sicherer erschienen als ein Versteck in ihren eigenen Räumen . . .

Unwillkürlich blickte sie sich bei dem Gedanken an Rafael Santi um. Es folgte ihr niemand. Dreimal hatte sie nach dem Verlassen seines Hauses die Kutsche gewechselt. Aber sie war mißtrauisch und vorsichtig geworden — auch auf der Themse hatte sie sich unbeobachtet gefühlt, und doch war ihre Fahrt zu Leutnant Fawkes beobachtet worden.

Sie beschleunigte ihre Schritte. Es war so dunkel, daß sie nur noch ahnen konnte, wohin sie trat. Aus keinem der Häuser drang Licht. Der Panzer der Finsternis umschloß alles — aber dahinter war Leben. Es drang aus den Ritzen des Mauerwerks, aus den Erkern, ein leises Rascheln und Scharren. Caroline spürte es, roch es. Glucksend entleerte sich ein Abflußrohr in den Rinnstein, Dampf stieg auf; der aus Fischbrühe, Knoblauch und alter Seifenlauge gemischte Brodem der Armut.

Etwas streifte ihren Fuß. Aus dem Dunkel war ein Rudel Katzen aufgetaucht. Über den Rinnstein hin und her springend fischten sie nach Speiseresten. Im selben Augenblick erfüllte ein Rauschen und Flattern die Luft, hohe ängstliche Laute. Obwohl sie innerlich bebte, zwang sich Caroline stehenzubleiben. Was sie für Erker gehalten hatte, waren große Vogelkäfige. In die Gitter verkrallt, die Schwanz=

federn auseinandergespreizt, hingen die aufgescheuchten Tiere dort.
Das absurde Gefühl stieg in ihr auf, daß es diese Straße am Tag nicht gab, daß es eine Ausgeburt der Nacht war. Wenn sie morgen wieder hierherkäme, wären diese Häuser verschwunden. Sie hatte sich gewünscht, niemandem zu begegnen auf diesem Weg, aber jetzt wäre es eine Erlösung gewesen, einen Menschen zu sehen.

Als wäre es in diesem Moment aus dem Nichts aufgetaucht, erblickte sie das hellerleuchtete Haus. Die Nummer, die der Kutscher ihr genannt hatte, stimmte. Trotz der Lichter und der behaglichen, langgestreckten Fassade kam es ihr so unwirklich vor wie die lichtlosen geduckten Vogelkäfige der Tierhändler. Zögernd ging sie auf das Haus zu. Ihr Blick glitt über die hohen, milchweiß getönten Fenster.
Dahinter bewegten sich Schatten, verwischt und verzerrt.
Caroline suchte vergeblich nach einem Namensschild. Sie entdeckte nur ein rundes Metallemblem, das zwei ineinander verschlungene Hände zeigte. Wenn sie es auch nicht zu deuten wußte, so gab es dem Haus in ihren Augen doch etwas Vertrautes. Sie schob die an den Mantel geschnittene Kapuze aus der Stirn und trat ein.
Sie befand sich unmittelbar in einem von zahlreichen Lampen erleuchteten Saal. Schlanke, weißgestrichene Eisensäulen stützten ihn. Mit Leder bezogene Geräte standen die Wände entlang. Zwei niedrige, viereckige, von Seilen umgebene Podeste aus dunkelgebeiztem massivem Holz nahmen die Mitte des Saales ein. Jetzt begriff sie auch, was die Schatten bedeutet hatten. Sie war in einer Boxschule.

In jedem Ring trainierten zwei junge Männer. Nackt bis auf ein winziges Stück weißen Leders, das ihre Lenden umschloß, führten sie eine Art Scheinkampf. Caroline konnte in ihren Bewegungen nicht den in Frankreich als brutal verschrienen Sport wiedererkennen. Was sie hier sah, war nicht Kampf, sondern Spiel, wie geschaffen, um die athletische Kraft und die männliche Schönheit dieser Körper zur Geltung zu bringen.

Sie schaute so fasziniert zu, daß sie den Mann erst bemerkte, als er mit federndem Schritt auf sie zukam. Schneeweiß, wie die Lederbandagen an Hand- und Fußgelenken, war auch das Trikot. Quer über der Brust stand in roter Seide gestickt »Corcoran«. Das und die eleganten hochgeschnürten Stiefeletten waren die einzige Erinnerung an seine Vergangenheit als gefeierter Zirkusreiter.

Mit einer Verbeugung blieb er vor Caroline stehen. Als Sohn eines französischen Fechtmeisters und einer irischen Seiltänzerin hatte seine Elastizität nicht darunter gelitten, daß er nach einem Sturz vom Pferd fast zwei Jahre gelähmt gewesen war. Das haselnußbraune Haar, mit dem rötlichen Glanz, sprang am Ende der Koteletten zu winzigen Löckchen auf. Er konnte dreißig sein, aber genausogut fünfzig. Es gab keine Merkmale des Alters in diesem glatten Gesicht, nicht einmal um die Augen, die grün waren und von einer Frische, als kennten sie weder Müdigkeit noch Schlaf. Wieder verneigte er sich. »Nun, Madame? Haben Sie Ihre Wahl getroffen?«

Caroline stutzte. Es schien ihr, als wäre es plötzlich stiller geworden, als warteten die jungen Männer dort im Ring nur auf ein Zeichen von ihr. Blitzartig begriff sie, was die Zur=

schaustellung ihrer Körper bedeutete, und mußte unwillkürlich lächeln. Auch Paris war reich an Überraschungen, aber sie ereigneten sich durchsichtig und programmgemäß wie ein Bühnentrick. Alles in Paris hatte einen Hauch Theatralik. Alle spielten in einer nie endenden Komödie. Von London hatte sie bisher nicht den Eindruck gewonnen, daß es ein Ort der Komödien sei — aber dieses Mißverständnis hier war zweifellos eine. Sie schüttelte den Kopf. »Ich suche Madame Blanche.« Mit Erleichterung sah sie, daß der Mann den Namen kannte.

»Sehr wohl.« Er nickte. »Zu Madame Blanche. Bitte sehr.«

Er war es gewöhnt, daß Frauen wie diese hierherkamen, elegant, reich, stolz, schön. Sie waren verheiratet, hatten einen standesgemäßen Liebhaber — aber das schien ihnen nicht zu genügen. Nur die wenigsten kamen aus echtem Hunger nach Wollust. Es mußte das prickelnde Bewußtsein der Sünde sein, das sie sich hier kauften, den berauschenden Geschmack des Lasters. Sie brauchten es wie eine Medizin. Für eine Woche waren sie dann wieder liebevolle Gattinnen. Bei den Männern, die Madame Blanche im anderen Teil des Hauses besuchten, war es nicht anders. Er hatte es längst aufgegeben, sich über die menschliche Natur zu wundern . . .

Immer noch vor sich hinlächelnd, folgte ihm Caroline. Sie hatte seine Blicke wohl bemerkt. Sie glaubte seine Gedanken zu kennen, aber es machte ihr nichts aus. Darum also hatte Ramon Sterne so gezögert, als er ihr den Namen der Frau genannt hatte. Der Mann blieb vor einer Tür stehen. Er klopfte an und öffnete sie weit. »Eine Dame, Madame . . .«

Amphoren aus Alabaster verströmten rosiges Licht; die seidenen Tapeten fingen es auf, die Blumen, die in verschwenderischer Fülle auf schlanken malvenfarbenen Säulen standen.

Die Frau, ein Medaillon in einem breiten silbergetriebenen Rahmen in der Hand, blickte nicht auf. Mit einer Geste großer Zärtlichkeit hängte sie es an seinen Platz zurück. »Danke, Corcoran«, sagte sie, »laß uns allein.« Sie wandte sich Caroline zu. »Sie wünschen mich zu sprechen?«

Langsam kam sie auf Caroline zu. Ihr Haar schimmerte bläulichweiß. Durch das leichte Gespinst ihres lose fallenden Gewandes sah man die nackten Schultern. Ihre ganze Erscheinung hatte etwas Körperloses. Aber dann blickte Caroline in ihre Augen, dunkle, wache, rastlose Augen. So unirdisch, so jung sie auf den ersten Blick wirkte — wen diese Augen ansahen, der wußte, wie irdisch diese Frau war, und wie alt.

Fasziniert von diesem Gesicht, das zugleich Kühle und Feuer war, mußte Caroline sich besinnen, warum sie hierhergekommen war. »Ich soll Ihnen etwas überbringen«, sagte sie schließlich, aber ehe sie weitersprechen konnte, flog die Tür auf. Ein Mann stürzte herein, in der Hand eine schwarzviolett geflammte Korsage. Aufgeregt schwenkte er sie vor Madame Blanche hin und her. »Da, riechen Sie!« stieß er hervor. »Getränkt in Parfüm! Das ganze Weib nichts als Parfüm ...« Er verzog das Gesicht zu einer Grimasse des Abscheus. »Weiße Haut und Maiglöckchenduft! Komme ich deswegen hierher?!«

Ohne daß Madame Blanche etwas gesagt hätte, war in ihrer Haltung etwas, das den Mann beschwichtigte. »Ein bedauer=

licher Irrtum«, sagte sie ruhig. »Anne ist leider verhindert. Aber ich habe Jane angewiesen, Ihre besonderen Wünsche zu beachten.«

Jetzt erst bemerkte der Mann Caroline. Keineswegs geniert, daß er Publikum hatte, klemmte er sich sein Monokel ins Auge, umkreiste sie mit schnellen Schritten und wandte sich kopfschüttelnd ab. »Nächstens werden sich noch spanische Infantinnen ihr Taschengeld bei Ihnen aufbessern! Sie sind durch das Besondere berühmt geworden — Sie sollten dabei bleiben. Ich warne Sie, Madame Blanche. Eine Menschenfresserin, die man an Händen und Füßen fesseln muß, ein fettglänzendes Eskimoweib, ein Stall voll kleiner Chinesinnen mit süßen verkrüppelten Füßen, eine Nixe mit Fischschwanz, ein Mädchen mit Pferdehufen — alles das ist besser als ›die schöne Frau‹.« Mit erhobenen Händen wie ein Kanzelredner, der seinen Schäfchen gerade die sieben Kreise der Hölle geschildert hat, stand er da.

Madame Blanche war ohne eine Miene zu verziehen der Szene gefolgt. Sie hörte aufmerksam zu, aber nichts verriet, was sie dachte oder empfand. Eine sanfte wohltuende Gleichgültigkeit ging von ihr aus. Sie wirkte wie ein Wesen, das die Menschen weder liebte noch verachtete und sie vielleicht gerade deshalb verstehen konnte. »Ich werde das sofort in Ordnung bringen«, sagte sie. An der Tür wandte sie sich zu Caroline um. »Verzeihen Sie die Unterbrechung. Ich bin gleich wieder da . . .«

Als sie allein war, warf Caroline den Mantel ab. Sie zog die Bibel aus der eingenähten Tasche. Sie legte den Band auf das zierliche hochbeinige Nähtischchen.

Einer der seitlich angebrachten Schübe war herausgezogen. In den Farben des Regenbogens angeordnet, lagen die Stickseiden da, ein ledernes Necessaire mit Nadeln und Schere. Auf der gepolsterten Armlehne des Stuhls stak, mit zwei Nadeln befestigt, der Stickrahmen mit einer eben begonnenen Perlstickerei.

Eine ganz natürliche Neugier regte sich in Caroline. Was für eine seltsame Frau. Und was verband sie mit Ramon Sterne? Ihr Blick suchte das Bild, das Medaillon, das Madame Blanche, als sie kamen, in der Hand gehabt hatte. In zarten Pastelltönen waren zwei Kinderköpfe hingetupft, die aus weißen Spitzenkragen hervorschauten; zwei Jungen, mit der dunkelgoldenen Haut der Mittelmeerkinder, mit ihren dunklen mandelförmigen Augen, einander so ähnlich wie Zwillinge. Um es genauer zu betrachten und vielleicht eine Antwort auf die Frage zu finden, die sie in sich aufsteigen fühlte, nahm sie das Medaillon von der Wand. Doch etwas anderes lenkte ihre Aufmerksamkeit ab.

An der Stelle, wo das Bild gehangen hatte, entdeckte sie eine in die Wand eingelassene geschliffene Linse. Durch einen kleinen flachen Hebel ließ sie sich wie eine Art einäugiges Opernglas beliebig einstellen. Deshalb also hatte Madame Blanche hier gestanden, nicht wegen des Porträts.

Caroline trat näher an den Spion. Es war jene ziellose unkonzentrierte Neugier in ihr, wie sie gerne über sie kam, wenn sie übermüdet war. Sie blickte in einen mit schwarzer Seide ausgeschlagenen Raum voll von absonderlichen Instrumenten; in großen Vasen steckten Brennesseln, immergrüne Zweige, Ruten, Peitschen, Reitgerten, Lederriemen.

Dann sah sie den Mann, mit Ketten auf eine schräge Leiter gebunden, nackt, reglos, einen Ausdruck heftiger Ungeduld auf dem Gesicht. Hinter ihm stand ein Mädchen, das in seinem hochgeschlossenen weißen Kleid etwas von einer Novizin hatte. Ein zweites sparsam bekleidetes Mädchen saß vor ihm auf einem Stuhl. Das Mädchen in dem weißen Kleid hob den Arm, und jetzt erst sah Caroline die Peitsche in ihren Händen, die vielen züngelnden Schnüre mit den hineingeknoteten Nägeln.
Caroline lief es kalt über den Rücken. Sie war wie erlöst, als sie hinter sich die Tür hörte, Schritte. Sie war sich nicht sicher, ob sie die Kraft aufgebracht hätte, sich loszureißen; ob ihr natürlicher Abscheu stärker gewesen wäre oder der fast hypnotische Zwang, diese Szene weiterzuverfolgen . . .

Zum erstenmal sah Caroline Madame Blanche lächeln. »Sie haben auf eigene Faust eine Lektion genommen? Machen Sie nicht so entsetzte Augen. Dieser Mann ist harmlos, ein ehrenwerter, angesehener Mann, ein guter Familienvater. Er kommt einmal im Jahr nach London, besteht darauf, seine Ketten selber mitzubringen, und bezahlt ein Pfund für jeden Blutstropfen. Eines jener Feuerwerke, die Monate erträumt, vorbereitet werden, und in einer halben Stunde abbrennen.«
Mehr als das, was sie sagte, verblüffte es Caroline, diese Frau plötzlich im Jargon ihres Berufes reden zu hören. Madame Blanche war vor den Spiegel über dem Kamin getreten und steckte eine silberne Filigrannadel im Haar fester. »Daß Männer hin und wieder solche Ideen, Launen, Wünsche haben — davon leben wir, wie ein Spezialitäten=

Restaurant. Zur Ehe wollen sie Engel — aber zur Liebe Hexen.« Sie warf Caroline einen Blick zu. »Ich wünschte, ich hätte das schon in Ihrem Alter gewußt. Je später man es erkennt, desto schwerer fällt das Umlernen.« Einen Moment wirkte sie befangen, als bereute sie ihre letzten Worte, aber dann sagte sie mit Wärme: »Ich habe das Gefühl, wir werden uns verstehen. Wie kommen Sie gerade auf mein Haus? Wer hat sie an mich empfohlen?«

Einen Augenblick war Caroline versucht, auf ihre Worte einzugehen, das Spiel noch weiter zu treiben, aber dann fiel ihr Blick auf den silberbeschlagenen Lederband auf dem Nähtisch. Sie nahm ihn und reichte ihn der Frau. »Ich bin gekommen, Ihnen dieses Buch zu überbringen . . .« Sie kam nicht weiter. Die Frau riß ihr die Bibel aus der Hand. Sie wurde noch einen Schein blasser. Auf Hals und Dekolleté zeigte sich ein Netz bläulicher Adern.

»Wo ist er?« fragte sie tonlos. »Bitte, so reden Sie doch! Lebt er? Mein Gott . . . Ramon . . .« Ihre Worte verwirrten sich.

Ein grobgewebtes Kleid, ein kleines Bündel mit Wäsche und diese Bibel — das war alles, was sie besaß, als sie mit 15 Jahren die Eltern verlassen und nach London gegangen war, eines jener Bauernmädchen, die alljährlich aus ganz Irland in diese Stadt strömen, wie auf der Flucht vor dem harten, glanzlosen Leben, das ihren Müttern beschieden war, mit jener leidenschaftlichen Entschlossenheit zum Glück, als müßten sie auch die unerfüllten Träume ihrer Vorfahren einholen.

Die Bibel. Sie hatte sie ihren Söhnen mitgegeben, als diese von ihr gegangen waren. Norman war tot. Aber Ramon!

Warum war er nicht selber gekommen? »Wo ist Ramon? Wo ist mein Sohn!?« Es war ein Schrei, in dem sich alles entlud, was an angestauter Liebe und Verzweiflung in dieser Frau war.

Caroline blickte sie an — Zeugin einer fremden Tragödie, die sie nicht verstand; nur das eine war ihr klar: die beiden Jungen auf der Miniatur dort waren Madame Blanches Söhne, Norman und Ramon Sterne.

Madame Blanche mußte den Blick gespürt haben. »Ja, sehen Sie mich nur an«, sagte sie, »und Sie sehen, wie grausam das Leben ist, ohne daß etwas Besonderes geschehen muß. Ich war nicht so schön wie Sie. Ich war nur sehr jung und leichtgläubig. Aber das genügte ... Der Mann war Portugiese. Er war reich. Er hatte das schönste Schiff, das jemals die Themse hinauffuhr. Er setzte mich in eine Wohnung. Er gab mir Geld. Ich bekam zwei Söhne von ihm, Zwillinge. Dann sah ich ihn nie mehr wieder. Das ist schon meine ganze Geschichte. Und damit ich nie mehr rückfällig werden konnte, begann ich dieses Leben ...«

Sie brach ab, versank in Brüten. Caroline versuchte sich die Frau als Mädchen vorzustellen, mit langen flachsblonden Zöpfen ... »Meine Söhne wurden in Internaten erzogen«, fuhr Madame Blanche fort. »Sie wuchsen mit dem Namen Sterne auf, meinem Namen. Sie ahnten nicht, wie ihre Mutter das Geld für ihre Erziehung verdiente. Und dann geschah es doch — es war ihr Vater selbst, der das Gift der Wahrheit in ihre Herzen senkte. Sie waren sechzehn damals. Seitdem sind zwölf Jahre vergangen. Jeden Tag habe ich gewartet, gehofft, sie würden kommen, mir verzeihen, mich nicht mehr verachten.« Hochaufgerichtet stand sie da, so

als wäre sie stolz darauf, daß das Schicksal sie auserkoren hatte, unglücklich zu sein.
Und plötzlich glaubte Caroline die Frau zu begreifen, die, da sie das Glück nicht hatte halten können, das Unglück festhielt. »Ramon lebt«, sagte Caroline. »Er ist auf dem Weg nach London. Und dieses Buch muß ihm sehr wertvoll sein, ein Geheimnis enthalten. Er glaubte es nur bei Ihnen sicher. Er wird Sie bestimmt aufsuchen, sobald er in London ist.«
Blanche Sterne strich mit den Fingerspitzen über die Bibel. Er vertraute ihr an, was ihm am teuersten war — es war wie ein Wunder. »Ich danke Ihnen«, ein rätselvolles Lächeln trat in die Züge der Frau. »Ich werde es mit meinem Leben schützen.« Sie blickte sich im Raum um, als suchte sie nach einem Versteck.
Sie schien Carolines Gegenwart vergessen zu haben; es hatte nichts mehr Platz neben ihrem Glück. Langsam wandte sich Caroline zur Tür, um die Frau nicht zu stören. Auf der Schwelle blickte sie noch einmal zurück. Sie hätte Freude empfinden müssen über die Tatsache, daß sie die Botin dieses Glücks gewesen war, aber als sie die Frau dastehen sah, den Lederband in den Händen, flog etwas Dunkles sie an, etwas wie eine Ahnung. Aber sie war zu müde, zu erschöpft, zu sehr geprüft und enttäuscht worden an diesem ersten Tag in London — der Wunsch, Ruhe und Schlaf zu finden, war stärker als alles andere.

In dieser Nacht schlief Caroline wie ein Kind, das am Jahrmarkt von allem – vom Karussell, von den Gauklern und Puppenspielern, vom Türkischen Honig und von den Pfeffernüssen – zuviel erwischt hat: ein Wirbel greller, sich jagender Bilder riß sie mit sich. Einigemale schreckte sie auf, schlief wieder ein, und der schillernde Brummkreisel ihrer überreizten Phantasie begann sich wieder zu drehen. Allmählich beruhigten sich ihre Nerven; ihr junger gesunder Körper flüchtete in das warme Dunkel eines todesähnlichen Schlafes.

Als sie am nächsten Morgen erwachte, erinnerte sie sich an nichts mehr. Sie tauchte aus dem Schlaf wie aus einem Bad völligen Vergessens. Sie besaß die wunderbare Gabe, Erlebnisse, die einen anderen Menschen lange gequält hätten, in der Stunde, in der sie geschahen, zu überwinden. Und wenn sie einmal die sie verfolgenden Stimmen des Vergangenen hinter sich vernahm, so verschloß sie die Ohren und lief ihnen auf flinken Füßen davon.

Einzelne Sonnenflimmer tanzten über die Wände ihres Schlafzimmers; die Geräusche leiser Geschäftigkeit erfüllten das Haus in der Church Yard. Im Ahornbaum vor dem Fenster sang ein Vogel. Caroline lauschte; sie fühlte auch in sich die Schwerelosigkeit des Lichts und das aufsteigende Glück des Vogelliedes.

Ob auch zu ihm ein Strahl der Sonne drang? Der Laut eines Vogels? Es war ihr, als spürte sie seine Gedanken. Er rief sie. Ein Gefühl überkam sie, als brauchte sie nur dieser Stimme zu folgen, und sie würde ihn finden.

Während sie badete und frühstückte, verstärkte sich diese Stimmung noch. In einem plötzlichen Entschluß nahm sie das Kleid aus mattem Seidenrips mit der schmalen knielangen Tunika aus dem Schrank: Leroy hatte es für ihre Hochzeitsreise entworfen, in dem glühenden Sonnengelb, das der Herzog am meisten an ihr liebte; es schien ihr für diesen Tag gerade richtig.

Mit jenem lächelnden Ernst einer Frau, die sich eben wieder ihrer Schönheit bewußt geworden war, trat sie vom Spiegel zurück. Alles erschien ihr ganz einfach. Sie würde von Gefängnis zu Gefängnis fahren, bis sie ihn gefunden hatte . . .

Auch London gefiel sich an diesem Morgen. Gezähmt von der silbernen Seide der Luft lag es da, spiegelte sich im Blau eines Himmels, der tat, als wäre es Mai und nicht Ende September.

Caroline lehnte am Fenster der Hackney Chariot, die Batu mitsamt einem ortskundigen Fahrer für den ganzen Tag gemietet hatte. Sie konnte nicht glauben, daß dies dieselbe Stadt sein sollte, durch die sie in der Nacht vorher geirrt war. Wo eine graue gesichtslose Steinwüste sie angestarrt hatte, dehnten sich jetzt breite, mit Säulenvorhallen gesäumte Straßen, Fluchten weißer, reich stukkierter Fassaden, die Arenen riesiger Plätze. Tore aus vergoldetem Schmiedeeisen schimmerten im Schatten hoher Platanen mit ihren gesprenkelten Stämmen und den Kaskaden dunkelgrünen Blattwerks — und immer wieder blinkte am Ende der Querstraßen die Themse.

Am Covent Garden Markt hatte sie einen Arm voll Blumen gekauft, bei *Fortnun and Mason* in der Duke Street einen

Korb voll der ausgefallensten Delikatessen. Sie hatte die phantasievollen Namen schon wieder vergessen, aber die Päckchen, jedes ein kleines Meisterwerk geradezu orienta=lisch anmutender Prachtliebe, trug eine genaue Beschreibung des Inhalts.

Am offenen Fenster der Kutsche tauchte ein roter wippender Federbusch auf. Eine Hand erschien, ein roter Zettel flatterte zu ihr in die Kutsche. Als sich Caroline hinausbeugte, war der Liliputaner auf seinem Esel schon an die nächste Kutsche herangeritten. Die türkischen Pluderhosen aus grellroter Seide bauschten sich im Wind, als er sich in den Steigbügeln aufrichtete, um eine Münze aufzufangen, die aus dem Wagen flog.

Caroline hob den Zettel vom Boden der Kutsche auf. »Fre=gatten=Seegefecht und lebensechte Nachahmung der Schlacht am Nil auf der *Serpentine*« las sie, »zum Sieg der Verbünde=ten über Napoleon, erstellt und arrangiert von Madame Salmon«. Lächelnd steckte sie den Zettel in den Korb. Viel=leicht würde sie schon heute abend im Hyde=Park an der *Serpentine* sein — gemeinsam mit ihm . . .

Das Massiv des Towers schob sich dunkel in den Himmel. Caroline hatte beschlossen, dort ihre Suche zu beginnen. Es war das einzige Londoner Gefängnis, das sie dem Namen nach kannte; außerdem schien ihr diese Festung der wahr=scheinlichste Ort, an dem man den Herzog gefangenhielt. Sie suchte nach Zeichen, die ihr verraten hätten, daß man sie gestern Nacht hierhergebracht hatte. Rechts vom Ein=gang, vor einem in den Schatten des Mauerwerks geduckten Haus, schwebte, aus dünnem Messingblech getrieben, das

Wahrzeichen einer Taverne, ein Tiger. Mit geblähtem, metallisch glänzendem Gefieder hockte ein Rabe auf dem Dach der Hauptwache; die harten Laute, die er ausstieß, schienen nicht aus dem Hals eines lebendigen Wesens zu kommen. Auch die zwei Wachsoldaten in den dunkelblauen Uniformen mit dem weiten Umhang und der zerdrückten Plustermütze wirkten wie erstarrt, düstere Schemen einer versunkenen Zeit.

Aber all das konnte das Glücksgefühl, das Caroline beherrschte, nicht dämpfen. Sie sah nur den Tag, sein Lächeln — und sie nahm es als Versprechen, daß sich ihre Hoffnungen erfüllen würden. Als die Kutsche hielt, hätte sie am liebsten die Blumen und den Korb gleich mitgenommen. So sicher war sie ihrer Sache.

Batu öffnete den Schlag, klappte die Treppe heraus. Sie raffte den Rock, setzte den Fuß darauf. Sie sah Batu dastehen, in der schmucklosen sienabraunen Livree, die mit den modischen, straffen Hosen fast wie der Ausgehanzug eines Müßiggängers wirkte. Der steife Hut — wie die Weste und die Handschuhe in zartem Sandton gehalten — saß ihm tief in der Stirn. Er schien nicht ganz mit ihrem Vorhaben einverstanden zu sein; aber auch Simon, der Diener ihres Vaters, hatte immer so ein Gesicht gemacht, wenn er zusehen mußte, wie sie auf eigene Faust etwas unternahm. Darin waren sich alle Männer gleich: eine Frau, die wußte, was sie wollte, flößte ihnen Unbehagen ein.

Sie war nicht dazu gemacht, sich hinzusetzen, die Hände im Schoß, und zu warten, was geschehen würde. Sie lächelte ihm zu. »Halte dich bereit«, sagte sie. »Wenn ich nach dir schicke, bringst du den Korb und die Blumen.«

Sieben Stunden später lagen die Blumen immer noch in der Kutsche, in sich zusammengesunken mit matten Blättern und Köpfen. Wo war sie nicht gewesen? Der Tower, Newgate, Bridewell ... Sie war von Gefängnis zu Gefängnis gefahren. Sie hatte gebeten, gefleht – und immer wieder gewartet, halbe Stunden, Stunden. Wie auch jetzt wieder in Clerkenwell, dem letzten Gefängnis Londons auf ihrer langen Liste.

Dieselbe hölzerne Bank wie überall vorher, dieselbe Schreibstube, derselbe Tisch mit dem wie zu einer Parade aufgestellten Bataillon von Tintenfässern, und derselbe Amtsdiener: ein graues gebeugtes Etwas.

Mit einem unverständlichen Murmeln hatte er ihre Karte genommen, sie aufgefordert, Platz zu nehmen, zu warten.

Es war nichts zu hören als das Ticken der Uhr und hin und wieder ein Knarren des dunklen, mit Öl eingelassenen Riemenbodens. Diese Stille machte Caroline fast rasend. Sie erschien ihr wie eine Lüge, die ihr dreist ins Gesicht lächelte, eine unheimliche, trügerische Stille, künstlich geschaffen, um Recht und Ordnung vorzutäuschen.

Aber sie wollte sich ihre Mutlosigkeit nicht eingestehen; sie wollte sich zwingen, auch jetzt noch zu hoffen. Wenn man ihr hier wieder nein sagte ...

Das Herz schlug ihr bis zum Hals, als sich jetzt eine Doppeltür öffnete. Ein Mann kam auf sie zu; kurze krumme Beine trugen die runde Tonne des Leibes; darüber, auf zwei Wülsten das junge feiste Gesicht. »Komtesse, was kann ich für Sie tun?«

Seine Stimme sagte ihr, daß seine Frage ein Hohn war, daß er die Antwort schon kannte. Einen Augenblick war sie versucht, sich umzudrehen und zu gehen — sich wenigstens diese letzte Demütigung zu ersparen, aber sie bezwang sich. »Ich suche einen Gefangenen — den Herzog von Belômer.«

»Ein Herzog in Clerkenwell?« Der Mann hatte die Hände auf den Rücken gelegt. Seine blonden dünnen Brauen hoben sich in schlecht gespieltem Erstaunen. »Wir sind eine bekannte und beliebte Sehenswürdigkeit«, sagte er, »ein reines Frauengefängnis. Herzöge pflegen Clerkenwell nur zum Amüsement zu besuchen, Komtesse. Wenn unsere Frauen ausgepeitscht werden — dann haben wir meist einige Reservierungen dieser Art, aber sonst ...«

Sie fühlte sich erniedrigt, betrogen, genarrt. Alle schienen sich gegen sie verschworen zu haben. Ein undurchdringliches Dunkel, eine Festung aus Schweigen war um den Herzog gezogen. Nur ein Feind, der sich im Unrecht fühlte, handelte so ... Bis zu dieser Stunde hatte sie im Grunde ihres Herzens an ein Mißverständnis geglaubt, an einen Irrtum. Jetzt glaubte sie zu wissen, daß alles nach einem sorgfältigen Plan ablief, daß nicht der Zufall, sondern ein kühl überlegender Feind am Werk war.

KAPITEL 19

Der Schein der sinkenden Sonne lag über dem Platz vor dem Gefängnis. Langsam setzte Caroline Fuß vor Fuß. Sie fühlte sich wie gerädert. Sie hatte Hunger, aber wenn sie daran dachte, etwas zu essen, stieg Übelkeit in ihr auf. Mechanisch wich sie den Hockern und Stühlen aus, die vor den Türen der flachgedeckten, fast italienisch anmutenden Häusern

standen. Ohne die Dinge bewußt wahrzunehmen, glitt ihr Blick über die Fenster, die Fenstergärten, in denen Thymian und Rosmarin wuchs, in dunkle Hausgänge, in denen Kinderspielzeug herumlag.
Sie war zum erstenmal in ihrem Leben hier und doch hatte sie das Gefühl, diese Straße schon einmal gegangen zu sein — ebenso ziellos, innerlich fröstelnd.
Ihr Gefährt wartete neben einem Brunnen. Sie zögerte. Sie fürchtete die stummen Fragen Batus; als würde das, was sie erlebt hatte, erst wirklich, wenn Batu es aus ihren Augen las, als ließe sich die Wahrheit noch in ihrem Herzen verschließen, solange sie nicht ausgesprochen war.
Eine durchdringende Stimme zerriß die Stille. *Hot, hot, hot-pudding, hot!* Im Laufschritt kam ein Mann in weißer Perücke und weißem Anzug daher, einen Wagen vor sich herschiebend. *Hot, hot, hot-pudding, hot.* Irgendwo ahmte eine Kinderstimme den Ruf nach.
Sie war jetzt an der Kutsche angelangt. Durch das Fenster sah sie die verwelkten Blumen auf dem Sitz liegen. Sie wartete darauf, daß Batu erscheinen, ihr den Schlag öffnen würde, aber nichts geschah. Sie blickte verwundert um sich, aber sie konnte ihn nirgends entdecken, der Bock war leer. Plötzlich fiel ihr Blick auf den Boden. Batus steifer, sandfarbener Hut lag dort, zwischen den Hufen des Pferdes. Als sie sich nach dem Hut bückte, ihn aufhob, den Staub abwischte, hatte sie das Gefühl unsichtbarer, sie belauernder Augen, drohender Gefahr.
Sie legte den Hut in den Wagen zu den Blumen. Auf der Suche nach ihrem Diener folgte sie dem Lauf der Straße. Bunt geschmückte Buden, Karren fliegender Händler, roh

gezimmerte Theken, auf denen Waren ausgebreitet lagen, bildeten eine Gasse. Drehorgelmusik klang auf, übertönt von dem hohen Ton einer Flöte. Ein Mann in einem knappen Tierfell demonstrierte seine Künste als Degenschlucker. Zwei Hähne kämpften in einem Ring. Der Duft gebrannter Mandeln und über Holzkohlenfeuer gegrillter Fische mischte sich. Unter einem rosa Sonnenschirm bot ein junges Mädchen Pfeffernüsse feil.

Eine Gruppe von Menschen bildete einen Ring, in dem jetzt zwei Frauen erschienen. Die eine, blonde Löckchen um das Puppengesicht, das nicht zu ihrem nur aus Muskeln bestehenden geschlechtslosen Körper zu gehören schien, riß den rechten Arm in die Höhe, die Faust geschlossen. »Ich, Hannah Corbet aus Clerkenwell, habe mit Kate Elizabeth Mathews noch ein Hühnchen zu rupfen«, rief sie. »Jede von uns hat in jeder Hand eine halbe Krone. Wer das Geld zuerst fallen läßt, soll der Unterlegene sein . . .« Die andere Frau, hager und sehnig, stieß ein Lachen aus. Sie hob den Arm. »Ich, Kate Elizabeth Mathews aus der Mormouth Street, nehme die Einladung von Hannah Corbet an und werde ihr, so mir Gott helfe, mehr Schläge verpassen als Worte, und erwarte, daß sie mit Schlägen antwortet und nicht feige zurückweicht . . .«

Das Publikum begleitete die Herausforderung mit Schreien, Klatschen und Anfeuerungsrufen.

Caroline wandte sich ab. Sie kannte Batus kindische Freude an solchen Schaustellungen, und doch blieb ihre Unruhe.

Sie ließ sich im Strom der Menschen mittreiben, die ihr fremd waren, ja die sie sogar anwiderten und die ihr doch irgendwie halfen, über diese Stunde hinwegzukommen.

Das Drängen und Schubsen verstärkte sich und endete dann vor einem hohen weißgetünchten Bretterzaun. Dahinter klang Trommelwirbel. Eine Erinnerung stieg in Caroline auf; Florenz, der Platz vor Santa Croce, die Pechfackeln rund um die Manege, der Zirkus Zocco . . . dort hatte sie Batu schon einmal wiedergefunden, mit einem Messerstich in der Lunge.

Sie schloß sich jetzt bewußt den Menschen an, die zu dem Einlaß dieser Manege drängten, Halbwüchsige, vornehme verschleierte Damen, elegante Herren, mit dem scheuen Blick derer, die sich zu verbotenen Vergnügungen begeben.

Der südländisch aussehende Mann an der Kasse musterte sie aus einem flinken halbgeschlossenen Auge und einem starren weitgeöffneten. »Ohne Begleitung? Das macht zwei Guinees.« Caroline wollte ihn schon wegen des unverschämten Preises zur Rede stellen, als der Mann mit einer zum Flüstern herabgesunkenen Stimme sagte: »Dafür bieten wir auch, was Sie nirgends sonst zu sehen bekommen, das echte, einzige, originale Tierfeuerwerk!« Das Grinsen schien für einen Augenblick sogar das Glasauge zu beleben.

Sie reichte ihm die Münzen. Er ließ sie durch das weißgetünchte Gatter ins Innere. Eine Arena von zertretenem Gras, mit dunklen, wie verbrannten Stellen, lag vor ihr. Nur ein schmaler Einlaß war nicht von Menschen umsäumt. Dort entdeckte Caroline die zitronengelb gestrichenen Käfige auf Rädern, Tiere hinter hohen Gittern; im einen Hunde, im anderen Katzen und in einem dritten einen Bären.

Zu einer dichten Mauer geschlossen, umstanden dic Menschen die leere Arena; ihre Augen hingen an dem Platz, als sähen sie jetzt schon, was sich dort ereignen würde. Es herrschte eine beklommene Stille, und wenn irgendwo eine Stimme sich erhob, ein Lachen aufklang, erstarb es sofort wieder. Ob Batu unter den Zuschauern war?

Die von den Käfigen herüberwehenden Tierausdünstungen, der Geruch der Menschen, Schwaden von Parfüm schienen die Luft zu einem dichten Gewebe zu machen, das sich zusammen mit den Schatten des sinkenden Tages über alles legte.

Ein Gong ertönte; die Stille wurde noch tiefer; die Menschen schienen den Atem anzuhalten. Neben Caroline entrang sich einer Frau ein ekstatisches Stöhnen, das fast einen wollüstigen Klang hatte. Ihre Wangen waren gerötet, ihre Lippen zitterten. Caroline folgte dem Blick ihrer geweiteten Augen. Die Gitter vor den Tierkäfigen hatten sich geöffnet. Hunde und Katzen füllten die Arena, gescheckte Narrenkappen auf den Köpfen; an ihre Schwänze waren bunte Päckchen gebunden, ihr ganzer Leib war davon bedeckt. Die Tiere zogen lange Schnüre hinter sich her. Weißer Rauch stieg davon in Kringeln auf, ein Sprühen. Ein leises zischendes Geräusch war zu vernehmen, als sich die Funken die Schnüre entlangfraßen.

Ein Feuerwerk auf lebenden Tieren . . . Carolines Verstand weigerte sich, das, was ihre Augen sahen, als Wirklichkeit zu nehmen. Ihr Ohr traf das schrille Jaulen der Tiere, infernalische Schreie. Sie warfen sich hin und her, sprangen in die Luft, wälzten sich am Boden, versuchten verzweifelt sich zu retten.

Die Feuerwerkskörper explodierten fast gleichzeitig, ein

bunter Feuerregen zerplatzender Kugeln und Sterne. Der Geruch von verbranntem Haar und Phosphor zog über den Platz. Zerlumpte Jungen stürzten in die Arena, sammelten die Glieder auf, warfen sie in die Deckelkörbe an ihren Armen und verschwanden damit.
Leer wie zuvor lag die Arena da; in dem Wall der Zuschauer regte sich nichts. In Bann geschlagen standen sie da. Caro= line hatte das grausige Schauspiel beobachtet, ohne im Innersten davon berührt zu werden. Etwas wie ein Panzer umschloß ihr Herz. Sie wandte sich ab, wollte diesen schrecklichen Ort verlassen, als ein Aufschrei der Menge sie noch einmal zurückblicken ließ. Sie erstarrte.

Unsicher, taumelnd wankte ein Mann in die Arena; auch er trug wie die Tiere die bunten Päckchen mit den Feuer= werkskörpern am Leib, gleich einem monströsen Aussatz. Die Arme waren mit den Zündschnüren an den Leib gefes= selt; Stricke um seine Beine hemmten ihn an einer Flucht. Ein Mann mit nacktem tätowiertem Oberkörper verfolgte ihn, wollte ihn zurückreißen, aber dann sprang er zurück vor dem Funkenregen, der in diesem Augenblick aufstob, den Neger einhüllend.
»Batu!« Caroline glaubte es geschrien zu haben, aber ihre Stimme war ohne Klang. Sein Hemd loderte in Flammen auf. Als lebende Fackel taumelte er durch die Arena. Als ginge erst jetzt ein Begreifen durch ihn, warf er sich in den Sand, den zertretenen Rasen, wälzte sich, um das Feuer zu ersticken.
Eine Explosion ließ die Luft erzittern. Der riesige Körper des Negers bäumte sich auf. Einen Augenblick schien er zu

schweben, so als stritten sich Luft und Erde um seinen Kör=per, bis die Erde den Sieg davontrug . . .
Die Zuschauer wichen zurück; plötzlich von Panik ergriffen, drängten sie zum Ausgang, eine fliehende Herde.
Wie von einer fremden Kraft bewegt, trat Caroline in die Arena. Ihr Körper schien nur noch Hitze, erzeugt von den Flammen des Schmerzes. Jemand trat zwischen sie und den Toten. Eukalyptusduft hüllte sie ein. »Ersparen Sie sich den Anblick, Komtesse«, sagte eine Stimme. Sie blickte auf. Rafael Santi stand vor ihr, mit seinem Körper verdeckend, was sie nicht sehen sollte. Seine schweren Augenlider waren halb geschlossen. Aber Caroline brauchte nicht in seinen Augen zu lesen. Sie sah tiefer. Mit allen ihren Sinnen spürte sie das Nachzittern befriedigter Grausamkeit in diesem Mann.
»Sie . . . Sie haben ihn töten lassen.« Sie wußte es, ohne zu überlegen. »Sie haben ihn getötet . . . wie ein Tier. Er war mein . . .« Sie konnte das Wort Diener vor diesem Mann plötzlich nicht aussprechen.
Rafael Santi trat noch näher auf sie zu. »Schön«, sagte er, »er war Ihr Diener. Ich wußte es bis zu diesem Augenblick nicht. Ich werde ihn bezahlen. Ein zweites Mal bezahlen, denn dieser Schwarze war mein Eigentum! Er ist mir da=vongelaufen, und sechs andere dazu, die er aufgewiegelt hatte. Er war der letzte, der noch nicht dafür gebüßt hatte.«
In Caroline stieg der Wunsch auf, diesem Mann ins Gesicht zu schlagen, ihm die menschliche Maske vom Gesicht zu reißen; denn daß diese Bestie ein menschliches Antlitz hatte, erschien ihr wie Blasphemie.

Rafael Santi wandte sich dem Mann mit dem tätowierten Oberkörper zu. »Ich habe Euch dafür bezahlt, ihn zu töten... und ihr macht ein Schauspiel daraus! Los, worauf wartet ihr noch? Schafft ihn weg!« Er konnte den Triumph nicht von seinem Gesicht verbannen, als er Caroline an=blickte. »Sie sehen, Komtesse, Hunde und Katzen verschar=ren sie gleich — den Schwarzen will keiner.«
»Der Tote gehört mir«, sagte sie mit fester Stimme. Sie fühlte, wie Santi sie am Handgelenk packte. Der Schmerz störte sie nicht, es war eher eine Befriedigung, ebenso wie seine vor Zorn bebende Stimme. »Der Schmerz ist eine sehr weise, sehr wahre Empfindung, Komtesse«, sagte er, »er führt nie irre wie das Glück! Vergessen Sie es nicht. Sie trauern schon um einen Schwarzen; wieviel Schmerz wür=den Sie erst empfinden, wenn der Herzog ...«
»Gehen Sie!« Sie schrie es ihm voller Zorn ins Gesicht. »Gehen Sie!«
Er senkte den Kopf. »Noch halte ich mein Angebot von gestern aufrecht, Komtesse«, sagte er leise. »Noch können wir Verbündete sein. Ich warne Sie, Komtesse. Wählen Sie Ihre Feinde gut!« Er ließ sie los und ging davon.

Mit gelöschten Laternen fuhr das Boot dahin. In der Mitte der Themse, in einem Streifen dichter Dunkelheit, zogen die beiden Männer die Ruder ein.
Schwankend trieb das Boot stromabwärts, während sich die Männer erhoben und mit schnellen Griffen die Fischnetze beiseite räumten. Der in Segeltuch verschnürte Leichnam wurde sichtbar. Caroline, die am Ende des Bootes saß, be=antwortete den fragenden Blick der Männer mit einem

stummen Nicken. Mit gespreizten Beinen im Boot stehend, um das Gleichgewicht zu halten, hoben die Männer den Toten über den Rand des Bootes und ließen ihn an zwei Tauen ins Wasser gleiten, als wäre diese Art von Bestattung etwas Alltägliches.

Caroline blickte auf den Schatten, der dort lautlos im Wasser verschwand. Ein paar Blasen stiegen an die Oberfläche. Dann schloß sich der Spiegel des Wassers. Sie fühlte, daß sie recht daran getan hatte, Batu dem Wasser, dem Meer zurückzugeben. Das Meer hatte ihn ihr zugeführt. Auf dem Meer war er glücklich gewesen und frei. Er war ihr nur ans Land gefolgt, weil es der letzte Wunsch seines sterbenden Herrn, des Korsaren, gewesen war. Die Flut würde ihn hinaustragen. In die Freiheit . . .

Die Männer hatten sich auf die Bänke niedergelassen, die Ruder wendeten das Boot mit raschen Schlägen. In der Hand das Amulett aus schwarzem Onyx, das sie an Batus Hals gefunden hatte, starrte Caroline in die Nacht. Glatt lag der Stein in ihrer Hand, fremd und rätselhaft, als wollte sich ihr auch das Letzte, das von dem Toten geblieben war, entziehen.

Über ein Jahr lang war er ihr Diener gewesen. Wie ein stummer schützender Strom hatte er ihr Leben begleitet, jeden ihrer Gedanken, jeden ihrer Wünsche erratend, ein Spiegel ihrer Freuden und ihrer Ängste. Er hatte alles gewußt von ihr — aber sie? Beschämt mußte sie sich gestehen, daß sie niemals versucht hatte, ihn kennenzulernen. Sie hatte ihn großzügig entlohnt, ihm elegante Livreen anfertigen lassen, aber sie hatte sich nie gefragt, ob er mit seinem Los zufrieden war.

Sie glaubte ihn wieder vor sich zu sehen, wie sie ihm gesagt hatte, daß sie nach England reisen würden. Sonst hatte er sich auf jede Reise wie ein Kind gefreut, aber dieses letzte Mal war er seltsam still geblieben. Sicher hatte er geahnt, was ihn hier erwartete. Aber er hatte nichts gesagt. Er war an ihrer Seite geblieben, nicht um sich besorgt, sondern nur um sie. Er hatte nur das Glück gekannt, das aus den Taten für andere wuchs, aus jener unbedingten Treue, die der Liebe so verwandt ist.

Das Boot hatte den in einem Seitenarm gelegenen Anlegeplatz erreicht. Einer der Männer sprang an Land, der andere warf ihm das Tau zu. Knirschend streifte das Boot an den Rand des Stegs. Der Mann streckte Caroline die Hand entgegen.

Schweigend schritten sie über die Steinstufen hinauf, in den Schatten der Bootsremise, wo sie sich eine halbe Stunde vorher getroffen hatten.

»Macht fünf Guinees«, sagte der ältere der beiden Männer. Seine Stimme klang unpersönlich, gelassen. Sein Blick war wach und doch ohne jede Neugier. Ein Franzose hätte sich in dieser Situation als Mitwisser gefühlt, als Komplice. Dieser Engländer blieb vollkommen neutral. Er wickelte ein Geschäft ab, sonst nichts. Der andere Schiffer, die Netze über der Schulter, war zu ihnen getreten. Caroline nahm aus ihrem Beutel zehn Guinees und reichte jedem der Männer fünf.

»Fünf für uns beide, so war es gemeint«, sagte der Ältere. Er wollte ihr die fünf Guinees zurückgeben.

Caroline wehrte ab. »Wo finde ich eine Kutsche?«

»Die nächste Querstraße rechts, dort stehen welche.«

Aber Caroline bog nicht in die bezeichnete Straße ein. Obwohl sie sich am Ende ihrer Kräfte fühlte, ging sie weiter den Kai entlang durch die Dunkelheit, nur begleitet vom Rauschen des Stromes.

Den Toten hatte der Strom ihr abgenommen. Wo aber in dieser Nacht, in dieser Finsternis, diesem Niemandsland, das sie durchschritt, war der Ort, wo sie die Last des wüsten Dramas, die sie mit sich schleppte, abladen konnte?

KAPITEL 20

Der Mantel auf ihren Schultern wog schwer wie Blei. Die Arme schmerzten vom krampfhaften Halten des seidenen Schals; er war längst vom Haar gerutscht, bauschte sich als hoher Kragen um den Hals. Durch die dünnen Sohlen der Schuhe stachen die Spitzen und Kanten der Steine.

Vom Strom her wehten Dunstschleier. Jedes Atemholen, jedes Geräusch, alles war nur noch eine unaufhörliche Kette von Qualen. Sie hatte nicht weinen und nicht beten können in diesen letzten Stunden. Es verlangte sie auch jetzt nicht darnach. Wenn es einen Gott gab, wenn dies alles nach seinem Ratschluß geschehen war, dann durfte sie jetzt nicht an ihn denken, sonst hätte sie ihn hassen müssen. Nein, sie würde nie in dem Gedanken Trost finden können, daß alles einen höheren Sinn hatte. Es waren die Menschen, die die Verantwortung trugen, und sie selber mußte den Weg finden aus dem Dschungel der Verzweiflung, oder sie würde darin umkommen.

Eine ansteigende Gasse hatte sie aufgenommen. Unvermittelt ging die fast ländliche Wildnis längs der Themse in eines jener von früh bis spät von feinen Düften durchzogenen Quartiere über, in denen jedes Haus ein Schlemmerlokal, ein Kaffeehaus oder eine Weinschenke beherbergte. Die zwischen den schmalen, hohen, mit Steinbändern eingefaßten Backsteinhäusern hängenden Lampen schwankten leise. Plaudernd traten zwei Männer aus einem Kaffeehaus. Sie verstummten bei dem Anblick der Frau, und der eine gab seinem Begleiter mit dem Arm ein verstohlenes Zeichen.
Caroline fühlte sich nicht belästigt von dieser Aufmerksamkeit. Es kam ihr auch nicht in den Sinn, daß es gegen alle Sitte war, als Frau um diese Zeit allein unterwegs zu sein. Sie dachte nur: in einem warmen Raum sein, den Rücken an einen Kachelofen lehnen.
Ein paar Schritte vor ihr warfen die hellerleuchteten Butzenscheiben einer Taverne ein Muster bunten Lichts auf das Pflaster. In einem Glaskasten neben der Tür hing, verziert mit einem erhaben gedruckten goldenen Wappen, die Liste der Getränke; von innen drang Stimmengewirr heraus. Es war Caroline, als nähme die Welt allmählich wieder ihr vertrautes Gesicht an.

An die kühle Luft der Nacht gewöhnt, nahm der dichte Tabaksqualm, der in der Hitze eines scharfgeheizten Kachelofens eine stechende Trockenheit annahm, ihr fast den Atem. Dunkel gebeizte, halbhohe Zwischenwände trennten die Tische voneinander; die Zwischenwände der pferdeboxenartigen Separés dienten zugleich als Garderobe. Unter pittoresk aufgetürmten Hüten bauschten sich die

Paletots und schlossen jeden der Tische wie eine private Loge ab.

Aber in diesem Augenblick schienen die Gäste an dieser Abgeschlossenheit kein Interesse zu haben. Aller Blicke richteten sich nach vorne, auf die messingbeschlagene Ebenholztheke und die hohe Gestalt eines Mannes in einem silberbestickten Rock, der dort stand und auf den Wirt einredete.

»Claret, schöner alter Claret! Mein lieber Finch! Wie oft habe ich Euch gesagt, daß, solange Euch dieser Wein fehlt, Ihr niemals Londons erste Taverne sein werdet.«

Caroline, die an die Theke getreten war, da sie alle Tische besetzt gefunden hatte, hörte aus dem Englisch des Mannes sofort den französischen Akzent heraus. Die Stickerei an Kragen und Manschetten seines Rocks zeigte kleine Lilien. Nur französische Peers hatten das Recht, ihre Staatsröcke so besticken zu lassen. Aber sie sah auch die Stellen, wo die Fäden durchgewetzt, wo sie stumpf und glanzlos waren.

Der Wirt warf seiner Frau, die an einem erhöhten Kontortischchen saß, einen fragenden Blick zu. Als bemerkte sie es nicht, ließ sie den Kopf über die Bücher gesenkt, und doch schien der Mann genau zu verstehen, was das bedeutete. Er wandte sich an den Franzosen. »Monsieur Alphonse, ich habe Claret im Haus, aber ich muß darauf bestehen, daß Sie bezahlen.«

Der Franzose schien nicht verletzt. Wie einem Vertrauten legte er dem Wirt die Hand auf die Schulter. »Soll ich den hohen Herren der Admiralität Themsewasser vorsetzen? Es geht um Englands Ruhm! Und Sie werden sagen können: Mit meinem Wein wurde der Vertrag begossen. Morgen werde ich alles bezahlen!«

Der Wirt machte sich von dem freundschaftlichen Griff frei. »Ich habe Ihnen schon für zwanzig Guinees zu oft geglaubt.«
Der Franzose stand reglos da. Dann wandte er sich von der Theke ab. Die Unruhe unter den Gästen steigerte sich noch mehr. Alle redeten durcheinander. »Er hat also wieder eine unsterbliche Erfindung gemacht!«, übertönte eine Stimme die anderen. Der Mann, zu dem die gehörte, ein schmalbrüstiger Verwachsener mit einer hochgeschliffenen Brille auf der Nase, trat dem Franzosen in den Weg. »Ein neuer Ballonaufstieg, Monsieur Alphonse? Diesmal über den Kanal vielleicht? Kommt, sammelt für ihn! Habt doch Einsicht! Er braucht den Claret! Versteht doch! Er braucht ihn zum Löschen, wenn sein Ballon wieder Feuer fängt!«
Der Raum erzitterte unter dem Gelächter. Caroline lief es kalt über den Rücken, so als träfe der Spott sie. Aber der Mann, dem das Gelächter galt, schien von dem, was rund um ihn vorging, nicht berührt. Den Kopf, den eine schlohweiße Mähne wie helles Feuer umflammte, hocherhoben, schritt er zur Tür, in jener Ruhe, mit der stolze Menschen Demütigungen hinnehmen; er öffnete sie und verschwand in der Nacht.
Caroline konnte es nicht mehr ertragen. Sie mußte etwas tun. Sie zog eine große Banknote aus ihrer Börse, reichte sie über den Schanktisch. »Fünf Flaschen Claret«, sagte sie bestimmt. »Den Rest schreiben Sie Monsieur Alphonse gut.« Der Wirt warf ihr einen jener seltsamen, geradezu umarmenden Blicke zu, wie er manchmal zwischen Fremden aufleuchtet, die plötzlich erkennen, daß sie dasselbe empfinden.

Caroline ergriff den Flaschenkorb an dem breiten, mit Leder bezogenen Henkel und eilte aus der Taverne.

Er war noch nicht weit gekommen. Wenn sie ihn nicht an seinem Haar, an seinem Rock erkannt hätte, würde sie ihn für einen andern gehalten haben. Das war nicht mehr die hohe majestätische Gestalt, die sie, unberührt vom schadenfrohen Lachen, in die Nacht hatte hinaustreten sehen. Das war ein erniedrigter alter Mann, der schwer an seiner Gebrechlichkeit trug und dem Bewußtsein, daß selbst die Erde ihn nur noch als Last empfand.

Unter dem Bogen eines Durchgangs holte sie ihn ein. Aber sie zauderte, ihn anzusprechen. Sie hatte impulsiv gehandelt, als sie den Wein gekauft hatte und ihm gefolgt war. Aber mußte nicht jedes Wort ihn nur noch mehr verletzen? Sie wußte nichts weiter zu sagen als »Monsieur, hier ist Ihr Wein.« Sie hatte französisch gesprochen. Sie hob den Korb mit den Flaschen.

Der Mann wandte sich um, erschreckt wie ein Schlafwandler. Es war, als kehrten seine Augen aus fernen Gefilden zurück; er schien nicht sicher, ob das, was sie ihm jetzt zeigten, Wirklichkeit war.

Immer noch fürchtete Caroline, daß sie ihn die erlittene Demütigung durch ihr Geschenk nur noch tiefer empfinden ließ. Aber das Lächeln, das sich allmählich über das Gesicht des Mannes, ohne daß sich darin irgend etwas bewegt hätte, verbreitete, beruhigte sie.

Er deutete auf den Korb. »Für mich? Wirklich? Ich habe mein Leben lang die Existenz von Feen geleugnet . . . und da stehen Sie vor mir.« Er nahm den Korb aus ihren Händen.

Mit höfischer Grandezza verbeugte er sich. »Der Marquis Favras d'Arlincourt dankt seiner Fee.«
»Alphonse Jouffroy Favras d'Arlincourt?« Jetzt erst ermaß Caroline vollends, wie sehr der Spott der Gäste ihn getroffen haben mußte, denn wenn er der war, den sie in ihm vermutete, dann war er wirklich ein genialer Erfinder – »der französische Leonardo da Vinci«, wie ihr Vater diesen Mann stets genannt hatte. Der Mann nickte, halb geschmeichelt, halb betroffen. »Sie sind viel zu jung, um etwas von mir zu wissen . . .«
»In Frankreich lernt man das ABC immer noch an den Namen der Unsterblichen der Akademie – und außerdem, mein Vater war damals in Rouen, als Sie mit Ihrem Dampfschiff die Seine hinauffuhren. Hieß es nicht *Spartacus?* Vater hat uns Kindern oft davon erzählt. Von dem wunderlichen Schiff, von den Tausenden von Menschen, die an den Ufern seinen Weg begleiteten.«
Der Marquis d'Arlincourt starrte vor sich hin. Aus den Worten dieser schönen Fremden tönte ihm die Melodie seines verwehten Ruhms entgegen. »Ja, damals«, sagte er wie zu sich, »wir sahen schon die Mauern von Rouen . . . es war ein kurzer Triumph. Hat Ihr Vater es Ihnen nicht erzählt? Das Schiff sank, explodierte, zwei Fischer zogen mich aus dem Wasser . . . unter dem Gelächter der Menge. Und dann kam die Revolution. Sie wollten eine schnellere Guillotine von mir, nicht Dampfschiffe. Damals bin ich wie so viele nach England emigriert.«
»Und Sie haben nie mehr einen neuen *Spartacus* gebaut?«
»O doch!« Seine Augen leuchteten. »Das damals war ein Spielzeug gegen die Schiffe, die ich jetzt bauen kann!

In ein paar Jahren werden meine Schiffe die Meere beherr=schen! Kommen Sie! Sie sollen es sehen! Es sind nur ein paar Schritte.«

Schweigend führte er sie durch die dunkle Gasse, über einen verwinkelten Platz und schließlich ein paar Stufen hinauf, die in eine Mauer eingelassen waren.
Eine Eisentür schwang auf. Im Schein der beiden Kande=laber, die jenseits auf den Pfosten eines schmiedeeisernen Tores brannten, öffnete sich ein mit bunten Steinen ge=pflasterter Hof. Dem Tor gegenüber, auf beiden Seiten von einer Mauer umzogen, lag ein zweistöckiges Haus mit reich stukkierter Rokokofassade, dessen heruntergekommener Zustand nicht einmal von dem Halbdunkel verheimlicht werden konnte; und doch haftete diesem Verfall keine Melancholie an. Wie ein von den Narben vieler Kämpfe gezeichnetes Schiff strahlte dieses Haus eine gewisse heitere Majestät aus. Etwas von seinem Besitzer schien auf den Stein übergegangen zu sein, eine Ahnung der Geheimnisse, die es in seinem Innern barg.
Er mußte ihren Blick bemerkt haben, mit dem sie das Haus ansah. »Ich habe es ›La France‹ getauft, dieses Haus«, sagte er. Sein Arm beschrieb einen weitausholenden Kreis. »Es hat eine große, bewegte Vergangenheit . . . aber es wird eine noch größere Zukunft haben, und sie wird heute be=ginnen: Jetzt, da ich Ihnen begegnet bin, weiß ich es.«
Die Stille des Hofes wurde plötzlich von dem Geräusch sich nähernder Kutschen unterbrochen. »Sie kommen«, flüsterte d'Arlincourt. Aus seiner Stimme klang Erregung. Er drehte an den Haken, die aus der Mauer ragten. Ein verborgener

Mechanismus setzte sich rasselnd in Bewegung, das schmiedeeiserne Tor schwang langsam auf.
Zwei Kutschen rollten in den Hof. Das Tor schloß sich wieder hinter ihnen. Uniformierte Kutscher rissen die Schläge auf. Plötzlich erinnerte sich Caroline, daß d'Arlincourt davon gesprochen hatte, daß er Besuch erwartete. Herren der Admiralität.
Aus der ersten Kutsche, von zwei Dienern gestützt, stieg eine Mädchengestalt. Eine Krone rotblonden Haares leuchtete auf. Caroline fühlte, wie ihr Herz sich zusammenkrampfte. Oder täuschte sie nur eine vage Ähnlichkeit? Doch als sie jetzt den langen spindeldürren Mann aus der Kutsche steigen sah, fast erdrückt von dem bis zum Boden reichenden Mantel aus Fuchspelz, wußte sie, daß sie sich nicht geirrt hatte: es waren Lord Barth und seine Tochter.
Sie wollte davonlaufen, fliehen, aber d'Arlincourt ergriff ihre Hand, als hätte er ihre Gedanken erraten. »Bitte, bleiben Sie. Ich brauche eine gute Fee.«

KAPITEL 21

Caroline faßte es immer noch nicht. Sie war in eine Taverne gegangen, hatte einem Fremden zu einem Korb Wein verholfen – und nun stellte sich das alles als eine seltsame Fügung heraus, etwas, das sie noch kurz zuvor geleugnet hatte. Aber es war Wirklichkeit. Dort standen sie, der Mann, der verantwortlich dafür war, daß der Herzog von

Belômer ein Gefangener war – und das Mädchen, das dem Gefangenen nächtliche Besuche abstattete.
Aus der zweiten Kutsche waren drei Offiziere gestiegen. Der Marquis d'Arlincourt trat zu ihnen. Caroline hielt sich im Hintergrund, während die Männer sich begrüßten. Sie wollte nicht vorgestellt werden, nicht ihren Namen preisgeben. Ein Gefühl sagte ihr, daß es besser sei, anonym zu bleiben.
D'Arlincourt schritt voraus, Lord Barth den Weg zum Haus zeigend. Als er die Eingangstür aufzog, flammten, wie von Geisterhand entzündet, die sechs Wandlüster des Entrees auf. Verblüfft blieb Lord Barth stehen. »Mit solchen Erfindungen könnten Sie ein reicher Mann werden.«
Der Marquis machte eine wegwerfende Geste. »Diesen Reichtum überlasse ich Handwerkern. – Was Sie gleich zu sehen bekommen, wird dem ganzen Land neuen Reichtum bringen.«
»Ich hoffe es«, hörte Caroline Lord Barth sagen. »Ich habe Ihretwegen, und weil diese Herren«, er deutete auf die drei Offiziere, »mir keine Ruhe ließen, meine Abreise zu den Rennen in Newmarket um einen Tag verschoben.«
Marquis d'Arlincourt öffnete eine Tür. Ein Gang lag vor ihnen, und noch ehe die Männer die eisenbeschlagene Tür an seinem Ende erreichten, vernahm man ein leises Dröhnen, das aus dem Kellergeschoß des Hauses aufzusteigen schien und weniger hörbar unter den Füßen spürbar war.
Das gleichmäßige Stampfen wurde lauter, als d'Arlincourt die Tür öffnete. Sie traten auf eine aus rohem Holz gezimmerte Galerie. Hier standen Zeichentische, Arbeitsbänke,

eine Unzahl kleiner aus Spanholz gefertigter Schiffs=modelle. Aber niemand beachtete sie. Die Besucher blickten hinunter, zu dem das ganze Kellergeschoß einnehmenden Wasserbassin. Der Marquis d'Arlincourt hatte einen Hebel betätigt; ein Dutzend geschliffener Gaskandelaber, die wie alles von dem unterirdischen Beben leise zu vibrieren schie=nen, tauchten den Raum in strahlendes Licht. Der Marquis trat näher an das Geländer. Er gab ein Zeichen, und Caro=line sah einen Mann, dessen Gesicht und Kopf unter einer Art Visier aus Stahl und Leder verborgen war, zur Antwort die Hand heben.

Das aus der Tiefe des Hauses dröhnende Beben wurde lau=ter. Die eben noch ruhige Wasserfläche belebte sich, Wellen brandeten auf. »Meine Pumpen können jeden Wellen=gang erzeugen«, erklärte d'Arlincourt. »Es herrschen Be=dingungen wie auf offenem Meer. Meine Modelle bewälti=gen jeden Seegang.« Der Marquis hatte einen Mantel aus dunkler Ölhaut übergestreift und deutete auf die Eisen=treppe, die zu dem Becken hinunterführte. »Folgen Sie mir, meine Herren. Überzeugen Sie sich selbst.«

Lord Barths Tochter war auf der Galerie zurückgeblieben; vorsichtig, als könnte ein Tröpfchen Maschinenöl auf ihr Gewand fallen, trat sie an die Brüstung der Galerie. Kopf=schüttelnd blickte sie den Männern nach, halb gelangweilt, halb verächtlich. »Und dafür verschiebt Vater seine Reise!« Sie sprach, ohne Caroline anzusehen, die so Muße hatte, das Mädchen genau zu betrachten. In zehn Jahren wird dieser Mund nur noch ein schmaler harter Strich sein, dachte Caroline und schämte sich gleichzeitig, daß sie, nicht besser als andere Frauen, diese Rivalin nicht auf ihre Vorzüge, sondern nur auf ihre Schwächen hin prüfte. Ihr Körper in dem rehbraunen Reitkleid war noch schmaler, als Caroline ihn in Erinnerung hatte, die Brust noch voller. Etwas Aggressives ging von diesen aus dem zerbrechlichen Leib wie wilde Früchte sprießenden Brüsten aus. Gestern Nacht hatte sie dieses Mädchen für ein schwärmerisches Kind gehalten, jetzt sah Caroline, daß es eine Amazone war. Dieser zarte Körper war voller Kraft, und hinter diesen kindlichen Zügen lebte ein rücksichtsloser Wille.

»Entsetzlich!« hörte Caroline sie sagen, »ein Schiff, auf dem es so laut zuginge! Solange mein Vater mitzureden hat, wird es so etwas auf den königlichen Schiffen nicht geben!«

»Soll die Schiffahrt immer auf den Wind angewiesen bleiben?« erwiderte Caroline unwillkürlich. »Oder auf Ruder und Sklaven?«

Als bemerkte sie erst jetzt ihre Gegenwart, warf das Mädchen Caroline einen abschätzenden Blick zu. Was sie sah, schien ihre Laune nicht zu heben. Schon als Kind hatte sich Phyllis Barth nur häßliche Mädchen zu Freundinnen genommen, sie brauchte sie — um immer die schönste zu sein. Dieser Fremden gegenüber wurde ihr blitzartig bewußt, daß ihre Schönheit nichts anderes war als der vergängliche Schmelz der Jugend. Jene aber, die dort stand, würde alle Jahrzehnte des Lebens für sich haben. Sie würde sich nur verwandeln — und aus jeder Verwandlung nur noch vollkommener hervorgehen.

Gewöhnt, jeder Laune nachzugeben, suchte sie nach Worten, diese Fremde zu verletzen. Wahrscheinlich war sie eine Ver=

wandte von diesem verrückten d'Arlincourt, über dessen mißglückte Ballonaufstiege im Sumpfgebiet der Themse ganz London gelacht hatte.
»Wir brauchen gewiß keinen französischen Marquis, um uns sagen zu lassen, auf was für Schiffen wir fahren sollen«, warf sie hin, als spräche sie mit einer Untergebenen. »Unsere Schiffe haben noch immer genug Wind auf den Meeren gefunden.«
Lord Barth hat seine Tochter wohl in dem Glauben erzogen, daß die Sonne nur für sie scheint, dachte Caroline. Diese Haltung reizte sie. »Wenn ich mich nicht irre, war es ein Franzose, der in diesem Jahr beim Segel=Cup den Preis des Prinzregenten gewonnen hat«, sagte sie.
»Michelange — ein Franzose?« rief das Mädchen aus. »Er ist ein halber Engländer, und bald wird er ein ganzer sein.«
Michelange! Sie nannte den Herzog bei seinem Vornamen. Caroline fühlte einen Stich. Ihre Hände schlossen sich fester um die rohe Planke der Balustrade. Ein Splitter drang ihr ins Fleisch, aber der Schmerz tat ihr fast wohl in diesem Augenblick. Obgleich sie wußte, daß sie damit ihre Pein nur vermehrte, mußte sie in das Gesicht des Mädchens schauen. Kein Schatten trübte die trügerische Klarheit dieser Züge. Hatte Caroline Angst, daß dieses Mädchen Liebe in dem Herzog erwecken könnte? Nein, aber die Vorstellung, daß er für dieses Mädchen auch nur gleichgültiges Wohlwollen empfinden könnte, marterte sie. Nicht einen einzigen Blick, nicht ein einziges Wort von ihm gönnte sie ihr.
»Michelange — was für ein seltener Name?« sagte Caroline schließlich. Weder ihr Lächeln noch ihre Stimme verrieten, was in ihr vorging.

»Ja, wie der Mann, der ihn trägt.«
»Sie machen mich neugierig. Wer ist es denn?« Ich hätte ihr von Anfang an schmeicheln sollen, dachte Caroline. Dann hätte ich sie vielleicht zum Plaudern gebracht.
Phyllis Barth zögerte. Dann sagte sie hastig, so wie man eine Lüge sagt, oder etwas, an das man ganz fest glauben will. »Sie werden es in der Zeitung lesen — wenn wir heira=ten. Dann wissen Sie, wer es ist.« Als hätte sie plötzlich ein Mittel gefunden, sich an dieser Fremden dafür zu rächen, daß von ihren Zügen, ihrem Leib jene süße unwiderstehliche Melodie vollkommener Schönheit ausging, die sie selber nicht besaß, trat sie auf Caroline zu. »Man sagt, Französin=nen seien Zauberinnen der Liebe — Sirenen, von denen kein Mann mehr loskommt. Sie sind doch Französin? Glauben Sie auch an diese Legende?«
Lächelnd schüttelte Caroline den Kopf. »Nein, daran glaube ich nicht.«
»Ich auch nicht — und deshalb werde ich das Gegenteil be=weisen. Er wird diese Französin nicht heiraten!« Sie biß sich auf die Lippen, als hätte sie zuviel gesagt.
»Und wie?« fragte Caroline mühsam.
»Oh, es gibt Mittel . . .« Sie verstummte.
In einer plötzlichen Ahnung glaubte Caroline die Zusam=menhänge zu erraten: dieses Mädchen war der eigentliche Schlüssel zu allem. Nicht das aufgebrachte Sklavenschiff, nicht Gesetze, gegen die der Herzog verstoßen hatte — das Mädchen war es, das durch den Einfluß ihres Vaters die Festung des Schweigens um den Herzog hatte ziehen lassen. Sie war eine jener Frauen, die zu erzwingen suchten, was sie nicht freiwillig bekamen; die, selbst wenn sie liebten, im

Grunde nur ihren Willen durchsetzen wollten. Etwas wie Mitleid streifte Caroline für dieses Wesen, das einen Mann einkerkern lassen mußte, um ihn für sich zu gewinnen.
»Mein Vater hatte nicht mehr die Kraft, Söhne zu zeugen«, hörte sie das Mädchen sagen. »Aber ich werde Söhne haben. Er wird frisches Blut in unser Geschlecht bringen. Er wird Söhne zeugen ...«
In Caroline bäumte sich bei diesen Worten alles auf. So sprach man von einem Zuchthengst, nicht von einem Mann. Sie fühlte sich beschmutzt, gedemütigt, als hätten die Worte ihr gegolten. Sie empfand nicht mehr Eifersucht, sondern nur noch Haß und Verachtung. Sie war versucht, sich zu erkennen zu geben — es diesem Mädchen entgegen=zuschleudern, daß sein Schoß nie einen Sohn des Herzogs tragen würde — niemals. Aber sie zwang sich, zu schweigen. Wenn diese ganze Qual einen Sinn haben sollte, dann nur, wenn sie jetzt stillhielt ...

Erst als das Dröhnen verstummte, der Wellenschlag im Bas=sin abebbte, nahm Caroline ihre Umgebung wieder wahr. Irgendwo aus einem Ventil entwich zischender Dampf, aus seinen Wolken lösten sich die Gestalten, voran Lord Barth, der, immer noch in seinem langen Fuchspelz, die Eisen=treppe hinaufstapfte.
Der Marquis d'Arlincourt stand an der Treppe, eine Hand auf das Geländer gestützt, die andere erhoben, als könnte diese stumme Geste allein noch die Männer zurückhalten.
Aber Lord Barth ließ sich davon nicht abhalten. Umringt von seinen Offizieren, betrat er die Galerie. Sein Gesicht war gerötet vor Zorn. »Lächerlich«, hörte Caroline ihn

sagen, »lächerlich! Sie wollen wohl damit unsere Überlegenheit zur See zerstören. Dampfschiffe ... das wäre das Ende des Empire!«

»Aber Sir, es ist das Schiff der Zukunft«, warf einer der Offiziere ein.

»Zukunft! Für uns zählt nur die Gegenwart. Kein Wort mehr! Nie wird so etwas in meinem Namen geschehen! Ich will ein Schiff mit reinem Deck und Kapitäne, die wie Kapitäne aussehen und nicht wie Schornsteinfeger! Und dafür habe ich die ersten Rennen versäumt.« Er warf seiner Tochter einen Blick zu. »Komm!«

Das Mädchen griff mit einem erleichterten Seufzer nach ihrem Umhang. Ihn am Boden hinter sich herschleifend, folgte sie, ohne Caroline noch eines Blickes zu würdigen, ihrem Vater.

Die schwere Eisentür fiel ins Schloß. Unten, an der Treppe, stand immer noch d'Arlincourt, die eine Hand erhoben. Schemenhaft verwischten sich die Bilder für Caroline; nichts war für sie wirklich in diesem Augenblick, bis auf das eine; sie hatte mit der Frau gesprochen, die wußte, wo man den Herzog gefangenhielt — und es war ihr nicht gelungen, ja, sie hatte es nicht einmal versucht, ihr dieses Wissen zu entreißen. Von Gefühlen hatte sie sich verwirren lassen, anstatt kaltblütig wie jenes Wesen vorzugehen, sie auszuhorchen, ohne daß sie es gemerkt hätte ...

Ein Aufschrei riß Caroline in die Wirklichkeit zurück. Der Marquis d'Arlincourt war am Fuß der Treppe niedergesunken. Sie hastete die Stufen hinunter und stieß fast mit dem Mann zusammen, den sie schon zuvor von der Galerie aus bemerkt hatte. Sie spürte seinen Blick hinter den Schlitzen

der Maske, und noch ehe er mit einer raschen Bewegung das Schutzvisier abstreifte, glaubte sie ihn zu erkennen – Ramon Sterne.
Sie starrte in sein Gesicht, das noch deutlich die Spuren der Maske trug; aus den in die bronzene Haut gegrabenen Linien aus Öl und Schmutz schien ein zweites Gesicht sie anzublicken, fremd, alles Persönlichen entleert, allein, gezeichnet von der Anstrengung.
Hatten so die Turnierritter ausgesehen, wenn sie vom Kampfplatz kamen? Oder stand vor ihr der Bote eines neuen, erst in den Gehirnen einzelner existierenden Zeitalters, in dem der Mensch nicht mehr mit dem Menschen kämpft, sondern mit selbstgeschaffenen selbstentfesselten Gewalten?
Der Ausdruck dieses Gesichts verbot jede Frage. »Helfen Sie mir!« sagte er. Sie faßten den Marquis unter, schleiften ihn zu einem eigenartigen eisernen Stuhl. Sie setzten ihn hinein. Ramon Sterne schnallte eine Art Lederpanzer um den Brustkorb d'Arlincourts. Wieder lag Caroline eine Frage auf den Lippen, aber dann sah sie, wie der Lederpanzer sich zu heben und zu senken begann, wie allmählich Farbe in d'Arlincourts Lippen zurückkehrte, sein Atem freier wurde.

Caroline wußte nicht, wieviel Zeit vergangen war, als der Marquis d'Arlincourt die Augen aufschlug. Er sah sie mit klarem Blick an. »Sind sie fort?« fragte er.
Niemand antwortete ihm. Mit einem seltsamen seufzenden Laut fiel der Atmungsapparat in sich zusammen. Ramon Sterne löste schweigend die ledernen Gurte. D'Arlincourt

richtete sich in seinem Sitz auf. Lächelnd blickte er Caro=line an. »Sie haben es gesehen, mein Kind, das Herz ist nichts weiter als ein Muskel – und wenn es stehenbleiben will, genügt ein wenig Druck und Gegendruck, um es wieder mobil zu machen.«

Caroline ergriff die Hand des alten Mannes. Sie spürte den Puls, das leise Zittern unter dem Pergament der Haut. Er sagte, daß das Herz nur ein Muskel war. Warum war es dann stehengeblieben – genau in dem Moment, in dem alle seine Hoffnungen gestorben waren?

Der alte Mann sah zwischen Caroline und Ramon Sterne hin und her. »Ich glaube, ihr kennt euch noch nicht«, sagte er, »das hier ist Ramon Sterne, mein einziger Schüler und eines Tages mein Nachfolger, der mein Werk weiterführen wird. Und sie ist meine gute Fee. Nein, machen Sie sich keine Gedanken, ich weiß, Sie sind es trotz allem. Und wo ist der Claret? Kommt, ich brauche jetzt ein Glas.«

Er lehnte jede Hilfe ab und stieg die Treppe zur Galerie hinan. Sterne deutete auf die Treppe, ihr den Vortritt las=send. Sie sah, daß er ihren Blick mied, und so schwieg auch sie. D'Arlincourt hatte die Pläne von einem der Zeichen=tische gefegt, drei Gläser gefüllt. »Kommt, nehmt eure Gläser. Jetzt trinken wir.«

Ramon Sterne rührte keine Hand. Schließlich hob er den Blick, sah d'Arlincourt an. »Worauf trinken? Auf das Ende?« Wie Stahl durchschnitt seine Stimme das lastende Schweigen. »Auf das endgültige Nein der Herren von der Admiralität? Auf das schillernde Luftschloß, das sich in nichts aufgelöst hat? Auf die guten Feen, die uns Träume vorgaukeln, die nie Wirklichkeit werden?«

Ohne es zu wissen oder zu wollen, hatte Sterne das einzige getan, was d'Arlincourt in dieser Stunde wieder aufrichten konnte; zu sehen, wie der Jüngere kapitulierte, gab ihm seine ganze Kraft zurück.
»Was soll das heißen!« fuhr d'Arlincourt auf. »Wer redet von Träumen!? Ich bin als reicher Mann nach England gekommen – heute besitze ich nichts mehr – meinst du das? Ich habe das letzte Schmuckstück ins Pfandhaus getragen. Ich habe meine Peersrente auf Jahre hinaus verpfändet. Das Haus gehört mir nicht mehr – sie haben schon den Räumungstermin festgesetzt. Glaubst du, das alles sei für einen Traum geschehen? Das Ende! Dieses Wort kenne ich nicht!« Er riß die Peersjacke über der Brust auf, schlug sich auf das Herz. »Dieser Muskel da wollte schon einigemale nicht mehr. Aber ich wollte! Deshalb habe ich ihn wieder in Bewegung gesetzt. Bewegung, das ist mein Prinzip.«
Sterne schüttelte den Kopf. Er deutete auf die zahllosen Modelle auf der Galerie. »Du kannst sie in Vauxhall ausstellen, Madame Salmon für ihre Seeschlachten überlassen. Für sonst sind sie nichts mehr nütze.« Nicht Bitternis, nicht Enttäuschung erfüllten ihn, sondern ein Gefühl der Befreiung. Seine Illusionen, sein Stolz, das Ziel, dem er seit Jahren nachjagte – nichts mehr existierte. »Ich werde nicht als Träumer enden oder als Märtyrer. Keine Sache dieser Welt ist das wert. Du änderst die Welt nicht. Weder durch Haß noch durch Liebe. Ich glaube nicht mehr an das, was wir tun wollten.«
»Glauben!« rief d'Arlincourt aus. »Die Menschen haben geglaubt, daß die Erde eine Scheibe ist. Sie haben geglaubt, daß die Sonne sich um uns dreht. Ein Wissenschaftler, der

vom Glauben redet! Nein — unsere Aufgabe ist es, zu denken, zu handeln, Licht in dieses Dunkel zu bringen, Bewegung. Sonst werden die Schiffe noch in tausend Jahren auf Wind warten . . . Ich baue seit dreißig Jahren an meinem Schiff. Tag für Tag. Und ich weiß, eines Tages wird es Wirklichkeit sein. Nach mir werden andere kommen, werden Schiffe bauen, die sich in die Lüfte erheben. Nicht Spielzeuge wie unsere Ballons. Nein — Schiffe mit stählernen Schwingen, die mit der Geschwindigkeit von Meteoren den Himmel durchschneiden werden. Bewegung . . .«

Caroline konnte an Sternes Gesicht ablesen, daß die Worte d'Arlincourts ihn nicht erreichten. Sie verstand Sterne. Es war ihr, als kannte sie sogar seine unausgesprochene Entgegnung. Sie selbst hatte Stunden wie diese durchlebt, in denen sie nur noch einen Wunsch gehabt hatte: ein kleines friedliches Leben ohne Schicksal! Und doch war der Funke aus den Worten d'Arlincourts auf sie übergesprungen. Sie begriff, was das bedeutete: Schiffe, die aus eigener Kraft über das Meer fuhren, unabhängig von der Gunst des Windes. Plötzlich, wie von einer höheren Eingebung getrieben, wußte sie, was sie zu tun hatte. Sie hob das Glas.

»Sie werden Ihr Schiff bauen, Marquis«, sagte sie, »für mich!«

Sie hatte es gesagt, aber sie wagte nicht, ihn anzusehen; etwas verbot ihr in diesem Augenblick, in das Gesicht des Mannes zu schauen, so, als würde sie Zeuge von Empfindungen, die niemanden etwas angingen.

Sie öffnete schnell den schwarzen, mit Bernsteinperlen besetzten Ripsbeutel und holte die Anweisung heraus, die

Leblanc ihr mitgegeben hatte. Sie wollte ihre Gefühle ganz beiseite lassen, nur das Projekt sehen, von dem sie überzeugt war; warum sollte eine Frau nicht auch wie ein Mann handeln können. Sie reichte d'Arlincourt das gefaltete Papier. »Ich werde Ihnen eine Vollmacht schreiben. Wenn Sie mir Papier und Schreibzeug geben. Ich schenke Ihnen nichts, Marquis. Ich beteilige mich ganz einfach an Ihrem Unternehmen, also danken Sie mir nicht.«

D'Arlincourt setzte sein Glas ab. Er hielt das Schriftstück in der Hand. Seine Augen gingen darüber hin. »Caroline de la Romme Allery . . .« Langsam, mit leiser Stimme las er ihren Namen. Wie schon einmal an diesem Abend sah sie Freude über das Antlitz des Mannes fluten. Seine hagere Gestalt straffte sich, als sei die Kraft der Jugend in ihn zurückgekehrt. Er schlug sich mit der Hand an die Stirn. »Und ich wollte es an die Engländer verschachern! Ich Narr! Mein guter Geist hat mich vor dieser Sünde bewahrt. Mein Schiff wird einer Frau gehören! An Stelle des Kanonendecks wird es einen Festsaal bekommen — ein Theater. Ein schwimmender Palast, auf dem man die Welt umfahren kann.« Sein Blick umfing Caroline. »Eine silberne Rose auf blauem Grund, das wird unser Banner sein.«

Er hielt Sterne die Bankanweisung hin. »Hier, die Träume! Überzeuge dich!« In seinen Zügen war der Übermut eines Jungen, der eine Wette gewonnen hat. »Wir bauen weiter. Diesmal nicht nur auf Versprechungen hin — wir bauen!« wiederholte er immer wieder.

Sterne stand mit gesenktem Kopf da und starrte zu Boden, eher verstört als erfreut. Er hatte gelernt, das Unglück als natürlich zu betrachten und dem Glück zu mißtrauen.

Diese Frau hatte ihm die Freiheit geschenkt, zur Flucht verholfen. Er hatte nach Jahren zum erstenmal wieder dieses Haus betreten, in dem er von d'Arlincourt in die Geheimnisse der physikalischen Kräfte eingeweiht worden war — hatte das Werk, das sie damals begonnen hatten, kurz vor der Vollendung gefunden — nur um durch das Nein des Lord Barth wieder aus seinen Träumen gerissen zu werden — nein, es überstieg seine Kräfte, noch einmal enttäuscht zu werden.

Caroline ahnte, was in Ramon Sterne vorging. Sie tat einen Schritt auf ihn zu: »Der Marquis braucht Ihre Hilfe.«

Sein Blick traf sie. Vorsicht war darin, aber daneben etwas anderes, mit jäher Heftigkeit aufbrechend. Er hatte sie schon einmal so angesehen — in der Nacht, als sie ihm zur Flucht verholfen hatte. Und wie damals wollte er dieses Gefühl, das ihn überrumpelte, unterdrücken, verbergen. »Mich brauchen Sie am wenigsten«, sagte er. »Ich bin nur eine Gefahr. Sie wissen, man ist mir auf den Fersen. Santi wird nicht aufgeben.« Er sah erst Caroline und dann d'Arlincourt an. »Sie hat die Bibel herübergebracht.«

»Santi!« rief der Marquis lachend. »Pah! Wir lassen meine Todesanzeige in die Zeitungen setzen. Gestorben ist der Marquis Alphonse Jouffroy Favras d'Arlincourt, Ballonflieger und Erfinder unnützer Dinge, bis zuletzt ein Phantast und Träumer. Und wir hinterlassen ein Testament, setzen darin Rafael Santi zum Erben dieses Hauses ein und aller meiner Schulden — und wir bauen unser Schiff irgendwo, wo es weit und breit keinen Santi gibt — und keine Admiralität. Auf einer Insel ewigen Sommers ...«

Wie berauscht trat er an ein kleines dunkelgestrichenes

Schreibpult, holte Pergament und Schreibzeug, rückte einen Stuhl heran. »Wir machen am besten gleich den Vertrag, Komtesse!«

Sie schüttelte den Kopf. »Ich denke, Ihr und mein Wort genügen.« Er starrte sie an. Dann klappte er den Deckel des Pultes auf. Weiße, mit schweren Siegeln versehene Blätter wurden sichtbar. »Wissen Sie, was das sind, Komtesse? Lauter Verträge!« Er griff unter die Blätter, wirbelte sie wie einen Haufen Federn durch die Luft. »Verträge? Leere Versprechungen. Bonaparte, Alexander, der Bourbone . . . alle wollten sie mein Schiff – geschenkt, zu Füßen gelegt.«

Von dem Marquis ging etwas aus, das den ganzen Raum mit elektrischer Spannung aufzuladen schien; es war – als spränge der Funke seiner Freude auf das Holz, das Eisen über. Und Caroline erkannte, daß Jugend nicht mit Jahren zu messen war. Dieser Mann, der sein Herz wie eine Maschine behandelte, war jung, weil er die wunderbare Gabe besaß, das Dasein immer wieder mit naiver Begeisterungskraft zu erleben.

»Und jetzt Wein!« rief er mit einer großen Geste aus, als stünden irgendwo hinter einer der Türen Diener und Pagen mit schwerbeladenen Tabletts bereit, die nur auf seinen Ruf warteten.

Schweigend stießen sie an, drei Menschen, die sich kaum kannten, die nur fühlten, daß in dieser Stunde, in dieser Halle, ihrem Ölgeruch, ihrer Hitze, etwas begann, das sie für alle Zeit aneinander band.

Caroline, für die sich seit Mortemère der feste Boden, auf dem sie zu stehen geglaubt hatte, mehr und mehr in treibende Schollen gespalten hatte, war es, als hätte sie endlich wieder Grund unter den Füßen.

»Es ist schon spät«, sagte Caroline schließlich. »Ich muß jetzt gehen.« Der Marquis d'Arlincourt ergriff ihre Hand. »Ich kann nur sagen – ich danke Ihnen, Komtesse! Und entscheiden Sie, wo wir unsere neuen Zelte aufschlagen sollen. Sie werden uns bereit finden.«

»Ich bringe Sie hinaus«, sagte Ramon Sterne schnell, »und rufe Ihnen eine Kutsche.« Er geleitete sie in das Entree. Caroline spürte, daß eine Frage auf seinen Lippen lag, die er bis jetzt zurückgehalten hatte. »Haben Sie ihr die Bibel überbracht?«

Caroline nickte. »Ich habe sie abgegeben, so wie Sie es mir gesagt haben, in der Neal Street.« Etwas hinderte sie daran, Ramon Sterne merken zu lassen, daß sie wußte, daß Madame Blanche seine Mutter war.

»Sie fragen sich sicherlich, was diese Bibel so wertvoll macht«, sagte er. »Sie enthält das ganze Wissen des Marquis; Zeichnungen, Formeln, Berechnungen, alle die Pläne von seiner Hand für den Antrieb seines Schiffes.« Ramon Sterne sah Caroline forschend an. »Sind Sie sicher, daß Ihnen niemand gefolgt ist, in die Neal Street?«

Konnte sie sicher sein, nach allem, was geschehen war? Seine Unruhe teilte sich ihr mit. Der Gedanke, noch ein=mal in die Neal Street zu fahren, war in ihr furchtbar, und er wäre ihr nicht gekommen, wenn ihr nicht plötzlich be=wußt geworden wäre, daß die Bibel jetzt für sie dieselbe Bedeutung besaß wie für Sterne. Sie hatte den Vertrag mit d'Arlincourt nicht aus einer Gefühlsaufwallung geschlossen, sondern aus einer nüchternen Erkenntnis der Möglich=keiten, die dieses phantastisch anmutende Projekt in sich schloß.

»Ich werde in der Neal Street vorbeifahren«, sagte sie.

»Nein, warten Sie! Sie dürfen nicht allein gehen.« Er trat einen Schritt auf sie zu. Als genügte sein männlicher Kör=per, um sie vor allen Gefahren zu schützen, stand er da; und doch spürte Caroline, wie er zögerte, mit sich rang. Es war, wie Madame Blanche gesagt hatte; er schämte sich seiner Mutter.

»Ich war schon einmal allein dort«, sagte Caroline lächelnd, »es wird mir nichts geschehen.«

»Nein, ich begleite Sie.« Entschlossen nahm er einen dunk=len Umhang aus einer Wandnische und warf ihn sich über die Schultern . . .

Der Nebel war stärker geworden. Wie ein lautloser Ver=folger beschattete er sie, drängte sich in der Neal Street hinter ihnen ins Haus der Madame Blanche.

Ramon schloß die Tür, blieb stehen, unschlüssig, eher bereit umzukehren. Sein Gesicht war nur noch düstere Verschlos=senheit.

Der Turnsaal lag verlassen da. Niemand war zu sehen. Die hellen Rechtecke der Boxringe waren leer. Einer der

Punching=Bälle schaukelte hin und her, als hätte eben noch jemand an ihm trainiert.
Sie verließen den Saal, stiegen die Treppe hinauf. Für Ramon Sterne schien der Weg eine einzige Qual. Caroline ging voraus, den Gang entlang, den man sie gestern geführt hatte. Überall standen die Türen offen. Irgendein Besucher mit seinen ausgefallenen Wünschen hat das ganze Haus auf den Kopf gestellt, dachte Caroline. Erst als sie vor der Tür zu den Räumen der Madame Blanche die sich mit scheuer Neugier drängenden Mädchen sah, beschlich sie Angst. Sie sah die halbnackten Körper in Wolken plissierten Chiffons, sah die stark geschminkten Gesichter, sah das Entsetzen darin und ahnte, daß sie zu spät kamen.

Caroline war es, die zuerst den Raum betrat. An ihrem eigenen Atem fast erstickend, blieb sie auf der Schwelle stehen. Den Kopf auf die hochgepolsterte Lehne gelegt, als lauschte sie einer schönen Musik oder der Stimme eines Freundes, ruhte Madame Blanche auf der rosenholzfarbenen Causeuse. Ein bestickter Satinpantoffel war herabgeglitten. Der feingliedrige Fuß in dem Strumpf aus silberweißer Seide schien darnach fangen zu wollen. In den Händen war noch die Bewegung, mit der sie den verrutschten Spitzeneinsatz des schiefergrauen Seidenkleides wieder hatte zurechtstecken wollen.
Wenn dort nicht der Mann neben ihr gekniet wäre, ein Mann, der offensichtlich ein Arzt war, hätte Caroline geglaubt, sie müßte nur hingehen und die Frau an der Schulter berühren, und sie würde die Augen aufschlagen.
Caroline hatte das Gefühl, im Theater zu sein und einer

jener aus der dunklen Phantasie eines Dichters geborenen Tragödien beizuwohnen, die so unecht sind und dennoch schrecklicher und erschütternder als die wirklichen.
Sie blickte Ramon Sterne an; er stand unbeweglich neben ihr, mit starren blicklosen Augen und einem Gesicht wie aus weißem Gestein. Nahm er überhaupt wahr, was er sah? Caroline konnte diese Stille, die Stummheit der Szene nicht länger ertragen. »Nun sprechen Sie schon«, sagte sie zu dem Arzt. »Was ist geschehen? Wurde sie getötet?«
Der Arzt richtete sich auf. Sein schwarzer Besteckkoffer lag ungeöffnet auf einem Hocker neben ihm. Er sah Caroline über seine halben Brillengläser an. Aber nicht Erschrecken oder Fassungslosigkeit stand in diesen Augen, sondern Leidenschaft und Faszination. »Getötet, ja! Aber auf welche Art!« Seine Stimme hatte den halb herablassenden, halb emphatischen Ton, mit dem Kunstkenner einem Laien ein Meisterwerk zu erklären pflegen. »Der Tod der Kleopatra! Das ist kein Sterben – das ist ein Traum, Hinübergleiten in rosiges Licht . . .« Einen Augenblick lauschte er seinen Worten nach.
Caroline zwang sich, etwas näher an die Tote heranzutreten. Sie bemerkte das leicht gerötete Oval auf dem Brustansatz. »Der Biß einer Schlange?« sagte sie.
»Der Biß einer Schlange?« wiederholte der Arzt ihre Worte mit hochgezogenen Brauen. »Richtiger wäre zu sagen, ein Kuß! Ich bin zwar Arzt, aber meine Leidenschaft gilt der Erforschung von Giften, Schlangengiften. Ich besitze eine fast vollständige Sammlung – aber das da fehlte mir bisher.« Seine Augen leuchteten. »Die Königin aller Schlangen. Ich war selber zweimal in Afrika, und hier finde ich sie,

mitten in London ... und den Tod, den sie bringt ... ein Kuß, Auflösung in Wohlgefühl.«

Caroline starrte den Arzt an. Immer mehr verstärkte sich in ihr das Gefühl des Unwirklichen. Hatte dieser Arzt überhaupt versucht, Madame Blanche zu retten? »Und es gibt kein Mittel? Kein Gegengift?« fragte sie.

Er legte den Kopf zur Seite, spitzte den Mund. »Meistens ist das Ergebnis schlimmer als der Tod. Wahnsinn, Siechtum ... Und hier war es sowieso zu spät.« Er hob den Kopf.

Auf dem Gang wurden Stimmen laut. Ein Mann drängte die an der Tür stehenden Mädchen beiseite. Über dem weißen Trikot eine karierte Jacke, kam Corcoran herein. »Nichts«, stieß er außer Atem hervor, »keine Spur.«

»Und die Schlange?« fiel ihm der Arzt ins Wort.

Über den Lippen des ehemaligen Kunstreiters perlten Schweißtropfen. »Zum Teufel mit Ihrer Schlange!« fuhr er den Arzt an. »Ich rede von dem Mann, der sie hierhergebracht haben muß.« Er verstummte, als er Caroline und Ramon Sterne bemerkte. Seine Forschheit schien ihn plötzlich zu verlassen. Mit hängenden Armen stand er da, nach Worten suchend. »Und ich glaubte, sie beschützen zu können«, stammelte er.

Als hätten seine Worte die Erstarrung gelöst, sagte Ramon Sterne: »Ich hätte sie beschützen müssen ... ich, ihr Sohn.«

Er trat zu der Toten. Zwölf Jahre lang hatte er seine Mutter nicht mehr gesehen – und doch fand er sie jetzt genauso, wie er sie in Erinnerung hatte: das helle Haar, die Augenlider, durch die das Dunkle der Pupille schimmmerte – diese

durchsichtige Schönheit, die seine Mutter für ihn zu einem höheren Wesen gemacht hatte.
Bis er eines Tages erfahren mußte, wer sie wirklich war. Er war zu jung gewesen, um zu verstehen oder gar verzeihen zu wollen. Hinter dem strahlenden Bild einer Gottheit war plötzlich ein Mensch hervorgetreten — aber er hatte geglaubt, eine Teufelin zu erblicken. Nun war sie wieder wie damals.
Er sah sich suchend um. Dann entzündete er die zwei Leuchter, die auf dem Kamin standen; er stellte sie auf zwei Tischchen und rückte sie neben die Tote. Er würde sich nie verzeihen, was geschehen war, und zugleich gestand er sich ein, daß er nicht anders hatte handeln können. Nicht einmal in dieser Stunde ließ sein unbeugsamer Stolz es zu, an das Wunder einer plötzlichen Reue zu glauben, mit der die Lebenden die Toten versöhnen könnten.
Er wandte sich um, Schatten im Gesicht. »Laßt mich mit ihr allein«, sagte er.

Sie hatten Ramon Sterne mit der Toten allein gelassen. Der Arzt war verschwunden, zutiefst enttäuscht. Die Mädchen waren in ihre Zimmer zurückgekehrt. Caroline war mit Corcoran allein auf dem Gang zurückgeblieben. »Wie konnte das geschehen?« fragte sie, obwohl es für sie kaum noch einen Zweifel gab.
Den Kopf auf die Brust gesenkt, antwortete der Mann. »Wer immer es war, er muß sich hier ausgekannt haben. Er kam durch den Garten. Er muß einen Schlüssel zur Gartenpforte gehabt, und«, er zögerte, »sie muß ihn gekannt haben. Sie muß ihn selber durch die Terrassentür eingelassen haben.«

»Wann haben Sie es bemerkt?« fragte Caroline.

»Eines der Mädchen hat sie gefunden. Sie lag schon im Sterben.«

»Hat sie noch etwas gesagt?«

»Nur zwei Wörter. *Die Laute.*« Er blickte auf, grau im Gesicht.

Die Laute. Sicher hatte Madame Blanche die Bibel dort verborgen. Der Fremde, den sie eingelassen hatte, mußte gewußt haben, daß er hier die Bibel finden würde. Und er hatte Madame Blanche getötet, weil sie das Versteck nicht verraten hatte. Es gab nur einen Mann in London, der vor so einem Verbrechen nicht zurückschreckte. – Santi.

Caroline klopfte an die Tür. Als niemand antwortete, trat sie ein.

Ramon Sterne stand noch immer bei der Toten. Caroline blickte sich im Raum um. Erst jetzt fiel ihr die Unordnung auf, die herausgezogenen Schubladen, der durchwühlte Nähtisch. Und dann sah sie das Instrument. Es lehnte in der Ecke eines Sessels. Sie nahm die Laute in die Hand. Sie merkte sofort am Gewicht, daß ihre Ahnung sie nicht getrogen hatte.

Beim Signum des Erbauers, unten am Ansatz der Wölbung, entdeckte sie das Scharnier. Mühelos ließ sich ein Spalt öffnen. Ihre Hand zitterte, als sie jetzt die Bibel herausholte. Sie war nicht abergläubisch, aber dieser schmale Lederband flößte ihr ein tiefes Unbehagen ein.

Ramon Sterne hatte sich von der Toten abgewandt. Schweigend hielt Caroline ihm die Bibel hin.

Als erginge es ihm wie ihr, zögerte er, sie zu nehmen. Bis zu dieser Stunde war sie für ihn das Wertvollste gewesen, was er auf Erden besaß, aber jetzt haftete ihr etwas von einem Fluch an. Er, der Sohn, hatte seiner Mutter das Todesurteil gesprochen, als er ihr diese Bibel überbringen ließ.

Seine Erschütterung war zu groß, als daß er ihr Ausdruck hätte geben können. Er spürte nur, daß diese Schuld ihn bis an das Ende verfolgen würde . . .

KAPITEL 23

Erst als die Kutsche vor dem Haus der Schwestern Short in St. Paul's Church Yard anhielt und Ramon Sterne sie losließ, wurde Caroline bewußt, daß sein Arm während der ganzen Fahrt um ihre Schulter gelegen hatte.

Er öffnete den Schlag, sprang hinaus. Der Nebel, der von Stunde zu Stunde dichter zu werden schien, verwandelte seine Gestalt in ein Schemen. Er streckte ihr die Hände entgegen, half ihr heraus, und sie war froh, daß diese Hände sie führten.

Die Kutsche rollte davon, verschwand im Nebel. Wenn das Geräusch der Räder nicht gewesen wäre, hätte man meinen können, sie glitte gleich einem Schatten auf Wolken aus Dunst dahin. Es gab weder Weg noch Steg. Irgendwo mußten Lampen brennen, mußten erleuchtete Fenster sein, Leben, auch zu dieser späten Stunde.

Sterne hatte Carolines Arm genommen, führte sie die Straße zum Haus der Shorts. Caroline suchte den Schlüssel aus ihrem Beutel, schloß die Tür auf. In dem von zwei kleinen

Öllampen erleuchteten Entree hielt sie inne. Sie sah zu Sterne auf. Sein Blick begegnete ihr, und sie wußte, daß er sie nicht allein lassen würde. Nicht einmal, wenn sie ihn darum bitten würde. Aber sie dachte nicht daran, ihn fortzuschicken.

Sie hatte Angst: vor der schmalen halbdunklen Stiege, die sie hinauf mußte, vor den einsamen Zimmern, die dort oben auf sie warteten — vor dem Bett, in dem sie trotz der Müdigkeit nicht würde schlafen können, aus Furcht, daß sich plötzlich eine Tür, ein Fenster öffnen würde. Sterne ergriff eine der Lampen. »Es ist besser, ich bringe sie hinauf«, sagte er. »Ich habe Sie genug in Gefahr gebracht, als ich Ihnen die Bibel anvertraute. Bleiben Sie hinter mir.«

Auch er sprach den Namen Santis nicht aus. Aber war es notwendig? Nur ein Mensch verfolgte sein Ziel so rücksichtslos; und nachdem er die Bibel bei Madame Blanche nicht gefunden hatte, würde er sie sicher bei ihr vermuten, das war Caroline klar.

Die Dielen knarrten leise unter ihren Tritten, der Schein der Lampe huschte über die Wände. Der Rücken Ramon Sternes stieg vor ihr auf, ein mächtiger Schild, geschaffen, um sie zu schützen; das lange entbehrte Gefühl, Frau zu sein, stieg in ihr auf. Sie war es müde, mutig zu sein und stark. Sie war nur noch Sehnsucht nach Schutz, nach Geborgenheit.

Als kannte er den Weg, bog Sterne am Ende der Treppe rechts ab und ging auf die Tür zu, die zu ihrer kleinen Wohnung führte. Caroline mußte unwillkürlich an ein Raubtier denken, das einer untrüglichen Witterung folgt, und wie nie zuvor empfand sie, wie ähnlich Ramon Sterne seinem Bruder war, dem toten Korsaren.

Sterne hatte die Tür geöffnet. Wärme schlug ihnen entgegen, der Duft des Orangenblütentees, der auf einem Rechaud für sie bereitstand.
Sterne schloß die Tür. »Wieviel Räume sind es?« fragte er. »Drei«, antwortete sie. »Warten Sie hier«, sagte er, »lassen Sie mich erst nachsehen.« Er warf seinen Umhang über einen Stuhl.
Der rote Glutberg im Kamin atmete blaue Flämmchen. Der Schatten des Mannes wanderte über die Wände, eilte ihm voraus in den nächsten Raum. Die Geräusche, die leise zu ihr drangen, sagten Caroline, wo er sich befand: jetzt schob er die Vorhänge zur Seite, prüfte die Fenster, jetzt öffnete er den Wandschrank im Boudoir, die Kleider raschelten auf, jetzt näherte er sich dem Bett.
Es hatte nichts Peinliches für sie, sondern erschien ihr ganz natürlich, daß dieser Mann in ihren persönlichsten Bereich eindrang. Daß sie sich kaum kannten, hatte nichts zu sagen. Sie lauschte den Geräuschen wie etwas Vertrautem. Und gleich vergessenen Bildern, die mit einer Melodie wieder lebendig werden, klang die Erinnerung an ihre Gefangenschaft auf der Korsareninsel in ihr auf. Die Zeit hatte das Bittere, das Demütigende getilgt. Es war nur der süße brennende Geschmack einer fremden, ihr aufgezwungenen Leidenschaft geblieben.
Wieder verwischte sich das Bild der beiden Brüder, verschmolz zu einem. Sie hatte Norman Sterne sterben sehen — und doch trat er dort durch die Tür. Derselbe Mann, mit denselben Bewegungen lautloser Kraft und derselben dunklen Schönheit eines gefährlichen Tieres.
Ihre Blicke trafen sich, und mit einem Erschauern begriff

sie, daß dieser Mann dort kein Bild der Erinnerung war, sondern Gegenwart.

Er löste den Schal unter ihrem Kinn. Die Augen unverwandt auf sie geheftet, öffnete er den Verschluß des aufgestellten Kragens, streifte den Mantel von ihren Schultern. »Sie brauchen keine Angst mehr zu haben«, murmelte er, aber der Klang seiner Stimme gab den Worten eine ganz andere Bedeutung.

Zug um Zug betrachtete er das Gesicht dieser Frau, die ihn beunruhigte, seit er ihr vor ein paar Wochen das erstemal gegenübergestanden hatte. Vorher hatte er sie gehaßt, weil sie, wie er glaubte, seinen Bruder in den Tod getrieben hatte. Aber der eine Augenblick hatte alles geändert, wie ein Zauberbann, den sie über ihn geworfen hatte. Er hatte begriffen, daß sein Bruder nicht anders gekonnt hatte als um diese Frau zu kämpfen. Und für ihn war sie die letzte Fessel geworden, die ihn an dieses Leben band. Wie eine Verheißung hatte ihr Bild ihn begleitet, hatte ihn die Existenz eines gejagten Tieres ertragen lassen . . .

Caroline sah in das Gesicht des Mannes. Was sie darin fand, war nicht mehr Besorgtheit. Sie fühlte, wie seine Hände darnach verlangten, sie zu berühren. Mehr vor sich selber als vor dem Mann fliehend, wandte sie sich zum Tisch, goß sich heißen Tee ein. Die Tasse mit beiden Händen umschlossen haltend, trat sie an das Feuer. Ihr war heiß und kalt zugleich. Sie wußte nicht, was sie sich mehr wünschte: daß sie die Kraft besäße ihn wegzuschicken, jetzt sofort – oder daß er sie, ohne sich um ihren Widerstand zu kümmern, in seine Arme nähme.

Seine Stimme war unmittelbar neben ihr. »Trinken Sie nicht, bitte.« Aber wieder bedeuteten die Worte nichts, der Klang alles. Er nahm ihr die Tasse aus den Händen, schüttete den Tee in die Glut. Zischend verdampfte die Flüssigkeit.

Im Zimmer war es dunkel geworden. Aber Caroline nahm davon nichts mehr wahr. Die Arme des Mannes hielten sie umschlungen. Seine Lippen brannten auf ihrem Gesicht. Sie wußte, daß jeder Augenblick des Gewährenlassens sie nur mehr auslieferte. Aber während ihr Wille sich noch frei glaubte, war ihr Körper schon bereit sich auszuliefern. Es war derselbe, jeden Widerstand lähmende Strom körperlicher Anziehung wie damals am nächtlichen Strand der kleinen Mittelmeerinsel, als der Bruder dieses Mannes ihr die süße Knechtschaft seiner Leidenschaft auferlegt hatte.

Sie spürte seine Hände ihren Rücken hinuntergleiten; aus ihrem Schoß aufsteigend fluteten heiße Wellen durch ihren Leib. Der Mund auf ihren Lippen weckte ein immer ungestümer werdendes Verlangen in ihr. Mit einer Geste der Hingabe hob sie die Arme, legte sie um den Hals des Mannes.

Sie fühlte den Mann erbeben, überrumpelt von einer Urkraft, die ihn mit sich fortriß. Anstatt davor zurückzuschrecken, klammerte sich Caroline nur noch fester an ihn. Ihre Hände umschlossen seinen Nacken. Streichelnd glitten ihre Finger über das Haar — und erstarrten mitten in der Bewegung. Als wäre alles, was noch an Bewußtheit in ihr war, in ihre Hände geflüchtet, hatten sie die Narbe gesucht, die der Herzog am Hals trug. Und bevor sie selber noch begriff, was geschehen war, hatten sich ihre Hände erschreckt von dem fremdem Hals dieses fremden Mannes

gelöst. Es war Caroline, als würde sie plötzlich aus einem hypnotischen Schlaf gerissen. Ein trockenes Schluchzen brach aus ihr, ein wilder herzzerreißender Laut.
Sterne hörte es, aber die steigende Flut seines Begehrens hatte jenen an Schmerz grenzenden Punkt erreicht, an dem es für einen Mann kein Zurück mehr gibt; dieser Laut war für ihn nur ein Zeichen, daß auch sie der Wucht dieser Kraft, die sie zueinanderzwang, nicht länger standzuhalten vermochte. Er hielt sie an sich gepreßt; ihre Füße berührten kaum noch den Boden; gleich würde es auch diesen letzten Halt nicht mehr geben.
Ihr »Nein... nein...« kam wie ein Hilferuf von ihren Lippen.

Einen Atemzug lang war Ramon Sterne versucht gewesen, ihre Abwehr mit Gewalt zu brechen — und vielleicht hätte er es getan, wenn sie versucht hätte, ihn von sich zu stoßen. Aber ihr Kopf war auf seine Schulter gesunken. Schutzsuchend lehnte sie an ihm, zitternd unter den Stößen der Tränen, in denen sich nicht nur der Bann dieser Stunde, sondern auch die ganze Lawine der stumm ertragenen Schmerzen des hinter ihr liegenden Tages lösten.
Sie fühlte die Hand, die über ihr Haar fuhr; sie hörte das beruhigende Murmeln einer Stimme. Allmählich beruhigte sie sich, wurde wieder Herr ihrer selbst. Trotzdem kostete es sie Überwindung, sich von diesem männlichen Körper zu lösen. Sachte trat sie zurück. Sie war dankbar, daß er sie nicht einfach enttäuscht losließ, sondern ihre Hände ergriff. Mit einer Geste schwebender Zartheit hielt er sie, als wollte er sie im nächsten Augenblick wieder an sich ziehen.

Er hatte die Leidenschaft in allen ihren Formen kennengelernt. Die Arme der Frauen waren für ihn immer offen gewesen, und mehr hatte er nicht gewollt. Er hatte ihnen seine Kraft geschenkt, die Zärtlichkeit und die Glut seiner hemmungslosen Sinnlichkeit. Es hatte ihn glücklich gemacht, zu sehen, wie sie sich in fremde, ekstatische Wesen verwandelten — aber noch nie hatte er das tiefe atemlose Glück empfunden, wie in diesem Augenblick.

Er las es von ihrem Gesicht ab — sie nahm nichts zurück, sie leugnete nichts ab von dem, was sie in seinen Armen empfunden hatte; sie stand da, in einer Haltung, die Flucht und Zögern zugleich war. Sie versagte sich ihm, aber sie tat es auf eine Weise, die ihm den Verzicht so köstlich erscheinen ließ wie eine Hingabe.

Sie gehörte einem anderen. Er wußte es, ohne daß sie es ihm sagen mußte. Er erwartete bei diesem Gedanken einen Schmerz zu empfinden, der dieses Glücksgefühl, das er selber nicht begriff, ersticken würde. Aber unberührt, wie eine stetig wachsende Flamme breitete es sich immer mehr aus.

War es, weil sie so ganz anders war, als andere Frauen in ähnlichen Augenblicken, weil nicht der Schatten von Scham oder Peinlichkeit zwischen ihnen aufgekommen war? Liebesstunden mit Frauen, die einem anderen gehörten, hatten ihm nie das Triumphgefühl wie anderen Männern vermittelt. Die falschen Tränen, die Reue, die Lügen, mit denen diese Abenteuer endeten, hatten ihn nicht nur ernüchtert, sondern sogar beleidigt. Aber wenn diese sich ihm hingegeben hätte, mit einem anderen im Herzen, hätte sie alles zerstört, noch ehe es begonnen. Er hatte nicht gesiegt —

und doch fühlte er sich beschenkt. Sie hatte nein gesagt — und doch war es, als hätte sie ihn gerade dadurch gewonnen.
Er hatte ihre Hände losgelassen. Er nahm den Mantel auf, warf ihn über die Schultern. So trat er noch einmal auf sie zu. In seiner entschiedenen, keinen Widerstand duldenden Art nahm er sie nochmals in seine Arme. »Ich werde es nur einmal aussprechen«, sagte er, »nie mehr wird es über meine Lippen kommen, das verspreche ich Ihnen. Aber dieses eine Mal muß ich es sagen. Ich liebe Sie.«
Noch einmal, für einen kurzen Augenblick schloß sich um sie der geheimnisvolle Bann dieser Stunde. Das Unmögliche hatte Ramon Sterne nie entmutigt. Im Gegenteil. Er hatte sich immer nur an unerreichbar scheinenden Zielen entflammt. Er liebte diese Frau! Ja, er liebte noch die Fesseln, in die diese Liebe ihn schlug, die Qualen, die sie ihm bereiten würde. Da er sie nicht besitzen konnte, würde er der Wächter ihres Glücks sein, der Wächter eines Schatzes, der nicht sein war und dessen Existenz ihm trotzdem ein tieferes Glück schenkte als alles andere.
Sanft ließ er sie los. Noch einmal hob er kurz die Hand, dann schloß sich die Tür hinter ihm.
Caroline lauschte, bis seine Schritte verklungen waren. Sie verriegelte die Tür. Die nervöse Erschöpfung war einem vollkommenen körperlichen Frieden gewichen. Im selben Augenblick, in dem sie ins Bett schlüpfte und das Licht löschte, schlief sie auch ein.

Lautes Pochen an der Tür weckte Caroline. Jemand rief ihren Namen. Schlaftrunken, mit geschlossenen Augen, tastete sie um sich, als müßte sie erforschen, wo sie sich befand. Sie hatte das Gefühl, nicht länger als eine halbe Stunde geschlafen zu haben, aber als sie die Augen blinzelnd öffnete, sah sie, daß es heller Tag war. Durch die Fenster drang das durch zarte Dunstschleier in blendendes Weiß gebrochene Sonnenlicht.

Wieder hörte sie ihren Namen rufen. Sie setzte sich auf. Das offene Haar fiel ihr um die nackten Schultern. Das Nachthemd lag unberührt am Ende des Bettes. Sie war zu müde gewesen, es anzuziehen. Sie hob den Morgenmantel aus gelbem Faille auf, der während der Nacht zu Boden gefallen war und schlüpfte hinein, um die Tür zu öffnen.

Emma Short stand draußen. »Ich bin es, Komtesse. Unten ist ein Bote für Sie. Ich konnte ihn gerade noch abfangen. Timothy war schon ein paarmal hier oben, um die Kamine anzuschüren, so wie Sie es wünschten, aber Sie haben nichts gehört. Und die Türen waren alle verschlossen.« Sie reichte Caroline ein Kuvert. »Er wartet auf Antwort.«

Mütterliche Gefühle wärmten das Herz des alten Mädchens, als sie Caroline noch, erhitzt vom Schlaf mit verwirrtem Haar und barfuß vor sich stehen sah. »Wenn Sie erlauben, werde ich heute selber Feuer bei Ihnen machen«, fügte sie mit einem Blick auf Carolines dünnen, über der Brust aufgesprungenen Morgenmantel hinzu. »Sie müssen ja frieren.« Bevor Caroline es verhindern konnte, war sie schon im Zimmer, kniete vor dem Kamin.

Den Brief in der Hand, kehrte Caroline in den kleinen Schlafraum zurück. Sie zögerte ihn zu öffnen. Sie glaubte wieder Sterne zu sehen, die Bewegung, mit der er den Tee in die Glut geschüttet hatte. Gleichzeitig schoß ihr die Erinnerung an einen Mordprozeß durch den Sinn, in dem die Opfer durch vergiftetes Papier beseitigt worden waren. Aber sie hatte den Brief schon voller Ungeduld aufgerissen.

Sie hielt eine Karte aus elfenbeinfarbenem gehämmertem Papier in den Händen. In der linken Ecke stand in Golddruck geprägt ein Zeichen, eine Art Wappentier. Die kleine regelmäßige Schrift darunter mutete wie gedruckt an, so als scheute der Schreiber sich, auch nur das Geringste seiner Persönlichkeit preiszugeben. »Bitte händigen Sie dem Boten die Akte des Leutnant Fawkes aus«, stand da. Und darunter »Die Freunde des Herzogs«. Auf der Rückseite entdeckte sie ein Postscriptum in einer eiligen Schrift, »Überlassen Sie alles weitere uns. Die Haft des Herzogs wird bald beendet sein.« Und ein schwungvolles E. P.

Einen Augenblick stand Caroline zaudernd, und doch stand ihr Entschluß schon halb fest; die Vergangenheit hatte sie gelehrt, wie verräterisch jedes schriftliche Dokument sein konnte. Nebenan hörte sie Emma Short am Kamin hantieren. Ein Feuerzeug zischte auf; prasselnd entzündete sich das Reisig.

Caroline wartete, bis die Frau den Raum verlassen hatte. Dann trat sie zu dem Notenständer neben dem Spinett, wo zwischen den Scarlatti-Sonaten die Akte des Leutnant Fawkes steckte. Sie nahm sie heraus und warf sie ins Feuer.

Wie von unsichtbaren Federn bewegt, schnellte der Leinendeckel in die Höhe; im Gluthauch der Flammen wehten die Blätter auf. Mit dem Schürhaken stieß Caroline sie zwischen die brennenden Buchenscheiter. Sie blieb wie schützend vor dem Feuer stehen, als sie hinter sich Schritte hörte, aber es war nur Emma Short. Sie stellte das Frühstückstablett neben der Tür ab, rückte den Tisch näher zum Feuer. »Es wird gleich warm werden. Das Mädchen richtet Ihnen ein Bad.« Sie wies auf den gedeckten Tisch. »Tee mit heißer Milch, wie immer. Ist es so recht?«

Caroline hing den Schürhaken wieder an den Halter, wandte sich um. »Ja, danke — und sagen Sie dem Boten, ich hätte keine Antwort für ihn.«

»Keine Antwort.« Emma Short nickte. Die gestärkten Bänder ihrer Schürze raschelten, als sie aus der Tür eilte.

Nachdenklich betrat Caroline ihr Boudoir. Auch hier brannte inzwischen ein Feuer. Die Tür zum Bad stand offen. Rosenduft wehte ihr entgegen. Aber noch hielten die Gedanken an das Aktenstück sie gefangen. Mit halb geschlossenen Lidern starrte sie vor sich hin. Hatte sie richtig gehandelt, oder hatte sie einen Fehler gemacht?

Sie nahm noch einmal den Brief zur Hand, den sie auf den Toilettentisch gelegt hatte. Wieder betrachtete sie das Zeichen am Rand; es war ein Tier, ein sprungbereiter Löwe. Wieder las sie die Worte, suchte hinter dem Muster der Schriftzeichen nach einer Antwort auf alle ihre Fragen; aber sie gaben auch jetzt nichts preis. Nur das eine fiel ihr ein: die »Liga der Löwen« — unter diesem Namen hatten der Herzog und seine Freunde viele ihrer Taten vollbracht. Wenn nun diese Botschaft wirklich von Freunden des

Herzogs stammte ... Caroline ließ den Gedanken, kaum aufgenommen, wieder fallen. Nach ihren Erfahrungen in London hatte dieses Wort seinen Wert für sie verloren.

Caroline ließ den Mantel zu Boden gleiten, steckte das Haar mit zwei Kämmen in die Höhe und ging ins Bad. Das warme Wasser war schon in die Sitzwanne aus geblümtem Porzellan eingelassen. Rosenblätter schwammen darin. Die zartgrünen, steif fallenden Leinengardinen mit der breiten Stickbordüre schufen das milde, geradezu flüssige Licht, wie es in klaren Seen herrscht.
Sie stieg in das Bad. Sie nahm die resedafarbene durchsichtige Seife, schäumte ihren Körper damit ein. Ein tiefes kreatürliches Wohlbehagen kam über sie, eine dem Frieden des Schlafs verwandte Ruhe. Die Fragen und Sorgen, die sie eben noch gequält hatten, verloren ihr Gewicht, die undurchdringlichen Mauern, die ihr eben noch den Weg zu dem Geliebten verstellt hatten, wurden transparent.
Langsam ließ sie den Schwamm sich mit Wasser vollsaugen. Weich und schwer lag er in ihrer Hand, als etwas sie aufhorchen ließ. Unten im Haus wurden Stimmen laut. Ein Lachen, ein paar energisch gegebene Befehle, Ausrufe, wie sie eine stürmische Begrüßung zu begleiten pflegen.
Caroline hatte den Schwamm ins Wasser gleiten lassen und lauschte gespannt. Diese Frauenstimme! Die hatte sie doch schon einmal gehört; vorgestern nacht, als man sie mit verbundenen Augen zum Kerker des Herzogs geführt hatte! Auf dem Flur und der Treppe wurde es still. Doch Caroline war es, als käme die gedämpfte Stimme jetzt aus dem Wohnzimmer der Schwestern Short, eine Etage tiefer.

Täuschte sie sich? Narrte sie schon wieder eine Hoffnung? Sie mußte in Erfahrung bringen, wer diese Frau war, wo sie sich vorgestern Nacht aufgehalten hatte. Vielleicht war das der Weg, den sie seit Tagen vergeblich suchte . . .

Sie trug nichts unter dem fliederfarbenen Hauskleid, als sie ein paar Minuten später die Treppe hinabeilte. Nackt steck=ten ihre Füße in den bestickten Seidenpantoffeln. Durch das Haar hatte sie nur schnell ein Samtband gezogen.

Die Stimme war verstummt. Nur das helle Geplauder der Schwestern Short drang aus dem Wohnzimmer. Caroline klopfte und öffnete, zu ungeduldig, um zu warten, die Tür.

Die Flügeltüren zu dem Wintergarten standen offen. Ein weißer Käfig mit Papageiensperlingen schwankte hin und her. Gegenüber, an dem nahe zum Kamin gerückten Tisch, saßen die beiden Schwestern, und zwischen ihnen, in dem hohen Lehnsessel, mit dem Rücken zu Caroline, ein Mann. Keiner der drei beachtete Carolines Eintreten.

»Noch ein Gläschen?« fragte Emma und nahm die ge=schliffene Karaffe mit Portwein vom Tablett. »Ausnahms=weise, zur Feier des Tages.« Ihr Gesicht war vor Freude gerötet. »Zum Einstand«, bettelte die andere. »Darauf muß man doch anstoßen.«

Der Gast sagte nichts, aber die beiden Schwestern schienen die Antwort aus seinem Mienenspiel zu lesen. »Oh, Reverend Wicherley!« riefen beide fast gleichzeitig, und ein Anflug scheuer unroutinierter Koketterie zauberte einen rührenden Liebreiz auf die verwelkten Gesichter.

»Aber doch wenigstens etwas Gebäck«, drängte Emma Short. »Wo habe ich nur meinen Kopf. Ich glaube, es ist die Freude.« Sie sprang auf, wollte zur Anrichte, als sie Caroline erblickte. »Komtesse — das ist ja reizend!« Mit ausgebreiteten Armen kam sie auf Caroline zu. »Darf ich Ihnen Reverend Joshua Wicherley vorstellen.«

Hatte Caroline sich so getäuscht. Sie hätte geschworen, daß es eine Frauenstimme war, die sie gehört hatte, zwar dunkel, aber unverkennbar weiblich. Konnte es der Gefängnisgeistliche sein ... Sie kam nicht weiter in ihren Gedanken. Emma Short hatte vertraulich ihren Arm genommen, führte sie um den Tisch herum. Auch Lilibeth Short hatte sich erhoben, schob Caroline einen Stuhl hin. »Komtesse, setzen Sie sich. Was sagen Sie zu dem neuen Hausgenossen?«

Caroline hatte Mühe, einen Schrei zu unterdrücken. In dem Stuhl ihr gegenüber saß eine Wachspuppe, aber so lebensecht, daß sie versucht war, ihren Augen zu mißtrauen. Schien sich nicht die fettgepolsterte steile Falte zwischen den Brauen eben zu entspannen, um einem Lächeln Platz zu machen; folgten diese Augen nicht mit irritierender Direktheit allem, was um sie herum geschah? Über den Wangen lag der zarte, kaum wahrnehmbare Schatten der perfekten Rasur; über dem rosigen Gesicht der violette Anhauch, der verriet, daß dieser Diener Gottes auch die irdischen Gaben des Herrn zu schätzen wußte; das graue Haar, in dem da und dort noch das herbstliche Rot des Roggens aufflammte, schimmerte in dem feuchten Schmelz eines erlesenen Haarwassers. Der Kragen und die Manschetten ließen einen halben Zoll jungfräulichen weißen Leinens hervorsehen, dessen frischer Duft nach Bleiche und Sonne das seine dazu beitrug, dieser Puppe eine unheimliche Lebendigkeit zu verleihen.

»Sie gefallen ihm. Ich habe es gewußt«, flüsterte Emma Short Caroline zu, und mit noch leiserer Stimme, »der Reverend hatte zeitlebens eine Schwäche für schöne Frauen.«

»Ja —« sagte Lilibeth, der kein Wort entgangen war, gedehnt. »Und die Frauen hatten eine Schwäche für ihn. Wissen Sie, Komtesse, Reverend Wicherley hat die Frauen mit seinem Charme zu Gott verführt. Ich weiß nicht, wie viele er bekehrt hat. Es verging kein Jahr, ohne daß er nicht eine große Erbschaft machte. Er hätte davon wie ein Fürst leben können . . .« Sie stieß einen Seufzer aus. »Oh, Sie hätten ihn predigen hören sollen. Man mußte sich die Plätze reservieren lassen.«

Mit einem hingerissenen Lächeln hingen die beiden Schwestern an dem Gesicht der Wachspuppe. Zwanzig Jahre lang hatten sie ihn angeschwärmt, scheu und hoffnungslos verliebt. Und dann war er plötzlich gestorben. Aufgebahrt war er in der Kirche gelegen. Auch sie waren hingegangen, um Abschied von ihm zu nehmen. In einer endlosen Schlange von Frauen waren sie angestanden. »Sogar im Augenblick seines Todes mußten wir ihn mit anderen teilen«, sagte Emma Short. »Aber dann kam uns die Idee, wie wir ihn doch noch ganz allein für uns haben könnten.« Ihre Stimme nahm einen Ton zärtlichen Triumphs an. »Jetzt gehört er uns, uns ganz allein.«

»Das heißt, heute gehört er Emma!« sagte Lilibeth tadelnd, »morgen mir. Erinnere dich an unsere Abmachung. Wenn er wüßte, wie er die Nacht verbringen wird . . .« Lilibeth Short versuchte ihr Lachen hinter dem weißen Spitzentuch zu verbergen, das sie die ganze Zeit in der rechten

Hand hielt, aber gerade diese Bewegung gab ihrem Lachen einen besonderen, fast frivolen Beigeschmack.
»Willst du wohl gleich still sein!« fuhr Emma auf. »Du weißt doch, was er immer von den Toten sagte. Ich möchte nicht, daß sein Geist dahinterkommt — und uns den ganzen Spaß verdirbt . . .« Lilibeth zuckte mit den Schultern. »Ich hätte nichts gegen seinen Geist. Vielleicht würde er dann noch lebensechter . . .« Beim letzten Wort ließ sie die einzelnen Silben wie ein Stück Nougat zerschmelzen. »Lilibeth, du versündigst dich!«
Caroline mußte lächeln. Es ging sie das alles nichts an; und eigentlich hätte sie enttäuscht sein müssen, denn sie hatte nicht gefunden, was sie erwartet hatte; aber da sie nun schon Zeuge geworden war, erlebte sie diese ebenso makabre wie rührende Szene mit einem Interesse, als ginge es sie selber an. Sie betrachtete den stummen Reverend, den, wie ihr schien, nicht Schwäche, sondern eher ein Zuviel an Kraft dahingerafft hatte.
Emma Short war zu der Wachsfigur getreten. Sie beugte sich leicht vor. »Sie wissen, Reverend Wicherley, Lilibeth meint es nicht so. Sie dürfen sie nicht beim Wort nehmen.«
Lilibeth, die bei Caroline stehengeblieben war, spann ihren Gedanken weiter. »Man könnte doch wirklich meinen, im nächsten Augenblick würde er sich bewegen, etwas sagen. Er hat uns ein kleines Vermögen gekostet — aber Madame Salmon hat dafür auch ein Meisterwerk geschaffen . . .«
Madame Salmon! Die Frau, die mit ihr von Dover nach London gefahren war. Natürlich, das war sie! Darum war ihr die Stimme so bekannt vorgekommen. Irgendwo mußte

sie den kleinen Fächer mit ihren Adressen aufbewahrt haben. »Madame Salmon hat ihn selber hergebracht?« fragte sie.

»Ja«, antwortete Lilibeth. »Leider hatte sie keine Zeit, ein bißchen mitzufeiern. Oh, wir kennen sie seit einer Ewigkeit. Sie ist unsere Nachbarin in der Kirchenbank — und von unserem Dachfenster aus können wir sogar ihr Hausboot sehen. Es liegt genau auf der Höhe von St. Pauls. Sie ist eine wahre Künstlerin in ihrem Fach. Zur Zeit arbeitet sie an einer getreuen Nachbildung der Schlacht von Waterloo. Wenn Sie Karten für den Eröffnungstag wollen, Komtesse, dann . . .«

Caroline nickte abwesend. Sie hätte nicht sagen können, was ihr die Gewißheit gab; aber ihr war, als hätte sie mit dem Namen dieser Frau auch den Schlüssel zum Kerker des Herzogs gefunden.

Sie war aufgestanden. Die beiden Schwestern brachten sie zur Tür. Von der neuen Hoffnung getragen wie ein Vogel vom Aufwind, lief sie, zwei Stufen auf einmal nehmend, die Treppe empor. Nicht einmal der Gedanke an Santi konnte ihre Freude dämpfen. Sie würde sich einen Spaß daraus machen, für diesen Besuch bei Madame Salmon eine Verkleidung zu wählen, in der niemand sie erkennen sollte.

Verborgen von den grünen Sergevorhängen, sah die Verkäuferin des Tabakgeschäfts an der Ecke der Dean Street dem jungen Mann in dem steingrauen Frack aus feinstem Rippensamt, der mutwilligen kastanienbraunen Titusfrisur und der schmetterlingsartig geknüpften Krawatte nach, bis er ihren Blicken entschwand.

Die nächste, die sich nicht satt sehen konnte an dem eleganten Kavalier mit dem zierlichen Fuß, dem leichten Schritt und den geheimnisvollen grauen Augen, war die Tochter des Apothekers, die gerade die Blumenkästen auf ihrem Balkon goß.

Caroline tat, als bemerkte sie nichts von der Aufmerksamkeit, die sie erregte. Sie war zufrieden mit sich; die Spiegelglasscheiben der Geschäfte, an denen sie mit dem beschwingten, weder eiligen noch langsamen Schritt eines professionellen Müßiggängers vorbeiflanierte, zeigten ihr ein Bild, das jeden täuschen mußte. Hinter diesem Stutzer nach der letzten Pariser Mode vermutete niemand eine Frau.

Sie hatte sich diesen Anzug anfertigen lassen, um den Herzog auf seinen nächtlichen Streifzügen durch das Paris, in das eine Frau nicht einmal in Begleitung eines Mannes gehen durfte, begleiten zu können. Einer Laune folgend, hatte sie den Anzug nach Mortemère und dann nach London mitgenommen. Es schienen ihr Jahre vergangen, seit sie das letztemal in diese übermütige Verkleidung geschlüpft war. Aber als sie nachzurechnen begann, waren es keine zehn Tage. Vor zehn Tagen noch war sie in Paris gewesen,

hatte keine Wolke den Himmel ihres Glücks getrübt? Und es sollte wirklich erst ihr dritter Tag in London sein?
Die demütigende Bittfahrt von Gefängnis zu Gefängnis? War das wirklich erst gestern gewesen? Der bestialische Mord an Batu? Der Marquis d'Arlincourt, Lord Barth, seine Tochter, der Tod der Madame Blanche — wirre Traumgesichter? Und Ramon Sterne, die Arme, die sie umschlungen gehalten hatten, die Lippen, die auf ihren gelegen waren . . .
Nein, sie schämte sich dieser letzten Erinnerung auch jetzt nicht; sie hatte weder gegen ihr eigenes Herz noch gegen den Mann, den sie liebte, gefehlt. Sie hatte einen Augenblick lang einer kreatürlichen Kraft nachgegeben. Ein Mann hatte sie begehrt und das Weib in ihr geweckt. Sich dessen zu schämen, wäre ihr genauso absurd vorgekommen, wie wenn sie sich irgendeiner anderen elementaren Lebensregung — des Hungers oder des Schlafs — geschämt hätte. Und doch war in ihr, wie der Nachhall eines Schmerzes, etwas, das sie sich nicht einzugestehen wagte, weil sie in ihren Gefühlen zu absolut war, um dergleichen überhaupt denken zu wollen: daß in jeder Liebe Augenblicke kamen, in denen sie sich verflüchtigte, in denen nichts von ihr zurückblieb — als vielleicht eine Erinnerung in den Fingerspitzen.
Viele Frauen nannten es Schicksal, wenn sie es geschehen ließen, daß ihre Liebe sie verließ, und wenn sie dafür eine kurzlebige Leidenschaft eintauschten. Aber es war nicht Schicksal. Mit einer Klarheit wie nie zuvor wurde Caroline bewußt, daß nichts auf der Welt Bestand haben konnte — auch die größte Liebe nicht —, wenn der Mensch sie nicht

entschlossen und wachsam verteidigte. Wenig genügte, um jede Liebe — diese aus dem Paradies auf die Erde gerettete Blume — zu töten; eine Lüge, weniger, eine Nachlässigkeit.

Aus einem Hauseingang sprang ihr ein bunter Kinderball vor die Füße, rollte die zur Themse abfallende Straße hinab. In einem Hof hingen an hölzernen Stangen Fischernetze zum Trocknen. Auf einem terrassenartig gestuften Platz wurde Fischmarkt gehalten. Mägde und Hausfrauen drängten sich um die steinernen Bottiche, in denen es von Fischen wimmelte. Schuppen überzogen die steinernen Tische, das Pflaster wie eine perlmuttglänzende Haut. Auch auf der dünnen Grasnarbe des von Fußpfaden durchzogenen Ufers saßen gleich gefrorenen Taus die schimmernden Tupfen.

Caroline mußte die Hand über die Augen halten, um in der weißen Lichtflut, die über dem Strom lag, etwas zu erkennen. Wie Filigran schwebten die Gerüste der fast vollendeten, von beiden Ufern aufeinander zustrebenden Brückenarme über den Strom. Mit Steinen beladene Lastkähne scharten sich um die Pfeiler. Schwerelos, als wären sie nur tanzende Lichtstrahlen, bewegten sich die Arbeiter auf den Gerüsten.

Suchend glitt ihr Blick über den Strom. Und dann sah sie ihr Ziel. Gleich einer Spiegelung aus Licht, Luft und Farbe erhob sich das Hausboot der Madame Salmon über dem Wasser.

Treppen aus rötlichem Sandstein führten zu dem mit bunten Wimpeln beflaggten Anlegeplatz, an dem auf einem Schild der Name der Madame Salmon angebracht war. Ein

Mann von winziger Statur, fast ein Zwerg, in einem veil=
chenblauen Rock und hochhackigen Lackstiefeln, schritt
eben über den Anlegesteg zu einem bereitliegenden Boot.
Ein über und über mit Paketen bepackter Diener eilte ihm
voraus.
Caroline begann zu laufen. Als sie bei dem Boot anlangte,
hatte der Mann eben auf der Bank unter dem zitronen=
gelben Sonnensegel Platz genommen, und der Diener war
bereit, die Ruder zu ergreifen. »Verzeihen Sie, würden Sie
mich mitnehmen?« rief Caroline außer Atem. »Ich möchte
zu Madame Salmon. Es ist doch das richtige Boot?«
»Aber ja doch, Sie sind vollkommen richtig. Nur keine
Eile. Kommen Sie.« Der Mann rückte ein wenig zur Seite,
schob die Körbe und Tüten, die am Boden herumstanden,
unter die Bank. Er schien etwas zu vermissen. »Heh, Pot=
ter«, rief er dem Diener zu. »Du wirst die Zeitungen doch
nicht vergessen haben?«
Der Diener zog den Packen aus seiner Jacke hervor, reichte
ihn seinem Herrn. »Wie könnte ich das Wichtigste verges=
sen, Mister Salmon.«
Mister Salmon? War er ihr Mann? Caroline betrachtete das
schmale Gesicht, das mit der witternden Nase etwas von
einem überzüchteten Windhund hatte. Es strahlte Ver=
gnügen aus.
»Wie könnten wir!« sagte er. »Meiner Mutter ohne Zeitun=
gen gegenüberzutreten, das ist etwas, was unser beider Mut
übersteigt!« Mit spitzen Fingern legte er die Zeitungen zu
den anderen Sachen unter die Bank. Dann warf er stirn=
runzelnd einen Blick auf die Fingerspitzen seiner weißen
Rehlederhandschuhe. »Wer das erfinden könnte, eine Druk=

kerschwärze, die nicht abgeht. So, und nun zu Ihnen, Mister . . .« Er musterte Caroline ungeniert.
»Romme Allery«, sagte Caroline.
»Einen Moment«, sagte Hector Salmon gutgelaunt, »sagen Sie nichts, lassen Sie mich raten. Ich glaube, ich weiß, wer Sie sind. Ihre Augen verraten Sie. Ich habe ein schlechtes Gedächtnis für Namen, aber gewiß sind Sie der junge Maler, von dem mir meine Frau seit ihrer Rückkehr aus Paris vorschwärmt. Oh, Sie erwartet Sie mit Sehnsucht. Sie hat die Stunden gezählt. Die Entwürfe für die Waterloo=Prospekte sind fertig. Sie brauchen sie nur noch auszuführen. Wie ich hörte, hatten Sie eben großen Erfolg in Paris.«
»Nein, ich bin kein Maler.«
Hector Salmon stutzte, legte den Kopf schief. »Ah — dann können Sie nur . . . Warten Sie, diesmal treffe ich es. Sie sind Franzose — Ich hab's. Sie sind der Napoleon=Experte! Der Mann, der uns die Feldkutsche bauen wird, mit Grill und Bad und Kaiserbett. Ich muß gestehen, ich hatte Sie mir anders vorgestellt. Älter, nicht ganz so elegant. Ihr Franzosen scheint ein Volk von Wunderkindern zu sein.«
Caroline mußte lachen. Dieser Mann mit dem zu großen Kopf auf dem zu kleinen Körper hatte etwas Entwaffnendes. Von Hemmungen schien er so wenig zu halten wie davon, irgend etwas ernst zu nehmen.
»Aber, wo haben Sie Ihr Gepäck, mein Lieber?« fuhr Salmon fort. »Wir haben mit einer kleinen Schiffsladung gerechnet. Ich habe schon überlegt, an unser Hausboot einen vierten Kahn mit Dependance anzuhängen. Wann soll denn der Krempel eintreffen?«

»Ich habe kein Gepäck«, sagte Caroline mit einem Ausdruck, der Hector Salmon aus dem Konzept brachte. Außer dem Maler und dem Napoleon-Experten schien man im Haus Salmon im Augenblick niemanden zu erwarten.
»Nun, wer immer Sie sind, lassen Sie sich nicht entmutigen, junger Freund.« Mit einer väterlichen Geste legte er die Hand auf ihren Arm. »Meine Frau wird Ihr Talent schon entdecken. Alle, die in den letzten zwanzig Jahren in London Karriere machten, oder auch nicht, hat meine Frau entdeckt. Sänger, Tänzer, Kunstreiter, Genies — alle, sind sie in diesem Kahn gesessen.« Er lächelte. »Nur einmal in ihrem Leben begegnete meine Frau einem Mann, der absolut zu nichts zu gebrauchen war. Der Gedanke war ihr so unerträglich, daß sie ihn heiratete — mich.«

Das Boot hatte währenddessen die kurze Strecke zu dem Hausboot zurückgelegt. Es war ein langgestreckter im Wasser verankerter Bau; der lichtgraue Verputz, die verspielten Ziergiebel, die reliefartig auf die Fassade gesetzten Pilaster und die zartgegliederten Fächerfenster verliehen ihm die heitere Eleganz eines Schlößchens.
Ein zweiter Diener kam gelaufen, als das Boot anlegte. »Voilà!« Hector Salmon hatte die Zeitungen genommen und wies auf die an Deck führenden Stufen. Über die wie das Haus lichtgrau gestrichenen Bohlen des Decks liefen breite mandelgrüne Kokosläufer. In Holzkübeln in derselben Farbe standen kugelförmig geschnittene Taxusbäumchen längs der Reeling. Aus einem Luftschacht stiegen Küchendüfte. Schnuppernd hob Hector Salmon die Nase. »Sie haben einen guten Tag erwischt«, bemerkte er. »Heute gibt es ge-

füllte Auberginen, Lammkeule mit Haricots Verts und Pommes Dauphine, und als Nachspeise Savarin mit Früchten. Für mich ist die Kochkunst die Königin aller Künste. Sie allein vermag jedem unserer Sinne etwas zu bieten. Außer der Liebe . . .«

Er öffnete eine Glastür. »Bitte, treten Sie ein. Meine Mutter würde es übelnehmen, wenn wir sie nicht zuerst begrüßten. Madame Salmon wird ohnehin gleich auftauchen, um mir zu sagen, was ich wieder vergessen habe.« Durch einen kaum einen Schritt breiten Windfang, dessen Winzigkeit durch Wände aus Spiegelglas geschickt aufgehoben wurde, betraten sie einen großen Raum, der nur aus Helligkeit zu bestehen schien. Durch die Fensterfront flutete das Licht herein, machte die Farben so hell, daß sie durchsichtig wirkten, und die Möbel so leicht, als besäßen sie weder Umfang noch Gewicht.

Nur die Konturen des Rollstuhls mit der alten Frau zeichneten sich im Gegenlicht mit scherenschnitthafter Schärfe ab. Hector Salmon schwenkte die Zeitungen.

»Du hast mich lange warten lassen«, sagte die Greisin. Der Rollstuhl hatte sich in Bewegung gesetzt. Bis zur Taille in Wildkatzenfelle gehüllt, saß die alte Frau darin. Das gepuderte, nach der Mode ihrer Jugend frisierte Haar und das pfirsichfarbene Kleid mit seiner spitz im Schoß auslaufenden Korsage warfen über die Greisin die Erinnerung an eine junge, schöne Frau.

In den Händen, deren blaue Adern sie jeden Morgen mit einer dicken Schicht weißen Bleipuders zudeckte, hielt sie einen Fächer aus rosa Straußenfedern. Sie hob den Fächer und deutete damit auf Caroline. »Wen bringst du da?« Sie wartete die Antwort ihres Sohnes nicht ab. Sie rollte ihren Stuhl näher auf Caroline zu, musterte sie mit ihren dunklen, blitzenden Augen. »Mein Kompliment, Mademoiselle«, sagte sie dann, »Ihre Maske ist fast perfekt.«

»Was sagst du da?« Hector Salmon starrte Caroline an. Dann schüttelte er den Kopf. »Sie hat mich wirklich getäuscht! Was ist nur mit mir los! Eine Frau nicht zu erkennen. Ich werde alt!«

»Und wann wirst du weise?« Eine Portiere am Ende des Raumes hatte sich geöffnet. Caroline wandte den Kopf: es war ihre Reisegefährtin, Madame Salmon, in einem maisgelben Kleid aus Seidenbroché. »Ich warte auf die Vorlagen, wo bleiben sie?« Sie stutzte, als sie Caroline bemerkte. »Ich habe sie mitgebracht«, sagte Hector Salmon, »und um jeden Irrtum auszuschließen, der Herr ist eine Dame. Sie möchte zu dir.«

»Kennen wir uns?« sagte Madame Salmon. Caroline lauschte nur auf die Stimme der Frau. Nein, sie hatte sich nicht getäuscht. »Wir sind vor drei Tagen zusammen von Dover nach London gefahren«, antwortete sie, »in einer Kutsche.«

Madame Salmon schlug die Hände zusammen. »Ich glaube, ich wäre heute noch nicht in London ohne Sie.« Sie trat einen Schritt näher. »Die Augen . . . ja, jetzt erkenne ich Sie wieder. Das finde ich reizend, daß Sie Ihr Versprechen wahr machen und zu mir gefunden haben.« Sie wandte sich an die anderen. »Ich habe Euch von ihr erzählt. Das war sie – mein rettender Engel von Dover.«

Die Greisin hatte den Fächer beiseite gelegt und eine silberne Dose aus einem Beutel gezogen. Sie nahm eine Art

Konfekt heraus und hielt ihrem Sohn die Dose hin. Madame Salmon, der es nicht entgangen war, schüttelte mißbilligend den Kopf. »Muß das sein? Dieser Ingwer macht ihn noch hitziger.«
Die Greisin lachte. »Und? Schadet es dir?« Sie lächelte Caroline zu, auf ihren Sohn deutend. »Er war schon so winzig, als er zur Welt kam«, sagte sie. »Die großen roten Hände der Hebamme — und der winzige Wurm darin.« Ihre Augen funkelten. »Aber dann sah ich, daß Gott ihn dafür reichlich entschädigt hatte.«
Madame Salmon wollte ihrer Schwiegermutter Einhalt gebieten, aber die alte Frau wischte ihren Einwand mit einer Handbewegung weg. »Ja, Herrgott! So ist es doch! Gott erschafft keinen kleinen Mann, ohne ihn nicht anderweitig schadlos zu halten.«
Madame Salmon hakte Caroline unter. »Wir gehen lieber«, sagte sie, »ihre Gespräche sind nichts für zarte Ohren. Gehen wir zu mir, in mein Atelier. Da können wir ungestört plaudern.« Sie schlug die Portiere zur Seite, ließ Caroline vorangehen.

Zwei große Arbeitstische aus hellgescheuertem Fichtenholz beherrschten den Raum. Auf den breiten Fensterbrettern lagen Entwürfe zu Prospekten, Kleidern, Stoffmuster, ein kleiner mit schwarzem Samt ausgeschlagener Kasten mit Glasaugen in allen Farben und Größen, ein anderer mit Zähnen. Auf dem Tisch in der Mitte des Raumes war aus Pappmaché das Modell zur Schlacht von Waterloo aufgebaut.
Madame Salmon umfaßte alles mit einer Handbewegung.

»Hier, das ist mein Reich.« Sie trat zu dem silbergetriebenen persischen Samowar, nahm eine Tasse von dem bereitstehenden Tablett. Sie goß eine kleine Menge braungoldenen Tees hinein und verdünnte ihn mit dem kochendheißen Wasser des Samowars. »Ohne Tee könnte ich nicht arbeiten. Allein der Duft regt mich an. Auch eine Tasse?«

Caroline lehnte ab, obwohl ihr die Kehle trocken war, als brannte ein Feuer in ihr. Madame Salmon nippte an der Tasse. »Nun, was haben Sie auf dem Herzen? Ihr Schweigen läßt auf etwas Geheimnisvolles schließen, und Ihre Verkleidung auf etwas Romantisches. Ich sagte es Ihnen ja schon, London ist wie geschaffen für galante Abenteuer.«

Die ungezwungene Art, mit der Madame Salmon sie behandelte, tat Caroline gut, aber es machte es ihr nicht leichter, ihr Anliegen vorzutragen. Es war seltsam genug. Und noch immer fürchtete sie, sie könnte sich doch geirrt haben; ein Nein wäre mehr, als sie jetzt ertragen konnte. »Madame Salmon«, begann sie schließlich, »meine Frage mag seltsam anmuten, aber bitte versuchen Sie sich zu erinnern, wo waren Sie vorgestern, spät abends.«

»Vorgestern? War das nicht der Abend, an dem ich von Frankreich zurückkam ... Warten Sie. Als ich zurückkam, habe mich etwas hingelegt, dann haben wir gegessen.« Sie verstummte, starrte an Caroline vorbei hinaus auf den gleißenden Strom. »Ich werde mich gleich erinnern.«

So sicher Caroline gewesen war, als sie sich auf den Weg hierher gemacht hatte, so unsicher wurde sie nun. Die nächsten Worte, die diese Frau aussprechen würde, schienen ihr drohend wie ein Urteilsspruch.

»Richtig!« brach Madame Salmon das Schweigen. »Die

Königsgewänder! Ein halbes Jahr lang hatte ich darauf gewartet. Ausgerechnet an diesem Abend kam der Schnei=der damit an. Was blieb mir anderes übrig, als den ganzen Kram noch in die Armoury zu bringen. Hier war einfach kein Platz für sie.«

»Die Armoury?« fragte Caroline.

»Das Museum im Tower.«

Der Tower. Sie war dort gewesen. Vergeblich. Aber sie wollte jetzt keinen Zweifel in sich aufkommen lassen. »Sie haben Zutritt zum Tower, Madame Salmon?« Caroline hatte das Empfinden, daß das Pochen ihres Herzens lauter war als ihre Stimme.

»Ja — ich gehöre sozusagen zum Inventar. Aber jetzt sagen Sie mir erst einmal, wie Sie wissen, daß ich vorgestern abend dort war?«

Caroline zögerte. Wie sollte sie glaubhaft machen, was ihr selber wie ein wüster Traum vorkam. »Ich hoffe nicht, daß Sie Ihre erste Londoner Nacht im Tower verbrachten«, hörte sie Madame Salmon sagen. »Ich wünschte, ich hätte es gekonnt«, erwiderte Caroline freimütig.

Die Blicke der beiden Frauen begegneten sich. »Oh, dann weiß ich genug!« rief Madame Salmon aus. Schon auf der Fahrt von Dover nach London hatte sie geahnt, daß es eine Liebesgeschichte war, die dieses junge schöne Mädchen nach England führte. Aber, daß sie selber eine Rolle dabei spielen würde! »Ich werde für Sie tun, was in meiner Macht steht — aber sagen Sie mir, wer ist der Mann, der so gehaßt — und so geliebt wird?«

Wie jedesmal, wenn Caroline seinen Namen aussprach, hatte sie dabei das Gefühl, etwas von ihrem Innersten preis=

zugeben. Selbst ihrem Bruder gegenüber nannte sie den Herzog aus diesem Grund nie beim Vornamen. »Der Herzog von Belômer.«

»Der Herzog von Belômer! Und ich weiß nichts davon. Typisch Colonel Yorke! Wenn er schon einmal einen interessanten Gefangenen hat, versteckt er ihn vor mir wie ein eifersüchtiger Liebhaber seine Braut! Dabei ist es mein verbrieftes Recht, die Gefangenen des Towers . . .« Sie verstummte, von einem plötzlichen Gedanken abgelenkt. »Der Herzog! Er steht auf meiner Liste. Schon eine ganze Weile. Mit drei Sternen! Seit Jahren bin ich hinter ihm her. Ich hatte schon resigniert — und jetzt geht er mir so ins Netz. Versprechen Sie mir, daß Sie ein Wort bei ihm für mich einlegen werden? Manch einer hat etwas dagegen, schon zu seinen Lebzeiten in Wachs modelliert zu werden.«

»Wenn Sie mich zu ihm bringen —« Caroline war es nicht unangenehm, daß Madame Salmon die Angelegenheit nur von ihrer Seite betrachtete.

Madame Salmon war eine Frau, die ihr Leben lang aus dem Impuls gehandelt hatte und die sich durch ihren Beruf daran gewöhnt hatte, das Außerordentliche als das Natürliche zu empfinden. »Jederzeit. Es wird mir ein Vergnügen sein, Colonel Yorke ein Schnippchen zu schlagen. Wann soll es sein?« Aber im selben Atem fuhr sie fort. »Was frage ich? Auf der Stelle, nicht wahr? Deshalb tragen Sie doch diese Verkleidung . . .« Sie warf sich eine weiße Wollstola um die Schultern; dann nahm sie der lebensgroßen Kleiderpuppe in der Ecke den maisgelben Strohhut mit den weißen Bändern vom Kopf und setzte ihn sich auf.

Aus einem Wandschrank holte sie einen goldgehämmerten

Brustpanzer heraus. Behutsam schlug sie ihn in ein Baumwolltuch ein und reichte ihn Caroline. »Der Brustpanzer, den Elisabeth I. in Tilbury bei der Truppenparade anhatte! Tragen Sie ihn mit aller Vorsicht. Es ist zwar nur Theatergold, aber künftige Generationen werden den Unterschied kaum bemerken. Es war ein Gottesgeschenk für unsere Könige in der Armoury, daß das Drury-Lane-Theater abbrannte und sein Fundus gerettet wurde. Endlich bekommen sie jetzt alle eine ›echte‹ Ausstattung.« Sie lächelte. »Und Sie? Lassen Sie mich überlegen. Natürlich! Sie sind mein Assistent. Ein vielversprechender junger Maler, Roger van Ryn.«

KAPITEL 26

Caroline hörte nichts als die Schläge ihres Herzens, als das Außentor zum Tower vor dem leichten Zweispänner, in dem sie mit Madame Salmon saß, aufschwang.
Ein Wachsoldat war auf den Bock gesprungen und hatte dem Kutscher die Zügel aus der Hand genommen. Es war derselbe, der sie gestern in die Hauptwache geführt hatte; während der ganzen dreiviertel Stunde, die man sie hatte warten lassen, war er bei ihr geblieben. Keine zwei Schritte von ihr, die Knöpfe seiner Uniform polierend, hatte er eines jener stummen Geplänkel der Augen mit ihr anzufangen versucht, das ihr sonst Spaß gemacht hätte, in dieser Stunde aber nur auf die Nerven gefallen war.
Er hatte sie nicht wiedererkannt in ihrer Verkleidung. Sie

sah den Übermut in Madame Salmons Augen, die in der Stimmung eines Kindes zu sein schien, das einen Streich ausheckt. Caroline kam sich mit ihrer Angst und ihren Zweifeln alt vor neben dieser fünfzigjährigen Frau.

Im Schritt rollte der Wagen in das Innere der doppelten Befestigungsmauern. Der Giebel der Hauptwache versank. Rechts tauchten die Käfige und Gehege der königlichen Menagerie auf; sie erkannte einen Strauß, zwei schwarze Bären, Affen, und dann hinter den Gittern seines Zwingers, wie ein goldener Schatten hin und her streichend, einen Löwen. Der Löwe! Das war also der Tierlaut gewesen in jener ersten Nacht.

Die Bohlen der Zugbrücke grollten unter den Rädern. Aus den königlichen Wappen des Middletowers flatterte ein Vogel auf, erhob sich in den Himmel. Dunkel öffnete sich vor ihnen die schluchtartige Tordurchfahrt. Nach einem kurzen Stück Luft und Freiheit nahm das nächste Tor sie auf. Der Himmel schien sich immer weiter zu entfernen, die Sonne immer schwächer zu werden.

Auch als sie schließlich durch das Haupttor in den innersten Bereich des Towers gelangten und plötzlich wieder Himmel und Sonne da waren, verließ Caroline das geheime Frösteln nicht.

Die Kutsche bog nach links. Rasen wurde sichtbar, Bäume, dahinter, von tanzenden Lichtflecken und durchsichtigem Grün verschleiert, ein Fachwerkhaus. Der Wagen kam zum Stehen. Der Wachsoldat sprang vom Bock, eilte über den geplättelten Weg zum Haus. »Ich bin in Eile! Bitte sagen Sie das«, rief Madame Salmon ihm nach.

Caroline stieg aus dem Wagen. Madame Salmon strich ihre

Röcke glatt. Sie holte aus dem Wagen einen schmalen Zeichenblock, ein Lederetui mit Kohlestiften, und reichte beides Caroline. »Während ich in der Armoury bin, werden Sie den Herzog zeichnen. In meinem Auftrag fertigen Sie die ersten Skizzen für ein Modell an. Sie werden ganz ungestört sein . . . Aber mein Kind«, fuhr sie fort, als sie Carolines Blässe bemerkte, »machen Sie sich keine Gedanken. Am Tower ist nur noch der Name schrecklich. Seit siebzig Jahren ist es eigentlich nur noch ein etwas eigenwilliger Hotelbetrieb.«

Ein kahlköpfiger Mann in einer dunkelblauen Uniform, mit einer knöchellangen Schürze darüber, kam auf sie zu. Mit der einen Hand hielt er eine verbeulte Blechschale, mit der anderen schnalzte er den Raben, die mit geblähtem, metallisch glänzendem Gefieder hinter ihm her hüpften. Ihre gestutzten Flügel schleiften über den Rasen.

In ihrer überschwenglichen Art breitete Madame Salmon die Arme aus. »Mein lieber Fosdyke, ich sehe, endlich habe ich die richtige Stunde erwischt. Ich wollte Ihnen schon immer beim Füttern zusehen. Das stört die lieben Kleinen doch nicht.« Sie deutete auf Caroline. »Ein neuer Mitarbeiter, Roger van Ryn, ein junger Maler aus Holland.«

Der Rabenpfleger warf Caroline einen kurzen Blick zu. An die Assistenten von Madame Salmon hatte er sich längst gewöhnt, und auch daran, daß sie immer jünger wurden, je älter Madame Salmon wurde. Aber der da war der Rekord; der hatte noch nicht einmal einen Bart — und eine Haut wie Seide. Es waren nur seine Augen, die das registrierten. Sein Gehirn, überzogen von einer starren Kruste der Resignation, zog keine Schlußfolgerung. Vor hundert Jahren war zum

letztenmal ein Gefangener entflohen; vor siebzig Jahren hatte zum letztenmal der Henker sein Amt verrichtet. Es war nicht zu ändern — die Zeiten, in denen sich hier Dramen abgespielt hatten, waren endgültig vorbei.
Er hielt Madame Salmon die Schlüssel hin. »Gespickte Hammelleber.« Seit sie ihm seinen Lieblingsraben ausgestopft hatte, sah er in ihr eine Seelenfreundin. »Manchmal brauchen sie einfach etwas Herzhaftes. Sonst werden sie mir noch zahm wie Tauben.«
Er schüttelte den Inhalt der Schüssel auf das von Gras umwachsene Quadrat aus Steinplatten. Die Raben, die ihm mit rauhem ungeduldigem Krächzen gefolgt waren, hüpften hinauf, zerrissen mit ihren riesigen Schnäbeln die rote Masse. Das Blut spritzte auf ihr schwarzes Gefieder, überzog ihre Krallen und färbte allmählich den ganzen Stein.
Caroline mußte wegsehen. Das Bild hatte plötzlich in ihr die Vorstellung eines Richtblocks hervorgerufen, auf dem sich Raben die Reste eines Kadavers teilten . . .
Der Rabenpfleger band sich die Schürze ab. Immer wieder ging sein Blick zu den fressenden Raben. »Nach sowas sind sie wie berauscht.«
Caroline brannte vor Ungeduld der Boden unter den Füßen. Es waren keine fünf Minuten, die sie jetzt im Tower war, aber ihr erschien es eine Ewigkeit.
»In die Armoury?« hörte sie endlich den Rabenpfleger fragen. »Ja. Ich bringe Elisabeth ihren Brustpanzer. Sie hat lange genug warten müssen.« Madame Salmon hob den Panzer aus dem Wagen, lüpfte einen Moment das Tuch.
»Elisabeth — ja, die war richtig«, sagte der Mann. »Da war hier was los. Die hätte Napoleon nicht auf eine ferne Insel

verbannt. Der wäre zu uns gekommen. Stattdessen zwei aufsässige Journalisten.«

»Und den Herzog!« warf Madame ein. »Wollen Sie mir den unterschlagen? Deshalb habe ich meinen Assistenten mitgebracht. Er soll den prominenten Gast zeichnen.«

»Einen Herzog?« Der Rabenpfleger sah Madame Salmon mit einem Blick an, der verriet, daß er sehr empfindlich reagieren konnte, wenn es jemand wagen sollte, sich über die allzu friedlichen Zustände des Towers lustig zu machen, so als würde seine persönliche Ehre damit angegriffen.

»Ja, der Herzog von Belômer«, sagte Madame Salmon.

»Tut mir leid, Madame Salmon. Sie befinden sich im Irrtum, denn Sie werden nicht annehmen, daß *ich* mich irre. Ein Herzog ist nicht bei uns . . .«

Das Karussell des Hoffens und Getäuschtwerdens, das drei Tage lang sein unbarmherziges Spiel mit ihr getrieben hatte und dem sich Caroline schon entronnen glaubte, begann sich also wieder zu drehen.

Die Stimmen des Mannes und Madame Salmons klangen unnatürlich laut in ihren Ohren, und doch drang nicht zu ihr, was gesprochen wurde. Scheinbar unbeteiligt, starrte sie auf das Fachwerkhaus am Ende des Rasenplatzes. Mit seinen Blumenkästen, seinen gerüschten Vorhängen bot es ein Bild vollkommenen Friedens; aber auf Caroline wirkte es in diesem Augenblick wie Hohn. Ihr schauderte vor der Kühnheit ihrer Hoffnung, die sie hergeführt hatte. Ihr Mut war nichts anderes gewesen als Leichtsinn; der ganze Plan mit Madame Salmon eine Tollheit.

Sie wollte Madame Salmon ein Zeichen geben, nicht weiter

in den Mann zu dringen, die Qual nicht weiter zu verlängern, aber Madame Salmon beachtete sie nicht. Mit amüsiertem Ton hörte Caroline sie sagen: »Es gibt noch eine Möglichkeit, mein lieber Fosdyke. Vielleicht ist der Mann, den wir suchen, doch hier, nur unter einem falschen Namen. Sie müssen mich verstehen. Er wäre ein Leckerbissen für mein Kabinett.«

Erschrocken und zugleich fasziniert, beobachtete Caroline diese Frau. Ihr lachender Blick verbarg keine Unsicherheit, sondern eher einen Willen, dem jede List recht war, um sich durchzusetzen. Bis zu diesem Augenblick hatte Caroline geglaubt, daß Madame Salmon aus einer Laune heraus gehandelt hatte, aber jetzt erkannte sie, daß diese Frau zu den Menschen gehörte, die, so impulsiv sie auch scheinen mögen, von einem fast männlich abwägenden Verstand sind – die immer improvisieren und doch mit aller Entschiedenheit ein bestimmtes Ziel verfolgen. »Es wäre doch möglich. Es geschieht immer wieder ...« Madame Salmon sprach ihren Satz nicht zu Ende. Sie schien auch die ungeschriebenen Gesetze des Tower zu kennen.

»Seit ein paar Tagen haben wir einen Neuen im Bloddy Tower«, sagte der Rabenpfleger zögernd. »Er ließ sich eigene Möbel herbringen. Das Essen müssen wir ihm aus der Taverne zur ›Goldenen Kette‹ holen. Und heute hat er sich sogar einen Fechtmeister kommen lassen.«

»Was Sie da erzählen, klingt sehr nach einem Herzog, mein lieber Fosdyke!«

»Er ist aber trotzdem nur ein gewöhnlicher Herr. Mortemère heißt er.«

Mortemère! Caroline hatte das Gefühl, als führe ein Blitzstrahl durch sie. Er war also doch hier! Als könnte sie daran Halt finden, starrte sie auf das dunkle Gebälk des Fachwerks. Sie, die sonst so schnell reagierte, war wie gelähmt.

»Mortemère ... Irgendwie kommt mir das bekannt vor. Ihnen nicht auch, Mister van Ryn?«

Caroline fühlte den Blick der Frau auf sich, und es war, als kehrte ihre Entschlossenheit zurück. »Ich versuche mich zu besinnen.« Sie gab ihrer Stimme einen dunklen verschleierten Klang. »Wenn ich mich nicht irre, trägt das Stammschloß des Herzogs denselben Namen.« Sie hatte zögernd gesprochen, nachdenklich, als spräche sie nicht eine Tatsache aus, sondern nur eine Vermutung.

Wie eine routinierte Schauspielerin nahm Madame Salmon das Stichwort auf. »Wie konnte ich es nur vergessen! Fosdyke, das ist unser Mann!«

Carolines Blick ging zu dem Rabenpfleger. Alles hing jetzt an ihm. Wenn er Verdacht geschöpft hatte? Aber seine Züge behielten ihre griesgrämige Starre; nur die wie eingemauerten Augen huschten gleich zwei selbständigen Lebewesen hin und her. »Mich soll es freuen, wenn es der ist, den Sie suchen, Madame Salmon. Ich bringe Sie hinauf.«

»Führen Sie einstweilen Mister van Ryn zu ihm«, sagte Madame Salmon. »Ich will vorher noch in die Armoury. Königin Elisabeth wegen eines Herzogs warten zu lassen, das widerstrebt mir doch sehr.«

Zu dritt eilten sie über den weiten sonnigen Platz. Die Mauern des White Tower tauchten auf. Madame Salmon wandte sich an Caroline. »Lassen Sie sich Zeit. Studieren

Sie ihn genau. Ich brauche ein ganzes Dutzend Skizzen ... Und wenn wir uns doch geirrt haben sollten, nicht wahr, Fosdyke, dann sind Sie so nett und führen Mister van Ryn in die Armoury.« Mit raschelnden Röcken und einem Lachen in den Augen verschwand sie im Schatten des White Tower.

Die Wendeltreppe, die Fosdyke Caroline aufwärts führte, schien kein Ende zu nehmen. Gleich einem in die Dunkelheit gegrabenen Höhlengang schraubte sie sich aufwärts.

Aus tiefen Mauerluken fiel in grauen unbeweglichen Streifen Licht; es schien nicht der Widerschein des Tages zu sein, sondern aus den Quadern der Mauer zu sickern.

Manchmal streifte Carolines Hand an das kalte, feuchte Mauerwerk. Sie war diesen Weg schon einmal gegangen; aber während sie damals versucht hatte, sich alles unauslöschlich einzuprägen, nahm sie diesmal kaum etwas wahr. Als versagten Sinne und Nerven ihr den Dienst, war sie auf diesen letzten Metern vor dem Ziel ohne jede Empfindung.

Sie hatten einen mannshohen gewölbten Gang erreicht und bogen nach rechts. Vom Ende her kam helles Klirren. »Fechtstunden im Tower«, murmelte der Mann kopfschüttelnd, als er die schwere, nur angelehnte Eisentür aufzog.

Sie traten in einen mit Teppichen behangenen und ausgelegten Vorraum, der nur durch den Spalt der roten Brokatportiere, die in dem Mauerbogen zum Hauptraum angebracht war, etwas Licht erhielt. »Soll ich Sie melden?«

Caroline hielt den Mann mit einer Handbewegung zurück.

»Nein. Ich möchte mich erst vergewissern, ob es wirklich der Herzog ist.«

Caroline trat an die Portiere. In der Mitte des großen Raums, den sie jetzt wieder erkannte, standen sich die beiden fechtenden Männer gegenüber. Sie trugen beide schwarze Lederkoller und enganliegende Hosen aus schwarzem Seidentrikot; ihre Gesichter waren hinter vergitterten Visieren verborgen.

Der Herzog kämpfte mit dem Gesicht zu ihr. Sein Körper blieb ruhig wie der einer Statue, während sein Arm den Degen führte. Der andere, ein eisgrauer Mann, wich zurück. Mit einem triumphierenden Laut setzte der Herzog ihm nach. Einen Augenblick verharrten beide reglos. Dann rissen sie die Visiere vom Kopf.

Sein Anblick löste in Caroline ein Gefühl aus, das ihr den Atem nahm. Es war ihr, als hätte sie vergessen gehabt, wie schön er war, wie vollkommen die Harmonie dieser Züge und dieses Körpers war. Es fiel ihr schwer, sich von diesem Bild abzuwenden. Sie trat von der Portiere zurück. Der Rabenpfleger stand wartend hinter ihr. Sie nickte ihm zu. »Es ist der Herzog. Sie brauchen mich nicht zu melden.«

Zum erstenmal huschte etwas wie ein Lächeln über das Gesicht des Mannes. »Das freut mich für Madame Salmon. Ich werde ihr gleich Bescheid sagen.«

Caroline lauschte den sich entfernenden Schritten, dem leisen Rasseln des Schlüsselbundes. Mit laut pochendem Herzen stand sie da. Sie hörte das Lachen des Herzogs. Sie war am Ziel — und sie hatte plötzlich Angst vor dem Augenblick, in dem sie ihm gegenübertreten würde.

Etwas, das sie nie zuvor empfunden, stand in ihr auf. Ihr

bangte vor dem Augenblick des Wiedersehens. Sie hatte nur für diesen Augenblick gelebt. Sie hatte die schlimmsten Ängste ausgestanden, ihr Leben riskiert. Sie hatte in der Vorstellung gelebt, am Ziel einen Gefangenen zu finden, aber sie fand einen Mann, der lachte, der sich die Zeit mit Fechtstunden vertrieb. Sie hatte sich ausgemalt, wie tief ihn diese Verhaftung unter den Augen derer, die sich seine Freunde nannten, getroffen haben mußte, wie sehr die Anklage, die man gegen ihn erhob, seinen Stolz, sein empfindliches Ehrgefühl verletzt haben mußte.

Sie lauschte seinem Lachen, und sie hatte Angst davor. Angst, daß er auch in diesem Augenblick der Beherrschte sein würde, während sie nichts weiter haben würde als ihre Tränen. Sie wäre am liebsten davongelaufen, aus Angst, daß ihr die Kraft fehlen würde, diesen Augenblick zu überstehen.

Ohne zu wissen, was sie eigentlich suchte, blickte sie sich in dem Vorraum um. Auf schmiedeeisernen, in das Mauerwerk getriebenen Haken hingen Mäntel und Hüte. Ein Spiegel warf ihr das Bild eines jungen Mannes zu. Fast hätte sie aufgeschrien. Sie schloß die Augen, versuchte sich zu sammeln, den Aufruhr, der sie sogar ihre eigene Maske hatte vergessen lassen, zu überwinden.

Als sie die Augen wieder öffnete, fiel ihr Blick auf den Degen. Er lag vor ihr auf dem Tisch, daneben ein Fechtvisier. In einem plötzlichen Entschluß setzte sie das Visier auf, als könnte sie so ihre Gefühle verbergen. Sie griff nach dem Degen. Schritte kamen näher. Eine Stimme sagte: »Ich weiß nicht, warum Sie noch Stunden nehmen . . . Wenn ich mit Ihnen arbeite, so immer mit dem Gefühl, ich sei Ihr

Schüler und Sie mein Lehrer. Bis morgen?« »Bis morgen«, antwortete seine Stimme.
Die Portiere rauschte auf, schloß sich wieder. Der Fechtmeister verharrte mitten im Schritt, starrte Caroline erschrocken an. Aber ehe er etwas sagen konnte, eilte sie, den Degen in der Hand, an ihm vorbei, durchschritt die Portiere.

KAPITEL 27

Den Degen gesenkt, schritt Caroline auf den Herzog zu. »Nehmen Sie noch einen Schüler, Herzog?« Sie rief es laut, mit einer fremden wilden Stimme, die sie nicht einmal zu verstellen brauchte; sie war nur ein Echo ihres inneren Aufruhrs.
Der Herzog wandte den Kopf. Nicht der Hauch eines Erstaunens huschte über seine Züge. Nur jenes unmerkliche Lächeln glaubte Caroline zu erkennen, mit dem er im Theater auf eine überraschende Wendung zu reagieren pflegte. Und sie wußte: es wäre nicht anders gewesen, wenn sie ohne Visier, ohne Verkleidung vor ihn getreten wäre.
Sie dachte nicht daran, daß dieser Wall aus Ruhe und Ironie nur seine Art der Maskierung war, hinter der er eifersüchtig sein wahres Wesen verbarg. Sie dachte auch nicht daran, daß es immer eines der köstlichsten Geheimnisse ihrer Liebe gewesen war, daß nur sie allein auch das wahre Gesicht dieses Mannes kannte. Alles in ihr bäumte sich dagegen auf, daß er in diesem Augenblick, von dem sie alles erwartet

hatte, ihr nicht mit dem Antlitz der Wahrheit und der Leidenschaft gegenübertrat. Sein Doppelwesen erschien ihr wie ein Fluch, und alles Schreckliche, das hinter ihr lag, daraus entsprungen . . . War das ihr Schicksal? In dieser Liebe, der einzigen Liebe ihres Lebens, alle die Qualen einer Leidenschaft, deren Ziel sich im Augenblick des Ergreifens immer wieder verflüchtigte, erleiden zu müssen?

Den Degen in der Rechten, stand er vor ihr. »Wollen Sie mir nicht sagen, wer Sie sind? Oder soll ich es an der Klinge, die Sie schlagen, erraten.«

Caroline konnte nicht antworten. Ihre Lippen zitterten. Am liebsten hätte sie das Visier heruntergerissen und sich in seine Arme geworfen. Aber sie hob den Degen. Von all den verwirrenden Gefühlen, die sie in dieser Stunde durchlitt, beherrschte sie der eine Gedanke, das Idol, das sie liebte, seiner Ferne und Unnahbarkeit zu berauben, ihn auf die Erde zurückzuholen, einen Menschen aus Fleisch und Blut.

Der Herzog setzte das Visier auf. Stumm kreuzten sie die Klingen. Sich kaum von der Stelle bewegend, kämpften sie miteinander. Leise klirrte der Stahl. Noch war es ein Spiel. Noch wußte Caroline, daß es nur ein Spiel war, aber schon löste sie sich allmählich von sich selber. Ihre Schläge wurden schneller und härter. Der Herzog wich einen Schritt zurück. Caroline sah es mit einem Triumph, als wäre er nicht der Mann, den sie liebte, sondern ein Feind, den es zu besiegen galt.

Sie war wie im Rausch. Sie war nicht mehr sie selber. Eine Fremde war aus ihr getreten, geformt aus den Schrecknissen, die sie um seinetwillen erduldet hatte, aus den Stunden der Angst und den Stunden ungestillter Sehnsucht. Sich selbst wie einer Fremden zusehend und doch unfähig, diese Kraft, die da plötzlich aus ihr brach, zu zügeln, erlebte Caroline einen jener rätselvollen Augenblicke, in denen die Liebe in ihr Gegenteil umschlägt, wo sie nicht mehr zärtlich ist, sondern grausam.

Erst als der andere Degen ihren Schlag nicht mehr parierte, erwachte sie. Der Herzog nahm das Visier vom Kopf. »Ich erkläre mich für besiegt — zweifach besiegt —, denn ich habe nicht erraten, wer Sie sind.« Winzige Schweißperlen standen auf seiner Oberlippe. Seine grauen Augen brannten.

Caroline stand regungslos und blickte ihn an: Das war er, wie sie ihn gesucht hatte. So trug sie ihn im Herzen. Sie warf den Degen weg. Klirrend fiel er zu Boden. Mit beiden Händen riß sie sich das Visier herunter, die Perücke. Das schwarze Haar fiel auf ihre Schultern herab. »So wenig kennst du mich«, sagte sie mit einer Stimme, die fast zerbrach unter den Schlägen ihres Herzens.

Er rührte sich nicht vom Fleck, keines Wortes, keiner Geste fähig. In der Flut des schwarzen verwirrten Haares stand sie da, die Wangen noch erhitzt vom Kampf, die Lippen leicht geöffnet, die großen grauen Augen fast schwarz. Die Liebe stand in ihm auf, maßlos und ins Unendliche zielend wie eine mystische Ekstase. Er hatte sie erwählt, weil sie als einzige die Kraft besaß, ihn zu besiegen. Und doch war ihm, als erlebte er es in diesem Augenblick zum erstenmal.

Er trat zu ihr. Ein jähes Verlangen wollte ihn zwingen, sie in die Arme zu nehmen, aber er widerstand und sagte: »Ich will Revanche — diesmal ohne Visier.«

Sie hielt seinen Blick fest, berauscht von der Leidenschaft, die sie zu umflammen schien wie ein Feuer, das plötzlich aus der Erde brach. »Nimm Revanche«, sagte sie leise, »laß es mich spüren.« Sie schlang ihre Arme um seinen Hals. Der Kampf hatte sie befreit von allem Bitteren und Dunklen, das sich auf ihre Seele gelegt hatte während der letzten Tage — hatte die künstlichen Dämme gebrochen, die sie ihrer Liebe, ihrer Leidenschaft gesetzt hatte. Es gab keinen Boden mehr unter ihr. Sie waren die einzigen Menschen in diesen Mauern, die einzigen Menschen in dieser schrecklichen, herrlichen Welt.

War es ein Sturm, der sie aufhob und wegtrug? Waren es seine Arme? Sanft bettete er sie auf das breite Lager. Er flüsterte Worte. »Meine Frau . . .« verstand sie; aber für sie waren es nicht Worte, sondern zu Lauten gewordene Liebe. Ihr schienen Flügel zu wachsen, Flügel, die sie aufsteigen ließen in unendliche Höhen.

Ihr schwarzes Haar flutete über den roten Damast. Er starrte in ihr aufgewühltes Gesicht, während er aus den fremden männlichen Kleidern ihren Leib wie eine köstliche Frucht schälte.

Entflammt von einem Verlangen, das sie zu einem Wesen zu machen schien, noch bevor ihre Körper voneinander Besitz ergriffen, hielten sie sich umfangen.

Zwei reißenden Strömen gleich, die ineinanderstürzen, vereinigten sie sich. Auch in der entfesselten Raserei der Lust konnte er den Blick nicht von dem Gesicht der Frau wenden, deren Kopf sich auf dem dunklen Vlies ihres Haars hin und her bewegte, die seinen Namen stammelte, die kleine hilflose Gebärden machte, als bäte sie um Gnade, und deren Leib ihn doch mit jeder Bewegung anzuspornen schien, sie noch heftiger, noch grausamer zu unterjochen.

KAPITEL 28

Eng umschlungen kamen sie wieder zu sich, am Rande ihrer Leidenschaft wie am Rande eines Vulkans, dessen flammender Atem sie im nächsten Augenblick wieder entzünden konnte. Das Lächeln der Lust lag noch um seine Lippen. Caroline strich mit dem Finger darüber.

Sie schwiegen beide. Sie wollten noch nicht zurückkehren zu den Worten. Ihre Hände suchten einander, getrieben von der verzehrenden Sehnsucht, den Geliebten nicht nur zu berühren, sondern mit ihm erneut zu verschmelzen.

So heftig und jäh sie sich das erstemal vereinigt hatten, so behutsam gaben sie sich diesmal einander hin. Die entfesselten Kräfte ihrer Leidenschaft vorsichtig zügelnd, trieben sie an der Grenze der Wollust dahin, gleich unersättlichen Traumwandlern an der letzten Schwelle verharrend, die heimlichen Antworten ihrer in Wonnen schwelgenden Körper tauschend — bis sie, heimlich fast, in jene überirdischen Bezirke entrückter, endlos dauernder Lust hinüberglitten . . .

Er hatte die rote Damastdecke über ihren glühenden Leib gezogen. Er lauschte auf ihren Atem, auf die leisen Regungen ihres Lebens. Er hatte nie geglaubt, eine Frau wie sie

zu finden; und als er ihr begegnet war, hatte er gefürchtet, sie wäre nur eine Fata Morgana, die sich beim ersten Wind=hauch verflüchtigen würde.
Hatte er nicht darum seine Liebe vor ihr solange unter der Maske des oberflächlichen Dandys verborgen? Er hätte sie fast verloren dadurch, aber hatte er anders handeln können? Er hatte den Bogen dieses Herzens bis zum äußersten span=nen müssen, um zu sehen, ob sie die Kraft besäße, ihn zu ertragen, ob ihre Liebe für den ganzen langen Weg reichen würde.
Ihren leichten Schlaf bewachend, der nichts anderes war als ein sanftes Ausschwingen der Lust, hatte er das Gefühl, daß ihm in dieser Stunde etwas zuteil geworden war, das er eigentlich nicht mehr verdient hatte.
Er war ein Träumer, ein Phantast! Er kannte diesen selt=samen Zwang in sich, aus seinem Leben ein Kunstwerk zu machen. Er war so stark, daß er ihn sogar in diese Liebe hatte eindringen lassen, und dabei hatte er fast vergessen, daß sie einfach eine Frau war, die ihn brauchte.
All die Augenblicke des vergangenen Jahres stiegen vor ihm auf. Jeder Tag und jede Nacht, in der er nicht schützend die Hand über sie gehalten hatte. Daß sie furchtlos war wie er, daß sie kämpfen konnte wie er, hatte ihn mit einem törichten Stolz erfüllt. Jetzt graute ihm bei dem Gedanken, was alles hätte geschehen können.
Verkleidet, den Degen in der Hand, das Visier vor dem Gesicht, war sie vor ihn getreten — als wäre alles nur ein Spiel. Aber er hatte das Dunkle nicht vergessen, das mit ihr gekommen war, den fremden wilden Klang ihrer Stimme.

Ohne daß sie ein Wort gesagt hatte, ahnte er die Qualen und Zweifel, die sie ausgestanden hatte. Um seinetwillen. Wie leicht hätte es sein können, daß dieser Weg sie nicht zu ihm, sondern von ihm weggeführt hätte. Und er wußte plötzlich, daß er es nicht ertragen könnte, sie zu verlieren. Schon die Vorstellung, daß sie bald wieder diesen Raum verlassen würde, daß nichts von ihr zurückbliebe als vielleicht ein schwarzes glänzendes Haar dort auf dem roten Damast, der nur noch erahnbare Abdruck ihres Körpers, ein Hauch ihres Duftes, war ihm unerträglich. Er verstand seine Ruhe nicht mehr; sein sicheres Vertrauen, daß sie an dieser Trennung nicht wie andere Frauen gelitten hatte, aufgelöst und hilflos, war ihm unbegreiflich.

Sie hatte gelitten. Er wußte es, und es peinigte ihn. Aber fast noch schlimmer war für ihn, daß dieses schlafende Antlitz nichts verriet: auf dem zerwühlten schwarzen Haar lag es vor ihm, in der unwirklichen, aus sich selber leuchtenden Schönheit eines Traumgesichts . . .

Was immer sie erlebt hatte, es hatte keine Spuren hinterlassen. Versunken in jenen Hauch eines Lächelns, der selbst im Ernst über ihren Zügen lag, betrachtete er sie. Sie gehörte ihm. Dieses Lächeln gehörte ihm. Seit jenem Märztag vor einem Jahr, als sie an ihm vorbei in den Hof des Zisterzienserinnen-Klosters von St-Dizzier gesprengt war, hatte er gewußt, daß sie die Frau war, auf die er immer gewartet hatte. Daß sie zueinander gehörten, war für ihn etwas so Unumstößliches gewesen, daß er es nicht einmal eilig gehabt hatte, sie an sich zu binden. Es war ein unaussprechlicher Genuß für ihn gewesen, zu sehen, wie ihre Wege sich einander immer mehr genähert hatten — aber jetzt graute

ihm, als würde er plötzlich gewahr, daß er die ganze Zeit am Rand eines Abgrundes dahingewandelt war.
Er wußte plötzlich, was er zu tun hatte; noch in dieser Stunde sollte es geschehen; hier, in diesen Mauern.

Leise erhob er sich, trat zum Sekretär. Auf ein Billet, das seinen Namen und sein Wappen trug, schrieb er den Namen des einzigen katholischen Priesters, den er in London kannte, des Monsignore Eustachio Perendez von der portugiesischen Kirche an der South Audley Street, und die Bitte, daß man ihn sofort zu ihm riefe.
Zusammen mit einem Goldstück steckte er das Billet in ein Kuvert, faltete es einmal und schob es in eine der Blechkapseln, die auf dem Sekretär lagen. Er schraubte den Deckel fest und ging damit zum Fenster.
In der tiefen Mauernische war eine eiserne Spule im Stein versenkt. Er löste die Leine, hakte die Kapsel daran fest und schob sie durch die Gitter des Fenstergevierts. Mit leisem Surren rollte die Spule ab.
Caroline, die sein Tun schon eine Weile aus halbgeschlossenen Lidern beobachtete, wartete, bis er die Leine wieder ganz aufgespult hatte. Als er sich umwandte, setzte sie sich auf, und ihr Lächeln sagte ihm, daß sie nicht erst jetzt erwacht war. »Deine Flaschenpost?«
Hörte er ihre wirkliche, unausgesprochene Frage heraus? »Leider reicht sie nicht bis Mortemère«, sagte er, »sondern nur bis zu meinen Wächtern.« Sein Blick fiel auf den Schemel, auf den sie vorhin ihre Männerperücke und das Visier geworfen hatte. Am Teppich daneben lagen Degen und Handschuhe. Auch er hatte eine Frage, und er mußte sie

jetzt stellen, sonst würde er vielleicht nie mehr den Mut finden. Er hob den Kopf. »Was hast du dir gedacht, in Mortemère, als ich nicht kam, an unserem Hochzeitstag?«
Sie wich seinem Blick nicht aus. Nicht einmal das Lächeln verschwand; und doch trat in ihre Augen etwas Dunkles, Wildes.
Sie konnte ihm nicht gleich antworten. Noch spürte sie den Schmerz wie eine nicht verheilte Wunde, wenn sie an diesen Tag dachte. Ohne sich dessen bewußt zu sein, begann sie ihre Kleidung in Ordnung zu bringen, als könnte ihr das über diesen Augenblick hinweghelfen, und wirklich verebbte der betäubende Schmerz. Aber auch ruhiger geworden, wußte sie, daß sie für das, was sie gedacht und gefühlt hatte, nie Worte finden würde.
»Monsieur Carème hat sich wie ein Wahnsinniger aufgeführt«, sagte sie schließlich, während sie die Manschetten des weißen Hemdes zuknöpfte. »Er meinte, darauf bestehen zu müssen, daß die Hochzeit trotzdem gefeiert würde — seiner Pasteten wegen. Ich glaube, er wird uns nie verzeihen.«
Sie sahen sich an, und etwas geschah, so als würde der Raum plötzlich heller. War es, daß sie *uns* gesagt hatte? War es ihre Stimme, in der nicht der leiseste Vorwurf mitschwang? Sie wußten nicht, was es war, aber die Beklemmung, die sie eben noch erfüllte, hatte ihren Stachel verloren.
»Und du?« fragte er, und seine Stimme war nur Wärme. »Was hast du gefühlt?«
»Ich . . . ich habe mein Hochzeitskleid zerrissen.« Es war ihr, als hörte sie wieder den Stoff zerschleißen, als sähe sie wieder die Perlen rund um sich am Boden aufspringen und

als käme wie damals dieses wundersame Gefühl der Befreiung über sie. Lächelnd fuhr sie fort: »Dann hatte ich Hunger. Ich badete. Ich ließ mir frischen Lachs bringen. Die Gäste fuhren ab, ohne Essen zwar, aber doch zutiefst befriedigt von dieser Hochzeit, die nicht gefeiert werden konnte, weil der Bräutigam fehlte. Dann ließ ich meine Kutsche anspannen.«

Er setzte sich neben sie, legte den Arm um ihre Schultern. Er mußte sie berühren, um zu wissen, daß sie wirklich war, daß er nicht nur alles träumte. Sie war ihm ein Geheimnis. Sie war es ihm nie mehr gewesen als in dieser Stunde. »Du bist noch am selben Tag abgereist?«

»Sollte ich nicht?«

»Und Leblanc ließ es zu?«

»Er versuchte mich zurückzuhalten.«

»Sagte er nicht, ›mit Geld läßt sich so etwas am besten in Ordnung bringen‹.«

»Das waren seine Worte. Aber er sagte mir nicht, warum man dich verhaftet hatte.«

Sein Gesicht verschloß sich. Der Ton seiner Stimme wurde heftig. »Das konnte er auch nicht wissen. Niemand konnte es wissen.«

»Doch, ich glaube, daß er es wußte, oder zumindest ahnte. Aber Leblanc ist ein Mann, der es versteht, seine Geheimnisse zu hüten.« Sie lehnte ihre Stirn flüchtig an seine Wange. Es war, als wollte sie mit dieser Geste dem, was sie ihm sagen mußte, die Schärfe nehmen, diesen Dingen, die sie so oft durchdacht hatte in den letzten Tagen und an denen ihr Begreifen doch immer wieder zerschellt war. »Sagte Leblanc dir jemals, welche Fracht deine Schiffe an

Bord haben? Ich hätte es nicht geglaubt, wenn Kapitän Herera mich nicht auf die *Myrmidon* geführt hätte ... Sklaven, ich habe sie gesehen, mit diesen Augen.«

Ein Schweigen entstand, eine von stummen Gedanken wie von geheimen Strömen erfüllte Stille.

So war es also wahr! Keine Unterstellung, keine falsche Anschuldigung, kein Vorwand, unter dem man ihn verhaftet hatte. Er konnte es nicht fassen. Als hielte ihn ein böser Traum befangen, wartete er darauf, zu erwachen. Aber nichts geschah, nichts erlöste ihn von dieser furchtbaren Wahrheit. »Ich wußte es nicht«, brach er schließlich das Schweigen. »Ich habe ihnen ins Gesicht gelacht, als sie kamen und mir sagten, sie hätten ein Schiff mit Sklaven an Bord aufgebracht, dessen Eigentümer ich sei. Die Anschuldigung erschien mir so absurd, daß ich gar nicht auf den Gedanken kam, ihr entgegenzutreten.« Er hatte gesprochen, ohne es zu wollen, und er wünschte jetzt, seine Worte zurücknehmen zu können. Klangen sie nicht wie eine Entschuldigung? Aber es gab keine Entschuldigung für ihn.

Sein Leben als Dandy und sein Leben als Held, seine Narrheiten und sein Kampf für das Recht — waren sie nicht mit einem Schlag nur noch ein grauenhaftes Possenspiel — mit dem Blutgeld der Sklaven bezahlt? Daß er nicht geahnt hatte, woher dieses Geld stammte, daß er nicht einen Augenblick nachgedacht hatte, aus welchen Quellen sein Reichtum floß, sprach ihn nicht von der Schuld frei. Alles, was er jemals an Gutem getan hatte, war plötzlich wertlos, trug das Zeichen geheimen Verbrechens.

Einen Augenblick war er versucht, sich in die Lüge zu flüch=

ten. Alles schien ihm besser, als zuzugeben, daß er bis zu dieser Stunde ahnungslos gewesen war. Sein Stolz, sein Selbstgefühl waren so groß, daß er sich lieber zu einem Verbrechen bekannt, als seine Ahnungslosigkeit eingestanden hätte. Die Wahrheit bedeutete für ihn die viel schlimmere Demütigung; und doch konnte nur sie ihn befreien.

So lange also hatte er mit seiner eigenen Zwiespältigkeit gespielt! Hatte sie so weit getrieben, daß er nicht mehr Herr war über die beiden Wesen, die er verkörperte!

Er wandte sich ihr zu. Er mußte ihre Augen sehen, wenn er jetzt sprach, diese Augen, aus denen er sein Urteil lesen würde. »Wirklich«, sagte er, »ich habe ihnen ins Gesicht gelacht. Sie stellten mir anheim, mich gegen eine Kaution auf freien Fuß zu setzen. Ich hätte rechtzeitig zur Hochzeit erscheinen können ... ich habe es abgelehnt.« Er sprach langsam, als wollte er Wort für Wort auf die Waage ihres Urteils legen. »Ich hielt das Ganze für eine Erfindung, für einen Trick von Lord Barth und seiner liebestollen Tochter. Es schmeichelte mir. Es war für mich eine köstliche Komödie, ein Spaß, so wie ich ihn mir hätte ausdenken können. Ich bildete mir ein, daß ich Lord Barth in seiner eigenen Falle fangen und ihn für alle Zeiten lächerlich machen würde. Ich kam mir großartig vor. Ich genoß es geradezu, daß sie mich hier einsperrten. Darum, nur darum habe ich dich warten lassen. Nur aus Eitelkeit.«

Caroline hatte den Blick gesenkt. Sie empfand nicht den Triumph, den diese Beichte vielleicht in einer anderen Frau ausgelöst hätte. Daß sich dieser stolze Mann, der ein Leben lang der Sieger gewesen war, sich ihr so schonungslos offenbarte, wühlte sie auf. Es war ein neues, ihr noch fremdes Gesicht seiner Liebe, vor dem sie fast zurückschreckte. Es war ein jedes Begreifen übersteigendes Ineinanderdringen — ein Wunder wie das Verschmelzen ihrer Leiber. Die Zeit schien stillzustehen. Für einen Augenblick nahm die Gegenwart das Gesicht der Ewigkeit an, einer Ewigkeit, die seine Züge trug — befreit von sich selbst, wie in Augenblicken erfüllter Lust. Sie wünschte, diesen Augenblick halten, in ihren Händen auffangen zu können, aber er verflüchtigte sich, wie er gekommen war.

Ein Geräusch im Vorraum riß sie aus ihren Gedanken. Er erhob sich, ergriff ihre Hand. »Ich habe eine Überraschung.« Er war sicher, daß es Monsignore Perendez war. Sein angeborener Hang für das Ausgefallene, für Dinge, die niemand sonst zu tun wagte, war so stark, daß er alles andere vergaß und sich nur noch vorzustellen versuchte, was für ein Gesicht der Priester machen würde, wenn er die Braut erblickte, die Männerkleider trug.

Caroline spürte die Veränderung, die mit ihm vorging. Ein paar Herzschläge lang war er ihr näher gewesen als jemals zuvor. Solange er gesprochen hatte, war er der gewesen, der er für sie zu sein wünschte: ein Mann, der sich von sich selbst befreit hatte, der nur noch sich gehörte und ihr. Den das Urteil der Welt nicht mehr berührte, sondern nur noch jenes, das er aus den Augen der Geliebten las. Aber jetzt begann er wieder jener andere zu sein; der Mann, der zum Sklaven der Rolle geworden war, in der er sich der Welt immer gezeigt hatte.

Und sie ahnte, daß die Befreiung davon nicht das Werk einer einzigen Stunde sein konnte.

Die Portiere öffnete sich. Eine Wache erschien, machte den Weg frei für zwei Männer. »Richter Howard«, verkündete er.
Mit der einen Hand auf einen Stock gestützt, am anderen Arm von einem jungen Mann geführt, so trat mit tastendem Schritt Basil Howard ein, der blinde Richter, der dem Herzog bei seiner Einlieferung in den Tower die Anklage verlesen hatte.
Caroline, die den Mann nicht kannte, sah, daß der Herzog erblaßte. Er ließ ihre Hand los, ging den beiden Männern entgegen. »Richter Howard.«
»Herzog.« Der Richter neigte das Haupt. Über sein Gesicht mit der wuchtigen Stirn, der großen Nase und dem schweren Kinn, das früher etwas Rauhes, Kämpferisches besaß, hatte das Alter eine Patina der Weisheit gelegt. Die Haut auf diesem Gesicht war wie dünnes vergilbtes Linnen, und die blinden Augen schienen von demselben Stoff überzogen. Das Haar von dem fast durchsichtigen Weiß, wie es nur ehemals hellblondes Haar annimmt, wellte sich um Schläfen und Stirn.
Der Schreiber hatte ihn zu dem großen Tisch geführt, der wegen des Fechtunterrichts etwas zur Seite gerückt stand. Der Schreiber setzte sich an die Schmalseite, legte das Schreibzeug vor sich hin, öffnete den steifen Deckel der blaßblauen Akte. Das kurze kupferrote Haar, glatt und starr wie Borsten, sträubte sich um seinen Kopf. Eine ungeduldige Handbewegung des Richters hieß ihn aus der Akte ein Blatt herausnehmen.
Basil Howard nahm das Schriftstück in beide Hände. Schweigend hielt er es, und Caroline war es, als läse er es

mit unsichtbaren inneren Augen durch. Dann reichte er es über den Tisch, genau in die Richtung, wo der Herzog stand. »Wenn Sie das bitte durchlesen und unterschreiben wollen. Es ist nur eine Formalität, Herzog. Sie sind frei.«

Caroline sah, wie der Herzog zusammenzuckte. Seine Hand, die das Blatt schon hatte ergreifen wollen, fiel herab. »Frei!?« Jetzt, nachdem er wußte, daß die Anklage, die man gegen ihn erhoben hatte, Punkt für Punkt der Wahrheit entsprach, empfand er dieses Wort wie Hohn. »Und die Anklage, die Sie mir erst vor vier Tagen vorlasen? Ich kenne die Strafe, die darauf steht. Fünfzehn Jahre Deportation.«

Der Richter hob den Kopf. »Ich bin gekommen, um Ihnen den Beschluß des Hohen Gerichts der Admiralität mitzuteilen, nicht aber, um mit Ihnen darüber zu diskutieren, Herzog. — Außerdem wäre das, was ich zu sagen hätte, nicht für andere Ohren als die unseren bestimmt.« Dabei wandte er den Kopf in die Richtung, wo Caroline stand.

Der Blick dieser toten Augen erinnerte Caroline an die Legende von Zauberspiegeln, die stumpf und blind die unheimliche Gabe besitzen, die Bilder der Wirklichkeit in sich aufzufangen . . .

»Meine Frau weiß, was geschehen ist«, hörte sie die Stimme des Herzogs. »Was für mich bestimmt ist, ist auch für sie bestimmt.«

»Letzthin haben Sie nicht so gesprochen, Herzog. Ihre einzige Antwort auf die Anklage war ein Lachen — und auf meine Fragen Schweigen.«

»Da wußte ich nicht, was ich jetzt weiß.«

Der Richter schüttelte den Kopf. »Das Urteil ist gesprochen.

Es ist ein Urteil, das ich nicht billige. Ich bin schon lange Richter, aber ich habe mich immer noch nicht daran gewöhnt, daß mit Hilfe von Recht und Gesetz Urteile gefällt werden, die der Gerechtigkeit zuwiderlaufen. Ihre Anwälte waren brillant, Herzog. Sie haben sich so ausgezeichnet auf das Recht verstanden, daß die Gerechtigkeit verlieren mußte. Ich wiederhole, Sie sind frei.« Ein Zug von Müdigkeit und Bitternis lag um den Mund des Richters, während er das Urteil, das auf dem Tisch lag, zum Herzog hinüberschob. »Und jetzt, bitte, unterschreiben Sie.«

»Ich werde nicht unterschreiben, Richter Howard, denn ich begreife dieses Urteil nicht. Ich begreife keines Ihrer Worte. Es geht hier um ein Sklavenschiff. Das Schiff gehörte mir. Das ist nach englischem Gesetz ein Verbrechen. Ich kenne dieses Gesetz.«

»Sehr richtig«, antwortete der Richter mit seiner tragenden Stimme, die sich bei einzelnen Worten mit der Kraft eines Sturmes erheben konnte. »Aber dem Kapitän der *Thistle*, der ihr Schiff aufbrachte, einem sehr jungen Kapitän übrigens, ist in seinem löblichen Eifer ein bedauerliches Versehen unterlaufen. Er glaubte sich im Recht, als er die *Felicidade* aufbrachte und sie zwang, in Sierra Leone anzulaufen. Das Schiff hatte Sklaven an Bord. So weit, so gut. Aber bedauerlicherweise war der Eifer des Kapitän Fawkes größer als seine Kenntnis der Gesetze. Er hätte nur das Recht gehabt, das Schiff aufzubringen, wenn der Eigentümer Engländer wäre.«

»Aber ich bin Engländer. Ich lebe seit meinem vierzehnten Lebensjahr in diesem Land. Ich bin sein Bürger, seitdem die Revolution mir das Recht genommen hat, mich Franzose zu nennen.«

Der Richter streckte die linke Hand in Richtung zu seinem Schreiber aus, der ein gefaltetes Blatt aus der Akte nahm und es dem Richter gab. Wie vorhin das Urteil, hielt Basil Howard es einen Augenblick in den Händen, bevor er es dem Herzog über den Tisch reichte. Es war die einzige theatralische Angewohnheit, die er bei Gericht angenommen hatte, aber sie war bei diesem Mann, der sein Leben der Religion der Gerechtigkeit geweiht hatte, zu einer Geste von fast sakralem Ernst geworden.
»Seit genau einem Monat sind Sie wieder Franzose, Herzog«, sagte der Richter. »Ihre Repatriierungsurkunde muß so ungefähr das erste gewesen sein, was der König von Frankreich nach seiner zweiten Rückkehr unterzeichnet hat. Ihr Verwalter, Monsieur Leblanc, der auch Ihre Anwälte bestellt hat, scheint ein sehr weitschauender und vorsichtiger Mann zu sein. Er hat an alles gedacht. Sie hatten wirklich allen Grund, über die Anklage zu lachen!« Gegen seinen Vorsatz, diese Angelegenheit wie eine Formalität zu erledigen, ging mit Howard seine alte Leidenschaft durch, mit der er seit mehr als dreißig Jahren Richter war. »Ich sage es zum letztenmal, Herzog, Sie sind frei. Und nicht nur das. Ich habe die Pflicht, gegen Kapitän Fawkes ein Verfahren einzuleiten. Wie gesagt, seine Aufbringung der *Felicidade* war wider das Gesetz, und er wird wegen dieser illegalen Beschlagnahme nach dem Gesetz bestraft werden.« Seine Stimme hob sich. »Wenn Sie Wert darauf legen, können Sie der Anklage der Admiralität gegen Kapitän Fawkes noch Ihre persönliche Klage hinzufügen, und er wird Ihnen die freigelassenen Sklaven Stück für Stück bezahlen müssen.«

Caroline war es, als ginge ein Beben durch den Herzog. Ein furchtbarer Kampf schien in ihm zu toben. »Ich kenne die englischen Gesetze«, sagte er mit unheimlicher Ruhe. »Ganz besonders die Gesetze gegen den Handel mit Sklaven. Sie werden nicht vergessen haben, Richter Howard, welchen Kampf es gekostet hat, sie durchzusetzen, und in welcher Form ich daran beteiligt war.«

Caroline hielt den Atem an. Sie hatte geglaubt zu wissen, aber nach diesen letzten Worten war ihr, als schlüge das Begreifen wie ein blendendes Licht über ihr zusammen. Was für eine absurde Verstrickung! Der Mann, der gegen ein Verbrechen kämpfte, machte sich eben dieses Verbrechens schuldig.

»Wenn die Admiralität Kapitän Fawkes anklagt, verlieren diese Gesetze ihren Sinn«, hörte sie den Herzog sagen. »Das darf nicht sein! Sie wissen das, Richter Howard. Das darf nicht geschehen . . .« Seine Stimme war nicht lauter als bisher, und doch war etwas darin, daß es Caroline kalt überlief.

Mit dem Richter ging eine Wandlung vor sich. Er saß da, in sich hineinlauschend. Die Art, wie der Herzog auf die Anklage reagiert hatte, sein Lachen, sein Schweigen, hatten Howard so gegen ihn eingenommen, daß er auch heute seinen Widerspruch gegen das Urteil als Laune empfunden hatte, eine Komödie, für deren Witz er keinen Sinn hatte. Jetzt erst erkannte er, daß er sich geirrt hatte, daß es dem Herzog ernst war. »Das Recht ist eine seltsame Sache, Herzog«, sagte er in die Stille hinein.

»Aber das ist krasses Unrecht!« erwiderte der Herzog heftig. »Die Anklage gegen Kapitän Fawkes muß niedergeschlagen werden.«

Der Richter schüttelte den Kopf. »Das Recht hat seine eigenen Gesetze. Es steht über unserem Willen, über unseren Wünschen.«
Der Herzog hatte die Arme vor der Brust verschränkt. »Ich kann dieses Recht nicht anerkennen. Ich werde das Urteil, das Sie gebracht haben, nicht unterschreiben. Ich werde diesen Raum nicht verlassen.«
»Man wird Sie dazu zwingen. Das Urteil ist gesprochen. Es ist gültig, ob Sie es anerkennen oder nicht.« Er zögerte weiterzusprechen; es war einer jener Momente, wo er zwischen seinem Richtereid und seinem Herzen schwankte, und er hatte sein Leben lang Mut genug besessen, sich im richtigen Augenblick für sein Herz zu entscheiden. »Es gäbe Wege, Kapitän Fawkes der Bestrafung zu entziehen — allerdings nur solche, die gegen das Recht verstoßen. Sie werden nicht erwarten, daß ich Ihnen diese Wege beschreibe, aber Sie könnten sie gehen. Manchmal sind das die einzigen Wege zur Gerechtigkeit.«
Ein Schweigen entstand. Aber es war kein Schweigen, das die vier Menschen in diesem Raum trennte. Caroline hatte das Gefühl, als klängen darin die Gedanken wie ein einziger Ton zusammen.
»Wo befindet sich Kapitän Fawkes jetzt?« fragte der Herzog.
»Bis zu seiner vollständigen Genesung im hiesigen Marine-Hospital . . .«
Er unterbrach sich. Einen Ton rauher fuhr er fort. »Und jetzt, Herzog, bitte, unterschreiben Sie!«
Der Schreiber sprang auf, reichte dem Herzog die Feder. Er hielt das Papier mit den Fingerspitzen fest, während der

Herzog, den Federkiel wie einen kleinen Degen führend, seinen Namen auf das Papier setzte. Der Schreiber streute Sand darüber und legte es, nachdem es getrocknet war, zusammen mit der Repatriierungsurkunde in die Akte. Er verschloß Feder und Tinte in dem Schreibkasten. Auf seinen Stock gestützt, hatte der Richter sich erhoben. Der Schreiber nahm seinen Arm. Mit einem stummen Neigen des Kopfes verließ Richter Howard den Raum.

Der Herzog stand immer noch vor dem Tisch, an dem er das Urteil unterzeichnet hatte. Der Instinkt sagte Caroline, daß sie warten mußte, bis er das Schweigen brechen würde, daß sie ihm Zeit lassen mußte.

Sie setzte sich an den Rand des Lagers. Der rote Damast schien noch die Glut ihrer Umarmungen bewahrt zu haben. Auch in ihr war ein Nachglühen, erfüllte sie mit einer tiefen Ruhe. Und sie wußte, es wäre nicht anders, wenn der Richter ein anderes Urteil gebracht hätte. Sie würde jede Gefangenschaft mit ihm teilen, jedes Schicksal. Sie war dazu geboren, ihn zu lieben.

»Bevor er kam, wünschte ich mir nichts anderes, als mit dir den Tower verlassen zu können«, vernahm sie seine Stimme.

Caroline kannte seine Gedanken, als wären es ihre eigenen. Dieses Urteil, das ihn freisprach von aller Schuld, war nur dazu gemacht, ihn seine Schuld noch tiefer fühlen und den Wunsch, diese Schuld zu sühnen, noch heftiger werden zu lassen ... Es kam wie eine Eingebung über sie. Kapitän Fawkes. Plötzlich sah Caroline den Weg, den der Richter nur angedeutet hatte, klar vor sich. Für einen Mann wie den

Herzog würde es nur einen Weg geben, seine Schuld abzutragen.
Sie erhob sich, trat zu ihm, von dem Gedanken wie erlöst. »Ich kenne Kapitän Fawkes«, sagte sie. »Ich war bei ihm im Marine-Hospital. Es wird ein leichtes sein, ihn dort herauszuholen. Gib ihm das Kommando über ein neues Schiff, über ein besser ausgerüstetes, ein schnelleres, als das seine war. Sie müssen die ältesten Schiffe haben, viel zu schwerfällig für die Jagd auf die schnellen Clipper der Sklavenhändler.« Ihre Blicke begegneten sich, und als Caroline weitersprach, war ihr, als liehe sie seinen Gedanken nur die Stimme. »Jetzt ist dieses Urteil noch absurd, aber deine Taten werden es rechtfertigen. Du brauchst die Freiheit, um handeln zu können! Und wir brauchen noch etwas, Schiffe, die schneller sind als die schnellsten Clipper der Sklavenhändler. Dampfschiffe . . .« Der Gedanke riß sie mit. »Wir werden sie haben. Der Marquis d'Arlincourt wird sie für uns bauen. Ich werde dir alles erzählen.«
Er legte die Hände auf ihre Schultern. Sie hatte seine geheimsten Gedanken ausgesprochen, und doch erschrak er davor. Vorhin, als er ihren Schlaf bewacht hatte, war ein anderes Ziel vor seinen Augen gestanden. Er hatte nur noch für sie leben wollen. Für dieses Glück, das er nie zu finden gehofft hatte. Für diese Liebe, die seine einzige und letzte war. Pré-des-Rôs! Dort hatte er sich mit ihr vergraben wollen, in dem rosenumrankten Schloß hatte er mit ihr ein Glück finden wollen, das den süßen schweren Duft der Blumen und den leisen Schritt der Jahreszeiten hatte und die aufschießende Kraft ihrer heranwachsenden Kinder.
Sollte er dieses Ziel, kaum ins Auge gefaßt, wieder auf=

geben? Er zögerte – und doch war die Entscheidung schon gefallen. Und obwohl eine Ahnung ihm sagte, daß Pré-des-Rôs dann niemals Wirklichkeit werden würde, konnte er nicht mehr zurück.

»Kapitän Fawkes soll ein Schiff bekommen, auf das er stolz sein wird«, sagte er. »Wir werden ein Geschwader aufstellen, vor dem sie zittern werden wie vor reißenden Löwen. Nur eine Bedingung stelle ich, du mußt immer an meiner Seite sein.«

Ihre Augen suchten sich. Vereint von einem jener Blicke, die zwischen Liebenden so schnell und so heftig wie Blitze überspringen, standen sie da. Sie umfingen einander. Sie dachten nicht daran, daß sie am Beginn von etwas standen, das dauernden Kampf, dauernde Gefahr bedeutete. Das einzig Schlimme, das sie sich in diesem Augenblick vorstellen konnten, war, wieder getrennt zu werden.

KAPITEL 29

Sie vernahmen die polternden Schritte, das dröhnende Lachen, die fremdländischen Flüche; doch erst als im Vorraum die Türe krachend aufflog, brachten sie es über sich, sich aus ihrer Umarmung zu lösen.

Von einer riesigen rotbehaarten Hand vorwärtsgeschoben, stolperte ein Priester in schwarzer Soutane fast über den noch von der Fechtstunde her aufgerollten Teppich. Monsignore Eustachio Perendez war ein mittelgroßer Mann, aber neben dem Riesen, der gleich hinter ihm mit eingezogenem

Kopf durch die Portiere kam, um sich jetzt zu seiner vollen Größe aufzurichten, wirkte er klein und verloren. Er selber schien sich auch so zu fühlen; er wich scheu zur Seite, als fürchtete er, zertreten zu werden, wenn er neben dem Riesen stehen blieb. Der Monsignore hatte geglaubt, als man ihn in den Tower rief, ein reuiger Sünder verlangte nach der Beichte; jetzt wußte er überhaupt nicht mehr, woran er war.

Der Riese verbeugte sich vor Caroline und vor dem Herzog. Die Augen in seinem von Sommersprossen übersäten Gesicht leuchteten. »Ich bin gesegelt wie der Teufel. Und wie es scheint, komme ich mit dem Hochzeitsgeschenk gerade noch zurecht. Daß mir ein Pfaffe den Rang absegelt, das hätte ich nicht überlebt.«

Caroline hatte Sekunden gebraucht, um in die Gegenwart zurückzufinden, um in dem blonden Riesen den Kapitän der Jacht wiederzuerkennen, Charles Tarr, der ihr in Mortemère die Nachricht von der Verhaftung des Herzogs überbracht hatte. Die dunkle drohende Gestalt, als die er in ihrem Gedächtnis haften geblieben war, hatte so gar nichts mit dem freudestrahlenden blonden Norweger zu tun, der jetzt vor ihr stand.

»Ich habe es geradewegs von Rotterdam hergebracht«, fuhr der Riese fort, »nachdem ich die Nachricht von Monsieur Leblanc bekam, daß Sie bald frei sein würden.«

Leblanc, dachte Caroline. Er hatte es gewußt. Er hatte recht behalten, daß seine Methoden am schnellsten zum Ziel führten. Dieser Mann wurde ihr immer unheimlicher.

»Und wie segelt sie sich?« fragte der Herzog.

»Sie macht ihrem Namen alle Ehre. Sie liebt den Sturm ge=

nauso wie die leisesten Lüftchen. Ich habe sie so geankert auf der Themse, daß man sie von diesem Turm aus sehen müßte.«

Caroline sah den Herzog an. Er nickte. »Ja, Monsignore Perendez wird uns trauen, auf der Stelle, hier in diesem Raum. Und ich hoffe, daß mein Hochzeitsgeschenk dir gefällt.«

Er ergriff ihre Hand, zog sie mit sich. Nebeneinander stiegen sie die zwei Stufen des Fensterantritts empor. Caroline stellte keine Fragen; wie ein Kind wollte sie die Überraschung, die ihr bevorstand, ganz auskosten.

Hinter den grauen Zinnen und Türmen des Towers schimmerte die Themse, und darauf, umweht von blauen Flaggen, lag ein Schiff. Sie fühlte den Blick des Herzogs, und plötzlich begriff sie. »Das ist dein Hochzeitsgeschenk?« Röte stieg ihr in die Wangen.

Er nickte. »Ich habe es *Alouette* getauft«, seine Stimme war leise, »weil du wie eine Lerche in meinem Leben aufgestiegen bist.«

»Alouette . . .«, flüsterte Caroline wie ein Zauberwort. Sie schaute hinüber zu dem Schiff. Ihr war, als käme es immer näher, als würde es immer deutlicher, als brauchte sie nur durch die Mauer zu gehen und schon stünde sie im silbernen Schatten der Segel, könnte die Treppen zu dem funkelnden Pavillon am Heck des Schiffes hinaufgehen.

Stumm standen sie nebeneinander, blickten hinüber zu dem Schiff. Ein Gefühl von unendlicher Weite und Freiheit ergriff sie. Dort, auf dem Schiff, das mit leuchtenden Schwingen in den gleißenden Fluten des Lichts schwebte, wartete die Zukunft auf sie. Vergessen war, daß diese Zukunft sie vor wenigen Augenblicken noch erschreckt hatte! Mit der Ungeduld gefangener Vögel, vor denen sich plötzlich die Weite des Himmel öffnet, flohen ihre Herzen der Zeit voraus ...

Sanft legte der Herzog den Arm um Caroline. »Wir wollen den Monsignore nicht länger warten lassen.« Auf seinen Wink kam der Priester heran, verneigte sich. Der Herzog hielt Carolines Hand. »Ich habe Sie rufen lassen, Monsignore Perendez, damit Sie uns trauen.«
Der Priester blickte vom Herzog zu Caroline. Seine schweren Augenlider befiel ein Blinzeln; die unzähligen Runzeln, die seinem olivfarbenen Gesicht etwas von einer zusammengeschrumpften Frucht gaben, zuckten. Eine Braut in Männerkleidung! Irgendein Urteil der Inquisition schoß ihm durch den Kopf. In einer Geste, als hätte er bereits mit dem Blick auf diese Frau gefrevelt, hob er die Hände. »Herzog, ich möchte Sie vor einer Sünde bewahren ...« Er stockte und stieß schließlich verzweifelt hervor: »Womit, Herzog, habe ich Ihren Spott verdient?«
Ein schallendes Lachen riß ihm das letzte Wort fast vom Mund. Madame Salmon, die, auf der Schwelle stehend, gerührt das Bild, das sich ihr bot, betrachtet hatte, kam ausgelassen lachend näher. »Wahrhaftig«, rief sie, »man könnte meinen, Monsignore möchte, daß Sie Ihre Bluse aufknöpfen, Komtesse. Bestehen Sie wirklich darauf, Monsignore, Sie, ein Diener der Kirche, sich mit eigenen Augen überzeugen zu wollen? Oder genügt Ihnen das Wort einer Madame Salmon?«
Caroline schien es einen Augenblick, als wollte der Priester

die Flucht ergreifen, aber Madame Salmon hatte ihn am Arm genommen. »Sie taten nie ein gottgefälligeres Werk, glauben Sie mir.«

Allmählich glätteten sich die Züge des Priesters. »Ich bitte um Vergebung«, murmelte er zum Herzog und zu Caroline gewandt. Der Herzog zog einen Beutel mit Geld und reichte ihn dem Priester.

Der Beutel verschwand in den Tiefen der Soutane. Monsignore Perendez schien es plötzlich eilig zu haben. Sein Blick schweifte durch den Raum, als suchte er einen geeigneten Platz für die Zeremonie, und blieb an dem schmalen Mauerstück zwischen den beiden Fenstern hängen. Das zu beiden Seiten einfallende Licht verlieh den Quadern der Mauer fast einen goldenen Glanz. Er stieg die zwei Stufen hinauf und bedeutete dem Herzog und Caroline, vor ihm hinzuknien. Strahlend, als wäre der Bund, der hier geschlossen wurde, allein ihr Werk, stand Madame Salmon neben Charles Tarr.

Caroline schloß die Augen. Sie atmete den Maiglöckchenduft, der aus Madame Salmons Kleidern strömte; sie spürte die feuchte Kühle des Steins, auf dem sie kniete, und die blendende Helle hinter ihren Lidern.

Es war nicht die Kathedrale St.-Vincent in St.-Malo, schimmernd im Glanz Tausender von Kerzen, durchbraust von Orgelklängen. Es war der Tower. Die Steine trugen Monogramme und Namen von Gefangenen, denen sich diese Zelle nur zum Sterben geöffnet hatte.

Es war kein Fest. Es war viel mehr. Außerhalb der Formen von Sitte und Gewohnheit erfüllte sich hier das Schicksal. Oder war es umgekehrt? Waren nicht sie es, die es be-

zwungen hatten und ihm das leidenschaftliche Gesicht ihrer Liebe aufdrückten?
Caroline spürte seine Hand, und sie wußte, daß da, wo sie einander halten konnten – und wäre es die Hölle –, immer das Paradies sein würde.

KAPITEL 30

Rauschend teilte die Barke das Wasser der Themse, glitt auf das Schiff zu. Gleich einem Palast stieg die *Alouette* in den Himmel.
Caroline stand neben dem Herzog. Ein leiser Wind spielte mit den Kamelien auf ihrem breitrandigen Hut aus zartrosa Gaze. Auf ihren Wangen lag die sanfte Glut der Erregung. Nichts erinnerte mehr an die Amazone, die am Mittag in den Tower gekommen war. Sie schien aus demselben kostbaren leuchtenden Stoff gemacht wie diese Stunde. Mit selbstvergessenem Staunen blickte sie hinauf zu dem bunten Gefunkel der Fenster, zu den Galerien und Balustraden, die mit Messingblech kaschiert wie Gold glänzten, zu den großen venezianischen Laternen längs der Reling. Das opalisierende Leuchten dieser Dämmerstunde ließ die Flammen wie dünne blaue Feuerblätter erscheinen.
Ein Schwindelgefühl, von dem sie nicht wußte, ob es vom Schauen oder von der allzu großen Freude kam, erfaßte Caroline. Haltsuchend griff sie nach seinem Arm. »Gil . . .« Sie hatte nichts als dieses Wort in diesem Augenblick, und es sagte alles, was sie empfand.

Er legte den Arm um ihre Schultern; es war das Wort, auf das er insgeheim seit Stunden wartete. Als gäbe sie damit etwas vom Zauber und Geheimnis ihrer Liebe preis, hatte sie ihn nicht einmal während dieses turbulenten Nach=mittags so genannt. Und doch hatte er jedesmal, wenn sie »Herzog« gesagt hatte, gespürt, daß eigentlich ein ganz anderer Laut über ihre Lippen wollte — und gerade dieses Verschweigen hatte ihn jedesmal mit der Süße einer heim=lichen Zärtlichkeit berührt.

Frauen, die frei und ohne Hemmungen über ihre Liebe reden konnten, hatten für ihn immer etwas sehr Ernüch=terndes, ja fast Erschreckendes gehabt; er wurde dabei den Verdacht nie los, daß ihr eigentlicher Genuß an der Liebe darin lag, darüber reden zu können. Allein die Art, wie manche Frauen den Namen ihres Geliebten aussprachen, verriet den Grad ihrer Intimität bis in die letzte Nuance. Er wußte, daß es Männer gab, die das als Auszeichnung be=trachteten, aber er empfand es eher wie die Brandmarkung eines Sklaven.

Er konnte den Blick nicht von ihr wenden. Er kannte jede Linie dieses Gesichts, und doch war ihm, als enthüllte es sich ihm immer wieder neu. Vielleicht war dies das Geheim=nis ihres Zaubers. Daß sie ebenso viele Gesichter hatte wie die Natur; daß alle Elemente in ihr schlummerten, die zar=testen und die wildesten! Mit einer Ungeduld, die aus seinen Lenden Wellen einer süßen brennenden Wärme durch sei=nen Körper pulste, dachte er an die Nacht . . .

Die Barke verlangsamte die Fahrt. Der mit Kupfer beschlagene Schiffsrumpf färbte das Wasser mit einem rötlichen Schein. Sie glitten in den Schatten des Schiffes, als Caroline plötzlich verwundert nach oben deutete. In halber Höhe des Schiffes schwebte in breiten ledernen Gurten, von zwei Trossen langsam aufwärts gezogen, ein Apfelschimmel.
Caroline sah den Herzog an. »Haben wir das auch eingekauft, Herzog?« fragte sie mit gespieltem Ernst.
»Ich kann mich nicht erinnern, Herzogin«, erwiderte er in demselben Ton. »Aber zuzutrauen wäre es uns . . .«
Lachend, übermütig und glücklich gingen sie an Bord, sogleich umringt von einem Schwarm Gratulanten.
Charles Tarr, der sie an der Reling erwartet hatte, bahnte sich nur mühsam einen Weg zu ihnen und machte ein Gesicht, als hätten Piraten das Schiff geentert. »Gott sei Dank, daß Sie da sind. Ich weiß mir langsam nicht mehr zu helfen! Das Schiff ist voller Leute, die ich nicht kenne. Seit einer Stunde strömen sie an Bord. Sie behaupten, zu der Hochzeit geladen zu sein. Sie kamen alle mit dem Spitzbauch dort.« Er deutete mit dem Daumen hinter sich. »Und jetzt läßt er auch noch diesen verdammten Gaul an Bord schaffen.«
»Zu einem Fest gehören nun einmal Gäste, mein lieber Charles«, versuchte der Herzog seinen Kapitän zu beruhigen, »und der Spitzbauch ist ein alter guter Freund, der Herzog von York.«
Charles Tarr war keineswegs beeindruckt oder erleichtert. »Dann waren wohl auch die Feuerwerker bestellt!« Es war keine Frage, sondern ein Vorwurf. Tarr war auf einem Fischkutter zur Welt gekommen; er hatte auf glitschig nassen und schwankenden Schiffsplanken laufen gelernt;

mit siebzehn Jahren hatte er sein erstes eigenes Schiff geführt — und seitdem hatte er es nicht mehr erlebt, daß es auf einem Schiff einen anderen Willen gab als seinen. »Die haben eine Ladung an Bord gebracht, mit der man eine ganze Flotte in Brand stecken kann.«

»Es ist gut«, sagte der Herzog. »Die Feuerwerker von Madame Salmon haben langjährige Erfahrung auf königlichen Schiffen. Keines davon ist bisher abgebrannt.«

»Englische Schiffe brennen grundsätzlich nur durch umgestoßene Kerzen ab«, mischte sich der Herzog von York ein, der zwischen Caroline und den Herzog trat. »Das ist sie also, Cyril!« Er machte eine leichte Verneigung zu Caroline hin. »Herzogin.«

Der graublonde Mann mit dem geröteten knolligen Gesicht und den breiten, in die halbe Wange hereinwachsenden Koteletten wirkte auf Caroline wie ein gealterter, aber immer noch zu Gefechten aller Art aufgelegter Satyr, mit Bocksfell unter den allzu knappen und allzu prächtigen Kleidern und Bockshufen in den glänzenden Stiefeln mit den hohen Absätzen.

Er trat näher an Caroline heran und fixierte sie aus seinen etwas hervorquellenden Augen. »Teufel«, sagte er, »geradezu unmoralisch schön. Fragen Sie Cyril — es ist das höchste Kompliment, das ich zu vergeben habe, Madame. Ich verstehe etwas davon, wenn ich auch dummerweise als Prinz geboren wurde — und häßlich; diese Kombination scheint Frauen zu Schändlichkeiten zu inspirieren.« Mit jedem Wort wurde die Alkoholaura, die ihn umgab, dichter.

»Und der Apfelschimmel?« fragte der Herzog. »Ist das dein Hochzeitsgeschenk?«

Der Spitzbauch warf dem Herzog einen Seitenblick zu und stieß ihn nach Landsknechtsart in die Seite. »Man könnte es so nennen.« Ein heiseres Lachen schüttelte ihn. Ein verschmitzter schadenfroher Ausdruck trat in seine Augen. »Du weißt, die Kleine, die hinter dir her war wie der Teufel, Phyllis Barth ... ich habe mit der kleinen Hexe gewettet. Ich habe ihr gesagt, Sie schaffen es nicht, ihn zu heiraten. Aber sie war so sicher, daß sie auf meine Wette einging — und du kennst meine Wetten! Eine königliche Wette.« Er deutete um sich. »Hier an Bord wird sie ausgetragen. Es wird der Clou des Abends.« Er nahm den Herzog am Arm. »Ich glaube, ich sage es dir lieber allein.« Wieder erbebte sein Körper vor Lachen. Er wandte sich an Caroline: »Pardon, Madame, aber ich muß mich erst daran gewöhnen, in diesem eingefleischten Junggesellen einen Ehemann zu sehen. Sie entschuldigen doch, wenn ich ihn entführe.« Er zog den Herzog mit sich.

Caroline sah den beiden nach. Sie war eher belustigt als verletzt von diesem Mann, in dem sich maßloser Snobismus und bäuerliche Derbheit mischten. Sie war in einer Stimmung, in der sie selbst am rohesten und häßlichsten Menschen etwas Liebenswertes entdeckt hätte.
Charles Tarr aber stand mit gerunzelten Brauen da. In der einsamen Weite des Meeres, in den durchwachten Nächten, hoch oben im Mastkorb, die Hände mit den zerrenden Seilen verwachsen, hatte sich dieser Riese eine märchenhaft verklärte Vorstellung von den Großen dieser Welt gebildet, und immer, wenn an diesem Bild gerüttelt wurde, hatte er das Gefühl, um einen Traum betrogen zu werden. Be=

herrscht von dem Wunsch, daß seine Herrin nicht noch einmal ähnlichen Dingen ausgesetzt sein würde, trat er zu ihr: »Darf ich Sie führen.« In seinem Ton waren der Stolz und das Selbstgefühl eines Menschen, der sich eben bewußt geworden ist, daß Adel nicht eine Sache der Geburt war.

Sie gingen über das Schiff, an dem alles glänzte und funkelte. Über den eingeholten Tauen, Takel und Schoten, über den Masten, die triumphierend in den Himmel stiegen, lag die Harmonie einer ruhenden, ihrer selbst gewissen Kraft. Mit der Zärtlichkeit erwachenden Besitzerstolzes schritt Caroline über die hellen Planken. Morgen früh würden die Segel an diesen Masten emporfliegen, würden sich im Wind blähen, sie die Themse abwärts tragen, hinaus aufs Meer, hinüber nach Frankreich . . . Das erinnerte sie an den Auftrag, den sie Tarr gegeben hatte. »Ist Leutnant Fawkes an Bord?« fragte sie.

Charles Tarr nickte. »Das war ein Kinderspiel. Aber er ist noch so schwach, daß er keine zwei Schritte gehen kann. Nur noch Haut und Knochen. Der Arzt ist bei ihm; er glaubt, daß er des Fiebers in ein paar Tagen Herr wird.«

»Und der Marquis d'Arlincourt?« fragte Caroline.

»Bewacht eifersüchtig das Verladen seiner Schätze«, antwortete Tarr, »ich fürchte, wir müssen Ballast abwerfen, wenn er sein ganzes Teufelszeug an Bord hat.«

»Und wie fühlt er sich — auf einem Segelschiff?«

Charles Tarr lächelte. Obwohl in seinen Augen ein Dampfschiff-Ingenieur dasselbe war wie ein Goldmacher, hatte er zu d'Arlincourt eine spontane Neigung gefaßt. »›Ohne Grund unter den Füßen‹, wie er mir sagte. Aber er findet das Schiff ›bezaubernd‹, nur sozusagen ›ohne Herz‹. Ich glaube, er hätte am liebsten gleich damit begonnen, seine Hexenküche hier einzubauen.« Seine Miene wurde nach=denklich. Vielleicht war doch etwas an den Gerüchten von den neuen schnellen Schiffen. In Amerika, auf dem Mississippi, sollte schon so ein Ding laufen. Mit riesigen Schaufelrädern an beiden Seiten und fauchendem Schorn=stein. »Ein Schiff ohne Segel — das kann ich mir einfach nicht vorstellen!« Er hatte die letzten Worte mehr zu sich selbst gesagt.

Schweigend gingen sie weiter. Männer der Besatzung, die vorbeikamen, blieben stehen, salutierten. Der Himmel hatte allmählich die zarte Tönung zimtfarbener Seide angenom=men; wie verstreute Straßsteine funkelten die ersten Sterne darauf. Das weite Halbrund des Hecks öffnete sich vor ihnen. Zwischen den hochgezogenen Außenwanten einge=bettet, wurde eine Fassade sichtbar, der leichte halbplastische Säulen und Schnitzwerk die fürstliche Eleganz eines Lust=schlößchens verliehen. Die Terrasse davor, die ein Reigen laternentragender, in Gold und Scharlach prangender Figu=ren bekränzte, täuschte durch das satte Olivgrün der Plan=ken fast eine Rasenfläche vor.

Die Vorhänge hinter den Fenstern waren zugezogen. Licht drang milde durch den lohfarbenen Taft; es weckte in Caro=line das unbestimmte Gefühl eines märchenhaften Luxus, der sich hinter dieser geschlossenen Fensterfront verbarg.

»Ihr Reich, Madame!« Charles Tarr hatte ihr die Tür auf=gehalten und sie allein gelassen.

Überwältigt von dem, was sich ihren Augen bot, schritt Caro=line durch den großen, die ganze Tiefe des Hecks ausnützen=

den Salon. Sie konnte keine Einzelheiten aufnehmen, sie spürte nur überall seine Hand, die ihre geheimsten Vorlieben erratend gewählt hatte: das Drachenblau des Salons, den weichen, gleich gewebten Sonnenlichts leuchtenden Goldton des Boudoirs, das wollüstig dämmernde Rot ihres Schlafgemachs, das sanfte durchsichtige Grün des ganz mit Jade ausgelegten Bades.

Taumelnd, als hätten die Farben die berauschende Kraft des Weines, stand sie schließlich im Boudoir und ließ sich auf den Sessel nieder, den eine Zofe ihr hinschob. Das Mädchen versank in einen tiefen Knicks: »Zu Ihren Diensten.«

Das schmale Gesicht mit den rehbraunen Augen und dem dünnen, zu Schnecken aufgesteckten Haar — jetzt erst erinnerte sich Caroline, daß es die Zofe war, die sie schon auf Mortemère bedient hatte, Delphine.

Das Mädchen hatte Carolines Füße auf einen Schemel gebettet und knüpfte ihr die Bänder der Schuhe auf. Sie löste mit leichter Hand die silbernen Nadeln, die den Hut hielten, rückte den Spiegeltisch vor Caroline hin. Sie legte Caroline den Frisiermantel aus krokusfarbener Seide um die Schultern, zog die Kämme und Spangen aus dem Haar. Immer nur eine Strähne in die Hand nehmend, begann sie es zu bürsten.

Sie hatte Caroline auf Mortemère nur einen halben Tag bedient, und doch schien sie ihre Wünsche und Gewohnheiten genau zu kennen und auch die untergründige Ungeduld, die sie erfüllte.

Caroline lächelte dem Mädchen im Spiegel zu. »Wie wissen Sie, daß ich mein Haar gerade so gebürstet haben will.«

Delphine kicherte. »Monsieur Leblanc hat mir eine genaue Liste gegeben, schon bevor Sie nach Mortemère kamen.«
Leblanc! Aber es war ein Gedanke, der schnell verflog. Sie nahm es hin, als müßte es so sein, wie alles, seit sie diese Räume betreten hatte, von einem schwebenden Glücks=gefühl getragen; es gab keine Fragen mehr. Alle Dinge nah=men das Gesicht eines Glücks an, das Caroline wie eine end=gültige, lächelnde Antwort auf alles schien. Auf der Bergère lag das Kleid, das ihr der Herzog vor ein paar Stunden im Salon Marc & Mercury ausgesucht hatte. Daneben, auf dem runden Tischchen, standen die schmalen Flacons, die sie bei Florins gekauft hatten ...
Im offenen Tilbury des Herzogs waren sie durch die Stadt kutschiert. Er hatte ihr das London gezeigt, das er liebte, das ihm zur zweiten Heimat geworden war. Die Geschäfte, in denen er zu kaufen pflegte, das Herren=Dampfbad, seinen Klub. Es waren Stunden voll ungetrübten Glücks gewesen — obwohl sie beide wußten, daß es ein Abschied war — daß sie erst wiederkehren würden, wenn er den Makel von sei=nem Namen getilgt hatte. Bis dahin würde sein Haus am Pickering Place leerstehen. Graue Barchentbezüge würden über den Möbeln liegen, die Bilder würden verhangen wer=den, die Lüster eingebunden. Einmal in der Woche würde die Frau des Gärtners die Fenster öffnen. Die Rosen würden nur noch sich selbst zu Gefallen blühen.
Alles zog noch einmal an ihr vorbei, während Delphine sie mit leisen flinken Händen frisierte, ihr aus den Kleidern half, ihr die Silberschale mit den in Duftwasser getränkten Schwämmchen hinhielt, ihr Hals und Arme puderte, ihr den Brillantschmuck umlegte.

Sie glaubte wieder die Schwestern Short vor sich zu sehen, wie sie ihnen, unter der Haustür stehend, nachgewunken hatten; den Marquis d'Arlincourt, der sofort bereitgewesen war, mitsamt seiner ganzen Werkstatt aufs Schiff zu kommen; Ramon Sterne, der still dabeigestanden und dem Herzog nur stumm die Hand gereicht hatte — und die vielen fremden Gesichter, die ihr zugelächelt hatten.
Immer wieder hatten sie mitten auf der Straße anhalten müssen, weil jemand an ihren Wagen trat, weil aus einer anderen Kutsche ein Gruß herüberflog. Und alle hatten sie versprochen, heute abend aufs Schiff zu kommen ... Das immer lauter werdende Stimmengewirr, die Musik, die irgendwo an Deck aufklang, sagten ihr, daß sie wirklich alle gekommen waren.

Sie stand vor dem hohen Spiegel, allein. Die Zofe hatte sie unter einem Vorwand weggeschickt. Einen Augenblick wenigstens wollte sie allein sein, um Atem zu holen vor der eigenen Ungeduld.
Aus der die Schultern umspielenden, vierfach aufspringenden Brüsseler Spitze stürzte das Plissée des weißen, mit feinsten Goldfäden durchschossenen Chiffons gleich einer sprühenden Fontäne abwärts. Kein Band, keine Blume unterbrach den Fall des Stoffs; auch das Haar war ohne die gekünstelte Niedlichkeit der löckchenfreudigen Mode frisiert. Dem natürlichen Schwung der Wellen folgend, bis zur Scheitelhöhe am Hinterkopf hochgerafft und von einem diamantbesetzten Diadem bekrönt, fiel es mit der ungezähmten Pracht einer schwarzen Kaskade in den Nacken.
Stumme Zwiesprache mit sich haltend, stand Caroline vor

dem Spiegel, sich selber suchend, in sich hineinlauschend, in sich untertauchend. Es war, als begriffe sie erst jetzt, was geschehen war: sie war seine Frau. Sie trug seinen Namen.

Eine Tür öffnete sich leise hinter ihr. Mit lautlosen kühlenden Schwingen strich ein Luftzug durch den Raum. Ein Hauch Sandelholz kam mit ihm ... Caroline wußte, daß er unter der Tür stand, daß sein Blick sie umfing, jener ernste leidenschaftliche Blick, mit dem er sie nur ansah, wenn er glaubte, sie bemerke es nicht. Sie stand wie gelähmt, nicht mehr sich selber gehörend, und doch von jenem seltsamen widerspruchsvollen weiblichen Urtrieb erfüllt, dem Mann zu widerstehen.

Er sah sie dort stehen, die Gefangene eines Aufruhrs, den er ausgelöst hatte und den nur er enden konnte. Es schnürte ihm den Hals zusammen, so schön war sie. Aber das allein war es nicht. Es war das jähe Erkennen, daß sie auch als seine Frau das geblieben war, was sie für ihn vom ersten Moment an gewesen war: Rätsel und Herausforderung, vertraut und fremd zugleich.

Es waren Sekunden, in denen er seine ganze Liebe zu ihr ermaß: alles, was er als Liebe erlebt und was er von sich selber zu wissen geglaubt hatte, war ausgelöscht.

Der Blick, die Drehung ihres Körpers, mit der sie ihn rief, war eine Erlösung für ihn. Er umschlang sie mit beiden Armen. Mit geschlossenen Augen atmete er den Duft ihres Haares, die Wärme ihres Körpers. Er beugte sich über sie, küßte ihr Haar, ihren Nacken, ihre Schultern.

Caroline rührte sich nicht, überwältigt von etwas, das sie mit der verzehrenden Wut einer aufschießenden Flamme er=

faßte. Sie drängte sich an ihn. Sie suchte seine Lippen; es war ihr, als küßte sie zum erstenmal.

Ein Orchester setzte ein. Die Klänge stiegen vom Fluß herauf. Strahlend trug die Trompete die Melodie. Den Kopf an seine Wange gelehnt, lauschte sie. Es war dieselbe Melodie, »Trumpet Voluntary« von Jeremiah Clark. Der Abend, an dem sie sich zum erstenmal gegenübergestanden hatten, stieg mit den Klängen auf. Auch jene Nacht im Park von Malmaison fiel ihr ein, wo er sie gebeten hatte, seine Frau zu werden. Aber sie war blind gewesen, wie es nur eine Frau sein kann, die einem Traum nachjagt. Sie hatte bezahlt dafür. Sie war durch Erlebnisse gegangen, die einen Menschen zerstören können, aber sie war stärker geworden.

Sie war nicht mehr das Kind von damals. Sie war neunzehn Jahre alt, aber sie besaß die Erfahrungen eines voll gelebten Lebens. Manchmal hatte sie es als Last empfunden; manchmal hatte sie gewünscht, daß sie Rosambou niemals verlassen hätte; als wäre alles Glück und aller Friede dieser Erde in den Mauern dieses alten Schlosses zu Hause. Sie hatte sich zurückgeträumt, voller Sehnsucht nach dem Paradies ihrer Kindheit mit seinen kleinen Wünschen und seinem kleinen Glück, das den Duft frischen Brotes hatte und den Glanz der Kupferkessel, die ringsum wie Gestirne im weiten, immer ein wenig dämmrigen Rund der Schloßküche gefunkelt hatten.

Aber in dieser Stunde wußte sie, daß sie den Umweg hatte gehen müssen. Alles hatte geschehen müssen, um dieser Liebe willen; jeder Schmerz, jede Träne schien jetzt, in den Kosmos ihrer Liebe eingeordnet, das Zeichen des Wunderbaren und Unersetzlichen zu tragen.

Er nahm ihr Gesicht zwischen die Hände, sah sie mit den dunklen Augen der Leidenschaft an. »Wir segeln noch diese Nacht«, sagte er, aber seine Worte meinten etwas anderes. Wieder küßten sie sich, scheu fast, als schreckten sie vor sich selber zurück, als dürfte diese Umarmung nur ein Ver=sprechen auf nachher sein.

KAPITEL 31

Im Schein der flackernden Laternen glich das Schiff einem Feenpalast, zwischen Wasser und Himmel schwebend. Blu=men übersäten das Deck, Girlanden wehten zwischen den Masten und rankten sich von Kandelaber zu Kandelaber rund um die Reling.

Aus den beiden mit Orchestern besetzten Booten, rechts und links neben der *Alouette*, stieg in goldenen Fontänen Musik auf. Diener schoben silberne Räderwagen über das Deck, schenkten Claret, Porto und Champagner aus blin=kenden Karaffen. In goldenen Schalen türmten sich Gefrore=nes, Backwerk und kandierte Früchte.

Rollender Brandung gleich wogte der bunte Wirbel des Festes über das Schiff. Mit der übermütigen Laune eines Karnevaltreibens trug es Caroline und den Herzog von Gruppe zu Gruppe. Komplimente flogen ihnen zu, Scherz=worte, Ratschläge für die Ehe, Anekdoten aus dem Jung=gesellenleben des Herzogs, denen er selbst meist noch eine frechere Pointe zu geben wußte als der Erzähler. Immer noch kamen Gäste, geladene und ungeladene. Alle wollten das Paar sehen, das sich im Tower hatte trauen lassen; schon gab es Legenden über das Mädchen, das als Mann verkleidet in den Tower eingedrungen war. Sie kamen, um diese Legende eine Nacht lang mitzuleben, diesen Traum mitzuträumen.

Für Caroline war es mehr als ein Traum und mehr als Wirklichkeit. Etwas, das nicht an Ort und Zeit gebunden war, trug sie, eine Kraft, die der Vergänglichkeit nicht unterworfen war. Sie war glücklich — und doch wünschte sie nicht, diese Stunde anhalten zu können. Sie fühlte sich nicht am Ziel wie andere Frauen am Tag ihrer Hochzeit. Wie hatte ihre Mutter jedesmal gesagt, wenn sie vor dem Gemälde stand, das sie im Brautkleid zeigte? »Bilder sind treuer als das Leben.« Sie war noch ein Kind gewesen damals und hatte die Worte nicht verstanden, aber sie hatte den bitteren Zug um den Mund der Mutter gesehen und sie immer schnell von dem Bild weggezogen. — Nein, Caroline würde niemals versuchen, das Glück einer Stunde festzuhalten. Schon jetzt freute sie sich auf den Augenblick, wenn das Fest verrauscht wäre, wenn die geblähten Segel an den Masten zitterten und das Schiff themseabwärts trügen.

Als hätte sie allein durch die Kraft ihrer Gedanken etwas ihr Verwandtes in der Natur wachgerufen, wirbelte ein plötzlich aufkommender Windstoß die Blumen über das Deck. Durch die Masten ging ein Beben, die Fahnen schlugen hart gegen die Rahen. Der Strom schien mit seinem stärker werdenden Schrei das Schiff zu rufen, der Nordwest nach Segeln zu suchen, die er füllen könnte.

Caroline lauschte auf diese Kräfte; sie schienen ihr ein Echo auf das, was in ihr war: Ungeduld, drängendes Leben, Sehnsucht nach neuen Ufern ... als sagte ihr eine geheime Ahnung, daß sie nur wenig Zeit hatte, daß es ihr Schicksal war, ein ganzes volles Leben zusammengedrängt auf wenige Jahre leben zu müssen.

Lachen erhob sich über das Stimmengewirr. Mit gerötetem Gesicht und rudernden Armen drängte sich der Herzog von York durch die Menge. »Sie tut's!« rief er außer Atem. »Weiß der Teufel, das Weib kneift nicht, Cyril! Sie hat die Wette verloren, und sie tut's. Reitet splitternackt auf dem Gaul. Verdammt noch mal, Mut hat sie!«
»Mut?« Der Herzog lachte. »Ich würde es anders nennen. Ohne diese Wette hätte sie wahrscheinlich nie mehr im Leben die Gelegenheit, sich, ohne den Anstand zu verletzen, so vielen Männern nackt zu zeigen.«
Der Herzog von York brach in dröhnendes Lachen aus. Die Rufe der Menge wurden lauter, hektischer. Über den Köpfen sah Caroline die Silhouette der Reiterin auftauchen. Die Planken zitterten unter dem Donner der Hufe. Die Menschen wichen ängstlich zurück vor dem daherstürmenden Pferd. Das lange Haar der Reiterin flatterte im Wind, ein rotblonder Mantel um den nackten weißen Leib. Auf dem blassen Mädchengesicht stand ein wilder verächtlicher Hochmut. Caroline traute ihren Augen nicht: Phyllis Barth. Das also war die Wette.
Auch Phyllis Barth hatte jetzt Caroline entdeckt. Caroline fühlte den Blick des Mädchens auf sich, erst gleichgültig, und dann in jähem Erkennen aufflammend.

Verschmäht zu werden — Caroline hatte es nie erlebt, und doch glaubte sie zu wissen, wie es sein mußte. Aber daß eine Frau auf ihren Sieg über einen Mann Wetten abschloß, war ihr so fremd, daß sie kein Verständnis dafür hatte, ebensowenig wie für diese Zurschaustellung. Hatte dieses Mädchen so wenig weiblichen Instinkt, daß sie nicht wußte, daß die Männer, die sie jetzt mit den Blicken verschlangen, sie im nächsten Augenblick verspotten und verachten würden? Sie konnte es nicht länger mit ansehen.

Sie wandte sich ab, drängte sich durch die animierte Menge. Jemand berührte sie am Arm, reichte ihr ein Glas Champagner. »Ein Sieg auf der ganzen Linie«, sagte eine Stimme, »lassen Sie uns darauf anstoßen.«

Jenen unmeßbaren Bruchteil eines Augenblicks, den man, aus dem Schlaf gerissen, braucht, um sich zurechtzufinden, blickte Caroline den Mann an, als wäre er ihr vollkommen fremd. Das Gesicht, die Gestalt wie aus brauner Nacht und rötlichen Lichtreflexen, stand er da, in der Maske vollkommener Eleganz. Das Faltenspiel der mit bordeauxrotem Moiré gefütterten Pelerine betonte die Breite der Schultern. Der strenge Schnitt des Seidenfracks, der an diesem athletischen Körper wie eine Verkleidung wirkte, verstärkte noch den Eindruck des Unwirklichen, des Spukhaften. Rafael Santi! Seit sie London betreten hatte, folgte ihr dieser Mann wie ein Schatten. Keines Wortes mächtig, sah sie ihn an.

Er hob sein Glas. »An dem Abend, an dem ganz London Ihnen seine Huldigung darbringt, durfte ich nicht fehlen!« Er verneigte sich. »Auch in mir sehen Sie einen Besiegten — so fremd mir die Rolle ist.« Die Lider senkten sich tiefer über die dunklen Augen. Es wirkte wie ein hintergründiges

Lächeln. »Es war immer aber die Stärke der Santis, sich mit dem Stärkeren zu verbünden.«

Daß er so schnell zur Sache kam, beruhigte sie. Doch die Vorstellung, daß er die ganze Zeit über schon an Bord der *Alouette* gewesen war, nur auf diesen Augenblick wartend, verschärfte ihren geheimen Horror vor diesem Mann.

»Verbündete haben in der Regel dasselbe Ziel«, sagte sie ruhig, »und ich sehe nicht, worin unsere gemeinsamen Interessen bestehen könnten.«

»Zum Beispiel darin, einen Kampf zu beenden, bevor er Ausmaße annimmt, die ihn für keinen Teil mehr vorteilhaft machen.«

Sie lächelte. »Wie Sie richtig bemerkten, sind wir die Stärkeren. Und wir werden diesen Vorteil zu nutzen wissen, für unsere Pläne!«

»O ja, Ihre Pläne! Ich habe davon gehört. Der Marquis d'Arlincourt ist an Bord. Bewunderungswürdig — wieder waren Sie mir einen Schritt voraus. Und doch wäre es bedauerlich, wenn es Ihnen nicht gelänge, den neu erwachten Tatendrang des Herzogs in andere Bahnen zu lenken.« Sein Blick wanderte über das Schiff, berührte jede Einzelheit mit einer aufreizenden Vertraulichkeit. »Was würden Sie sagen, wenn dies alles bald in Flammen aufgehen oder am Grunde des Meeres verrotten würde, und das noch ehe eines der neuen Schiffe fertiggestellt wäre. Es liegt mir nicht, zu drohen, aber für die Santis steht ebensoviel auf dem Spiel wie für Sie. Dem Herzog geht es um Ehre — uns geht es um Geld, um ein Geschäft, das eine Goldgrube ist . . . Man macht es uns schwer genug. Und bedenken Sie, daß im Leben meist die unedlen Motive über die edlen siegen.«

Santi verstummte. Daß diese Frau keine Angst kannte, wußte er inzwischen. Gerade darum rechnete er mit ihrem kühlen, abwägenden Verstand, mit ihrem ausgeprägten Wirklichkeitssinn. Und nun mußte er erleben, wie seine Worte, seine Drohungen, seine Beleidigungen ihr Ziel verfehlten. Den Kopf leicht geneigt, in der Hand das Glas, von dem sie hin und wieder nippte, stand sie vor ihm. Er hatte das Gefühl, daß er für sie weniger existierte als die Perlen, die an der Oberfläche des Champagners zersprangen. Sein Leben lang hatte Rafael Santi nur das Verlangen kennengelernt, das dem Leib einer Frau galt. Aber in diesem Augenblick hätte er alles dafür gegeben, in das Denken und Fühlen dieser Frau eindringen zu können. Es war wie ein Zwang. Er mußte es aussprechen. »Sie sind vollkommen! Ich bin bisher noch keiner Frau wie Ihnen begegnet. Aber überschätzen Sie Ihre Kräfte nicht.« Er stand ganz ruhig. Nur seine Hände, erstaunlich zarte Hände, an denen ein großer eckiger Blutstein funkelte, waren dauernd in Bewegung. Die Handschuhe darin wurden zu einem Spielzeug von unheimlicher Lebendigkeit, schwarze züngelnde Schlangenköpfe. »Und rechnen Sie nicht mit unserem Mitgefühl, mit unserem Gewissen, oder wie immer Sie es nennen wollen. Das Gewissen der Santis besteht darin, immer das zu tun, was zu ihrem Vorteil ist.«
Caroline befand sich in einem Zustand, in dem an die Stelle klaren Denkens ein unkontrollierbares Fluten von Bildern und Gefühlen getreten war. Mehr intuitiv als verstandesmäßig ging ihr auf, wie gefährlich es sei, diesen Mann zu unterschätzen. *Ein* Sieg über ihn bedeutete noch gar nichts. Unausrottbar wie das Böse würde er sich immer

wieder erheben, in immer neuer Gestalt. Er war einer jener Männer, in deren Händen die Tränen der Menschheit zu Perlen wurden und deren Verbrechen so vollkommen waren, daß sie der irdischen Gerechtigkeit entgingen.

»Ich möchte nicht, daß es zu einer zweiten Runde kommt zwischen uns«, hörte sie ihn sagen, »denn die zweite Runde wird uns gehören.« Er sprach leichthin, aber seine kehlige Stimme und seine Art, die Worte herauszuschleudern und den Rest zu verschlucken, gab allem, was er sagte, etwas Gewalttätiges.

»Und doch drohen Sie!«

»Ich warne. Ich weise auf die Folgen hin, auf den Wahlspruch, den wir Santis seit Generationen befolgen — alles zu wissen, nichts zu verzeihen! Die erste Kraftprobe zwischen uns beiden habe ich genossen. Ihnen zu unterliegen, war ein Reiz, den mir vor Ihnen keine Frau verschafft hat. Aber ich kann den Gedanken nicht loswerden, daß ein Sieg über Sie noch süßer sein könnte.«

Er stockte, als hätte ein unsichtbares Warnsystem in seinem Körper mit der Genauigkeit eines Instruments die Gefahr registriert. Er fuhr herum, und als Caroline seinem Blick folgte, bemerkte auch sie, daß sie einen heimlichen Beobachter hatten — Ramon Sterne.

Er stand im Schatten der Kapitänsbrücke, und einen Augenblick glaubte Caroline an ein Trugbild — so sehr glichen sich die beiden Gestalten, die gleiche Größe, die gleichen breiten Schultern, der gleiche Blick voller Verachtung und Haß, mit dem sie sich abtasteten. In der nächsten Sekunde war die Gestalt verschwunden. Ohne sich noch einmal an sie zu wenden, eilte Rafael Santi davon, Sterne nach.

Caroline war zu sehr mit sich selbst beschäftigt, so dauerte es eine Weile, bis ihr klar wurde, was das zu bedeuten hatte. Ramon Sterne und Rafael Santi! Auch Ramon Sterne hatte auf diese Stunde gewartet. Alles zu wissen und nichts zu verzeihen . . . Der Wahlspruch Santis traf auch auf Ramon Sterne zu. Den Tod seiner Mutter zu rächen — dieser Wunsch war in seine Seele eingebrannt, aus seinen Augen zu lesen, seit jener Stunde.

Sie mußte es verhindern. Es durfte nicht hier geschehen, nicht in dieser Stunde des Glücks.

Der Rocksaum ihres Kleides verfing sich an einer Taurolle, als sie den beiden Männern nacheilte. Wie mit Kletten hielt der rauhe Hanf den Chiffon fest, riß einige der feinen Fäden heraus, als Caroline sich losmachte.

Dunkel lag der Niedergang vor ihr. Die Öllampe, die ihn noch vor wenigen Augenblicken erhellt hatte, war aus dem Halter genommen. Aber sie brauchte kein Licht. Sie folgte dem Klang der Schritte und dem Hauch Eukalyptus, der sich unter den kräftigen Geruch von Schiffslack und Atlasholz mischte.

Die Männer waren etwa zwanzig Schritte vor ihr stehengeblieben. Sie sah, wie Sterne eine Tür öffnete, Santi mit einer Geste bedeutete, vor ihm einzutreten. Der Lichtschein aus der offenen Tür zeichnete die Gestalten der zwei Männer scharf nach. Wieder fiel Caroline die Ähnlichkeit der beiden auf. Sie betraten den Raum. Die Tür schloß sich.

Caroline raffte den Rock mit beiden Händen, begann zu laufen. Sie nahm nichts von dem Raum wahr, den sie be=

trat, sie sah nur die Waffe in Sternes Hand. Er stand unmittelbar vor Rafael Santi und zielte auf seine Brust. Caroline trat langsam näher, als könnte eine falsche Bewegung von ihr das Schreckliche geschehen lassen. Behutsam legte sie die Hand auf Sternes Arm. Ihre Stimme war leise, aber beschwörend. »Nein, Sterne! Nicht auf diesem Schiff. Nicht in dieser Stunde . . .«

Er wandte den Kopf, ohne daß sein Arm sich senkte. Seine Augen brannten. Jeder Zug dieses kühnen Gesichts war gestählt von der triumphierenden Leidenschaft der Rache. Es schien ihr, als nähme er sie gar nicht wahr. »Es muß geschehen«, sagte er, zu sich selber sprechend. »Um Recht zu üben, ist jede Stunde gut, jeder Ort. Er hat sie ermordet, meine Mutter.«

Santi hatte sich Caroline zugewandt. Die Pistole schien er zu übersehen. Das Lächeln auf seinem Gesicht zeigte, daß ihn auch jetzt seine Kaltblütigkeit nicht verließ. Er war sicher, daß er es war, der diesen Zweikampf gewinnen würde. Die Anwesenheit dieser Frau würde es ihm nur noch leichter machen. Sein guter Geist hatte sie hierhergeschickt.

»Ein Mann, den man tötet«, sagte er mit aufreizender Ruhe, »hat das Recht auf eine Beichte. Ist es nicht so?«

Sterne nickte. »Sie wird nicht lange dauern.«

»Nein, nicht lange.« Santis Augen wanderten langsam über Sterne, tasteten sich von Einzelheit zu Einzelheit. Es war nicht die Aufmerksamkeit, mit der man einen Feind mustert, es war eher eine von ungeformten Gefühlen bestimmte Neugier. »Was ich mich frage«, begann er, »ist, ob du zur Rache ebenso wenig geeignet bist wie eine gewisse Madame

Blanche. Als ich sie verließ, wurde sie zur Hure — eine Rache, die nicht mich, sondern nur sie selber traf. Sie zerstörte ihr Leben wegen eines Traumes. Und sie starb an einem Traum — an dir, mein Sohn! Jetzt weißt du es! Ich bin dein Vater. Jetzt töte mich!«

In sprachlosem Entsetzen starrte Caroline den Mann an. Nein, sie zweifelte keinen Augenblick an der Wahrheit seiner Worte. Aber was bezweckte er mit dieser furchtbaren Beichte? Wollte er seinem Sohn vor Augen führen, daß Bande des Bluts und Bande der Liebe für ihn nichts bedeuteten? Fand er Genuß daran, sich das Maß der Grausamkeit, deren er fähig war, mit Worten zu bestätigen? Oder war das Ganze ein teuflischer Schachzug, mit dem er seinem Sohn die Waffe aus der Hand schlagen wollte, ihn durch das Entsetzen lähmen wollte . . . Wenn es so war, hatte er erreicht, was er wollte.

Ramon Sterne stand wie angewurzelt, den Mund zu einem stummen Schrei geöffnet. Alles Leben schien aus ihm gewichen. Die Hand mit der Pistole war herabgesunken. Mit Augen, in denen das Grauen stand, blickte er den Mann an, der sein Vater war, sich selber im Antlitz dieses Mörders entdeckend: die breite Stirn, das scharfe Eck der Brauen über der Nasenwurzel, die kühn geschwungene Nase, das breite Kinn, den feingezeichneten Mund, die mandelförmigen Augen.

Mit einer Ruhe, die etwas Hypnotisches hatte, hielt Santi den Blicken seines Sohnes stand. Sterne war es, der schließlich die Augen senkte, als könnte er es nicht mehr länger ertragen, in diesen Spiegel seines Selbst zu schauen.

Caroline graute es. Das Verbrechen Santis erschien ihr

geringfügig gegen die Schamlosigkeit, mit der er Gefühle, die er selber ein Leben lang mit Füßen getreten hatte, als Mittel zu seiner Rettung benutzte; er empfand nichts, er sann nur darauf, zu entkommen.
Caroline hatte vergessen, was sie hatte verhindern wollen. Sie hatte nur noch Angst, das Ramon Sterne sich könnte blenden lassen, daß jene dunklen trügerischen Stimmen des Blutes ihn verwirren und ins Unheil stürzen könnten — daß er einem Mann Gnade widerfahren ließe, der sie nur dazu benützen würde, ihn zu vernichten.
Die Sekunden lasteten mit der reglosen Schwere der Ewigkeit auf den drei Menschen. Mit jenem seltsamen Interesse für nebensächliche Dinge, die Menschen in Augenblicken der Erschütterung befällt, drängten sich Einzelheiten des Raumes mit überscharfer Deutlichkeit in Carolines Bewußtsein. Die Holzrahmen der in die Wände eingelassenen Waffenschränke waren in einem weichen Olivton gestrichen. Die Schlüsselbeschläge zeigten in feinster Kupferschmiedearbeit das Wappen der Romme Allery, Rose und Schwert. An den Griffen der Schlüssel kehrte es wieder. In den Glasschränken hingen die Waffen, Lauf an Lauf die Gewehre; den matten Schimmer der Graphitpolitur hatte noch keine Hand getrübt. An der Seitenwand stand ein brusthoher Mahagonischrank, der Pistolen und Kugeln enthielt. Die Deckplatte war aufgeschlagen.
Caroline schrak zusammen, als in die Stille hinein plötzlich Sternes Stimme klang. Sie verriet, was es ihn kostete, dem Aufruhr seiner Gefühle zu gebieten. »Sie hätten schweigen sollen. Sie waren ein Feind für mich — jetzt sind Sie der Teufel.« Mit leerem Gesicht blickte er seinen Vater an.

»Den Teufel zu richten, steht einem Menschen nicht zu. Gott soll entscheiden.« Ohne den Blick von Rafael Santi zu lassen, sagte er zu Caroline: »Geben Sie ihm bitte eine Waffe.«

Santis Augen wurden hart. »Mußt du Ihn auch noch bemühen! Gott ... Glaubst du, du verdankst es Ihm, daß du noch lebst? Dein Leben lag in meinen Händen. Ich hätte es ein dutzendmal auslöschen können.« Er wandte sich an Caroline. »Nun, worauf warten Sie? Geben Sie mir eine Waffe. Oder mißtrauen auch Sie dem Urteil Gottes?«

Caroline war an den Pistolenschrank getreten. Sie nahm eine Waffe heraus. Sie fühlte ihre tödliche Schwere in den Händen, und es war ihr, als käme sie zur Besinnung. Sie zog ein Schubfach auf. In quadratischen Abteilungen nach Größen geordnet, grau und glänzend, lagen die Kugeln da.

Ihre Hand bebte, als sie die Kugel herausnahm, um die Waffe zu laden. Dieses Duell war Wahnsinn. Die Gerechtigkeit, an die Sterne zu glauben schien, gab es nicht. Oder lag sie in diesem Augenblick in ihren eigenen Händen?

Sie stand mit dem Rücken zu den beiden Männern. Santi würde es nicht bemerken, wenn sie keine Kugel in den Lauf schob, wenn sie, der Gerechtigkeit nachhelfend, ihm eine ungeladene Waffe in die Hand gab. Aber eine andere Stimme sagte ihr, daß sie kein Recht hatte, in diesen Kampf einzugreifen, daß hier eine jener furchtbaren Tragödien ihren Höhepunkt fand, die, jedes menschliche Maß übersteigend, Naturkatastrophen gleich, stärker sind als jede menschliche Hand, die ordnend eingreifen will.

Sie lud die Pistole. Während sie es tat, begriff sie plötzlich, wie es zu dem Aberglauben der verhexten Kugel gekom=men war. Sie hatte immer darüber gelacht, aber jetzt, als sie Santi die Pistole reichte, wünschte sie, diese Kugeln mit einem Zauber belegen zu können, damit sie keinen Un=schuldigen träfe.

Rafael Santi nahm die Waffe. Lächelnd öffnete er den Ver=schluß, versicherte sich, daß sie geladen war. In seinen Augen blitzte eine satanische Freude auf. »Sie überraschen mich immer wieder, Herzogin . . .« Er deutete eine Verbeu=gung an. Dann trat er zurück, die Waffe im Anschlag.

»Sind Sie bereit?« Sternes Stimme klang schneidend. Er war nicht mehr der Mann, den Caroline kannte. Ein Frem=der stand dort, ein Richter, der das Wissen, daß Schuld immer neue Schuld nach sich zog, mit furchtbarer Gelassen=heit zu ertragen gelernt hatte.

Die Männer hoben die Waffen.

Caroline wich unwillkürlich an die Tür zurück. Sie erbebte unter der Detonation; dann erst bemerkte sie, daß an Deck das Feuerwerk begonnen hatte, der Höhepunkt des Festes. Durch die Bullaugen fiel der Widerschein einer blutroten Flammengarbe.

In das Krachen der Feuerwerkskörper mischte sich ein heller Ton, wie der Schlag einer Peitsche. Glas splitterte, ein Schrei klang auf und erstarb sofort. Caroline hatte die Augen geschlossen. Am liebsten hätte sie die Flucht ergrif=fen, aber jener zwanghafte menschliche Trieb, zu wissen, hielt sie zurück. Sie öffnete die Augen.

Zitternd wie ein Baum, den eben ein letzter Beilschlag von seinen Wurzeln getrennt und der dennoch einen Augen=blick sein Gleichgewicht hält, stand Rafael Santi da. Die

Waffe glitt ihm aus der Hand, fiel mit einem dumpfen Schlag zu Boden. Seine Hände fuhren durch die Luft, als suchten sie nach etwas, an dem er sich wieder aufrichten könnte. Dann sank er zu Boden. Ein unheimliches Lachen brach aus seiner Brust. »Du kannst mich nicht töten!« Es war ein Schrei, ein Fluch. Seine ganze verbleibende Kraft lag darin. »Niemand kann uns töten. Wir sind eine Hydra ... uns werden ... neue Köpfe ... wachsen ...« Sein Kopf fiel hintenüber. Mit einem gewaltsamen Zucken streckte sich der Körper.

Sterne stand ohne Bewegung, blickte unverwandt auf den Toten. Er hatte den Tod seiner Mutter sühnen wollen, er hatte Rache nehmen wollen, aber es schien ihm jetzt, als hätte er nur ein Tier geschlachtet. Fröstelnd überlief ihn die Ahnung, daß das, was er getan, sein Verlangen nach Rache nicht gestillt hatte. Er hatte geglaubt, sich durch diese Tat von seinem Haß befreien zu können, aber er spürte mit Grauen, daß der Tod ihn auf geheimnisvolle Weise nur enger mit diesem Mann verbunden hatte.

Noch immer flogen die Raketen zischend in den Himmel, zerplatzten, hüllten die Nacht in ein Kleid aus loderndem Purpur, verwandelten die Themse in einen Strom glühender Lava.

Pausenlos barsten die Raketen an Bug und Heck des Schiffes. Ihr Gedonner verschlang die Ausrufe der Menschen, ihre Gespräche.

Caroline stand auf den Stufen zum Heckaufbau wie unter einem Feuerregen. Wie sie den Weg zurückgefunden hatte und hierhergekommen war, wußte sie nicht. Sie war aus

dem Raum geflohen, weil sie gespürt hatte, daß Sterne allein sein mußte mit dem Toten, um den sich der hellgraue Boden allmählich von seinem Blut dunkel färbte.
Ein Zittern lief durch das Schiff, als jetzt längs der Reling breitgefächerte Lichtgarben in den Nachthimmel schossen, ihre schillernden Schwingen entfalteten, ein riesiges Fabeltier, das mit seinen flammenden Flügeln und seinem feurigen Atem das Gewölbe des Himmels in Brand setzte, die dunklen Schleier von den Schatzkammern der Nacht reißend, um sich mit der Beute selber zu schmücken.
Kaskaden von Farben übersprühten die purpurne Glut. Die Bilder wechselten in Sekundenschnelle, einander immer noch übertreffend. Verzaubert starrten die Gäste empor, selbstvergessen wie Kinder, die einen Blick ins Paradies tun.
Caroline sah es, und sie wußte — sie hatte dieses Paradies für immer verloren. Nicht erst in dieser Stunde. Vielleicht war sie ohne Illusionen geboren, dieser seltsamen Gabe, die den Menschen die Wirklichkeit um vager Träume willen geringachten ließ.
Sie war ein Kind der Erde. Es war nie die Hoffnung gewesen, die sie glücklich gemacht hatte — sondern immer nur die Gegenwart, ganz gleich, ob sie schlimm oder schön war. Jeden Augenblick hatte sie angenommen, hatte sie ganz gelebt. Auch diese Stunde würde bleiben: das Grauen, das sie barg, das Glück, das so stark war, so überwältigend, daß nicht einmal der Hauch des Todes es hatte trüben können — und das Wissen, daß diese Erde kein Platz für ein Paradies war — sondern der Fels, an dem der Mensch und seine Werke eines Tages zerschellen mußten, und daß

ihm bis dahin nur eines blieb: jeden Augenblick zu leben, als wäre es der einzige und letzte.
Eine Kuppel aus strahlend weißem Licht wölbte sich über dem Schiff. Auf der Spitze erstrahlten zwei einander zuge= wandte Mondsicheln, die Initialen ihrer Namen, zweimal das C, Caroline und Cyril. In die plötzliche Stille drangen be= geisterte Hochrufe auf das Paar, als ein Windstoß das kunstvolle Lichtgebäude zum Einstürzen brachte. Als flöhen sie zueinander, schlossen sich die beiden Buchstaben zu einem funkelnden Kreis. Ein Aufschrei ging über Deck, ver= stummte jäh, als der Kreis vom Sturm zerbrochen ausein= anderfiel. Der eine Teil erlosch, der andere stürzte, einen flammenden Kometenschweif bildend, zur Erde.
Der Herzog war neben Caroline getreten. Er legte ihr ein wärmendes Cape aus Hermelin um die Schultern. Das Schiff war in hellem Aufruhr. Der Sturm fegte über das Deck. Mit der Schnelligkeit eines Zauberspuks, der sich in Nichts auf= löste, leerte sich das Schiff. Die Gäste drängten von Bord, Boote legten ab. Von immer größer werdenden Wellen hin und her geworfen, kämpften sie sich dem Ufer zu. Rufe schollen herauf. Die Schreie der Matrosen mischten sich darunter. Überall tauchten sie auf. Charles Tarr stand auf der Brücke. Seine Kommandos hallten über das Deck.
Mit lautem Kettengerassel hob sich der Anker der *Alouette;* die ersten Segel lockerten sich. Schiffsjungen fingen die Blumengirlanden auf, die von den Masten fielen, warfen sie über Bord. Der Sturm erfaßte sie, riß sie in die Tiefe.
Immer lauter, anfeuernder kamen von der Brücke die Be= fehle Kapitän Tarrs. Behend kletterten die Matrosen die Masten empor, liefen die Rahen entlang.

Der Herzog hatte den Arm um Caroline gelegt. Ein Rau=schen füllte die Luft, als das Großmastsegel sich entfaltete. Das Schiff erbebte, als erprobte es die Kraft seiner Schwin=gen für den Flug.

KAPITEL 32

Kühle klare Helligkeit breitete sich über Meer und Küste. Der Himmel war wolkenlos, aber fast ohne Farbe, ein heller silberner Spiegel, dessen weißes Leuchten das Grün des Meeres um so tiefer erscheinen ließ. Fast schwarz zeich=neten sich die Felsen der Steilküste ab. Die Türme und Zinnen von Saint=Malo wuchsen daraus empor. In den grauen Schieferdächern schimmerte das warme violette Braun auf, das der Herbst in alle Farben mischt.
Auf der schmalen Felszunge, weit ins Meer vorgeschoben, naß glänzend, als wäre es eben aus den Fluten aufgetaucht, erhob sich Mortemère. Auf den vier Türmen wehten die blauen Fahnen der Herzöge von Belômer.
Wie eine Träumende saß Caroline in der silberbeschlagenen Barke, die sie ans Ufer übersetzte. Wie eine Träumende ging sie den Weg zum Schloß. Es war derselbe Tag, der=selbe Himmel, dieselbe leichtbewegte tiefgrüne See wie damals, als sie hier gestanden war, auf ihn gewartet hatte.
Dieselben Menschen in denselben Kleidern säumten den Weg. Dasselbe Grün bekränzte Fenster und Türen des Schlosses; derselbe würzige Duft nach Wildbret und Paste=ten zog durch den Hof. Der bunte Bänderschmuck des

Tanzpodiums flatterte im Wind. In der starrenden Pracht ihrer Festgewänder standen die Gäste im weiten Halbrund links und rechts vom Hauptportal des Schlosses.
Alles war wie an jenem Morgen vor fünf Tagen, und doch war alles anders. Damals hatte sie auf dem ganzen Weg vom Hafen zum Schloß zurück keinen anderen Laut vernommen als den Auftritt ihrer eigenen Füße. Schweigen hatte sie umgeben, halbe Blicke. Während sie jetzt am Arm des Herzogs winkend und lächelnd durch die Gasse der jubelnden Menschen schritt, hatte sie das seltsame Gefühl, als befände sie sich auf einer Bühne und als wäre das, was sie vor fünf Tagen hier erlebt hatte, nichts anderes als eine Probe gewesen.
Sie fühlte sich nicht als die Braut, die in ein Haus Einzug hielt, in dem sie den Rest ihres Lebens verbringen wird, vom sicheren Port dem Leben nur noch zusehend. Sie war selber nur ein Gast, ein Vogel, der Rast machte vor dem langen Flug, der noch vor ihm lag.
Sie waren in der Mitte des Schloßhofes angelangt. Langsam schritten sie über den blaugoldenen Läufer, der zum Portal hinführte; über ihnen öffneten sich die Fenster des Schlosses. Blumen flogen auf sie herunter. Das Freudengeschrei wurde immer frenetischer.
Nur einer teilte den Jubel nicht. Leblanc. Er erwartete sie auf der untersten Stufe der sechs Marmortreppen zum Hauptportal. Das Tuch seines Reiseanzugs war von demselben dunklen Grau wie die Quadern, aus denen die Fundamente des Schlosses erbaut waren. In der Linken hielt er einen hohen Veloursthut. Seine Augen schienen ein fernes Ziel festzuhalten, als ginge sie das, was es hier zu sehen

gab, nichts mehr an. Seine Haltung drückte nicht Willkomm aus, sondern Abschied.
Caroline streifte den Herzog mit einem Blick. Ihr war plötzlich bange, was geschehen würde, bange vor der Unversöhnlichkeit, zu der Männer fähig waren.
Als sie zwei Schritte von ihm entfernt waren, verneigte sich Leblanc förmlich, kein Diener, sondern ein Herr. Er deutete auf den Pagen, der neben ihm stand, den Schlüsselbund des Schlosses in der Hand. »Ich bitte Sie, mich aus Ihren Diensten zu entlassen.« Er sprach den Satz, als hätte er ihn oft geprobt in den letzten Tagen, die Betonung jeder Silbe abwägend, jedes Zuviel oder Zuwenig.
Einen Augenblick maßen sich die Männer schweigend. Immer wieder hatte der Herzog versucht, sich diesen Augenblick vorzustellen. Sein Stolz rebellierte auch jetzt bei dem Gedanken, daß er seinen Reichtum diesem Manne verdankte, seinem kühlen Verstand und seiner skrupellosen Liebe zum Besitz. Er hatte damit gerechnet, daß Leblanc seinen Abschied verlangen würde, und es war ihm als die beste Lösung erschienen, für sie beide, auch vor der Welt. — Ein undeutbares Lächeln trat auf das Gesicht des Herzogs. »Dann ist das wohl Ihre Kutsche?« Er musterte den einfachen braunen Reisewagen, der etwas abseits stand. »Sie reisen ohne alles Gepäck?«
»Ich gehe nur so, wie ich gekommen bin.«
»Nicht einmal Ihre sibyllinischen Bücher nehmen Sie mit?«
Es schien Caroline, als würden die Brauen Leblancs noch gerader. Sie kannte diesen Ausdruck der Abwehr an ihm, wenn die Augen sich noch tiefer in ihre verschatteten Höhlen zurückzogen. Instinktiv fühlte sie, daß er Angst

hatte vor einem Gespräch, Angst vor den Gefühlen, die es in ihm wecken könnte.

»Sie werden die Bücher dort finden, wo sie immer standen, Herzog«, erwiderte Leblanc. »Ich habe nie darin gelesen. Ich habe sie nie befragt, sondern immer nur mich. Es sind Attrappen. Sie werden dahinter den Safe finden ... Alle Papiere und Aufstellungen liegen auf meinem Schreibtisch. Wenn Sie mir jetzt erlauben würden, zu gehen.« Er machte eine Bewegung.

»Halt, Leblanc. Noch habe ich Sie nicht entlassen!« Die ausgestreckte Hand des Herzogs bot Leblanc Einhalt. »Ich werde Sie nicht gehen lassen, nicht heute, nicht morgen. Ich bin ein Träumer, aber nicht so sehr, daß ich Treue nicht zu schätzen wüßte.«

Nichts in Leblancs Gesicht bewegte sich. Der Herzog sah die Starre dieser tief in ihren Höhlen glühenden Augen, die Lippen, die aufeinandergepreßt lagen, als fürchtete der Mann, sie könnten ihn verraten. Noch in seinem Schweigen bewies er seine Treue. Er, der Herzog, hatte die Existenz dieses Mannes immer für etwas Selbstverständliches gehalten. Er hatte Leblanc von seinem Vater geerbt wie seine Besitzungen, seinen Namen.

Erst in diesem Augenblick begriff er, daß es nichts als diese unbedingte, selbstlose Treue war, die Leblanc hatte so handeln lassen, eine Treue, die selbst seinen Fehlern noch etwas Erhabenes verlieh. Nicht er war es, der diesem Mann etwas zu verzeihen hatte. »Ihre Treue zu dem Namen Belômer ist zu alt, um sie jetzt zu brechen«, sagte er. »Und meine Treue zu Ihnen ist zu jung, als daß Sie ihr einen Zweifel vorwerfen könnten. Bleiben Sie, Leblanc!«

Die Worte des Herzogs trafen Leblanc im Kern seines Wesens. Ein Leben lang hatte er, ohne es sich selber einzugestehen, auf Worte gewartet, wie der Herzog sie eben ausgesprochen hatte. Wie jeder Mensch, trug auch er, wenn auch tiefer verborgen, die Sehnsucht in sich, erkannt zu werden in seinem Wert, in seinen Taten. Und nun, in dem Augenblick, in dem er es am wenigsten erwartet hatte, war es geschehen. Doch sein Gesicht verriet nichts von seiner inneren Bewegung.

»Und wenn Sie schon Gefühlen nicht zugänglich sind«, fuhr der Herzog fort, »ich brauche Sie, Leblanc! Ich kann auf Ihre Dienste nicht verzichten — am wenigsten in diesem Augenblick. Ich brauche Geld, um weiter meinen Träumen nachjagen zu können. Wir werden nur wenige Tage hier sein, die Herzogin und ich, und dann wieder an Bord der *Alouette* gehen. Unser Ziel ist Portugal. Sie müssen für uns das Haus in Lagos herrichten lassen. Ich brauche Zimmerleute, Techniker zum Bau von Schiffen — und Geld, viel Geld. Glauben Sie wirklich, daß ich noch lernen könnte, es selber zu verdienen, abgesehen davon, daß es wenig schicklich wäre für einen Herzog von Frankreich, sich mit derlei abzumühen.« Der Herzog lächelte, über den Ernst dieser Stunde die Schleier von Spott und Selbstironie breitend. »Aber Sie, Leblanc, haben Sie mir nicht einmal erklärt, daß Geld zu verdienen Ihnen von allen Dingen des Lebens am liebsten ist, und daß die Lust daran am längsten vorhält und ständig zunimmt? Sie können nicht gehen, Leblanc.«

Leblanc wandte den Kopf, blickte den Herzog an. Caroline hatte das Gefühl, als müßte die starre Maske dieses Gesichtes jeden Augenblick zerspringen, wie eine tönerne

Form unter siedendem Erz. Aber es geschah nichts. Wie selbstverständlich übergab Leblanc dem Pagen seinen Reise=hut und nahm dafür aus seinen Händen die Schlüssel ent=gegen. Mit einem leichten Neigen des Kopfes wandte er sich dann zu Caroline und dem Herzog. »Willkommen auf Mortemère«, sagte er ruhig. »Willkommen zum Fest der aufsteigenden Lerchen.« Und mit diesen Worten gab er den Dienern ein Zeichen.

Jetzt erst gewahrte Caroline die zahllosen Vogelkäfige aus hellem Weidengeflecht, die links und rechts neben den Stufen des Portals standen. Sie sah die Diener zu den Käfigen eilen. Sie hoben die Deckel auf und schlugen dann mit frisch gebrochenen Reisern von außen auf die Käfige.

Ein Rauschen füllte die Luft, als die Vögel aus den Käfigen aufschwärmten, noch unsicher zuerst von der langen Ge=fangenschaft, um dann gleich einer Wolke schwirrender Pfeile in den Himmel aufzusteigen.

DRITTER TEIL

Die Schiffe von Lagos

KAPITEL 33

Die schmalen hohen Fensterflügel, vom reich fallenden, am Boden sich bauschenden weißen Taft der Vorhänge fast verdeckt, standen weit auf. Die roten Holzläden waren vor=gelegt. Durch die steil gestellten Holzlamellen drang das Sonnenlicht als rötliche Glut, die alles wie mit Feuerschein überhauchte, den weißgeäderten blauen Hymettos=Marmor des Bodens, die weiße byzantinische Seide des Betthim=mels, die nackten Körper der Liebenden . . .

Die seidenen Decken waren links und rechts von dem brei=ten Bett zu Boden geglitten. Nackt, dem Abklingen der Lust nachlauschend, lagen sie da, versunken in jenes fast unbewußte Spiel ihrer Leiber, die nicht voneinander lassen wollten. Sacht schob er ihr das Kissen unter den Kopf; seine Hand spielte mit ihrem offenen Haar.

Sie schwiegen, berauscht von dem Bewußtsein einer Leiden=schaft, die keine Sättigung zu kennen schien, die nach jeder Vereinigung nur noch verzehrender wurde. Selbst den küh=lenden Tau der Ermattung, der ihren Körper überzog, empfand Caroline nicht als Linderung, sondern nur als neuen Reiz.

Caroline setzte sich auf. Vorsichtig, wie jemand, der sich erst zurechtfinden muß, stellte sie den Fuß auf den kühlen Marmor. Ein Lächeln huschte über ihr Gesicht. Ringsum, am Boden, lagen Kleid, Hemd, Schal, Pantoffeln, Gürtel, ungeduldig abgestreift, achtlos hingeworfen, als sie lange vor Sonnenaufgang von ihrem Spaziergang aus den schlafenden Gärten zurückgekehrt waren.

Unberührt, wie die Zofe es gestern hingebreitet hatte, lag über dem Hocker das silberweiße Negligé. Caroline nahm es auch jetzt nicht. An dem achteckigen, aus einem einzigen Beryllblock geschnittenen Spiegel vorbei, der ihr Bild verschwommen und dunkel wie ein tiefes Wasser wiedergab, trat sie zum Fenster.

Sie hob mit der Hand eine der Lamellen. Das Holz war warm von der Sonne. Im ersten Augenblick sah sie nichts als blendende Helligkeit. Innerhalb weniger Stunden war der Garten zu einem weißen Blütenmeer geworden. Die über hundert Mandelbäume, die den sanft abfallenden Hang bestanden, hatten ihre Knospen geöffnet, so wie immer im Dezember. Wie kleine schattige Inseln schwammen darin die Orangen- und Zitronensträucher. Die Zypressenhecke war nur noch ein ferner dunkler Saum. Aus der Tiefe des Gartens klang eine Mädchenstimme, langgezogene scharfe Töne, flirrend und heiß wie die Luft. Holzschuhe klapperten über steinerne Fliesen ...

Dreißig Tage und dreißig Nächte waren sie jetzt hier im »Haus mit den roten Läden«, in den Hügeln über Lagos. Dreißig Tage, in denen nicht der Schatten einer Wolke das klare durchscheinende Blau des Himmels getrübt hatte; dreißig Nächte, beherrscht vom Aufblühen und Welken des Mondes. Tage und Nächte, die Caroline wie ein einziger Augenblick seliger Ekstase erschienen, endlos, und doch viel zu kurz, jetzt, da die Stunde gekommen war, in der er sie zum erstenmal verlassen würde, um an Bord der *Alouette* nach Cabo de San Vincente zu segeln.

Ihn beschäftigten ähnliche Gedanken, während sein Blick ihrer stummen morgendlichen Pantomime folgte. Wie ein Kind auf den Zehenspitzen wippend, stand sie dort. Die dunkle Flut des Haares ließ die Schultern breiter erscheinen, die Taille noch schmaler.

Mit keinem einzigen Wort hatte sie versucht, ihn zurückzuhalten. Er war stolz auf sie, auf ihre fast männliche Fähigkeit, die Dinge, die getan sein mußten, nicht mit Gefühlen zu belasten und zu komplizieren. Aber jetzt, noch die ganze Süße ihrer Hingabe im Blut, tat es ihm weh, daß sie nicht versuchte, diese Trennung zu verhindern, so kurz sie auch war.

War mit ihm geschehen, was sonst das Los der Frau war? Daß die Liebe ihn verwandelt hatte, daß seine Welt und sein Denken klein geworden waren und für nichts mehr Raum boten als für diese Liebe?

Es waren nicht einmal zwei Tage, die sie getrennt sein würden. Und diese Fahrt nach Cabo de San Vincente war wichtig. Wenn es Lord Beresford — dem Kommandanten der englischen Truppen in diesem Land, die man gegen Napoleon zu Hilfe gerufen hatte — und ihm gelänge, daß König Johann VI. von Portugal die Akte gegen den Sklavenhandel unterzeichnete, so konnte das die Wende bedeuten.

Idee und Vorbereitung zu den Verhandlungen waren sein Werk gewesen, und doch empfand er das Ganze jetzt wie eine Last, die er nur zu gerne abgeworfen hätte. Allein dieses Zimmer, dieses Haus zu verlassen, würde ihn übermenschliche Überwindung kosten. Ein Gefühl, daß damit etwas zu Ende ginge, das sich nie mehr wiederholen würde, beschlich ihn.

Caroline hatte den Laden einen Spalt geöffnet. Sie pflückte eine der üppigen Dolden des wilden persischen Flieders, der unter dem Fenster wuchs. Sie schloß den Laden wieder, trat zu ihm ans Bett. Zwischen den Handflächen die Blüten zerreibend, neigte sie sich über ihn. Die violetten Blättchen fielen auf seine Haut. Der starke Duft von Vanille stieg auf.

Nur das fast unhörbare Geräusch der fallenden Blättchen war um sie, das leise Knacken der Läden in der steigenden Hitze und vom Baderaum her, der zwei Zimmer weiter lag, das ewig gleiche murmelnde Rauschen der warmen Quelle, die sich jahraus, jahrein in das Mosaikbecken ergoß . . .

Er lag reglos, unverwandt zu ihr aufblickend. Plötzlich schnellte er auf, zog sie zu sich herab, warf sich über sie. Sie liebte seine plötzlichen Überfälle, seine Jagden auf sie, in denen die Leidenschaft das lachende Gesicht des Mutwillens annahm.

Aber diesmal war es etwas anderes. Wild, beinahe grausam nahm er sie, als wollte er sie auslöschen und alles in ihr, das ihm noch Geheimnis war, das er nicht kannte.

Fast bewußtlos, an der martervollen Grenze zwischen Schmerz und Lust, öffnete sie noch einmal die Augen, sah zu ihm auf. Sie wußte nichts von der rückhaltlosen Hingabe, die auf ihrem Gesicht stand. Sie sah nur die Erlösung, die über seine Züge glitt, als sie ihre Arme noch fester um ihn schlang.

Sie war ins Bad getaucht, unter den Strahl der Quelle, die sich aus dem goldenen Muschelmund in das Becken ergoß. Die schlanken grünen Marmorsäulen, die mit ihren palmen=

artig aufgefächerten Kapitälen das Glasdach trugen, stamm=ten, wie das bunte Steinmosaik des Beckens, noch aus römi=scher Zeit. Das Wasser kam dampfend heiß aus dem Innern des Berges, und doch erschien es Caroline, die noch wie im Fieber war, kühl.

Der Herzog war ihr gefolgt. Mehr als er es sah, spürte er die leisen Schauer, die über ihren Körper liefen. Er nahm eines der scharlachroten Frotteetücher und trat damit an das schmale Mosaiktreppchen, das ins Becken hinabführte. »Komm«, sagte er, »laß es gut sein, oder willst du noch jünger werden . . .« Er hüllte sie in das Tuch und führte sie in den kleinen, maurisch eingerichteten Raum neben dem Schlafgemach zum Frühstückstisch.

Tee stand bereit, türkischer Kaffee, ein blauer Steingutkrug mit Wasser, im Felsenkeller unter dem Haus gekühlt. Aber Carolines Gedanken waren bei etwas anderem. »Du glaubst also auch an die Wunderkraft der Quelle?« Das Lächeln, das ihre Lippen umspielte, ließ ihre Augen noch ernster er=scheinen. Quelle und Tempel, im Altertum der Proserpina geweiht, galten als Heiligtum der Fruchtbarkeit und ewiger Jugend. Merkte er nicht, worauf sie mit ihrer Frage hin=zielte?

Aber er lachte nur. »Leblanc jedenfalls witterte sofort das Geschäft«, sagte er. »Ich weiß nicht, wie lange der Besitz uns schon gehört, ich weiß nur, daß erst Leblanc es war, der die Bedeutung der Quelle entdeckt hat. Er ließ sie neu weihen, bestellte einen Chemiker, der die Zusammensetzung des Wassers feststellte; er ließ Zettel in drei Sprachen drucken und das Wasser abfüllen. Heute verschickt er es in die ganze Welt, in drei Abfüllungen: in Keramik, in

Silber und Gold, zu fünf, zu zwanzig und zu vierzig Pfund. Ich bin gespannt, auf was für Quellen meines Reichtums ich mit der Zeit noch stoße.«

Ein Schatten ging über sein Gesicht. »Geld!« fuhr er fort, »Ich werde dieses Evangelium nie verstehen, und doch lebt die ganze Welt darnach. Aber wenn es mir nur in diesem Fall hilft ... Wir werden heute dem Unterhändler von König Johann VI. 400 000 Pfund dafür bieten, daß Portugal sich dem englischen Verbot des Sklavenhandels anschließt. Das älteste Sklavenhändlervolk der Welt auf unserer Seite! Früher haben die Könige sich damit die Kassen gefüllt. Aber das ist vorbei. Jetzt ist das Geschäft in privaten Händen. Das wird es dem König erleichtern, sein Gewissen zu entdecken.«

Er hatte nicht von diesen Dingen sprechen wollen! Nicht an diesem Morgen, an dem so ganz anderes ihn beschäftigte, an dem er, wie manchmal in der letzten Zeit, jene Schwere des Herzens empfand, eine fast schmerzliche Sehnsucht nach einem Leben, das abgegrenzt war wie der blühende Garten draußen. Ein Haus, eine Familie, Bäume, die er wachsen sah, Kinder, die ihm geboren wurden. Er stand im Zenit seines Lebens. Ein abenteuerlicher Weg lag hinter ihm. Etwas in ihm, das immer stärker wurde, drängte ihn, an seine eigene Ernte zu denken: das Glück, das diese Frau ihm schenkte, zu halten, es zu umzäunen und zu pflegen. Ein Kind, dachte er, erst wenn wir ein Kind haben, werde ich wissen, daß all das nicht nur ein Traum war.

Ihre Blicke trafen sich. Es war Caroline, als kannte sie seine Gedanken. Aber warum sprach er sie nicht aus? Man sah ihrem Körper nichts von ihrem Geheimnis an, aber mußte er es nicht ahnen?

Einen Augenblick war sie versucht, es ihm zu sagen, noch in dieser Stunde, ehe er ging. Es war eine Stimmung, geboren aus der Trennung, die ihnen bevorstand. Es war ein Zwiespalt in ihr, der Wunsch, ihn zurückzuhalten, und der Gedanke, daß sie ihn nicht von seiner Aufgabe abhalten durfte.

Aber dann entschied sie sich, zu schweigen. Ihr Geheimnis war zu kostbar. In der Stunde, in der sie es ihm anvertrauen würde, durfte kein anderer Gedanke in ihm sein. »Da wir gerade von Geld sprechen«, sagte sie schließlich, »wie hoch kann ich morgen gehen, bei der Versteigerung des Schiffes?« Ein amerikanischer Clipper, die *Camelot,* war vor drei Tagen im Hafen von Lagos eingelaufen und stand nun zum Verkauf.

»Der Schätzwert ist achttausend«, sagte der Herzog, »aber du kannst ruhig höher gehen. Leutnant Fawkes soll sich an Bord noch einmal gründlich umsehen, aber soweit ich es beurteilen kann, ist es ein gutes, schnelles Schiff. Wir sollten es auf jeden Fall ersteigern, bevor es in falsche Hände fällt. D'Arlincourt wird noch eine Weile brauchen, bis sein erstes Schiff fertiggestellt ist, und bis dahin . . . aber was rede ich da!« Er war neben sie getreten. Er beugte sich zu ihr, nahm ihr Gesicht in beide Hände, küßte sie. »Morgen abend bin ich wieder da.«

»Morgen . . .« wiederholte sie, aber das Wort kam ihr seltsam, fast fremd vor. Morgen – er hätte genauso gut sagen können, in einem Jahr.

Mit weitgeöffneten Augen sah sie zu ihm auf, ernst und

zärtlich. Nachher, draußen, vor den Leuten, würde sie lächeln. Das hier war der Abschied, der nur ihnen gehörte, ein Augenblick, in dem sie sich noch einmal in den dichten flammenden Mantel ihrer Liebe hüllten.

Das Gesicht von dem breitrandigen weißen Strohhut be=schattet, auf dessen Krempe sich der hochgeschlagene licht=gelbe Schleier bauschte, stand Caroline mitten in der flir=renden Helligkeit des Arkadenhofes. Noch einmal wandte der Herzog den Kopf, hob die Hand. Dann tauchten Pferd und Reiter im Schatten des mit Wein überwachsenen Lau=benganges unter.

Caroline ließ den Schleier über ihr Gesicht fallen. Ihr Mund war ausgetrocknet. Der Geschmack des rötlichen Sandes, der unter den Hufen des grauen Araberhengstes aufgesto=ben war, lag ihr auf der Zunge. Nicht der leiseste Luftzug bewegte die lose angeschnittenen Bahnen ihres zitronen=gelben Tunikakleides – und doch fröstelte sie.

Über den mit lavendelblauen Keramikplatten belegten Weg kamen Schritte. In einem schwarzen Gewand von fast klö=sterlicher Strenge, das Haar unter einer steifen Rüschen=haube verborgen, kam die Beschließerin auf Caroline zu. Zwei Schritte vor ihr blieb die Frau stehen, machte eine Reverenz. »Der Wagen ist bereit, Herzogin.«

Caroline folgte der Beschließerin in den von einer riesigen alten Zeder überschatteten Remisenhof. Ein leichter Wagen stand bereit. Das ursprünglich leuchtende Rot des weit vor=stehenden Sonnendaches war mit der Zeit zu der Farbe abgeblühter Tulpen verblaßt. Der schneeweiße Fransen=besatz rundum mußte ganz neu angebracht worden sein.

Das silberbeschlagene Zaumzeug funkelte im Licht. Ein Mann in schwarzer Hose, weißem Hemd und knappem schwarzem Bolero hielt das Pferd am Halfter. Er verbeugte sich tief.

Caroline war plötzlich voller Ungeduld. »Ich werde selber kutschieren.« Sie raffte den Rock, stieg auf das Gefährt. Sie war so schnell, daß der Mann, der nur auf dem Sprung gewesen war, ihr zu helfen, zu spät kam. Sie legte das Teleskop neben sich auf die weiße Decke und griff nach den Zügeln. Sie zog so hart an, daß das Pferd sich aufbäumte und der Mann zur Seite springen mußte.

Caroline achtete nicht auf die verwunderten Blicke, die ihr folgten, während sie den Wagen durch den weißen Torbogen hinauslenkte. Sie schlug nicht den Weg nach Lagos ein, wohin sie hatte fahren wollen. Sie lenkte das Pferd auf den mit Lavageröll bedeckten Pfad, der sich in Serpentinen um die Hochebene der Serra de Monchique hochschraubte, zur Ponta de Piedade, dem Felsplateau, hoch über Lagos, von wo aus man einen weiten Blick über das Meer hatte.

Immer wieder fiel das Pferd in den ruhigen Schritt eines an bergige Wege gewöhnten Tieres. Immer wieder trieb Caroline es mit klatschenden Zügeln an. Sie wünschte, sie hätte eine Peitsche gehabt, um es anzuspornen.

Endlich hatte sie das Felsplateau erreicht. Sie roch das Meer, noch ehe sie es aufschimmern sah. Mit einem kühnen Schwung sprang der Fels über den Abgrund hinaus, als wollte er eine Brücke über das Meer schlagen, hinüber nach Afrika.

Sie zog die Zügel an, band das schweißnasse Pferd an einem einzelnen, vom Wind gebeugten Korkbaum fest. Vögel mit leuchtend roten Schnäbeln und tintenblauem Gefieder flatterten auf. Den Boden bedeckte ein dichter Teppich von Erika und einer gelben Blume, die sie nicht kannte. Aber sie hatte nur Augen für das Meer, das sich in seiner grenzenlosen Weite vor ihr ausbreitete.

Sie lief zum Rand des Felsvorsprunges. Einen Augenblick hatte sie das Gefühl, als wiche der Boden unter ihr zurück, als zöge die unendliche Weite sie in ihre Arme, und sie verstand, warum man sagte, Algarve, diese südlichste Landschaft Portugals, wäre das Ende der Welt.

Dann sah sie das Schiff. Die Segel leicht vor dem Wind, zog die *Alouette* aus dem Hafen von Lagos. Caroline lief zurück zum Wagen, holte das Teleskop.

Er stand auf der Kommandobrücke. Sie hob die Hand, um ihm zu winken — und ließ sie sinken. Sie war froh, daß er sie nicht sehen konnte. Denn wieder, wie schon die ganzen Stunden seit dem Erwachen, drängte sich ihr, gegen ihren Willen, mit dem Zwang einer Vision eine Ahnung auf, daß es ein Abschied auf lange war.

Sie starrte dem Schiff nach, bis es immer schemenhafter wurde, nichts als ein paar beschwingte silberne Linien auf der blauen Seide des Meeres, die sich in Licht auflösten.

Die Angst hatte einen Wirbel dumpfer Gefühle in ihr geweckt. Aber was fürchtete sie eigentlich? Oder war es die Liebe? Hatte sie es schon verlernt, allein zu existieren? Es war ein beunruhigender Gedanke. Frauen, die getrennt von dem Mann, den sie liebten, nur noch Schatten ihrer selbst waren, der Einsamkeit wie einem Gespenst ausgeliefert, hatte sie immer verachtet. Aber seit sie wußte, daß sie ein Kind erwartete, fühlte sie anders. Etwas in der weiblichen

Natur schien bestimmt zur Selbstaufgabe, als wäre das der größte Liebesbeweis, den eine Frau dem Mann darbringen konnte. Hätte sie es ihm doch sagen sollen?

Sie schüttelte den Gedanken ab. Es waren nie die Sklavin=nen, die am meisten geliebt wurden, sondern jene anderen, unbezähmbaren, die nur sich selbst gehörten, die alles, was sie einem Mann in den Nächten gewährten, am Tag zurück=nahmen!

Sie eilte zurück zu Wagen und Pferd. Sie sprang auf den Sitz, riß das Pferd an den Zügeln herum. »Los!« schrie sie. »Los! Nach Lagos! Ein Schiff kaufen.« Sie mußte die Be=klommenheit, die wie ein Netz über ihr lag, abschütteln. Ein wilder Wille, etwas zu tun, zu handeln, erfüllte sie.

KAPITEL 34

In ihrem Bestreben, möglichst schnell nach Lagos zu gelan=gen, lenkte Caroline das Pferd nicht auf den Weg, den sie gekommen war, sondern bog in den Waldpfad ein, der ihr eine Abkürzung zu sein schien.

Das dichte Gehölz nahm sie auf. Die Kronen der alten knorrigen Olivenbäume schlossen sich über ihr zusammen. Wilde Pfirsich= und Aprikosenbäume wuchsen dazwischen, Johannisbrotbäume. Die lichtdurchwirkte Dämmerung legte sich lindernd auf ihre Nerven. In den gedämpften Hufschlag des Pferdes und das Schlagen der Räder mischte sich ein anderes Geräusch, raschelndes Laub und der kurze trockene

Laut anschlagender Hunde. Fast unsichtbar schnürten sie am Boden dahin, schwarze Dachshunde an langen Leinen, geführt von Männern in dunklen Mönchskutten.
Sie mußte das Pferd anhalten, die Männer versperrten den Pfad; die Kutten bis zur Wade hochgeschürzt, standen sie da, die breitkrempigen schwarzen Filzhüte auf dem Rücken herabhängend. Kurze Messer blitzten in ihren Händen, am Arm trugen sie Körbe.
Es waren die Mönche vom Kloster Monchique. Seit Wochen hatte Caroline ihre Patisserien und die weißen Trüffel, die sie mit ihren eigens dazu abgerichteten Hunden in den Laubwäldern sammelten, gegessen. Jeden Morgen war einer von ihnen in das Haus mit den roten Läden gekommen. Ohne daß sie hätte sagen können warum, hatte ihr Anblick immer so etwas wie ein Warnsignal in ihr ausgelöst. Auch jetzt war in ihrer Haltung etwas Drohendes, als erwarteten sie, daß Pferd und Wagen vor ihnen Platz machten. Doch dann, während die anderen den Weg freigaben, trat einer von ihnen an das Gefährt. Mit stummem Gruß reichte er Caroline einen mit Trüffeln gefüllten Korb.
Sie murmelte ein »Danke« und trieb das Pferd an. Sie konnte sich nicht bezwingen; sie mußte sich nach den Mönchen umsehen. Sie waren verschwunden, nur das Bellen der Hunde klang durch das Gehölz. Wie immer, wenn sie einer dieser schwarzen Gestalten begegnet war, so konnte sie sich auch jetzt des Gefühls nicht erwehren, als diente ihnen die harmlose Beschäftigung nur zur Tarnung für etwas anderes . . .
Ihr wurde erst leichter, als sie den Wald hinter sich hatte und der Pfad in die Straße einmündete, die vom Haus mit

den roten Läden in sanften Windungen abwärts nach Lagos führte. Sie glaubte, im rötlichen Sand die Hufe eines Pferdes zu erkennen. Diesen Weg war er geritten. Die Spur war wie ein Gruß, und für Caroline in diesem Augenblick von einer Bedeutung, wie nur die Leidenschaft sie auch den kleinsten und zufälligsten Spuren des Geliebten zu geben vermag. Ihre Furcht erschien ihr jetzt kindisch, nichts weiter als der Schock, plötzlich ohne ihn zu sein.

Dann verschwand die Spur auf der von den Hufen der Lasttiere ausgetretenen Straße. Sie überholte Karren, die mit Brettern und Bohlen beladen zu den Docks unterwegs waren. Das Meer leuchtete auf, der flache sandige Küstensaum wurde sichtbar mit den riesigen Lavablöcken, die wie vorweltliche Ungeheuer dort lagerten. Ihr Herz schlug höher, als sie die im Bau befindlichen Docks entdeckte, die Skelette der Schiffe, die darin Gestalt annahmen, das Gewimmel der Arbeiter.

Sie hielt vor einer der Bauhütten an. Ein grauhaariger Polier, einer der Männer, die Leblanc noch in St. Malo angeheuert hatte, half ihr aus dem Wagen.. »Nun, wie geht die Arbeit voran, Trotin«, fragte sie.

Der Mann strahlte sie an. »Prächtig, Madame! Die Weiber von Lagos verfluchen Sie bereits. Ihre Männer beten nicht mehr zur Madonna, sondern nur noch zu der Frau, die ihnen nach soviel Jahren endlich wieder Arbeit gebracht hat.«

»Ich suche Leutnant Fawkes«, sagte Caroline. »Ich möchte, daß er sich die *Camelot* anschaut. Wo steckt er?«

»Beim Marquis, in der Grotte. Ich werde ihn rufen lassen.«

»Lassen Sie nur. Ich werde selber zu ihm gehen. Der Mar=

quis muß denken, ich kümmere mich überhaupt nicht um ihn.« Sie hatte die Grotte noch nie betreten. Sie wußte nur, daß sie, in die aufragenden Felsen der Steilküste eingelassen, jahrhundertelang Seeräubern und Schmugglern als Schlupfwinkel gedient hatte und daß der Marquis dabei war, sie zu vergrößern und auszubauen, um das Herzstück seiner neuen Schiffe, die Maschinen, dort, vor den Augen allzu Neugieriger verborgen, vollenden zu können.

Als sie sich jetzt dem Eingang der Grotte näherte, sah Caroline das auf Pfählen ruhende Gerüst. Aus dem Meer stieg es an den Felsen empor. Zwischen Himmel und Wasser schwebend, an dicken Hanfstricken angeseilt, arbeiteten die Steinhauer. Der Polier hatte Caroline zu einem schmalen in den Fels gehauenen Treppchen geführt. Der Wachtposten gab den Weg frei.

Carolines Augen mußten sich erst an die Dunkelheit des Ganges gewöhnen, der sie am Ende der Treppe aufnahm. Kühle umfing sie. Unter ihren Füßen war das Anschlagen der Brandung zu vernehmen. Im Gestein funkelten metallische Adern auf, bunte in den Fels eingeschlossene Kristalle. Immer tiefer drang sie in den Fels ein. Es war, als hätte die Zeit ein anderes Maß in diesen unterirdischen Gewölben. Sie hätte nicht sagen können, wie lange sie schon so dahinschritt, als der Gang sich plötzlich weitete und sich vor ihr das Innere der Grotte auftat, groß wie ein Dom.

Versunken in den Anblick, bemerkte sie d'Arlincourt erst, als er mit einer Bewegung jugendlichen Überschwanges auf sie zutrat. Mit ausgebreiteten Armen begrüßte er sie. »Endlich ein Wesen aus der Oberwelt, das zu mir findet!« Mit einer weitausholenden Geste zeigte er durch den Raum.

»Nun, was sagen Sie zu meiner Privathölle, zu meiner Alchimistenstube?«
Das Tageslicht, das durch unsichtbare Kanäle hereindrang, und der Schein der Lampen, die überall an den Gerüsten brannten, schienen von der düsteren Weite des Raumes aufgesogen zu werden. Ganz von ferne glaubte Caroline etwas zu hören, das wie das schwache Echo von Kirchenglocken klang. Sie sah d'Arlincourt fragend an.
»Nein, nein«, sagte er, »Sie täuschen sich nicht. Es sind die Glocken des Klosters.«
»Das Kloster?« fragte sie erstaunt. »Es sind Meilen bis dahin . . .«
»Der Fels trägt es bis hierher. Er ist wie ein Ohr — Ihre Schritte, ich habe sie von weitem gehört. Sehr praktisch für unsere Wachposten.« Er sah sie an. »Sie vermissen Sterne, nicht wahr? Ramon mußte heute nach Alheo. Wir brauchen noch mehr Arbeiter. Er wird es bedauern . . .«
Aber Caroline wußte, es war kein Zufall, daß Sterne ausgerechnet heute Lagos verlassen hatte. Er vermied es, wo er nur konnte, ihr zu begegnen. Sein ganzes Verhalten zeigte ihr, daß er sie liebte; er würde es sie immer fühlen lassen, gerade durch die Vorsicht, mit der er sie mied. »Ich wollte Leutnant Fawkes holen«, sagte Caroline. »Er soll sich die *Camelot* ansehen. Wir wollen den Clipper ersteigern.« Sie lachte, als sie das mißbilligende Gesicht d'Arlincourts sah. »Ich weiß, Sie halten uns für unverbesserlich romantische Seelen! Aber keine Sorge, Marquis. Es ist keine Konkurrenz für Sie; das Schiff soll nur nicht in andere Hände fallen.«
»Ich werde Fawkes rufen«, sagte d'Arlincourt.

Leutnant Fawkes hatte die Zügel ergriffen, lenkte das Gefährt zurück auf die Straße. Rufe wurden laut, Hüte flogen durch die Luft, jetzt, da die Arbeiter in Caroline die Frau erkannten, der sie das »Wunder von Lagos«, wie sie es nannten, verdankten. Es war eine untheatralische, naive Begeisterung, die etwas Unwiderstehliches hatte.

Sogar der immer ernste und verschlossene Fawkes schien in diesem Augenblick davon angesteckt. In seine Wangen, die auch in der Sonne Portugals die wächserne Blässe der Krankheit noch nicht verloren hatten, trat Farbe. »Diese Männer beten Sie an, Herzogin! Die meisten waren arbeitslos, und die anderen haben zwar gearbeitet, aber nichts verdient. In Lagos sind alle arm — bis auf die Sklavenhändler.«

Caroline antwortete nicht, und er schien es auch nicht zu erwarten. Vor ihnen tauchten die ersten Häuser von Lagos auf. Im Rücken den grünen Gürtel der Wein- und Olivenberge, lag die Stadt da, an den Fuß der Serra Monchique gelehnt, in die gähnende Leere der Bucht hinausstarrend wie ein großes verlassenes Haus, das darauf wartet, wieder bezogen zu werden.

Einst war dieses Lagos eine mächtige Hafenstadt gewesen. Die kühnen Seefahrer des 15. und 16. Jahrhunderts, die hier die Segel zu ihren Entdeckungsreisen setzten, hatten ihm Ruhm gebracht, die Sklavenhändler Reichtum. Alles zeugte von dieser Vergangenheit: die dreistöckigen Lagerhäuser, die Schiffsbüros mit ihren reichverzierten Fensterstöcken, die Geschäfte mit den prächtigen Kandelabern vor den Schaufenstern, die Tavernen und Gasthöfe, die Barbierläden, wahre Säle aus blitzendem Messing und blauem

Marmor — alles war für einen Hafen gebaut, der täglich Menschen und Waren an Land warf. Aber jetzt war die Stadt tot, der Hafen leer, bis auf die Masten der *Camelot*, die, über die Dächer hinausragend, jetzt sichtbar wurden.

Sie hatten einen weiten Platz erreicht, umgeben von lang=gestreckten Gebäuden mit Arkadengängen. Fawkes ließ die Zügel sinken, das Pferd im Schritt gehen. »Der alte Sklaven=markt von Lagos!« sagte er. »Hunderttausende haben sie hier verschachert.« Er wies auf die schlanken Säulen der Arkaden, in die überall eiserne Ringe eingelassen waren. »Und dort . . .«, er deutete auf die goldfunkelnde Fassade der Kirche *Misericórdia,* die den Platz auf der anderen Seite abschloß, »dort wurden sie gleich getauft.«

Caroline war es, als stünde vor ihr die Vergangenheit auf, als hätte der Platz das Klirren der Ketten, die Stimmen der sich überbietenden Händler bewahrt. Aber als sie den stoß=weisen Atem Leutnant Fawkes' neben sich hörte, in sein blutleeres Gesicht blickte, war es unmittelbare Gegenwart! Was mußte dieser junge Kapitän erlebt haben! Es war nicht die kaum überwundene Krankheit, die diesen Körper verzehrte; viel schlimmer als das Fieber war der Haß, der in ihm wühlte. Was der Herzog gegen die Sklaven=händler empfand, war, verglichen mit Fawkes, eher das Gefühl eines Arztes, der entschlossen ist, eine gefährliche Krankheit zu bekämpfen, voll Besonnenheit und jener fast liebevollen Aufmerksamkeit, deren es bedarf, um den Feind in jedem Augenblick richtig einschätzen zu können. In Leutnant Fawkes aber brannte ein Haß, der jede Stunde seines Lebens, die ihn von der Vergeltung zurückhielt, zur Qual machte.

Sie legte die Hand auf seinen Arm. Er schrak unter der Berührung zusammen, als erwachte er. »Vergessen Sie nicht unser Ziel«, sagte sie. Er nickte. »Wir sind gleich da.«

Der Wagen fuhr holpernd durch eine enge Gasse, und dann, plötzlich, lag das Meer vor ihnen, blau ohne Grenzen, und auf seiner Fläche das weiße Schiff mit seinen weißen Masten.

Leutnant Fawkes brachte das Pferd zum Stehen. Caroline sah, wie seine Hände sich zu Fäusten ballten. »So ein Schiff, wenn ich es gehabt hätte! Mit alten Heuschobern mußten wir Jagd machen auf Renner wie diesen. Acht alte ausgediente Kisten — damit sollten wir den gesamten Handel vor der Sklavenküste blockieren.«

Caroline beugte sich zu ihm, löste die Zügel aus seinen Händen. »Bitte«, sagte sie eindringlich, »können Sie nicht einen Augenblick die Vergangenheit vergessen! Nehmen Sie ein Boot, lassen Sie sich hinüberrudern. Sehen Sie das Schiff genau an. Der Preis ist achttausend Pfund. Ich werde inzwischen mit dem Mann sprechen, der es versteigert.«

Er sprang aus der Kutsche. In seinen Augen war ein Leuchten. »Ich werde keinen Kratzer finden, keinen Rostfleck. Nur ein Mann baut solche Clipper, Wattson in Newport. Das Schiff ist segelfertig, so wie es daliegt.« Seine plötzliche Begeisterung war ebenso hektisch wie sein Haß.

Caroline hatte nur das Wort »segelfertig« gehört. Das Bild der *Alouette* stieg vor ihr auf, wie sie mit vollem Tuch aus dem Hafen geglitten war. Ihm nachsegeln! Mit dem weißen Schiff, das dort draußen leise schwankend in der Dünung stand. Es war nur ein aufblitzender Gedanke gewesen, aber sie beschloß ihn sofort in die Tat umzusetzen. »Sehen Sie sich den Clipper trotzdem an«, sagte sie, »und kümmern Sie sich auch gleich um eine Mannschaft für das Schiff. Ich möchte, daß wir morgen um diese Zeit die Segel setzen.«

»Morgen. Unmöglich! Lagos ist ein toter Hafen. Woher soll ich eine ganze Mannschaft nehmen?«

Sie sah ihn mit einem jener vollen Blicke an, die bei einer schönen Frau wie ein Lächeln sein können. »Sie werden doch wohl genug Leute für einen Ausflug nach Cabo de San Vincente finden — wo ich in Lagos sogar einen Kapitän für die *Camelot* gefunden habe.«

Er starrte sie ungläubig an. »Sie meinen . . .«, sagte er, immer noch zweifelnd, »daß die *Camelot* unter meinem Kommando auslaufen soll?« Eine Röte flog über sein Gesicht.

»Das meine ich, Kapitän Fawkes. Und nun sehen Sie sich das Schiff an.«

Er sah zu ihr auf, etwas Kindliches im Gesicht. Diese schrecklichen, auf sein Knabengesicht gebrannten Runen des Hasses waren gelöscht. »Wir werden segeln!« sagte er wie ein Träumender. Mit einer an ihm seltsam anmutenden weichen Geste winkte er einen neben den ans Ufer gezogenen Ruderbooten hockenden Jungen zu sich heran.

Borromeu Mendez saß auf seinem geflochtenen Rohrsessel unter den Arkaden vor seinem Versteigerungshaus. Den Kopf zurückgebogen, das Gesicht weiß vom Seifenschaum, den Barbier über sich gebeugt, war seiner Aufmerksamkeit doch das Gefährt nicht entgangen.

Er richtete sich auf, scheuchte den Barbier mit einer ungeduldigen Handbewegung weg. »Wir machen später weiter. Verschwinde.« Er wischte sich hastig den Seifenschaum vom Gesicht, ließ sich in den Sessel sinken, nahm die Zeitung auf.

Auf dem Tischchen neben ihm stand eine Karaffe Eiswasser und eine winzige Tasse schwarzen Kaffees. In der steifen Art alter Menschen, die Beine von sich gestreckt, saß er da.

Mit einem Laut wie jemand, der jäh aus dem Dahindämmern gerissen wird, fuhr Borromeu Mendez auf, als Caroline jetzt zu ihm in den Schatten der Arkaden trat. Sie fand seine Versunkenheit genauso gespielt wie seine Überraschung. »Ich hoffe, ich störe nicht, Señor Mendez«, sagte sie. Der alte Mann amüsierte sie. Sie nahm ihre Karte aus ihrem Täschchen, reichte sie ihm, gespannt, wie er die Szene weiterspielen würde.

Er hatte die Karte genommen. Mit der Linken setzte er einen Zwicker auf die Nase, aber dann gab er das Spiel auf. Ohne einen Blick darauf zu werfen, legte er die Karte vor sich auf den Tisch. Ein um Verständnis bittendes Lächeln huschte über sein Gesicht. »Ich will es nicht übertreiben«, sagte er, »und Ihnen im Ernst vorspielen, daß es eine lebende Seele in Lagos gibt, die Sie nicht kennt, Herzogin.«

»Ein guter Schauspieler zu sein, gehört wohl zu Ihrem Beruf, Señor Mendez«, sagte sie.

»Oh, das war nur der freudige Schreck, die Verwirrung, Sie hier zu sehen. Und verzeihen Sie einem alten Mann, wenn er sitzen bleibt.« Er griff nach dem Stock, der an der Lehne des Stuhles hing, und stieß damit ein paarmal auf die Fliesen. »Gleich wird man Ihnen einen Stuhl bringen. In Lagos hat man verlernt, Fremde mit Würde zu empfangen.«

Er sprach das singende Französisch des Südens, mit rollendem R und fast ohne Nasale. Aber sein Gesicht verriet in jedem Zug den Orientalen. Es war das ebenmäßige Oval der semitischen Rasse, mit der hohen Stirn, der gebogenen Nase und dem weichen Kinn, das vom Alter nicht zerstört wird, sondern erst dann die ganze Fülle seiner melancholischen Schönheit entfaltet. Unter dem Rock aus sienabraunem Tuch sah eine sandfarbene bestickte Weste hervor. In der Mitte der gefältelten Halsbinde steckte ein goldenes Medaillon, in dem unter Glas ein aus Haar geflochtenes Schiff zu sehen war. Seine lebhafte Mimik verriet einen Mann, der innerlich keinen Augenblick müßig war und der nicht unbedingt Zuhörer brauchte, um sich gut zu unterhalten.

Der Junge, der Caroline einen Sessel gebracht hatte, stellte ein silbernes Tablett vor Caroline hin; ein bunter Papierfächer lag darauf, und daneben standen eine Tasse Kaffee und Backwerk, jene köstlichen Patisserien aus dem Kloster, an deren seltsame Formen Caroline sich immer noch nicht gewöhnt hatte. Da gab es die »Pfeile des heiligen Sebastian«, ein mit Marzipan gefüllter Mürbteig; den »Rost des Laurentius«, knusprige Gitterwaffeln, und die »Hände Jesu«, zarter Blätterteig, die Fingernägel mit Mandeln angedeutet, und in der Mitte als Wundmale kandierte Rosenblätter.

Borromeu Mendez hatte ihren Blick verstanden. »Ja, unsere Padres sind rührig«, sagte er, »und recht geschäftstüchtig auf ihre Art.« Er verneigte sich leicht. »Und welche Geschäfte führen Sie zu mir?«

»Ich komme wegen des amerikanischen Clippers, der *Camelot*.« Caroline hatte den Fächer aufgenommen, ließ ihn aufspringen. Sie saß im Schatten, aber die brütende Hitze des Platzes drängte auch unter die Arkaden.

Borromeu Mendez nickte. »Ein schönes Schiff. Soll einer meiner Leute Sie hinüberbringen?«

»Vielen Dank. Das besorgt mein Kapitän, der mehr davon versteht als ich. Ich bin gekommen, um mit Ihnen über den Preis zu sprechen.«

Borromeu Mendez hob abwehrend die Hände. Die sachliche, aufs Ziel losgehende Art dieser jungen Frau beunruhigte ihn. Wenn es nach ihr ginge, wäre in drei Sätzen alles gesagt. Er hatte vom ersten Augenblick an gewußt, weshalb sie zu ihm kam, aber es wäre ihm barbarisch erschienen, sich das anmerken zu lassen. Obwohl er lange in Europa lebte, war er ganz Orientale geblieben. Er maß einen Handel nicht allein nach dem Geld, das er dabei verdienen konnte, sondern nach der Unterhaltung, die er ihm brachte. Der Verkauf des Clippers war ein Geschenk des Himmels, ein Drama, und er wollte Akt für Akt auskosten.

»Das Schiff wurde auf einer Werft in Newport gebaut«, nahm er den Faden wieder auf, »in der Wattson-Werft. Die Newport-Clipper sind Vollblütler unter den Schiffen. Ich habe wenige Schiffe wie dieses gesehen. Es ist ein Traum.«

»Der Preis, Señor Mendez«, unterbrach ihn Caroline. »Was ist der Preis?«

»Sie fragen nach dem Preis? Was ist ein Traum wert, Madame?« Er nahm einen Schluck von dem schwarzen Kaffee. »Das Schiff gehört einer Frau, einer außergewöhnlichen Frau, Lady Ruth. Sieben Jahre ist sie über die Meere gefahren, auf der Suche nach ihrem verschollenen Geliebten. Vor drei Tagen ist sie zurückgekehrt, mitten in der Nacht. Von Lagos ist sie ausgelaufen, und nach Lagos ist sie zurückgekehrt, ganz in Weiß, tiefverschleiert. Erst an der Stimme habe ich sie wiedererkannt. ›Versteigere mein Schiff, Borromeu‹, das war alles, was sie sagte. Ich werde die Stimme nie vergessen, wie aus einer anderen Welt. Jetzt wohnt sie wieder in ihrer Villa, oben am Monte Monchique, gegenüber dem Kloster, allein mit ihren Tieren — Sie sehen, Madame, die *Camelot* ist kein gewöhnliches Schiff.« Der alte Mann verstummte.

War es die seltsame Geschichte des Schiffes oder war es die brüchige Stimme des alten Mannes, die Caroline so berührte. Noch vor wenigen Augenblicken war es irgendein Schiff gewesen, jetzt tat es ihr fast leid, daß sie nicht mit Fawkes hinübergefahren war.

»Es ist ein Schiff für eine Frau«, sagte Mendez, als hätte er ihre Gedanken erraten. »Das Schlafzimmer aus geschnitztem Zitronenholz. Im Musikzimmer alle Instrumente, die Sie sich nur wünschen können. Das Bad hat Ricardo Ginori entworfen. Die Porzellankacheln sind das Schönste, das je aus seiner Werkstatt kam. Wie für Sie gemacht, Madame.«

»Darum bin ich hier«, sagte Caroline.

Mendez neigte das Haupt. »Die Versteigerung findet mor=gen um neun Uhr statt.«
Caroline schüttelte den Kopf. »Sie haben mich immer noch nicht verstanden. Ich möchte das Schiff jetzt kaufen, auf der Stelle.«
Mendez zögerte. Diese Frau war so besessen von dem Ge=danken, das Schiff zu kaufen, daß sie sicher bereit war, mehr als die achttausend Pfund zu zahlen. Aber er würde sich damit um die Versteigerung bringen! Nach vielen Jahren hatte er endlich wieder ein Schiff zur Auktion, wie es jedem König zur Ehre gereichen würde. Endlich wieder würden sich in seinem Hof halblaut gerufene Gebote jagen, unter=brochen von Augenblicken atemloser Stille. Es war viel=leicht seine letzte große Versteigerung, er durfte sie sich nicht entgehen lassen.
»Ich verstehe Ihre Ungeduld«, sagte er schließlich, »aber ich bin leider gebunden. Ich habe den Auftrag, das Schiff zu versteigern, öffentlich, um den besten Preis zu erzielen.«
»Und wenn ich Lady Ruth aufsuchen würde? Wenn sie nicht auf einer Versteigerung bestünde?« Caroline begriff sich selber nicht mehr. Warum wartete sie nicht in aller Ruhe die Versteigerung ab ... Sie war schon bereit, diese seltsame Anwandlung fallenzulassen, als Mendez sagte: »Sie wird Sie nicht empfangen. Sie empfängt niemanden. Und selbst dann wäre da noch ein anderes Hindernis. Ein anderer Interessent, dem Lady Ruth bei einem Gebot gleicher Höhe ausdrücklich das Vorkaufsrecht zugesichert hat.«
»Ein anderer Interessent?« Caroline war plötzlich alarmiert.
Borromeu Mendez hatte sich vorgebeugt. Er blickte Caro=

line forschend an. Sein Instinkt sagte ihm, daß es nicht sein Schaden sein würde, wenn er auf der Versteigerung bestand. »Es ist der Pater Abt«, sagte er.
»Vom Kloster Monchique?« Sie mußte unwillkürlich lachen. »Diese Diener Gottes haben wirklich einen bemerkenswerten Hang zu weltlichen Dingen. Nun gut, dann werde ich eben zum Pater Abt gehen.« Sie erhob sich. »Wir sehen uns noch, Señor Mendez.«
Er breitete die Hände aus, in einer Geste, als gäbe er es auf, diese Frau zurückzuhalten. Ein seltsamer Zug trat auf sein Gesicht, Schatten, Müdigkeit. Er fühlte sich uralt neben dieser Frau und er erkannte, daß er es immer gewesen war, immer klug, immer überlegend, nie ungestüm.
Caroline wußte nicht warum, aber sie hatte das Gefühl, als hätte sie dem alten Mann weh getan.

KAPITEL 36

Sie brauchte niemand nach dem Weg zu fragen. Weithin sichtbar, beherrschte das Kloster den Bergsattel der Serra de Monchique. Weiß und trotzig, mehr eine Festung denn ein heiliger Ort, lag es dort, von terrassenartigen Höfen und einem undurchdringlichen Kranz von Mauern umgeben.
Aber noch etwas anderes wies ihr den Weg: der Zug schwarzgekleideter, verschleierter Frauen, der sich den Bergpfad zum Kloster emporwand. Ohne sich umzuwenden oder aufzusehen, nur dem Klang der Hufe und Räder ge=

horchend, machten sie den Weg vor Caroline frei. Um die braunen Hände, dem einzigen, was aus den schwarzen Gewändern hervorsah, schlangen sich die bunten Perlen=schnüre von Rosenkränzen.

Es wurde immer mühseliger, mit Pferd und Wagen auf dem steilen Saumpfad vorwärtszukommen, und Caroline war froh, als er schließlich auf einem Vorplatz zu Füßen des Klosters endete. Sie lenkte das Pferd zu dem Brunnen mit dem flachen Korkdach. Ein Mönch erhob sich von der Bank, die den Brunnen umzog. Wie selbstverständlich nahm er das Pferd am Halfter, führte es in den Schatten des Brunnen=häuschens.

Caroline sprang vom Wagen. »Ich möchte ins Kloster«, sagte sie, »zum Pater Abt. Wie komme ich dorthin?« Mit Augen, die die Welt so gleichgültig wie ein Spiegel reflek=tierten, wies der Mönch auf die aus dem Fels gehauenen Stufen, die in engen Serpentinen zum Kloster anstiegen. »Es gibt nur diesen Weg«, sagte er, »er ist für alle. Sie können Ihr Pferd hierlassen. Ich werde es tränken.«

Ohne Dank nahm er die Goldmünze, die sie ihm reichte, entgegen. Er band das Pferd an, ergriff einen Eimer. Caro=line blickte die Stufen aufwärts. Kopf an Kopf kroch die Prozession der Frauen dahin. »Ist heute ein besonderer Tag?« fragte sie den Mönch.

»Das Fest des heiligen Gonzales«, antwortete er in seiner selbstbewußten, schroffen Art; das plötzliche Mißtrauen in seinen Augen erinnerte Caroline an die Andeutungen, die ihr die Beschließerin gemacht hatte: daß der Papst das Kloster in Acht und Bann getan habe; daß die Mönche wegen irgendwelcher Vergehen exkommuniziert seien. Die

wallfahrenden Frauen von Lagos schienen sich darum so wenig zu kümmern wie die Mönche selber.
Caroline verließ den Hof. Am Fuße der Treppen standen, von den Frauen abgelegt, unzählige Schuhe und Sandalen im schütteren Gras. Caroline blickte auf den rauhen Stein der Stufen und dann auf ihre Satinschuhe mit den dünnen Ziegenledersohlen, die für so einen Weg nicht gemacht waren. Sie raffte mit beiden Händen den Rock des Seidenkleides.

Jede kleine Lücke ausnützend, schlängelte sich Caroline zwischen den Wallfahrerinnen hindurch. Das Kleid klebte ihr am Leib, als sie endlich den Vorhof der Kathedrale erreichte.
Von den weißen Wänden der Kirche reflektiert, schien sich die Helligkeit des Lichtes hier zu verdoppeln. Auf den Stufen zum Portal knieten die Frauen, Gebete murmelnd. Von Zeit zu Zeit öffnete sich die Seitenpforte des Portals. Ein Mönch wurde sichtbar, ließ eine der Frauen ein. Schritt für Schritt hatte sich Caroline einen Weg durch die knienden Frauen zum Kirchenportal gebahnt, und als sich die Seitenpforte jetzt wieder öffnete, drängte sie sich entschlossen vor und trat ein.
Der Übergang aus dem grellen Sonnenlicht in die dämmrige Kirche war so unvermittelt, daß sie im ersten Augenblick wie blind dastand. Das erste, was sie in der tiefen Dämmerung unterscheiden konnte, war die blanke Rundung eines kahlen Schädels. Der Mönch saß an einem Tisch, auf dem randvoll mit Münzen gefüllte Schalen standen. Um ihn herum bildeten graubespannte Paravents eine Art Kabine.

Caroline wollte schon nach Geld suchen, aber der Blick des Kahlköpfigen ließ sie innehalten. Es war ein Blick aus tiefen, die Augen fast vollkommen verbergenden Höhlen; und doch schienen sie in diesem Gesicht, dessen Züge die Starre und Härte einer metallenen Maske besaßen, das einzig Lebendige. Seine Lippen bewegten sich kaum, als er sagte: »Ihr Besuch ist uns eine Ehre, Herzogin.«
Sie neigte leicht das Haupt. Er kannte sie! Eine Frage lag ihr auf der Zunge, aber sie stellte sie nicht. Die Begegnung mit den Mönchen am Morgen fiel ihr ein, die immerwährende stumme Gegenwart dieser schwarzen Gestalten, seit dem Tag, da sie mit dem Herzog nach Lagos gekommen war. Etwas in ihr war beunruhigt, wollte sie warnen, aber der Wunsch, ihren Willen durchzusetzen, war stärker. »Ich möchte zum Pater Abt«, sagte sie.
Auf einen Wink des Kahlköpfigen traten zwei Mönche vor. Der eine, fast noch ein Knabe, dessen weiche schwärmerische Züge durch den strengen Schnitt der Haare nur noch betont wurden, starrte Caroline mit brennenden Augen an. »Nein, du nicht«, sagte der Kahlköpfige. »Severino wird die Herzogin zum Pater Abt bringen.«
Errötend senkte der Jüngling den Kopf, trat in den Schatten zurück. Pater Severino verneigte sich vor Caroline. Er war ein hochgewachsener Mann, dessen kraftvollen Körper nicht einmal die schmucklose Kutte verbergen konnte. Mit einer Bewegung seiner gebräunten Hand deutete er auf einen schmalen, mit schwarzem Tuch verhangenen Durchlaß. Er schob den Vorhang zur Seite. »Wenn Sie mir bitte folgen.«

Schweigend schritt Pater Severino durch das Seitenschiff der Basilika voran. Die Bänke waren aus dem Kirchenraum entfernt, die hohen Fenster, die Seitenaltäre mit scharlachrotem Samt verhängt.

Die silbergetriebenen tiefhängenden Lampen brannten; die Flämmchen in den purpurroten Ölschalen verbreiteten eine irrlichternde Unruhe. In ihrem Licht schien der helle poröse Steinboden mit seinen breiten Adern wie von Blut durchpulst.

Vom Altar her klangen in der monotonen Tonfolge der Liturgie Männerstimmen. In dem überreichen Schnitzwerk des dunklen Chorgestühls fast verschwindend, saßen die Mönche, die Kapuzen tief in die Stirn gezogen, die Hände in den Ärmeln verborgen. Von den dunklen psalmodierenden Stimmen ging eine seltsam sinnliche, fast hypnotische Wirkung aus.

Auf den Stufen des Altars standen Räucherpfannen; bläulicher Rauch stieg aus ihnen auf, zog in Schwaden durch die Kirche und verbreitete süßen, schweren Duft. Jetzt erst bemerkte Caroline, daß auch der Hauptaltar verhüllt war, verborgen hinter einem scharlachroten Vorhang, der aus der Apsiskuppel niederwallte. Davor, auf einem dreistufigen, mit rotem Samt bespannten Podest stand eine nackte Männerstatue. Das rötliche Dämmerlicht verlieh dem Marmor die Weichheit und die blühende Farbe lebendigen Fleisches.

Verwundert über diese seltsamen, fast heidnisch anmutenden Riten zu Ehren des heiligen Gonzales, war Caroline stehengeblieben, als sie die Frau bemerkte. Sie lag auf dem Boden, die Stirn auf die Füße der Statue gepreßt. Plötzlich sprang sie auf. Der schwarze Schleier rutschte ihr vom Kopf. Eine Flut schwarzen Haares löste sich. Am ganzen Körper zitternd stand sie da, den Kopf zurückgebogen, die Hände am Ausschnitt ihres Kleides, als ränge sie nach Luft. Mit einer einzigen Bewegung schlitzte sie das Kleid von oben bis unten auf, schleuderte die Fetzen von sich. Als sie vollkommen nackt war, schlang sie die Arme um die Statue. Im Rhythmus der anschwellenden Stimmen der Mönche warf sie sich mit ekstatischer Wut immer wieder gegen den Leib aus Stein, bis sie mit einem Schrei zusammenbrach.

Caroline wandte den Blick ihrem Begleiter zu, aber er bemerkte es nicht. Gebannt starrte er auf die Frau. In Carolines Vorstellung war ein Mönch bisher etwas Geschlechtsloses gewesen, ein Neutrum. Aber dieser hier war einfach ein Mann, und er sah die nackte Frau dort mit den begehrlichen Blicken eines Mannes an.

Ihr selbst unbewußt, trat ein Lächeln auf ihr Gesicht. »Eine seltsame Art, Heilige zu verehren.«

Pater Severino wandte den Kopf. Selbstsicher, ohne den leisesten Anflug von Scham, erwiderte er: »In diesem Land glaubt man nur an Dinge, die man berühren kann. Der Heilige Geist ist nichts für unsere Frauen. Wenn sie sich ein Kind wünschen, kommen sie her und berühren die Lenden des heiligen Gonzales. Es ist ein uralter Brauch. Wir haben ihm nur eine andere Form gegeben.«

Einer der Mönche war aus dem Chorgestühl getreten. Er warf einen Mantel über die Frau. Er half ihr auf und führte sie weg. Für einen Augenblick konnte Caroline das Gesicht der Frau sehen. Es war das Urgesicht der Hingabe, in das sie blickte, der Spiegel einer Naturkraft.

Caroline wünschte, sich entrüsten zu können über die offene Obszönität dieses Rituals. Aber sie fühlte sich im Gegenteil seltsam erschüttert, während sie dem Pater aus der Kirche folgte. Der Gang, den sie entlangschritten, hing bis hinauf zu den runden, dunkelgetönten Bleiglasfenstern, durch die bläuliches Licht hereinfiel, voller Votivbilder. Wie ein bunter Teppich umrahmten sie den großen, in die Wand eingelassenen Guckkasten. Auf dem Betschemel davor kniete eine verschleierte Frau. Die Hände in stummem Entsetzen vor den Mund gepreßt, blickte sie auf das Fenster; dann stand sie auf. Während sie mit leiser tränenerstickter Stimme Gebete vor sich hinmurmelte, leerte sie den ganzen Inhalt ihres Geldbeutels in einen Opferstock.
Caroline warf einen Blick auf das Fenster. Sie erwartete irgendeine Szene aus der biblischen Geschichte zu sehen. Aber das dunkle Glas zeigte ihr nur schemenhaft die eigene Gestalt.
»Das Kloster Monchique hat viele Wunder«, hörte sie die Stimme des Paters neben sich. »Dieses Fenster enthüllt jedem die Zukunft.«
»Für wieviel Crucedos?« fragte Caroline spottend. Sie wollte den geheimnisvollen Bann, der sich, seit sie die Kirche betreten hatte, immer dichter um sie zu legen drohte, brechen.
»Soviel es jedem wert ist, das Schlimme abzuwenden«, antwortete der Mönch gelassen. »Diese Frau hat etwas Schlimmes gesehen, und nun versucht sie, mit Gott zu handeln. Sie wird wieder kommen und noch mehr Geld bringen.«
Wenn sie aus der Stimme des Mönchs wenigstens Zynismus hätte heraushören können. Aber gerade seine ruhige, sichere

Art forderte sie heraus. »Hat man sie im Kloster Monchique gelehrt, daß Gott bestechlich ist?«
»Der Gott der Portugiesen ist ein Gott, der Geld liebt . . .«
Pater Severino hatte eine Tür geöffnet. Als sie jetzt neben ihn hinaus in den Kreuzgang des Klosters trat, stand in seinen Augen ein Lächeln.
»Nun«, sagte sie, »ich hoffe, daß der Pater Abt ebenso denkt.« Sie hatte 2000 Crucedos bieten wollen, wenn der Abt von der Versteigerung des Schiffes zurücktrat. Jetzt war sie entschlossen, mit 1000 Crucedos anzufangen.
Die Beklommenheit, die sie in der Kirche befallen hatte, wich allmählich von ihr. Sie atmete die frische Luft in tiefen Zügen ein. Sie genoß die Sonnenstrahlen, die in flimmern=den Streifen durch die Arkaden des Kreuzgangs tanzten.
Der dichte Rasen des Innenhofes, in dessen Mitte ein Zieh=brunnen stand, schien nie von einem Fuß betreten zu wer=den. Schwalben flogen unter den Arkaden hin. Rundum an den Wänden des Kreuzgangs lehnten Bruchstücke antiker Statuen heidnischer Göttinnen und griechischer Athleten. Auch im Treppenhaus, das zu den Zellen der Mönche und der Wohnung des Abtes hinaufführte, begleitete sie das stumme Spalier der Ausgrabungen. Niedrige, tief in die Wand eingelassene Türen führten zu den Zellen; in schwar=zen römischen Zahlen stand über jeder Tür eine Nummer. Nirgends war ein Laut zu hören, nur der Klang ihrer Schritte, verdoppelt durch das Echo des Gewölbes.
Der Gang mündete in eine hohe Vorhalle. Pater Severino schritt auf eine silberbeschlagene Flügeltür zu, öffnete sie. Auch hier, in der von einer Galerie umzogenen Bibliothek, trafen sie auf keinen Menschen. Die Lesepulte standen ver=

lassen; hier und da lag ein aufgeschlagenes Buch. Gläser mit bunten Tinten funkelten wie Edelsteine. Nur das tiefe nachhallende Schlagen einer Standuhr war zu hören und das leise Rascheln der Tauben, die auf den Fensterblechen hin und her hüpften.

Vor einer Flügeltür aus Ebenholz, am Ende des Raumes, blieb Pater Severino stehen und verneigte sich. »Wir sind da. Ich lasse Sie jetzt allein.«

Caroline war es, als träte sie aus dem Tag in die Nacht. Der mannshohe bronzene Leuchter mit seinen fünf Kerzen schien nicht dazu da, um Licht zu geben, sondern nur um die düstere Pracht des Raumes zu erhöhen.

»Willkommen!« Die Stimme kam aus der Tiefe des Raumes.

Ein Schreck wie in Kindertagen, wenn sie in einem dunklen Raum plötzlich ein Geräusch vernommen hatte, durchfuhr Caroline. Die vergoldete Schnitzerei eines Stuhles schimmerte aus dem Dunkel. Sie ging darauf zu und hielt mitten im Schritt inne. Der Stuhl war leer.

Sie wandte sich um. Über ein Betpult gebreitet, lag ein silbergestickter Mantel. Auf einem Marmortischchen funkelte ein goldenes Mokkaservice. Aber nirgends konnte sie einen Menschen entdecken.

»Bringen Sie Ihr Anliegen vor, Herzogin. Ich höre.«

Caroline fuhr herum. Ihr war, als käme die Stimme hinter ihr aus der Wand. Sie suchte mit den Augen die Holzverkleidung der Wand ab. Ein großes nachgedunkeltes Bild hing dort. Das Porträt eines Mannes; dieses Gesicht — woran erinnerte es sie nur? Sie war allein in diesem Raum, und doch wurde sie das Gefühl nicht los, als folgte ihr ein Augenpaar. Das Bewußtsein, beobachtet zu werden, gab ihr den kühlen Kopf zurück. Vielleicht zwang den Abt ein körperliches Leiden, sich verborgen zu halten, eine entstellende Krankheit. Vielleicht war man sicher gewesen, daß sie davon wußte, und hatte sie deshalb nicht darauf vorbereitet. »Ich bin gekommen«, begann sie, »um mit Ihnen . . .«

»Ich weiß, warum Sie gekommen sind«, unterbrach die Stimme sie. »Ich wußte es seit langem, daß Ihr Weg Sie zu mir führen würde. Ich habe auf diesen Tag gewartet.«

»Dann lassen Sie uns zur Sache kommen«, antwortete Caroline. »Sie wissen von der Versteigerung des amerikanischen Clippers *Camelot*. Señor Mendez besteht darauf, weil Sie sich ebenfalls für das Schiff interessieren. Ich bin bereit, dem Kloster eine Schenkung von tausend Crucedos zu machen, wenn Sie darauf verzichten, mitzubieten.«

»Ich muß Sie enttäuschen«, sagte die Stimme, »auch für zweitausend nicht, oder welche Summe auch immer Sie bieten.«

Mit einem Lächeln, von dem sie wünschte, daß ihr unsichtbarer Partner es sehen möchte, sagte Caroline: »Wie Sie wollen. Meine Freude an dem Schiff wird morgen genauso groß sein. Sie können sich den Weg nach Lagos sparen. Wie hoch Sie auch bieten, ich werde höher gehen. Sie werden nicht glauben, daß ich so leicht wie eine portugiesische Bauersfrau durch ein bißchen Theater zu beeindrucken bin.«

Ein Lachen war plötzlich rund um sie, schien aus den Ecken des Raumes aufzufliegen. »Bravo, Herzogin! Mein Kompli=

ment! Ich mag respektlose Menschen. Verzeihen Sie mir die Marotte, Besucher, die etwas von mir wollen, erst zu prü=fen. Vergeben Sie mir? Ja? Dann kommen Sie. Sehen Sie die Rosette am unteren Rahmen des Bildes? Sie brauchen sie nur zu berühren.«

Caroline trat unschlüssig vor das Bild. Ihr war heiß gewor=den bei diesem Gespräch; ein Druck lag auf ihrer Brust. Sie hatte Verlangen nach einem Schluck eiskalten Wassers, nach frischer Luft, nach Tageslicht. Ihr Instinkt und ihr Stolz rieten ihr zu gehen. Schließlich hatte er ihre Bitte ab=geschlagen. Aber die Versessenheit, ihren Willen doch noch durchzusetzen, ließ sie die Hand auf die Rosette legen.

Das Bild mit sich nehmend, tat sich die Wand vor ihr auf. Sie hörte, wie ihr Kleid raschelnd die Wand streifte. Ein Nebel legte sich auf ihre Stirn, auf ihre Augen, ein süß=licher Geschmack erfüllte ihren Mund. Sie wollte die Hände heben, aber sie gehorchten ihr nicht mehr. Sie wollte fort=laufen, aber die Beine knickten unter ihr zusammen; und doch fiel sie nicht. Sie hatte überhaupt kein Gewicht mehr. Sie sank in die helle treibende Nebelmasse.

Ohne jede Empfindung, als ginge es sie nichts an, hörte sie wieder das Lachen eines Mannes, wild und triumphierend.

Den Namen des Geliebten murmelnd, erwachte sie. Die Lider noch von der Schwere des Schlafes geschlossen, suchten ihre Hände nach seinem Körper und griffen ins Leere. Sie schlug die Augen auf. Sie sah die weißen Wände der Zelle, das kleine vergitterte Fenster, die Holzstangen, an denen Kräuter zum Trocknen hingen. Auf den abgetretenen Fliesen des Bodens spielte der erste Schein der Morgendämmerung. Sie selber lag vollkommen angezogen auf einem schmalen Lager.

Unvermittelt kehrte alles, was geschehen war, in ihr Gedächtnis zurück, und selbst jetzt, in der Erinnerung, empfand sie wieder dasselbe lähmende Staunen. Die Falle war bis ins Detail vorbereitet gewesen. Aber sie begriff auch jetzt den Sinn nicht. Sollte das alles nur geschehen sein, um sie daran zu hindern, den amerikanischen Clipper zu ersteigern?

Von weither kam der Klang einer Glocke. Sie hielt den Atem an, zählte. Sechs Schläge. Dann hatte sie vierzehn Stunden in diesem Verließ verbracht! Dann würde in drei Stunden die Versteigerung beginnen! Sie wollte sich aufsetzen, als sie am Fenster den Schatten auftauchen sah, einen Hut, von dem ein dichter Schleier herabhing, der die Konturen des dahinter verborgenen Gesichtes verwischte.

Caroline schloß die Augen, lag ganz still. Kein anderes Gefühl war in ihr als das einer wohligen Sattheit nach langem Schlaf. Ihre Sinne waren klar. Ihre Kräfte bedurften nur eines Befehls, um sich zu sammeln.

Sie hörte, wie ein Schlüssel sich in das Schloß schob, wie er sich leise drehte, wie die Klinke heruntergedrückt wurde. Auf Zehenspitzen kam jemand auf ihr Bett zu. Ein Hauch taufeuchter Morgenluft wehte sie an. Mit einer Bewegung, als schliefe sie noch, legte sie sich auf die Seite, beobachtete aus halbgeschlossenen Lidern, was geschah.

Ein Mönch stand vor ihrem Lager, starrte sie an. Sie er=kannte in ihm den Jüngling, der sie zum Abt hatte führen wollen. Und sie bemerkte auch, daß er die Tür, durch die er eingetreten war, nur angelehnt hatte, daß er den Schlüssel außen hatte stecken lassen.

Wollte er sie warnen? Ihr helfen? Er trat näher, ließ sich an der Kante des Lagers nieder. Mit einer scheuen Geste nahm er eine Strähne ihres aufgelösten Haares, führte sie an die Lippen.

Caroline zwang sich, ruhig und gleichmäßig weiterzuatmen. Mehr einer Eingebung ihres weiblichen Instinktes folgend als ihrem Verstand, schlang sie die Arme um den Hals des Mönches, zog ihn an sich. Ihre Finger strichen über seine heiße Stirn, spielten mit seinen braunen Locken.

Sie spürte, wie sein Körper erbebte, wie er mit sich kämpfte, spürte, daß Worte alles verderben konnten. Es gab ein an=deres, viel besseres Mittel, diesen jungen Mann zu ihrem Retter zu machen. Ohne Scheu legte sie die Lippen auf den Knabenmund, zog ihn fester an sich. »Laß die Augen ge=schlossen«, flüsterte sie, »nur einen Augenblick.«

Ein verzauberter Ausdruck trat auf sein Gesicht. Er hatte die Nacht vor ihrem Fenster gewacht, sie im Schein des Mondes angeschaut. Wie trunken war er schließlich auf den Steinen vor ihrer Tür eingeschlafen; beim ersten Mor=gengrauen war er aufgewacht, getrieben von dem Verlan=

gen, zu ihr zu gehen. Nur einen kurzen Augenblick, nur einmal ihr Haar zu berühren, ihren Duft zu atmen . . .
Sacht löste sich Caroline von ihm. Sie stand auf, griff nach dem Beutel, der auf dem Stuhl lag. Mit ein paar Schritten war sie aus der Tür, zog sie hinter sich zu. Sie drehte den Schlüssel um, steckte ihn zu sich. Ihr Fuß stieß an etwas; es war der Hut mit dem Schleier, die Maske eines Imkers, und daneben lag ein Paar Imkerhandschuhe. Einen Augenblick überlegte sie, ob sie sich die Verkleidung zunutze machen sollte, doch sie verwarf den Gedanken und eilte mit schnellen Schritten davon.

Vor ihr, in das ungewisse Frühlicht getaucht, lagen der Hof und der Gewürz- und Kräutergarten des Klosters. Zwei Gießkannen, vor Nässe glänzend, standen neben der Regentonne. Über den hellen Sand liefen, durch kleine Erdklumpen markiert, die Spuren von Holzpantinen.
In der Mitte des Hofes blieb Caroline stehen. Sie versuchte sich zu orientieren. Jenseits der mit Holztäfelchen gekennzeichneten Beete zog sich eine weiße überdachte Mauer hin. Davor, in drei Reihen übereinander, standen Bienenkörbe. Die Mauer selbst mußte ein Teil der Klosterumfriedung sein; dahinter stieg der Berg steil an. Mit einem einzigen schnellen Blick nahm Caroline alles wahr und faßte ihren Entschluß. Sie mußte den Weg zur Kirche zurückfinden. Sie mußte es wagen, so gefährlich es auch sein mochte.
An Stallungen und Remisen vorbei, gelangte sie in den Wirtschaftshof. Auch hier traf sie auf niemanden. Sie spähte in eine offenstehende Tür. Irgendwo in der Nähe mußte die Backstube sein. Wärme erfüllte den Gang, der

Duft von Backwerk, das eben aus dem Ofen gekommen war. Und richtig, auf hölzernen Stellagen standen Bleche mit Hefegebäck. Ohne zu zögern nahm sich Caroline eines der mit Mandeln und gebräuntem Zucker bestreuten Stücke. Heißhungrig biß sie hinein und bereute schon ein paar Schritte weiter, daß sie nicht ein zweites Stück zu sich gesteckt hatte.

Die Spannung, in der sie sich befand, nahm den Geschmack von Übermut an. Und als sie durch ein vergittertes Bogenfenster den Kreuzgang des Klosters erblickte, durch den man sie gestern geführt hatte, fühlte sie sich schon fast gerettet! Das Seitenschiff der Kirche lag um diese frühe Stunde bestimmt noch in tiefem Dunkel. Ihr Schritt sollte so lautlos sein wie der einer Katze. Behutsam drückte sie die schwere Eichentür zur Kirche auf. Aus dem Innern drang, vom Widerhall verwischt, der Singsang der lateinischen Messe.

Auf Zehenspitzen huschte sie den Gang entlang. Mit derselben Vorsicht, mit der sie jeden Meter ihres Weges prüfte, glitt ihr Blick über die Wände, die Votivbilder, den Guckkasten. Plötzlich stockte ihr der Atem. In dem Moment, als sie den Blick darauf warf, begann ein seltsames Schauspiel vor ihren Augen abzurollen.

Die dunkle Scheibe wurde immer heller, bis sie schließlich durchsichtig war. Caroline sah eine fremdartige Landschaft vor sich. Wüstensand, der in Wellen dem Horizont zulief, das kalte Blau eines nächtlichen Himmels, der eisige Strahl des Mondes, ein Palmenhain, eine Karawane, Tiere und Menschen, die in einer Oase lagerten. Und dann sah sie das Kind, auf einer Decke im Sand, ein Neugeborenes, ein bläuliches Mal über dem Knie. Ein paar Herzschläge lang stand das Bild klar vor ihren Augen, dann erlosch es. Betroffen schritt Caroline weiter, hin und her gerissen zwischen ihrer Vernunft, die das eben Gesehene als eines der manipulierten Wunder der Mönche abtat, und dem Gefühl, als hätte sie einen Blick in die Zukunft getan . . .

Das Geklingel der Wandlungsglöckchen erinnerte sie daran, wo sie sich befand. Vom Schatten eines Pfeilers geschützt, gelangte sie in das Seitenschiff. Die scharlachroten Vorhänge waren von den Fenstern und den Altären genommen, die Statue des nackten Heiligen verschwunden. Ein goldstrotzender Altar füllte das Rund der Apsis.

In Reih und Glied standen die Mönche in der Kirche, jeder neben sich einen schwarzen Dachshund. Jetzt trat einer der Mönche aus der Reihe, schritt, den Hund an kurzer Leine, zur Kommunionbank. Das Tier, das die Zeremonie genau zu kennen schien, stellte die Vorderpfoten auf die Brüstung mit der kostbaren Klöppelspitze.

Den goldenen Kelch mit den Hostien in der Hand, stand ein Pater auf den Altarstufen. Er nahm eine Hostie und streckte die Hand aus. Der Hund schnappte danach, schlang sie hinunter. Der Mönch zog ihn fort, der nächste Pater trat hervor, und dasselbe Schauspiel wiederholte sich.

Caroline war so verblüfft über diese Ungeheuerlichkeit, daß sie für einen Augenblick alle Vorsicht vergaß. Sie trat aus dem Schatten des Pfeilers. Eine lockere Steinplatte schepperte unter ihrem Fuß, aber Caroline kam es wie ein Dröhnen vor.

Sie fuhr zurück, aber es war zu spät. Ein Hundekläffen zer-

riß die Stille. Laute Befehle mischten sich unter das wütende Bellen. Caroline sah, wie einige der Mönche zu den Aus= gängen eilten. Sie machte kehrt, rannte den Gang zurück, den sie gekommen war.
Sie wußte nicht, ob es ihre eigenen Schritte waren, vor deren Echo sie floh, oder die Schritte ihrer Verfolger; ob ihr eige= ner Atem so laut ging oder der der hechelnden Hunde. Als leitete sie ein innerer Kompaß, fand sie sich schließlich im Gartenhof wieder. Ihr Vorsprung war nicht groß, im näch= sten Augenblick würden die Mönche und Hunde sie ein= geholt haben. Doch Situationen, die andere Menschen ver= wirrten oder lähmten, schärften Carolines Sinne, verdoppel= ten alle ihre Kräfte.
Ihr Blick ging durch den Hof, fiel auf die Imkermaske, und plötzlich wußte sie, was sie zu tun hatte. Sie stülpte Hut und Schleier über den Kopf, zog die Stulpenhandschuhe an, ergriff den kurzen Knotenstock, der an der Mauer lehnte. Sie lief durch die Beete auf die Bienenkörbe zu. Als sie einen Blick zurückwarf, sah sie die ersten Mönche in den Hof dringen, die kläffenden Hunde an den Leinen. Sie schlug mit dem Stock auf die Bienenkörbe ein. Sie fielen aus den Regalen, schlugen auf den Boden. In dunklen Wol= ken stiegen die Bienenvölker auf, umschwirrten sie mit dröhnendem Summen. Caroline rannte weiter, schlug Korb um Korb herunter. Hinter ihr waren die Aufschreie der Mönche, das Jaulen der Hunde, über die die Bienenschwärme herfielen.
Caroline hielt inne, als sie vor sich einen Mauerdurchlaß gewahrte. Sie trat ins Leere, fiel ein paar Stufen hinunter, kam wieder auf die Füße. Sie befand sich in einem weiten

dämmrigen Gewölbe. Regale standen in langen Reihen, vollgestopft mit Gewehren, Pistolen, Messern, Töpfen und Tiegeln aus Eisen. Ballen billigen Baumwollkattuns, Türme bunter Hüte, kleine Fässer mit Rum stapelten sich bis unter die Decke des Felsengewölbes.

Aus der Ferne drangen die Wut- und Schmerzensschreie ihrer Verfolger, das Gekläff und Winseln der Hunde kam schnell näher. Plötzlich gellte eine Stimme durch das Gewölbe. Man hatte sie entdeckt.

Caroline hastete vorwärts. Sie stieß an etwas Weiches, Schweres. Ein Sack fiel ihr vor die Füße, öffnete sich. Glasperlen ergossen sich über den Boden, sprangen über den Stein. Sie glitt aus. Das war ihre Rettung, denn sie spürte einen in den Stein eingelassenen Schienenstrang. Tastend folgte sie der Spur. Hinter den Regalen sah sie die Schatten der Mönche, sie hörte, wie sie auf den Glasperlen ausglitten. Krachend fiel eines der Regale um.

Caroline folgte unbeirrt dem Schienenpaar. Jetzt machte es eine Kurve, bog in einen freien Raum. Sie sah den eisernen Wagen auf den Schienen stehen, unmittelbar vor einer Mauer mit einer in der Mitte geteilten Schwingtür.

Schon waren die Stimmen der Männer ganz nahe. Ohne Zögern sprang sie in den Wagen, kauerte sich zusammen. Sie spürte, wie der Wagen, angetrieben von ihrem Sprung, sich in Bewegung setzte. Die Schwingtür teilte sich unter dem Anprall. Der Wagen rollte abwärts in einen dunklen Schacht . . .

Dieselbe schadenfreudige Lachlust, die Caroline immer empfunden hatte, wenn sie ihren Bruder Philippe beim Fechtunterricht mit einer Finte überrumpelt hatte, stieg auch jetzt in ihr auf, als sie hinter sich die Stimmen immer leiser werden und schließlich ganz verstummen hörte. Sie war ihnen entkommen!

Die Fahrt des Wagens wurde schneller; der Druck, mit dem es sie an die Rückwand preßte, stärker. Der steife Gazeschleier drückte sich gegen ihr Gesicht, daß es ihr den Atem nahm.

Mit aller Kraft stemmte sie die Beine gegen die Vorderwand, als könnte sie dadurch die rasende Fahrt bremsen. Mit beiden Händen tastete sie nach einem Bremshebel, aber sie fand nur ein paar Ledergurte, an denen sie sich wenigstens festhalten konnte.

Der Triumph über die geglückte Flucht ließ der Furcht keinen Raum. Trotzdem war sie froh, als die Fahrt sich verlangsamte. Der enge Schacht weitete sich, der Boden wurde fast eben. Von irgendwoher drang ein fahler Lichtschein. Caroline spähte über den Rand des Karrens. Neben ihr, am Boden, lief ein zweites Schienenpaar, beschrieb einen Bogen und vereinigte sich weiter vorne wieder mit dem ersten. Im selben Augenblick sah sie den zweiten Wagen auftauchen. Er kam von unten herauf, von einem Seil zwischen den Schienen gezogen. Zwei Fässer darin rüttelten leise.

Jetzt begriff Caroline den Mechanismus dieses Aufzuges. Die beiden Wagen zogen sich gegenseitig. Aber es war schon zu spät, etwas zu tun. Mit einem Ruck neigte sich ihr Wagen. Caroline wurde gegen die Vorderwand geschleudert. Es stülpte ihr fast den Magen um. An den Boden des Wagens gepreßt, umklammerte sie mit beiden Händen die Ledergurte. Der Wagen schien ins Unendliche zu stürzen.

Ein dumpfer Stoß erschütterte den Karren. Es war, als packten sie zwei riesige Fäuste und schleuderten sie heraus.

Caroline brauchte eine Weile, bis sie begriff, daß der Wagen stand. Benommen setzte sie sich auf. Sie zog den Imkerhut vom Kopf. Ihre Beine waren steif. Jedes Glied, jede Sehne ihres Körpers schmerzte. Aber sie achtete nicht darauf.

Dünne Fäden Lichts, die durch unsichtbare Felsspalten einfielen, spannen sich durch den Raum. Die Schienen endeten in einer von Menschenhand erweiterten Nische, die mit Sandsäcken gefüllt war. Breite Ösen waren in den Fels getrieben. Dicke Hanfseile liefen hindurch, weiter über eine große Spule. Das Gewinde des Flaschenzuges glänzte frisch geölt.

Alles fügte sich zusammen: Das Lager in dem Felsgewölbe. Der durch das Innere des Berges laufende Aufzug. Dieser Flaschenzug. Es mußte hier einen Ausgang geben, eine Stelle, an der man die Waren hinausbeförderte und auf Boote verlud, die zu einem draußen auf dem Meer ankernden Schiff übersetzten. Alles diente irgendeinem geheimen Handel, der im Deckmantel der Nacht vor sich ging. Wie zur Bestätigung, daß sie die Lösung gefunden hatte, begann die Luft um sie herum zu klingen.

Caroline lauschte mit angehaltenem Atem. Diesen Klang hatte sie schon einmal gehört. Gestern! In der Grotte, bei d'Arlincourt. »Der Berg ist wie ein riesiges Ohr«, hatte er gesagt.

Ja, es mußten die Glocken des Klosters sein. Dann war die Grotte, in der d'Arlincourt arbeitete, nicht mehr weit! Das Meer!

Caroline begann den Fels abzutasten. Sie hielt inne, als sie den Luftzug spürte. Er drang durch eine Ritze; ihr war, als brächte er das leise, ferne Geräusch der Brandung mit.
Sie krallte die Finger in die Stelle, aber der Stein gab nicht nach. Sie sah sich suchend um, entdeckte ein Eisen. Sie trieb es zwischen die Steine. Sand rieselte, Steinsplitter lösten sich. Sie trieb das Eisen tiefer in den Spalt. Endlich! Ein etwa kopfgroßer Steinbrocken lockerte sich, kollerte ihr zu Füßen. Die Wand vor ihr wankte.
Caroline sprang zur Seite. Ein dumpfes Grollen erfüllte den Raum, als die aufgeschichteten Felsbrocken in sich zusammenbrachen. Nur ein kleiner Teil fiel in die Höhle, die meisten stürzten nach außen in die Tiefe.
Mit einem Gefühl tiefer Befriedigung lauschte Caroline auf die Geräusche. Sie wartete, bis Ruhe eingetreten war. Dann stieg sie über den Geröllhaufen. Vor ihr lag das unabsehbare Gewölbe einer Grotte, der d'Arlincourts in Form und Größe ähnlich, nur daß diese hier von hellem Sonnenlicht erfüllt war. Eine roh in den Fels gehauene Treppe führte abwärts.
Caroline lief sie hinunter — bis sich vor ihr die leuchtende Fläche des Meeres auftat, der Strand mit seinen skurrilen Felsungetümen, und greifbar nahe die Docks, in denen ihre eigenen Schiffe gebaut wurden. Dort würde sie Pferde finden. Das schnellste von allen wollte sie nehmen. Sie war erfüllt von jener fiebrigen Hitze, die bei ihr immer die Reaktion auf eine überstandene Gefahr war.

Die Schaulustigen, die zur Schiffsauktion gekommen waren, wichen erschrocken zur Seite, als die junge Frau, deren blauschwarzes Haar im Wind flatterte, auf dem weißen Araberhengst geradewegs auf die vor den Arkaden aufgestellten Stuhlreihen zujagte, auf denen die Interessenten Platz genommen hatten. Schnaubend stieg es in die Höhe, als Caroline das Pferd zügelte, schüttelte die Mähne, als wollte es die Reiterin abwerfen.

In einer Hand den straffen Zügel, mit der anderen den Hals des Pferdes streichelnd, saß sie da, mit geröteten Wangen und glänzenden Augen. Sie spürte den bebenden Leib des Pferdes unter sich. Auch sie war außer Atem, und doch fühlte sie sich herrlich befreit, als hätte sich bei dem rasenden Ritt die ganze auf der Flucht aus dem Kloster angestaute Spannung entladen.

Unter all den Gesichtern, die zu ihr aufblickten, sah sie nur das von Borromeu Mendez. Er stand hinter dem mit dunkelgrünem Filz bespannten Pult; die Hand mit dem elfenbeinernen Hammer erstarrte in der Luft.

In den wenigen Minuten, die seit Beginn der Versteigerung vergangen waren, hatte Borromeu Mendez alle Qualen des Fegefeuers ausgekostet. Er hatte seinen Augen nicht getraut, als er die Herzogin von Belômer nicht unter den Bietern entdeckt hatte. Allein ihretwegen hatte er die brokatbespannten Stühle auf den Platz herausstellen lassen; nur für sie stand das Tablett mit den Erfrischungen bereit, und nur für sie hatte sich sein Diener in seine Galalivree zwängen müssen.

Er selber hatte seinen pflaumenblauen Frack angelegt und in die weiße Seidenkrawatte eine graue Perle gesteckt. Pünktlich um neun Uhr hatte er die kleine Versammlung begrüßt. Er hatte nur eine gesucht — aber die Herzogin von Belômer war nicht da gewesen. Der Gedanke, die Versteigerung zu verschieben, war ihm durch den Kopf geschossen, aber die spöttischen Augen von Pater Clemente hatten ihn zur Besinnung gebracht. So hatte er die Versteigerung eröffnet, aber innerlich hatte er die Mönche verflucht, die das Schiff jetzt ohne Konkurrenz und unter Preis bekommen würden. Warum war er nicht wenigstens so vorsichtig gewesen, einen Strohmann zu bestellen, der in jedem Fall dafür gesorgt hätte, daß er das Schiff nicht verschenken mußte. In Lissabon saß ein halbes Dutzend seiner Freunde aus den Marseiller Tagen, und jeder verstand sich perfekt auf diese Rolle.

All diese Gewissensbisse hatten ihn vor einer Sekunde noch gequält, aber jetzt zählte das alles nicht mehr.

Er ließ den Hammer auf das Pult niedersausen. »Fünftausend für Pater Clement. Zum Ersten! Zum Zweiten! Und zum . . .«

»Sechstausend!« rief Caroline. Borromeu Mendez sah mit einem Blick gespielter Überraschung zu ihr hinüber. »Die Herzogin von Belômer bietet Sechstausend.« Er gab seinem Diener ein Zeichen. Der Mann eilte zu Caroline, wollte ihr aus dem Sattel helfen, aber sie winkte ab. Vom Pferd aus wollte sie bieten!

Der Mönch bewegte sich nicht. Steif saß er da, den kahlen, wie gelacktes Leder glänzenden Schädel vorgeneigt. Er hob die rechte Hand, in der er ein schwarzgebundenes Brevier hielt.

Mendez lächelte. »Pater Clemente ist vorsichtig. Er bietet Sechstausendfünfhundert.«
»Achttausend«, rief Caroline.
Ein Schweigen entstand. Pater Clemente hatte niemals damit gerechnet, dieser Frau hier zu begegnen. Wie war ihr die Flucht nur gelungen? Die Berichte, die dieser Frau aus London vorausgeeilt waren, schienen nicht übertrieben zu sein. Trotzdem – das Schiff würde sie nicht bekommen. Er lächelte bei dem Gedanken, daß sie den Reichtum des Klosters unterschätzte. Er hob die Hand. Der Goldschnitt des Buches schimmerte in der Sonne. »Zehntausend!«
»Zwölftausend«, sagte Caroline. Ohne daß sie es wollte, war in ihrer Stimme Herausforderung.
Zum erstenmal ging eine Bewegung durch den Pater, als wollte er sich umwenden, aber er beherrschte sich. »Dreizehntausend«, sagte er.
Caroline dachte nicht daran, daß sie die Summe, die der Herzog ihr als Kaufpreis genannt hatte, schon längst überschritten hatte. Sie wußte nur, daß die Mönche nicht wollten, daß sie in den Besitz des Schiffes kam, und das reizte sie. »Fünfzehntausend«, rief sie Borromeu Mendez laut zu.
»Fünfzehntausend . . .« Mendez kostete jede Silbe aus. »Für die Herzogin von Belômer.«
Pater Clementes Hand fuhr sofort in die Höhe. »Zwanzigtausend!«
Auf dem Platz war es still geworden. Die Zaungäste standen in einem Halbkreis hinter den zwei Stuhlreihen. Seit einem Monat redeten sie von nichts anderem als von dieser Frau auf dem Pferd dort. Seit dem Tag, da sie mit ihrem Mann

in Lagos an Land gegangen war, hatte sich Lagos verwandelt. Es war aus seinem Dornröschenschlaf erwacht. Aber noch etwas anderes war mit dem fremden schönen Paar nach Lagos gekommen: Glanz, und ein Hauch Romantik. Es war keiner unter ihnen, der nicht wünschte, daß sie den Mönch überbieten möchte.

Borromeu Mendez erging es nicht anders. »Zwanzigtausend für Pater Clemente«, sagte er zögernd. Er wagte nicht zu Caroline hinüberzusehen. Er hätte es verstanden, wenn sie nicht mehr geboten hätte. Er hatte seine Versteigerung, sein Drama, gehabt! Aber mit dem Instinkt des alten Händlers spürte er, daß noch etwas passieren würde. Und doch erschrak er fast, als Caroline hinwarf: »Fünfundzwanzigtausend . . .«

Erst als sie die Summe genannt hatte, wurde ihr bewußt, was es bedeutete. Bis zu Zwölftausend hatte sie gehen wollen. Aber würde ihre Flucht nicht sinnlos, wenn sie das Schiff jetzt doch den Mönchen überließ!

»Fünfundzwanzigtausend«, hörte sie die Stimme Mendez', der sich Gewalt antun mußte, um gelassen zu erscheinen. »Fünfundzwanzigtausend bietet die Herzogin von Belômer für die *Camelot.*« Er blickte zu Pater Clemente hin. In dem Gesicht des Mönches bewegte sich kein Muskel, und Caroline glaubte zu wissen, daß er das Rennen noch nicht aufgab. Sie wurde unsicher, ob sie noch weiter bieten sollte. Schon sah sie, wie er die Hand heben wollte, als er von etwas irritiert zur Seite blickte.

Ein Mönch drängte sich durch die Zuschauer. Mit ein paar Schritten war er bei Pater Clemente. Er neigte sich zu ihm, flüsterte ihm etwas zu. Pater Clemente nickte und erhob sich. Er hob bedauernd die Hände. »Ich muß leider verzichten.« Aus dem dünnen Lächeln, das seine Züge noch schärfer machte, konnte man Zorn lesen, aber ebensogut Spott. Er wandte sich Caroline zu. »Ich gratuliere Ihnen zu dem schönen Schiff, Herzogin!«

»Fünfundzwanzigtausend! Für die Herzogin von Belômer«, rief Borromeu Mendez feierlich. Der elfenbeinerne Hammer schlug dreimal auf das Pult. Mendez machte eine Verbeugung zu Caroline hinüber. »Die *Camelot* gehört Ihnen.«

Caroline war zu überrascht von dem unerwarteten Sieg, um sich gleich freuen zu können. Sie fühlte die Blicke der Umstehenden auf sich gerichtet. Erst als Leutnant Fawkes aus der Menge auftauchte, als sie seine leuchtenden Augen sah, wurde es Wirklichkeit, daß die *Camelot* nun ihr gehörte.

»Ich habe nicht mehr daran geglaubt«, sagte er, während er ihr aus dem Sattel half. In der Begeisterung vergaß er, daß es ihm eigentlich nicht zustand, ihr Fragen zu stellen. »Wo haben Sie gesteckt? Wir haben Sie die ganze Nacht gesucht. Ihre Beschließerin hat uns alarmiert, als Ihr Pferd mit dem leeren Wagen zurückkam.«

»Ich habe dem Kloster einen Besuch gemacht«, antwortete Caroline lachend.

»Dem Kloster? Aber dort haben wir auch gefragt. Niemand hat sie dort gesehen. Zwei Mönche sind sogar mitgekommen, um uns suchen zu helfen.«

Caroline sah in Fawkes' Gesicht, und seine Arglosigkeit gab ihr das Gefühl, ein ganzes Leben älter zu sein als er. »Habe ich nicht gesagt, daß wir heute segeln, Kapitän Fawkes.«

»Das hätte ich beinahe vergessen«, sprudelte er hervor, »ich habe eine Mannschaft für das Schiff! Ich fasse es selber

noch nicht. Ich hab geglaubt, es sei unmöglich – aber ich brauchte keinen Schritt zu tun. Hier in Lagos habe ich sie gefunden. Einer der Padres gab mir den Tip.«
Hatte sie diese letzte Bemerkung überhört? Nein, nur zu gut sollte sie sich später daran erinnern. Aber in diesem Augenblick übertönte die Freude alles. »Wann werden wir auslaufen?«
»In drei Stunden«, hatte Fawkes geantwortet, »mit der Flut.« Und selbst diese drei Stunden waren ihr zuviel gewesen, eine Ewigkeit, bis sie endlich an Bord gehen konnte. Sie konnte längst nicht mehr zurück. Sie war einer der Menschen, bei denen der erste Schritt, der erste Gedanke, alles entschieden. Wenn sie einmal den ersten Schritt getan hatte, ging sie bis ans Ende, bis alles gewonnen oder alles verloren war . . .

KAPITEL 39

Mit offenen Augen vor sich hinträumend, lag Caroline auf dem breiten Bett im Schlafgemach der *Camelot*. Sie spürte die Bewegung des Schiffes, das Anschlagen der Wellen – aber für ihre brennende Ungeduld, dem Geliebten entgegenzusegeln, war auch der schnellste Clipper nicht schnell genug.
Sie hatte sich, bald nachdem sie an Bord gekommen war, unter Deck begeben. Mit der Beklommenheit und Fremdheit, die man in Zimmern empfindet, in der lange Zeit ein anderer Mensch gelebt hat, war sie durch das Wohndeck

gegangen; Borromeu Mendez hatte nicht übertrieben. Bis in die kleinste Nebensächlichkeit war alles mit erlesenem Geschmack eingerichtet. Sie hatte hier eine Vase anders gestellt, dort einen Sessel gerückt, eine Portiere aufgezogen. Und immer wieder war sie vor einem Spiegel stehengeblieben, mit einem Lächeln, das eigentlich schon dem galt, der bald diese Räume beleben würde. Schließlich hatte sie das einzige getan, was diesen langen Stunden des Wartens einen Sinn gab – sie hatte sich für ihn schön gemacht.

Sie streifte die in Rosenwasser getränkten Tücher ab, in die sie sich nach dem Bad gewickelt hatte. Die Haut ihres Körpers fühlte sich glatt und kühl wie Seide an. Zuletzt blieben ihre Hände auf dem Schoß liegen. Seit sie das Haar täglich mit Sesamöl salbte, war es weich wie Fell geworden.

Ich bin nicht besser als irgendeine Kurtisane, dachte sie. Ich würde jedes Zaubermittel anwenden, damit seine Leidenschaft nie erlischt. Ich könnte es nicht ertragen, daß er mich nicht mehr so liebt wie jetzt, daß er mich ansieht und dabei an etwas anderes denkt. Lieber würde ich ihn verlieren. Das wäre nicht so schlimm, als von ihm vergessen zu werden ... Sie brach in Lachen aus. »Ich bin verrückt«, sagte sie zu sich selber.

Sie sprang vom Bett auf, lief barfuß hinüber in den Ankleideraum. Über der zierlichen Chaiselongue vor der halbrunden Spiegelnische lagen die Kleider bereit. Es war ein an orientalische Frauentrachten angelehntes Kostüm. Bluse und Beinkleider aus Musselin waren von leuchtendem Türkis. Dazu gehörten eine perlgraue, mit silbernen Schnüren verschlossene Samtjacke und silberbestickte Pantoffel, die vorne einen halben Zoll aufgeschlagen waren.

Ohne einen Blick in den Spiegel zu werfen, legte Caroline die Kleider an. Dann erst, wie um sich selber zu überraschen, trat sie vor den in die Wand eingelassenen Spiegel.
Sie hatte nicht geahnt, daß dieses Kostüm sie so vollkommen verändern würde. Das in der Mitte gescheitelte, in einem sanften Bogen in die Wangen und um die Ohren gelegte Haar schien ihr ein neues Gesicht zu geben. Ihre gerade, eigensinnige Stirn war in ein vollkommenes Oval verwandelt, getragen von den weit gespannten Bögen ihrer Brauen. Ihre grauen Augen schimmerten in einem fast unnatürlichen Glanz.
Die Melodie, die sie während des Ankleidens vor sich hingesummt hatte, war auf ihren Lippen verstummt. Ob ich dieselbe wäre, wenn ich nicht schön wäre, dachte sie. Ob ich hier stünde, genauso glücklich. Ein unschöner Zug in meinem Gesicht, ein Makel an meinem Körper — hätte er mich auch dann geliebt?
Ein Klopfen an der Tür riß sie aus ihren Gedanken. Es war Fawkes. Als er Caroline erblickte, vergaß er für einen Augenblick, warum er gekommen war. »Sie sehen aus wie eine Prinzessin aus Tausendundeiner Nacht.«
Caroline lächelte, und doch schämte sie sich ein bißchen ihrer naiven Freude, die sie immer empfand, wenn sie bewundert wurde. Von den Eltern, von Marianne, von Simon, von ihrem Bruder Philippe — und dann von Männern, immer war sie bewundert worden. Sie hatte die Namen und die Gelegenheiten vergessen, aber die Erinnerung an das Aufleuchten der Augen, die sie ansahen, war geblieben. Wie ein Strom von Wärme durchzog es ihr Leben, und dunkel

ahnte sie, daß ihr Schicksal unzertrennlich mit ihrer Schönheit verbunden war, im Guten wie im Bösen.
»Wir haben Cabo de San Vincente erreicht«, sagte Fawkes. »Die *Alouette* muß jeden Augenblick gesichtet werden.«
»Ich komme!« Ihre Ungeduld, ihr Bangen, ihr Herzklopfen waren plötzlich verflogen. Sie nahm den mit silbernen Sternen bestickten Seraoul, warf ihn sich über die Schultern.

Während sie Fawkes folgte, fiel ihr wieder die Verwandlung auf, die mit ihm vorgegangen war. Er war ein anderer geworden, sein Gang, seine Bewegungen, sein Mienenspiel. Caroline mußte unwillkürlich an einen Schmetterling denken, der aus seiner grauen steifen Puppe ausgekrochen war. Seit er die *Camelot* befehligte, schienen ihm Flügel gewachsen zu sein.
Er reichte ihr den Arm, als sie an Deck traten. Mit vollen Segeln glitt die *Camelot* über das Meer. Das blaue seidene Banner mit dem Wappen des Herzogs, das Fawkes hatte aufziehen lassen, schien einen eigenen Himmel über dem weißen Schiff zu bilden.
»Ist es nicht herrlich?« hörte sie Fawkes sagen. Seine Hand fuhr zärtlich über die Holzverkleidung der Reling. »Mir ist, als hätte ich bisher nur widerspenstige Krokodile gesegelt. Mit diesem Clipper hier kann man Walzer tanzen. Wir werden dem Herzog ein Schauspiel bieten. Ich muß auf die Brücke. Das Schiff des Herzogs kann jeden Augenblick auftauchen.«
Steil ragte das Kap in den Himmel. Ein funkelndes Kreuz schwebte darauf. Rundum dehnte sich das Meer. Caroline

nahm ihr Teleskop an die Augen. Wie in einer Laterna magica wechselten die Bilder: Wellen und Wasser, die glatten Rücken von Delphinen, vorschnellende Körper, wie von unsichtbaren Zügeln und Händen gelenkt.
Geduldig suchte Caroline das Meer ab. Dann sah sie das Schiff. Zuerst war es nur wie der Schatten eines Vogels über der spiegelnden Fläche. Aber es wuchs schnell. Hochgetakelt flog es über das Meer. Caroline starrte über das Wasser. Jetzt sah sie es schon mit bloßem Auge. Es ankerte nicht mehr vor dem Kap, es befand sich bereits auf der Heimfahrt.
Schweigend blickte Caroline dem immer größer werdenden Schiff entgegen. Von der Brücke hörte sie Fawkes Kommandos rufen. Über ihr, in den Rahen, begann ein geschäftiges Hin und Her.
Die *Camelot* hielt jetzt direkten Kurs auf die *Alouette*. Unter dem Druck der prallen Segel leicht schräg gelegt, wurde die Schnelligkeit des Clippers immer größer. Schon wurden die Deckaufbauten der *Alouette* sichtbar, die Matrosen in den Rahen winkend, zum Zeichen, daß sie ihr Gegenüber erkannt hatten. Warum ließ Fawkes nicht beidrehen? Übertrieb er in seinem Stolz nicht das Manöver? Es wurde höchste Zeit, sonst rammten sie noch die *Alouette*. Caroline blickte hinauf zur Kommandobrücke, um Fawkes ein Zeichen zu geben. Die Brücke war leer, das Schiff ohne Kommando . . .

Sie hatte die Schritte nicht gehört, und doch spürte sie die Gegenwart des Mannes in ihrem Rücken. In der heißen Nachmittagssonne war ihr plötzlich eiskalt. Als sie sich umwandte, sah sie ihn dort stehen, in einer schwarzen, mit Goldtressen überladenen Kapitänsuniform. Das dunkle Haar lag glatt um seinen Tigerkopf. Die schmalen Augen versprühten ein gelbes Feuer. Hinter ihm tauchten zwei Matrosen auf, und zwischen ihnen, die Hände auf den Rücken gefesselt, Fawkes.

Sie sah die Szene vor sich, ohne sie zu begreifen. Noch war sie in jenem Zustand der Lähmung, des Nichtbegreifen=könnens und =wollens, das in furchtbaren Situationen einen Menschen wie ein Schutzmantel umgeben kann. Sie wußte nur, sie durfte Fawkes nicht ansehen; sie mußte die Augen verschließen vor seiner Panik, vor der Selbstanklage und der ohnmächtigen Wut, die sich in Tränen Luft machten, sonst könnte auch sie den Mut verlieren.

Es war besser, in diesem Augenblick in das Gesicht des anderen Mannes zu blicken. Die Nacht von St.=Malo stieg wieder vor ihr auf. Das Sklavenschiff. Herera.

Der Peruaner deutete eine Verbeugung an. Seine goldenen Schneidezähne blitzten, als er sprach. »Was man sich sehr wünscht, Herzogin — eines Tages geht es in Erfüllung. Und daß Sie selber Ihr Gefängnis und Ihre Wächter gekauft haben, macht diese Stunde noch vollkommener.«

Er hob die Hand. Als gehorchte der Clipper allein dieser Bewegung, als hätten die zwischen den Rahen hin und her huschenden Gestalten nichts damit zu tun, lief ein Zittern durch das Schiff. Wie ein Pferd, das vor einem Hindernis scheut, wich die *Camelot* der *Alouette* aus, tauchte tief in die Wellen und drehte in knappem Bogen ab.

Für Augenblicke lagen die Schiffe Seite an Seite. Caroline hatte sich umgewandt. Sie brauchte ihn nicht zu suchen.

Sie sah den Herzog auf der Brücke stehen. Er hob die Hand, winkte ihr zu. Der Saphir, den er trug, sprühte Funken. Vom Licht umflossen stand er dort, ein strahlender Gott, dem die Elemente gehorchten, in dessen Armen sie aus dem Alptraum, den sie eben erlebte, erwachen würde.

»Sie sollten den Gruß erwidern«, hörte sie die Stimme Hereras. »Es wird ein Abschied auf lange Zeit.«

Caroline rührte sich nicht. Ihre Augen brannten, von der Sonne, von den Bildern, die aus ihrem Innern kamen; sie war besessen von der wahnwitzigen Vorstellung, daß im nächsten Augenblick aus den Masten der *Alouette* die Enterseile herüberfliegen, daß stählerne Haken sich in den weißen Leib der *Camelot* bohren mußten. Aber nichts geschah. Keiner schöpfte Verdacht. Sie sahen das herzogliche Banner. Sie sahen ihre Herrin am Bug stehen. Das seltsame Manöver der *Camelot* nahmen sie als einen etwas überschwenglichen Willkomm.

»Warten Sie nicht zu lange!« Wieder sah sie Herera ein Zeichen geben. Diesmal galt es den Männern am Vorderdeck. Sie rissen eine weiße Persenning zurück. Das glänzende Metall einer Kanone wurde sichtbar, das Rohr auf die *Alouette* gerichtet, die ihre volle Breitseite darbot. Der Schwefelgeruch einer brennenden Lunte stieg auf.

Ein Schrei gellte über Deck. Die Ablenkung seiner Wachen ausnutzend, hatte sich Fawkes losgerissen. In Riesenschritten hetzte er über Deck auf die Kanone zu. Caroline sah es mehr erschreckt als erfreut. Was wollte er ausrichten? Gefesselt, ohne die Hilfe seiner Hände? Ein paar Schritte vor der Kanone warf er sich in einem Hechtsprung über das Zündloch der Kanone, um die Lunte zu ersticken.

Zwei Männer stürzten sich auf ihn. Dolche blitzten auf und gruben sich in Fawkes' Rücken. Lautlos glitt er zu Boden. Füße traten nach ihm, stießen ihn unter dem Seil der Reling hindurch ins Meer.
Das Aufklatschen seines Körpers im Wasser ging in der Detonation unter, die das Schiff im selben Moment erschütterte und der die zweite schwächere des Einschlages drüben auf der *Alouette* folgte.
Das Bersten splitternden Holzes erfüllte die Luft. Caroline versuchte den Rauch, der die Kommandobrücke verhüllte, mit den Augen zu durchdringen. Der Herzog war nicht mehr dort. Mühsam hielt sie einen Schrei zurück. Doch dann entdeckte sie etwas, das sie mit wilder Freude erfüllte. Drüben auf der *Alouette* öffneten sich die Luken des Kanonendecks. Schwarz schoben sich die Schlünde der Rohre heraus. — Warum schossen sie nicht! Wo blieb das Kommando?
Der Gefahr, die ein offener Kampf auch für sie bedeutete, nicht achtend, fieberte Caroline der ersten Salve entgegen. Mit jeder Sekunde entfernte sich die *Camelot* weiter von der *Alouette.* Mit vollen Segeln strebte der Clipper ins offene Meer. Bald würde es zu spät sein, die Entfernung zu groß. Laß sie schießen! dachte sie mit der Inbrunst eines Gebetes. Bitte!
»Er ist zu vernünftig«, hörte sie Herera sagen. »Er hat zuviel Angst um Sie. Man kann es verstehen.« Herera tat einen Schritt auf sie zu. Mit seinem Atem kam ein Hauch Minze. Unwillkürlich wich Caroline zurück. Sie spürte die Reling im Rücken. Ein Sprung — und sie war frei.
Herera war ihr Blick nicht entgangen. Er haßte und be=

gehrte diese Frau so sehr, daß er wie mit einem sechsten Sinn jeden ihrer Gedanken erriet. Er packte sie um den Leib. »O nein! Den Haien werde ich Sie nicht überlassen. Die haben für heute an einem Selbstmörder genug.« Sein Gesicht war nahe vor ihr. Sie sah die Maserung seines Barts unter der Haut, die dunklen Sprenkel in seinen gelben Augen. Das Lächeln war aus seinem Gesicht verschwunden. »Keine Tränen?« Seine Stimme war ein Flüstern. »Aber du wirst bald weinen . . . bald!«

Zum erstenmal überlief Caroline eisiges Entsetzen. Die Drohung, sie zu töten, hätte sie nicht so treffen können wie das Erkennen, daß dieser Mann sie als sein Eigentum betrachtete, über das er unumschränkte Gewalt besaß. Es zuckte ihr in der Hand, ihm ins Gesicht zu schlagen, sich von dem Arm, der sie hielt, zu befreien. Aber sie wagte es nicht. Widerstand, das wußte sie nur zu gut, war die stärkste Form der Herausforderung. Es bedurfte nur eines Funkens, um die Glut, die in diesem Mann schwelte, zur Explosion zu bringen.

Herera war enttäuscht, daß sie sich nicht wehrte, daß sie ihm keinen Anlaß gab, sie zu züchtigen, hier im Angesicht der Mannschaft. Seit jener Nacht auf der *Myrmidon* in St.-Malo kreisten alle seine düsteren Träume um diese Frau. Es gab keine Folter, die er ihr in Gedanken noch nicht angetan — und keine Wollust, die er nicht aus ihrem Leib gesogen hatte. Hätte sie nur die Hand gegen ihn erhoben, er hätte sie auf den Planken des Schiffes, vor den Augen der Mannschaft genommen. Aber ihre plötzliche Fügsamkeit hatte ihn ernüchtert. Ein Opferlamm reizte ihn nicht. Er wollte diese Frau nicht nur besitzen, er wollte sie zerbrechen.

Als wäre es nicht dieselbe Hand, die sie eben noch mit eisernem Griff umklammert hielt, nahm er, sie kaum berührend, ihren Arm. »Kommen Sie.« Mitten im Schritt hielt er inne. Die Luft war von einem Rauschen erfüllt.
Caroline hob den Blick. Zuerst sah sie nichts, geblendet von dem grellen Sonnenlicht, das sich in den prall gefüllten Vormastsegeln fing. Aber dann erkannte sie das blaue Banner mit dem Wappen des Herzogs. Jemand hatte es vom Hauptmast geschnitten, und nun flatterte es zu Boden, fiel ein paar Schritte vor ihr auf die Planken. Die schwere Seide sank in sich zusammen.
Und dann sah sie, wie sich am Hauptmast das neue Banner entrollte und vom Wind erfaßt wurde, eine purpurne Flagge mit einem goldenen geflügelten Stier.
Sie blickte noch immer hinauf zu diesem Sinnbild ihrer Niederlage, als Herera mit einer Geste auf die Flagge sagte: »Die Santis haben nicht die Gewohnheit, sich ihre Schiffe schenken zu lassen. Aber Sie wollten es nicht anders. Sogar die Mannschaft haben Sie angeheuert. Es sind alles meine Leute, bis auf den letzten Mann.«

Santi! Der Name traf sie wie ein Peitschenhieb.
Die Zähne des Peruaners blitzten. »Endlich einmal sehe ich Sie überrascht. Aber ich will es Ihnen zugute halten. Sie konnten nicht ahnen, daß das Kloster Monchique eine Niederlassung der Santis ist. Sie sollten es auch nicht. Deshalb mußte der Pater Abt auf das Vergnügen verzichten, Sie persönlich zu empfangen. Die Santis sehen sich zu ähnlich. Sie hätten geglaubt, Rafael sei von den Toten auferstanden ...«
Caroline starrte in Hereras Gesicht. Aber sie sah ihn nicht.

Das Bild eines anderen hatte sich davor geschoben. Rafael Santi. Breit, stiernackig, mit den auffallend schlanken Beinen, dem leichten Schritt, berstend vor Kraft, vor ungesättigter Wollust und Bosheit, noch sterbend seine Drohungen ausstoßend ... *Niemand kann uns töten. Wir sind eine Hydra ... uns werden neue Köpfe wachsen.*

»Sie werden bald die Ehre haben«, fuhr Herera fort, »den dritten der Brüder kennenzulernen, Cesare Santi, dessen Wappen der goldene geflügelte Stier ist. Wir sind auf dem Weg zu ihm. Er erwartet Sie ungeduldig in Dahomey. Nicht, daß eine Frau für ihn zählte. Jeder Sklave ist ihm wertvoller. Aber er zählt auf den Herzog von Belômer, dem ihr Leben sicherlich so teuer ist, daß er, um es zu retten, auf seine Pläne verzichten wird.«

Endlich begriff sie. Sie sollte als Geisel dienen, um dem Herzog die Hände zu binden. Sie scheuten den offenen Kampf mit ihm. Es war, als kehrte mit diesem Gedanken die Unerschrockenheit in sie zurück. Eine Antwort lag ihr auf der Zunge, aber sie schwieg aus Klugheit.

»Bis wir in Dahomey sind, wird einige Zeit vergehen«, sagte Herera. »Und solange Sie hier an Bord sind, so lange sind Sie meine Gefangene. Cesare Santi macht sich wenig daraus, wie er Sie bekommt — wenn er Sie nur bekommt!«

Caroline senkte den Blick, um ihn ihren Spott, ihre Verachtung nicht sehen zu lassen. Hatte dieser Mann sie nicht schon einmal besitzen wollen — er würde es auch diesmal nicht wagen. Ich werde ihn nicht reizen, dachte sie. Ich werde ihn zu Tode langweilen mit meiner Fügsamkeit. Wie ein Kind, das sich die Augen zuhält und glaubt, nun sei es nicht mehr zu sehen, täuschte sich Caroline über sich selbst.

Auch wenn sie, wie jetzt, schweigend, mit gesenktem Blick neben dem Peruaner herging, drückte nichts an ihr Fügsamkeit aus. Alles war Herausforderung, ungebrochener Stolz.

Auf dem Seitengang des Decks wurden Stimmen laut. Matrosen stießen einen Mann vor sich her. Die nassen Kleider klebten an dem riesigen Körper. Um die nackten Füße bildete sich bei jedem Schritt eine Wasserlache. Noch bevor er den Kopf hob, hatte Caroline Charles Tarr erkannt.

Der Kapitän der *Alouette* war in dem Moment, in dem er die Gefahr erkannt hatte, ohne Besinnen über Bord gesprungen; ein Gefecht würde Lebensgefahr für die Gefangene bedeuten, aber er fühlte sich stark genug, sie vor allem zu bewahren. Er hatte seinen Augen nicht getraut, als er sehen mußte, wie die *Alouette* ihre Kanonen wieder einzog. Er hatte sich auffischen und gefangennehmen lassen, um, wenn er ihr schon nicht helfen konnte, wenigstens die Gefangenschaft mit ihr zu teilen.

Caroline wäre am liebsten zu ihm hingelaufen, hätte die Arme um ihn geschlungen. Aber etwas in den hellen Augen des Norwegers hielt sie zurück. Es war wie eine Bitte, klug zu sein, sich still zu halten — aber auch ein Versprechen. Sie war nicht mehr allein.

Auf einen Befehl Hereras zerrten die Männer den Gefangenen einen Niedergang hinunter. »Noch jemand, der für Sie sterben will!« sagte Herera, zu Caroline gewandt. »Das wäre der Dritte an einem Tag. Ein verliebter Mönch, ein englischer Leutnant und ein norwegischer Riese.«

Sein Hohn berührte sie nicht. Er haßte sie. Es bereitete ihm Genugtuung, sie zu erniedrigen. Solange er es nur mit Worten tat, wollte sie zufrieden sein.

Die Schritte der beiden Wachen im Rücken, führte Herera seine Gefangene über Treppen und Gänge unter Deck. Mit der Zeit bekam Caroline das Gefühl, als ginge er mit ihr im Kreis, als wollte er, daß sie auf diese Weise jede Orientierung verlor. Oder war es eine der geheimen Foltern, die er sich für sie ersonnen hatte?
Schließlich betraten sie einen niedrigen, mit gefüllten Regalen, Warenballen und Fässern vollgestopften Raum, der durch die winzigen, auf Wasserhöhe liegenden Bullaugen nur schwaches unstetes Licht erhielt. Drückende Schwüle umfing sie; der Essiggeruch der frisch desinfizierten Planken nahm Caroline fast den Atem. Entgegen ihrem Vorsatz, sich fügsam zu zeigen, bäumte sich bei dem Gedanken, daß man ihr hier irgend eine kleine stickige Koje anweisen würde, alles in ihr auf.
Herera führte sie an den mit Tauen festgezurrten Fässern mit Trinkwasser vorbei. Ein dumpfes Grollen lief durch den Raum, als er eines davon mit dem Stiefel anstieß. »Wasser vom Monte Monchique.« Seine Augen belauerten sie. »Sind Sie nicht erstaunt, wie sorgfältig unsere gemeinsame Reise vorbereitet ist? Wie lange wir uns Zeit gelassen, wie lange wir jeden Ihrer Schritte beobachtet haben? Die Santis lieben die Sorgfalt bei ihren Unternehmungen.«
Er blieb vor einem Regal stehen, schlug einen Ballen auf, knüllte den Stoff in der Faust zusammen. »Billigster englischer Kattun, von Kindern gewebt. Drei Meter davon, eine Kanne Rum, fünf Messer — mehr zahlen wir nicht für einen Sklaven.«

Caroline blickte auf den gelb=rot gestreiften Stoff. Ballen des gleichen Stoffes hatte sie in den unterirdischen Ge=wölben der Mönche gesehen, die gleichen Messer. Wie hatte sie nur so blind sein können! Es war die Währung der Sklavenhändler! Besessen von der fixen Idee, die *Camelot* zu ersteigern, war sie für alles blind gewesen . . . Das un=geschriebene Gesetz, daß eine Frau ins Haus an den Stick=rahmen gehörte — in diesem Augenblick erschien es ihr nicht lächerlich, sondern weise. In dieser Welt der Männer gab es keine Chance für eine Frau — es wäre denn, sie lernte von den Männern die Lüge an die Stelle der Wahrheit zu setzen, die Gewalt an die Stelle des Rechtes.
Herera hatte sich nach einem Sack gebückt. Er griff hinein und hielt Caroline eine Handvoll Glasperlen hin. »Für eine junge gesunde Frau steigt der Preis um eine Handvoll!« Die bunten durchsichtigen Perlen schimmerten in der braunen Hand.
Der Blick, mit dem er Caroline ansah, war schlimmer als wenn er sie berührt hätte. Von einem heißen Schamgefühl überflutet, wurde sie sich bewußt, daß ihr Gewand nicht dazu angetan war, die Formen ihres Körpers zu verbergen. Als sie es anlegte, hatte sie nur an den einen gedacht, nicht an die vielen anderen, die sie auch so erblicken würden. Sie raffte den Seraoul über der Brust zusammen, wich einen Schritt zurück.
Diese Bewegung reizte den Mann noch mehr. Er packte ihr Handgelenk. Die schmalen goldenen Reifen, die sie trug, schnitten unter dem Griff schmerzhaft in die Haut. Er zog sie mit sich in eine Kajüte hinein. Der Blick, den die beiden Wachen miteinander wechselten, dieser Blick sagte Caroline

mit schamloser Deutlichkeit, was ihr bevorstand. Und dennoch schöpfte sie Hoffnung, als Herera, bevor er die Tür zuzog, den Männern gebot, vor der Tür zu warten. Er schickte sie nicht weg! Caroline klammerte sich an diesen Gedanken. Die Anwesenheit der Männer vor der Tür war für sie ein Unterpfand, daß er nicht versuchen würde, ihr Gewalt anzutun.

Herera hatte mit Bedacht diese Kajüte gewählt, in der er sich selber vor dem Auslaufen der *Camelot* verborgen gehalten hatte. Dieser Behandlungsraum des Schiffsarztes hatte es ihm angetan. Er enthielt nichts als eine Liegestatt, Tisch und Lampe. Die Wände, deren Schübe das ärztliche Instrumentarium enthielten, waren mit einem silbergrauen Metall verkleidet, das wie ein matter Spiegel wirkte.

Caroline zitterte innerlich, als Herera auf sie zukam. Um die fest aufeinanderliegenden Lippen des Mannes spielte ein grausames Zucken. Er riß ihre Hand, mit dem sie den Seraoul zusammenhielt, herunter. »Ich weiß, wie eine Frau aussieht.« Seine Stimme war voll Spott. »Was du hast, hat jede. Darauf bin ich nicht versessen.« Er zog einen der Wandschübe auf. Ein Skalpell funkelte in seiner Hand. Er hob es langsam, dicht vor ihr Gesicht. »Ich bin auf etwas anderes versessen. Darauf, daß aus diesen Augen der Stolz verschwindet, die Verachtung gegen alle, die nicht in seidenen Betten gezeugt und geboren wurden. Du kennst keine Angst, aber ich werde sie dich lehren. Du sollst zittern, wenn du nur meinen Schritt hörst.«

Er setzte die Spitze des Messers an den Halsausschnitt ihrer Bluse. Sie spürte die Spitze des Stahls auf der Haut, aber sie rührte sich nicht. »Noch immer mutig?« Er verstärkte den Druck. »Noch immer keine Tränen? Keine Bitten?« Caroline fühlte, wie ihr der Schweiß ausbrach. Plötzlich fuhr die Klinge unter die silbernen Schnüre, die das Samtjäckchen zusammenhielten. Sie rissen entzwei. Dann schlitzte er die Bluse auf. Caroline stieß einen Schrei aus.

Ein lautloses Lachen erschütterte den Körper des Mannes. »Endlich! Endlich bekommst du Angst. Laß sie mich sehen. In deinen Augen will ich sie sehen.« Er packte sie an den Haaren, riß ihr den Kopf herum, daß sie ihn anblicken mußte. Das gelbe Augenpaar vor ihr in dem Kranz schwarzer spitzer Wimpern war das eines Besessenen.

Panik erfaßte Caroline. Sie riß sich von ihm los, flüchtete in die äußerste Ecke. Mit einem Satz holte er sie ein. »Die Tür ist dort! Damit du es weißt. Solltest du zu fliehen versuchen, gehörst du den beiden.«

Bei seinen Worten schlug Carolines Angst in Haß um. Sie griff sich den Dolch aus seinem Gürtel. Aber er fing ihren zum Stoß erhobenen Arm ab, bog ihn nach hinten, daß sie vor Schmerz aufschrie. Ihre Finger öffneten sich. Klirrend fiel der Dolch zu Boden. »Wachs«, keuchte er, »Wachs wirst du werden. Zerschmelzen wirst du.«

Er schleuderte sie auf die Liegestatt. Rasende Hände zerrissen ihren Gürtel. Eine Stimme, die keine Stimme mehr war, sondern nur ein tierisches Stöhnen, stieß unartikulierte Laute aus.

Angewidert wandte sie den Kopf. Er stürzte sich über sie. Das Gewicht des Mannes nahm ihr den Atem. Die eiserne Klammer seiner Schenkel hielt sie fest. Ein irres Lächeln stand auf seinem Gesicht.

Ein stummer erbitterter Kampf entbrannte. Verzweifelt

fühlte Caroline, daß ihre Kräfte erlahmten. Noch einmal bäumte sie sich auf, schlug mit Armen und Beinen um sich. Sie zerkratzte sein Gesicht, seinen Nacken. Aber als steigerten die Schmerzen nur sein Begehren, umschlang er sie noch fester.

Sie war am Ende, und sie wußte es; nichts nahm dieses schreckliche Wissen von ihr, keine Ohnmacht, nichts. Sie mußte es wissend über sich ergehen lassen...

Wie ein Rasender nahm er von ihr Besitz, ein reißendes Tier, das in sie eindrang, sie zerfleischte, sich an ihr sättigte. Sie preßte die Hand zwischen die Zähne. Sie erstickte ihre eigenen Schreie. Diese eine Genugtuung, daß er sie um Gnade flehen hörte, wollte sie ihm nicht geben. Nur ihren Tränen konnte sie nicht gebieten. Heiß strömten sie ihr über das Gesicht. Und doch hatte sie einen Trost, einen Verbündeten, in dieser schrecklichsten aller Stunden: den Schmerz! Sie wehrte sich nicht dagegen, sie war dankbar für diese Schmerzen. Sie waren das glühende Schwert, das ihren Leib von dem ihres Peinigers trennte.

Nicht Minuten, Ewigkeiten schienen vergangen. Die matt spiegelnden Wände zeigten ihr wie zum Hohn ihren nackten geschändeten Leib.

»Tränen!« flüsterte er mit ganz veränderter, weicher Stimme. »Warum hast du nicht vorher geweint. Dann hätte ich es nicht tun müssen. Ich wollte doch nur deine Tränen!« Die Stimme sank zu einem unverständlichen Gemurmel ab.

Diese Stimme. Ihre Zartheit flößte Caroline mehr Grauen ein als seine Brutalität. Reglos, ohne ein Gefühl ihres eigenen Körpers, lag sie da. Obwohl sie die Augen geschlossen hielt, wußte sie genau, was er tat. Er brachte seine Kleider in Ordnung. Er hob den Dolch vom Boden auf. Er legte das Skalpell in den Schub zurück. Die Tür öffnete und schloß sich. Der Schlüssel wurde umgedreht und herausgezogen. Schritte entfernten sich.

Sie wünschte sich, in Bewußtlosigkeit zu versinken. Aber ihre kräftige Natur versagte ihr diese Gnade. Ihr Körper war wie ausgelöscht, etwas, das nicht mehr existierte, nie existiert hatte. Die Fähigkeit zu empfinden hatte sie verlassen. Nur die Fähigkeit zu denken war ihr geblieben. Ihr Geist war überwach. In quälender Hartnäckigkeit wiederholte er sich immer wieder das Geschehene . . .

Sie ertrug es nicht länger. Sie richtete sich auf. Am Boden lagen die Fetzen ihres Gewandes, einer der silberbestickten Schnabelpantoffeln. Sie hob den Seraoul auf, hüllte sich in den dünnen Musselin. Die Reflexe des vor dem Bullauge vorbeiflutenden Wassers huschten durch den Raum. Mit leerem Blick starrte sie über die bewegte Fläche des Meeres.

Von irgendwoher kam der Duft geschmorten Hammelfleisches. Er weckte keinen Hunger in ihr, nur Ekel, und die Vorstellung, daß die verschlossene Tür dort aufgehen und er wieder erscheinen könnte . . .

Immer wieder, wie unter einem Zwang zur eigenen Folter, rief sie sich die Bilder des Gräßlichen ins Bewußtsein zurück, bis sie nur noch eines wußte: es durfte nicht noch einmal geschehen! Und sie sah nur einen Ausweg, eine Rettung, den Tod.

Mit dem Entschluß zu sterben, kam eine tiefe Ruhe über Caroline. Ihr Blick ging suchend über die Wand mit ihren Schüben und Fächern, die jetzt im Widerschein des Meeres, über dem die sinkende Sonne ihre Glut goß, amethyst=farben überhaucht war. Sie öffnete das Fach, aus dem Herera das Skalpell genommen hatte. Funkelnd lagen Mes=ser, Scheren und Pinzetten vor ihr.

Sie nahm ein kleines spitzes Messer, prüfte mit dem Dau=men seine Schärfe. — Aber, wenn sie sich die Pulsadern auf=schnitt, bestand dann nicht die Gefahr, daß man sie rettete? Sie mußte etwas Schnelleres finden, einen Tod, dem man sie nicht mehr entreißen konnte.

Ihr Blick blieb an dem silberbestickten Gürtel hängen. Er lag am Ende des Bettes, wie Herera ihn ihr vom Leib ge=rissen hatte. Sie nahm ihn, wog ihn in der Hand. Er würde ihr Gewicht leicht tragen. Aber dann ließ sie ihn wieder fallen. Soweit war sie sogar in dieser Stunde noch sie selber, daß sie vor einem Tod, der sie entstellen würde, zurück=schreckte. Wenn es hier Arztbesteck gab, mußten auch Medikamente da sein — Gifte!

Sie begann den Schrank zu durchsuchen. Sie öffnete jedes Fach, jeden Schub. Sie fand Binden, Bandagen, Pflaster, Bruchbänder, Stützkorseletts, Klistierschläuche, aber keine Medikamente. Als letztes öffnete sie eine schmale Tür. Der Schrank innen war leer. Enttäuscht wollte sie ihn schon wieder schließen, als sie an der Rückwand die Vertiefung sah.

Sie beugte sich in den Schrank. Lautlos bewegte sich die

Rückwand unter dem Druck ihrer Hand zur Seite, verschwand in der hohlen Wandfütterung. Eine winzige Kammer tat sich auf.

In einem Gestell standen dunkle mit Etiketten versehene Glasphiolen, durch besondere Halterungen auch bei hohem Seegang vor dem Umfallen geschützt. Im schwachen Lichtschein, der aus der Kajüte drang, entzifferte Caroline die Schilder, lateinische Namen, die ihr nichts sagten, bis sie plötzlich innehielt. *Sublimat* stand auf einer besonders großen Flasche. Sie zog den Glasstöpsel heraus. Im Halbdunkel schimmerten die durchsichtigen Kristalle wie exotische Blüten.

Bilder aus einer fernen Vergangenheit stiegen in ihr auf. Rosambou, das Schloß ihrer Eltern, das dreizehnjährige Mädchen, das sie damals war, und das weinend von seinem Pferd und vom Fechtsaal Abschied nahm; die im Hof wartende, hochbepackte Kutsche, die sie auf ein Jahr zu einer Tante nach Wien bringen sollte. Und alles nur, weil der sechzehnjährige Sohn des Kürschners Duraille aus Arcis=sur=Aube sich mit Sublimat, das sein Vater zum Gerben der Felle verwendete, vergiftet hatte!

Ihretwegen, wie es in seinem Abschiedsbrief stand. Dabei hatte sie nicht einmal seinen Vornamen gekannt. Bei dem Erntefest, zu dem, wie jedes Jahr, ganz Arcis=sur=Aube aufs Schloß geladen war, hatte sie einmal mit dem mageren, sommersprossigen Jungen getanzt. Er hatte sie wild im Kreis gedreht und sie hatte am Rücken durch die dünne Seide ihres Kleides gespürt, daß seine Hand naß von Schweiß war. Später, am Abend, war er ihr zum Fluß gefolgt, in die Wiesen mit dem hohen Schilf, aber sie war ihm lachend davon=

gelaufen. Am anderen Morgen hatte man ihn tot aufgefunden. Am Fluß. In seinem Abschiedsbrief war gestanden, daß er ein Mädchen liebte, das er nie erringen könnte.
Sie hatte kein Mitleid empfunden. Mit kindlicher Grausamkeit hatte sie seinen Abschiedsbrief so widerlich gefunden wie seine schweißnassen Hände — und seinen Tod einfach sinnlos ... Aber sie erinnerte sich auch, daß sie damals lange vor dem Spiegel gestanden war, noch ein Kind, und doch zum erstenmal gestreift von der Ahnung, daß Schönheit ein Fluch sein konnte; heimgesucht von einem tiefen Mißtrauen gegen das, was die Erwachsenen Liebe nannten.

Ernüchterung war mit dieser Erinnerung über sie gekommen. Es war, als erwachte sie aus einem wirren Trancezustand. Sie verschloß die Phiole wieder, stellte sie zurück. Sie hatte sich das Leben nehmen wollen, dieses Leben, das einzige Sichere, daß sie besaß in einer Welt unsicherer Gefühle und trügerischer Hoffnungen.
Warum eigentlich! Weil sie in die Hände eines Wahnsinnigen gefallen war! War sie dadurch eine andere geworden? War sie jetzt weniger wert? Wenn einer den Tod verdient hatte, dann er. Aber sie verwarf auch diesen Gedanken wieder. Wenn Herera starb, würde nur ein anderer seinen Platz einnehmen.
Der kaum überwundene Ekel stand wieder auf. Ihr wurde siedendheiß bei der Vorstellung, daß es zu einer anderen Zeit geschehen wäre! Ein paar Monate früher, und sie müßte jetzt in der schrecklichen Furcht leben, daß der Same dieses Mannes sich in ihrem Schoß eingenistet hatte. Das wenigstens hatte das Schicksal ihr erspart. Sie hatte plötz=

lich das heftige Bedürfnis sich zu waschen, jede Spur dieses Mannes von ihrem Leib zu tilgen.

Sie stieg durch den Schrank zurück in die Kajüte. Sie entzündete die kleine Petroleumlampe, die auf dem Tisch stand. Sie nahm Verbandsstoff aus einer Schublade, zerschnitt ihn in handgroße Lappen. Sie nahm eine Flasche mit reinem Alkohol, tränkte einen Lappen darin. Sie rieb ihren Körper damit ab, und dann, als der Alkohol sich auf der Haut verflüchtigte, spürte sie die Kühle, das leichte Spannen, und schließlich ein durchdringendes Wärmegefühl, das jede Faser durchpulste. Zuletzt mischte sie in einer weißen Emailleschüssel, die sie unter dem Regal gefunden hatte, Essig mit sterilisiertem Wasser. Die scharfe Lösung brannte ihren Schoß aus, aber es war ein Schmerz, der eine wohltuende Wirkung auf sie ausübte. Es war als ätzte er alle verhaßten Spuren aus ihrem Körper.

Es war Nacht geworden, als sie die Geheimwand des Schrankes wieder hinter sich schloß. Sie suchte die zerfetzten Kleider zusammen, warf sie in die Ecke neben der Tür. Sie wickelte sich in das weiße Linnen.

Sie hatte die Lampe gelöscht und es sich auf dem schmalen Lager bequem gemacht, um in aller Ruhe ihre Lage zu überdenken, als sie Schritte hörte. Aber sie näherten sich nicht ihrer Kajüte. Wie leises Donnergrollen ging es durch das Deck. Jemand holte Trinkwasser für die Mannschaft.

Das Wasser! Caroline richtete sich auf. Es war wie eine Erleuchtung. Ohne Trinkwasser war jedes Schiff verloren, mußte es Land anlaufen. Wenige Schritte von ihrer Tür entfernt standen die Fässer. Wasser vom Monte Monchique Wie stolz, wie triumphierend es Herera gesagt hatte. Das

Wasser vom Monte Monchique war besonders köstlich. Aber dort, in der Kammer, stand das Gift. Die zerstoßenen Kristalle des Sublimats würden sich, ohne eine Spur zu hinterlassen, auflösen.

Ruhelos durchwachte Caroline die Stunden, nur auf den Augenblick wartend, in dem es auf dem Schiff still werden würde.

Wenn sie ihren Plan sofort in die Tat hätte umsetzen können, hätte sie mit der Ruhe und Unerschrockenheit einer Schlafwandlerin gehandelt. Der erzwungene Aufschub aber gab ihrer Phantasie Raum, sich alle Gefahren, alle Möglichkeiten der Entdeckung auszumalen. Und doch wurde sie dadurch in ihrem Entschluß nicht wankend.

Sie war nicht geschaffen, Leiden widerstandslos zu ertragen. Als Kind hatte sie eine Katze, die sie gekratzt hatte, aus dem Fenster des Turmzimmers hinunter in den Schloßteich von Rosambou geschleudert. Jetzt würde sie Herera zeigen, daß er keine Gefangene, sondern eine Feindin an Bord hatte.

Es war weit nach Mitternacht, als das Lärmen der feiernden Mannschaft gleich einem Gewitter, das sich ausgetobt hat, plötzlich verstummte. Eine Weile rumorte es noch im Innern des Schiffes. Luken fielen zu, Türen flogen krachend ins Schloß. Caroline entging kein Geräusch. Die Angst, daß Herera sie noch einmal heimsuchen könnte, schärfte ihre Sinne. Aber der schnelle, vom leisen Klirren der Sporen begleitete Schritt kam nicht mehr die Treppe herunter. Endlich war nichts zu vernehmen als die Schritte der beiden Wachen an Deck und das Rauschen des Wassers.

Die Stunde, auf die sie einen Abend und eine halbe Nacht lang gewartet hatte, war gekommen. Bis ins Kleinste war alles vorbereitet, das Gift zerstoßen und abgemessen, für jedes der zehn Fässer fünfundzwanzig Gramm. Die Dosis würde nicht tödlich sein, aber genügen, um jeden Mann an Bord krank zu machen.

Behutsam, damit die Dielen nicht knarrten, trat Caroline zu dem Wandschrank, nahm das bereits vorbereitete Stück Moltonstoff. Sie stopfte es fest zwischen den unteren Türrand, damit kein Schein hinausdringen konnte.

Sie entzündete das Öllämpchen, stellte es in die Nähe der Tür. Als das geschehen war, holte sie aus der Arzneikammer das Gift. Wie Puderzucker lag es in der dünnwandigen Silberschale. Der konische Meßbecher mit der Äskulapschlange als Griff wirkte wie ein verspielter Löffel. Sie schloß die Geheimwand und stellte das Gift auf den Boden des Schranks. Sie würde es erst herausholen, wenn es ihr gelungen war, die Tür zu öffnen.

Ihre fiebrige Nervosität war einer jedes Gefühl ausschließenden Konzentration gewichen. Sie wählte ein kurzes Messer aus dem Arzneibesteck. Der runde Türknauf war mit zwei Schrauben befestigt. Vorsichtig löste Caroline die Schrauben, zog den Türknauf ab. Einen Moment hob sie die Lampe an das offen daliegende Schloß. Der Mechanismus schien nicht allzu kompliziert. Sie wählte aus dem Arztbesteck eine Zange mit einem flachen verbreiterten Griff. Vorsichtig führte sie die Zange in das Schloß. Sie faßte den Stift. Langsam, Millimeter für Millimeter drehte er sich. Im nächsten Augenblick würde der Riegel aus seinen Haltern schnappen und sich die Tür vor ihr öffnen.

Mit einem fast mißtrauischen Staunen registrierte Caroline, daß gerade die Sache, die sie sich sehr schwierig vorgestellt hatte, so leicht gehen sollte. Sie lauschte angespannt. Die Schritte der Wachen hatten denselben Takt wie vorher. Sie drehte die Zange weiter. Es gab ein leises Klicken, die Tür sprang einen Spalt weit auf. Schnell löschte Caroline die Lampe und griff nach der Schale mit dem Gift.

Nach der Finsternis in der Kajüte kam Caroline das Deck wie von Licht überschwemmt vor. Der helle Glanz, mit dem ein greller Mond das Meer panzerte, irrlichterte im Rhythmus der Wellen über Wände und Boden. Für Bruchteile von Sekunden funkelten die Beschläge der Regale auf, Läufe von Pistolen, die blanken Messinggriffe auf den Deckeln der Wassertonnen.
Die Schale mit beiden Händen haltend, stand Caroline auf der Schwelle. Der nächste Schritt würde alles entscheiden. Er konnte die Freiheit bedeuten – aber auch den Tod. Sie hatte die grauenvolle Szene auf der *Myrmidon* in St.-Malo nicht vergessen, als Herera den aufrührerischen Sklaven mit einem Dolch auf die Planken des Decks genagelt hatte. Immer wieder in den Stunden des Wartens hatte sie dieses Bild vor sich gesehen, den von der Klinge durchbohrten, nackten Fuß des Negers. Aber was einen anderen zermürbt hätte, war für Caroline wie das Feuer für den Stahl. Sie war daraus nur noch entschlossener hervorgegangen, und der Gedanke gab ihr auch jetzt Kraft.
Sie löste sich aus dem Schatten der Tür. Auf Zehenspitzen eilte sie zu den Wasserfässern. Behutsam hob sie den Deckel des ersten an, schob ihn ein Stück zurück. Ein kühler Hauch

stieg ihr entgegen. Wasser! Wie gut ihr Plan war, jetzt, als sie sich über das Faß beugte, die hohle Hand hineintauchte und trank, wußte sie es vollends. Das Wasser war lauwarm, aber ihrem ausgetrockneten Gaumen schien es von köstlicher Frische.

Sie füllte den Meßbecher mit Gift; langsam streute sie das Pulver in das Wasser. Es versank wie ein weißer Schleier und löste sich auf. Das Wasser war so klar wie zuvor. Es roch nicht anders. Zufrieden zog sie den Deckel über das Faß.

Während sie von Faß zu Faß ging, jedes lautlos öffnete, in jedes Gift mischte, machte sich in ihr ein rauschhaftes Hochgefühl breit. Sie begann die Gefahr zu genießen, das Bewußtsein, Rache zu üben.

Sie öffnete die letzte Wassertonne. Ihre Hand erstarrte in der Bewegung. Ein Laut war aus dem Dunkel gekommen, hinter ihr, ganz in der Nähe. Unfähig sich zu rühren, unfähig zu irgendeiner Reaktion stand sie da, wartete auf die Hände, die sie packen würden, auf das Gesicht, das vor ihr auftauchen würde.

»Nicht!« sagte eine Stimme. »Warten Sie!«

Caroline wandte den Kopf. Die Stimme kam aus dem Verschlag dicht hinter ihr. Doch es war dort zu dunkel, als daß sie etwas hätte erkennen können. Eine Kette rasselte leise. Eine Hand schob sich zwischen den Brettern hindurch.

»Hier bin ich!«

Caroline trat näher. Der Verschlag war so eng, daß der Mann darin nur mit angezogenen Beinen hocken konnte. Schwere Ketten an Händen und Füßen, kauerte er auf einem Strohsack.

»Ich habe Sie beobachtet . . .« Er hielt inne. Das masken=haft starre Gesicht der Frau machte ihm plötzlich bewußt, daß Sekunden tödlichen Erschreckens hinter ihr lagen. »Ich bin es«, flüsterte er, »erkennen Sie mich nicht? Verzeihen Sie, wenn ich Sie erschreckt habe. Ich wollte nur verhin=dern, daß Sie alles Wasser vergiften. Wir müssen auch trinken!«

Caroline brachte noch immer kein Wort heraus. Es war wie ein allmähliches Zusichkommen. Sie war nicht entdeckt! Der Mann war ein Gefangener, wie sie, Charles Tarr. An alles hatte sie gedacht, nur daran nicht.

»Die Reise ist lang«, sagte er. »Ohne Wasser werden wir sie nicht überstehen.« Seine Hand deutete in die Richtung der Regale. »Dort hängen leere Wasserschläuche. Wenn Sie zwei füllen und einen davon mir bringen.«

An einer Verstrebung hing eine Girlande von Schläuchen. Caroline eilte hin und nahm zwei davon herunter. Sie glitt beinahe auf dem nassen Boden aus. Der Duft roten Weines hing in der Luft. Keinen Meter von ihr, fest an den Wand=planken vertäut, stand ein Weinfaß. Beim Schöpfen mußte eine Kelle verschüttet worden sein. Der Wein für Herera, schoß es ihr durch den Kopf. Mit der linken Hand an sich gepreßt, hielt sie immer noch die silberne Schale mit dem letzten Gift. Sie überlegte nicht. Sie hob den Deckel, schüt=tete das weiße Pulver in den Wein.

Seit sie wußte, daß Tarr hier war, fühlte sie sich ganz sicher. Ohne Hast ließ sie die beiden Schläuche mit dem Wasser aus der letzten Tonne vollaufen. Lächelnd trat sie an den Verschlag und reichte Tarr den Schlauch. »Morgen Nacht komme ich wieder.«

Charles Tarr hob abwehrend die Hand. »Nein. Tun Sie das nicht! Gehen Sie kein Risiko ein! Wir müssen abwarten. Mit dem Wasser komme ich viele Tage aus.« Die Eisen an seinen Händen schlugen aneinander. »Aber wenn Sie dafür etwas hätten.«

»Ich glaube schon! Ich bin gleich zurück.« Caroline huschte in ihre Kajüte. Sie wußte genau, in welchem Fach des Arztbestecks die Feilen lagen. Sie nahm alle mit, auch die kleinste. Tarr würde sie alle brauchen.

Als sie Tarr das Bündel durch den Verschlag reichte, fiel eine Feile klirrend zu Boden. Diesmal war es der Mann, der mehr erschrak als sie. Die Geste seiner Hände war wie eine Bitte, schnell in ihre Kajüte zurückzukehren.

Caroline mußte sich zwingen zu gehen, zurück in ihre Einsamkeit. Sie konnte ihm nicht einmal danken, nicht mit Worten. »Es ist gut, Sie in der Nähe zu wissen«, murmelte sie. Dann hob sie schnell ihren Wasserschlauch, die Silberschale, den Meßbecher vom Boden auf und schlüpfte zurück in ihr Gefängnis.

Sie fühlte sich plötzlich so erschöpft, daß sie sich kaum noch aufrecht halten konnte. Sie hätte sich wie ein Tier zusammenrollen und schlafen mögen. Aber sie gab sich nicht nach. Sie setzte den Türknauf wieder ein, zog die Schrauben fest, beseitigte jede Spur ihres nächtlichen Ausflugs. Zuletzt stellte sie Schale und Meßbecher auf den alten Platz in die Arzneikammer und verbarg den Wasserschlauch dort.

In die Kajüte zurückgekehrt, stellte sie die Lampe auf den Tisch zurück und löschte sie. Bleigrau glitt das Meer, der Himmel an dem Bullauge vorbei. Nur in dem versprühenden

Spitzenwerk der Wellenkämme funkelten hie und da die Farben des nahenden Tages.
Sie fror vor Müdigkeit. Sie sank auf die schmale Liegestatt, hüllte sich in die Linnen. Auf einer Welle von Wärme und Zufriedenheit mit ihrem Werk glitt sie in den Schlaf.

KAPITEL 42

Gehörte das Geräusch des Schlüssels noch zu ihren Träumen, das Öffnen der Tür? Erst als die Schritte näherkamen, erwachte Caroline ganz. Sie zog die Decke, die im Schlaf verrutscht war, über sich. Sie zwang sich, trotz des schmerzhaft blendenden Morgenlichts, die Augen zu öffnen. Aber der Mann, der in der Kajüte stand, war nicht Herera.
Es war einer der beiden Mestizen, die Herera auf Schritt und Tritt folgten. Ohne zu grüßen, mit einem Blick, als wäre überhaupt niemand im Raum, stellte er ein Tablett auf den Tisch. Zur Tür zurückgekehrt, blieb er dort einen Moment stehen; seine schmalen dunklen Augen gingen prüfend durch den Raum. Caroline wurde es heiß bei diesem Blick. Sollte sie doch etwas vergessen haben beim Aufräumen?
Aber der Mestize zog die Tür hinter sich zu. Das Schloß schnappte ein. Sie wartete, bis die Schritte verklungen waren. Aufatmend rutschte sie an das Ende des Lagers, wo der Tisch stand, beugte sich über das Tablett mit den Speisen.
Eine Blechschale enthielt Hirsebrei, ein anderer größerer Napf ein Gemisch aus Fisch, Tomaten und weißen Bohnen.

Auf einem Teller lagen ein Stück Zwieback, vier Feigen und das Viertel einer Zitrone. Das Wasser in dem Blechbecher war mit ein wenig Wein vermischt.
Auf Befehl Hereras schien man ihr in der Küche die verbeultesten Stücke des Geschirrs ausgesucht zu haben. Aber das störte sie nicht. Heißhungrig nahm sie die ersten Löffel Hirsebrei. Sie hatte nie viel für diese Art körniger gesalzener Breie übrig gehabt, aber in diesem Augenblick schmeckte es ihr, als wäre es eine Köstlichkeit.
Plötzlich hielt sie inne, spuckte das, was sie im Mund hatte, in die Schüssel zurück. Der Brei war mit Wasser gekocht! Mit Wasser, das sie vergiftet hatte. Ob Tarr auch daran dachte? Sie glaubte ihn in seinem Verschlag sitzen zu sehen, das Essen unberührt vor sich. Nein, er hatte nicht vergessen. Um ihn brauchte sie sich keine Sorgen zu machen.
Sie schob das Tablett von sich. Das hatte sie nicht bedacht. Solange sie an Bord war, würde sie nichts zu sich nehmen können als das bißchen Schiffszwieback, die paar Feigen, die man ihr brachte.
Langsam kaute sie den trockenen Zwieback; die Feigen hob sie sich für später auf. Durst quälte sie, aber sie wagte nicht, zu ihrem Versteck zu schleichen und von ihrem Vorrat zu trinken.
Sie ließ sich auf das Lager zurücksinken. Trotz der Hitze, die im Raum herrschte, zog sie die Decke bis zum Kinn. Das Gesicht zur Wand lag sie da und sagte sich, daß auch diese Tage vorübergehen würden. Aber sie war in einer Stimmung, in der sie hinter jeder Hoffnung die höhnische Fratze der Enttäuschung lauern sah.
Sie glaubte wieder die Kanonenrohre der *Alouette* zu sehen,

die Stimme Hereras zu hören: »Der Herzog ist zu vernünftig.« Hatte es nicht verächtlich geklungen? Nachträglich glaubte sie es. Warum war er vernünftig gewesen? Sie hätte es nicht sein können an seiner Stelle. Ihre Liebe hätte sich niemals der Klugheit gefügt. Aber Männer waren anders, und ihre Liebe war anders als die einer Frau. Für einen Mann war Liebe etwas, hinter dem er die Tür schließen konnte, etwas, das er für Augenblicke auslöschen konnte, wie ein Licht, das ihn störte . . .

Sie rührte sich nicht, als der Mestize das Tablett wieder holte, als er an ihr Lager trat und sich kurz über sie neigte Sie wollte nicht mehr sehen und hören. Sie mußte ihren Hunger vergessen — und ihre Gedanken.

Aber der Hunger kam wieder. Jedesmal, wenn einer der Mestizen das Essen brachte, wurde er quälender. Es waren immer dieselben Speisen, und doch erschienen sie Caroline von Tag zu Tag verlockender.

Es gab Augenblicke, wo sie fürchtete, sich nicht mehr beherrschen zu können, wo die brennende Leere ihres Magens mit allen Finten und Listen ihren Verstand auszuschalten suchte. Aber dann griff sie doch nur nach dem Zwieback, brach ihn mit zitternden Händen, zerkaute langsam die Feigen, lutschte das Viertel der Zitrone aus.

Jeder Tag war dem anderen gleich. Sie machte sich keine Zeichen. Sie wollte gar nicht wissen, wann ein Tag zu Ende ging und ein neuer begann. Sie dachte nicht daran, sich zu waschen oder zu kämmen.

Zusammengerollt wie ein krankes Tier, lag sie da und dämmerte vor sich hin. Das grelle Licht, das, durch die Spiege=

lung des Meeres verdoppelt, ruhelos wie die Wellen über die Wände der Kajüte flimmerte, höhlte sie aus. Aber die schlimmste Folter waren die Gedanken, das ziellose Warten, daß endlich etwas geschehen würde . . .

Das Schiff glitt mit unveränderter Schnelligkeit dahin. Abend für Abend, wenn die Laternen an Deck entzündet wurden und ihr Widerschein gleich flammenden Schwingen, die dem Schiff plötzlich gewachsen waren, über die Fluten huschten, klang Gesang an Deck auf, seltsame fremdländische Weisen, voll wilder leidenschaftlicher Trauer.

Nichts änderte sich im Leben an Bord, nichts im Ablauf der Geräusche, der ihr zur Uhr geworden war in ihrer Gefangenschaft. Täuschte sie nicht nur der Wunsch, wenn sie glaubte, daß die Schritte der beiden Mestizen matter wurden, ihre Gesichter fahler, ihre Augen fiebrig? War die Dosis des Giftes doch zu klein gewesen? Oder war es durch die lange Lagerung wirkungslos geworden? Hatte es sich gar nicht im Wasser aufgelöst, sondern war nur als Satz abgesunken? Wenn alles umsonst gewesen war, die Gefahr, die sie auf sich genommen hatte, der Hunger! Wenn ihr Traum von Befreiung nur ein Wahn war, mit dem sie sich selber genarrt hatte, zu ihrem eigenen Schaden . . .

Endlich bekam ihre Hoffnung neuen Aufschwung. Es mußten fast acht Tage vergangen sein. Sie hatte die Stunde herbeigesehnt, in der man ihr das Abendessen bringen würde. Sie war schon halb entschlossen, aufzugeben, sich auf die Speisen zu stürzen, den verdünnten Wein; an diesem Morgen hatte sie den letzten Rest aus dem Wasserschlauch gesogen.

Sie lauschte mit jagendem Herzen. Sie konnte ihre beiden Wachen schon am Schritt unterscheiden, aber diesmal war es jemand anders, der sich der Tür näherte. Es war auch nicht Herera, dazu war der Schritt zu leicht.

Die Tür ging auf. Ein schmächtiger Indio trat ein. Er war nicht wie die Matrosen gekleidet, sondern trug einen dunkelblauen Lakaienanzug mit roter Seidenweste. Er stellte das Tablett auf den Tisch. Caroline sah mit einem Blick, daß der Becher mit dem verdünnten Wein, die Schüssel mit dem Brei fehlten. Auf dem Blechteller lag nur ein Stück Räucherfisch, zwei Stück Zwieback, eine halbe Zitrone und die vier Feigen.

»Gibt es heute nichts zu trinken?« fragte sie. Der Indio sah sie verständnislos an, zuckte mit den Schultern. Caroline machte eine Geste des Trinkens.

Der Indio schüttelte den Kopf. Auf sein Gesicht trat ein entsetzter Ausdruck. Er stammelte etwas in seiner Sprache, preßte die Hände auf den Magen.

»Das Wasser – schlecht?« fragte Caroline. »Water bad?«

Er nickte. Als hätte er sich plötzlich entschieden zu schweigen, eilte er davon.

Caroline ließ sich auf das Lager zurückfallen. Sie hätte sich freuen müssen, Triumph empfinden. Aber keines der Gefühle hatte Platz in ihr. Vielleicht wenn es eher geschehen wäre. Aber jetzt war das Maß der Qualen, das sie dafür auf sich genommen hatte, zu groß geworden. Sie war am Ziel, und sie empfand nichts als die Leere, die eintritt, wenn eine starke Spannung sich löst. Sogar der Hunger und der Durst, die sie noch vor einem Augenblick gepeinigt hatten, waren einer großen Gleichgültigkeit gewichen.

Sie lag da, starrte vor sich hin; ihre Gedanken und Gefühle verloren sich, ehe sie Gestalt annehmen konnten, trieben ziellos dahin. Erst der Gedanke an Tarr rüttelte sie auf. Sie mußte etwas tun, und wenn es nicht für sie selbst war, so doch für ihn. Wie mußte dieser Riese Hunger gelitten haben!

Sie setzte sich auf, rückte den Tisch heran, zog dem Fisch die goldbraune ledrige Haut ab, schabte das bräunliche Fett von der Innenseite, strich es auf Zwieback. Sie löste das Fleisch von den Gräten, drückte die Zitrone darüber aus. Sie aß ohne Hast. Und ohne Ungeduld wartete sie, bis der Indio das Tablett wieder weggetragen hatte. Sobald auf dem Schiff alles ruhig war, würde sie neues Wasser holen.

Sie hatte den Vorhang des Bullauges zur Seite geschoben. An Deck brannten Laternen, warfen ihre langen Lichtgarben über den dunklen Spiegel des Wassers. Es brannten weniger Lichter als sonst. Die Wellen flossen träger als sonst; das Schiff segelte langsamer als sonst.

Die Masten sind nicht mehr voll besetzt, dachte sie — und erst jetzt stieg etwas wie Freude in ihr auf. Doch die Müdigkeit war stärker. Ein paarmal ertappte sie sich, wie ihr die Augen zufielen — ihr Wille, erschöpft wie ihr Körper, konnte dem süßen Zwang des Schlafes nicht mehr widerstehen. Aber noch ihr letzter Gedanke war: das Wasser, ich muß es holen . . . Wasser.

Sie glaubte, nicht mehr als eine halbe Stunde wäre vergangen, aber der fahle Schein, der die Kajüte erfüllte, sagte ihr, daß der Tag nicht mehr fern war.

Die Decklaternen waren gelöscht. Meer und Himmel begannen sich langsam von einander zu lösen. Caroline hatte die ganze Nacht verschlafen, die Nacht, die allein ihr Vorhaben schützte. Sie mußte es trotzdem wagen! Noch ein langer Tag ohne Wasser, ein langer Abend — die Vorstellung war so schrecklich, daß jede Gefahr daneben verblaßte.

Es dauerte eine Ewigkeit, bis sie die Schrauben des Türknaufs gelöst und das Schloß geöffnet hatte, und sie merkte daran, wieviel Kräfte sie verloren hatte. Den leeren Wasserschlauch in der Hand, eilte sie zu dem Verschlag von Charles Tarr. Wie das erstemal kauerte er auf dem Strohsack. Er rührte sich nicht, und einen Augenblick fürchtete sie, er lebte nicht mehr.

Sie rief ihn leise beim Namen. Sie berührte ihn mit den Fingerspitzen an der Schulter. Endlich kam Leben in die Gestalt. Er schlug die Augen auf, sofort hellwach. »Gut, daß Sie kommen«, sagte er, »ich hätte langsam Durst bekommen.« Er reichte ihr den Wasserschlauch. Seine Handgelenke waren dünn geworden, aber sie waren frei von den Ketten. Nur die breiten schwarzen Schließen lagen noch um die Gelenke. Er lächelte. »Jetzt sind die Füße dran. Es geht langsam, aber man braucht schließlich eine Beschäftigung. Und ich habe so das Gefühl, daß ich Füße und Hände bald brauchen werde. Sie haben nicht mehr genug Leute. Sie segeln höchstens noch drei Knoten.«

Caroline sah auf den Mann hinunter. Seine Ruhe, seine Zuversicht waren echt. Er erinnerte sie an Simon. Wie er schien er mit den Füßen im Leib der Erde verwurzelt, schien aus ihr seine Kraft zu ziehen. Es war gut, daß er da war. Aber noch ein anderer Gedanke drängte sich ihr auf. Sie hatte in den vergangenen Tagen gehadert mit der kühlen Vernunft des Herzogs. Aber jetzt verstand sie ihn und warum er seiner Liebe die Vernunft zur Führerin gegeben hatte. Es wäre furchtbar gewesen, wenn er ihr in die Gefangenschaft gefolgt wäre, wenn er dort die Stelle Tarrs eingenommen hätte. Ihre Leiden wären dadurch nicht gelindert, sondern nur verdoppelt worden. Es hätte alles nur schlimmer gemacht. Sie wären damit beide bedingungslos den Santis ausgeliefert gewesen – ohne Aussicht auf Rettung.

Von ferne drangen Männerstimmen durch die Stille, die Melodie eines Chorals. Caroline lauschte. Die Stimmen kamen vom Deck. Das Schiff war erwacht. Sie mußte zurück. Sie nahm die beiden Schläuche. Die Wassertonne war noch voll. Sie hatten nichts daraus genommen. Sie füllte die Schläuche und reichte Tarr seinen durch den Verschlag. Auch er hatte die Stimmen gehört. »Halten Sie sich bereit«, flüsterte er. »Ich glaube, es tut sich bald etwas. Die suchen Land oder eine Insel mit Wasser. Ich hab es in der Nase.«

Caroline nickte. Ihr Entschluß war gefaßt. Wenigstens einen Blick mußte sie an Deck werfen, mit eigenen Augen sehen, was Tarr zu erraten glaubte. Sie lief in ihre Kajüte, warf den gefüllten Schlauch auf den Tisch. Dann eilte sie wieder hinaus. Sie hörte Tarrs Stimme, als sie den

Aufgang hinauflief. Er rief ihr nach, zu bleiben, aber sie war nicht mehr zu halten. Sie mußte wissen, was auf dem Schiff vor sich ging.

Sie lauschte angestrengt. Die Schritte und Stimmen waren unmittelbar über ihr. Sie befand sich im vorderen Teil des Schiffes, irgendwo unter der Kommandobrücke, wie sie glaubte. Es war schwer, in der Dunkelheit, die in dem schmalen Laufgang herrschte, einen Lukendeckel zu finden.

Sie tastete die niedrige Decke ab. Ihre Finger berührten einen Eisenring. Sie lauschte. Die Schritte waren verstummt. Eine Männerstimme war zu vernehmen, monotone Worte in einer fremden Sprache.

Caroline stemmte beide Handflächen gegen den Lukendeckel. Kühle schlug ihr durch den Spalt entgegen, netzte ihr vom Schlaf heißes Gesicht. Sie hob den Deckel noch etwas weiter an.

Vor ihr, zum Greifen nahe, ragten weiße Relingspfosten auf, dahinter war der Himmel, und in seinem lichten Grau ein dunkler Pfeil — ein Vogel. Konnte sie ihren Augen trauen? Nein, sie irrte sich nicht. Es war ein Vogel. Weit breitete er seine Schwingen aus, und dann vernahm sie seinen Schrei. Land — sie mußten in der Nähe von Land sein!

Behutsam, damit kein Geräusch sie verriete, wandte sie sich nach der anderen Seite, von der immer noch die monotone Männerstimme kam. Ein Mann stand vor der Mannschaft, ein Buch in der Hand. Als er verstummte, bückten sich vier Männer, hoben ein Brett vom Boden auf, auf dem ein langes, mit Segeltuch verschnürtes Paket lag. Die Männer hoben es hoch, schoben das Ende über die Reling. Das Paket begann zu rutschen. Wie ein Schatten flog es in die Tiefe, schlug laut klatschend ins Wasser. Die Männer bekreuzigten sich.

Caroline zog den Lukendeckel wieder zu. Ihre Arme waren lahm vom Halten. Ein Toter. Sie hatten einen Toten der See übergeben. Ob er an dem Wasser gestorben war? Aber sie kam nicht zum Nachdenken. Ganz in ihrer Nähe waren plötzlich Stimmen. Schritte kamen näher.

Sie hetzte zurück. In Schweiß gebadet, erreichte sie endlich den Lagerraum. Nur noch wenige Schritte, und sie war in ihrer Kajüte. Schon streckte sie die Hand nach dem Türknauf aus, da erst sah sie den dunklen Schatten, der unter der Tür der Kajüte stand.

Seit sie in Hereras Gewalt war, hatte allein der Gedanke an ihn sie mit Grauen erfüllt — doch jetzt war sie ruhig. Jenes unerklärliche Gefühl der Erleichterung war in ihr, das furchtlose Menschen erfüllt, wenn endlich das geschieht, mit dem sie insgeheim gerechnet haben. Sie entdeckte den Wasserschlauch in seiner Hand. Das wußte er also auch!

Seine Züge waren von Haß und Krankheit entstellt, von der Gier nach Wasser. Er riß den Stöpsel aus dem Schlauch. Das Wasser schoß in einem Strahl heraus, traf sein Gesicht, den offenen Mund, die ausgetrockneten Lippen; er trank wild, bacchantisch. Dann schleuderte er den Schlauch von sich, packte Caroline bei der Hand, zerrte sie in die Kajüte.

»Darum also hast du nichts gegessen und getrunken«, sagte

er heiser. »Ich dachte, es sei dein Stolz, aber es war nur Falschheit.« Die goldenen Vorderzähne in dem fahlen eingefallenen Gesicht blitzten, die Augen waren nur noch Schlitze. Sein Atem roch nach Fäulnis. »Wo ist das Gift?« Er zog die Peitsche aus seinem Stiefelschaft. »Du sollst erfahren, was darauf steht, Wasser an Bord eines Schiffes zu verpesten. Also, wo ist es?«

Zischend zerschnitt der Lederriemen die Luft. Caroline duckte sich. Die Lampe fiel vom Tisch, das Glas zersplitterte. Wieder holte er aus. Sie spürte keinen Schmerz, als der Lederriemen sich um ihre Taille schlang wie eine Schlange, die ihr den Atem abdrückte.

Herera zog sie zu sich heran. Er war wie von Sinnen. Mit der freien Hand strich er tastend über ihr Gesicht. Kalte Schauer liefen Caroline bei dieser Geste über den Rücken. Das war nicht mehr Haß, das war die perverse Zärtlichkeit eines Mörders. »Was für ein Gesicht! Früher hätten sie dich dafür verbrannt. Aber du sollst keinen mehr täuschen. Ich will dir ein Gesicht geben, daß du die Spiegel fürchten lernst.«

Ein Dolch blitzte vor ihren Augen. Gebannt starrte sie auf diese dünne bläuliche Klinge, die immer näher auf sie zukam. Sie mußte ihn zu sich bringen. »Gehört das auch zu den Befehlen, die Ihnen Don Santi gegeben hat?« Sie zwang sich langsam zu sprechen, ganz ruhig.

Herera zuckte zusammen. Der Dolch in seiner Hand bebte. Eine Stimme gellte über das Deck. Schritte kamen polternd näher. Die Kajütentür wurde aufgerissen. Ein Mann stürzte herein, fahl wie Herera, mit aufgesprungenen Lippen. Seine Worte überschlugen sich. »Land, Käpten ... ein Schiff ...

ein Schiff von uns. Die *San Domingo.*« Er lachte irre, warf sich Herera in die Arme. »Wasser ... Wasser ...«
Herera schüttelte ihn ab. Ohne ein Wort, ohne eine Drohung auf später, ließ er Caroline stehen, rannte hinaus, gefolgt von dem Mann, der wie von Sinnen vor sich hinlachte.

KAPITEL 44

Ein Rennen und Schreien erfüllte das Schiff. Dazwischen dröhnten, verzerrt durch das Sprachrohr, Hereras Kommandos.
Caroline schleppte sich aus der Kajüte. Die Beine drohten ihr zu versagen, als sie Tarrs Verschlag erreichte. Sie klammerte sich mit beiden Händen an die Latten.
Tarr sah die Augen, in denen noch das Grauen stand, die Lippen, halb geöffnet, zitternd, unfähig ein Wort zu formen. Er umfaßte ihre Hand. Daß sie vor ihm stand, frei und unversehrt, erschien ihm wie ein Wunder. Aber sein Schuldgefühl wurde dadurch nicht beschwichtigt. Er war ihr in die Gefangenschaft gefolgt, um sie zu schützen, aber bisher war er dazu verdammt gewesen, ohnmächtiger Zeuge ihrer Qualen zu werden.
»Wir müssen überlegen«, sagte er. »Wir haben wenig Zeit. Was ist geschehen? Wir haben Land erreicht, nicht wahr? Da, hören Sie!« Seine Züge hellten sich auf. »Sie gehen vor Anker!«
Das Knirschen der Winde, das Rasseln der Ankerkette, jetzt

hörte es auch Caroline. Ein Beben ging durch das Schiff, als der Anker auf Grund stieß. Wie ein Tier an seiner Kette zerrte der Clipper in der Dünung, kam nur langsam zur Ruhe.

Sie nickte. »Ich habe einen Vogel gesehen, vorhin . . .«

Mit einem dumpfen Platschen setzten Boote im Wasser auf. Dann verebbten die Geräusche, Stille senkte sich über das Schiff.

»Sie sind von Bord«, flüsterte Tarr. »Ich kenne diese Stim=mung. Da ist keiner mehr zu halten . . . Was haben Sie?«

Caroline war blaß geworden. Hatte der Mann vorhin nicht von einem anderen Schiff gesprochen? Wie, wenn es nun gar keine Möglichkeit zur Flucht gab, wenn alles vergeblich gewesen wäre . . . »Es ist noch ein anderes Schiff da«, sagte sie. »Eines von den Schiffen der Santis, die *San Domingo.*«

Tarr sprang auf. An seiner Bewegung merkte sie, daß er sich inzwischen auch von den Fußfesseln befreit hatte, mit beiden Händen packte er die Querlatten des Verschlags. Splitternd brach das Holz. Er warf sich gegen die Tür; wie dürre Halme barsten die Latten unter der Wucht dieses riesigen Körpers. Dann stand er vor ihr. Seine Augen leuch=teten. Seine Arme breiteten sich aus. Am liebsten hätte er Caroline wie ein Kind aufgehoben und davongetragen. Aber er sagte nur: »Damit werden wir auch fertig! Kommen Sie.«

Das Deck lag verlassen da. Die Segel der *Camelot* waren eingeholt. Wie Nester schwebten die leeren Mastkörbe hoch über ihnen. Aus der Kombüse drang der scharfe Ge=

ruch schnell gelöschter Holzkohlenglut. Das Ruder, das nicht festgelascht war, pendelte hin und her. Die Lampe zwischen den beiden Kompaßkästen brannte noch; darunter lag eine frisch angerissene Packung amerikanischen Kautabaks.

Mit Riesenschritten war Tarr zum Kompaßhaus geeilt. Von dort aus hatte er einen weiten Rundblick. Sie ankerten in der Bucht einer Insel, die, von einem Gürtel mannshohen Schilfes umgeben, auf der silbergrauen See schwamm. Tintenblau zeichnete sich dahinter die Silhouette einer bergigen Küste ab.

Und da war auch das andere Schiff. Das Heck ihnen zugewandt, ankerte es im durchsichtigen Wasser der Bucht auf einer Linie mit der *Camelot*, an seinem Mast die gleiche purpurne Flagge mit dem goldenen geflügelten Stier. Nichts regte sich auf seinem Deck. Jetzt legte das erste Boot mit den Männern Hereras bei. Die Männer kletterten die Strickleiter hinauf. Tarr starrte mit gerunzelten Brauen hinüber. »Diese Brut hat immer Glück«, stieß er hervor. »Wir müssen hier weg, ehe sie zurückkommen.«

Sie stießen fast mit dem Mann zusammen, der ihnen mit stierem Blick in den Weg trat. »Die Schweine . ...«, lallte er, »lassen mich hier krepieren . . . saufen sich voll . . .« Er knickte in den Knien ein.

Tarr zog Caroline weiter. »Wir können ihm nicht helfen! Wir müssen an uns denken.« Er blickte um sich. »Auf die andere Seite! Hier sind alle Boote weg!«

»Kann ich nicht noch einmal nach unten, ins Wohndeck?« Caroline waren ihre Habseligkeiten eingefallen, die sie in Lady Ruths Räumen zurückgelassen hatte. Es waren nur ein paar Schritte dorthin. Für einen Augenblick war ihr der Samtbeutel mit Kamm, Duftfläschchen und Spiegel wich= tiger als alles andere. Ihr kam sofort der Wahnsinn ihres Wunsches zum Bewußtsein, und doch hätte sie viel darum gegeben, in den Besitz dieser nichtigen Dinge zu gelan= gen.

Tarr hob die zu einem Sack gefaltete Decke in die Höhe, in die er auf dem Weg über Deck alles hineingeworfen hatte, was er liegen hatte sehen und was ihm nützlich erschienen war. »Was wir brauchen, habe ich hier.«

Augenblicke später schwebte sie, sich mit beiden Händen am Rand des Bootes festhaltend, in die Tiefe. Sacht setzte das Boot auf die Wellen auf. Caroline griff nach dem Seil, das Tarr ihr über die Reling zuwarf. Mit einer Behendig= keit, die bei einem so großen Mann wie Tarr etwas Unheim= liches hatte, glitt er an dem Tau zu ihr hinunter ins Boot.

Er packte die Riemen. Mit mächtigen Schlägen, und doch so, daß die Blätter ohne einen Spritzer ins Wasser tauchten, ruderte Tarr auf die Insel zu; die ersten zweihundert Meter im Schutz des Clippers, doch bis ans Ufer war es noch ein= mal so weit.

Caroline gab sich, für Augenblicke der Gefahr nicht ach= tend, der Schönheit dieses Morgens hin. Die Sonne, noch unsichtbar, füllte die in ungewisses Grau getauchte Bucht allmählich mit Farben. Caroline ließ Wasser durch die Finger gleiten. Schwärme feuerroter Fische stoben ausein= ander.

Tarr hielt im Rudern inne. Von der *San Domingo* kam Ge= schrei. Ein Lächeln huschte über sein Gesicht. »Stürmische Begrüßung«, sagte er, »um so besser für uns.« Er warf einen Blick über die Schulter zu der Insel hin. »Halten Sie sich fest. Jetzt gilt es!«

Sich weit vor= und zurückbeugend, zog er die Ruder durch. Das Boot schoß voran. Der Strand rückte schnell näher. Eine Brise ließ das Schilf aufrauschen.

Tarr, mit dem Rücken zur Insel, sah nicht die dunklen Ge=stalten, die plötzlich das Schilf durchbrachen, die glänzen=den nackten Leiber, die sich ins Wasser stürzten, auf das Boot zuschwammen. Er sah nur den Schrecken in Carolines Augen, hörte den Laut aus ihrem Mund. Er ließ die Ruder sinken, sah sich um. Im selben Augenblick tauchten rund um das Boot die Köpfe der Neger aus dem Wasser auf.

Gellende Schreie ausstoßend, kreisten sie das Boot ein. Sie rissen die Ruder aus den Halterungen. Ein Kanthaken schlug in das Holz, sechs Neger zerrten das Seil hinter sich her, nahmen das Boot in Schlepp. Die anderen stießen es vor sich her auf die *San Domingo* zu.

Caroline war wie versteinert. Neben ihr im Wasser tauch=ten die dunklen kahlgeschorenen Köpfe auf und ab. Keu=chend und prustend stießen sie das Wasser aus. In Carolines Ohren klang es wie ein furchtbares Lachen. Auch in den weißen, wie emaillierten Augen glaubte sie dieses Lachen zu entdecken.

Etwas Dunkles trieb ihnen entgegen, gewölbt wie der Rücken eines Fisches. Aber dann sah Caroline, daß es eine Uniformjacke war. Je näher sie der *San Domingo* kamen, um so mehr solcher zerfetzter Kleider schwammen auf den Fluten. In der leichten Dünung schaukelten Leichen, die das Wasser rot färbten.

Caroline blickte Tarr an. Er machte eine Bewegung, als

wollte er seinen großen Körper zwischen sie und dieses gräßliche Bild stellen. »Bitte«, sagte er, »schauen Sie nicht hin ...« Aber sie mußte hinsehen. Sie konnte den Blick nicht von den dahintreibenden verstümmelten Leichen wenden. In einem Toten erkannte sie einen der Mestizen, die sie auf der *Camelot* bewacht hatten.

Auf der *San Domingo* brach ein höllischer Lärm los, als man das Boot mit den zwei Weißen entdeckte. Die Hände um die Knie geschlungen, krampfhaft, als müßte er sich an sich selbst festhalten, um sich nicht zu einer Verzweiflungstat hinreißen zu lassen, saß Tarr da. »Das waren die Schreie, die wir für die Begrüßung hielten«, sagte er. »Die Mannschaft der *Camelot* muß ahnungslos in die Falle gegangen sein! Die *San Domingo* war eines ihrer Schiffe, ein Sklavenschiff. Sehen Sie! Auf den Schultern der Neger, das eingebrannte S. Es sind Sklaven der Santis. Sie müssen sich befreit und die *San Domingo* in ihre Gewalt gebracht haben. Und dann haben sie gewartet ... deshalb war es an Deck so still ... Herera und seine Leute hatten keine Chance.« Tarr starrte vor sich hin, auf die Eisen, die er noch an Armen und Beinen trug. Das, was dort auf dem Schiff geschehen war, erfüllte selbst diesen Mann mit einem Grauen, das ihm die Worte nahm, mit denen er seiner Herrin Mut hätte zusprechen können.

Caroline saß da, die Hände im Schoß, den Kopf leicht zurückgeneigt. Sie war geflohen und nur in eine neue Gefangenschaft geraten. Es war, als bewegte sie sich in einem Teufelskreis. Was sie empfand, war nicht Angst. Es war jenes dunkle uralte Gefühl der Urfeindschaft zwischen dem Menschen und seinen Schicksalsgöttern.

Vor ihr ragte der Rumpf der *San Domingo* auf. Rostzerfressen, von Tang behangen, mit zerfetzten Segeln und gebrochenen Masten, glich sie einem herrenlos auf dem Meer treibenden Gespensterschiff.

KAPITEL 45

Das Deck der *San Domingo* war rot vom Blut. In Lachen stand es auf den vom Salzwasser gebleichten Planken, von den nackten Füßen der Neger zu einem dunklen Muster des Todes auseinandergetreten.

An den Pfosten der Reling hingen Uniformfetzen der über Bord geworfenen Leichen. Die wenigen erbeuteten Messer und Waffen, die Hereras Leute aus Gewohnheit und Zufall bei sich getragen hatten, lagen auf einem Haufen zusammen, nicht Zeugen eines Kampfes, sondern eines Massakers, in dem die von Hunger und Durst geschwächte Mannschaft abgeschlachtet worden war.

Am Fuß des Hauptmastes stand die hochaufragende Gestalt eines Negers. Er schien der Anführer zu sein; er, als einziger, war nicht nackt, sondern in eine scharlachrote kniekurze Tunika gekleidet. Als einziger trug er keine Waffe. Stumm, nur mit Blicken und Gesten befahl er seinen Männern.

Der laute Siegestaumel der Neger war auf ein Zeichen von ihm verstummt. Oder hatte der Vorgeschmack, noch ein weißes Opfer zu finden, sie von selbst verstummen lassen? Caroline sah die nackten Körper vor sich; mächtige, wie aus rotem Mahagoni geschnitzte Oberkörper, gebeugte, fast greise Rücken, aber auf allen das eingebrannte »S« und die Narben, die kleinen Krater der Pocken und die walnußgroßen Wülste, die von den Peitschen aus Alligatorenhaut stammten. In hundert Augenpaaren glaubte Caroline zu lesen, daß ihr Durst nach Rache noch nicht gestillt war, nie gestillt sein würde.

Ein Lachen ließ sie den Blick wenden. Herera hatte es ausgestoßen, an die Kajütenwand gefesselt, die Arme, wie ein Gekreuzigter, weit von sich gestreckt. Nackt und bewegungslos hing er dort, mehr das aus hellem Gold geformte Bild eines Martyriums als ein lebendiger Mensch. Und doch lebte er. Sein Blick traf Caroline, auch jetzt im Angesicht des Todes voll unversöhnten Hasses, und sein Lachen war das Lachen eines Verdammten.

Nicht fähig, diesem stummen Duell standzuhalten, wandte Caroline den Kopf und sah den Anführer der Neger auf sich zutreten. Sie um einen Kopf überragend, stand er vor ihr. Jetzt, in der Nähe, bemerkte sie, daß er kein Neger war wie die anderen, sondern ein Mulatte. Seine Haut war von dem weichen stumpfen Braun der Kokosnuß, sein Haar nur leicht gekräuselt. Die schmale gerade Nase, die feine Linie der Brauen, der weiche, in diesem strengen Gesicht so überraschende Mund — ein träumerisches Pathos lag über diesem Gesicht, dem die Grausamkeit nur als Maske zu dienen schien.

»Sie sind seine Frau?« Er hatte die Frage in reinem Englisch gestellt.

Caroline brauchte einen Augenblick, um die Frage zu verstehen. Dann wurde ihr klar, daß er Herera meinte. Sie sah zu Herera hinüber. Sie sah nicht mehr seine Fesseln, sie sah nur eines: den nackten männlichen Körper, der ihr Gewalt angetan hatte. »Nein!« stieß sie hervor. Sie wies auf Tarr: »Wir waren seine Gefangenen.«

»Dann werden Sie nichts dagegen haben, daß er stirbt«, sagte der Neger, »jetzt, vor ihren Augen. Ein Kapitän der Santis ... Er hätte tausend Tode verdient, aber wir können ihm nur einen geben.«

»Ich sagte Ihnen, er ist mein Feind«, noch während Caroline diese Worte sprach, die ihrem Empfinden entsprangen, schaltete sich ihr Verstand ein. Sie fürchtete die neu aufflammende Mordlust der Neger. Und da war noch etwas anderes. »Töten Sie ihn«, sagte sie. »Ich wünsche seinen Tod genauso wie Sie. Aber ist es klug, ihn zu töten? Sie haben zwei Schiffe und keine Männer, die sie zu segeln verstünden.«

Ein flammender Blick des Mulatten traf sie. Das war die Sprache der Weißen, ihre Art zu denken! Er haßte und bewunderte sie dafür. Dieser Haß und diese Bewunderung hatten aus ihm gemacht, was er war, ein Mann, der kein Neger war und kein Weißer, der Sohn eines schwarzen Königs, der selbst mit Sklaven handelte, und einer weißen Frau, an die ihn nur der Name erinnerte, den sie ihm gegeben hatte, Septimus; ein Mann mit zwei Seelen, die ihn marterten.

»Wollen Sie mit den Schiffen hier liegen bleiben?« fuhr Caroline unbeirrt fort, der Wirkung ihrer Worte gewiß. »Haben Sie sich nicht zum Herrn dieser beiden Schiffe gemacht? Sie brauchen jeden Mann, der ein Segel zu bedienen versteht. Und wenn er Ihr Gefangener ist.«

Septimus ließ sie nicht aus den Augen. Es war kein Hochmut in ihren Worten. Es war einfach die Klarheit, mit der sie zu denken vermochte. Jede andere Frau hätten allein beim Anblick dieses Schiffes, dessen Deck einem Schlachthaus glich, die Kräfte verlassen. Sie war Herrin ihrer Gedanken und Empfindungen geblieben. Sie stand da, unerschrocken, ruhig und bezwingend schön, trotz des aufgelösten Haares und des zerfetzten Gewandes.

Ja, sie hatte recht. Sein Verstand hatte ihm das gleiche gesagt, damals, als sie die am Gelbfieber erkrankte Mannschaft der *San Domingo* überwältigt hatten. Bis auf zwei Weiße hatten sie alle getötet. Er hatte das Gemetzel verhindern wollen, genau wie heute. Aber er hatte es nicht gekonnt. Sonst gehorchten sie ihm auf einen Blick, auf einen stummen Wink. Aber in diesen Augenblicken hatte seine Macht ihre Grenzen gefunden.

Auch jetzt, als er sich umblickte, spürte er, als wäre er mit jedem der Männer auf geheime Weise verbunden, ihre immer ungeduldiger werdende Forderung nach dem Leben des Mannes, der dort gefesselt hing.

War es nicht ihr Recht, das einzige, das ihnen geblieben war, das Recht auf Rache? Leib an Leib gefesselt, in der endlosen Nacht des Sklavendecks zusammengepfercht — hatte er ihnen da nicht immer wieder diesen Tribut versprochen! Er hatte ihnen Haß und Mordlust eingeimpft! Weil er wußte, daß er sie nur damit anstacheln konnte, das Unmögliche zu wagen, das in ihren dumpfen Köpfen Unvorstellbare: die Freiheit!

Seine Saat war es, die da aufgegangen war, eine wilde unlenkbare Urgewalt.

Der Neger, der in diesem Augenblick aus dem Kreis der Männer trat, war für Septimus die Verkörperung dieser Kraft. Jason Hastings war zehn Jahre älter als Septimus, seine Brust doppelt so breit. Das eingebrannte S züngelte wie eine Schlange durch sein dichtes Brusthaar. Der Hieb, mit dem ihm zur Strafe für einen Fluchtversuch aus der Faktorei das rechte Ohr abgehauen worden war, hatte seine Wange bis zum Kinn herunter zerfetzt. In jener Nacht der Meuterei war er der Grausamste von allen gewesen. Wenn es nach ihm gegangen wäre, hätte keiner überlebt, auch die Frau und der Junge nicht.

In einer gutturalen Sprache, die Caroline nicht verstand, redete er auf Septimus ein. Rufe der Zustimmung und Bekräftigung wurden laut, dunkle Hände erhoben sich, Messer, an denen das Blut noch nicht getrocknet war. Auch Jason Hastings hatte eines in der Hand. Schweigend hielt er es Septimus hin.

An Deck wurde es still. Alles schien nur auf das Messer zu blicken, auf die ausgestreckte Hand, auf ihren Anführer. Noch war er ihr Gott, das Vorbild ihres Hasses, aber auch er konnte stürzen . . . Um Septimus' Mund legte sich etwas Hartes. Seit jener Nacht der Gewalt hatte sein Leben den berauschenden Geschmack der Macht. Und er erkannte in dieser Stunde, daß er nie mehr würde darauf verzichten können, der Erste zu sein, daß er jedem Verbrechen, jeder Gewalttat zustimmen würde, um sich die blinde Liebe dieser Männer zu bewahren.

Er streckte die Hand aus. Seine Finger schlossen sich um den Griff des Messers. Er hob den Arm. Seine Lippen teilten sich unter der Gewalt eines Schreis, der aus seinem Inner=

sten zu kommen schien. Dann zuckte sein Arm vor und der Stahl flog aus seiner Hand.

Ein Schwirren erfüllte die Luft, als die Neger dem Beispiel ihres Anführers folgten. Mit einem unheimlichen Lächeln blickte Herera den tödlichen Geschossen entgegen. Er spürte keinen Schmerz; ein anderes Gefühl löschte ihn aus: dieser Frau dort das Leben zu verdanken, wäre schlimmer als der Tod gewesen. Er empfing die Messer wie eine Erlösung, sich ihnen entgegenbäumend, unter ihnen erschauernd wie unter Stößen der Lust.

Caroline starrte gebannt auf das furchtbare Schauspiel. Was dort geschah, war nicht Mord, sondern ein barbarischer Kult; diese Messer galten nicht einem Meschen, sondern einer bösen Macht. Und plötzlich begriff sie, daß es die helle Haut des Mannes dort war, die sie mit ihren Messern vernichteten, das verhaßte Weiß, das für sie Sklaverei bedeutete.

Das Schwirren der Messer war verstummt, die dumpfen Einschläge in den Leib des Opfers. Die Neger stürzten sich mit unartikulierten Schreien auf den Leichnam, rissen die Klingen aus dem Körper. Blut quoll hervor. Ein Aufstöhnen lief über Deck, wie das Atmen eines vielköpfigen Tieres.

Caroline blickte auf, als das Geräusch ihrer nackten Füße näherkam. Sie blickte in Gesichter, die von allem Persönlichen entleert waren, dunkle Derwischmasken, die ein furchtbarer Gott zwang, ihm ein neues Opfer darzubringen. Tarr ergriff Carolines Hand, zog sie an sich. Sie fühlte, wie ihre Kräfte sie verließen. Es war, als lösten sich die Planken unter ihren Füßen in Watte auf. Kein Geräusch drang mehr

zu ihr. Die Szene schien zu einem lebenden Bild zu erstarren.
Es war eine jener Sekunden, in denen das menschliche Herz, den Tod vorwegnehmend, in einem einzigen Blick Abschied nimmt. Blau dehnte sich das Meer, grün stieg die Pyramide der Insel auf. Wie eine weiße Lohe schwebte die *Camelot* auf der See.
Carolines Augen weiteten sich. Sie stieß einen Schrei aus, hob die Hand, deutete zu dem Clipper hinüber. Plötzlich hob sich das Schiff aus den Fluten. Die Stille zerbarst unter einer gewaltigen Explosion. Flammengarben brachen aus dem weißen Rumpf.

Keiner an Bord der *San Domingo* hatte Augen für die *Camelot* gehabt, für den Rauch, der schon seit einer Weile aus ihren Luken quoll. War es ein in der Eile des Aufbruchs vergessenes Feuer? War es der Alte, den sie zurückgelassen hatten — die *Camelot* stand in Flammen! Die Erschütterung hatte die Ankerkette zerrissen. Wie ein durchgegangenes Pferd stampfte das brennende Schiff über die Wellen. Die Ankerkette hinter sich herschleifend, trieb es auf die *San Domingo* zu.
Das Feuer hatte die Besegelung erfaßt, das Takelwerk; züngelnd fraß es sich den Großmast empor. Unaufhaltsam kam die *Camelot* näher. Schon trug die aufkommende Brise einen Funkenregen zu ihnen herüber.
Die Neger, immer noch drohend die Messer in den Händen, standen wie gelähmt. Ihr Anführer schrie ihnen Befehle zu, aber sie reagierten nicht. Charles Tarr ergriff eine Axt, alle wichen scheu vor ihm zurück, als er zum Ankerpfosten

eilte. Er holte zum Schlag aus, immer wieder, bis das Eisen zersprang und die Ankerkette rasselnd in die Tiefe sauste. Ein Zittern lief durch das Schiff, dann schnellte es mit einem Satz vorwärts.

Die Neger waren aus ihrer Erstarrung erwacht. Geschäftig eilten sie über Bord. Die ersten Segel flogen auf, spannten sich im Wind. Am Ruder tauchte die schlanke jungenhafte Gestalt eines Weißen auf. In einer stahlblauen, mit Silbertressen besetzten Kapitänsuniform stand er dort und warf das Ruder herum, eine fremde, unwirkliche Erscheinung vor der Kulisse der teerhäutigen nackten Leiber der Schwarzen. Die ganze Takelage war in Bewegung geraten. Rauschend entfaltete sich das Großsegel der *San Domingo*. Es war höchste Zeit. Nur noch wenige Meter trennten die beiden Schiffe. Der in goldenen Lettern am Bug prangende Name der *Camelot* begann sich unter der Gewalt der Hitze aufzulösen. Der Wind trug Schwaden glühender Asche auf die *San Domingo* herüber. Beizender Brandgeruch erfüllte die Luft, legte seine trockene Bitternis auf Lippen und Zungen, wehte als ätzender Staub in die Augen. Caroline spürte, wie ein Arm sich um sie legte. Es war der Anführer der Neger, der sie mit sich fortzog.

Sie spürte durch ihre dünnen Schuhsohlen den heißen an Deck gewehten Staub. Über ihnen hatte eines der Segel Feuer gefangen. Ein brennender Fetzen flatterte auf sie zu. Septimus riß Caroline zur Seite, aber das brennende Tuch streifte noch ihr Haar. Knisternd fing es Feuer.

Mit beiden Händen erstickte Septimus die Flammen; spürte nicht das Feuer, das seine Haut versengte. Er spürte nur die seidige Schwere dieses Frauenhaares, das sich in seine

Hände schmiegte. Er sah ihr Gesicht nahe vor sich, die feine blaue Ader an ihrer Schläfe, die feine weiße Haut, zart wie ein Blütenblatt. Ein Gefühl wie damals, als er zum erstenmal im Golf von Benim nach Perlen getaucht war, brannte in dem Herzen des Mannes auf. Derselbe magnetische Ruf, der ihn als Junge gezwungen hatte, in die Tiefe des Meeres zu tauchen, ging von dieser Frau aus. Er wußte nicht, wer sie war, nicht, woher sie kam. Er wußte nur, sie war weiß, eine weiße Göttin, unerreichbar für ihn, und dennoch das Ziel seiner Sehnsüchte.

Caroline stand reglos unter der Berührung. In ihr war ein Erschauern, und sie wußte nicht, war es die verspätete Reaktion auf die überstandenen Ängste oder war es die Antwort ihrer Nerven auf die Hände dieses Mannes. Sie sah zu ihm auf, und seine Augen wiederholten noch deutlicher, was seine Hände ihr schon verraten hatten. Sie erschrak nicht davor. Es war eher wie ein vertrautes Zeichen in einer Wildnis, etwas, das ihr Halt gab und sie ihrer selbst wieder bewußt werden ließ.

Drüben auf der *Camelot* stürzte der Großmast krachend in sich zusammen. »Kommen Sie«, sagte Septimus. »Ich bringe Sie unter Deck. Und fürchten Sie nichts.« Caroline warf einen letzten Blick hinüber auf das in lodernden Flammen stehende Schiff, das jetzt, nachdem der Rumpf aufgebrochen war, schnell zu sinken begann; es war ihr, als zerbreche damit die letzte Brücke, die sie mit einer Welt verband, die noch zu verstehen war.

Mildes Dämmerlicht und süßer Duft erfüllten die Kajüte. Der winzige Raum wurde fast ganz von einem bis an die Decke reichenden blühenden Jasminstrauch eingenommen, der aus einem großen Porzellankübel wuchs. Dieser Strauch, die Eleganz des Raumes — Caroline schien es so unwirklich wie das grausame Schauspiel, das sie eben erlebt hatte.
Sie hatte sich auf den mit lichtgrünem Atlas bezogenen Hocker vor dem Spiegel niedergelassen. Die Negerin, die Septimus zu ihr geschickt hatte, ein hochgewachsenes Mädchen mit mädchenhaften Brüsten, kniete neben ihr. Mit einem Rasiermesser hatte sie die versengten Strähnen aus Carolines Haar geschnitten und war jetzt dabei, es durchzubürsten.
Das milde Licht, die Nähe einer anderen Frau, das leise knisternde Geräusch des Bürstens — alles wirkte beruhigend auf Caroline; der wiegende Rhythmus, der ihr sagte, daß die *San Domingo* die Bucht verlassen hatte, die Melodie der Wellen. Wenn sie die Augen schloß, hätte sie meinen können, wieder auf der *Camelot* zu sein, und jene Stunde, in der sie sich für ihn schön gemacht hatte, wäre zurückgekehrt. Gleich würde es klopfen, Fawkes würde erscheinen, sie an Deck begleiten. Sie würde am Bug stehen und im unermeßlichen Blau die *Alouette* auftauchen sehen . . .
Nein, sie wollte nicht denken, sie wollte nicht fragen. Sie lebte, und sie wollte weiterleben. Nur das zählte im Augenblick. Instinktiv spürte sie, daß Nachdenken nur ihre Kraft untergraben würde, ihre Leiden verdoppeln.
Die Negerin hatte sich erhoben und eine Truhe geöffnet. Sie

kannte jedes Stück Tuch darin. Viele Stunden hatte sie hier verbracht, die Stoffe vor sich hinhaltend. Hier hatte sie die scharlachrote Seide gefunden, aus der sie die Tunika für Septimus genäht hatte. Für sich selbst etwas aus den Stoffen zu nähen, hatte sie nicht gewagt. Das Schönste war ein goldener Brokat, genauso schwer wie das Haar der weißen Frau, so kostbar wie ihre helle, matt leuchtende Haut. Sie nahm ihn aus der Truhe.

Caroline fühlte, wie der Stoff knisternd an ihr niederglitt. Erst jetzt, als sie sich in Gold gehüllt im Spiegel sah, nahm sie sich bewußt wahr. Sie lebte also wirklich! Sie war es, die dort saß, dieselbe wie immer, als wäre nichts geschehen; als säße sie vor dem Spiegel ihres Boudoirs, abends, wenn die Zofe das Haar gelöst hatte, zu Hause.

Zu Hause. Menschen, die ihre Sprache sprachen. Menschen, die sie kannten und liebten. Diener, die nur auf ihre Befehle warteten. Kutschen und Pferde, bei Tag und Nacht für sie bereit. Schränke voller Kleider und Kostbarkeiten. Ein Vermögen, mit dem sie sich jeden Wunsch erfüllen konnte. Der Name einer Herzogin von Belômer. — Hier wog er nichts mehr, hatte seinen Sinn und seine Kraft verloren; sie war entwurzelt wie diese Wilde neben ihr, die das Sklavenzeichen auf der Schulter eingebrannt trug.

Caroline schob den Brokat, der sie nur an Dinge erinnerte, die sie, vielleicht auf immer, verloren hatte, zur Seite; aber die Negerin machte eine so flehentliche Gebärde, daß sie sich fügte. Als ginge es sie nichts an, sah sie der Schwarzen zu, wie sie mit Schere, Nadel und Faden hantierte und ein lose fallendes Gewand, über Schultern und Achseln zu Falten drapiert, zauberte.

Caroline suchte unwillkürlich nach ihrem Täschchen, nach Geld. Aber sie besaß nichts mehr; nicht einmal, was die Ärmste der Armen besaß: einen Beutel mit einem Kamm, mit einem kleinen Spiegel, ein paar Tropfen Duft. Nicht einmal das, was sie am Leib trug, gehörte ihr.
Sie wandte sich vom Spiegel ab. Den Rest des Stoffes in der Hand, stand das Mädchen vor ihr, sie mit Zeichen fragend, ob sie ihn haben dürfte. Als Caroline nickte, ergriff das Mädchen ihre Hand, küßte sie. Dann deutete sie auf sich und sprach die einzigen Worte, die sie in der fremden Sprache gelernt hatte: »I — Josephine.« Zwischen den beiden Frauen war plötzlich ein Lächeln, die anonyme und doch so intime Vertrautheit desselben Geschlechts.

Das Mädchen hatte die Tür nicht verschlossen, als es gegangen war, und doch hätte Caroline sich eingesperrt sicherer gefühlt. Es war ein Empfinden, das ihrem Wesen fremd war, dessen sie sich aber nicht erwehren konnte; auch nicht der Angst, die ihr den Hals zuschnürte, als sie jetzt Schritte kommen hörte, Schritte nackter Füße. Sie verharrten vor ihrer Tür. Der Knauf drehte sich — Charles Tarr steckte den Kopf herein. Sein Gesicht hellte sich auf, als er Caroline erblickte. Er zog die Tür hinter sich zu, sah sich im Raum um. »Es war doch kein so schlechter Tausch«, sagte er, die Ängste, die er um sie ausgestanden hatte, überspielend. Obwohl er geduckt stand, berührte sein weißblonder Haarschopf die Kajütendecke. »Diese Italiener denken nur an sich, wenn sie ein Schiff bauen«, sagte er. Er hatte nicht erwartet, sie so prächtig verwandelt anzutreffen. Diese Frau überraschte ihn immer wieder aufs neue.

»Haben Sie etwas erfahren?« fragte Caroline. »Was ist das Ziel der *San Domingo*?«

»Es ist, wie wir vermutet haben«, antwortete Tarr. »Die *San Domingo* ist ein Schiff der Santis. Der Kapitän war ein Italiener, Velano. Das Ziel war Westindien, die Insel Barbados. Über dreihundert Sklaven waren an Bord, für die Zuckerplantagen. Dreißig Mann Besatzung, der Kapitän mit Frau und Sohn. Sie hatten Gelbfieber an Bord. Von den Negern starben an die Zweihundert, von der Besatzung zehn Mann. Der Mulatte hat den Aufstand angezettelt. Am Leben blieben nur zwei, die Frau des Kapitäns und sein Sohn.«

»Der Sohn des Kapitäns?« fragte Caroline. »War das der Junge am Ruder?«

Tarr nickte. »Er ist knapp fünfzehn. Er hat das Schiff so ungefähr allein gesegelt. Millimetergenau auf dem Kurs, ich habe die Logbücher gesehen. Ohne ihn wären sie bei dem Sturm, der sie überraschte, alle ersoffen. Das Schiff leckt wie ein Waschtrog. Zehn Mann stehen dauernd an den Pumpen. Deshalb sind sie in dieser Bucht von Anker gegangen. Sie wollten kalfatern.«

Das Schicksal des Jungen, der den Aufstand der Schwarzen überlebt hatte, beschäftigte Caroline. »Er hat den Negern geholfen, obwohl sie seinen Vater getötet haben?« fragte sie.

»Sein Vater ist gestorben wie Herera. Und er hat dabei zugesehen. Es ist nicht viel aus ihm herauszubekommen. Er scheint diesen Septimus sogar zu bewundern . . . Septimus haben wir am wenigsten zu fürchten. Er ist ein Träumer mit großen Plänen. Nach dem, was ich mir so zusammengereimt habe, will er an Land wiederholen, was ihm hier auf dem Schiff gelungen ist: alle Sklaven befreien.«

»Und wohin sind wir unterwegs?« fragte Caroline. Tarr antwortete nicht gleich, und es war ihr sogar, als wiche er ihrem Blick aus. »Was ist das Ziel?« beharrte sie.

»Die Sklavenküste«, antwortete er widerwillig.

Warum sprach er den Namen nicht aus? »Es ist Wydah, nicht wahr?« sagte sie, »der Hafen, nach dem auch die *Camelot* unterwegs war.«

»Nicht direkt. Sie planen, in der Nähe an Land zu gehen. Es könnte für uns von Vorteil sein. In Wydah sind nicht nur die Santis. Außer den Portugiesen haben die Holländer und Franzosen dort Faktoreien. Der Hafen wimmelt von europäischen Schiffen. Und wenn wir Glück haben, stoßen wir auf eines der englischen Schiffe, die im Golf vor der Sklavenküste patrouillieren.«

»Wann wollen sie an Land gehen?«

»Heute nacht noch. Wir müssen abwarten. Sie werden vorsichtig sein. Wenn sie geschnappt werden, verzieren ihre Köpfe morgen den Strand von Wydah. Das wissen sie. Wir sind Weiße. Sie werden uns nicht helfen. Aber sie werden genug mit sich zu tun haben, das ist unsere Chance.« Er zog unter seinem Hemd einen flachen Korkgürtel hervor. »Das habe ich Ihnen mitgebracht, für alle Fälle.«

»Ich kann schwimmen«, zum erstenmal konnte sie lachen.

»Legen Sie ihn trotzdem an. Ich habe schon viele, die schwimmen konnten, ertrinken sehen. Kommen Sie erst an Deck, wenn es dunkel ist. Schlafen Sie sich bis dahin richtig aus. Es wird eine lange Nacht werden.«

Er suchte mit den Händen die vergoldeten Leisten der Wand=

täfelung ab. Auf einen Druck hin klappte ein Teil der Täfelung heraus und gab eine Bettnische frei. »Ich hätte mich auch gewundert, so arm ist kein Kapitän eines Skla= venschiffes, daß seine Gäste auf Pritschen schlafen müßten.«
Tarr sah sie an. »Sie können doch schlafen?«
»Ich werde schlafen wie eine Tote«, antwortete sie.
Am Rand des Bettes sitzend, lauschte sie Tarrs Schritten nach, die sich schnell entfernten. Sie strich über die kühle Seide der Bettbezüge wie über etwas lange Entbehrtes. Sie würde schlafen, ohne Gedanken, ohne Träume, in einem tiefen, Kräfte sammelnden Schlaf.

KAPITEL 47

Ein Lichtschein schwebte über ihr hin und her. Ein geister= haft blasses Gesicht beugte sich über sie. Die Augen offen und doch noch im Schlaf befangen, lag Caroline da und lauschte auf das Rascheln der Seide, die davonhuschenden Schritte, das Zuschlagen der Tür.
Sie erhob sich. Sie öffnete die Tür, durch die die Gestalt verschwunden war. Ein leerer Gang lag vor ihr, und an seinem Ende eine Tür. Hatte sie sich doch getäuscht? Sie wollte schon umkehren, als sie das Zeichen an der Tür ent= deckte: Von einer ungelenken Hand mit weißer Kreide hin= gemalt eine Schlange, die sie an das in die Haut einge= brannte S der Neger erinnerte.
Ihr Instinkt sagte ihr, daß es ein Zeichen der Warnung war, diesen Raum zu betreten; sie atmete den scharfen Ge

ruch von Essig. Vor der Tür waren feuchte Lappen ausgebreitet.

Das Gelbfieber! Sollte es noch Kranke an Bord geben? Tarr hatte nichts davon gesagt.

Lauschend stand sie vor der Tür. Dahinter herrschte Stille. Sie überwand ihre Furcht und drückte die Klinke nieder.

»Bleiben Sie draußen!« sagte eine Stimme. Sie kam aus dem goldgeschnitzten florentinischen Himmelbett. Eine bleiche, zum Skelett abgemagerte Hand zog die burgunderroten Seidenvorhänge zu. Das Bullauge der Kajüte lag unter Wasser. Bläulicher Schein drang herein, vermischte sich mit dem flackernden Kerzenlicht und gab dieser Kajüte mit ihren von dem Reichtum des Besitzers zeugenden goldstrotzenden Möbeln etwas von einer prunkvollen Grabkammer, klaftertief unter dem Meer.

»Gehen Sie!« Die Stimme klang beschwörend. »Sie werden sterben. Alle sind gestorben . . .«

Caroline hatte neben der Tür zwei Stapel Teller aus massivem Gold entdeckt mit eingetrockneten, verschimmelten Speisen. Etwas weiter davon lag eine Terrakotta-Madonna in Scherben, die von einem Wutausbruch zu erzählen schienen.

Wenn die Frau gar nicht krank war! schoß es Caroline durch den Kopf. Wenn man auch sie gezwungen hatte, dem Massaker beizuwohnen, und sie dadurch den Verstand verloren hatte! Alle Warnungen mißachtend, trat sie ans Bett, zog den Vorhang auf. Wie ein aufgescheuchtes Wild verkroch sich die Frau in die äußerste Ecke des Bettes. Caroline war sicher, daß sie die Frau des Kapitäns Velano vor sich hatte. Irgendwo in diesem Skelett mußte noch ein Funken

Leben glimmen, wenn sie ihr Bett verlassen konnte. Sie mußte diesen Funken Lebens finden, ihn neu entfachen.

»Sie waren es doch, die in meinem Zimmer war?« sagte sie.

Einen Augenblick herrschte Stille. Dann sagte die Frau: »Ja, das war ich . . . Die Stimme . . . ich wollte sie sehen, einmal noch einen Menschen sehen mit weißer Haut. Ja, helfen Sie mir. Lassen Sie es nicht zu, daß die schwarzen Tiere meinen Leichnam berühren. Versprechen Sie es!«

»Ich werde Ihnen helfen, wieder gesund zu werden«, sagte Caroline.

»Sie sollen mich nicht berühren!« Die Stimme der Frau überschlug sich. Dann fuhr sie leise fort. »Ich will nur zu ihm! Ich will nur zu den Toten. Ich will zu meinem Mann, zu meinem Sohn.«

»Ihr Sohn lebt«, sagte Caroline. Sollte sie es wirklich nicht wissen? Sollte er nie bei ihr gewesen sein, seit jener Nacht?

Ein Lächeln, das Caroline frösteln machte, huschte über die blutleeren Lippen der Frau. »Ich weiß. Ich habe ihn gesehen. Mit schneeweißen Flügeln . . . Aus seinen Wunden sind sie ihm gewachsen. Wenn Sie still sind, können Sie ihn hören . . . sie haben ihm eine goldene Harfe gegeben. Nicanor und eine Harfe! Still . . . hören Sie ihn!«

»Ihr Sohn lebt!« wiederholte Caroline. »Ich werde ihn holen!«

»Ja, sie leben alle. Nur ich . . . ich bin tot.« Ein krampfhaftes Lachen erschütterte den Körper der Frau, das Lachen des Wahnsinns. Der Gedanke, sich anzustecken, hatte Caroline nicht ängstigen können, aber vor diesem Lachen graute ihr als könnte der Wahnsinn dieser Frau auf sie überspringen. Sie wich zur Tür zurück.

Sie atmete erst wieder freier, als sie auf das Deck hinaus=trat. Der Wind griff in ihr Haar. Die Sonne, eben noch hin=ter einer Wolke aus weißem Gischt verborgen, schob sich hervor, nicht mehr das freundlich leuchtende Gestirn, das sie aus Europa kannte, sondern ein feuerspeiender Krater, der Himmel und Meer zu brennendem Gold verschmolz. Caroline stand geblendet.
In kleinen Gruppen hockten die Neger an Deck; die dunk=len Leiber schienen von der Sonne bronziert. Das Geräusch von Schleifsteinen, an denen sie ihre Messer schärften, hing sirrend in der Luft und begleitete wie ein exotisches Instru=ment ihren Gesang, der einem improvisierten Frage= und Antwortspiel glich; ein paar hingeworfene Töne, aus denen nach und nach eine Melodie wurde, um plötzlich wieder zu verstummen und aufzuflackern, von Gruppe zu Gruppe wandernd.
Versunken lauschte Caroline den Stimmen, die sie fast ver=gessen ließen, was sie an Deck geführt hatte, bis ihr Blick auf die Kajütenwand im Rücken der Neger fiel. Die Leiche Hereras hing noch immer dort, elfenbeinbleich, das Blut zu braunem Lack erstarrt. Hocherhobenen Hauptes mit weit=geöffneten Pupillen starrte er über das Meer.
Caroline eilte mit abgewandtem Blick vorbei, die Treppe zur Kapitänskajüte empor. Von innen drang die helle Stimme des Jungen heraus. War es möglich, daß er ahnungslos war?
Sie öffnete die Tür und blieb überrascht stehen. Vor einer

großen, an einer massiven Staffelei hängenden Tafel stand Septimus, und neben ihm der Junge, der ihm aus einem Heft eine nautische Berechnung diktierte.

Beide waren so vertieft, daß sie das Eintreten Carolines überhört hatten. Schon wollte sie sich zurückziehen, als Nicanor Velano sie bemerkte. Die braunen Augen in dem schmalen Jünglingsgesicht unter den maronenbraunen Locken wurden abweisend. Mit einer Geste bedeutete er Septimus, daß sie nicht mehr allein waren.

Septimus wandte den Kopf. Seine Haut schien einen Schat=ten dunkler zu werden. Er fühlte sich gedemütigt. Einen Augenblick haßte er beide, die weiße Frau und den weißen Jungen. Sie kamen ihm wie Verschworene vor. In ihren Augen würde er immer der Wilde bleiben.

»Nicanor versucht, einen gebildeten Mann aus mir zu machen«, sagte er mit einer seltsamen Mischung aus Ironie und Verächtlichkeit.

»Warum sagst du das!« verteidigte ihn der Junge. »Sie weiß genau, daß es noch gar nicht lange her ist, daß auch wir von Königen regiert wurden, die weder schreiben noch lesen konnten.«

»Ich will nicht stören«, sagte Caroline. Dieser Fünfzehn=jährige in der blitzenden Kapitänsuniform, mit den Locken eines Kindes und dem Benehmen eines Erwachsenen machte sie betroffen. »Ich wollte Nicanor holen«, fuhr sie fort. »Seine Mutter möchte ihn sehen.«

Nicanor Velano starrte sie an, Erschrecken und offene Feind=seligkeit im Blick. »Sie waren bei ihr? Kommen Sie mir nicht zu nahe! Rühren Sie mich nicht an!« Er schrie es fast.

Er wußte also, daß seine Mutter lebte, daß sie da unten lag, in dem goldenen Sarg des Bettes, verlassen. Dunkel ahnte sie die Gründe, dennoch spürte sie Zorn. »Ist sie deine Mutter oder nicht? Ja, sie ist krank — krank nach ihrem Sohn. Was ist nun — gehst du zu ihr?«
Die Lippen Nicanors verschlossen sich, Lippen, die nichts Junges mehr hatten. Zu früh und durch zu furchtbare Dinge war er gereift. Sein überwacher Verstand, sein Mut und sein Egoismus hatten ihm die Kraft gegeben, zu überleben. Aber unter der ungeheuren Belastung hatten diese Züge seines Wesens geradezu abnorme Formen angenommen, hatten ihn zu einem Wesen werden lassen, das, alle Gefühle mißachtend, immer nur darnach entschied, ob ihm etwas nützen oder schaden konnte. Doch jetzt, vor dieser Frau, erwachte plötzlich der Stolz in ihm. Sie sollte ihn nicht feige sehen. Er legte das Heft, das er in der Hand hielt, auf den Arbeitstisch zu den nautischen Geräten. »Ich gehe zu ihr«, sagte er, ohne Septimus anzusehen.

Sie standen vor der Tür mit dem weißen Kreidezeichen. Caroline sah, wie Nicanor Velano zauderte, wie seine nach der Klinke ausgestreckte Hand zitterte. Hatte sie nicht einen Fehler begangen, sollte sie ihn nicht lieber daran hindern, diese Tür zu öffnen?
Aber er hatte die Klinke schon niedergedrückt. Die Vorhänge um das Bett waren wieder zugezogen. Nichts bewegte sich dahinter.
»Mutter«, zögernd trat er näher. »Ich bin es, Nicanor.« Seine Stimme war verändert, weich, unsicher. »Mutter.«
Hände teilten die Vorhänge, streckten sich aus, als wollten

sie ihr Kind an sich ziehen, und erhoben sich dann zur Abwehr. »Nein! Komm nicht näher . . . Laß dich nur anschauen . . . Dein Haar, war es immer so dunkel . . . und so lang? Wer schneidet es dir? Haben sie dich berührt? Haben sie dein Haar berührt, diese . . .« Die Stimme der Frau zerbrach, wurde zu einem Gestammel. Ihr Blick irrte umher, traf auf Caroline. »Sie? Haben Sie ihn gehört, auf seiner Harfe?«

Caroline schnürte es die Kehle zusammen. »Er ist hier«, sagte sie. »Nicanor steht vor Ihnen. Erkennen Sie ihn nicht?«

Die dunklen Augen der Frau leuchteten auf. In ihre wächsernen Wangen schoß Blut. Von einer Sekunde zur anderen verwandelte sie sich in ein anderes Wesen, mit anderer Stimme, anderen Bewegungen. »Nicanor!« Sie richtete sich auf. »Komm her.« Sie streckte ihm die Arme entgegen — und dann erlosch das jäh entfachte Leben. Ihre Hände fuhren durch die Luft, als müßte sie etwas, das auf sie stürzte, abwehren. Sie fiel in die Kissen zurück, wie in der Mitte abgebrochen.

»Mutter!« Nicanor Velano warf sich über die leblose Frau, umschlang sie mit den Armen, bedeckte sie mit Küssen, sie immer wieder rufend, bis Weinen seine Stimme erstickte, seine Schreie zu einem wilden Schluchzen wurden.

Caroline legte die Hand auf die Schulter des Jungen. Sie hatte etwas Gutes tun wollen. Sie hatte der Frau ins Leben zurückhelfen wollen, und sie hatte ihr den Tod gebracht — durch eine Freude, der ihr geschwächter Körper nicht hatte standhalten können. Das Leid hätte sie noch lange ertragen, vielleicht sogar überwinden können, das Glück, ihren Sohn lebend zu sehen, hatte sie getötet.

Willenlos ließ Nicanor Velano sich vom Lager der Toten wegführen in Carolines Kajüte. Sie setzte sich und er sank vor ihr auf den Boden, halb kniend, halb hockend, den Kopf in ihrem Schoß.

Seine Tränen, zu lange aufgestaut, hatten endlich die Mauer der Beherrschung gebrochen und rissen nun einem Sturzbach gleich den Schutt der Erinnerung mit sich.

Allmählich versiegte der Strom. Er wurde ruhiger. Eine seiner Hände berührte den Stoff ihres Kleides, fuhr darüber hin, zärtlich und hilflos, und dann plötzlich, sich der Haut bewußt werdend, deren Wärme er durch den Stoff spürte, warf er seine Arme um sie. Caroline fühlte ihr Gesicht von Küssen bedeckt, von Lippen, die noch feucht waren von den Tränen. »Es ist gut.« Sie fuhr ihm durch die braunen Locken. »Alles wird gut.«

Abrupt ließ er sie los. Er richtete sich auf, verlegen, daß sie ihn hatte weinen sehen, ihn, Nicanor Velano, Sohn eines getöteten Kapitäns, der sich geschworen hatte, ein Mann ohne Tränen zu sein. »Ich bin kein Kind mehr«, stieß er hervor und stürzte zur Tür, als müßte er vor ihr fliehen.

KAPITEL 48

Die *San Domingo* glitt mit gelöschten Lichtern durch die Nacht. Das Sirren der Schleifsteine war verstummt, das Singen. Stumm hockten die Neger auf dem Oberdeck, reglose Schatten, kaum zu unterscheiden von den Pfosten und Taurollen, mit den Augen die Nacht durchdringend, als sähen sie bereits die Küste vor sich, Afrika, das Land ihrer Knechtschaft und ihrer Träume ...

Auch Caroline, die von der Kommandobrücke aus auf das Deck hinunterblickte, eilte mit ihren Gedanken dem Schiff voraus; die Vorstellung, daß die *Alouette* im Hafen von Wydah liegen könnte, hatte sich im Laufe des Abends in ihr so festgesetzt, daß sie für Augenblicke vergessen konnte, daß es nichts weiter war als ein wahnwitziger Wunschtraum. Nur einer erwartete sie mit Sicherheit: Cesare Santi, der dritte der Brüder Santi. Ohne ihn gesehen zu haben, glaubte sie ihn zu kennen. Seinen Willen, seine Skrupellosigkeit, seine Zähigkeit im Verfolgen eines Zieles, das er sich einmal gesteckt hatte. Er wollte Waffenstillstand mit dem Herzog, und sie war der Preis. Wie gründlich mußte er seinen Gegner studiert haben! Wie sicher mußte er sein, daß der Herzog ein Wort, das er einmal gegeben hatte, niemals brechen würde.

Wünschte sie wirklich, daß er ihretwegen den Kampf gegen diesen Mann aufgab? Würde nicht sie selber ihn bestürmen, sein Wort zu brechen ... Mit den Gedanken einer fernen ungewissen Zukunft zufliehend, hing sie doch an der Vergangenheit, als wäre dies die letzte Stunde, um die Bilanz ihres Lebens zu ziehen.

Über ihr schlugen leise die Segel; um sie waren die leisen Geräusche der Wirklichkeit; Charles Tarr, in dessen Händen sich das Ruder drehte, die Stimme Nicanors, der Tarr die Tiefe des Wassers zurief. Er stand an der äußeren Umrandung, wieder ruhig, aber leuchtend vor Blässe, und immer wieder ihren Blick suchend und meidend.

Nie würde sie vergessen, wie er den Leichnam seiner Mutte

in weiße Tücher gewickelt hatte, wie er ihr das goldgewirkte,
mit Perlen besetzte Netz über das rötlichblonde Haar ge=
streift hatte. In die goldene Hochzeitstruhe, die jetzt ihr
Sarg geworden war, hatte er Sechzehnpfünder gelegt, Dau=
nenkissen darüber gebreitet, der Toten einen Jasminzweig
in die Hand gelegt.

Jeder Handgriff hatte ihr verraten, daß der Tod für ihn
etwas Vertrautes, Alltägliches war, und sie hatte nicht ge=
wußt, ob sie ihn darum bemitleiden oder beneiden sollte.
Sie hatte nun plötzlich begriffen, daß dieser Junge die Welt
vom ersten Tag an so erlebt hatte, wie sie wirklich war. Er
war nicht in jenem warmen behüteten Raum der Kindheit
herangewachsen, in dem sich vor jedes Eck, an dem er sich
hätte stoßen können, raschelnd die Röcke der Mutter und der
Amme geschoben hatten. Sein Gemüt war nie von der
Illusion, die ein fester Boden, ein festes Haus ausstrahlt, ein=
gelullt worden.

Sie war in einem solchen Paradies aufgewachsen. Rosambou.
Der Klang dieses Namens war wie ein Zauber, der auch in
dieser Stunde nicht versagte. Sie war wieder ein Mädchen.
Sie stand auf der Freitreppe, ein Körbchen mit Rosen im
Arm. Sie lief ihrem Vater entgegen, der aus dem italieni=
schen Feldzug zurückkehrte, aus dem Krieg. Er war braun=
gebrannt, seine Uniform war noch prächtiger geworden —
und die Geschenke, die er mitbrachte, ließen sie vor Freude
die ganze Nacht nicht schlafen; das silberbestickte Sattel=
zeug für ihr Pony, die Reitpeitsche, die Stiefel ...

Nein, es hatte nichts gegeben, das innerhalb der efeu=
bewachsenen Umfriedung von Rosambou nicht seinen
Schrecken verloren hätte. Im geheimen Einverständnis hat=

ten die Erwachsenen eine Welt des schönen Scheins aufgebaut, in der selbst der Krieg den Glanz eines strahlenden Festes annahm.
Die süße Gewöhnung an ein Leben der Illusionen, das war ihre Kindheit gewesen. Und wenn sie in dieser Stunde einen Schwur tat, so den, daß ihre eigenen Kinder einmal anders aufwachsen sollten; daß der Sohn, der in ihr heranreifte, wie der Junge dort werden sollte. Sie würde sich verbieten, ihm aus Liebe eine Märchenwelt vorzulügen, die doch eines Tages zusammenbrechen mußte. Er sollte nicht verlieren müssen, was sie verloren hatte und was sie doch nie mehr vergessen konnte ...
Eine Bewegung lief über das Schiff. Es war, wie wenn der Sturm in den dunklen Wald der Leiber griffe, sie alle in eine Richtung biegend: Septimus, ihr Anführer, ihr Erlöser, der sie in ein Paradies führen würde, war aus seiner Kajüte getreten.
Für einen Augenblick ergoß sich heller Schein aus der Tür, entrollte vor ihm einen Läufer aus Licht. Er stand dort, golden schimmerte ein Leopardenfell um seine nackten Schultern. Er hob die Hand. Die Schneide eines langen gekrümmten Messers funkelte auf. Sekunden verharrte er reglos, ein Magier, in der stummen Beschwörung barbarischer Kräfte, die in den Männern und Frauen, die zu ihm emporstarrten, schlummerten. Sie sollten die Gefahren, die ihrer warteten, vergessen. Gleich hypnotischen Werkzeugen seines Willens, sollten sie ihm durch diese Nacht folgen, zurück in die Heimat, in der er sein Reich aufrichten würde.
Caroline hatte das Gefühl, als schlösse sich ein Zauberkreis, ausgehend und wieder endend bei dem Mann dort.

Das Licht hinter ihm erlosch. Er trat auf das Deck hinaus, zwischen seine Gefährten. Arme streckten sich ihm entgegen, berührten das Leopardenfell, griffen nach seinen Händen.

Septimus schritt dahin wie in Trance. Fast verzagend vor dieser Nacht, die alles entscheiden würde, hatte er Zuflucht gesucht in dem dunklen Mysterium des Tierfelles, das um seine Schultern hing, diesem Zeichen des Aufruhrs und der Macht.

Aber jetzt, als er die Stufen hinan zu den Weißen trat, dem Riesen, der das Rad steuerte, dem Jungen, der sie in den Hafen lotsen würde, und der Frau, die er nicht ansehen konnte, ohne an ihre weiße Haut zu denken, kam er sich vor wie ein Scharlatan.

Es war dasselbe Gefühl wie als Junge, als er seine braune Haut mit Wurzelsaft tief dunkel getönt hatte, um zu verbergen, daß er ein Mulatte war. Er hatte mit schwarzen Mädchen geschlafen und sich in ihren Armen nach weißer Haut verzehrt, er, der Sohn eines Negerkönigs, der seinen Reichtum dem Sklavenhandel verdankte, den er mit den Weißen betrieb. Daß er sich gegen ihn aufgelehnt hatte, daß er Nachbarstämme aufgewiegelt hatte, auch das war nicht mehr gewesen als die Tat eines Einzelgängers, der von Dingen träumte, für die er keinen Namen hatte. Erst jene Stunde, in der sein Vater ihn von sich gestoßen und dem weißen Händlern verkauft hatte, erst der Moment, in dem ihm das glühende Eisen das Zeichen des Sklaven in die Brust brannte, hatte seinem Leben die Klarheit des Hasses gegeben.

Es war eine Nacht wie diese gewesen, mondlos, mit Sternen,

die in eisigem Grün funkelten, als er mit den anderen Drei=hundert an Bord der *San Domingo* gebracht wurde, je zehn Mann zusammengekettet. Noch in derselben Nacht, noch bevor die *San Domingo* ihre Anker lichtete, hatte er den an=deren versprochen, daß er sie befreien würde.

Flimmernd, kaum von den Sternen zu unterscheiden, dran=gen die ersten Lichter durch das tintige Blau der Nacht. Die leichte Brise frischte auf. Schnell kam die Küste näher, ein Labyrinth von Lagunen. Dahinter, von fast durchscheinen=der Helligkeit, die Klippen, die Befestigungswerke eines Forts.

Nicanor war zum Bug geeilt, gab Tarr von dort aus mit den Händen die Lotsenzeichen. Der Kapitänssohn kannte hier jede Untiefe, jede Fahrrinne.

In die flatternde Mantilla seines roten Lichts gehüllt, tauchte ein Leuchtturm auf. Plötzlich waren Dudelsackklänge in der Luft. Von einem Schiff, das außerhalb der Lagunen ankerte, scholl ein Ruf herüber. *Fair Rosamond* las Caroline am er=leuchteten Bug des Schiffes. Ein Engländer. Caroline dröhnte das Blut in den Ohren. Sie starrte zu Tarr hinüber, aber er schüttelte nur den Kopf, wies mit einem Blick hinunter auf das Deck. Caroline verstand. Es schienen nicht mehr Hun=dert zu sein, die da hockten, sondern wieder Dreihundert. Das weiße Emaille der Augen lag wie Glimmer in der Luft. Eine Flucht war unmöglich. Sie wären nicht einmal bis zur Reling gekommen. Ihr Geschick war mit dem der Schwar=zen verknüpft, als wären sie mit Ketten aneinandergefes=selt.

Septimus entging die mühsam gebändigte Unruhe der

Weißen nicht. Er wußte, daß sie auf Flucht sannen. Er spürte, daß dasselbe Geschick, das diese Frau in seine Hände geführt hatte, sie ihm auch wieder entreißen würde. Das Bewußtsein, daß es nicht in seiner Macht stand, sie zu halten, vertiefte sein Begehren nur noch.

Schweigend stand er neben ihr, aufs neue betroffen von der vollkommenen Schönheit dieser Züge, in denen etwas lag, das ihm sagte, daß es in keines Mannes Macht stehe, sich die Liebe dieser Frau zu erzwingen — daß es anderer, überirdischer Kräfte bedürfe, die Kräfte eines Gottes — oder eines Dämons, wie sie dem Mantel, den er trug, innewohnten.

Er zögerte. Es kam ihm wie ein Verrat vor, wie ein Heraufbeschwören des Unglücks. Und doch konnte er nicht anders handeln. Er nahm das Fell von den Schultern, legte es ihr um. »Die Nacht ist kalt.«

Etwas in Caroline erbebte unter der unvermuteten zärtlichen Geste dieses Wilden. Sie spürte, daß die Leidenschaft, die sie mit ihrem angetrauten Mann verband, ihre Sinne für andere Reize nicht taub gemacht, sondern eher geschärft hatte. Es war eine beunruhigende und zugleich tröstliche Erfahrung. Wenn sie alles verlöre, dieses eine würde sie an jedem Strand finden, einen Mann, zwei Arme, die sie umschlangen, einen Leib, der ihren Leib suchte, den tiefen Schlaf gesättigter Lust.

Lautlos rollten die Vorsegel ein. Die *San Domingo* verlor an Fahrt. Ein Raunen lief über das Deck. Wie von Geisterhänden bewegt, hoben sich die Boote aus den Davits, schwebten in die Tiefe.

Tarr stellte das Rad fest und nickte Caroline zu.

Dicht geschlossen strebten die vier Boote dem Ufer zu. Im gleichen Takt tauchten die Ruder ins Wasser. Weiße ver=ankerte Tonnen, Seezeichen, auf denen Wimpel flatterten, glitten vorüber. Einmal glaubte Caroline das rote Tuch mit dem goldenen geflügelten Stier der Santis zu erkennen.

In das gleichförmige Geräusch der eintauchenden Ruder und des sich teilenden Wassers mischte sich etwas anderes. Boote lösten sich vom Ufer, strebten den in der Bucht ankernden Schiffen zu, Ketten klirrten . . . Es war die Stunde. in der die Sklavenschiffe ihre lebende Fracht an Bord nahmen.

Stumm ruderten die Neger. Sie schienen nicht einmal zu atmen. Caroline, die neben Tarr saß, empfand diese Stumm=heit wie eine Fessel, die es auch ihr unmöglich machte, mit Tarr zu sprechen. Nur mit Blicken, verstohlenen Gesten, konnten sie sich verständigen. Wann? fragten ihre Blicke. Warten! antworteten die seinen.

Das Wasser wurde durchsichtig. Leise knirschte der Sand unter dem Bug. Das Boot schaukelte wild, als einige Män=ner ins Wasser sprangen. Bis zur Brust von den Wellen umspült, zerrten sie das Boot an Land.

Tarr schwang seine langen Beine über den Rand. Caroline wollte es ihm gleichtun, aber er hob sie aus dem Boot. »Kommen Sie. Sie werden Ihre Füße noch genug brauchen.«

Caroline fühlte sich von seinen Armen getragen, vorsichtig, als könnte er ihr allein durch seine Kraft wehtun. Am Ufer angelangt, setzte er sie ab.

Die Neger hatten sich auf dem schmalen Streifen des Stran=

des gesammelt, der auch im Dunkel der Nacht den zarten Perlmuttschimmer der Millionen zerschellter Muscheln ausstrahlte. Vor ihnen ragten steile Klippen auf, hinter ihnen dehnte sich das Meer. Keiner warf einen Blick zurück. Nur einen sah Caroline, der sich von seinem Anblick nicht lösen konnte, Nicanor Velano.

Immer wieder ging sein Blick zu dem Schiff, das, von einer Meeresströmung erfaßt, in die Weite des Ozeans hinaustrieb, ohne Kurs, ein Rätsel, das keiner mehr würde lösen können, wenn die Kormorane erst einmal mit ihren schwarzen Schnäbeln den toten Mann von der Kajütenwand gehackt hatten . . .

Septimus, das Leopardenfell wieder um die Schultern, führte den Zug an, den steilen Pfad die Klippen hinauf, der von den Füßen der Fischer und Perlentaucher ausgetreten war, die seit Jahrhunderten hier zum Strand hinabstiegen.

Auf der Höhe angelangt, verharrte er, blickte über die weite, sich vor ihm ausbreitende Ebene. Immer, wenn er sich diesen Augenblick vorgestellt hatte, hatte ein übermächtiges Glücksgefühl ihn erfaßt. Aber jetzt, am Ziel, war nur Sorge für die nächste Stunde in ihm. Wenn sie sich nach links wandten, hatten sie den Schutz eines Palmhaines. Aber dort, im Schatten der Bäume, trafen sich die weißen Wachen des Forts mit den schwarzen Mädchen; die Gefahr der Entdeckung war zu groß. Sie mußten den Weg über die offene Ebene wählen.

»Bleiben Sie immer in meiner Nähe, was auch geschieht«, flüsterte Tarr Caroline zu, als sich die Karawane jetzt in Bewegung setzte.

Caroline nickte stumm. Die fiebrige Ungeduld, die sie noch

eben gequält hatte, war gewichen. Die Berührung mit Erde, das Gefühl, wieder Boden unter den Füßen zu haben, übte eine beruhigende Wirkung auf sie aus. Die betauten Spitzen der Gräser streiften ihre Knöchel. Die dünnen Sohlen ihrer Atlasschuhe sogen sich schnell mit Nässe voll, während sie versuchte mit der Kolonne Schritt zu halten. Irgendwo auf diesem Weg, von dem sie nicht wußte, wo er sie hinführte, würden diese Schuhe, das letzte, was ihr noch von ihren eigenen Dingen geblieben war, zerfetzt von den Füßen fallen.

Immer schneller wurden die Schritte der Neger; mit gespenstischer Lautlosigkeit flohen sie durch die Nacht. Plötzlich stockte der Zug; zu ihrer Linken war etwas sichtbar geworden, das Caroline an riesige über den Fels geworfene Vogelnetze erinnerte. Dann erst gewahrte sie die in den Boden gehauenen Gruben, Felsenkrale, aus deren Tiefe Stimmen klangen, schaurige Klagen ausstoßend. Gitter, die sie für Netze gehalten hatte, umzogen die Krale, mit spitzen Dornen und Widerhaken besetzt.

Sie sah Tarr fragend an, obwohl sie die Antwort kannte. »Es sind Neger«, sagte er, »eingefangene Sklaven. Die Händler kerkern sie darin ein, bis sie zum Abtransport aussortiert werden.« In diesem Augenblick begriff Caroline, was Männer wie den Herzog bewegte, diesen Kampf zu führen. Etwas wie ein Gefühl der Zusammengehörigkeit mit diesen Schatten, mit denen sie durch die Nacht floh, stieg in ihr auf.

Sie hatten die Krale hinter sich gelassen und eilten am un=teren Rand einer mit dornigen Tamarisken bestandenen Böschung entlang. Dahinter spiegelte der dunkle Himmel den rötlichen Schein von Feuern.
Septimus hob die Hand, und auf sein Zeichen verharrte der Zug. Das Bellen von Hunden war zu vernehmen, und dann ein Schrei. Langgezogen gellte er durch die Nacht.
Die Neger standen wie erstarrt. Sie kannten diesen Schrei. Sie selber hatten mit diesem Laut einst die Stille der Nacht erfüllt. Vergeblich suchte Septimus sie zurückzuhalten. Sie hörten nicht auf seine Worte. Sie stürmten die Böschung hinauf. Caroline fühlte sich mitgerissen, in dorniges Ge=büsch geschleudert. Sie erhob sich, eilte ihnen nach. Und dann sah auch sie es.
Keine hundert Meter vor ihnen brannte mitten auf dem Feld ein Feuer. Weiße standen herum. Über der Faktorei wehte das rote Tuch der Santis. In einer langen Reihe vor dem Tor standen die Neger, und neben ihnen Männer mit Peitschen und Bluthunde, die an ihren Leinen zerrten.
Jetzt packten zwei Weiße den ersten Neger der Reihe, stießen ihn vor sich her zur Feuerstelle. Sie rissen ihm die Arme auf den Rücken. Aus dem hellen Schein trat eine Ge=stalt. Mit beiden Händen hob der Mann das Brenneisen aus der Glut.
Der Schwarze bäumte sich auf, als das rote Eisen sich in seine Brust brannte. Sein Schrei gellte durch die Nacht.
Die Sklaven der *San Domingo* starrten hinüber, und eine Woge mörderischen Wahnsinns kam über sie. Caroline sah, wie Septimus vor sie trat, sie mit beschwörend ausgebrei=teten Armen zurückzuhalten versuchte, aber es war zu spät.

Wie eine Herde wütender Stiere stürmten sie den Hang hin=auf. Trunken von der eigenen kaum gewonnenen Freiheit, fühlten sie die Kraft in sich, auch ihre Brüder zu befreien.

Caroline hatte das Gefühl, von einem Orkan erfaßt zu wer=den. Links und rechts packten sie Hände. Ihre Füße be=rührten kaum noch den Boden, als Tarr und Septimus sie mit sich fortrissen.

Die Luft war erfüllt von Schreien, vom wütenden Bellen der losgelassenen Hunde, von Schüssen.

Einen Augenblick hatte Septimus, angesteckt vom Fieber des Aufruhrs, eine vage Möglichkeit gesehen, diesen un=gleichen Kampf, den er nicht gewollt hatte, dennoch für sich zu entscheiden. Aber die Überraschung der Wachen hatte nicht lange gedauert. Reihenweise sanken die Sklaven der *San Domingo* unter den Gewehrsalven der Weißen zu Boden.

Septimus war zurückgewichen. Caroline spürte, wie seine Hand sich um ihre schloß. »Folgt mir«, flüsterte er. Er führte sie zur Seite, den hohen Palisadenzaun entlang, der die Faktorei umzog. An seinem Ende dehnte sich ein baumloses Feld. »Wir müssen es versuchen«, sagte Septimus, »viel=leicht erreichen wir die Wälder.«

Die Rufe, die hinter ihnen erklangen, das Bellen der Hunde zeigte ihnen, daß man ihren Fluchtweg entdeckt hatte. Bald würde man sie finden. Die Dunkelheit allein bot ihnen kei=nen Schutz. Und es nützte Caroline auch nichts, daß sie eine Weiße war. Sie konnte den tödlichen Gürtel, den die Hunde um sie legten, nicht mehr durchbrechen. Und selbst wenn es gelungen wäre, hätte es nur neue Gefangenschaft bedeutet. Hinter ihr flammte ein Schwefelholz auf. Sie sah, wie Nicanor sich über eine schmale Holzrinne am Boden neigte. Regenbogenfarbene Kreise auf der Oberfläche bil=dend, floß das Öl träge dahin. Ein Schuß peitschte auf; es folgte ein Geräusch, als schlüge die Kugel in Erde ein. Über Tarrs Lippen kam ein Laut der Überraschung.

Nicanor hatte das brennende Holz sofort wieder gelöscht, aber sie wußten nun, daß man sie entdeckt hatte. Schnell kam das Hecheln der von den Leinen gelassenen Hunde näher.

Es war so dunkel, daß sie einander nur als Umrisse sehen konnten, und doch glaubte Caroline zu erkennen, wie Septi=mus aus seiner Starre erwachte, sich auf seine Rolle des Anführers besann. »Ist jemand verletzt?« fragte Septimus. Als niemand antwortete, deutete er hinter sich in die Dun=kelheit. »Dort sind die Ölpumpen. Die Rinne geht bis zur Faktorei, zum großen Sammelbecken. Wenn wir ...« Nicanor Velano schien den gleichen Gedanken gehabt zu haben. »Zurück«, sagte er, »geht zurück!« Wieder leuchtete ein Schwefelholz in seinen Händen auf, wieder antworteten ihre Verfolger mit Gewehrfeuer. Nicanor warf das brennende Holz in das Öl.

Im selben Augenblick schoß eine Flammenmauer aus der Erde. Mit rasender Schnelligkeit fraß sich das Feuer die hölzerne Rinne entlang. Die Hitze sprengte das Holz; über=all quoll das Öl aus den Fugen, einzelne Flammenbänder, die sich am Boden dahinschlängelten und sich plötzlich zu einem Flammenteppich zusammenschlossen, einen Wall aus Feuer bildend, der sich zwischen sie und ihre Verfolger legte.

Auch sie selber mußten vor der sengenden Glut zurück=

weichen. Caroline spürte nicht, wie Steine ihr die dünnen Schuhe von den Füßen rissen, wie Stück um Stück ihres Kleides in den Dornenhecken hängen blieb. Sie rannten um ihr Leben. Sie flohen vor dem Feuer, wie sie vor den Hunden und Kugeln geflohen waren.

Erst als sie den Rand der Monsunwälder erreicht hatten, blieb Septimus stehen. Sie sanken keuchend auf den Boden. Septimus blickte von einem zum anderen, aber seine Augen suchten nur die, die nicht mehr bei ihm waren, die Gefährten seines Traumes, der jäh zerronnen war, verloren wie das Leopardenfell, das auf der Flucht von seinen Schultern geglitten war, das Symbol der Macht. Nur er hatte den Traum überlebt. Er schlug die Hände vors Gesicht. Als er sie sinken ließ, lag über seinen Zügen die Starre eines Menschen in Trance. Seine Stimme klang ruhig, als er sagte: »Ihr könnt hier den Tag abwarten. Von hier führt ein Pfad durch den Sumpf, zum Fluß. Am Tag ist er nicht gefährlich. Am Fluß findet ihr eine Hütte und ein Boot ... Ich muß zurück ... zu den anderen ...« Wieder ging sein Blick von einem zum anderen, durch sie hindurchsehend, als existierten sie für ihn schon nicht mehr, aber plötzlich sprang er auf, stürzte zu Tarr, der mit dem Rücken, schwer atmend, gegen den Stamm eines Fieberbaums lehnte.

Jetzt erst sah es auch Caroline, trotz der Dunkelheit, den großen Blutfleck auf seinem Hemd. Sie schob Septimus zur Seite, kniete sich neben ihn. »Tarr! Was ist geschehen?« Aber sie wußte es; sie wußte auch, wo ihn die Kugel getroffen hatte; sie glaubte wieder diesen Laut der Überraschung zu hören, den er ausgestoßen hatte.

Ohne ein Wort zu sagen war er ihnen gefolgt. Er lehnte

dort, aufrecht mit dem mächtigen Körper, der auch jetzt noch gegen alle Tode gefeit schien, lächelnd. Er hob die Hand, verschloß Caroline den Mund. »Es gibt nichts zu sagen . . .« seine Worte kamen mühsam. »Bitte, sagen Sie nichts.« Sein Blick ging zu Septimus. »Bleiben Sie bei ihnen. Ich gehe zurück . . . ich habe es näher . . .« Ein Zittern ging durch seinen Körper, ein Atemholen, das seine Brust weitete. »Ich dachte immer . . . es würde ein Schiff sein, auf dem ich sterbe . . .«, sagte er, »aber dieser Baum . . . er ist genauso gut . . . der Baum in meinem Rücken . . . ich spüre, wie ich mit ihm verwachse . . .« Sein Kopf sank zur Seite, aber noch immer saß er aufrecht da, auf dem Gesicht das Lächeln eines neugierigen Kindes.

KAPITEL 50

Seit Stunden wateten sie durch den Sumpf, bei jedem Schritt bis zu den Knien einsinkend, die Frau in ihrer Mitte.
Zweige streiften Carolines Gesicht, oder waren es die Flügel von Libellen? Wasser gluckste unter ihren Fußsohlen, oder war es der Laut eines Tieres? Caroline lauschte nur auf ein Geräusch: auf den Hieb der mächtigen Klinge, mit der Septimus bei jedem Schritt den Weg von wuchernden Pflanzen freimachte. Es war ein Geräusch, schneidend wie ein Peitschenhieb. Es trieb die drei Menschen voran.
Der Mond schien jetzt hell, eine Sonne der Nacht, das Auge eines Dämons, der seinen flammenden Blick über sie warf. Manchmal blickte sich Septimus um. Manchmal blieb er für

ein paar Minuten stehen. Caroline wagte nicht zurückzublicken, nicht an Tarr zu denken. Sie dachte nur an den nächsten Schritt, den nächsten Atemzug. Wie ein im Meer Treibender sich an ein Holzstück klammert, so hielt sie ihren Blick auf den dunklen Rücken vor sich geheftet. Ein Schild, stark und breit genug, sie vor allem zu beschützen, stand dieser Rücken vor ihr, gezeichnet mit dem Walnußmuster der neunschwänzigen Sklavenpeitsche. Jedesmal, wenn dieser Rücken langsam in Morast verschwand, stockte ihr das Herz.

Aber immer wieder tauchte Septimus auf. Kein Zeichen der Erschöpfung war an ihm zu merken, seine Kräfte schienen unerschöpflich. Seine Worte waren immer dieselben. »Nicht stehen bleiben.« Der Sumpf und die Nacht schienen kein Ende zu haben.

Die Lippen aufeinandergepreßt, tat Caroline den nächsten Schritt. Der Boden unter ihr war grundlos. Immer neue Quellen öffneten sich unter ihr. Wie Zement umschloß der Morast ihren Leib. Schlamm spritzte ihr ins Gesicht, auf ihre Lippen, hing sich schwer in ihr gelöstes Haar. Bei jedem Schritt hatte sie das Gefühl, daß der Sumpf ihr in den Mund schwappen würde.

Irgendwann zogen Arme sie in die Höhe, ihre Füße berührten festen Grund. Hände trockneten sie mit Laub und Moos, lösten die Egel, die sich an ihren Beinen festgesetzt hatten. Jemand legte ihren Kopf auf ein Kissen von Blättern. Jemand sprach auf sie ein, aber sie konnte nicht mehr antworten. Ihre Kräfte waren erschöpft, alle Gedanken erloschen. Die Augen fielen ihr zu. Sie wußte nicht, ob es der dunkle Abgrund des Schlafes war, in dem sie versank, oder

der Sumpf, dessen fauligen Geschmack sie noch immer im Mund hatte.

Sonnenflimmer spielten über die Wände der winzigen Bambushütte.
Durch den Türvorhang aus Schilf sah Caroline Septimus und Nicanor um ein Feuer sitzen. Der Klang ihrer Stimmen drang zu ihr, das Rauschen des nahen Flusses. Ein Boot lag an seinem Ufer. In den gefiederten Kronen der Palmen spielte der Wind. Spieße mit Vögeln drehten sich über der Glut.
War diese Idylle Wirklichkeit? War es Traum? Oder war es der Tod, der zu ihr gekommen war, mit einem Traumbild? Sie fühlte sich seltsam leicht, als hätte sie ihren Körper verlassen, als schwebte sie wie ein Vogel in den Lüften, und blickte hinunter auf die Welt, die immer kleiner wurde.
Aber die Stimmen waren wirklich da, der Geruch nach gebratenem Fleisch, die köstliche Frische des neugeborenen Tages. Sie setzte sich auf, sah an sich hinunter. Ein Stückchen Stoff klebte an ihr, braungelb geflammt wie eine überreife Banane, nicht einmal bis zu den Knien reichend. Sie suchte unwillkürlich nach einem Spiegel, eine letzte Bestätigung suchend, daß sie wirklich lebte.
Am Boden stand ein flaches, mit Wasser gefülltes Holzgefäß. Sie neigte sich darüber. Sie fand sich im klaren Spiegel des Wassers — unverändert, und doch in dieser einen Nacht eine andere geworden.
Mit einem Lächeln, das neu an ihr war, das erst diese Nacht sie gelehrt hatte, trat sie aus der Hütte zu den Männern. Sie blickten auf, und verstummten vor diesem Lächeln, in dem

das Wissen um den Tod zu einem Staunen über das Leben geworden war.
Sie trank die Milch aus der Kokosnuß, die man ihr reichte; sie aß den gebratenen Vogel; es war, als trinke und esse sie zum erstenmal.

Das Boot, kaum breiter als ihre Körper, glitt den Strom hinauf. Himmel und Sonne waren verschwunden. Das gewaltige, den Strom überspannende Dach des Mangrovenwaldes hatte sich dazwischen geschoben. In grüner glimmender Dämmerung fuhren sie dahin wie in einem unterirdischen Gewölbe, das keine Tageszeiten kannte.
Die Luft war feucht und erdschwer; das Wasser des Flusses schien sich nur widerwillig vor dem Bug des Bootes zu teilen, zäh wie flüssiges Zink. Schatten von Tieren huschten durch die Dämmerung. Früchte fielen durch die in Stockwerken übereinanderwachsenden Bäume. Reglos, wie gebrochene Äste, hingen Schlangen im Grün.
Caroline war in das Boot gestiegen, ohne zu fragen, wohin es ging, wohin man sie bringen würde, immer noch unter dem Bann des ihr neu geschenkten Lebens. Septimus, ihr den Rücken zukehrend, kniete vor ihr im Boot. Das langstielige Paddel in seinen Händen tauchte im immer gleichen Rhythmus ins Wasser, so wie Nicanor Velano es auf der anderen Seite des Bootes hinter ihr tat.
Die Zeit schien stillzustehen. Einmal, als das Dach der Bäume sich für einen Augenblick auftat, sah Caroline, daß die Sonne schon hoch am Himmel stand. Dann schloß sich der Wald wieder, der Tagtraum nahm sie wieder auf. Hatte sie überhaupt bemerkt, daß Septimus die Ufer des Stroms

rastlos mit den Augen absuchte? Das Lauernde, das in seinen wespenartig gezeichneten Augenbrauen war? Sie sah nur den nackten Rücken des Mannes, und auf der dunklen Haut wie perlendes Quecksilber die Schweißtropfen.

Plötzlich setzte der Schlag der Paddel aus. Jeden Muskel seines Körpers angespannt, kniete Septimus in dem Boot. Caroline folgte seinem Blick von einem Ufer zum anderen. Im Schatten der Bäume, Kopf an Kopf, unabsehbar wie das Dickicht dieses Waldes, standen sie, schwere Waffengürtel über dem einfachen rostroten Gewand, Lederkappen auf dem mit Rötel gefärbten Haar, Negerinnen, Kriegerinnen . . .

»Die Amazonen!« hörte Caroline hinter sich Nicanor. »Die Amazonen des Königs von Dahomey!«

Etwas wie ein Frösteln ging durch den Rücken des Mulatten vor ihr. Ein Schwirren war in der Luft, der hohe Ton eines Insekts, ein Aufblitzen, und dann sah Caroline den wippenden Pfeil in dem dunklen Rücken vor sich, buntgefiedert an seinem Ende und noch zitternd von seinem Flug.

Das Paddel glitt Septimus aus den Händen, trieb davon. Langsam, ohne einen Laut, sank er vornüber, über den Rand des Bootes in die Fluten. Das Gesicht nach unten, trieb er im Wasser, nur sein Rücken war zu sehen und darin aufrecht der Pfeil.

Unter den überhängenden Ufern wurde es unruhig. In die träge dort ruhenden Alligatoren kam Leben. Sie tauchten ins Wasser, schwammen auf Septimus zu. Unter ihren schnappenden Mäulern schien der Tote noch einmal zum Leben zu erwachen, er schien mit ihnen zu ringen, als müßte er nur noch diesen letzten Kampf bestehen, bevor sein Traum Wirklichkeit würde.

VIERTER TEIL

Die Stiere von Dahomey

KAPITEL 51

Es war eine Nacht aus gläsernem Indigoblau. Die lodernden Feuerstellen, die das Lager der Amazonen umgaben, schienen sich, darin spiegelnd, ins Unendliche fortzusetzen.

Reglos, in ihren hellen Wollumhängen, die sie gegen die Kühle der Nacht trugen, eher Nonnen als Kriegerinnen gleichend, hockten die Wachen vor dem Eingang des Zeltes. Ihre gekreuzten Ebenholzhellebarden, mit den polierten Menschenschädeln an der Spitze, die im Licht des Mondes und der Feuer metallisch glänzten, warfen lange Schatten in das Zelt. Es stand in der Mitte des Lagers, etwas erhöht auf einem Bambusrost aufgeschlagen. Die Standarte mit dem Alligator an der Spitze zeigte, daß es das Zelt ihrer Anführerin war – aber jetzt beherbergte es eine Gefangene, die kostbarste Beute ihres Kriegszuges: eine marmorweiße Göttin mit blauschwarzem Haar und Augen aus Saphir.

Sie hatten Caroline in Schals aus weißer Seide gehüllt, ihr ein Lager aus Teppichen und Fellen bereitet. Sie teilten mit ihr, was sie selber aßen, und sie bewachten sie sorgfältiger als die 4000 Gefangenen, die in dem Kral am Rande des Lagers zusammengepfercht waren.

Tag und Nacht waren die Schatten der Wachen um das Zelt; alle drei Stunden vollzog sich lautlos die Ablösung. Caroline nahm es hin, wie sie nach dem Tod von Septimus ihre Gefangenschaft hingenommen hatte, als ginge es sie nichts an, als könnte sie nur überleben, wenn sie sich wie ein Stein von dem Strom treiben ließ, der sie erfaßt hatte.

Der Boden des Zeltes erbebte leise, als sich die Wachen erhoben. Das Kreuz der Hellebarden öffnete sich, und dann sah sie Nicanor Velano. Sie hatte ihn verloren geglaubt, als man ihn beim Eintreffen im Lager von ihr getrennt hatte; hatte ihn schon als Opfer eines barbarischen Rituals gesehen — und nun stand er dort, in seiner Kapitänsuniform, deren Blau im Halbdunkel tief violett leuchtete, über der Brust das Gefunkel der silbernen Tressen: ein schillerndes Fabelwesen zwischen den Negerinnen.

Er war durch den schmalen Zelteingang getreten. Sein Gesicht lag im Schatten; etwas in seiner Bewegung verriet Caroline, daß er am liebsten die Arme um sie geworfen hätte, aber er verbeugte sich nur. Er ließ sich neben Caroline auf die Felle nieder, sorgfältig darauf achtend, daß ein Abstand zwischen ihnen blieb. Die Hände um die Knie geschlungen, starrte er vor sich hin.

»Wo warst du solange?« sagte Caroline, nur um das Schweigen zu brechen, das sie seit so vielen Stunden umgab, um endlich wieder ihre eigene Stimme zu hören.

»Ganz in der Nähe, in einer der Palmhütten.«

Vor dem Zelt trugen zwei Amazonen einen großen Kessel vorbei, in dem dampfende Flüssigkeit schwappte. Stimmengewirr erfüllte das Lager; aus der Ferne kam der jagende Rhythmus einer Trommel, das Geräusch stampfender Füße, klatschender Hände. Singsang erhob sich darüber, schillernd wie diese Nacht. Über allem lag die Stimmung des Aufbruchs.

»Sie brechen morgen früh auf«, sagte Nicanor. »Sie ziehen in die Hauptstadt des Königreichs Dahomey.«

Caroline erinnerte sich, wer er war, der Sohn eines Sklavenkapitäns. »Du warst schon einmal dort?«

»Mit meinem Vater, ja. Es ist eine richtige Stadt, mitten in der Wüste, Abomey ... Sie nennen sie *City of Blood*, die Stadt des Blutes. Der Tag, an dem die Amazonen von ihrem Kriegszug zurückkehren, ist immer ein großes Fest. Alle sind da, der König, die Sklavenhändler, die Kapitäne ...«

Er schien keine Angst zu haben vor dieser Stadt, eher glaubte Caroline eine Ungeduld zu spüren, dorthin zu gelangen.

»Und die Frauen?« fragte sie, »die Amazonen?«

»Sie sind die Soldaten des Königs Gezo von Dahomey. Fünftausend sollen es sein. Vater sagte immer, daß sie tapferer und grausamer als Männer sind. Jedes Jahr um diese Zeit sind sie auf Kriegszug; drei Monate lang, und treiben Sklaven für ihren König zusammen. Wenn sie im eigenen Land nicht mehr genug finden, überfallen sie die Nachbarstämme.«

Caroline nickte stumm. Die Bilder der letzten Tage, die an ihr vorbeigeglitten waren wie an einem blinden Spiegel, erstanden wieder: Tief im Wasser liegend, waren immer wieder aus den Seitenarmen des Stromes Kanus zu ihnen gestoßen. Kopf an Kopf hatten die Neger darin gesessen, manchmal an die Hundert, nur von einem kleinen Trupp Amazonen begleitet. Der Gedanke an Kampf war ihr bei diesen Bildern, über denen die Lautlosigkeit eines Schattenspieles lag, nie gekommen. Allein vom Anblick der Amazonen wie gelähmt, schienen die Gefangenen jeden Widerstand aufgegeben zu haben.

»Im letzten Jahr haben sie siebentausend Gefangene gemacht«, fuhr Nicanor Velano fort, »siebentausend, die der schwarze König an die Weißen verkauft hat.« In seiner Stimme war Haß. »Er hatte mir das Versprechen abgenommen, zu schweigen«, fuhr er fort, »aber jetzt, da er tot ist, kann ich es dir sagen: Septimus war der Sohn König Gezos ... Sein eigener Vater hat ihn an Santi verkauft.«

»Santi?«

Nicanor Velano bemerkte Carolines Erschrecken nicht, so sehr nahm ihn all das, was mit dem Namen Santi zusammenhing, gefangen. »König Gezo ist reich«, fuhr er wie im Selbstgespräch fort, »und mächtig. Aber Cesare Santi ist der wahre König von Dahomey. Ich war mit meinem Vater oft bei ihm. Uns wird nichts geschehen ...«

Caroline hörte nicht mehr auf die Worte Nicanors. Santi! War sie deshalb Herera entkommen, den Hunden, dem Sumpf! Allein der Gedanke, diesem Mann zu entrinnen, hatte ihr die Kraft gegeben. Aber wie durch Zaubermächte schienen alle Wege, die sie einschlug, zu dem einen Ziel zu führen: Cesare Santi.

Sie hatte nie an das geglaubt, was andere Fügung oder Schicksal nannten. In ihren Ohren hatten diese Worte immer nach Ausrede geklungen; eine billige Mystifizierung menschlichen Versagens hatte sie darin erblickt. Sie wollte auch jetzt nicht daran glauben, und doch ertappte sie sich bei dem Gedanken, daß nur dieselbe, außerhalb jedes menschlichen Einflusses stehende dunkle Macht, die sie hierhergeführt hatte, sie auch erretten konnte.

Eine Verzweiflung, die sie Tarr und Septimus um ihren Tod beneiden ließ, überwältigte sie.

Nicanor Velano war nicht entgangen, daß Caroline sich plötzlich abwandte. Obwohl er keinen Laut vernahm, obwohl ihr Gesicht im Schatten lag, ahnte er ihre Tränen. Er kannte den Grund nicht. Er spürte nur, wie seine Beklommenheit vor dieser Frau sich in den heißen Wunsch verwandelte, sie zu trösten. Er rückte zu ihr, legte den Arm um ihren Hals, so wie in jener Stunde, in der er Trost bei ihr gesucht hatte.

Schauder überliefen ihn, als Caroline ihn jetzt an sich zog, ihn mit einer stummen Geste neben sich bettete, die Tierfelle über sie beide zog.

Er wagte nicht, sich zu rühren. Er lag da, atemlos auf den Aufruhr in sich lauschend, auf die Veränderung, die er mit seinem Körper vorgehen fühlte. Die weißen Schals und die tiefe Dämmerung, die den Körper der Frau zu einem Schatten machten, halfen ihm nicht. Wieder, wie in den vergangenen Nächten, allein in der Palmhütte, sah er sie so vor sich, wie sie nach dem Weg durch den Mangrovensumpf dagelegen war, nackt, die Haut dunkel vom Moor; und wieder spürte er den stechenden Schmerz, den Neid, die Eifersucht, als Septimus diesen Leib mit seinen Händen berührt hatte, ihn abgewaschen und trockengerieben hatte.

Mit einer Freude, die nach Verbrechen schmeckte, hörte er, wie Carolines Atemzüge leiser und tiefer wurden. Er stahl seine Hand unter der Decke zu ihrer Brust. Sein Herz klopfte zum Zerspringen, als er die schwellende Rundung unter der dünnen Seide fühlte. Mit offenen Augen lag er neben der Frau. Ungeformte Bilder und Wünsche stiegen in ihm auf. Schemenhaft ahnte er die Umrisse des fremden Wesens, das er einmal sein würde, der Mann, der sich immer wieder an diese Nacht erinnern würde, an den Ge=ruch von Tierfell und Frauenhaut, in der er sich zum ersten=mal erlebt hatte.

Caroline erwachte von der hellen durchdringenden Stimme Nicanors. »Laßt sie! Sie gehört euch nicht! Sie wird euch nie gehören!« Zwei Amazonen hatten den sich verzweifelt Wehrenden aus dem Zelt gezerrt. Seine Schreie wurden leiser, verstummten. Von draußen drang der Lärm des Aufbruchs herein, der dumpfe Schlag der Trommeln.

Caroline hatte sich erhoben. Vier Amazonen standen um sie herum. Das graurosa Licht des frühen Morgens verlieh der dunklen Haut der Frauen einen stumpfen metallischen Schimmer. Die rotgefärbten Haare, in einer dicken, wie gelackt glänzenden Innenrolle unter den Kappen mit dem Alligator hervorkommend, wirkten wie Perücken.

Die schmalste und weiblichste der vier Frauen lächelte Caro=line zu. Sie deutete auf eine hölzerne, mit weißlicher Flüssig=keit gefüllte Sitzwanne, die in einem Dreifuß aus schwar=zem Büffelhorn hing. Darunter stand ein mit Holzkohlen=glut gefülltes Kupferbecken und erfüllte das Zelt mit praller Wärme.

Die Amazone wiederholte ihr Zeichen, daß dieses Bad für Caroline bestimmt war. Sie tauchte die Hand in die Flüssig=keit, sagte etwas, schmeichelnde, ineinander verschliffene i= und u=Laute.

Caroline zögerte, so sehr sie sich nach einem Bad sehnte Vielleicht war es nur die andere Rasse, die diese Gesichte

für sie so unleserlich machte; die selbst ein Lächeln zu einer undeutbaren Hieroglyphe werden ließ, jeder ihrer Bewegungen einen Unterton von Drohung verlieh.
Caroline streifte die seidenen Schals vom Körper, stieg in die Wanne. Die Amazone ergriff einen Schwamm, netzte ihr die Arme, die Schultern. Mandelduft stieg aus dem Bad, aus einem lauwarmen Gemisch aus Kokosmilch und Sesamöl, das sich wie ein seidener Film auf die Haut legte. Caroline beobachtete jeden Handgriff der Amazonen, und doch genoß sie das Bad.
Erfrischt stieg sie heraus. Eine flache, mit Goldstaub gefüllte Schale stand auf dem Boden. Wedel aus weißen Marabudaunen lagen darauf.
Naß, wie sie aus dem Bad kam, begannen die Amazonen, Carolines Körper mit dem Goldstaub einzupudern. Eine Wolke flimmernden Staubes hüllte sie ein. Die vier Marabuwedel huschten über ihren Hals, über ihre Schultern, Arme und Brüste. Ehe sie noch recht begriff, was mit ihr geschah, war ihr ganzer Körper mit einer schimmernden Goldschicht bedeckt. Sie schloß die Augen und hielt den Atem an, als die Amazonen auch noch ihr Gesicht golden puderten. Sie hatte sich daran gewöhnt, wehrlos zu sein, daß sie keinen Augenblick daran gedacht hatte, aufzubegehren.
Die Amazonen hatte während der Prozedur ein fast wollüstiger Eifer erfaßt; sie kamen Caroline wie Nonnen vor, die eine Novizin, eine Gottesbraut einkleideten, und sie sollte bald erfahren, daß diese Kriegerinnen wie Nonnen ihrem irdischen König ein Keuschheitsgelöbnis leisteten, wenn sie in sein Heer eintraten. Auf dem Bruch dieses Schwurs stand der Tod; aber es hätte dieses Gesetzes nicht

bedurft — sie glaubten daran, daß allein ihre Keuschheit es war, die ihnen die Kraft verlieh, stärker zu sein als Männer. Sie fanden ihre Wollust nicht in der Hingabe, sondern in der Erfüllung jenes viel tieferen weiblichen Urtriebs, Männer zu unterjochen, sie zu Gefangenen zu machen, zu Sklaven.

Eine der Amazonen hielt Caroline einen runden, elfenbeingerahmten Spiegel hin. Caroline blickte in ein fremdes, nie geschautes Antlitz. Nicht sie war das, sondern ein Bildwerk von starrer statuenhafter Schönheit, nur die in dunklem Blaugrau leuchtenden Augen und die Lippen verrieten, daß die Maske aus Gold ein lebendes Wesen barg. Und plötzlich begriff sie. Man hatte sie für den König geschminkt! Nackt, nur angetan mit dieser dünnen Schicht aus Goldstaub, sollte sie vor ihn hintreten, kein menschliches Wesen, sondern ein kostbares exotisches Wild . . .

Der Gedanke rüttelte sie auf. Nein, diese Haut aus Gold war keine Demütigung für sie — nur eine Herausforderung. Sie hatten eine Sklavin aus ihr machen wollen, ein Wesen, das nicht mehr sich selbst gehörte — aber sie hatten etwas ganz anderes erreicht. Sie hatten die Bestie in ihr geweckt.

Die Amazonen hatten ihr einen hauchdünnen Musselinschleier lose um die Schulter gelegt. Eine von ihnen schlug das vor dem Eingang des Zeltes hängende Fell zur Seite. Draußen stand eine Sänfte bereit.

Caroline trat ohne Zögern ins Freie. Tief atmete sie die frische Morgenluft ein. Ihr Blick ging über die gelöschten Feuerstellen, hinaus zum Sammelplatz vor dem Lager, von dem aus sich die Karawane der Sklaven wie ein dunkler Strom in das rosa Meer der Wüste ergoß.

Irgendwo, dort in der Wüste, mußte Abomey sein. Die Stadt des Blutes. Der schwarze König. Cesare Santi. Alles, was sie empfand, war Ungeduld, auch diese Strecke ihrer Irrfahrt hinter sich zu bringen.

KAPITEL 52

Das Schwanken des ledergeflochtenen Sitzes unter dem Bambusbaldachin der Sänfte, das grelle blaue Licht, das die lose gespannten Tücher auf sie warfen, der Geruch, den die schweißnassen Leiber der Trägerinnen ausströmten — alles schien nur dazu gemacht, Carolines Qualen noch zu vergrößern.

Man hatte ihr die Hälfte einer Zitrone in die Sänfte gereicht. Wie eine Kostbarkeit hielt sie die Frucht in den Händen. Nur manchmal, wenn ihr Gaumen so ausgetrocknet war, daß sie glaubte ersticken zu müssen, fuhr sie mit der Zunge über die feuchte Schnittfläche.

Unter ihr glitt der Wüstenboden vorbei, das Muster tausender nackter Füße. Die Schatten, die ihr als Uhr gedient hatten, schrumpften allmählich. Die Sonne mußte bald im Zenit stehen.

Die Goldschicht auf ihrer Haut war in der Glut der Sonne zu einem Harnisch aus Millionen glühender Nadeln geworden. Von dem Fieber, das darunter in ihren Adern brannte, halb betäubt, dämmerte sie dahin. Das bläuliche Licht, das sie umgab, füllte sich mit Bildern, die wie Aquarellfarben ineinander verschwammen, noch ehe sie klare Umrisse annehmen konnten.

Gedehnte Rufe, von der Spitze der Karawane sich fort=pflanzend, kamen näher. Caroline lugte durch einen Spalt der Vorhänge. Auf dem harten Blau des Himmels stand ohne Schatten, ohne die Zwischentöne der Luft, wie mit brutaler Genauigkeit gemalt, die Stadt, Abomey, *City of Blood.* Von einer roten Lehmmauer umschlossen, stieg sie aus dem blendenden Weiß der Wüste. Gefiederte Baum=kronen, wie aus Metall geschnitten, zeichneten sich da=vor ab.

Die Fährte durch die Wüste war in eine breite Straße über=gegangen. Das Stimmengewirr verstummte; nur das Ge=räusch der nackten Füße blieb. Der Zug hatte den Bezirk der Fetischhäuser erreicht. Aus Gebeinen von Menschen und Tieren erbaut, auf den bleichen Knochenwänden in grellen Farben Sonnen, Schlangen und Stierköpfe zeigend, und immer wieder Symbole des männlichen Geschlechts, legten sie sich wie ein Zauberkreis um die Stadt.

Die Straße begann anzusteigen. Ein Tor nahm sie auf, ein Gewölbe aus rötlichem Lehm und eingemauerten Tier=skeletten, an dessen Ende die Helligkeit wie ein aufgerisse=ner, Schreie ausstoßender Rachen gähnte.

Sie waren in der Stadt. Jubelrufe umbrandeten den Zug der Sklaven und Amazonen. Von allen Seiten drängten sich dunkle Gestalten an die Sänfte heran, um diese Gefangene zu betrachten. Am ganzen Leib zitternd, saß Caroline in der Sänfte, von einer wilden Panik erfaßt, wie damals als Kind, als ihr Vater ihr das Karnevalstreiben auf dem Pont Neuf hatte zeigen wollen. Ringsum an den Scheiben der Kutsche waren plötzlich bunte Fratzen, grüne spitznasige Masken aufgetaucht; sie hatte aufgeschrien — und doch den Blick nicht von dem Treiben lösen können, von derselben Faszination des Schrecklichen und Fremdartigen bezwungen, die sie auch jetzt wieder hinausspähen ließ in diese Stadt, die auch in der Nähe etwas von einem gemalten Prospekt behielt.

Schattenlos reihten sich die Häuser, flirrende, grellbunte Luftspiegelungen. Ein Markt schwappte seinen Brodem von frischgeschlachtetem Fleisch, sonnenwarmen Früchten und penetranten Gewürzen über sie aus. Die Klänge schriller Flöten waren plötzlich um den Zug, mißtönend und auf eine wilde ausgelassene Weise fröhlich, genau wie die nur mit den Fingerspitzen geschlagenen Rhythmen der Trommler, die sich dem Zug in der Stadt angeschlossen hatten.

Alles drehte sich vor Carolines Augen. Waren es nicht immer wieder dieselben Häuser, dieselben Plätze, dieselben Gesichter, die da draußen in einem immer schneller werdenden Wirbel vorbeihuschten?

Die letzten hundert Meter über den schmalen Damm zu der Königsburg, die sich über der Stadt auf einem Plateau erhob, kam der Zug nur noch stockend voran. Und dann, drohend, wie vom Innern der Erde ausgestoßen, barsten auf den Wällen die Salutschüsse.

In Karrees zu je Hundert waren die Gefangenen in dem riesigen Palasthof aufgestellt. Dazwischen, in Viererreihen, sternförmig angeordnet, standen die Amazonen, rostrot die Gewänder, die Haare und die Alligatorenstandarten; schwarz die Hellebarden mit den weißen Totenschädeln.

Im Kern dieses Sterns, unmittelbar der Tribüne des Königs

gegenüber, hatten die Trägerinnen Carolines Sänfte abge=setzt.

In flachen Stufen, über die zwölf Leopardenfelle geworfen waren mit aufgerissenen Rachen und gespreizten Pranken, stieg die Tribüne zum Thron des Königs an. Über dem Sitz aus Elfenbein schwebte, von goldfunkelnden Stangen ge=tragen, der zeltgroße Baldachin aus karmesinroter indischer Seide.

Der Thron stand noch leer, aber wie ein Pfauenrad sich auffächernd, hatte der Hof bereits Platz genommen. Links vom Königsthron die Kinder, Frauen und Matronen, je nach ihrem Rang auf niedrigen Schemeln, auf kleinen Hockern oder Stühlen; ein Berg aus sich bauschenden Stoffen, fun=kelndem Geschmeide, phantastischen Turbanen, sich drehenden Sonnenschirmen und wehenden Fächern.

Rechts standen die Männer; die Priester in weißen bis zum Boden wallenden Umhängen, die Hofbeamten in schmalen kaftanartigen Gewändern. Dahinter ragten, Schulter an Schulter, baumlang und nackt bis zu den Hüften, die Eunuchen. Aus den Falten ihrer orangefarbenen Pluder=hosen blitzten schwere Waffengehänge.

Durch das Spalier der Leibwache ging jetzt eine Bewegung. Die runden schwarzen Schilde mit den polierten Toten=schädeln rückten noch dichter zusammen. Auf der Treppe des Palastes, am Ende dieser Straße des Todes, war der König aufgetaucht, Gezo, König von Dahomey, Kaiser von Wydah und Popo, Oberster Priester der Heiligen Kroko=dile.

Ein karmesinroter Sonnenschirm schwebte über dem hoch=gewachsenen Mann in dem goldfunkelnden Mantel und dem seltsamen breitrandigen, mit goldenen Federn und Spitzen verzierten Hut. Er ging schnell, fast unfeierlich, und doch ließ seine Art, den Fuß auf die Erde zu setzen, keinen Zweifel daran, daß er sich als Herr dieser Erde fühlte, der er mit jedem seiner Schritte eine Ehre antat, und daß er sich stolz und stark genug fühlte, sie auf seinen Schultern zu tragen. In seiner Rechten funkelte das Zeichen seiner unumschränkten Macht, ein goldenes Beil. Ihm voraus, das Schellengeläute in der Hand schwingend, rannte sein Narr, eine spindeldürre Gestalt in weißem Trikot, das Gesicht weiß geschminkt, auf dem Kopf die giftgrüne Narrenkappe.

Wo der Schatten des Königs hinfiel, warfen sich die Schwarzen zu Boden, blieben liegen, bis der König vorbeigeschritten war. Nur ein paar Weiße, die Caroline erst jetzt neben dem Thron entdeckte, blieben stehen. Ob Cesare Santi unter ihnen war? War es jener Mann in dem sandfarbenen Seidenanzug, der einen silbernen Stock spielerisch in der Hand drehte und der, das Gesicht von ihr abgewandt, sich jetzt vor dem König mit einem stolzen Neigen des Hauptes verbeugte? Die beiden Männer wechselten ein paar Worte, dann stieg der König die Stufen zum Thron hinauf.

Für einen Augenblick war jede Bewegung erstorben. Die Szene erstarrte zu einem Bild. Das gnadenlose Licht der afrikanischen Sonne beraubte die Farben ihrer Freude und verlieh ihnen etwas Grausames.

Vor Caroline begannen rote Kreise zu tanzen. Sie schloß die Augen, rang nach Atem. Sie mußte durchhalten; ihre einzige Chance war der Augenblick, in dem sie vor den König treten würde. Sie wußte, daß ihre Hoffnung Wahn=

sinn war — und doch: einmal mußte das Maß der Ungerechtigkeit voll sein. Einmal mußte die Wende kommen. Warum nicht dort, an den Stufen zu jenem Thron, vor den fletschenden Rachen der Leoparden?
Sie preßte die Lippen in das Fleisch der Zitrone. Die Säure schüttelte sie, aber sie gab ihr neue Kräfte. Das Gefühl zu ersticken ließ nach. Sie atmete wieder freier. Die blauen Vorhänge der Sänfte flogen auseinander. Die dunkle ringgeschmückte Hand einer Amazone streckte sich ihr entgegen.
Dann stand sie da, in dem gnadenlosen Licht, das, vom goldenen Panzer ihrer Haut reflektiert, eine Aureole um sie breitete, durch die sie die Menschen, die ihr entgegenstarrten, nur wie bunte Schemen sah . . .

KAPITEL 53

Wie von selbst setzten ihre nackten Füße Schritt vor Schritt in den seidenweichen rosagetönten Sand des Palasthofes. Aufrecht, den Blick nur auf den König gerichtet, blieb Caroline an den Stufen des Throns stehen.
Die Amazone war neben sie getreten und wollte den dünnen Musselinschleier, der über Carolines Schulter fiel, lösen, aber der König gebot ihr Einhalt. Er blickte in die dämmergrauen Augen dieser fremden Frau, in denen etwas war, das ihn mit sich zog, von sich selber fort; seit er jenes Bild besaß, auf dem eine goldene Göttin auf einem Sonnenball schwebend zu sehen war und unter dem, in goldenen

Fäden gestickt, das Wort *Versailles* stand, hatte er an jene Weissagung geglaubt, die da sagte, daß eines Tages in Abomey eine in Gold gehüllte Frau erscheinen würde. Die Weissagung und jenes Bild waren für ihn mit der Zeit zu einem geworden . . .

Caroline ahnte nicht, was in dem König vorging. Sie wußte nicht, daß die Schwäche, gegen die sie ankämpfte, ihre Lippen leicht geöffnet hatte und ihren Augen einen weichen Schimmer verlieh, der den Mann vergessen ließ, daß er König war, und die Frau, die vor ihm stand, seine Gefangene. Sie wußte nur, daß sein erstes Wort das Urteil sein würde.

Der König sah die Frau, die ohne ein sichtbares Zeichen der Angst vor ihm stand. In ihren Augen lag weder geheuchelte Unterwürfigkeit noch jener Hochmut, für den er die Weißen verachten gelernt hatte — vor allem jenen Mann, der keine zwei Schritte neben der Frau stand, Don Cesare Santi, den er wie einen Freund behandelte und den er dennoch haßte.

Sein Blick wanderte von Caroline zu Santi. Wie er diesen Tag lobte! Denn plötzlich wußte er, wie er diesen Mann treffen konnte, ihn hier vor allen bloßstellen. Es gab nur eine schwache Stelle an diesem Mann, der noch nie eine Frau berührt hatte, der nur an Knaben und Tieren seine Wollust stillen konnte — eine Wollust, die diesem Negerkönig nicht wegen der Perversion, sondern wegen ihrer Unfruchtbarkeit verächtlich war. Auf Caroline deutend, wandte er sich an den Sklavenhändler, der nach einem Vertrag das Erstkaufrecht auf alle seine Sklaven hatte. »Ich warte auf Euer Gebot, Don Santi!«

Caroline hätte erschrecken müssen, aber sie blieb ruhig. Mit einer Bewegung, die eher gleichgültig als neugierig wirkte, wandte sie dem so Angeredeten den Blick zu. Die Ähnlichkeit mit Rafaelo Santi war wirklich verblüffend. Sie hatte ihn sich anders vorgestellt. Immer, wenn sich ihre Gedanken mit ihm beschäftigten, hatte sie einen Mann vor sich gesehen, den die Tropen und ein ausschweifendes Leben ausgehöhlt hatten, einen Mann, den sie allein schon seines Äußeren wegen würde hassen können. Aber in dem Gesicht mit den mandelförmigen Augen, die gelernt hatten, ohne Zucken ins grelle Sonnenlicht zu blicken, fand sie nur jene aus Abendländischem und Orientalischem gemischte Schönheit, die den Männern dieser Familie gemeinsam war. Wie ein im Sumpf gewachsener Baum, schien er aus einem unzerstörbarem Stoff, dem Alter und dem Tod zum Spott geschaffen.

»Sie sind sonst entschlossener, wenn es um Sklaven geht«, sagte der König. »Also, was bieten Sie, Don Santi?«

Ohne die geringste Empfindung wartete Caroline auf Santis Antwort. Ihre Phantasie, ausgebrannt wie ihr Körper, hatte keine Kraft mehr, sich neue Qualen auszudenken. Und sie wußte, daß es in ihr genauso tot geblieben wäre, wenn man ihr in diesem Augenblick die Freiheit geschenkt hätte.

»Lassen Sie mir Zeit«, sagte Santi. »Sie wissen, daß ich mir die Sklaven des Königs immer genau ansehe; denn es sind immer die teuersten —.« Ein Blick, scharf wie eine im Licht auffunkelnde Klinge, stand zwischen den Männern. Dann trat Santi einen halben Schritt auf Caroline zu.

Caroline ertrug den Blick, mit dem Santi sie musterte, ohne

jede Reaktion. Den Silberknauf seines Stocks zwischen den Fingern drehend, stand er da, schien zu überlegen.

Es war einer der wenigen Augenblicke im Leben dieses Mannes, wo die Fähigkeit, seine wahren Interessen zu verbergen, um sie desto sicherer verwirklichen zu können, eine harte Probe zu bestehen hatte. Er hatte seinen Plan schon gescheitert geglaubt — und nun stand sie vor ihm! Die Frau, deren Miniatur sein Bruder Taddeo aus Lagos ihm geschickt hatte, die er seither immer bei sich trug. Ihm zum Kauf angeboten! Schon in der nächsten Stunde würde diese schmale Hand einen Brief schreiben, nach seinem Diktat.

Er warf dem König einen Blick zu. Nein, Gezo konnte nicht wissen, wer diese Frau war. Sein Angebot war eine seiner Launen, weiter nichts. Vielleicht hatte ein Priester in einem Taubenmagen etwas gefunden, das diese Weiße für den König tabu machte. Einmal hatte er fünfhundert zum Kauf stehende Sklaven wieder freigelassen, weil seine Priester einen Geier über dem Dach seines Palastes hatten kreisen sehen. Für Cesare Santi war dieser König ein Kind; gewalttätig, grausam, verschlagen — und doch naiv bis zur Dummheit.

Cesare Santi hob seinen silbernen Stock, deutete auf Caroline. »Ich biete den Preis von tausend Sklaven«, sagte er. Er wandte sich an den Weißen, der neben ihm stand, ein schwarzes Lacktablett in den Händen, auf dem die amerikanischen Dollars in der Sonne funkelten, die einzige Währung, der König Gezo traute. »Zahl aus!«

Ein spöttischer Zug spielte um die Lippen des Königs. »Zu wenig, Don Santi!«

»Den Preis für zweitausend Sklaven«, sagte Santi. Er konnte nicht verbergen, daß er beunruhigt war.
König Gezo tat, als hätte er das neue Gebot nicht gehört. Santi schien nicht mehr für ihn zu existieren. Er hob die Hand, gab ein Zeichen. Aus dem bunten Gewimmel der Diener trippelte ein nur mit bunten Federn bekleideter Zwerg heraus, in der einen Hand einen Sonnenschirm aus nephritgrüner Seide, in der anderen einen langstieligen Fächer mit rosa gefärbten Straußenfedern. Aus dem gelben runzligen Gesicht zwinkerten Caroline zwei wasserblaue Augen zu. Als er den Schirm über sie hob und begann, ihr Kühlung zu fächeln, war es, als hielte der Hofstaat den Atem an. Caroline wußte nicht, was dieser Schirm über ihrem Kopf bedeutete; daß nur wenigen dieses Vorrecht zustand und daß seine Gewährung eine hohe Gunst war. Sie bemerkte nur den haßerfüllten Blick, der sie aus dem Kreis der Frauen traf, die dunklen Augen einer jungen, schönen Negerin, die in pirolgelbe Seide gehüllt war.
Auf einen zweiten Wink des Königs schob sich ein kleiner, ungemein fetter Neger aus der Reihe der Männer. Hok-tan-hoon, Zeremonienmeister des Königs. Lachsfarbener Stoff spannte sich über die schlingernden Fleischmassen seines Leibes. Das Gesicht, über dem er eine spitze mit Kaurimuscheln besetzte Kappe trug, war eine Landschaft aus Wülsten. Aus tief darin eingebetteten Spalten musterten sie voller Argwohn zwei Augen, als er jetzt vor ihr stand und ihr bedeutete, ihm zu folgen.
Im Schatten des nephritgrünen Sonnenschirms dahinschreitend, folgte sie Hok-tan-hoon. Hinter sich hörte sie Cesare Santi rufen: »Mein letztes Gebot! Der Preis für Drei=

tausend!« Sie hörte das Auflachen des Königs, ein schaden=frohes Lachen, das ihr die geheime Feindschaft zwischen diesen beiden Männern schlagartig enthüllte.
Sie begann, den Grund des seltsamen Spiels, zu dem der König sie benützt hatte, zu ahnen. Wenn sie es geschickt anstellte, konnte diese Feindschaft ihre Rettung sein . . . Schon spreizte die Hoffnung wieder die Flügel in ihr, noch blind und ziellos, und gerade deshalb verführerisch.
Sie sah nicht, daß zwischen Hok=tan=hoon und jener Frau in pirolgelber Seide ein Zeichen hin= und herflog. Sie dachte nicht daran, daß Cesare Santi ein Mann war, der eine Beute niemals kampflos preisgab. Diesen einen kurzen Augen=blick, in dem ihre Hoffnung noch nichts weiter war als der Vorgeschmack des Glücks — war sie glücklich.

KAPITEL 54

In einem feinen Strahl sprühte das Wasser über Carolines Körper. Der Goldpanzer, der noch vor Sekunden über ihrer Haut gelegen und unter dem sie zu verbrennen geglaubt hatte, löste sich. Köstliche Frische durchrieselte sie, löschte das Fieber. Ihre Beine abwärts lief das Gold in dünnen Rinnsalen, das schwarze Onyxmosaik des Bodens mit fun=kelnden Fäden überziehend.
Camea, die Berberin, der Hok=tan=hoon sie übergeben hatte, reichte Caroline einen neuen, mit wohlriechenden Essenzen getränkten Schwamm. In atlasbraunen Musselin gekleidet,

stand die hagere vierzigjährige Frau vor der Duschnische, deren Dämmerung den Leib der Weißen noch heller erscheinen ließ. Der König hatte der Weißen seinen Lieblingszwerg gegeben. Camea war lange genug am Königshof von Dahomey, um diese Gunst deuten zu können. Aber sie wußte auch, daß Shili, die jetzige Favoritin, kämpfen würde, daß sie zu ihr kommen würde, um Hilfe. Es wollte gut überlegt sein, auf welche Seite sie sich stellte.

Aufmerksam beobachtete sie Caroline. In den Bewegungen dieser jungen Frau vereinigten sich die Anmut und die Nervosität eines edlen Pferdes, eine Seltenheit bei einer Weißen, die für den Geschmack Cameas außer der hellen Haut nicht viel hatten, was einen Mann lange fesseln konnte. Aber diese hier war anders. Sie glich einem schlummernden Vulkan. Ihre Sinne kannten den Rausch der Lust, und sie kannte ihre Macht über den Mann.

Camea spürte es, wie Tiere derselben Rasse sich wittern. Sie, die Berberin aus den Bergen des Atlas mit der semitisch eingebogenen Nase, den feinknochigen Zügen, den leicht eingefallenen Wangen, war nie schön gewesen; und doch hatte sie sich wie wenige als Frau ausgelebt, und tat es jetzt noch, wenn die Prinzen des Hofs zu ihr schlichen . . .

Obwohl längst die letzten Reste der metallischen Schminke von ihrer Haut getilgt waren, blieb Caroline noch unter der Dusche. Die Arme hochgereckt, drehte sie sich langsam, die perlende Kühle, die fremden Wohlgerüche, tief in sich einsaugend. Erst als der Strahl aus der halb in die Wand eingemauerten durchlöcherten Kalebasse versiegte, ließ sie sich von Camea in das weiße weiche Tuch einschlagen.

Der in sich geschlossene Bereich inmitten der Frauenhäuser,

den man Caroline angewiesen hatte, bestand aus einem klei=nen halbüberdachten Innenhof und einem großen Raum. Die Rot= und Blautöne der Teppiche an den Wänden und auf dem Boden schufen warmes gedämpftes Licht. Außer den niedrigen Diwans, die sich ringsum an den Wänden hinzogen, enthielt der Raum nichts als einen Paravent aus kunstvoll geflochtenem Bast, den Camea jetzt vor die schmale Öffnung der Dusche rückte, und ein niedriges Ebenholztischchen, in das aus Elfenbein ein Schachbrett ein=gelegt war. Aber nicht die Figuren standen darauf, sondern Schalen mit Sesamöl und Henna; Baumwolltücher, Kämme aus Schildpatt, Spangen und Nadeln aus Silber.

Die Aussicht, auch die nächste halbe Stunde nichts anderes tun zu müssen als sich pflegen zu lassen, kam Carolines Stimmung entgegen. Doch so sehr Caroline sich anstrengte an nichts zu denken, konnte sie doch die Augen nicht davor verschließen, daß es nicht Dienste reiner Gastfreundschaft waren, die man ihr hier erwies. Sie galten der Frau, die das Gefallen des Königs erregt hatte . . .

Ein feuchtes duftendes Tuch über dem Gesicht, lag sie auf dem Diwan, während Camea Öle und Salben in ihre Haut massierte. Vom Innenhof drang das Rauschen des Spring=brunnens. Manchmal klang fern ein Frauenlachen auf und versickerte in dem Murmeln, das irgendwo hinter den Wän=den wie ein unsichtbarer Strom dahinfloß.

Camea hatte das Tuch von Carolines Gesicht genommen. Hinter dem Blattwerk des schmalen vergitterten Fensters huschte ein gelber Schatten vorbei, eine reichgeschmückte Negerin tauchte neben dem Diwan auf, starrte auf den nackten Körper, der aus demselben Stoff wie Perlen ge=

macht zu sein schien. Wortlos reichte sie Camea den Goldlameestoff und verschwand wieder, leichtfüßig, vom leisen Klirren ihres Geschmeides umspielt.
Der Zwerg, der Federmensch, der, mit untergeschlagenen Beinen, aufgeplustert neben Carolines Lager hockte, den Straußenwedel mechanisch wie eine Marionette hin und her schwingend, sprang kichernd hoch, stolzierte, die Szene stumm karikierend, durch das Gemach.
Camea machte zu dem Kleinen eine Bewegung, wie man Hühner vor sich her scheucht. Sofort kauerte er sich wieder auf seinen Platz. Auch er machte sich seine Gedanken über die neue Situation. In seinem kleinen Herzen regten sich die gleichen Wünsche und Eitelkeiten, wie in dem eines Großen; ob Diener oder Herr — es galt jeden Schritt zu bedenken! In diesem Palast lauerten viele Fallen, und ein falscher Schritt entschied allzu oft zwischen Leben und Tod. Seit er am Hof war, hatte er stets den Lieblingsfrauen des Königs Gezo gedient, bis vor drei Jahren, als Shili an den Hof gekommen war. Der Ashanti-Prinzessin war er nicht gut genug gewesen. Sie hatte einen Nubier gewollt. Aber jetzt war ihre Zeit vorbei. Diese hier würde sie ablösen, und er — den die weißen Händler Lord Fitzroy nannten, ein Name, auf den er stolz war —, er würde ihr Kühlung fächeln. Shili würde ihren Schemel beim Thron verlieren, wenn diese Frau es darauf anlegte. Aber in diesem Punkt fühlte er sich nicht ganz sicher; man mußte abwarten . . .
Camea hatte Caroline das bodenlange Kleid aus Goldlamee übergestreift. Vorsichtig schlang sie den Gürtel aus rundgeschliffenen Mondsteinen um die schmale Taille und trat zurück, um ihr Werk zu betrachten.

Mit seinem schweren Kopf, der ohne Hals auf den Schul=tern zu sitzen schien, hin und her wackelnd, sah der Zwerg zu Caroline auf und stammelte, alle Vorsicht vergessend, in seinem von den Kapitänen aufgeschnappten Englisch: »Devilish beautiful! Damm your eyes! Lord Fitzroy never seen lady dam beauty!«

Er verstummte jäh, als draußen das Schellengeläut des Hof=narren näherkam. Die zwei baumlangen Eunuchen vor der Tür warfen sich zu Boden. Camea überflog Caroline mit einem letzten prüfenden Blick, neidlos und wissend. Dann, als die Tür sich auftat, warf auch sie sich vor dem König zu Boden.

Auf einen Wink des Königs hatte Camea den Raum verlas=sen. Die Schatten der Eunuchen vor der Tür waren ver=schwunden. Bis auf den Zwerg hatte der König alle weg=geschickt; ein Zwerg zählte in seinen Augen so wenig wie ein Sonnenstrahl. Er wollte allein sein mit dieser Frau, die unter so übernatürlichen Zeichen erschienen war. Allein wollte er mit ihr den Willkommenstrunk tauschen. Langsam hob er das rubinrote Glas in seiner Hand, trank daraus und reichte es Caroline.

Caroline, die instinktiv die Bedeutung dieser Geste erfaßte, setzte das Glas an den Mund.

Der schwarze König sah ihr zu, mit einer Mischung aus Neugier und Scheu, wie man einen plötzlich entdeckten Schatz betrachtet, dessen eigentliches Geheimnis man noch nicht kennt. Auf dem Weg hierher hatte ihn das Gefühl überfallen, das Wesen, das so furchtlos vor seinen Thron getreten war, nicht mehr zu finden, sondern nur noch eine

Frau. Aber sie war dieselbe geblieben. Auch jetzt, nachdem die goldene Haut von ihr abgefallen war.
Caroline reichte dem König das Glas zurück, das einfaches Wasser enthalten hatte. Das innere Fieber, das unter der Dusche erloschen war, begann allmählich wieder aufzuflackern. Am liebsten hätte sie um mehr Wasser gebeten. Sie fühlte sich seltsam taumelig.
»Man hat Euch nichts gebracht«, sagte er, »es wäre gegen das Gesetz der Götter gewesen. Erst jetzt seid Ihr aufgenommen.«
Der golddurchwirkte Mantel war über seiner Brust aufgesprungen und zeigte die tiefbraune gesalbte Haut, fein und glatt wie die Seide des Rocks, den er nachlässig um die Hüften geschlungen trug. Es war ein athletischer, ebenmäßiger Körper, der Caroline keinen Widerwillen einflößte, und doch wußte sie, daß sie ihn in dem Moment hassen würde, wo er sie begehren würde.
Wenn sie den König auf der Stelle bäte, sie freizulassen? Jetzt, bevor er noch etwas von ihr verlangt hätte, was sie ihm verweigern müßte? Jetzt, wo der Raum zwischen ihnen noch leer war, wo kein Wort, keine Geste gefallen war, die nicht mehr rückgängig gemacht werden konnte. Jetzt, wo die Freiheit, die er ihr schenkte, nur den Glanz des Großmutes hätte und nicht die Bitternis des Verzichtes.
Großmütig konnte dieser Mann sein; sie hatte es erfahren und sie glaubte es von seinen geschwungenen Lippen ablesen zu können. Aber er konnte ebenso grausam sein; das verrieten ihr seine Augen. Diese Augen konnten ungerührt sterben sehen, was er geliebt hatte, und er würde eher töten, als etwas, das ihm gehörte, herzugeben.

Er hatte ihre Hand ergriffen. So förmlich diese Geste war, sagte sie Caroline doch, daß es zu spät war. In dem Augenblick, als sie vor seinem Thron gestanden war, im Angesicht aller, hätte sie ihn um die Freiheit bitten müssen.

»Der Preis für dreitausend Sklaven«, sagte er langsam. »Wißt Ihr, wieviel das ist? Ich will es Euch sagen.« Er ließ sich auf einen Diwan nieder mit der raubtierhaften Grazie seiner Rasse. »Dreitausend Sklaven, das sind fünfzehntausend Dollar, die Don Santi mir zahlt — und dreihunderttausend, die er dafür einnimmt.« Der König ließ Caroline nicht aus den Augen. »Don Santi ist ein Mann, der sonst jedes graue Haar auf einem kahlgeschorenen Negerkopf findet, der um jede Muschel feilscht ...« Es mußte etwas ganz Bestimmtes sein, das diese Frau so kostbar für den Portugiesen machte. Aber direkte Fragen zu stellen lag nicht in seiner Natur. Sein eher geschmeidiger und listiger als scharfer Verstand ging lieber wie ein geduldiger Jäger zu Werk. »Dreihunderttausend Dollar«, wiederholte er, und ein Lächeln spielte um seinen Mund. »Seid Ihr nicht stolz, soviel wert zu sein?«

»Bei uns sind Frauen soviel wert«, antwortete Caroline, durch seine Frage herausgefordert.

»Nicht für einen Cesare Santi. Er ist ein Mann, dem Frauen nichts bedeuten.«

»Vielleicht glaubte Don Santi, ich sei aus purem Gold«, sagte sie leichthin.

Ihr Lächeln legte sich wie eine Schlinge um sein Herz, ließ ihn die sichere Fährte verlieren. Wie ein Lockruf klang ihm die Stimme der Frau im Ohr. Wieder ging ihm die Weissagung durch den Sinn; die Zeichen der Götter waren das einzige, was Macht hatte über ihn. »Ich weiß, woher Ihr kommt«, sagte er mit veränderter Stimme. »Ihr kommt aus Versailles ...«

Aus dem Mund des schwarzen Königs klang das Wort wie eine Zauberformel. Nur ihrem Instinkt folgend, nickte Caroline. »Ja, ich komme aus Versailles.«

»Ist es ganz aus Gold? Die Mauern, die Dächer, die Brunnen?« fragte der König.

Caroline war es, als hörte sie sich selber. Als Kind hatte sie dieselben Fragen gestellt, ihrem Vater, ihrer Mutter, Simon, allen; und da keine Antwort ihr genügte, hatte sie sich am verglimmenden Kamin ihr eigenes Versailles erträumt. »Ja, es ist aus Gold«, sagte sie, »die Rosen, der Sand auf den Wegen, die Früchte in den Bäumen, die Vögel.«

In die Augen des Königs trat ein Ausdruck der Beunruhigung. »Und stimmt es, was sie sagen — daß dem König von Versailles die Sonne gehört?«

Wieder nickte Caroline. So weit fort von allem schien es auch ihr nichts zu bedeuten, daß der König, den er meinte, einer längst vergangenen Zeit angehörte. »Die Sonne erscheint am Himmel, wann er es will. Sie nennen ihn deshalb den Sonnenkönig.«

»Und der Palast? Wie groß ist er? Größer als dieser?«

Caroline kam ein tollkühner Einfall. Sie glaubte plötzlich zu wissen, wie es ihr gelingen könnte, eine Botschaft an den Herzog zu senden. »Nicht einmal der König selber weiß, wie groß sein Palast ist«, erwiderte sie. »Nur einer kennt ihn genau, besitzt alle Pläne. Der Baumeister, der den Palast für den König entworfen hat.« Sie sah ihn lächelnd an. »Er könnte für Euch einen genauso prächtigen Palast bauen.

Der König hatte sich aufgerichtet. »Wer ist der Mann?«
»Ein Landsmann von mir, ein Franzose, Gil de Lamare ...«
Sie glaubte ihre Stimme würde ihr versagen, als sie den Namen aussprach.
Aber König Gezo war mit sich selbst beschäftigt. »Ihr glaubt, er würde kommen, hierher?« Es schien, als wollte er sofort einen Diener herbeiklatschen, Papier und Schreibzeug kommen lassen. Aber dann ließ er sich wieder auf den Diwan zurücksinken. »Wir werden morgen einen Boten schicken. Jetzt erzählt weiter. Erzählt mir alles, was ihr wißt, von diesem Versailles und von diesem König.«

Die Schatten des Nachmittags waren durch den Raum gewandert. Lautlos hatten die Wachen sich abgelöst, lautlos war Camea hin und wieder mit Erfrischungen erschienen.
Noch immer hingen die Augen des Königs an ihr, dunkel und glänzend, wie die eines gezähmten Raubtiers. Caroline kam sich vor wie Scheherazade in Tausendundeiner Nacht, die nicht aufhören durfte zu erzählen, ehe sie nicht das Grauen des Tages bemerkte. Sie ließ sich von ihrer Phantasie davontragen, ihrer eigenen Stimme wie einer süßen, niegehörten Melodie lauschend. Auf den Kissen, die Camea ihr in den Rücken und unter die Arme geschoben hatte, ruhend, empfand sie das Schwindelgefühl, das in Wellen durch sie ging, wie wundersame Schwerelosigkeit, und das in ihren Adern sich ausbreitende Fieber als ein tiefes Wohlbehagen.
Für einen Augenblick verstummte sie in ihrer Erzählung, als Camea eine mit Holzkohlen gefüllte Räucherpfanne hereintrug. Sie stellte sie auf den Boden und streute eine Hand=

voll Pulver darüber. Zarter blauer Rauch stieg über der roten Glut auf, schwere ungewohnte Düfte verbreitend.
Der Berberin mit den Augen folgend saß der König auf dem Diwan, den Kopf an den Wandteppich gelehnt, als sein Blick plötzlich auf den Zwerg fiel, der neben Carolines Diwan eingenickt war.
In die Augen des Schwarzen trat ein hartes kaltes Funkeln. Er sprang auf, packte den Zwerg am Arm und riß ihn in die Höhe. Der Zwerg schreckte auf, laut schreiend und sofort verstummend, als er den König erkannte.
König Gezo war an das Fenster zum Innenhof getreten. Er schrie einen Befehl, Wachen tauchten auf. Er schleuderte den Zwerg vor ihre Füße.
Draußen hatte der Zwerg wieder zu schreien begonnen. Seine dünne Stimme gellte durch den Hof, als die Leibwachen ihn wegschleppten; es waren weniger Schreie der Angst, als ein schrilles verzweifeltes Lachen eines Menschen, der sich in das Unabänderliche schickte.
Caroline wartete darauf, daß es verstummte, daß sich der Zauberkreis dieser Stunde wieder schließe.
»Es ist gleich vorbei«, hörte sie die Stimme des Königs. »Er ist alt und schwächlich. Da geht es schnell . . . Jeder Diener, der seinen Dienst bei Euch nachlässig versieht, wird so sterben.«
Etwas in Caroline wehrte sich dagegen, zu begreifen. Sie suchte den Blick des Königs. Die in seine dunklen Augen zurückkehrende Sanftheit, der weiche Klang seiner Stimme machten seine Worte nur noch furchtbarer. Voller Unglauben starrte Caroline den Mann an, der ihr mit der grausamen Bestrafung zu gefallen glaubte.

Sie spürte, wie ihr der kalte Schweiß ausbrach. Sie hielt es für eine Reaktion ihrer Nerven, nicht ahnend, daß es der jähe Ausbruch des Sumpffiebers war, mit dem ihr Körper schon seit Tagen kämpfte. Aber schlimmer noch war die Erkenntnis, daß sie sich getäuscht hatte, diesen Mann dort für ihresgleichen zu halten.

Das dünne Seil aus Hoffnung und Selbstbetrug, auf dem sie traumwandlerisch dahingeschritten war, gab unter ihr nach. Sie fühlte sich stürzen. Ihre Hand suchte unwillkürlich Halt und blieb kraftlos auf den Kissen liegen. Sie wollte etwas sagen, aber auch ihre Lippen gehorchten ihr nicht mehr. Immer schwerer wurde ihr Körper, immer schneller stürzte sie, immer tiefer ...

Voller Schrecken neigte sich König Gezo über die wie leblos, mit weitgeöffneten Augen Daliegende. Aber Caroline glaubte den Kopf eines Raubtiers über sich zu sehen, grausam und mörderisch, bereit, die Pranken in ihren Leib zu schlagen. Ein unartikulierter Schrei brach aus ihr, aber sie selber hörte ihn nicht mehr ...

KAPITEL 55

Einzelne Lichtfäden spannen sich durch die rötliche Dämmerung. Rosa wehten die Federn eines Straußenwedels hin und her; über einen Stickrahmen geneigt saß eine Frau, winzige schimmernde Perlen auf ihre Nadel ziehend.

Alles war Caroline zugleich vertraut und fremd an diesem

Bild. Immer wieder war es an den Ufern ihrer Fieberträume aufgetaucht, einen Augenblick sie erinnernd, daß es jenseits der Krankheit noch etwas anderes gab, um im nächsten wieder zu zerfallen. Auch jetzt wartete sie darauf, daß es sich wie eine Wasserspiegelung, über die ein Windhauch streicht, auflöste.

Aber das Bild blieb, wurde deutlicher. Die Frau, dort am Bettende, in braunen Musselin gehüllt, in ihre Stickarbeit versunken, war das nicht Camea? Der Zwerg in dem gelbgrünen Federkleid, der aufgeplustert am Boden hockte, den langstieligen Straußenwedel in der Hand, hatte sie nicht irgendwann geglaubt, seine Todesschreie zu hören?

Sie bewegte ihre Hände unter der Decke. Sie gehorchten ihr. Sie schlug die Augen ganz auf. Alles um sie herum blieb, wie es war, stand fest an seinem Platz. Aber es war ein anderer Raum, in dem sie lag. Rote Tücher, mit seltsamen Zeichen darauf, bedeckten die Wände. Und was bedeutete das — die Ketten aus blauen perlartig aufgereihten Holzstückchen, die nach Moschus duftenden Schnüre, die man ihr um den Hals gelegt hatte?

Sie machte eine Bewegung, und sogleich ließ Camea mit einem Aufschrei ihre Arbeit sinken, eilte zu ihr ans Bett. Sie beugte sich über Caroline. Auf ihrem Gesicht stand Fassungslosigkeit, als erblickte sie eine von den Toten Auferstandene.

Camea legte ihr sachte die Hand auf die Stirn. Sie hatte nicht mehr geglaubt, daß die Weiße je aus ihrem totenähnlichen Schlaf erwachen würde, trotz der roten Zaubertücher nicht, des auf den Türschwellen ausgestreuten Pulvers aus zerriebenen Kamelknochen, trotz der heilkräftigen

Schnüre. Aber das Fieber war verschwunden. Sie sah das klare Auge, den suchenden, aber bewußten Blick.
Sie stürzte zu dem verhangenen Fenster. Sie riß den Vorhang zur Seite. Dann rannte sie hinaus, an die steinerne Brüstung der Terrasse und schrie mit sich überschlagender Stimme in den Hof hinunter. Tiefe Stille antwortete ihr, und dann ein ohrenbetäubender Lärm, eine Explosion von Rufen und Stimmen. Camea eilte zurück, an die Seite der Kranken.
Einen Augenblick hatte Caroline vor dem hereinflutenden Sonnenlicht die Augen schließen müssen. »Was ist?« fragte sie verwirrt.
In die herben, fast männlichen Züge der Berberin trat jene plötzlich aufleuchtende Schönheit, die manche häßliche Gesichter wie ein Geheimnis hüten. »Du lebst«, sagte sie, »und sie alle wissen es in diesem Augenblick! Sie werden aufatmen. Vor allem Ah-poo-che-noo, der Medizinmann. In einer Stunde sollte er geteert und gehäutet werden. Er wäre der dritte gewesen, den der König hätte töten lassen, weil er deine Krankheit nicht besiegte.« Camea umfing Caroline mit einem Blick wilden Stolzes. »Er war wie von Sinnen. Seit dreißig Tagen und Nächten sind die Feuer vor den Fetischhäusern nicht mehr gelöscht worden.«
Caroline richtete sich unter den sie stützenden Armen der Berberin auf. »Dreißig Tage?« Sie blickte sich in dem Raum um, der mit seinen rotverhangenen Wänden und Fenstern, den Löwenklauen über der Tür und den Bündeln von Tierhaar selbst dem Innern eines Fetischhauses ähnelte. Jetzt verstand sie die Bedeutung dieser Dinge, und auch die der Ketten und Schnüre an ihrem Körper. Ihr schauderte. Sie

suchte mit ihren Blicken den Zwerg, seine Züge. War es noch der gleiche? Sie war sich nicht sicher, und sie wagte nicht zu fragen.

Camea hatte Kissen in Carolines Rücken geschoben. Sie nahm eine Schale mit Rosenwasser und benetzte Carolines Gesicht, betupfte die Innenflächen ihrer Hände. »Du wurdest immer ganz ruhig, wenn ich dich damit wusch«, sagte sie.

Caroline ließ sie gewähren. Tief atmete sie den Duft des Wassers ein. Jede Empfindung war ihr in diesem Augenblick kostbar, selbst das Erschrecken. Alles war ein staunendes Zurückfinden ins Leben.

»Auch das mochtest du«, sagte Camea, während sie zwischen den Handballen etwas Mandelmilch und Schildkrötenöl warm und sämig rieb. Sie hatte ihre ganze Sorgfalt und ihr reiches Wissen um die Geheimnisse weiblicher Schönheit aufgewandt, damit Caroline während jeder Stunde der Krankheit schön wie eine Frau war, die ihren Geliebten erwartet. Sie hatte ihr das Haar gebürstet, ihr die Lippen mit Purpur getönt, ihren Leib mit immer neuen Düften und Ölen gesalbt. Denn an jedem der dreißig Tage war der König gekommen.

Manchmal war er stundenlang geblieben, ohne ein Wort, wie verzaubert, während draußen im Hof die Pferde zur Jagd gesattelt standen, die Jagdbussarde in ihren Käfigen unruhig wurden. Er schien vergessen zu haben, daß er dreihundert andere Frauen besaß, die Tag und Nacht auf ihn warteten. Es schien nichts mehr für ihn zu existieren als diese eine. Camea warf einen ungeduldigen Blick zur Tür. Wo blieb er nur, die Nachricht mußte ihn längst erreicht haben.

Und doch erschrak die Berberin, als der König plötzlich hereinstürzte, nicht mehr ein Mensch, sondern ein Sturm entfesselter Elemente. Sie vergaß sogar im ersten Augenblick das Gebot, sich vor ihm auf den Boden zu werfen, als Gezo, seine Königswürde mißachtend, vor dem Lager der Weißen in die Knie sank.
Keines Wortes, keiner Geste fähig, blickte der König zu Caroline auf. Er hatte unzählige Frauen besessen. Ihre Namen, ihre Gesichter waren an ihm vorübergeglitten, ohne sich einzuprägen, genau wie die der Kinder, die sie ihm geboren hatten. Brunnen der Wollust und der Fruchtbarkeit — er hatte nichts anderes gekannt und nach nichts anderem verlangt.
Hier, in diesem Raum, hatte er die für ihn umwälzende Erfahrung gemacht, daß ein anderes Wesen ihm wichtiger war als er sich selbst, daß sein Glück plötzlich von etwas außerhalb seiner selbst abhing.
Caroline blickte in das Gesicht des Mannes, und es war ihr, als wehte ihr der heiße Atem des Lebens entgegen. Sie wünschte und fürchtete zugleich, daß er sie berührte, den Arm um sie legte.
Aber der König ergriff die Hand nicht. Vor sich selber und der Macht der Weissagung erschreckend, erhob er sich. Er trat vom Bett zurück, auf die breite Terrasse hinaus. Erst jetzt brach das Übermaß der Freude, die ihn erfüllte, sich Bahn. Er warf die Arme hoch, und so stand er da, mit lauter Stimme das Fest verkündend, das erst mit dem Erlöschen der Hochzeitsfeuer enden sollte.

Caroline blickte staunend auf die Terrasse hinaus, auf den Mann dort, auf den vulkanischen Ausbruch seiner Gefühle.

Jenseits der Wälle des Palastes stiegen große bunte Kisten=drachen in die Luft. Von einem Leibwächter nach dem ande=ren forderte der König ungeduldig ihre geladenen Gewehre. In einem wilden Taumel schoß König Gezo auf die fliegen=den tanzenden Ziele.

Noch einmal hallte seine Stimme über den Hof, durch das Echo der Mauern und Wälle vervielfältigt. Als er von der Terrasse verschwand, ertönten Fanfaren, Trommeln und Glocken.

Caroline lächelte Camea zu. »Kann man nicht die Läden schließen?« Etwas anderes hatte ihre ganze Aufmerksam=keit auf sich gezogen, die Bewegungen in ihrem Leib.

Reglos lehnte sie in ihren Kissen. Deutlich spürte sie die stoßenden Bewegungen. Sie lauschte in sich hinein, er=schüttert, daß sie jenes zweite Leben in sich vollkommen vergessen hatte und daß sie auch in den ersten Augen=blicken des wiedergeschenkten Lebens nur sich selber empfunden hatte.

Da war es wieder. Ihr Kind. Caroline schob die Hand unter die Decke, legte sie auf den Leib, um noch deutlicher zu spüren, wenn es sich regte. Sie glaubte, die Rundung des Kopfes zu ertasten. Wie winzig dieses Wesen war! So klein, daß es ihren Leib kaum verändert hatte.

Was sie noch keinen Augenblick getan hatte, sie rechnete nach. Pré=des=Rôs ... Fast sieben Monate ... Konnte es wirklich sein? Sie glaubte ihren Vater lachen zu hören. »Die Frauen der Romme Allerys haben immer bis zur letzten Stunde getanzt und geritten. Reiten und Tanzen, das erspart eine neue Garderobe.« — Sie war stolz, eine Romme Allery zu sein! Sie durfte sich nichts anmerken lassen. Niemand durfte es ihr ansehen, niemand wissen, daß sie dieses Kind verwundbarer machte denn je.

Camea, die den Zug von Zärtlichkeit in Carolines Gesicht ganz anders deutete, trat mit einem Glas Kamelmilch an das Bett. Bei dem säuerlichen Geruch wurde Caroline fast übel. Sie schüttelte abwehrend den Kopf. »Als du krank warst, konntest du nicht genug davon bekommen«, sagte Camea.

»Als ich krank war«, antwortete sie. »Aber jetzt bin ich gesund. Bring mir zu essen, richtiges Essen. Ich habe Hunger für zwei.«

KAPITEL 56

Wie ein sattes müdes Kind war Caroline in die Kissen zurückgesunken und eingeschlafen. Nichts mehr hatte sie wecken können, weder der Lärm des Festes, das den ganzen Palast erfüllte, noch Cameas Geschäftigkeit.

Erst am Abend, als neuer Hunger sie zu quälen begann, erwachte sie. Der Schein einer Öllampe erfüllte den Raum. Von den Wänden und Fenstern waren die roten Tücher verschwunden, die Fetische. Auf dem Ebenholztischchen standen nicht mehr Fläschchen und Schalen mit seltsamen Medizinen, sondern Naschwerk, Früchte und eine Karaffe mit Wasser.

Cameas Stuhl war leer. Der Stickrahmen und die Schnüre

mit den winzigen Korallenperlen lagen am Boden. Vor der Tür zur Terrasse, nur eine aus Licht und Schatten gezeichnete Silhouette, hockte der Zwerg und blickte in den Hof hinunter, aus dem, wie das Anschlagen von Brandung, die Geräusche feiernder Menschen heraufdrangen.

Caroline schlug die Decke zurück. Als sie den Fuß auf den Boden setzte, wurde ihr einen Augenblick schwindlig. Sie wartete, bis es vorüberging. Sie blickte an sich herunter, ein Lächeln auf den Lippen, die stumme Zwiesprache mit dem Kind, das sie trug, wieder aufnehmend. Nein, wenn man es nicht wußte, sah man es ihr nicht an; und doch zog sie in einer instinktiven Geste des Beschützens das Gewand enger um sich.

Sie trat an das Bogenfenster, das auf die Terrasse führte. Der Fächer des Zwerges bewegte sich schnell; die Federn seines Gewandes wehten bei jedem Luftzug auf. Er mußte ihren Schritt gehört haben, aber er gab kein Zeichen des Erkennens, und wieder wagte Caroline nicht zu fragen. Sie dachte an ihr Kind und daß sie alles Schlimme von ihm fernhalten wollte.

Vier Eunuchen, in prächtig bestickte Wollmäntel gehüllt, hielten draußen Wache. Der Blick in den Innenhof war ihr durch die weit vorspringende Terrasse verwehrt. Sie sah nur den zuckenden Schein eines großen Feuers und an den weißen Mauern die ins Gigantische vergrößerten Schatten der Feuertänzer, die im jagenden Rhythmus schriller Flöten darüber huschten.

Der Duft von gebratenem Fleisch und stark riechenden Kräutern erfüllte die Luft. In das wirre Durcheinander von Stimmen und Instrumenten klang etwas, das Caroline

aufhorchen ließ: eine Uhr schlug, ein Spielwerk setzte ein.
Verblüfft blickte Caroline um sich. Es war ihr, als käme es aus dem mit Teppich verhangenen Durchgang. Sie schob den Vorhang zur Seite.
Die Wände des kleinen Kabinetts, das zwei sechsarmige Leuchter erhellten, waren von oben bis unten mit Uhren aller Größen und Arten bedeckt. Alle waren sie irgendwann stehengeblieben. Nur eine, deren Spielwerk etwas verstimmt den Refrain eines französischen Volksliedes wiederholte, tickte. In einem Gehäuse aus ziseliertem Silber stand sie zusammen mit Gläsern, Leuchtern und Porzellanfiguren auf einem Tisch, um den herum sich Stühle und Sessel türmten. Halb aufgerollt lag ein Gobelin auf dem Boden. Wenn in ihrem Palais in Paris großer Hausputz war, hatte es nicht anders ausgesehen.
Caroline fühlte sich seltsam berührt, während ihr Blick über die wahllos zusammengetragenen Dinge glitt, die sie nie vorher gesehen und die ihr doch auf geheimnisvolle Weise vertraut und mit Erinnerungen beladen schienen, weil sie aus derselben Welt stammten wie sie selbst. Sogar ein Spinett stand in einer Ecke. Sie ahnte den Sinn dieser Dinge. Gewiß befanden sie sich nicht zufällig in diesem Raum, der sich an ihr Gemach anschloß. Sie waren für sie bestimmt.
Sie hätte gewünscht, über die groteske Auswahl dieser Möbel und Gegenstände, denen man nur zu deutlich ihre Herkunft aus Schiffskajüten ansah, lachen zu können. Aber etwas schnürte ihr den Hals zusammen. Dieses hilflose Durcheinander hatte zugleich etwas Rührendes und Beängsti=

gendes für sie. Wenn dieser Negerkönig sie wie eine Sklavin behandeln würde, einen Gegenstand, den man kaufen und verkaufen konnte, wie einfach wäre es gewesen, ihn zu verachten, zu hassen. Aber er tat dauernd Dinge, die den Abstand zwischen ihnen kleiner machten, die in ihrem Fühlen und Denken bereits Spuren zu hinterlassen begannen.

Die Flammen der Kerzen neigten sich unter dem Luftzug, als Camea den Türvorhang zurückschlug. Mit schnellen Schritten kam sie zu Caroline.
»Ihr habt es selber entdeckt«, sie machte eine Geste durch den Raum. »Er hat alles für Euch zusammentragen lassen . . .« Caroline wußte nicht, ob sie es für ein gutes oder schlechtes Zeichen halten sollte, daß die Berberin sie nicht mehr mit du ansprach; aber sie kam nicht dazu, darüber nachzudenken. »Es heißt, er will ein Schloß für Euch bauen«, fuhr Camea fort, »mit einem seltsamen Namen. Ein französischer Baumeister soll kommen.« Sie stockte, lauschte auf die Geräusche, die aus dem Nebenraum herüberdrangen. »Kommt schnell. Das ist Hok-tan-hoon. Er kommt im Auftrag der Priester.«
Caroline folgte Camea. Ein französischer Baumeister würde kommen, hatte Camea gesagt. Ihre List war also gelungen. Sie dachte es ungläubig, staunend. Der König hatte den Boten weggeschickt, wie er ihr versprochen hatte! Der in giftgrüne Seide gewickelte Koloß, der schwer atmend in der Mitte des Raumes stehend auf sie wartete, war für Caroline in diesem Augenblick nichts anderes als eine Bestätigung, daß sie die Worte Cameas nicht geträumt hatte.

Neben Hok=tan=hoon hielt ein Diener ein silbernes Tablett, auf dem ein kleines Messer lag.
Caroline registrierte es so gleichgültig wie den Zug von Tücke in dem von Fett überwucherten Gesicht des Zeremonienmeisters. Schweigend reichte Hok=tan=hoon das Messer Camea. Ehe Caroline wußte, wie ihr geschah, hatte Camea ihr eine Haarlocke abgeschnitten.
Hok=tan=hoon nahm das Messer und die Locke; er legte beides auf das Tablett, verneigte sich vor Caroline und verließ, begleitet von seinem Diener, den Raum. Zwischen den Schatten der Eunuchen verschwanden die beiden Männer in der Nacht.
Camea, deren Gesicht während der stummen Zeremonie zu einer Maske erstarrt war, schnitt eine Grimasse. »Er haßt Euch. Er haßt Euch noch mehr als Shili. Seine ganze Hoffnung war, daß Ihr sterben würdet. Aber sein Haß wird ihm nichts nützen. Bald wird er sich vor Euch zur Erde werfen müssen.«
»Wozu das Ganze?« fragte Caroline. »Wozu die Locke von meinem Haar? Für den König?«
»Für den König und für das Orakel.«
»Das Orakel?« Sie sah Camea fragend an. »Was soll das alles bedeuten?«
»Etwas Gutes, etwas sehr Gutes.« Um die Augen der Berberin sprangen Fächer von Fältchen auf. Nie zuvor war Caroline die Schärfe dieses Gesichtes so aufgefallen, das Gespannte darin, wie es sehr sinnlichen Frauen in späteren Jahren oft eigentümlich ist. »Der König hat den Rat der Priester zusammengerufen«, fuhr Camea fort. »Sie werden die heiligen Krokodile befragen. Dazu brauchen sie Euer

Haar. Vor jeder wichtigen Entscheidung werden die Krokodile befragt — und das ist eine wichtige Entscheidung — der König will Euch zu seiner Königin machen.«

Alles Blut war aus Carolines Gesicht gewichen. »Nein«, stieß sie hervor. »Niemals. Niemals wird das geschehen.«

Camea, von diesem Ausbruch keineswegs überrascht, nickte nur. Sie nahm Carolines Arm mit einer Geste, die vertraulich war und zugleich voll mütterlicher Ungeduld. »Wir haben in meiner Heimat ein Sprichwort — hundert Frauen, die ja sagen, machen einen Mann nicht so glücklich wie eine, die nein sagt. Ihr versteht Euch darauf, und das ist gut. Aber ich hoffe, es ist nicht Euer Ernst. Unterschätzt den König nicht. Weder seinen Willen, noch seine Kraft als Mann. Seine Frauen könnten es Euch sagen. Sie zählen die Stunden, bis er wieder zu ihnen kommt. Auch Ihr werdet sie zählen. Er ist ein Mann wie kein zweiter.«

Caroline konnte Cameas Stimme nicht länger ertragen. Die Hände gegen die Ohren gepreßt, ließ sie sich am Rand des Lagers nieder. Ein einziger Gedanke beherrschte sie: Flucht! Aber wohin sollte sie fliehen? Schon an der Schwelle der Tür dort würden die Wachen sie anhalten. Überall standen sie, an jeder Treppe, unter jeder Galerie. Und selbst wenn es ihr gelänge, bis zu den Wällen vorzudringen, hinaus aus der Stadt. Was erwartete sie dort? Don Santis Leute. Und wenn sie ihnen entkam, die Wüste, ein fremdes unbekanntes Land, fremde unbekannte Menschen. Es gab nur einen Weg. Sie mußte zum König. Wenn, dann würde er allein sie verstehen. Sie erhob sich. »Camea, ich will zum König. Führe mich zu ihm!«

Die Berberin sah auf. »Zum König? Wollt Ihr, daß ich mein Leben verliere? Er darf Euch erst morgen nacht wieder sehen, wenn Ihr ihm übergeben werdet.«
Die Frauen maßen sich, beide zögernd, beide das, was sie verband und trennte, gegeneinander abwägend. »Er muß wissen, daß ich niemals seine Frau werden kann«, sagte Caroline, »niemals.«
Die Berberin war einen Schritt zurückgewichen, hob ab=wehrend die Hände. »Ich habe nicht gehört, was Ihr gesagt habt! Der König hat die Hand auf Euch gelegt. Mehr gibt es nicht zu sagen. Es wird geschehen, was beschlossen ist, mit oder gegen Euren Willen.«
Caroline war es, als zeigte ihr diese Frau zum erstenmal ihre wahre Natur. Ihre dauernde Anwesenheit, ihre Fähigkeit Wünsche zu erraten und daß sie ihre Sprache sprach in einer Welt fremder Laute — das alles hatte Caroline fast vergessen lassen, daß auch Camea ein Geschöpf dieses dunklen Kontinents war; und sie, Caroline, war nahe daran gewesen, sich dieser Frau zu offenbaren, sie zu bitten, ihr bei der Flucht behilflich zu sein.
Camea sah, wie die von den langen dunklen Wimpern be=schatteten Augen Carolines sich noch mehr in sich zurück=zogen, nur noch jenes sanfte dämmernde Blau waren, das auf jeden, der es erblickte, einen seltsamen Zwang ausübte. Ohne daß sie es eigentlich wollte, sagte die Berberin: »Nur eines könnte es verhindern, das Orakel. Aber ich würde es mir an Eurer Stelle nicht wünschen . . . Möchtet Ihr dabei=sein? Es ist das einzige, was ich für Euch tun kann. Ich weiß einen Platz, von wo aus man den Hain der heiligen Kroko=dile überblicken kann. Ich kann Euch hinführen. Wenn das

Orakel gegen die Heirat ist, seid Ihr frei. Noch kein Herrscher Dahomeys hat es gewagt, sich über das Orakel hinwegzusetzen.«

»Führe mich hin«, sagte Caroline.

Camea nickte stumm. Mit einem schnellen Blick versicherte sie sich, daß die Eunuchen sie nicht beobachteten. Sie legte Caroline einen Wollmantel um die Schultern. Sie flüsterte dem Zwerg ein paar Worte zu, dann zog sie Caroline mit sich in den Hintergrund des Raumes. Sie berührte eine neben dem Wandteppich herunterhängende Kordel. Lautlos rollte der Teppich zur Seite. Eine schmale Treppe führte abwärts. »Bleibt immer hinter mir«, flüsterte Camea.

KAPITEL 57

Das Licht des aufgehenden Mondes wob zwischen den Arkaden des langen Ganges, der zwischen den Frauenhäusern und den königlichen Gärten entlangführte. Runde Brunnenschalen blinkten hell wie Spiegel. In einem Patio saßen Frauen, zwischen ihnen spannte sich ein in allen Farben funkelndes Gewebe. »Für Euch«, murmelte Camea im Vorbeieilen, »ein Teppich mit lauter Edelsteinen besetzt.«

Sie hatten die Arkaden verlassen. Über ein Gewirr verwinkelter Treppchen und Gänge drangen sie ins Freie. Schweigend eilten sie über die taunasse Wiese, tauchten im Schatten eines Gehölzes unter, das mit seinen ausgeschlagenen Stellen und den stehengebliebenen Wurzelstöcken an einen nicht vollendeten Park erinnerte.

Ein paar Schritte von ihnen entfernt, stob etwas aus dem Unterholz. Mit weiten Sprüngen setzte eine Gazelle über die Wiese, blieb dann stehen, den Kopf erhoben, witternd. Vom Mondlicht hell beschienen, tauchte eine Gruppe von Stieren auf, schwarz und glänzend wie aus Lavagestein geformt, mit gesenkten Hörnern. In den Bäumen hockten Bussarde. »Der Hain der heiligen Tiere«, flüsterte Camea. »Wir haben nicht mehr weit.«

Zwischen den Baumstämmen gespannt, erkannte Caroline jetzt die Einzäunung der Gehege; im Licht der Nacht schien das Gitter nicht fester als ein mit Millionen Tauperlen besetztes Gespinst. War es die Stille? Die unwirkliche Schönheit der Nacht und der wie verzaubert wirkenden Tiere? War es das strömende, alles mit seinem Schein durchdringende Licht des Mondes? Sich selber vergessend und vergessend, daß auch diese Tiere Gefangene waren wie sie, glaubte Caroline, ein Paradies zu durchschreiten. Auch die Gefangenschaft konnte also ein Paradies sein — sie erschrak bei dem Gedanken. War es schon so weit mit ihr gekommen? Begann sie bereits, sich mit dem Unabänderlichen abzufinden, sich nicht mehr aufzulehnen? Was war es, das sie so ausgehöhlt hatte? Die Krankheit, die hinter ihr lag? Das Warten auf ein Wunder? Sie fürchtete nicht um ihr Herz — aber würde nicht ihr Leib sie eines Tages verraten, dieses Instrument, das seiner viel zu bewußt war, um jemals wieder einzuschlafen? Würde er sie Dinge wünschen und tun lassen, die ihr Herz nicht wollten, Dinge, die nie geschehen durften?

»Kommt weiter«, drängte Camea. Die Bäume rückten enger zusammen. Der Pfad begann anzusteigen. Hinter hohem

Strauchwerk wurde ein spitzes rundes Dach sichtbar. Camea nahm Caroline bei der Hand. Ein verfallener Steinpavillon tauchte vor ihnen auf. Im Schatten der doppelten Säulen=reihe, die ihn umlief, eilten sie weiter, leise, auf Zehen=spitzen. Ein Tier huschte aus einer Nische, verschwand in der Nacht. In den Zweigen des Baumes, der den Pavillon halb verdeckte, regte sich ein Vogel. Der Duft von Zimt schwebte in der Luft. Aber Caroline hatte nur noch Augen für das, was sich vor ihr, in der etwas tiefer gelegenen Lichtung begab, dort, wohin Cameas Hand wies.

Nackte Männer mit gespenstischen, weißgeschminkten Ge=sichtern standen in einem dichten Kreis um den Teich der heiligen Krokodile. In den erhobenen Armen hielten sie lodernde Pechfackeln.

In einen Mantel aus Leopardenfell gehüllt, seine Leibwachen hinter sich, stand König Gezo an der Schmalseite des Tei=ches. Ein Holzsteg führte von dort in das Wasser; seine Oberfläche, dunkel und zähflüssig auf den ersten Blick, wogte, von unterirdischen Kräften bewegt, wie kochende Lava in einem Krater hin und her. Manchmal tauchte der breite gehörnte Rücken eines Krokodils auf, wirbelte der Schlag eines Schwanzes Strudel auf.

Caroline blickte Camea fragend an, aber die Berberin legte den Finger auf den Mund. Aus der Mauer der Männer war eine hohe Gestalt neben den König getreten. Die mit selt=samen Zeichen bestickten weiten Gewänder, in die er ge=kleidet war, flatterten bei jedem Schritt um die spindel=dürren Beine. Die an einem Bambusrohr befestigte Affen=maske, die der Mann vor das Gesicht hielt, machte ihn

gänzlich zu einem Wesen, das der Unterwelt entstiegen schien.
Vor dem König sich verneigend, begann er mit hohler Stimme einen halb gesprochenen Singsang. Die Weiß=geschminkten fielen mit beschwörenden Ausrufen ein, ein Chor, der aus einer Stimme zu bestehen schien, ein riesiger Gong, der unter der Erde von Giganten geschlagen wurde.
Der König hob die Hand. Der Chor verstummte. Jemand reichte dem Priester ein Weidenkörbchen, in dem ein win=ziges nacktes Wesen lag.
»Es muß ein Kind des Königs sein«, wisperte Camea, »und nicht älter als sieben Tage. Es schläft ganz tief. Sie haben ihm Mohnsud eingeträufelt.«
Ihre Worte gingen in dem gellenden Schrei einer Frau unter. Plötzlich aus dem Dunkel aufgetaucht, warf sie sich vor dem König auf den Boden, die Hände flehend erhoben — aber noch im selben Moment wurde sie von zwei Männern der Leibwache weggerissen.
Camea schüttelte den Kopf. »Jetzt wird auch sie sterben«, sagte sie ungerührt. »Als hätte sie nicht noch dutzendweise Kinder bekommen können.«
Caroline versuchte sich gegen das Grauen zu wehren, das sich ihrer bemächtigte. Sie zwang sich zu der Frage: »Was wird mit dem Kind geschehen?«
»Der Priester wird es in dem Körbchen auf das Wasser setzen. Gleich ist es soweit.«
»Zu den Krokodilen?«
»Das ist das Orakel. Geschieht dem Kind nichts, stimmen die Götter der Hochzeit des Königs zu. Stirbt es, seid Ihr frei.« Cameas Stimme war kaum zu unterscheiden von dem

Rascheln, das hin und wieder durch die Baumkrone über ihnen ging.

Der Priester hatte den Steg betreten. Leichtfüßig, fast tänzelnd schritt er dahin. Am Ende des Steges angelangt, verharrte er; dann kniete er nieder und setzte das Körbchen auf die Wasserfläche.

Das Körbchen mit dem Kind trieb vom Steg weg. Wie durch Zauberei hatte sich die Oberfläche des Wassers beruhigt, war nur noch ein glatter Spiegel unter dem Kranz der lodernden Fackeln. Das Knistern des Feuers schien verstummt. Kein Blatt, kein Tier regte sich mehr. Die vollkommene Stille hatte etwas, als müßte man daran ersticken.

Das Körbchen hatte die Mitte des Beckens erreicht, als das flache Maul eines Krokodils auftauchte, ein zweites und drittes, immer mehr. Die Tiere trieben das Körbchen spielerisch vor sich her. Von allen Seiten eingekreist, schaukelte es hin und her. Caroline preßte die Hände vor den Mund, um nicht zu schreien.

Das Wasser war eine wilde brodelnde Masse. Fontänen stiegen auf, grellrote Feuersäulen im Schein der Fackeln. Sie suchte mit den Augen nach dem Kind, aber sie fand nur noch das Körbchen, umgestürzt, leer . . .

Fliehend wandte sich der Priester ab. Am Ende des Steges trat ihm der König in den Weg. Seine Stimme durchschnitt die Nacht, eine Stimme, die nicht von einem Menschen zu kommen schien, sondern ein Aufschrei der Natur war. Caroline mußte die hinausgeschleuderten Worte nicht verstehen, um ihren Sinn zu erfassen; es war ein einziges Aufbegehren gegen den Spruch der Götter.

Einen Herzschlag lang standen sich die beiden Männer gegenüber, der eine die Macht der Erde, der andere die der Götter verkörpernd. Dann entriß König Gezo dem Priester die Tiermaske, schleuderte sie von sich. Schritt für Schritt trieb der König den Priester vor sich her, den Steg zurück — bis der Fuß des Priesters ins Leere trat.

Gleich einem tanzenden Derwisch, die Arme hochgerissen, schwebte der Mann Sekunden über dem Wasser. Sein Gewand blähte sich, als wollte es Schwingen entfalten, aber die Dämonen, denen er ein Leben lang gedient und befohlen hatte, blieben taub für seinen letzten stummen Ruf. Laut aufrauschend verschlang ihn das Wasser. Die Krokodile stürzten sich auf ihre neue Beute.

Unfähig etwas zu denken oder zu empfinden, starrte Caroline auf die Szene, die eher ein nächtlicher Geisterspuk als Wirklichkeit zu sein schien. Sie war die Ursache für das, was dort geschehen war. Sie war das Ziel der Leidenschaft dieses schwarzen Königs. Dieser Mann würde sie niemals freigeben, eher würde er sie töten . . .

»Er wendet sich gegen das Orakel!« stieß Camea tonlos hervor. »Er sagt, sie haben ihn betrogen. Sie haben die Tiere vorher nicht mit Ferkelfleisch gefüttert, wie es das Gesetz verlangt. Er verkündet die Hochzeit!« Sie starrte Caroline mit einem Ausdruck panischen Entsetzens an. Dieses weiße Gesicht, das aus sich selbst Helligkeit zu verströmen schien, diese Augen mit ihrem magischen bläulichen Feuer — wenn Shili doch recht hatte, daß diese Weiße eine Zauberin war? Eine Dschinih, die die Männer mit ihrer Schönheit behexte, ins Verderben stürzte? Weiß — es war die Farbe des Todes, des bösen Zaubers. Nur Zauberei konnte den König so verblendet haben, sich dem Orakel der heiligen Krokodile zu widersetzen. Und sie, Camea, war es gewesen, die dieses Wesen hierher geführt hatte!

Die Berberin, die sonst klar wie ein Mann zu denken vermochte, war plötzlich wieder ein Kind. Sie wußte nicht, ob sie Hals über Kopf fliehen oder sich diesem Wesen zu Füßen werfen sollte.

Caroline stand noch im Bann der dunklen barbarischen Zeremonie, die sich vor ihren Augen abgespielt hatte. Auf ein Zeichen des Königs zogen sich die Fackelträger von den Ufern des Teiches zurück. Mit der Lautlosigkeit eines Spuks leerte sich die Lichtung. Ein letztes Mal zuckte hinter dem dichten Strauchwerk der Schein einer Fackel auf. Noch einen Augenblick schien die Düsternis, die über dem Platz lag, zu zögern, bevor sie dem Mond wieder Platz machte, der wie ein zurückflutendes Meer alles mit seinen silbernen Wellen überzog.

KAPITEL 58

Wie von Furien gehetzt, eilte Camea vor Caroline her. Alle paar Schritte blickte sie sich um, hin- und hergerissen zwischen der irren Hoffnung, daß dieses Wesen, das ihr folgte, sich in Luft auflösen würde und damit alles wieder so sein würde wie früher, und der tödlichen Angst, daß es wirklich geschehen könnte und sie dafür wie der Priester sterben müßte.

Caroline war zu sehr mit sich beschäftigt, um dem selt=

samen Gebaren der Dienerin Beachtung zu schenken. Ihre ganze Aufmerksamkeit galt dem Weg. Jeder Winkel schien ihr plötzlich wichtig, als verbärge sich dahinter die Freiheit. Wie auch immer diese Freiheit aussehen würde — sie mußte fliehen. Selbst eine aussichtslose Flucht war besser, als sich der dunklen Leidenschaft dieses Königs auszuliefern.

Noch wußte sie nicht, wie es ihr gelingen sollte. Alles, was sie hatte, war ihr zum äußersten entschlossener Wille — und wenig Zeit. Rastlos tasteten ihre Augen alles ab, Nischen, Mauervorsprünge, die flachen grasgedeckten Dächer. Jeden Gang, jedes Fenster, jede Treppe, an denen sie vorher achtlos vorbeigeschritten war, versuchte sie sich jetzt einzuprägen. Und doch hatte sie, als Camea hinter ihr den Wandvorhang schloß und die milde Dämmerung ihres Gemachs sie wieder aufnahm, kaum mehr als eine vage Ahnung, in welchem Teil dieses Labyrinths sie sich befand.

Sie warf den Wollmantel von den Schultern, streifte die vom Tau feucht gewordenen Sandalen ab. Auf einem Tablett stand das Abendessen bereit. Camea wollte eben damit beginnen, die vielen zugedeckten Schalen zu öffnen und die Speisen auf dem Elfenbeintisch zu servieren, als auf der Terrasse Unruhe entstand.

Camea rollte die Matte, die am Abend gegen die Kühle der Nacht vorgelegt wurde, weg und trat hinaus. Undeutlich drangen Stimmen herein. Caroline glaubte eine davon zu erkennen, hell und ein wenig rauh. Aber ehe sie ihrer Sache sicher war, wurde es wieder still.

Fragend blickte Caroline die Berberin an, die allein zurückkam. »Wer war es? Die Stimme — sie kam mir bekannt vor.«

Camea sah auf, zögernd, und doch nicht mutig genug, die Antwort zu verweigern. »Es ist der Junge, der Sohn des weißen Kapitäns, der an demselben Tag gekommen ist wie Ihr«, sagte sie widerwillig.

Sie hatte sich also nicht getäuscht. Nicanor Velano. Sie hatte nicht vergessen, daß sein Vater einer der Kapitäne Don Santis war, aber er war ein Weißer, und sie befand sich in einer Lage, in der ihr schon diese Tatsache wie ein Hoffnungsschimmer erschien.

»Er kommt jede Nacht, seid Ihr hier seid«, fuhr Camea fort. »Er besticht die Wachen, damit er bis zum Morgengrauen unter eurem Fenster sitzen kann. Auch ihn habt Ihr behext.«

»Führ ihn herein.« Caroline achtete nicht auf die Abwehr in Cameas Gesicht. »Ich soll ihn hereinholen?«

»Ich will ihn sehen, sogleich. Und laß uns allein, solange wir zu reden haben.«

Die Schultern hochziehend, mehr mit ihrem Körper als mit ihrem Gesicht den Widerstand und die Furcht, die in ihr stritten, ausdrückend, gehorchte Camea.

Als Nicanor aus dem Dunkel der Nacht in den Lichtkreis der Tür trat, in dem wallenden Umhang mit der tief ins Gesicht gezogenen Kapuze, erschien Caroline der Sohn des Kapitäns größer und älter, als sie ihn in Erinnerung hatte. Mit einer herrischen Geste reichte er den beiden Wächtern an seiner Seite eine Handvoll glänzender Münzen. Sie verschwanden im Dunkel der Terrasse, und er trat ein. Er schloß die Bastmatte sorgfältig hinter sich, schob die Kapuze aus der Stirn und legte den Umhang ab. Dann

wandte er sich Caroline zu. Ohne ein Wort der Begrüßung stand er da, eher wie einer, der wider Willen hierher gebracht worden war, als einer, der Geld und Leben dafür gewagt hatte.
Er hatte wie jeden Abend, den er hierherkam, die schönste Orchidee aus Santis Gewächshaus geschnitten und sie in die mit silbergrauer Seide ausgeschlagene Schachtel gelegt — und wie jeden Abend hatte er das Geschenk dann am Halfter des Pferdes hängen lassen. Noch vor Sekunden hatte er alle die Dinge gewußt, die er ihr sagen würde. Jetzt war sein Kopf leer, versagte ihm die Stimme.
Auch Caroline fand nicht gleich Worte. Aus den noch undeutlichen kindlichen Zügen hatte sich ein neues Antlitz von männlichem Ernst geformt; die braunen, überwachen Augen brannten in einem neuen Feuer; hinter der Stirn schienen sich neue Träume niedergelassen zu haben. Sie trat auf ihn zu, ihn zu umarmen, aber dann zögerte sie, ihn in die Arme zu schließen. »Ich freue mich, dich zu sehen«, sagte sie nur. »Warum bist du nicht früher gekommen?« Sie wollte seine Hände ergreifen, aber sein Blick hielt sie auch davon ab.
»Du freust dich? Ich kann mir denken, warum. Du hoffst, daß ich dir zur Flucht verhelfe. Ist es das?« Halb fragend, halb vorwurfsvoll stieß er die Worte hervor.
Caroline war zu erstaunt über diese unerwartete Reaktion, über die Hellsicht, mit der er sie erriet, um verletzt zu sein. »Und wenn es so wäre? Dürfte ich nicht hoffen?«
Nicanor Velano wich ihrem Blick aus. Sie den Händen des schwarzen Königs zu entreißen, mit ihr zu fliehen — damit begannen und endeten alle seine Gedanken. Aber er konnte

es ihr so wenig eingestehen, wie er ihr die Blüte hatte brin=gen können. Jenes andere, das ihn beim Eintreten in diesen Raum überfallen hatte und das ihn zwang, sie und sich zu quälen, war stärker. »Warum auf meine Hilfe hoffen?« sagte er rauh. »Es gibt doch andere! Gleich am ersten Tag hast du einen Boten fortgeschickt, mit einem Brief, der nach Frankreich bestimmt war.«

»Und woher weißt du davon?«

»Weil Don Santis Leute den Boten abgefangen haben!«

Caroline starrte den jungen Mann fassungslos an. Es war die Sprache der Santis, die sie aus ihm zu hören glaubte. Ihr Hochmut, ihre grausame Spottlust. Wenn Cesare Santi es war, der Nicanor hierhergeschickt hatte? Wenn die Be=stechungsgelder für die Wachen von ihm kamen? Wenn Nicanor nichts weiter war als ein zusätzlicher Wächter, eine neue teuflisch erdachte Falle?

»Die Boten des Königs von Dahomey werden also von Don Santi abgefangen«, sagte sie eisig.

»Wenn sie Briefe bei sich tragen, die den Interessen Don Santis zuwiderlaufen, ja.« Das Gefühl, sie verletzen zu können, hatte etwas Berauschendes. Es war eine Entdeckung für Nicanor, die er noch weiter auskosten wollte. »Don Santi hat mir gesagt, wer der Mann, an den die Botschaft gerichtet war, wirklich ist. Dein Mann! Du hast den König getäuscht! Du willst uns alle täuschen.« Er wuße nicht mehr, was er sagte. »Don Santi hat mir gesagt, wie ihr Frauen seid. Ihr benützt die Liebe der Männer nur, um sie zu versklaven. Er weiß alles von dir!« Mit gesenktem Kopf stand Nicanor da, blaß bis in die Lippen. Er war jenem dunklen Trieb gefolgt, der ihn zwang, das in den Schmutz zu treten, was er liebte. Es war wie ein Schattenkampf gewesen, gegen sich selbst, gegen seine Liebe zu dieser Frau. Am liebsten hätte er jetzt jedes Wort zurückgenommen.

Caroline war in einer zu hoffnungslosen Stimmung, um in dem Ausbruch des jungen Mannes eine bis zur Unkenntlichkeit verstümmelte Liebeserklärung zu erkennen. In jedem seiner Worte glaubte sie das Gift zu schmecken, das Santi in dieses junge Herz geträufelt hatte. Sie fühlte sich mutlos und unendlich müde. »Warum bist du dann überhaupt gekommen?« sagte sie heftig. »Geh! Geh doch, wenn das alles stimmt, was dir Don Santi gesagt hat. Fliehe vor mir, schnell!«

Nicanors beherrschtes Gesicht zerfiel unter einem Sturm chaotischer Gefühle. Er stürzte auf sie zu, warf sich ihr zu Füßen. »Schick mich nicht fort, bitte. Don Santi weiß nichts von allem, niemand weiß es. Und ich habe nie geglaubt, was er sagte.« Seine Worte überstürzten sich. Auch er selber hatte das Gefühl zu stürzen. Es war ein furchtbares und zugleich herrliches Gefühl. »Ich werde dich befreien! Wir werden zusammen fliehen. Ich habe alles vorbereitet.« Mit brennenden Augen starrte er zu ihr empor. »Aber versprich mir vorher, versprich mir, daß du mir gehören wirst.« Wie ein Alptraum hatte ihn die Vorstellung verfolgt, daß sie ihn in diesem Augenblick, in dem er sich ihr offenbaren würde, auslachen könnte.

Aber sie lachte nicht. Ihre Augen, die ihm fast schwarz erschienen, blickten ernst auf ihn herab, und um den leichtgeöffneten Mund lag etwas wie Erschrecken.

Früher hatte Caroline Geständnisse dieser Art halb amüsiert, halb geschmeichelt hingenommen. Aber nichts von alledem

war in diesem Augenblick in ihr. Sie war der Männer müde. Und sie war der Liebe müde, die sie sich selbst zum Fluch in den Männern weckte . . .
»Versprich es mir!« hörte sie die drängende Stimme Nica= nors. Sie sah ihn an. Wußte er, was die Worte, die er sprach, bedeuteten? Und selbst wenn — hatte sie eine andere Wahl? Sie war in einer Lage, in der einer Frau alles erlaubt war. Sie fuhr durch das braune lockige Haar des jungen Mannes und nickte stumm.

Solange Nicanor Velano sich vor seinen kühnen Träumen selbst gefürchtet hatte, hatte blinder Mut ihn vorangetrie= ben. Jetzt überfiel ihn eine Art Lähmung. Er konnte nichts anderes mehr denken und fühlen als das Versprechen, das seit ein paar Augenblicken zwischen ihnen war. Die Welt bestand für ihn nur noch aus diesem Frauenantlitz, dessen zarte Melancholie für ihn zur Chiffre der Liebe wurde. Er folgte Caroline, die sich auf den Diwan gesetzt hatte.
Caroline sah, was sie mit einem einzigen stummen Nicken bewirkt hatte, und sie war zufrieden damit. Ihr anfängliches Zögern vor diesem Spiel war überwunden. Wozu war sie eine Frau, wenn sie diesen Einsatz nicht wagte? Es gab nun einmal für einen Mann keinen besseren Ansporn als den, eine Frau erringen zu wollen. Daß er so jung war, daß sie wahrscheinlich die erste Frau war, die er begehrte, machte ihn unbesonnener und gefährlicher, aber sie traute es sich zu, ihn zu zügeln. Mit einer Geste, die zugleich Abstand und Vertrautheit schuf, forderte sie ihn auf, sich neben sie zu setzen. »Du hast gesagt, alles sei zur Flucht bereit? Wie hast du das gemeint?«

»Daß du in dieser Stunde noch frei sein kannst. Mein Pferd steht draußen vor den Wällen. Es trägt uns beide, und vor dem Morgengrauen können wir in Wydah sein, auf einem Schiff. Ich kenne viele Kapitäne ...« Die Schultern etwas vorgezogen, die Hände geballt, stand er da. Am liebsten hätte er sie davongetragen, wie ein Dieb eine Kostbarkeit. »Ein Wort von dir, und wir sind frei, in diesem Augenblick.«

Caroline mußte ein Lächeln unterdrücken. Sie wußte, daß es jetzt an ihr lag, kaltes Blut und Vernunft für zwei aufzubringen. »Zu fliehen, nur um in der nächsten Stunde wieder gefangen zu werden, das kann nicht unser Ziel sein«, sagte sie bestimmt.

»Vertraust du mir nicht?« Er war in seinem Stolz verletzt; Röte überzog sein Gesicht. Alles in ihm wehrte sich gegen einen Aufschub. Jetzt, in dieser Stunde, wollte er sie mit sich nehmen, vor sich auf sein Pferd setzen, durch die Nacht jagen.

Caroline ergriff begütigend seine Hand. »Wir dürfen nicht zur Küste. Dort würden sie uns zuerst suchen. Jeder würde uns verraten. Es gibt nur einen Weg — die Wüste. Niemand wird glauben, daß wir das Unmögliche wagen, und gerade darum müssen wir es tun.«

»Die Wüste?« Ursprünglich hatte er denselben Gedanken gehabt; aber er hatte ihn verworfen. Die Strapazen, die sie dort erwarteten, hätte er ihr niemals zugemutet. Trotzdem, sie hatte recht. Fasziniert von ihrem Mut, starrte er sie an.

»Wir müssen dafür gerüstet sein«, fuhr Caroline fort. »Wir brauchen zwei Reittiere, Lasttiere, ein Zelt, Karten, Mehl,

Öl, Zündhölzer. Vor allem aber Wasser, Waffen und Geld für einen Führer.«

»Das Pferd für dich habe ich schon! Es ist das schönste von allen, ein schneeweißer Hengst.«

Diesmal lächelte sie. »Ich brauche kein schönes Pferd. Ich brauche eines, das die Wüste kennt, das Hitze und Kälte gleich gut ertragen kann. Der struppigste Klepper ist mir recht, wenn er nur zäh ist.«

»Ich werde das richtige wählen. Don Santi hat einen ganzen Stall voller Pferde.«

Der Name Santi weckte in Caroline mit einem Schlag wie= der das alte Mißtrauen. Sie glaubte Nicanor, aber sein Über= schwang war eine Gefahr, die sie nicht unterschätzen durfte. Seine Verliebtheit konnte ihn zu einem falschen Wort ver= leiten, eine Unachtsamkeit konnte ihn verraten. Sie hatte die Santis als Männer kennengelernt, die auch die geheim= sten Zeichen deuten konnten. »Du bist sicher, daß Don Santi nichts von dem Ziel deiner nächtlichen Ausflüge weiß?« fragte sie, »ganz sicher?«

»Er ist daran gewöhnt, daß ich manchmal tagelang fort= bleibe, zur Jagd. Ich sage dir, er haßt alle Frauen; und er kann sich nicht vorstellen, daß ich sie nicht auch hasse. Er weiß nichts, und er wird nichts wissen. Er vertraut mir!«

Es waren nicht so sehr seine Worte, die sie beruhigten, als etwas, das aus seinem ganzen Wesen sprach. »Genügt dir ein Tag, um alles vorzubereiten?« fragte sie. »Kannst du morgen, sobald es dunkel ist, hier sein?«

»Ich werde da sein«, antwortete er. »Ich komme hierher. Das ist das Sicherste. Diesen Weg kenne ich im Traum. Die Wachen sind kein Problem. Mein Gold ist für sie das Zei=

chen, daß die Götter mit ihnen zufrieden sind.« Er stand über sie gebeugt. »Du meinst es doch ernst? Verzeih — aber es ist so lange bis morgen, soviele Stunden.« Er war plötzlich neben ihr, umschlang sie mit seinen Armen.
Caroline konnte an seinen Augen ablesen, was in ihm vorging. Sein naives und zugleich schamloses Begehren war eine Herausforderung. Es reizte sie, ihre Macht über ihn zu erproben, ihn zu bändigen, ihn sich ganz zu unterwerfen, jetzt schon.
Sie schmiegte sich an ihn. Sie nahm seinen Kopf in beide Hände, suchte seinen Mund. Sie wartete, bis er die Augen schloß, und dann küßte sie ihn, küßte ihn, bis sie in sein Gesicht jenen Zug von Schmerz und Ausgeliefertsein treten sah, der ihr sagte, daß er ihr Sklave war.
»Ich wünschte, es wäre schon morgen«, flüsterte sie. Sie streifte mit den Lippen über seine dichten mädchenhaft geschwungenen Wimpern, über die zartbeflaumten Wangen, über seinen Hals. Sie wunderte sich, daß sie vor dem Gedanken, diesem Jungen Liebe vorzuspielen, fast zurückgeschreckt wäre. Jetzt schien es ihr, daß sie, um die Freiheit zu erringen, keine unschuldigere Sünde begehen konnte — selbst wenn sie den ganzen Preis zahlen müßte.
»Schick mich nicht fort«, stammelte er, »nicht jetzt!« Seine Hände wurden kühner. »Laß mich bleiben, bitte!«
»Wir dürfen Camea nicht mißtrauisch machen«, sagte sie nah an seinem Ohr. »Wir können niemand vertrauen, nur uns selbst! Du mußt jetzt gehen.« Sie nahm den Umhang, legte ihn um seine Schultern. Als sie ihm die Kapuze über den Kopf streifen wollte, riß er sie mit jener abrupten Gewalttätigkeit, wie sie nur der Scheu entspringt, an sich. Er

bedeckte ihr Gesicht mit Küssen und stürzte, jäh von ihr ablassend, davon.

Von draußen klang dreimal der kehlige Laut des Prärie=fasans; auf Nicanors Zeichen tauchten alsbald aus dem Dunkel die beiden Wächter auf.
Caroline blickte den drei Schatten nach, lauschte auf die rasch verklingenden Schritte. Morgen abend würde sie da=bei sein. Etwas wie Übermut stieg in ihr auf, ein von den Zehen bis zu den Enden der Haare pulsierendes Gefühl der Unbesiegbarkeit.
Immer wenn ihr bewußt wurde, daß sie stärker war als andere, riß dieses Gefühl sie mit sich fort. Schon als Kind, wenn es ihr gelungen war, Simon zu überreden, gegen den Willen ihres Vaters in der Morgendämmerung mit ihr aus=zureiten. Oder damals, als sie, fünfzehnjährig, eine Nacht vor ihrer Verlobung mit einem semmelblonden lispelnden österreichischen Vetter mit Leutnant Leterpe durchgebrannt war. Die Erinnerung an jene eiskalte Nacht in der Post=kutsche, an die alte haarende Katzenfelldecke, an den Tokayer, mit dem ihr Retter ihren Körper und ihre Gefühle hatte erwärmen wollen, und der ihn schneller beschwipst gemacht hatte als sie, ließen sie lächeln.
Sie war nicht mehr das Kind von damals. Aber die Fähig=keit, sich gegen alles, was nicht nach ihrem Sinn war, zur Wehr zu setzen, hatte sie sich bewahrt. Eine Fügung des Schicksals hinzunehmen, sich damit abzufinden, wäre ihr so absurd erschienen, wie wenn sie bei einem Spiel absicht=lich alles getan hätte, um zu verlieren. Sie war zu stark und zu unverdorben für die geheimen Triumphe des Leidens und

Unterliegens. Selbst hier, ohne Hoffnung auf Rettung, hatte sie sich mit diesem Eigensinn gewehrt, ihr Geschick als besiegelt zu betrachten. Sie hatte immer gewußt, daß es einen Weg aus diesem goldenen Käfig geben mußte — und nun lag er vor ihr.

Camea, die wieder zurückgekehrt war, richtete den Tisch. Von dem Bratenduft, der den Raum durchzog, an ihren Hunger erinnert, wandte sich Caroline um. Auf einer Platte, von der Camea gerade die Haube abnahm, lagen kleine, goldbraun gebratene Vögel. Sie sahen aus wie Schnepfen. Und wieder, als wäre diese Erinnerung ihr sicherster Halt, dachte sie an Rosambou, an die Jagdzeit, an die Tage, an denen die Schnepfen zu Dutzenden auf silbernen Platten gehäuft lagen. Aber ihr hatten sie am besten in der Küche geschmeckt, neben der Glut, im Stehen, ohne Geschirr und Besteck, und sie glaubte wieder Marianne vorwurfsvoll und zugleich mit geheimer Bewunderung sagen hören: »Aber Komtesse, eine Adelige, die sich wie ein Bauernmädchen benimmt!«

Nein — sie fürchtete die Wüste nicht! Warum sollte sie nicht wie eine Nomadin leben, wie ein Mädchen, das zeitlebens nichts anderes gekannt hat als die Wüste. Sie nahm einen der Vögel in die Hände, riß ihn in der Mitte auseinander und begann heißhungrig zu essen.

Das blauschwarze Haar mit breiten Goldschnüren durch=zogen, die Arme und Beine schwer von Geschmeide, lehnte Caroline, für die Hochzeit geschmückt, in dem Berg sei=dener Kissen. Die kunstvoll drapierten Schleier aus hauch=zartem türkisfarbenen Musselin hielt ein edelsteinbesetzter Gürtel zusammen.

Der Tag, vor dessen endlosen Stunden ihr gebangt hatte, war wie im Flug vergangen. Amüsiert und geduldig, als handelte es sich um die Vorbereitungen zu einem Masken=fest, hatte Caroline alles über sich ergehen lassen: die rituel=len Waschungen, das Salben und Parfümieren, das sich über Stunden hinziehende Schminken, bei dem Camea, von den Fußsohlen anfangend, die sie zart mit Henna rötete, kein Fleckchen ihres Körpers vergessen hatte, weder den Nabel, den sie in einen zartblauen Blütenkelch verwandelt hatte, noch die Ohrläppchen, denen sie den Perlmuttschimmer edler Muscheln verliehen hatte.

Caroline hatte dabei nur an die Flucht gedacht; sie fand es herrlich, so zu fliehen, eine Prinzessin der Wüste! Erst seit Camea die Öllampe entzündet hatte und die Luft, die durch die Gitter der Fenster strich, die nächtliche Kühle mit sich brachte, mischte sich in ihre Beschwingtheit Unruhe.

Wenn die Zeit für Nicanor zu kurz gewesen war? Schlim=mer noch, wenn sein Plan entdeckt worden war? Immer weniger konnte sich Caroline auf das Schachspiel konzen=trieren; die ersten beiden Partien gegen Camea war sie so unaufmerksam, daß sie beide verloren hatte. Jedes kleinste Geräusch von draußen hatte sie abgelenkt.

Unwillig über sich selber, wandte sie sich dem Spiel zu, für das Camea eben die Figuren neu aufstellte. Caroline hatte Weiß, und sie machte die Partie zu einer Art Orakel ihres Schicksals. Sie setzte ihre Figuren kühn, aber mit Bedacht. Und doch war sie innerlich nicht ruhiger, als Camea die Partie schnell verloren geben mußte. »Wenn Ihr so wie diesmal spielt«, meinte die Berberin, »könnt Ihr sogar den König besiegen.«

»Lassen ihm seine vielen Frauen überhaupt Zeit zum Spie= len? Wie viele besitzt er eigentlich?« Caroline war froh, über irgend etwas reden. Jede Sekunde, die verging, ohne daß Nicanor auftauchte, wurde ihr unerträglicher.

Camea sah Caroline mit einem Lächeln an, das ihr Gesicht nicht weicher machte, sondern seine scharfen Linien nur noch betonte. »Ich weiß, was Ihr denkt. Ein Mann, der dreihundert Frauen hat, ist für euch ein Barbar. Ihr Weißen denkt alle so. Aber ich will Euch von meiner Mutter er= zählen. Sie war die einzige Frau ihres Mannes, denn mein Vater war so arm, daß er nicht mehr als eine ernähren konnte. Was geschah? Daß sich meine Mutter zu Tode arbeitete und daß mein Vater nachts zu mir kroch. Ein Mann ist zu stark für eine Frau. Er bringt sie um. Schon als Kind war ein Harem mein großer Traum . . .«

Caroline hörte nicht mehr zu. Sie hatte nur noch Ohren für die Schritte auf der Terrasse. Diesmal täuschte sie sich nicht. Ein Luftzug traf sie im Rücken, als die Matte zur Seite geschoben wurde. Sie wandte sich um und blickte in das feiste, haßerfüllte Gesicht Hok=tan=hoons, der, begleitet von zwei tiefverschleierten Frauen über die Terrasse in den Raum eingedrungen war.

Erst Cameas Aufschrei ließ Caroline sich der Gefahr bewußt werden. Aber da hatten sich die beiden Frauen schon über sie gestürzt. Arme preßten sie in die Kissen. Ein seidener Schal wurde ihr um den Mund geschlungen, erstickte ihre Stimme. Die Schachfiguren fielen zu Boden. Dann stand Hok-tan-hoon vor ihr. Er streckte seine Hand nach dem Korb aus, den eine der beiden Frauen, in der Caroline jetzt Shili erkannte, ihm hinhielt. Der Korb war bis an den Rand mit Orangenblüten gefüllt. Hok-tan-hoon griff in die Blüten hinein, und als er die Hand wieder herauszog, hielt er eine Schlange. Er hatte sie unmittelbar hinter dem Kopf gefaßt; ihr kobaltblauer Leib ringelte sich in der Luft.
Während die andere Frau Caroline festhielt, streifte Shili ihr den Schal von der linken Schulter. Mit Entsetzen sah Caroline, wie die Hand mit der Schlange immer näher auf sie zukam. Der ovale Kopf mit der gelben Zeichnung um die Augen schwebte über ihr. Die gespaltene Zunge schoß züngelnd aus dem Maul. Immer mehr senkte sich der Kopf zu ihr herab.
Jetzt erst, ganz plötzlich, setzte in Caroline jene blinde, nur vom Instinkt gesteuerte Kraft ein, jener Lebenswille, der selbst einen Menschen, der nie geschwommen ist, befähigt, sich zu retten, wenn er ins Wasser gestoßen wird. Wie eine Rasende bäumte sie sich auf. Aber ihr Widerstand kam zu spät. Die Schlange biß zu. Caroline spürte den Schmerz in der Schulter. Aber was sie bis ins Herz hinein traf, war nicht der Schmerz, sondern die triumphierende Bosheit, die ihr aus Hok-tan-hoons Zügen entgegengrinste. Sie schloß die Augen vor dem Anblick dieser Teufelsmaske.

Als Caroline die Augen wieder aufschlug, waren der Zeremonienmeister und die beiden Frauen verschwunden. Der seidene Schal war von ihrem Mund genommen. Der Schmerz in der Schulter hatte sich verflüchtigt. Und doch war ihr, als schlüge ihr Herz schon härter, als spürte sie in ihren Eingeweiden ein erstes Aufbäumen gegen das Gift der Schlange, das durch ihre Adern rann. Mit überwachen Sinnen wartete sie auf das, was mit ihr geschehen würde. Es war nicht einmal Angst. Mit der Neugier und der Unerschrockenheit, mit der sie gelebt hatte, war sie bereit zu sterben. Nur der Gedanke an das Kind tat weh. Ihr Kind sollte nicht so sterben ... Aber gab es noch Hoffnung? Sie bewegte die Finger, sie atmete tief. Alles war wie sonst. Sie spürte keinen Schmerz, keine Übelkeit. Die Legende von jener geheimnisvollen Schlange, die sich Kleopatra an die Brust gesetzt hatte, als sie sterben wollte, fiel ihr ein. Würde es das sein? Ein Tod ohne Schmerzen? Einfach Einschlafen?

Ein Laut klang aus der Stille. Caroline wandte den Kopf. Es war Camea. Sie kniete neben Carolines Lager, von tränenlosem, trockenem Schluchzen geschüttelt, abgerissene Worte vor sich hinmurmelnd, ohnmächtige Beschwörungsformeln. Caroline wußte jetzt, daß es keine Hoffnung mehr für sie gab.

Sie lag da, reglos, wartend — und plötzlich stieg sein Bild vor ihr auf, so deutlich, als stünde er in Wirklichkeit neben ihrem Lager. Und wie vor Sekunden noch der Schmerz, so füllte jetzt der Gedanke an ihn sie aus. Alles, was sie an Glück erfahren, alles, was sie selbst gewesen war — die ganze Summe ihres Daseins — das war er. Er mußte es wissen. Er mußte es erfahren, und wenn nicht mehr aus ihrem Munde, dann doch mit geschriebenen Worten. »Camea! Schnell. Bringe mir Papier. Ich muß schreiben, bevor ich sterbe.«

Das Gemurmel verstummte. Camea starrte Caroline an, immer noch gelähmt vom Entsetzen. »Ihr werdet nicht sterben. Der Biß der Koo=na=pur tötet nicht, er zeichnet nur ... die Verstoßenen.« Sie sprach in unzusammenhängenden Sätzen. »Shili ist eine Teufelin. Der Plan stammt von ihr. Sie war lange im Tempel der Schlangen ... und sie weiß, daß der König eine Gezeichnete niemals anrühren wird.«

»Ich werde nicht sterben?« Aus all den Worten der Berberin hatte Caroline nur das eine verstanden.

»Nein, Ihr werdet nicht sterben! Keiner kann Euch töten – keiner darf jetzt mehr Hand an Euch legen. Ihr gehört nicht mehr zu den Menschen, sondern der Koo=na=pur. Nur sie hat Macht über Euch. Nicht einmal der König darf Euch mehr berühren. Gegen das Orakel der Krokodile konnte er sich auflehnen; niemals aber wird er es wagen, das Zeichen der Koo=na=pur auf Eurer Schulter zu mißachten.«

Wieder hörte Caroline aus Cameas wirrem Gerede nur das eine heraus, daß der Biß der Schlange sie nicht töten, sondern vor dem König retten würde. »Bring mir einen Spiegel«, sagte sie zu Camea.

Camea nahm von dem Tisch, auf dem noch die Schminksachen standen, den ovalen, in einen Muschelrahmen gefaßten Spiegel. Ungeduldig nahm ihn ihr Caroline aus der Hand. Auf der linken Schulter, in der zarten Höhlung unter der Achsel, saß ein bläulicher Stern, fünfzackig, mit einem Punkt in der Mitte.

Draußen wurden Stimmen laut. Durch die Gitter der Fen=ster fiel Fackelschein.

»Die Amazonen«, stieß Camea hervor. »Sie kommen, um Euch zum König zu bringen.« Mit zitternden Fingern zog sie den Schal über Carolines Schulter.

»Was wird geschehen, wenn der König es sieht«, fragte Caroline.

Camea senkte den Kopf. Unter der Tür erschienen zwei Amazonen. Ihre Ebenholzschilder wie Schalen vor sich her=tragend, streuten sie die darin liegenden Mimosenblüten auf die Schwelle. Mit einem Zeichen bedeuteten sie Caro=line, ihnen zu folgen.

KAPITEL 60

Zwischen den roten Flammenschleiern der Fackeln schritt Caroline dahin, nichts sehend als den Teppich samtiger gelber Blütenbällchen, der sich vor ihr dehnte, und an des=sen Ende ein goldenes Gitter aufschimmerte.

Von unsichtbaren Händen bewegt, schwangen die Flügel auseinander. Caroline schritt hindurch. Die Amazonen blie=ben hinter ihr zurück.

Allein betrat sie die von Säulen getragene Halle. Hohe Bernsteingefäße verströmten Licht, das schwer und golden wie tropfender Honig war. Gleich Geistern, die sich aus dem Nichts bilden, glitten zwei Priester aus dem Halb=dunkel. In ihren langen wallenden Gewändern eher schwe=bend als gehend, kamen sie auf Caroline zu. Der eine hielt einen Krug in der Hand, der andere einen Becher. Sie füll=ten den Becher, reichten ihn Caroline. Sie nahmen sie schweigend in die Mitte und führten sie auf eine doppel=flügelige ganz mit Goldblech beschlagene Tür zu. Links und rechts davon, sich im matten Spiegel des Goldes verdop=pelnd, standen zwei große silbergetriebene Pfaue, das aufge=fächerte Rad über und über mit Edelsteinen besetzt. Die Priester zogen die Tür auf und gaben Caroline ein Zei=chen.

Den Becher in der Hand, stieg Caroline die flachen Stufen aus Malachit hinan. An ihrem Ende ragte die Gestalt des Königs auf, unwirklich und entrückt. Nichts mehr schien Caroline wirklich, alles war wie verwandelt, die Dinge, die Menschen — und auch sie selber.

Hatte sie das Gesicht dieses Mannes einmal häßlich gefun=den? Hatte ihr gegraut vor ihm? Jetzt war ihr zumute, als kannten sie sich seit langer Zeit, als wüßten sie alles von=einander, wie Geschwister, die miteinander aufgewachsen sind.

Er streckte die Hand aus. Sie reichte ihm das Glas. Er setzte es an die Lippen, leerte es in einem Zug; es schien ihr, als hätten sie auch diese Zeremonie schon unzähligemale voll=zogen. Und sie wußte, was folgen würde, ja sie wartete dar=auf, daß der Mann den um seine Schultern hängenden Leopardenmantel abwerfen würde; daß diese feingliedrigen und doch so kraftvollen Arme sie zu dem niedrigen Lager aus Marabudaunen tragen würden.

Mit einer leichten Bewegung der Schultern warf der Mann den Mantel ab. Im rötlichen Schein der Rubinglaslampen wirkte der Körper des Mannes wie aus poliertem Mahagoni modelliert; die Bewegung, die jetzt durch ihn ging, war die eines Panthers, der zum Sprung ansetzte. Er griff nach ihr. Caroline erschrak nicht, und sie wehrte sich nicht. Sie hatte das Mal der Schlange, das sie auf der Schulter trug, vergessen. Losgelöst von sich selbst, von Erinnerung und Zukunft, war sie nur noch eine namenlose Frau, für diesen Augenblick und für diesen Mann bestimmt, für seine Kraft geschaffen.

Seine Arme trugen sie. Sie sank in die Daunen des Lagers. Sie spürte die Hand, die den edelsteinbesetzten Gürtel über ihrem Leib öffnete. Kühl streifte das fallende Geschmeide ihre heiße Haut. Ein leises Prickeln stieg von den Fußsohlen auf, in ihre Schenkel, ihren Schoß, ihre Brüste. Es war, als züngelten Flämmchen über ihre Haut, die sich im nächsten Augenblick in ein Flammenhemd verwandeln würden.

Schleier um Schleier löste sich unter den dunklen Händen von ihrem Körper.

Unverwandt blickte König Gezo sie an. Er sah die pochende Ader an ihrem Hals. Es war nicht Angst. Es war dieselbe Kraft, die sein Herz hämmern ließ. Eine Kraft, die ihn verschlingen und nie mehr freigeben würde. Er hatte keinen Namen dafür, aber es war das, wonach er sich immer verzehrt hatte, ein Hunger, den kein Frauenleib je hatte stillen können . . .

Nicht mehr Herr seiner selbst, umklammerte er ihre Schultern, streifte mit einer fast wütenden Bewegung den letzten Schleier weg.

Seine Hände zuckten zurück. Über ihr kniend, starrte er auf das Mal, den fünfzackigen Stern der Koo=na=pur. Mit dem dumpfen Laut eines getroffenen Tieres taumelte er vom Lager weg.

Mit der Schärfe, mit der ein blendender Lichtstrahl das Auge eines Schlafenden durchschneidet, überfiel Caroline das Begreifen. Sie wurde sich ihrer Nacktheit bewußt, ihres vom Verlangen flammenden Körpers. Sie blickte auf diesen Leib wie ein Mensch auf die Waffe starrt, mit der er gerade ein Verbrechen begangen hat.

Nur das Mal hatte sie davor bewahrt, daß ihr Körper Verrat an ihrer Liebe begangen hatte; nur die grenzenlose Eifer=sucht einer anderen Frau hatte sie gerettet. Aber als sie den Blick jetzt dem König zuwandte, wurde sie unsicher, ob sie diese Rettung nicht furchtbar würde bezahlen müssen.

Der Gedanke, daß Menschenhand und Menschenwille im Spiel waren, daß nicht die Götter, sondern die Menschen dieses Zeichen auf die Schulter der Weißen gebrannt hatten, streifte den König nicht einmal. Ein stummes Wüten zerriß ihn; er schien sich zu vervielfachen, als wäre ein Mann nicht genug, um sich all der unsichtbaren Dämonen, die auf ihn einstürmten, zu erwehren.

Noch war der Brand des ungestillten Begehrens in ihm, noch die Trunkenheit eines zu tief geträumten Traumes. Er hatte sich um dieser Leidenschaft willen gegen das Orakel der heiligen Krokodile aufgelehnt, stolz auf diesen Frevel. Jetzt graute ihm vor seiner Tat. Der blaue Stern der Koo=na=pur war das Zeichen der Strafe — einer Strafe, die ihn und sein Volk vernichten konnte!

Wie ein Sturzbach riß die Angst diesen Mann mit sich, eine wilde tödliche Angst, die ihn zu einem Kind machte und zu einem Ungeheuer. Wie ein Tier, das seine Ketten bricht, stürzte er zur Tür, riß die Flügel auf, machte sich in einem animalischen Schrei Luft.
Bevor noch der in der Halle hängende erzene Gong das Echo seiner Stimme zurückwarf, standen die Amazonen im Gemach, Hok=tan=hoon und die beiden Priester, seltsame rituelle Geräte in den Händen. Sie mußten auf den Stufen vor der Tür bereitgestanden sein, lauernd, genau wissend, was geschehen würde.
König Gezo schrie ihnen seine Befehle zu. Caroline wartete nicht. Sie raffte die losen Schals um ihren nackten Leib zusammen und ging ihnen entgegen.
Der König stand abgewandt, als die Priester Caroline ein schwarzes Tuch über die Schultern warfen. Die Ebenholz=schilde mit dem Totenkopf ausgestreckt vor sich haltend, schlossen die Amazonen einen Kreis um Caroline und führ=ten sie weg. Hok=tan=hoon schritt voran . . .

KAPITEL 61

Der Palast schien wie ausgestorben. Die lärmende, Höfe und Galerien durchwogende Geschäftigkeit des Festes war erloschen. Es war still, als hätte ein Zauber alles Leben mit einem Schlag zum Stillstand gebracht.
Schemenhaft glitt manchmal eine Gestalt vorbei, scheu an die Mauer zurückweichend, das Gesicht mit den Händen

bedeckend. Hastig zugezogene Vorhänge raschelten hinter Fenstern; Türen fielen zu, Riegel wurden vorgeschoben.

Das scharfe Geräusch der sich berührenden Schilde lief wie ein drohendes Flüstern durch dieses Schweigen; der gleichmäßige Takt der nackten Füße der Amazonen auf den Steinfliesen wurde zu einem geheimen Warnzeichen für alle.

Caroline spürte die Kälte der Nacht, als sie aus dem Schatten der Galerie ins Freie traten. Eine Treppe führte in einen Hof hinunter. Von den gelöschten Feuerstellen stiegen weiße Rauchsäulen in den Nachthimmel.

Rund um die erloschenen Feuer war die Erde in einem breiten Kranz von tanzenden Füßen zerstampft. Da und dort lagen noch zertretene Papierblumen, die den Mädchen aus den Haaren gefallen waren, funkelnde Glasperlen einer zerrissenen Kette, Musikinstrumente, die bei dem fluchtartigen Aufbruch vergessen worden waren.

Hok=tan=hoon schritt quer durch den Hof. Im Schein des Mondes und der Fackeln wurde ein Tor sichtbar.

Caroline hatte das Gefühl, als legte sich ein eisiger Panzer um sie, bei jedem Schritt schwerer und enger werdend, ihr die Luft nehmend. Würgend stiegen Tränen in ihr auf, drohten das schwache Gerüst der Beherrschung zu sprengen, die sie noch aufrecht hielt.

Jenseits des Tores war das Geräusch von Pferdehufen zu vernehmen. Es mußten mehrere sein. Caroline hörte es deutlich. Sie kamen rasch näher — zu laut, zu unbekümmert, als daß es Nicanor sein konnte. Nicanor Velano. Sie wagte es nicht zu denken . . .

Das Tor erzitterte unter heftigen Schlägen. Eine ungeduldige Männerstimme begehrte Einlaß. Hok=tan=hoon gab den zwei Wachen ein Zeichen. Sie hoben die schweren eisernen Stangen, die zweimal übers Kreuz liefen, aus den Haltern. Langsam schwang das Tor auf.

Leuchtend hell, aus Mondlicht geformte Phantome, ritten drei in schneeweiße Wollmäntel gehüllte Männer auf Schimmeln in den Hof, ein viertes Tier, das zwei prall gefüllte Ledersäcke trug, angekoppelt mit sich führend. Es waren Weiße, und auf den mit Troddeln verzierten Satteldecken prangte in Goldstickerei der geflügelte Stier der Santis.

Caroline konnte den Blick nicht davon wenden, nicht von diesem Wappen, nicht von diesen Männern. Einer der Reiter hob die Hand zu einem herablassenden Gruß, der Hok=tan=hoon galt. »Wie ich sehe, hatten Ihre Pläne diesmal Erfolg! Die Götter haben eben doch ihr Gutes, wenn man versteht, mit ihnen umzugehen.« Er warf den Umhang ab, schwang sich vom Pferd. Hochbeinig und überzüchtet wie das Pferd neben ihm, stand er da. Eine Strähne blonden Haares fiel ihm in die Stirn, von seinem Kinn, den Hals abwärts, zog sich ein rotviolettes Feuermal. Mit einer zugleich gelangweilten und gereizten Geste deutete er auf die Ledersäcke. »Fünfzehntausend Dollar! Sie sind listiger, als ich dachte, Hok=tan=hoon. Ist niemand da, der uns das Zeug abnimmt?«

Die Männer Santis gaben sich keine Mühe, vor ihr etwas zu verheimlichen. Nur Hok=tan=hoon schien die Szene peinlich. Er schielte zu den Geldsäcken hin, begehrlich und zugleich feige. »Ich kann es nicht nehmen.« Quallig und verschwommen kamen die Laute aus seinem Mund. »Ich kann

es nicht.« Es kostete ihn unendliche Überwindung, seine Geldgier zu unterdrücken. »Der König hat befohlen, sie für eine Kauri=Muschel herzugeben.«
Der blonde Reiter mit dem Feuermal verneigte sich. Es war eine Geste zynischer Höflichkeit, demütigender als offene Verachtung. »Eine Muschel! Das nenne ich einen fairen Preis für ein Weib.« Er warf den Kopf zurück, brach in Lachen aus, wild und gewaltsam, kein Ausbruch der Freude, sondern eher von Verachtung und Spott. »Mögen die Götter alle Schlangen Dahomeys segnen!« Er wandte sich zu seinen Begleitern, die zu Pferd geblieben waren. »Packt das Geld um. Wo sind die Kleider?«
Einer der Reiter warf ihm ein verschnürtes Bündel zu. Der Mann fing es auf, rollte es auseinander und ließ es Caroline vor die Füße fallen. »Ziehen Sie das an! Wir wollen Sie bei bester Gesundheit erhalten.« Er hatte gesprochen, ohne sie eines Blickes zu würdigen.
Eine unsinnige Wut preßte Carolines Herz zusammen, und doch bezwang sie sich. Sie fror, und die Nacht war kalt. Um sich selber Schaden zuzufügen, war sie zu stark, trotz allem, was sie erlebt hatte. Noch einmal regten sich Trotz und Widerwillen in ihr, als sie entdeckte, daß es Männerkleider waren, aber dann stieg sie in die rehledernen Reithosen und die weichen Stiefel, zog das Hemd über und die taillierte Samtjacke. Zuletzt warf sie sich den weißen Umhang über die Schultern.
Der Reiter hielt das Pferd an der Trense. »Steigen Sie auf!« Er musterte sie mit einem Ausdruck der Verblüffung. Er hatte immer gefunden, daß Frauen noch häßlicher wurden, wenn sie Männerkleider trugen; es schien ihm, daß das

Abstoßende ihrer weiblichen Natur dann mit besonders widerlicher Brutalität zutage trat. Aber diese da hätte seine für diese Dinge überempfindlichen Augen täuschen können.

Caroline schwang sich auf das Pferd. Die beiden anderen Reiter lenkten ihre Tiere dicht neben sie, fesselten ihr die Handgelenke mit einer seidenen Schnur und legten ihr dann die Zügel in die Hand.

Die Pferde wandten sich zum Tor. Von den Feuerstellen stieg der Rauch nur noch in dünnen Fäden auf. Hinter ihren Schilden verborgen, standen die Amazonen. In dem vom Mond hell beschienenen Palast mit seinen unzähligen dunklen Fensterschlitzen herrschte eine Stille, wie sie nur der Tod oder die Angst um sich verbreiten.

Das Tor schloß sich hinter ihnen. Caroline hätte nicht sagen können, was sie empfand. Die hysterisch aufflackernden und wieder in sich zusammensinkenden Regungen, die sie in sich fühlte, schienen ihr nichts anderes, als die unkenntlich gewordene Melodie einer zerstörten, aber sich immer noch weiterdrehenden Spieldose.

Die drei Reiter hatten sie in die Mitte genommen; einer ritt voran, zwei folgten ihr. Sie hörte hinter sich ihre Stimmen, ihr Lachen, roh und zynisch. Es verstummte jäh, als ein Schrei gellend die Nacht durchschnitt.

Caroline stemmte sich in den Steigbügeln auf, wandte sich im Sattel um. Aus dem Schatten des tiefen Grabens, der die äußere Palastmauer umzog, tauchte ein Pferdekopf auf, die fliegende Mähne, der Leib eines Tieres und der Reiter, der es mit wilden Schreien antrieb, Nicanor! Ein Schuß peitschte

auf. Wiehernd stieg das Pferd des Bewachers, der vor Caroline ritt, in die Höhe und brach dann in den Hinterbeinen ein. Der Reiter wurde zu Boden geschleudert.
Caroline besann sich keinen Augenblick. Sie stieß ihrem Schimmel die Stiefel in die Weichen. Sie duckte sich auf den Hals des Tieres, lenkte es zu dem Graben, aus dem Nicanor aufgetaucht war. Krachend schlugen die Vorderhufe auf, verloren den Halt. Einen Moment strauchelte das Pferd, dann hatte es sich gefangen. Schnaubend jagte es weiter.
Dorniges Gebüsch schlug Carolines Beine, zerfetzte die Satteldecke, aber sie sah nur, hinter einem Strauch angebunden, das Pferd und die zwei hochbepackten Lasttiere. Sie riß den Zügel an, brachte ihr Pferd zum Stehen. Eine kühne Idee war plötzlich in ihr. Sie brauchte nur die beiden Lasttiere, dann konnte sie fliehen, allein! Wenn sie nur ihre Hände frei gehabt hätte!
Hinter ihr dröhnte der Hufschlag eines Pferdes. Zischend fuhr etwas durch die Luft – eine Schlinge fiel über ihren Kopf, zog sich über ihrer Brust zusammen.
Um den Mund des blonden Reiters lag ein Lächeln, als er die Schlinge, die ihr den Atem nahm, etwas lockerte. »Sie reiten wie ein Mann – schade, daß Sie es nicht sind, weiß der Teufel, ich hätte was für sie übrig gehabt und vielleicht den Kopf verloren wie dieser Nicanor.« Lässig, als wäre es keine Überraschung für ihn, die zwei Lasttiere und das Pferd hier zu finden, band er die Pferde los, nahm das gemeinsame Koppel, an dem sie hingen, und ritt dann mit Caroline zur Straße zurück.

An Händen und Füßen gefesselt, saß Nicanor Velano auf seinem Pferd. Aber er fühlte seine Fesseln nicht mehr, als er jetzt Caroline erblickte.

In dem Augenblick, als sie ihrem Pferd die Sporen gegeben hatte und er ihre Absicht, ohne ihn zu fliehen, erriet, hatte er sich den Männern Santis widerstandslos ergeben. Ihr tollkühner Versuch, wenigstens sich selber zu retten, war genauso schlimm wie vorbedachter gemeiner Verrat. Er verschwendete keinen Gedanken an das, was ihn dafür erwartete, daß er Don Santi hintergangen hatte, so berauschte ihn der unselige Triumph, daß sie nicht entkommen war.

Er starrte geradeaus, als Caroline jetzt nahe an ihm vorbeiritt. In seinem totenblassen Gesicht mit dem Mund, der Caroline das Gefühl gab, daß nicht Worte daraus hervorbrechen würden, wenn er ihn öffnete, sondern der dunkle, giftige Stoff der Verzweiflung, an dem auch sie zu ersticken glaubte, stand alles geschrieben, was in diesem sich verraten fühlenden Herzen vorging.

Und doch konnte Caroline kein Mitleid empfinden, sondern nur Erbitterung. Er hatte alles in der Hand gehabt. Wenn er in seinem Versteck geblieben wäre, wenn er von dort aus die drei Reiter mit gezielten Schüssen getötet oder verwundet hätte — sie wären jetzt beide frei. Aber er hatte nicht überlegt, er hatte sich von seinen Gefühlen hinreißen lassen. Nicht weil er noch so jung war, sondern einfach, weil er ein Mann war, ein besinnungslos verliebter Mann.

Sie kannte nur einen, der lieben und doch er selber bleiben konnte, Cyril Michelange, Herzog von Belômer. Oft hatte diese Fähigkeit ihn ihr unheimlich erscheinen lassen. Jetzt wußte sie, daß sie gerade das an ihm liebte.

Bei dem Gedanken an ihn kam Ruhe über sie; es war jene Ruhe, die den Menschen in den Augenblicken erfüllt, in denen er dem Wesen, das er liebt, näher ist als sich selbst. Sie vergaß die eigene Verzweiflung. Sie vergaß, wo sie war. Sie starrte auf die vom Mond beschienene Straße, die sich vor ihr dehnte; sie empfand sie nicht als etwas, das sie voneinander trennte, sondern als etwas, das sie einander entgegentrug.

KAPITEL 62

Der Geruch von feuchter grünender Erde war es, der Caro=line auf ihre Umgebung aufmerksam machte. Der schweig=same Trupp hatte den Abomey umschließenden Wüsten=gürtel verlassen und ritt nun in dem welligen fruchtbaren Gelände der Dab=a=dab=Hügel dahin. Weideland streckte sich links und rechts des Weges.
Der Mond stand am Himmel, aber er war nicht mehr das triumphierende Gestirn wie in der Wüste, die sein Licht verdoppelt hatte, sondern nur noch ein einzelner vergesse=ner Lampion, der die Dunkelheit der Nacht eher hervor=hob, als daß er sie hätte verscheuchen können.
Hügel schoben sich heran, von terrassenartigen Feldern überzogen, schmale, künstlich angelegte Wasserrinnen schimmerten auf, steinerne Zisternen.
Auf dem ausgetretenen Pfad neben der Straße kam ihnen der Zug der Wasserträgerinnen entgegen, die Nacht für Nacht das Wasser für die Hauptstadt holten. Die schlanken

Tonkrüge auf den Schultern, schritten sie daher, lautlos,
schemenhaft, nur mit ihren hohen gedehnten Rufen *See=
dag=bee* – gutes Wasser – eine klingende Spur durch die
Nacht ziehend.

In einer Senke tauchten die Giebel eines weitläufigen,
erleuchteten Hofes auf. Ein Palmenhain umgab ihn, wie
eine natürliche Mauer. Der blonde Reiter ritt an das rohe
Holzgatter heran.

Der in ein fleckiges Hyänenfell gehüllte Wächter, der ein
Rudel Hunde an der Leine hielt, schien auf sie gewartet zu
haben. Mit gerunzelter Stirn schaute er auf. »Mit doppelter
Prise retour, wie?« Er sprach ein breites Seemanns=
Englisch.

Das Tor öffnete sich. Die Pferde fielen in Trab, als witterten
sie schon ihre Ställe, obwohl noch keine Häuser zu sehen
waren.

Eine niedrige Stechpalmenhecke trennte den Weg von den
weiten Feldern links und rechts. Nicht weit dahinter ent=
deckte Caroline die hohen Holzzäune der Faktorei. Um
das Feuer geschart saßen Wächter. Es war dasselbe Bild wie
in Wydah, in jener Nacht, da sie die *San Domingo* verlas=
sen hatten.

Caroline hatte sich oft gefragt, welche Macht ihr all diese
Prüfungen auferlegt hatte, was für ein Fluch es war, der sie
zu all dem verdammt hatte. Dort hinter den Zäunen lag die
Antwort. Die Santis waren es, ihre Habgier, ihr Glaube, daß
die Sklaverei für diese primitiven Schwarzen ein gott=
gewolltes Schicksal war. Ihr teuflischer Verstand war der
Motor von allem. Immer wieder hatte Caroline gehofft,
ihnen entkommen zu können. Sie war bereit gewesen, jeden

Preis zu zahlen, auch den der Erniedrigung. Und jetzt war sie doch da, wo Don Santi sie haben wollte, auf seinem Grund und Boden, in seiner Gewalt.

Zweige blühender Obstbäume hingen über eine weiße Mauer. Als die Reiter ein geöffnetes Tor passierten, dehnte sich vor ihnen ein Garten. Blumenrondelle schimmerten wie Geschmeide auf dem samtenen Teppich des Rasens; Trauer=weiden wehten über dem Spiegel eines Weihers; marmorne Epheben leuchteten hell aus dämmernden Lauben. Die kunstvolle Gartenanlage mitten in einer Wüste erschien Caroline wie ein neuer hassenswerter Zug, den sie an Santi entdeckte, wie die freche Besitznahme einer Schönheit, auf die er kein Anrecht hatte.

Dieser Eindruck verstärkte sich noch, als sie jetzt in einen langgestreckten Hof einritten. Weißes Mauerwerk warf das Licht unzähliger Kandelaber strahlend zurück. Rundum, in regelmäßigen Abständen, führten zwei flache, von kugelig geschnittenen Lorbeerbäumen flankierte Stufen zu schwar=zen reichbeschlagenen Türen. Kein Stäubchen schien auf dem schwarzweißen Sternmuster des Pflasters zu liegen. Ein lauteres Geräusch als das Plätschern des flachen Schalen=brunnens schien dieser Hof niemals vernommen zu haben, der etwas von einem luxuriösen weltlichen Kloster an sich hatte.

Von selbst drängten die Pferde nach rechts, auf einen schmalen Durchlaß zu. Dahinter wurden Ställe sichtbar. Der blonde Reiter neben Caroline schüttelte den Umhang von den Schultern. Mit zwei Fingern strich er sich das kleine blonde Bärtchen über dem Mund glatt. Ohne sich umzu=

sehen hatte Caroline das Gefühl, daß auch die beiden anderen Männer sich ähnlich für den Einzug vorbereiteten.
Scharf und warm schlug ihr der Tier= und Salpetergeruch entgegen. Er entströmte der roten zerstampften Erde eines mit weißen Latten eingezäunten Karrees, den rötlichen Lehmmauern der Ställe. Zwei Männer trieben eben ein hellhäutiges Rind heraus, zogen es in die Umzäunung, wo, in einem Kreis von Männern, der Stier wartete. Das riesige tiefschwarze Tier stand mit gesenktem Kopf da, unruhig, gereizt, die Erde mit den Hinterfüßen aufwerfend.
Ein Mann, der mit seiner struppigen Haarmähne und den überlangen herabpendelnden Affenarmen selber etwas von einem wilden eingefangenen Tier hatte, legte dem Stier einen Arm um den Hals, drückte den Kopf an den des Tieres, schien ihm etwas zuzuflüstern. Im unruhigen Licht der Fackeln verschmolzen der Mann und der Stier zu einem einzigen Wesen, halb Mensch, halb Stier.
Die zwei Stallburschen hatten die Kuh vor dem Stier postiert. Die Erde erzitterte, als der Stier jetzt, die Hinterfüße in den Boden rammend, in die Höhe stieg. Einen Augenblick stand er fast schwerelos da, tänzelnd, herausfordernd jene Kraft darbietend, die ihn zum Symbol der Zeugungskraft gemacht hat, seit es Menschen gab. Dann stürzte er einer Lawine gleich auf die Kuh, begrub sie unter seinem Leib.
Pulu, der Tiermensch, der die Neuangekommenen entdeckt hatte, grinste ihnen zu, hob seine klauenartigen Hände, zeigte neun Finger, und als der Stier mit zitternden Flanken von der Kuh abstieg, triumphierend zehn.
Pulu hatte das Horn des Stieres gepackt. Ein hagerer

Mann trat hinzu. Über seinem Anzug trug er eine besudelte Schürze. Ein Ärmel seines Anzugs war bis zum Ellbogen aufgekrempelt. Er bückte sich unter den mächtigen Leib des Stieres, griff nach dem Geschlecht. Die beschmutzte Hand wischte er am Fell des Tieres ab, und sagte dann, ohne eine Miene zu verziehen, aber laut genug, daß alle es hören konnten. »Der macht es heute noch zehnmal.« Die Männer brachen in rohes Gelächter aus und verstummten, als eine Stimme, die Caroline nur zu gut kannte, sagte: »Gönnt ihm eine Pause.« Der Kreis der Männer öffnete sich. Cesare Santi trat heraus.

Die zwei prallgefüllten Ledersäcke standen vor Santis Füßen. Doch der blonde Reiter wartete vergeblich auf ein Lob seines Herrn. Für Cesare Santi existierte in diesem Moment weder das Geld noch die Frau, der er so lange nachgejagt war. Er sah nur den einen, den Jüngling, der gefesselt, mit gesenktem Kopf zwischen den Männern stand, und dahinter die zwei hochbepackten Lasttiere und seinen besten Hengst, Cyrano.

»Tritt näher«, sagte er in die Stille hinein. Er mußte keinen Namen nennen. Nicanor wußte, daß nur er es war, der gemeint war. Der blonde Reiter wollte zu einer Erklärung ansetzen, aber Cesare Santi winkte schroff ab. Er ahnte alles, und er hätte es nicht ertragen, es auch noch hören zu müssen, daß Nicanor ihn für eine Frau verraten hatte!

Stumm blickte Cesare Santi den Jüngling an, krank von einem Schmerz, der sein Gehirn zu sprengen drohte. Langsam zog er die Peitsche aus dem Stiefelschaft.

Nicanor — was dieser Jüngling war, war er durch ihn ge=

worden. Unberührt, weder sich selber kennend, noch die Lust, noch das Weib, war er zu ihm gekommen, und er hatte ihn wie ein Geschenk des Himmels empfangen. Er hatte ihn an sein Herz genommen. Er hatte Nicanor sich selber kennen gelehrt — und die Lust. Was Cesare Santi vorher nie getan — er hatte Nicanor zu seinem ausschließlichen Besitz erklärt. Zum erstenmal hatte er die Gesetze seines Männerstaates, die er selber geschaffen, gebrochen. Diesen einen hatte er nicht mit den anderen teilen wollen.

Er, der nie einem Menschen vertraut hatte, außer sich selbst — und seinen Brüdern, die nichts anderes waren als andere Formen seines Ichs —, ihm hatte er vertraut. Alles hätte er ihm antun können. Jedes Verbrechen hätte er verstehen und verzeihen können, aber nicht das. Einer Frau hatten seine geheimsten Gedanken und Wünsche gegolten, sein Leib hatte sich nach der Vereinigung mit einer Frau verzehrt.

Die Peitsche zischte durch die Luft. Blindwütig schlug er zu. Aber das war nicht genug. Er mußte seinen Schmerz, der ihn sonst erwürgt hätte, auch noch herausschreien. »Sag es, daß du sie berührt hast! Daß du sie besessen hast. Sag es mir. Sag mir, daß du sie liebst! Dein Leib ... er wollte sie ... hat er gebrannt ... gebrannt wie unter der Peitsche ...« Es waren abgehackte, unzusammenhängende Sätze. »Aber nun haßt du sie schon!? Nun bist du glücklich, daß ich dich strafe ... bitte mich darum! Es ist süß ... bitte mich um die Peitsche.«

Stück für Stück zerfetzte die Peitsche Nicanors Kleider. Nur die Fesseln hingen noch um den nackten geschundenen Körper. Nicanor taumelte, aber er blieb aufrecht stehen. Cesare

Santi hielt plötzlich inne, starrte auf den von blutigen Striemen überzogenen Leib des Jünglings. Die Peitsche fiel ihm aus der Hand. »Peitsche mich«, flüsterte er, »wenn es unrecht war, dich zu strafen.«
Nicanor bückte sich nach der Peitsche, deren Riemen dunkel von seinem Blut waren. Er hob sein schweißnasses und doch verklärtes Gesicht zu seinem Peiniger empor, reichte ihm die Peitsche.
Cesare Santi war einen Augenblick zumute, als müßte er sich dem Jüngling zu Füßen werfen und die Wunden, die er geschlagen hatte, küssen. Aber seine Lust, denjenigen, den er am meisten liebte, am furchtbarsten zu strafen, war noch nicht gestillt. Er gab den Männern ein Zeichen. »Gebt ihm die Folter im Bambusgarten«, befahl er. Zwei Stallburschen packten Nicanor unter den Armen. Noch einmal hob der junge Mann seinen Blick zu Santi.
Caroline mußte wegsehen, so sehr wehrte sich alles in ihr gegen das, was sie in diesem Blick zu lesen glaubte. Sie heftete ihre Augen auf irgend etwas in ihrer Nähe, ein Stück weißen verschmutzten Stoffes. Es war die vom Stiersamen besudelte Schürze eines der Männer. Übelkeit stieg in ihr auf. Die Stimmen um sie herum wurden zu einem Dröhnen. Die Gesichter der Männer begannen sich um sie zu drehen . . .

Erst als zwei Arme sie auffingen, merkte sie, daß sie zusammengesunken war. Das plötzliche Schwindelgefühl war so schnell vergangen, wie es gekommen war. Caroline wollte sich aufrichten, aber eine Hand drückte sie zurück. Pilatre de Laurent, der Arzt, kniete neben ihr. Er fühlte ihren Puls, zog ihr die Augenlider auseinander. Dann knöpfte er die Jacke auf, betastete ihren Leib. Die feingliedrigen Hände des Mannes glichen einem präzise funktionierenden, selb=ständigen Mechanismus. Er wandte den Kopf zu Santi. Das schmale Gesicht des Arztes, dessen einstmal edlen Züge die Zeichen des Rauschgiftes und der Zerstörung nur um so krasser hervortreten ließen, hatte sich nicht eine Sekunde belebt. Er sagte nur ein einziges Wort. »Schwanger.« Er hätte ebensogut tot sagen können.

Caroline stieß die Hand zurück, die ihr aufhelfen wollte.

Cesare Santi war einen Schritt nähergetreten. »Weißt du wenigstens von wem? Von einem Mann oder einem Tier?«

Caroline starrte ihn an. Sie begriff seine Worte nicht. Sie spürte nur, daß die Raserei, in die Nicanors Verrat ihn ge=stürzt hatte, wieder aufflammte. »Erspar dir eine Antwort. Es ist auch gleich, wer euch schwängert, wenn es nur ge=schieht. Wenn sich nur ein Mann zwischen euren Schenkeln zum Tier macht. Mich haßt du, aber diesem schwarzen König, diesem Tier, hättest du dich hingegeben. Nun, ich habe dich um eine Hochzeitsnacht gebracht. Du solltest sie bekommen. Aber meine Stiere sind mir zu schade dafür.«

Das im Ekel erstarrte Gesicht Santis, mit dem wie bei einer antiken Schauspielermaske klaffenden Mund, aus dem die Worte hervorquollen und jetzt versiegten, übte auf Caroline eine seltsame ernüchternde Wirkung aus. Keines seiner Worte hatte sie verletzen können. Im Gegenteil, jedes ein=zelne hatte verborgene Quellen des Widerstandes und der Kraft in ihr angeschlagen.

Unvermittelt wandte sich Santi von ihr ab. Mit einer herri=schen Kopfbewegung machte er den drei Reitern ein Zei=

chen. »Ihr habt euch was verdient! Was soll es sein? Eine Galavorstellung von unserem Pulu?« Cesare Santi klatschte in die Hände. »Wir wollen sehen, wer es besser kann, er oder der Stier . . .«

Santis Worte gingen in einem infernalischen Gebrüll unter. Die drei Reiter, die nur auf diesen Augenblick gewartet hatten, umringten ihren Herrn. Der ganze Hof war plötzlich in Bewegung.

Der Arzt berührte Carolines Arm. »Kommen Sie. Sie werden keine Freude daran haben.«

KAPITEL 63

Caroline raffte den Umhang über der Brust zusammen. Die Nacht schien ihr plötzlich doppelt so kalt. Zusammenhanglos ging ihr durch den Sinn, daß es Ende Februar war.

In Rosambou lag jetzt Schnee. Die Torpfosten trugen weiße Spitzhauben; die Aube war zugefroren; Kinder liefen Schlittschuh darauf; die Gesichter verschwammen hinter dem weißen Hauch ihres Atems. In der Küche standen auf dem Holzrost die Männerstiefel, und es roch nach Schneewasser und Leder . . .

Es waren flüchtige Bilder, die ihr weder Schmerz noch Trost brachten, zufällig und bedeutungslos, wie die Tatsache, daß der Mann neben ihr ein Franzose war, wie sie an der Sprache erkannt hatte.

Pilatre de Laurent interessierten die Lebenden nicht, sondern nur die Toten. Nicht der Wunsch zu heilen hatte den ehemaligen Marquis Rozier Arzt werden lassen. Unter der Maske des reichen Arztes, der sich ganz der Wissenschaft verschrieben hat, frönte er seiner tragischen und verbrecherischen Leidenschaft; er hatte sein Haus in Paris zu einem Harem von Toten gemacht. Er lebte mit den Toten wie mit lebendigen Geliebten, bis durch einen Brand alles entdeckt wurde. Aber bevor ein Prozeß gegen ihn angestrengt wurde, war er verschwunden.

Der Arzt hatte Caroline in den Hof geführt, durch den sie schon bei ihrer Ankunft gekommen war. Die strenge Geschlossenheit der Architektur fiel ihr jetzt, zu Fuß, noch mehr auf. Die eingeschossigen Gebäude lagen in einem Geviert um den Hof. Der Quertrakt am Ende, der mit einem leichten Schwung aus den Seitenfronten herauswuchs, gab nur durch das als Mosaik in die Portal=Estrade eingelegte Wappen zu erkennen, daß hier Cesare Santi wohnte.

In dem Haus, das dem Don Santis zunächst lag, stand die Eingangstür offen. Licht fiel heraus. Darauf eilte der Arzt zu. Mit einer Handbewegung forderte er Caroline auf, einzutreten. »Ihr Reich, Madame.«

Stapel von Kartons, alle mit Etiketten versehen, standen am Eingang herum. Caroline blieb im Windfang stehen, während der Arzt ins Haus rief: »Wie weit bist du?« — »Gleich fertig«, antwortete eine Stimme. Bald darauf erschien in der Tür im Hintergrund ein Chinese. Das fahle Gesicht blickte undurchdringlich. Über die weiße Jacke fiel ein langer schwarzer Zopf. In seinen Armen türmten sich Pappkartons. »Das sind die letzten.«

Pilatre de Laurent nickte: »Geh behutsam damit um.« Er

nahm von den im Gang stehenden Kartons, soviel er tragen konnte, und verließ zusammen mit dem Chinesen das Haus. Caroline stand unschlüssig, während der Arzt und der Chinese kamen und gingen und nacheinander alle Kartons, die sie offensichtlich ihretwegen hier wegschaffen mußten, ins nächste Haus trugen. Als der Arzt schließlich mit dem letzten Arm voll verschwand, schien er Carolines Anwesenheit bereits vollkommen vergessen zu haben. Sie hörte, wie er mit schnellen Schritten zum nächsten Haus eilte.

Caroline schloß die Tür. Durch die Wände glaubte sie hin und wieder die Stimme des Arztes zu hören, das Rücken und Aufsetzen der Kartons. Manchmal waren die Geräusche so nah, als wäre die Wand aus Papier. Hatte man sie deshalb nicht eingeschlossen in diesem neuen Gefängnis, weil man jeden ihrer Schritte hören konnte, jeden Atemzug? Oder war man sich so sicher, daß es für sie hier kein Entrinnen gab?

Sie wandte sich um und fuhr zurück, erschreckt von ihrem eigenen Spiegelbild. Zaudernd trat sie näher, betrachtete sich lange.

War es dasselbe Gesicht, das ihr im Haus mit den roten Läden aus dem Spiegel entgegengesehen hatte, das sie in seinen Augen und im grünen Spiegel der heißen Quelle wiedergefunden hatte? War das die Frau, die der schwarze König zu seiner Königin hatte machen wollen, und für die ein Jüngling sein Leben eingesetzt hatte?

Sie griff in ihr Haar, zog die goldenen Kämme, Nadeln und Schnüre heraus, schüttelte die wie Schlangen sich ringelnden Flechten aus. Wie oft war sie so vor einem Spiegel gestanden. Wie oft hatte sie in diesem Antlitz geforscht, sich fragend, was das war, was die Männer darin fanden, was sie alles andere vergessen ließ. Sie hatte es nie gefunden — und sie fand es auch jetzt nicht . . . Ein wenig Koketterie war im Spiel bei diesem Selbstgespräch, und sie wußte es selbst. Zwei andere Dinge aber überwogen: ihr untrügbarer Sinn für die Wirklichkeit, und ihr Einssein mit sich selber, das sie unabhängig machte von ihrer Schönheit, unabhängig sogar davon, geliebt zu werden.

Den goldenen Haarschmuck in den Händen, sah sie sich in dem Wohnraum um. Öllampen aus bemaltem Opalin spendeten mildes Licht. Auf dem niedrigen polierten Mahagonitisch hatten der Staub von Jahren und die Kartons, die bis vor wenigen Minuten daraufgestanden waren, ein trübes Muster gezeichnet. Auf den Vorhängen, den Bezügen der zwei Sessel, dem Teppich, auf denen nicht mehr zu erkennen war, welche Farbe sie ursprünglich einmal besessen, nistete das Grau in allen seinen Spielarten.

Von der Eingangstür kam ein Geräusch. Der Chinese huschte herein, blickte sich im Zimmer um, verschwand im Nebenraum und kehrte mit einer einzelnen Spanschachtel in der Hand zurück. Lautlos, wie er hereingekommen, verließ er das Haus wieder.

Der Nebenraum, aus dem der Chinese die vergessene Schachtel geholt hatte, war ein Schlafgemach. Es enthielt nichts als ein Bett, ein Tischchen und eine Truhe, wie man sie auf Schiffen als Kleiderkisten benützte.

Caroline legte den Schmuck, den sie immer noch in der Hand hielt, auf eine weiße Porzellanschale, dem einzigen Gegenstand unter all den staubbedeckten Dingen, der ihr glänzend und sauber entgegenstrahlte. Als sie das Moskitonetz, das über das Bett herabhing, aufheben wollte, zerriß es wie Spinnweben, löste sich in rieselnden Staub auf, der sich klebrig an ihre Finger hing. Ein Geruch von Fäulnis und verschimmeltem Stoff stieg aus dem Bett auf.

Caroline kehrte in den Wohnraum zurück. Sie rückte die zwei Sessel aneinander und kauerte sich darauf. Immer noch in den Männerkleidern, den wollenen Umhang über sich gebreitet, saß sie da. Sie löschte die Lampen nicht. Sie schloß die Augen, versuchte zu schlafen.

Aus dem Nebenhaus drangen immer noch die Geräusche des Arztes und seines Dieners. Irgendwann huschte der Schein von Fackeln, die draußen auf der Terrasse vorüberglitten, durch den Raum. Laute Männerstimmen kamen näher, steigerten sich zu einem orgiastischen Orkan und verebbten allmählich.

Zu müde, um ganz wach zu werden, zu unruhig, um einzuschlafen, trieb sie dahin, in einen hellhörigen fröstelnden Schlummer wie in ein zu dünnes Kleid gehüllt.

Erst als der fahle Schein des neuen Tages ins Zimmer drang, sank sie in tiefen traumlosen Schlaf.

KAPITEL 64

Strahlendes Sonnenlicht flutete durch die offene Terrassentür. Ohne daß Caroline Schritte vernommen hätte, stand plötzlich der chinesische Diener, ein beladenes Tablett balancierend, neben ihr. Nur der schaukelnde schwarze

Zopf im Nacken, der die weiße Rohseide seiner Jacke raschelnd streifte, verriet, daß er sich eben noch bewegt haben mußte.

Lautlos setzte er das Tablett ab, schlug die Damastserviette über dem noch warmen Gebäck auseinander, kehrte die drei weißgoldenen Tassen für Tee, Kaffee und Kakao um, öffnete Kristallschalen mit Zucker, Marmelade, Honig, frischgeschlagener Sahne, Zitronenscheiben und Butterröschen. Ehe Caroline die lang entbehrten Köstlichkeiten der Heimat überschauen konnte, war der Chinese verschwunden.

Caroline zog sich das Tischchen näher heran. Sie ließ sich Zeit beim Frühstücken. Von der Terrasse her wehte der Duft von Rosen; das harte Zusammenschlagen einer Heckenschere war zu vernehmen und das glucksende Eintauchen von Gießkannen in eine Regentonne.

Entschlossen, ihr neues Gefängnis genauer als am Abend vorher zu erkunden, erhob sie sich. Wie lange mußte dieser Raum schon unbewohnt sein? Nur der Staub und das Sonnenlicht schienen die Stoffe und Teppiche abgenützt und zerschlissen zu haben. Hinter dem Schlafzimmer entdeckte sie einen dritten Raum, ein mit weißem Porzellan gekacheltes Bad. Die Griffe, Halter und Hähne waren aus massivem Gold gefertigt, aber keiner davon ließ sich bewegen.

Das mit Flakons und Cremetöpfen überladene Toilettentischchen sagte ihr, daß schon früher einmal eine Frau in diesen Räumen gelebt hatte. Die Etiketten der Flakons waren bis zur Unkenntlichkeit verblichen. Seit vielen Jahren mußten diese Dinge hier stehen, unberührt. Aus einem sil=

bernen Flakon war der Stöpsel herausgenommen; er lag neben einer einzelnen Haarnadel und einem Kamm mit silbernem Griff, als hätte eine Frau ihn eben hingelegt.

Eine Frau in Don Santis Reich! Etwas hielt Caroline davon ab, diese Gegenstände zu berühren. Und doch trieb sie die Neugier Sekunden später, die Schiffstruhe im Schlafgemach zu öffnen.

In der Innenseite des Holzdeckels fand sie ein verschnörkeltes Monogramm M. L. Mit dem leisen Prickeln, mit dem man in fremden Dingen stöbert, zog sie den Deckel der in das Holz eingearbeiteten Metallkiste auf. Der Duft von Parfüm schlug ihr entgegen. Er stieg aus dem schwarzen Taftkleid, das auf Bauschen von Seidenpapier in der Truhe lag.

Caroline hob es heraus. Der weibliche Urtrieb des Anprobierens überkam sie. Sie warf die Samtjacke ab; noch in Stiefeln, Hosen und Bluse, zog sie das Kleid über und eilte zum Spiegel.

Es war ein Kleid, wie es vor dreißig Jahren modern gewesen war. Der strenge Schnitt ließ vermuten, daß die Frau, die es getragen hatte, in Trauer gewesen war. Aber abgesehen davon paßte es ihr, als wäre es für ihre Figur geschneidert. Sie behielt es an, einfach weil es gut tat, ihre Bewegungen, ihre Schritte endlich wieder vom leisen Geräusch knisternder Seide begleitet zu hören.

Auf dem Tischchen standen die Reste des Frühstücks. Sie machte sich nach Herzenslust darüber her und trat dann auf die Veranda hinaus.

Geblendet stand sie da. Der Gluthauch der Sonne hüllte sie ein. Schemenhaft sah sie die Reiter, die auf dem hellen

Gartenweg daherritten. Plötzlich löste sich einer aus der Gruppe. Im Galopp jagte er über den Rasen, mitten durch Blumenbeete, Rabatten und die auseinanderstiebenden chinesischen Gärtner.

Es war Cesare Santi. Er parierte sein Pferd kaum einen Meter vor Caroline, sie wie eine Geistererscheinung anstarrend. Dann sprang er aus dem Sattel, stürzte sich auf sie. Er riß ihr das schwarze Kleid vom Leib. Der Taft zerschliß wie Zunder. Mit beiden Händen raffte er die zu Boden geflatterten Fetzen zusammen. Alles vollzog sich in Sekundenschnelle, nur begleitet vom Geräusch der brechenden Seide und dem stoßweisen Atem des Mannes.

Ehe Caroline überhaupt begriff, was geschehen war, saß Santi schon wieder zu Pferd, sprengte davon, den Stoff an die Brust gedrückt. – Hatte das Leben in diesem künstlichen Paradies inmitten der Wüste die Menschen alle irre gemacht? Caroline sah die rohe Spur, die die Hufe des Pferdes durch Rasen und Beete gezogen hatte. Sie blickte an sich hinunter, und plötzlich überfiel sie jener Lachreiz, wie ihn das Entsetzen vor dem Widernatürlichen und Unbegreiflichen in Menschen hervorruft, die stärker sind als ihre Nerven. Unbekümmert, daß jemand sie hören konnte, stand sie da und lachte, das Gespenst der Angst damit verscheuchend.

Sie konnte diesem Lachreiz auch nicht Einhalt gebieten, als das Gesicht Pilatre de Laurents über der Rosenhecke auftauchte, die ihre Veranda von der seinen abtrennte. Im Tageslicht wirkte sein Gesicht kalkweiß. Er öffnete das unter blühenden Ranken verborgene Türchen. Er trat zu ihr, blickte sie aus seinen rotgeränderten Augen, die keinen Schlaf zu kennen schienen, an. Er schien fasziniert von ihrem Lachen; sein Blick schien sie anzuflehen, nicht zu verstummen. »So klingt es«, sagte er leise, »so klingt es, das Lachen der Toten. Wollen Sie es hören! Kommen Sie!« Hastig, als könnte der Bann verfliegen, schritt er auf seine Behausung zu, trat durch die Tür.

War auch er irre? Waren sie alle Wahnsinnige? Caroline wußte nicht, warum sie ihm trotzdem folgte. Vielleicht war es, um Ordnung in ihre Gedanken zu bringen, um diese von Chimären bevölkerte Unterwelt zu verstehen, zu erkunden, wo die Stufen wieder zurück in die Welt der Menschen führten.

Die Wände des Raumes, den sie betreten hatten, waren vom Boden bis zur Decke mit rohen Holzregalen verkleidet. Etikettiert und beschriftet lagen die Totenschädel aufgereiht. Pilatre de Laurent deutete auf seine Sammlung und sagte leise. »Hören Sie es, das Lachen der Toten?« Er hob einen der Köpfe herunter. »Eine Ehebrecherin.« Er hielt den Kopf zärtlich in den Händen. »Sie haben sie lebendig im Moor versenkt. Sie haben geglaubt, sie damit zu strafen. Sehen Sie, wie sie lacht? Sie lacht sie heute noch aus. Der Tod ist die einzige Lust, die ewig andauert.«

Er legte den Kopf zurück, nahm einen anderen. Er fuhr mit seinen knochigen, an den Kuppen gelblichen Fingern den Hieb nach, der die Schädeldecke gespalten hatte und jetzt mit Stahlklammern zusammengehalten wurde. »Diese da war widerspenstig, sie hat sich gewehrt, sie wollte dem Henker entkommen. Jetzt ist sie still und glücklich. Das Leben ist nichts als eine lächerliche Verirrung der Natur,

ein mißglückter Versuch. Der Tod ist etwas Vollkommenes.« Er zog einen violetten Vorhang zur Seite.
Mit angehaltenem Atem folgte Caroline ihm in ein verdunkeltes Gemach. Zwischen zwei fünfarmigen Leuchtern lag eine nackte mumifizierte Negerin. Über ihre Brust zog sich das rote Kreuz einer frischen Narbe. Weiße Orangenblüten bekränzten ihre Stirn. Leise, wie um sie nicht zu wecken, trat Pilatre de Laurent zu ihr. »Wie still sie liegt, wie ruhig, wie zärtlich ihr Schweigen ist, wie süß ihr Schlaf ... meine Braut ...«
Caroline hörte dem Mann zu, wie man einem Wahnsinnigen zuhört, äußerlich gleichmütig, instinktiv darauf bedacht, ihn nicht zu reizen, ihn nicht ihr Grauen spüren zu lassen. Sie glaubte wieder Cesare Santi vor sich zu sehen, wie er ihr das Kleid vom Leib riß. So unbefangen wie möglich sagte sie: »Ich dachte, hier macht sich niemand etwas aus Frauen – am wenigsten Don Santi.«
Aus seinen Gedanken gerissen, trat ein Ausdruck der Ernüchterung auf das Gesicht des Arztes. Er wandte sich von der Mumie ab, trat mit Caroline hinaus. »Richtiger wäre zu sagen, daß Don Santi Männer den Frauen vorzieht«, sagte er, »– und sich selber beiden Geschlechtern. Ich für mein Teil ziehe die Toten den Lebenden vor.«
Etwas Gefährliches flammte in seinen Augen auf, als er Caroline, die in der offenen Verandatür stand, anblickte. Das grelle Licht hob ihre Figur mit der Schärfe eines Scherenschnittes heraus. Pilatre de Laurent sah die leicht deformierte Linie, mit der das Kind sich an dem makellosen Körper der Frau abzeichnete. Mit seinem für die Anatomie des menschlichen Körpers geschulten Blick erkannte er,

daß diese Frucht schon fast ausgereift sein mußte. Ungeformt noch, stieg eine verbrecherische Idee in ihm auf. Mit zitternden Händen zog er ein flaches goldenes Etui aus seinem Anzug. Er ließ den Deckel aufspringen, nahm eines der grauen, mit einem breiten sandfarbenen Mundstück versehenen Stäbchen heraus, in denen wache Träume schlummerten. Er entzündete hastig den Tabak. Ins Leere starrend, sog er den Rauch ein. Dann setzte er sich an den Holztisch, der die Mitte des Raumes einnahm. Einzelne, in weißes Seidenpapier verpackte Knochenteile lagen dort, Pinzetten und Werkzeuge zum Zusammensetzen der mitunter winzigen Teile.

Er hatte Carolines Gegenwart vergessen, und Caroline hatte nur den einen Wunsch, diesen von dem Fäulnisgeruch einer Beinkammer erfüllten Raum zu verlassen.

Sie trat auf die Veranda hinaus. Die pralle Hitze des Mittags stürzte auf sie herab, und doch fror sie.

KAPITEL 65

Das Dämmerlicht, das die vor die Fenster und die Verandatür gezogenen Läden schufen, ließ Caroline die Hitze noch drückender empfinden. Den sprudelnd aufsteigenden Bläschen der Limonade zusehend, die der Chinese eben vor sie hingestellt hatte, spielte sie mit dem Strohhalm. Sie fühlte sich müde und hellwach zugleich, instinktiv von dem trügerischen Frieden beunruhigt.

Den ganzen Tag war nichts geschehen. Niemand hatte nach

ihr gesehen, niemand sie gerufen. Das lautlose katzenhafte Kommen und Gehen des Chinesen mit Speisen, Naschwerk und Erfrischungen hatte das Gefühl einer geheimen, sich draußen irgendwo vorbereitenden Bedrohung nur noch verschärft. Sie kam sich vor wie in einer Glaskugel, die jeden Augenblick zersplittern konnte.

Wie schon so oft vorher, trat sie an die Verandatür, hob eine Holzklappe einen Spalt breit auf. Der Garten lag verlassen da. Blendend weiß liefen die Wege durch die Rasenflächen. Die Schatten der Bäume und Sträucher, die allmählich wuchsen, waren nichts weiter als matte Flecken in dem gleißenden Flimmern, in dem alles verschmolz.

Zum hundertstenmal stellte sie sich vor, daß sie die Verandatür öffnen und in den Garten hinausgehen würde, immer weiter, durch die Tore, ohne daß jemand sie daran hinderte. Es war eine Gedankenspielerei, aber nicht einmal diese führte sie zu Ende, so groß war ihre innere Lethargie.

Am Himmel hatte sich aus rauchgrauem, braunem und violettem Dunst eine Wolkenbank zusammengeschoben. Ferne und undeutlich lief ein dumpfes Grollen über die Ebene, auf der eine Staubwolke aufwirbelte, schnell näherkam. Wie ein Phantom aus goldenem Staub tauchte die Gestalt eines Reiters daraus auf. Mit gespenstischer Schnelligkeit flogen Pferd und Reiter durch das Meer von Licht. Schon waren beide hinter der weißen Mauer und den blühenden Kronen der Obstbäume verschwunden, schon klang der Schlag der Hufe aus dem Hof.

Caroline eilte in das Schlafgemach, von wo aus sie den Innenhof überblicken konnte. Sie sah Cesare Santi aus seinem Haus treten. Der Reiter hatte sein Pferd pariert, saß ab und stürmte die flachen Stufen hinauf. Mit plötzlich klopfendem Herzen verfolgte Caroline die Szene. Die Männer wechselten nur wenige Worte. Don Santi winkte einen Diener heran, gab ihm einen Befehl. Der Mann rannte über den Hof, verschwand in den Stallungen. Keine Minute später, als hätten sie schon wartend zu Pferd gesessen, sprengten sechs Reiter heraus. Der Mann, der mit Santi gesprochen hatte, schwang sich wieder zu Pferd, setzte sich an die Spitze des Trupps.

In gestrecktem Galopp ritten die Männer davon. Santi stand da und blickte ihnen nach. Caroline glaubte, etwas wie ein triumphierendes Lächeln auf seinem Gesicht zu erkennen.

Wie sie, sofort, als sie den Reiter erblickt hatte, wußte, daß die Botschaft, die er brachte, mit ihr zu tun hatte, so wußte sie auch jetzt, daß man sie jeden Augenblick zu Don Santi holen würde.

Sie war sich so sicher, daß sie trotz der unerträglichen Schwüle die Samtjacke anzog, ihr Haar ordnete. Und doch gab es ihr einen Stich, als sie die Schritte über den Hof auf ihre Tür zukommen hörte und der Diener Santis hereintrat.

Ehe er etwas sagen konnte, folgte sie ihm hinaus in den Hof. Die einzelne Wolkenbank war zu einem Berg angewachsen, der sich in den Himmel türmte, grollend, Sturmböen atmend. Der Wind fegte über den Hof. Diener rannten umher.

Caroline sog die mit Elektrizität geladene Luft tief ein. Das Warten, die Ungewißheit hatten sie krank gemacht. Jetzt lebte sie auf. Ihr Element war nicht die Ruhe, ihr Element war der Sturm, der Blitz — alles, was unbezähmbar war wie sie selber. Was sie für Angst gehalten hatte, war nichts anderes gewesen als Ungeduld.

Sie folgte dem Diener die Stufen hinauf, durch die Tür in eine dämmrige Halle, die nur von den funkelnden Goldmosaiken des Bodens und der Wände Licht zu erhalten schien. Der Diener zog eine schmale Tür auf.

Unbefangen, eher neugierig betrat Caroline den in Rot und Gold gehaltenen Salon, in dem eine festliche Tafel gedeckt war. Cesare Santi, der neben der Tür gewartet hatte, wollte etwas sagen, aber im selben Moment entlud sich über dem Haus ein Donnerschlag.

»Wie passend«, sagte er, »Sie treten mit Blitz und Donner ein.« Er verneigte sich nicht vor ihr, er ergriff nicht ihre Hand. Auch Caroline unterließ jedes Zeichen des Grußes. Es herrschte zwischen ihnen jene intime Vertrautheit der Feindschaft, die genau wie wirkliche Freundschaft das ganze konventionelle Zeremoniell überflüssig machte.

»Ich mußte Sie holen lassen«, fuhr er fort. »Ich konnte die Nachricht nicht länger für mich behalten. Ich mußte meine Freude einfach mit Ihnen teilen.« Er wies auf die festliche Tafel, die, wie Caroline erst jetzt bemerkte, für drei Personen gedeckt war. »Es ist Sitte der Santis, die Siege mit den Besiegten zu feiern«, hörte sie ihn sagen. »Noch fehlt einer, aber ich glaube, er wird uns nicht lange warten lassen.«

Sie spürte, daß er auf eine Reaktion von ihr wartete, auf ein Zeichen des Erschreckens, aber, als hätte er etwas Belangloses gesagt, das sie nichts anging, verweilte ihr Blick auf den goldenen Tellern, den geschliffenen Gläsern, der kleinen Fontäne, die in der Mitte der Tafel plätscherte. Dabei sah sie nichts von allem. Sie war nur heißer dröhnender Herzschlag, während sie scheinbar gelassen dastand. Sie brauchte nicht zu fragen. Sie hatte Santi verstanden. Der Bote, die Reiter — der Gast, auf den sie zusammen warten würden, war der Herzog.

Sie hatte Monate hinter sich, die ohne eine Unterbrechung ein nicht endenwollendes Leiden waren — aber jetzt war ihr zumute, als gäbe es nur einen einzigen Schmerz, der tödlich sein konnte: die Liebe. Eifersüchtig, wie sie diesen Schmerz und diese Liebe immer vor jedem fremden Auge gehütet hatte, verbarg sie sie auch jetzt unter der Maske undurchdringlicher Gleichmut.

Für Cesare Santi war ihr Schweigen ein Zeichen, daß sie nicht daran dachte, sich als besiegt zu betrachten. Aber ihre stumme stolze Haltung war ganz nach seinem Sinn; um so länger und ausgiebiger würde er seinen Sieg auskosten können. »Meine Männer haben mir erzählt, daß Sie wie der Teufel reiten«, sagte er, »und daß sie die Schlagfertigkeit eines Mannes besitzen. Nun entdecke ich noch seltenere Tugenden, keine Neugier, stolzes Schweigen. Kommen Sie, die Zeit des Wartens sollte uns eigentlich nicht lange werden.«

Er trat neben sie. Er war nicht viel größer als sie. Aber seine breiten gerundeten Schultern, die sich unter dem weißen Seidenhemd mit den gefältelten Ärmeln abzeichneten, gaben ihr das Gefühl, daß er sie um einen Kopf überragte. Mit der Leichtigkeit, die all seinen Gesten eigentümlich war, führte er sie in die anschließende Bibliothek, deren Glasfront zur Veranda einen weiten Blick in den

Ziergarten freigab. Er schob ihr einen Sessel hin, schenkte ihr aus einer Karaffe Likör ein. »Ich habe es nicht zu hoffen gewagt«, sagte er, »daß ein Mann wie der Herzog sich mir freiwillig ausliefern würde.«

Sein Zynismus hatte etwas Gelöstes, Beschwingtes in dieser Stunde, aber Caroline kannte sein wahres Wesen zu gut, um sich täuschen zu lassen. Als hätte er ihre Gedanken erraten, sagte er, während er ihr gegenüber Platz nahm. »Es freut mich, daß Sie sich von meiner Euphorie nicht verführen lassen. Sie würden vergeblich in mir Gefühle suchen, die Ihnen nützlich sein könnten: Menschlichkeit, Güte, den Mann.« Er drehte eine Zigarre zwischen den Fingern, entzündete sie aber nicht. »Meine Freude ist ausschließlich böser Natur. Die einzige Spielart dieses Gefühls, die niemals enttäuscht, die man nicht bereut, massiv wie Gold.«

Einen Augenblick maßen sie sich, und Santi fragte sich, ob die Augen dieser Frau jemals geweint hatten. Ob es überhaupt etwas gab, mit dem man sie treffen konnte. Sie hatte mit keiner Wimper gezuckt, als er sie gestern vor den Männern gedemütigt hatte.

Ein Blitz spaltete den Himmel, warf seinen grellen Schein in den Raum. Krachend folgten die Donnerschläge. Die Welt schien unterzugehen in der blauvioletten Masse der Wolken, aus denen sich der Regen ergoß. Der Sturm peitschte ihn gegen die Glastüren; etwas wurde gegen das Glas geschleudert und fiel zu Boden.

Cesare Santi hatte sich erhoben. Er öffnete eine der Glastüren. Mit der Stiefelspitze stieß er den kleinen braungefiederten Vogel, der leblos am Boden lag, zur Seite. Caroline bemerkte den Blutfleck an seiner Stiefelspitze. »Da haben

Sie meine ganze Philosophie«, sagte er. »Lerchen sind dazu gemacht, zur Erde zu fallen, und nicht, wie die Menschen meinen, um in den Himmel zu steigen. Alle stürzen, die Dingen nachjagen, die nicht aus Erde, aus Schmutz gemacht sind.«
Es störte Cesare Santi nicht, daß nur er es war, der redete. Das Bewußtsein, daß jedes seiner Worte in ihr haften blieb, gab ihm mehr Befriedigung, als Antworten es vermocht hätten. Mit jenem Missionsdrang, der in den Bösen oft noch stärker ausgebildet ist als in den Guten, drängte es ihn, zu sprechen. Er blickte in den prasselnden Regen hinaus, der immer noch dichter wurde. Die Lampe, die einer der lautlosen Chinesen entzündet hatte, hob das Profil des Mannes scharf aus dem dämmrigen Hintergrund. Stirn und Nase waren eine einzige, kaum unterbrochene Linie, deren Brutalität aber nur wie jetzt im Profil zutage trat.
»Wenn mich jemals Mitleid streifen sollte«, fuhr er in seinem Monolog fort, »würde ich es in doppelte Grausamkeit verwandeln. Mitleid, Güte sind Perversionen der Natur. Das Böse ist das Gesetz meines Lebens. Der Herzog von Belômer hat das Gute zu seinem Gesetz gemacht. Er hat damit gesiegt – bis zu dem Tag, an dem er die Torheit beging, eine Frau und die Liebe in sein Leben einzulassen.«
Er sah zu Caroline hinüber. Die Kaltblütigkeit und der Hochmut dieser Frau, die ihn noch eben amüsiert hatten, begannen ihn zu reizen. Er wollte erleben, daß sie auffuhr, ihm widersprach. Er wollte sie rasen sehen, diese Raserei einer Frau, die aus dem Leib kam, nicht aus dem Kopf. »Nicht mir wird der Herzog unterliegen. Nicht ich bin der Sieger dieser Stunde. Sie sind es.« Er warf ihr einen

raschen überrumpelnden Blick zu. »Sie haben ihn mir ausgeliefert. Wenn es Sie nicht in seinem Leben gäbe, wäre er immer noch unverwundbar. Durch Sie ist er nur noch ein Schatten seiner selbst. Von allen Fallen, die man einem Mann stellen kann, ist die Liebe die grausamste und sicherste!« Mit derselben Bewegung, mit der er vorhin den toten Vogel weggestoßen, stieß seine Stiefelspitze in den dicken Teppich. »Wie viele Männer sind es, die Sie ruiniert haben? Wissen Sie es wenigstens? Zählen Sie Ihre Siege?« Seine Worte bekamen etwas Heftiges. »Oder gehören Sie zu den Frauen, die einen Mann nur dann in Erinnerung behalten, wenn er ihr Herz in einen Haufen glühender Asche verwandelt hat.«

Obwohl Cesare Santi nur von ihr und dem Herzog sprach, hatte Caroline das Gefühl, als diente ihm das nur als Tarnung, um von sich selber zu reden. Was verbarg sich dahinter? Gab es in diesem Mann doch eine schwache Stelle . . . Sie kam nicht weiter in ihren Gedanken. Die Tür flog auf. Atemlos, triefend vor Nässe, stürzte ein Mann herein. Caroline erkannte in ihm den reitenden Boten von vorher.

Cesare Santi war aufgesprungen. Er eilte zu dem Mann. »Was ist? Habt ihr ihn?« Der Mann sagte etwas, das Caroline nicht verstehen konnte. Aus seinem Umhang tropfte Wasser auf den Boden. »Dann nimm eben noch ein Dutzend Männer!« hörte sie Santi sagen. »Ein Weißer in Abomey! Es ist unmöglich für einen Fremden, sich länger als ein paar Stunden verborgen zu halten. Ihr müßt ihn ohne Verzögerung finden.«

Die Tür schloß sich hinter dem Mann. Caroline saß da,

umklammerte die Lehnen des Sessels, um nicht dem Aufruhr nachzugeben, der in ihr tobte. Wieder hatte Santi sie getäuscht. Wieder hatte sie einen Menschen in ihm gesehen und nicht das Ungeheuer, das er in Wirklichkeit war. Seine Männer waren dem Herzog nicht entgegengeritten. Sie machten Jagd auf ihn.

Cesare Santi war an die Glasfront getreten, blickte hinaus in die Nacht, die plötzlich hereingebrochen war. »Der Herzog hätte sich an die Gesetze der Erde — und nicht an die Gesetze der Liebe halten sollen«, sagte er.

»Und welches Gesetz gibt Ihnen das Recht, ihn wie ein Tier jagen zu lassen?« Caroline sprach leise, unwillkürlich den leisen drohenden Ton des Mannes annehmend.

Er wandte sich um, etwas Wildes im Blick. Es war ihm also doch noch gelungen, das marmorne Standbild zum Leben zu erwecken. »Wenn er in Lagos geblieben wäre, hätten wir ihn nicht zu jagen brauchen. Dann wäre das Ganze ein Geschäft geblieben, das in aller Ruhe zwischen den beiden Partnern abgewickelt worden wäre. Jeder hätte bekommen, was er wollte. Jetzt sieht die Sache anders aus, jetzt, wo ich Euch beide habe! Jetzt werde ich allein die Forderungen diktieren.« Langsam kam er auf sie zu, bis er dicht vor ihr stand. Die Schönheit dieser Frau, die alles, was in ihre Nähe kam, häßlich zu machen schien, empfand er in diesem Augenblick wie eine Verneinung seiner Existenz. Zerstörungswut stieg in ihm auf. »Ein Mann, der so töricht handelt, hat eine Strafe verdient, finde ich. Was, meinen Sie, würde den Herzog am tiefsten treffen?«

Ein Windstoß fuhr durch den Raum; die zuckenden Flammen der Kerzen duckten sich, als wäre eine Tür aufgesprungen. Caroline wandte den Kopf. »O nein! Der Retter ist noch nicht da.« Santi lachte höhnisch. »Es bleibt uns genügend Zeit, die richtige Strafe für den Herzog zu finden, etwas, das Sie und ihn ständig an mich erinnern soll. Ich glaube, ich weiß schon!«

Drohungen hatten niemals Gewalt über Caroline besessen. Als Kind war sie zur Geisterstunde in die Gruft der Schloß=kapelle geschlichen, um die Geister zu sehen, mit denen Marianne ihr gedroht hatte. Als Halbwüchsige hatte sie das wildeste Pferd zugeritten, weil man ihr gedroht hatte, sie ins Kloster zu stecken, wenn sie es wagen sollte. Sie wußte, wie gefährlich es war, diesen Mann zu reizen, und doch mußte sie es tun. »Sie machen mich neugierig, Don Santi.«

Das herausfordernde Lächeln, das ihre Worte begleitete, war für Cesare Santi wie ein Schlag ins Gesicht. Seine Drohung war kaum mehr gewesen als eine teuflische Ge=dankenspielerei, aber der Spott dieser Frau zwang ihn, damit Ernst zu machen. »Ihre Neugier soll gestillt werden. Aber seien Sie nicht enttäuscht. Vielleicht erscheint Ihnen das, was ich mir ausdachte, zu einfach, zu alltäglich. Viel=leicht werden Sie sogar lachen — aber der Herzog wird be=stimmt nicht lachen, wenn er erfährt, was mit Ihnen ge=schehen ist . . .« Er streckte die Hand nach der Kordel aus, die zwischen den Falten des Vorhangs hing. Im Haus schlug eine schrille Glocke an.

Caroline fuhr aus dem Sessel auf, aber Santi war sofort bei ihr. Er nahm ihre Hand. »Wir sind doch nicht schreckhaft?« Seine braunen goldgesprenkelten Augen waren dicht vor ihr.

Caroline schleuderte die Hand des Mannes weg. Sie hatte den Fehler gemacht, ihn zu reizen, aber wenn sie jetzt zeigte, daß sie Angst hatte, würde sie ganz verloren sein.
Eine Tür hatte sich geöffnet. Unbeholfen, behindert von der Kraft, die in seinem animalischen Körper steckte, kam der Tiermensch herein, den Caroline gestern abend im Hof bei den Stieren gesehen hatte.
Die engen naturfarbenen Hirschlederhosen schmiegten sich wie eine zweite Haut um die von den Muskeln geradezu deformierten Beine; das rostrote Baumwollhemd stand über der behaarten Brust offen. Der Versuch, das lange krause Haar aus der Stirn zu kämmen, hatte es nur noch widerspenstiger gemacht. Wie eine gesträubte Mähne stand es um das braune Gesicht mit der schrägen wulstigen Stirn, der tief eingesattelten Nase, den engstehenden kleinen Augen und der unförmig vorgeschobenen Kinnlade mit dem riesigen Mund, der dennoch zu klein schien, um sich über das bleckende Gebiß zu schließen.
Cesare Santi machte der Kreatur, die bei der Tür stehengeblieben war, ein Zeichen, näher zu kommen. Pulu war ihm zugelaufen wie ein Tier. Vor vielen Jahren hatten sie ihn eines Morgens bei den Pferden gefunden. Und dort war auch heute noch sein Zuhause. Dort schlief er; dort hatte er in Tonkrügen die Dollars vergraben, die er von Santi für seine »Vorführungen« bekam, zu denen Santi ihn abgerichtet hatte. Den Kopf eingezogen, die langen Arme fast am Boden schleifend, stand er da, auf die Befehle seines Herrn wartend.
»Ich weiß, mein Pulu ist keine Schönheit«, sagte Santi. »Man kann ihn eigentlich keinen Menschen nennen. Und

wenn er einer wäre, hätte ich ihn nicht so gern. Aber er hat die Kraft meiner Stiere.« Santi deutete auf Caroline. »Was meinst du, Pulu? Gefällt sie dir?«

Der Angeredete reagierte nicht. Er starrte vor sich hin, eingeschüchtert, fast ängstlich. Santi begann zu lachen, ein leises obszönes Lachen. »Ist er nicht rührend in seiner Unschuld? Was Frauen anlangt, ist er sozusagen Jungfrau. Ich weiß nicht einmal, ob es ihm mit einer Frau Spaß machen würde. Oder stören meinen Pulu nur die Kleider?«

Santi stand plötzlich hinter Caroline. Ehe sie sich wehren konnte, hatte er mit beiden Händen Jacke und Bluse aufgerissen. Er griff nach ihren Brüsten, bot sie dem Tier dar. »Nicht wahr, so sieht das schon anders aus. Ich weiß doch, was mein Pulu mag.« Ein Wanken ging durch den Tiermenschen. »Sie gehört dir!« rief Santi ihm halb lockend, halb befehlend zu. »Nimm sie dir!«

In die stumpfen Augen des Mannes trat Begreifen. Es war wie ein Funke, der in einen Heuschober fällt. Sein Mund zog sich auseinander. Seine Kräfte, an denen er bisher nur geschleppt hatte wie an einer Last, schienen nun die Herrschaft über dieses Wesen zu übernehmen. Santi kannte diese Verwandlung. Er hatte sie oft genug erlebt. Dann war diese wie aus einem wüsten Traum erschaffene Bestie stärker als jedes Tier. Er hatte erlebt, wie diese Arme und Schenkel Hyänen und Tigerinnen niedergerungen hatten, wie diese fletschenden Zähne sich in ihr Fleisch geschlagen hatten, während er ihnen sein Geschlecht aufzwang.

Caroline bemerkte nicht, daß Santi sie losließ. Sie stand wie versteinert. Das Klirren der Glasfront unter den anrennenden Sturmböen wurde für sie ein Laut der Angst, der aus

ihr selber zu kommen schien. Der scharfe tierische Geruch, der von dem Manne ausströmte, zog ihr den Hals zusammen.
Noch eben geduckt und blöde dastehend, reckte der Tiermensch sich auf. In seinen Zügen trat die blinde Wut einer gereizten Bestie. »Weißt du nicht, wie du sie packen sollst«, sagte Santis leise satanische Stimme. »Ihre Haut ist so glatt, nicht wahr. Und du bist an Fell gewöhnt, in das du dich verkrallen kannst. Aber sie hat Haar. Langes seidenweiches Haar.«
Während Santi sprach, sah er bereits vor sich, was geschehen würde. Pulu würde diesen weißen Körper mit seinen Klauen und Zähnen zerfetzen. Er würde sie töten, während er sie besaß. Das schöne grausame Spiel, diese Frau alle Qualen der Angst und Demütigung leiden zu lassen, wäre vorbei, noch ehe es richtig begonnen hatte. Nein, er wollte nicht ihren Tod. Er wollte nicht diese Tat, die ihn nicht befriedigen, sondern nur ernüchtern würde.

Santi warf einen Blick auf Caroline, auf dieses maskenhafte blutleere Gesicht mit dem unnatürlich roten Mund, den übergroßen, glänzenden Augen. Wann würde sie schreien, wann versuchen zu fliehen? Oder würde sie kämpfen? Den Leuchter packen, der neben ihr auf dem Tischchen stand, ihn gegen den Mann schleudern? Die Neugier, die Pantomime ihrer Todesangst mitzuerleben, war für einen Augenblick so groß, daß Cesare Santi alles andere vergaß.
Langsam bewegte sich der Tiermensch auf Caroline zu. Die Scheu vor der ungewohnten Umgebung war in das überwältigende Bewußtsein seiner Kraft umgeschlagen. Er sah

nichts mehr als das weiße Fleisch, von dem Santi die Kleider gerissen hatte, die vollen Brüste mit den bräunlichvioletten Warzen. Er hörte nicht mehr Santis gellendes »Zurück!« Keuchend streckte er die Hände nach der Beute aus.

Er wäre durch nichts mehr aufzuhalten gewesen, wenn Santi nicht blitzschnell dazwischengetreten wäre, ein Messer in der Hand. Der Tiermensch starrte wie hypnotisiert auf die breite doppelschneidige Klinge und wich mit einem dumpfen Laut zurück.

»Auf deinen Platz!« herrschte Santi ihn an. »Setz dich dort in die Ecke und rühre dich nicht mehr!«

Den Kopf zwischen die Schultern ziehend, floh der Mann vor seinem Herrn in die Ecke neben der Tür, ließ sich auf den Boden nieder, in eine Art blöder Starre fallend.

KAPITEL 66

Auf der Terrasse war es still geworden. Der Regen hatte aufgehört, der Sturm war erstorben. Hin und wieder fiel aus den Zweigen ein Tropfen auf die polierten Marmorfliesen der Terrasse. Es war nur eine Pause, ein kurzes Atemholen des Unwetters vor seiner letzten gewaltigsten Entladung.

Nicht anders empfand Caroline die Stille, die sich seit Santis plötzlichem Umschwung über den Raum gesenkt hatte. Daß er dieser Kreatur Einhalt geboten hatte, betrachtete sie nicht als Rettung, sondern nur als den Beginn von etwas, das noch furchtbarer sein würde.

Diese Gewißheit beherrschte sie so vollkommen, daß sie kein Auge hatte für den brütenden Ausdruck auf Santis Gesicht. Ihre Aufmerksamkeit war einzig und allein auf das Messer gerichtet, das Santi noch immer in der Hand hielt. Wie magnetisch angezogen, konzentrierte sich ihr ganzes Wesen auf dieses Messer, als wäre es das einzige Zeichen, das sie noch verstand, der einzige Helfer. Mit dieser Waffe in Händen, konnte sie alles ändern. Wenn dieser Mann dort zu atmen aufhörte, gab es keine Gefahr mehr für sie.

Sie mußte den Blick gewaltsam von der funkelnden Klinge losreißen. Sie senkte die Lider aus Furcht, daß ihre Augen sie verraten könnten. Sie zog sich ganz in sich zurück, so sehr, daß selbst der Stolz aus ihrer Haltung wich und sie dem Mann, der sie beobachtete, nur noch das Bild einer erschöpften Frau bot, die nicht einmal mehr über die Kraft verfügte, sich in den Sessel niederzulassen, auf dessen Rückenlehne ihre Hände Halt suchten.

Santi registrierte es mit der perversen, sich am Leiden eines anderen entzündenden Zärtlichkeit aller Grausamen. Aber er sah noch etwas anderes. Das offene Haar der Frau, das hinten nur mit einem Band zusammengehalten war; die zarten blassen Hände mit den kleinen ovalen Nägeln, die auf dem roten Samtpolster lagen . . . Muriel! So hatte sie damals dort gestanden, in Reisekleidern, in Stiefeln, Hosen und Jackett wie diese . . . Muriel! Wie Vögel aus einem geöffneten Käfig stoben die so lange verschlossenen Erinnerungen auf, schoben sich vor die Wirklichkeit, ein bunter wirbelnder Nebel, in dem die beiden Frauen zu einer einzigen wurden. Sie wußte, daß er ihren Mann getötet hatte! Sie wußte es und liebte ihn, den Mörder dennoch.

Das Gewitter, das für Minuten geschwiegen hatte, brach mit verstärkter Gewalt los. Die Feuerbögen der Blitze durchschnitten den Himmel, einander jagend wie die Explosionen, die Himmel und Erde erzittern ließen.
Santi trat einen Schritt näher auf Caroline zu. Gebannt starrte er in diese Augen, aus denen jedes Leben gewichen schien. Muriel. Sie war es! In einer Stunde wie dieser war es geschehen. Es war dasselbe Messer wie damals.
Das Messer auf der flachen Hand balancierend, hob Santi es der Frau langsam entgegen. »Ich weiß, daß du an nichts anderes denkst. Du möchtest es. Du willst mich töten. Aber es wird dir nichts nützen, wenn ich es dir gebe. Du hast es so oft versucht. Du wirst es auch diesmal nicht fertigbringen.«
Die Augen des Mannes schienen nur noch aus der unnatürlich geweiteten Pupille zu bestehen. Auf dem bräunlichen Gesicht mit der glatten, fast frauenhaft feinen Haut lag die reglose, nach innen lauschende Spannung wie bei einem Blinden oder einem Traumwandler.
Das »du« und seine fremde, vor Leidenschaft zitternde Stimme — dunkel ahnte Caroline, daß Santi nicht sie, sondern eine andere meinte. Sich der unbewußten Steuerung ihres Instinkts überlassend, wußte sie, daß sie diese Vision des Mannes nicht auslöschen durfte. Im Gegenteil, sie mußte versuchen, ihn noch tiefer in diesen Zustand hineinzutreiben. Sie mußte ganz das werden, was er in ihr zu sehen glaubte, die Frau, die irgendwann, lange vor ihr, hier gestanden haben mußte, ihr vollkommen fremd, und doch auf eine geheime Weise vertraut durch das Messer, nach dem sie genauso wie sie selber verlangt haben mußte.

Nebenan hatte ein Diener den Speisesalon betreten, machte sich an der Tafel zu schaffen. Mit Schrecken sah Caroline, wie Santi den Kopf wandte; sie zitterte bei dem Gedanken, daß er erwachen könnte aus diesem seltsamen Zustand, der ihr ein geheimer Verbündeter erschien, etwas, das ihn ihr ausliefern würde.

Aber auch der Diener dort, der leise mit Gläsern und Bestecken klapperte, schien zu dieser Stunde zu gehören. Santi legte das Messer auf das Tischchen neben den Kerzenleuchter. Sein Blick ging zu der Uhr, die in die Holzvertäfelung der Bibliothek eingelassen war. Er trat näher und blickte stirnrunzelnd auf die Zeiger. Dann öffnete er das Glas über dem Zifferblatt, stellte die Zeiger zwei Stunden vor. Dumpf schlug das Spielwerk die halben und vollen Stunden.

Cesare Santi hatte sich Caroline wieder zugewandt. Er legte seine Hand auf ihren Arm. »Du wolltest dich doch vor dem Essen noch umziehen, Muriel.«

Er zog eine unsichtbar in die Wandvertäfelung eingefügte Tür auf. Im ersten Augenblick glaubte Caroline eine Spiegelgalerie hinaufzublicken, getäuscht von der raffinierten Anordnung der Kerzenleuchter und Spiegel, die den achteckigen Ankleideraum ins Unendliche fortzusetzen schienen.

Am Boden stand aufgeschlagen die Truhe, die heute vormittag aus ihren Räumen fortgeschafft worden war. An einem Ständer hing, abgesondert von den anderen, ein schwarzes Taftkleid. Die Szene vom Vormittag, als Santi ihr das schwarze Kleid vom Leib gerissen, stand wieder vor ihr auf. Sie hob den Deckel der Truhe und blickte auf die

Buchstaben M. L. Sie war jetzt sicher, daß Cesare Santi in ihr jene andere, aus der Vergangenheit aufsteigende Gestalt sah ...

Durch die Tür, die Santi nur angelehnt hatte, hörte sie jedes Geräusch aus der Bibliothek. Ihre Sinne waren so an=gespannt, daß sie zu sehen glaubte, wie er den Wand=schrank öffnete, etwas herausnahm und ihn wieder schloß; wie er die Weinflasche entkorkte, die zwei Gläser füllte, die Verandatür aufzog.

Caroline war fertig angezogen, und doch zögerte sie heraus=zutreten. Sie stand da, eingekreist von dem Ballett ihres Spiegelbildes; etwas, das aus diesem schwarzen knisternden Stoff zu kommen schien, drang in sie ein, etwas von der Frau, die dieses Kleid einst getragen hatte, ihre Verzweiflung, aber auch ihr Mut.

Leise, als könnte jedes Geräusch den Bann dieser Stunde zerstören, trat sie heraus, ging auf Santi zu.

Er ergriff ihre Hände, betrachtete sie. Ein Lächeln ging über sein Gesicht. »Du trägst seinen Ring nicht mehr!?« Er stieß es flüsternd hervor. »Du hast seinen Tod genauso ge=wollt wie ich! Ich wußte es immer. Wir werden uns ver=stehen. Wir sind beide aus dem gleichen Stoff.« Er umschloß ihre Handgelenke fester, zog sie näher zu sich heran, als wollte er sie in die Arme schließen, sie mit Küssen bedecken. Aber plötzlich ließ er sie los. »Wo ist die Brosche?«

Caroline sah an sich herunter, über den tiefen Spitzen=einsatz, den Rock mit seinen Tressen, Schleifen und Rüschen, der sich über dem Fischbeingestell bauschte. Sie hatte das Kleid angezogen, wie sie es gefunden hatte.

»Verzeih!« hörte sie Santi sagen. »Ich habe mir diesen Augenblick so oft vorgestellt, daß ich dachte, ich hätte sie dir schon geschenkt.« Er nahm ein Etui vom Tisch. Auf purpurnem Samt lag eine Brosche mit einem walnußgroßen Saphir. Santi hob sie heraus. »Der Stein hat die Farbe deiner Augen . . .«

Caroline nickte stumm. Santi steckte ihr die Brosche an. Er stand vor ihr, schien durch sie hindurchzublicken, auf etwas, das nur er sehen konnte.

Ein Widerschein der zuckenden Flammenschleier, die über den Himmel wehten, glitt durch den Raum. Für Sekunden glühten Bäume und Sträucher vor der Terrasse in fluoreszierendem Grün auf, gespenstische Schemen, die sofort wieder im Dunkel untertauchten. Mit einer heftigen Bewegung fuhr Cesare Santi mit der flachen Hand über die drei Kerzen des Leuchters, daß sie zischend erloschen. Der Raum, jetzt nur noch von einem Leuchter erhellt, sank ins Halbdunkel.

»Ich weiß, es ist dir zu hell, für das, was du tun möchtest«, sagte er. »Du mußt nicht erschrecken, daß ich deine Gedanken kenne. Du bist wie ich. Du mußt zuerst hassen, bevor du lieben kannst. Ich habe dich auch gehaßt, als ich dich das erstemal sah. Gehaßt für jeden Augenblick, den du dem andern gehört hast. Und du haßt mich jetzt, weil ich das Verbrechen begangen habe, das du dir gewünscht hast. Und weil du weißt, daß deine Kraft, mich zu hassen, mit jeder Sekunde, die du hier bist, schwächer wird. Du hast nicht mehr viel Zeit, Muriel. Wenn du mich töten willst, dann tu es schnell, solange noch genug Haß in dir ist. Er wird verlöschen wie die Kerzen unter meinen Händen. Da liegt das Messer. Nimm es! Jetzt ist der letzte Augenblick . . .«

Caroline war es, als entrollte sich ein dunkles wüstes Drama vor ihr. Bisher hatte es nur aus Kostümen und Requisiten bestanden, deren Bedeutung sie nur hatte ahnen können. Aber jetzt wurde daraus plötzlich Wirklichkeit — die alles mit sich reißende Wirklichkeit des Wahnsinns!
Dieser Mann, der vor ihr stand, war nicht mehr der Teufel, dem es genügte, mit Worten zu foltern, dem eine kalte, nur vom Gehirn gelenkte Grausamkeit Befriedigung verschaffte. Nicht mehr sein eisiger Verstand war jetzt der Motor seiner Handlungen — etwas viel Gefährlicheres trieb ihn an, der dunkle Zwang des Wahnsinns, der wie ein Zucken in dieser Stunde zum Ausbruch kam. Sie hatte geglaubt, die Fäden dieses Spiels in der Hand zu halten, diesem wie in einem Traum befangenen Mann überlegen zu sein. Jetzt graute ihr vor ihrer Selbsttäuschung.
Noch hatte sie die Kraft, dem Blick dieses Mannes standzuhalten, aber schon begann sie die Unterjochung unter seinen zerstörerischen Willen zu empfinden. Etwas, das aus den starren weitgeöffneten Pupillen dieses Mannes auf sie überzuspringen schien, ergriff Besitz von ihr. Sie schien nur noch ein Spiegel dessen, was in dem Mann vor sich ging, ein Medium, das sich mit den stummen Befehlen dieses Wahnsinnigen auflud.
Santi nahm das Messer von dem Tischchen. Caroline sah die doppelschneidige Klinge, kurz, breit und grausam, den beinernen Griff. Die ungeformte Hoffnung, die sie vor kurzem beim Anblick dieses Messers empfunden hatte,

schien ihr wie ein Hohn. Niemals würde es ihr ein Helfer sein, niemals würde es ihr gelingen, es an sich zu bringen.

Sie zuckte, als Cesare Santi es ihr in die Hand legte. Sie hielt den Tod in der Hand, den Sieg über dieses Ungeheuer. Aber ihre Hand, die vorhin noch nach diesem Messer gefiebert hatte, war jetzt kaum fähig, es zu halten. War sie noch sie selber? Oder war sie Muriel, jene andere, deren Kleid sie trug? Sie sah die Brust des Mannes vor sich. Sie glaubte den Schlag seines Herzens unter der weißen Seide zu sehen. Und sie wußte, niemals würde sie das Messer durch diese Seide stoßen können, durch die braune glatte Haut, in das muskulöse Fleisch.

Behutsam, fast zärtlich, umschlossen die Hände des Mannes ihre Finger. »Ich wußte, daß du es nicht kannst. Jede Nacht bist du gekommen, das Messer in der Hand, hast dich über mich gebeugt — ich habe getan, als ob ich schlafe. Ich habe gewartet. Aber du konntest es nicht — dabei ist es so einfach . . .«

Caroline war nicht fähig, auf die Hände des Mannes zu blicken, die das Messer jetzt gegen die eigene Brust richteten. Aus ihren Fingern, die immer noch den beinernen Griff umschlossen hielten, war jedes Gefühl gewichen.

Leise, wie beschwörend, fuhr die Stimme des Mannes fort. »Sieh her, Muriel! Wie leicht es ist. Wie diese Klinge eindringt. Sie ist dafür gemacht. Es tut nicht weh. Kein Blut, keine Wunde.«

Caroline hatte ihre Hand unter seiner Umklammerung gelöst, aber der Mann schien es nicht zu bemerken. Er stand da, den Blick ins Leere grichtet, und trieb sich das Messer bis zum Heft ins Herz . . .

Langsam, wie von unsichtbaren Händen gehalten, sank Don Santi in den Sessel, der hinter ihm stand. Er lächelte. Seine Stimme kam stockend. »Bist du nun versöhnt?« Er versuchte den Kopf zu heben. »Muriel ...« Blutgerinnsel sickerte aus seinem Mund. Seine Stimme erstickte. Er glitt tiefer in den Sessel. Sein Körper fand nirgends mehr Halt. Seine Augen irrten suchend durch den Raum, fanden noch einmal zu Caroline zurück. Er starrte sie an — im Sterben jäh aus seinem Wahn erwachend.

Das schon entrückte Gesicht verzerrte sich. Die Augen, über die der Tod schon seine sanfte schattige Blindheit hatte breiten wollen, funkelten noch einmal auf. Das ganze gräßliche Erkennen spiegelte sich in ihnen, ein wilder Haß brach daraus hervor. Er wollte schreien, aber es wurde ein Gurgeln. Dann sackte er in sich zusammen.

Caroline stand gelähmt; sie war erschöpft bis in die letzte Faser ihres Körpers, wie nach einem furchtbaren Kampf, so als hätte sie wirklich das Messer in seine Brust gestoßen.

Den Anblick des Toten nicht länger ertragend, wandte sie sich ab. Sie hätte fast aufgeschrien, als sie neben der Tür den Tiermenschen erblickte. Ohne einen Laut, ohne eine Bewegung hockte er dort, so wie Santi es ihm befohlen, und hatte mit angesehen, wie sein Herr sich getötet hatte. Begriff er überhaupt, was hier geschehen war?

Caroline selber begriff es nicht, wollte es nicht begreifen. Die einzigen wissenden Komplicen des Geschehens schienen die stummen leblosen Gegenstände, die Sessel, die Uhr, die Bücher in den Regalen, die Tüllvorhänge, die im Wind aufwehten, über das Gesicht des Toten strichen ...

Einen Augenblick streifte Caroline der Gedanke, den Toten wegzuschaffen, aber gleichzeitig wußte sie, daß sie ihn nicht anrühren konnte.
An dem Toten vorbei, eilte sie zu der angelehnten Veranda=tür, zog sie auf und rannte in den Garten hinaus.

KAPITEL 67

Sie lief im Schatten der Bäume dahin. Regen schlug ihr ins Gesicht. Der Saum des langen schwarzen Taftkleides, der über das nasse Gras schleifte, sog sich mit Nässe voll, wurde schwer.
Die Dunkelheit, der Regen, der über ihr Gesicht rann, die Kühle der Nacht brachten sie allmählich zu sich. Cesare Santi war tot. Er hatte sich selber getötet, im dunklen Rausch des Wahnsinns . . .
Sie hielt mitten im Schritt inne bei diesem Gedanken. Er kam so überraschend, als hätte sie Santis Sterben nicht mit eigenen Augen miterlebt. Sie blickte zurück zu der Glas=front der Veranda. Aus der Bibliothek fiel Licht. Die Vor=hänge bewegten sich im Luftzug. Noch war der Druck des Grauens, der auf ihr lastete, so stark, daß das Gefühl der Befreiung dagegen nicht ankam. Schnell wandte sie sich ab. Im Schutz der Bäume bleibend, eilte sie weiter. Irgendwoher wehte würziger Essensduft, und wie immer in den unmög=lichsten Augenblicken stieg Heißhunger in ihr auf. Sche=menhaft tauchten die Dächer der Stallungen auf. Sie

brauchte ein Pferd. Ohne Pferd war ihre Flucht aussichts=los.

Außer Atem erreichte sie das Mäuerchen, das den Garten gegen die Stallungen hin abgrenzte. Sie langte darüber, ertastete einen Riegel, schob ihn zur Seite. Aus den flachen Bogenfenstern der Ställe drang Lichtschein. Nicht das ge=ringste Geräusch war zu vernehmen, nicht einmal das leise Stoßen und Rumoren der Tiere in ihren Boxen.

Vorsichtig drückte sie eine der Stalltüren auf. Eine Katze strich an ihr vorbei ins Freie, ein Vogel regte sich in dem Nest, das über der Tür an der Mauer klebte. Ihr Blick ging durch die Boxen. Sie waren leer.

Alle waren sie draußen in der Nacht, auf der Jagd nach einem Menschen! Anstatt sie zu lähmen und zu entmutigen, spornte dieser Gedanke sie nur noch mehr an. Sie huschte durch den Stall. In der anschließenden Remise standen Kutschen. Ein Tor führte hinaus in einen ausgedehnten Gemüsegarten. Wie zur Bleiche ausgelegte Tücher krochen niedrige blühende Stauden über den Boden dahin. Mitten darin erhob sich das langgestreckte Dach eines Glashauses. Sie lauschte. Ein langgezogener Schrei drang durch die Nacht, wurde leiser, schwoll wieder an zu einem verzweifel=ten Todesschrei. Er kam aus dem Glashaus.

Hitze schlug ihr entgegen, der Geruch feuchter keimender Erde, als sie die Türe aufzog. Die dreistöckig übereinander=hängenden Galerien von Pflanzen wurden in der Dunkelheit zu einem Vorhang wie aus Schlangenleibern.

Eine blakende Öllampe verwischte die Umrisse. Die Schreie kamen von einem niedrigen, sich kaum über die schwarze

Erde erhebenden Holzrost, auf dem Caroline den nackten Körper eines Menschen zu erkennen glaubte.

Sie schraubte den Lichtdocht höher. An Armen und Beinen auf den Rost gefesselt, lag Nicanor Velano dort. Glänzend vor Schweiß, gezeichnet von den Striemen der Peitsche, bäumte sich sein Körper zwischen den Fesseln. Und dann sah Caroline neben seinem Kopf die dunkle Spitze in die Höhe stechen. Santis Befehl fiel ihr ein, den er gestern abend seinen Leuten gegeben hatte, Nicanor die Folter im Bambusgarten zu geben ... Sie trat näher. Überall unter dem Rost sah sie die Bambusschößlinge aus der feucht=warmen Erde stoßen, seinem Körper entgegen, lange harte Spitzen eines langsamen grausamen Todes ...

Hatte Nicanor ihre Schritte vernommen? Seine Schmerzens=schreie brachen ab, verschluckt vom Trommelwirbel des Regens auf dem Glasdach.

»Geh!« hörte Caroline ihn sagen. Seine Stimme zitterte noch von den Schreien. »Laß mir die Folter, Cesare! Laß mich alle Schmerzen leiden, die ich dir zugefügt habe. Laß mich sterben. Verzeih mir nicht, Cesare ...«

Caroline hörte die Worte, diesen Ausbruch einer wüsten obszönen Leidenschaft, einer ans Wollüstige streifenden Todesqual. Sie hatte schon am Abend vorher mit Schaudern diese Verwandlung Nicanors miterlebt, diese sklavische Unterwerfung, die dem Wesen dieses jungen Mannes so entgegengesetzt war. Ein Gefühl, als wäre sie mitschuldig an dem, was hier geschah, beschlich sie. Sie wandte sich zu dem Tisch, auf dem die Lampe stand. Eine aufgeschnit=tene Melone lag da. Das Messer daneben glänzte noch feucht; hier mußte bis vor wenigen Augenblicken der

Wächter Nicanors gesessen haben. Sie mußte sich beeilen, wenn sie Nicanor befreien wollte.
Sie griff nach dem Messer und ließ es sofort wieder los. Die Berührung mit dem vom Zuckersaft der Frucht klebrigen Griff hatte sie an das andere Messer erinnert, das sie eben noch in der Hand gehabt – und das jetzt in der Brust Santis steckte. Der Bann des Wahnsinns, dem sie sich schon entronnen glaubte, schien sie noch einmal einholen zu wollen.
Hatte das monotone Geprassel des Regens wirklich aufgehört? Oder kam diese vollkommene tödliche Stille aus ihr? Diese Stille, in der Unhörbares zum Geräusch wurde: das Arbeiten der Erde, die ihre Kräfte in die unaufhaltsam wachsenden Bambusspitzen preßte.
Carolines Blick glitt suchend über die Wände. An einem Bord hingen Sicheln aufgereiht. Sie nahm eine davon. Nicanor lag in einer Art Ohnmacht. Die Glieder angespannt, den Mund geöffnet, die Augen geschlossen, murmelte er wirre unverständliche Worte vor sich hin. Er verstummte, als sie die Fesseln an Händen und Füßen durchschnitt. Immer noch reglos, begann Nicanor zu sprechen, zögernd und doch mitgerissen von der jähen Hoffnung, dieser Folter zu entrinnen. »Du verzeihst mir? Sag es mir! Befiehl mir, mich zu erheben. Befiehl mir, diese Frau zu töten, bitte.« Er blieb liegen, auf die Stimme Cesare Santis wartend, auf das Wort, das ihn dem Leben erst wirklich zurückgeben würde.
Caroline mutete dieser junge Mann in seiner Selbstaufgabe ebenso widernatürlich an wie Santi in seinem Wahnsinn. »Steh auf!« herrschte sie ihn an. Nicanor fuhr in die Höhe.

Caroline sah im Halbdunkel das zerfetzte Fleisch des Rükkens. Er konnte sich kaum aufrecht halten. Sein Kopf schien zu schwer für diesen ausgebluteten gemarterten Körper.
Sie reichte ihm die Hand, aber er stieß sie zurück, als er sie erkannte. Am ganzen Körper bebend, stand er da, brach in hysterisches Schluchzen aus. »Ich will von dir die Freiheit nicht. Ich hasse dich. Ich hasse euch alle. Cesare wird mich jetzt noch schlimmer strafen.« Er verstummte. Die aufgewühlten schmerzverzerrten Züge wurden ruhig. Etwas wie wilder Triumph flammte in seinen Augen auf. »Du bist ihm also entkommen! Du willst fliehen! Aber ich werde dich zu ihm zurückbringen.«
Er hatte die Sichel in Carolines Hand entdeckt. Er wollte sich auf sie stürzen, aber er kam keinen Schritt weit. Er taumelte, die Beine gaben unter ihm nach, seine Hände griffen in die Luft.
Der geschundene Leib, der reglos vor ihr am Boden lag, schien Caroline einen Augenblick wie eine unüberwindliche Barriere; durfte sie fliehen, ohne seine Wunden wenigstens notdürftig zu verbinden? Mußte sie nicht bei ihm ausharren, bis er wieder bei sich war?
Aber noch ehe diese Regung des Mitleids sich ihrer bemächtigen konnte, begann sie zu laufen, instinktiv vor allem fliehend, was sie hier noch eine Sekunde länger halten würde.

Caroline hatte sich während des Tages ein so genaues Bild von der Lage der Häuser, der Gärten und des Weges durch die offenen Felder gemacht, daß sie keinen Moment zögerte, welche Richtung sie einschlagen mußte.

Sie verließ den Garten, der unmerklich in Felder überging, und lief in den Furchen eines Baumwollfeldes dahin, außer Atem und doch von einem allmählich aufkommenden Überschwang der Freiheit erfaßt, der sie das klatschnaß am Leib klebende Kleid vergessen ließ, ja selbst den bohrenden Schmerz, der hin und wieder ihre Eingeweide zusammenzog. Der Regen hatte aufgehört. Zwischen den schaumgeränderten Wolken segelte der Mond wie in einem hochgehenden Meer. Endlich tauchten die Lagerfeuer der Faktorei, die zuerst nur eine zarte Rötung des Himmels gewesen waren, in der Ebene vor ihr auf.

Hinter der mannshohen Hecke aus Stachelakazie sah sie das Tor. Die beiden Gatter standen offen. Das Rudel Hunde lagerte rund um den Pflock, an dem ihre Lederriemen befestigt waren. Daneben saß der Wächter. Noch unschlüssig, ob sie es riskieren sollte, an den Hunden vorbei hinauszuschlüpfen, hörte sie Hufschlag.

Durch die Zweige sah sie die Reiter aus der Nacht daherspengen. Die weißen Satteldecken der Pferde waren dunkel vor Nässe. Die dampfenden Leiber der Schimmel glänzten wie polierter Marmor. Die offene Anordnung des Trupps sagte deutlich, daß sie ohne den Mann heimkehrten, den sie Santi als Gefangenen hätten bringen sollen. Als letzter kam der blonde Reiter, der sie aus dem Palast König Gezos

abgeholt hatte. Sein glattes spöttisches Gesicht wirkte fremd und verwildert von den Anstrengungen dieser Nacht.
Kaum hatte er das Tor passiert, glitt Caroline aus ihrem Versteck. Die Hunde zerrten jaulend an den Leinen, aber der Wächter starrte nur kopfschüttelnd den Reitern nach.
Überrascht, wie leicht es gewesen war, zu entkommen, blickte Caroline noch einmal zurück. Bald würde es dort, wo sich das dunkle Karree der Dächer abzeichnete, hell werden. Sie glaubte zu sehen, wie die Männer in den Hof einritten. Sie glaubte das Dröhnen der Hufe auf dem Pflaster zu hören. Sie würden die Stufen zu Santis Haus hinaufstürmen, ihn finden . . .
Caroline begann zu laufen. Den Rock mit beiden Armen gerafft, rannte sie durch den Palmhain, der nach Abomey führte. Manchmal stockte sie, schöpfte Luft, lauschte, aber alles blieb still.
Aus den tiefziehenden Wolken fiel hin und wieder ein einzelner Windstoß, schüttelte aus den Kronen der Palmbäume Wasserfontänen. Das aufgelöste, vom Regen schwere Haar zog ihr den Kopf nach hinten, schlug ihr bei jedem Schritt auf den Rücken. Mit offenem Mund sog sie die kühle Nachtluft ein – den wilden Geschmack der Freiheit.

Sie glühte wie im Fieber, als sie am Ende des Palmhaines die Lichtung mit den Zisternen auftauchen sah. Die Stimmen der Wasserträgerinnen flogen durch die Stille.
Die Frauen waren nichts als dunkle Silhouetten, einander gleich wie der Faltenwurf ihrer bis zu den Knöcheln reichenden Gewänder, gleich wie die Krüge, die sie auf der Schulter trugen.

Caroline wich tiefer in den Schatten der Bäume zurück, als sie in ihrer Nähe Stimmen hörte. Am Rand des Hains kam eine Negerin daher. Ein Mann folgte ihr. Er trug den weißen Anzug der chinesischen Diener bei Don Santi. Das Paar verschwand hinter einem dichten Gebüsch. Zweige knackten; in das Lachen der Frau mischten sich kleine Schreie. Dann sah Caroline etwas aus dem Gebüsch fliegen. Ein zweites, zu einem Ballen zusammengerolltes Teil folgte. Zuletzt wirbelte eine Muschelkette durch die Luft, verfing sich scheppernd am Hals des Wasserkruges, den die Frau dort abgestellt haben mußte.

Ein Lächeln glitt über Carolines Gesicht. Sie hatte bis zu diesem Augenblick keinen Plan gehabt, wie es ihr gelingen könnte, unerkannt nach Abomey zu kommen. Jetzt wußte sie es. Sie zog sich die Kleider, den Krug heran. Er war gefüllt. Etwas Klebriges blieb an ihren Händen haften, als sie ihn hochhob, um daraus zu trinken. Sie hielt ihre Hände nahe vor die Augen. Die Innenflächen waren dunkel gefärbt von der Tonerde.

Sie hakte das schwarze Taftkleid auf, streifte es ab, stieg mit leisem Bedauern aus den Lederstiefeln. Die Hände immer wieder im Wasser netzend, rieb sie die Tonfarbe von dem Krug, verteilte sie auf Gesicht, Hals, Arme und Füße; trotz der Eile sorgfältig darauf bedacht, keine Stelle zu vergessen. Dann legte sie das bis zu den Knöcheln reichende Gewand der Negerin an.

Sie wollte die abgelegten Sachen unter einem üppigen Farnbusch verstecken, als sie den großen kantigen Saphir fühlte. Sie löste die Brosche, schob sie in die Falten des Gewandes. Sie bückte sich nach der Muschelkette, die noch am Boden lag, hängte sie sich um den Hals; aus demselben instinktiven Trieb, der Kinder und Bettler verlorene Dinge auflesen läßt.

Sie sah an sich herunter. Sie tat es weniger mit ihren, als mit den Augen des Herzogs. Vielleicht würde diese Nacht sie einander finden lassen. Sie wagte nicht weiterzudenken. Sie wußte nur, daß sie keine Worte haben würde für das, was hinter ihr lag; daß statt ihrer diese Dinge ihm ihre Geschichte erzählen mußten: ein Gewand, das einer anderen gehörte, ein walnußgroßer Saphir, eine Kette aus Muscheln, die wie vertrocknete Oliven aussahen, und ein Krug mit Wasser.

KAPITEL 69

Caroline hätte sich die Nacht dunkler gewünscht, als sie auf die Lichtung der Zisternen hinaustrat. Der Mond schien ihr plötzlich nur dazu da, um zu verraten, daß ihre Bräune nichts als primitive Schminke war. Aber keine der Negerinnen beachtete sie. Der Krug auf der Schulter machte Caroline zu einer der ihren.

Sie schloß sich dem Zug an, der sich in einer endlosen Kette den ansteigenden Weg nach Abomey hinzog. Gestern, vom Pferd aus, war ihr der Schritt der Wasserträgerinnen langsam erschienen. Jetzt konnte sie kaum mithalten. Das nasse Gras, das sie bei den ersten Schritten wie ein erfrischendes prickelndes Bad auf ihren brennenden Fußsohlen empfunden hatte, begann ihr wehzutun, als bestünde es aus hauch=

dünnen Schneiden. Der Krug scheuerte auf ihrer nackten Schulter. Der Arm, mit dem sie ihn hielt, schmerzte.
See-dag-bee — hell und langgezogen flog der Ruf der Wasserträgerinnen durch die Nacht, ein monotoner Kanon, der den Zug mit seinem unerbittlichen Rhythmus vorantrieb.
Der Aufschlag von Pferdehufen lief durch die Erde. Caroline blickte sich um; der Trupp Reiter jagte im Galopp heran. Schnaubend kamen die Tiere näher. Peitschen zischten, als die Negerinnen nicht gleich den Weg freigaben. Caroline wich zur Seite, aber eines der Pferde streifte sie. Den Krug krampfhaft festhaltend, stürzte sie zu Boden; ein Teil des Wassers ergoß sich über sie. Dann ging alles unter in dem Schmerz, der in ihrem Leib wühlte.
Sie preßte die Hände gegen ihren Leib. Nein, nicht jetzt, nicht jetzt! Sie mußte die Stadt noch erreichen. Sie mußte erst ein Versteck für sich und ihr Kind finden, bevor sie es zur Welt bringen konnte.
Der Schmerz erlosch so plötzlich wie er gekommen war. Trotzdem fand Caroline nicht die Kraft, sich aufzurichten, wie gelähmt von etwas anderem, das viel schlimmer war als der Schmerz — von einem Gefühl grenzenloser Ohnmacht und des Ausgeliefertseins. Nicht die Roheit der Männer hatte es in ihr geweckt, sondern das stumme Hinnehmen der Negerinnen, die wie sie hingestürzt waren und die sich jetzt ohne einen Laut, ohne eine Geste der Empörung erhoben, ihre Krüge aufnahmen, deren Inhalt zu einem Gutteil verlorengegangen war und unter ihren nackten Füßen in der Erde versickerte.
Caroline schien es, als wäre dies das Schicksal all dessen, was eine Frau tat — daß es sinnlos versickerte wie eine

Handvoll verschütteten Wassers. Die Schönheit einer Frau, die Liebe, die sie weckte, die Kinder, die sie gebar, nichts blieb ihr. Alles ging von ihr, verflüchtigte sich. Was übrig blieb, war ein Wesen, verdammt zum Tragen von Lasten, für die es zu schwach war. Selbst wenn sie sich glücklich wähnte, blieb sie eine Sklavin ihrer Natur, die sie dazu zwingen konnte, auf nackter Erde ihr Kind zu gebären . . .
Ihr Kind. Zum erstenmal war der Gedanke daran ganz wirklich. Sie hatte sich immer einen Sohn gewünscht; einfach aus dem Naturtrieb der Frau, den Mann, den sie liebte, noch einmal, aus ihrem Fleisch und Blut, zu erschaffen. Aber in diesem Augenblick war es mehr, war es das inbrünstige Gebet, daß dieses Wesen, das sie in sich trug, ein Mann sein möge! Die Vorstellung, in diese Welt ein Kind zu setzen, das den Fluch des weiblichen Geschlechts trüge, war ihr furchtbar.
Vorsichtig, um den Schmerz nicht wieder zu wecken, richtete sie sich auf. Die Reiter waren verschwunden, der Schlag der Hufe in der Nacht verhallt. Hinter ihr, in der Senke des Tales, breitete sich wie eine kleine erleuchtete Stadt der Besitz Cesare Santis aus. Alle Fenster waren hell. Fackeln huschten hin und her. Sie glaubte sogar die Schreie der Männer zu hören.
Sie raffte sich auf. Sie hatte sich bisher nicht aufgegeben, und sie durfte es auch jetzt nicht tun. Sie hob den Krug auf die Schulter, reihte sich in den Zug der Wasserträgerinnen ein.

Seit Stunden setzte sie Schritt vor Schritt. Seit Stunden versuchte sie, nicht auf ihren Körper zu achten, nicht auf der

Krug, der, obwohl halbleer, wie eine Zentnerlast auf ihre Schulter drückte; nicht auf jene Stelle im Rückgrat, die bei der nächsten Bewegung zu brechen drohte.

Längst hatten sie das fruchtbare Gebiet der Dab=a=dab=Hügel verlassen und schritten auf dem glattgetretenen Wüstenpfad dahin. Ringsum dehnte sich nichts als die wellige Weite der Wüste, da und dort von einem Graben oder einem Tierskelett unterbrochen, das, die Rippen nach oben, wie eine seltsame Pflanze aus dem Sand wuchs.

Endlos dehnte sich der Weg, den sie gestern nacht zu Pferd im Flug durchritten hatte. Mit einem fahlen Graugelb, das von der Wüste auf den Himmel überzufließen schien, dämmerte der Tag. Blaßrosa und durchsichtig zeichnete sich in der Ferne die Silhouette der Stadt ab. Aber anstatt näherzukommen, schien sie vor ihnen herzuziehen, unerreichbar und unwirklich wie eine Fata Morgana.

Caroline hob den Krug auf die andere Schulter. Sie wußte nicht, wie oft sie es getan hatte während dieser nicht enden wollenden Nacht. Sie sah in der Armbeuge die hellen Linien unter der braunen Tonschicht. Sie zog das lose Ende des Schals über den Kopf. Don Santis Reiter waren auf der Suche nach ihr. Bevor es Tag wurde, mußte sie in Sicherheit sein; das Tageslicht gäbe ihre Verkleidung preis.

Wie jede Frau, verlangte es sie nur noch nach dem einen: nach den Armen des Mannes, den sie liebt. Nur das hatte sie während der langen Nacht wie magisch weiter und weiter getrieben. Doch jetzt, vor den Toren der Stadt, zerstob diese Hoffnung wie ein Traumgespinst. Wie sollte sie ihn finden, wenn zwei Dutzend Männer, die jeden Winkel in der Stadt kannten, ihn nicht hatten finden können?

Plötzlich stockte der Zug. Die Frauen an der Spitze hatten eines der Außentore Abomeys erreicht. Caroline, die nur die Schemen von zwei Gestalten sah, ergriff panische Angst. Waren es die Reiter Santis? Die Negerin, die jetzt bei den Männern stand, lachte hell auf, warf etwas in eine Ton=schale, die auf einem Dreifuß stand. Immer noch wilde pochende Angst im Herzen, begriff Caroline, daß die Män=ner da vorne Zolleinnehmer sein mußten, die jeder Wasser=trägerin eine Muschel Wegzoll abverlangten.
Caroline nestelte die Kette an ihrem Hals auf, nahm eine Muschel herunter. Sie zog den Schal tiefer ins Gesicht. Sie hatte das Gefühl, daß ihre Blässe durch die braune Farbe leuchten mußte. Mit gesenktem Kopf trat sie vor, warf die Muschel in die bis zum Rand gefüllte Schale.
Sie starrte auf den Boden, damit ihre Augen sie nicht ver=rieten. Sie hörte, wie hinter ihr die nächste Muschel in die Schale fiel. Weder links noch rechts schauend, nichts sehend als die dunklen Fersen der Frau vor ihr, schritt sie dahin.

Erst als der Lärm der Händler, die um diese Stunde ihre Stände und Waren am Markt aufbauten, ihr entgegenschlug, atmete sie freier.
Freudige Rufe begrüßten die Wasserträgerinnen. Der Zug, der Caroline wie ein einziger Leib vorgekommen war, löste sich auf in Einzelwesen, in Frauen, halbwüchsige Mädchen, junge üppige Weiber, alte ausgemergelte, fast schon ge=schlechtslose Wesen. Manche waren in armselige Fetzen ge=hüllt, andere trugen schweren Silberschmuck an Arm= und Fußgelenken. Die archaische Schönheit, die während der

Nacht diese gesichtslosen Gestalten umgeben hatte, zerstob. Schnatternd wie eine aufgescheuchte Gänseherde redeten sie durcheinander, feilschten an den Ständen der Händler um etwas zu essen oder strebten nach Hause.

Alle hatten sie ein Ziel. Jede wurde erwartet, sei es auch nur von einem räudigen Hund, wie er, ein paar Schritte neben ihr, kläffend aus einem schachtelgroßen Stand sprang, auf seine Herrin zu, die, seinen Platz einnehmend, das Wasser aus ihrem Krug anpries.

Caroline löste eine zweite Muschel von ihrer Kette, um sich ein Stück Melone zu kaufen, als eine neue Welle der Wehen sie Durst und Hunger vergessen ließ.

Von den immer heftiger werdenden Schmerzen getrieben, folgte sie zwei Frauen in eine dunkle Seitengasse, aufrecht gehalten von der Hoffnung, daß er plötzlich vor ihr stehen müsse, dort, am Ende der engen Häuserschlucht, wo es weiß aufschimmerte.

Die Frauen waren in einem Haus verschwunden. Allein trat Caroline auf den halbrunden Platz, aus dessen rötlichem Sand ganz überraschend eine kleine schneeweiße Moschee aufstieg. Die Kuppel schien mit der milchigen Helligkeit des Himmels zu verschmelzen.

An eine Hausmauer gelehnt, auf die Pause zwischen den Schmerzen wartend, blickte Caroline zu der Moschee hinüber. Dort, an diesen flachen Stufen, die so weiß waren, als hätte noch nie ein Mensch seinen Fuß daraufgesetzt, endeten Macht und Gewalt dieser Welt.

Ihre letzten Kräfte aufbietend, überquerte sie den Platz, schleppte sie sich die Stufen empor.

Die Kahlheit des Innern, die Sanftheit der Linien legten sich wie eine lindernde Hand auf ihre Sinne. Aus dem Innenhof floß stilles, ewig gleiches Dämmern; irgendwo plätscherte ein Brunnen.

Die Wehen, die ein paar Atemzüge lang ausgesetzt hatten, sprangen sie von neuem an. Wie ein Tier, das einen Schlupfwinkel sucht, tastete sich Caroline den Gang entlang, zu dem hinter zierlichen weißgrünen Säulen verborgenen Gebetsraum. Mit letzter Kraft stellte sie den Krug, an den sich ihr abgestorbener Arm klammerte, zu Boden, und sank auf die Fliesen.

Die Kühle des Steins drang in ihren Rücken. Stöhnend, in Schweiß gebadet, lag sie da, sich nach jeder Schmerzwoge fragend, ob sie noch die Kraft hätte, einer neuen standzuhalten. Der Raum begann um sie zu kreisen, ein Kaleidoskop von Farben und Zeichen.

Aber keine wohltätige Ohnmacht umfing sie. Jede Sekunde dieser Qual, die wie eine rohe Faust die Frucht aus ihrem Leib zu reißen versuchte, mußte sie erleben — und jede dieser Sekunden schien ihr schwerer zu wiegen als die Lust eines ganzen Lebens.

Sie half dem Wesen nicht, das da ans Licht wollte. Erbittert wehrte sie sich dagegen, ein Kind zu gebären, für das sie nicht einmal eine Windel hatte, in die sie es einschlagen konnte; alles in ihr bäumte sich dagegen auf, es hier zur Welt zu bringen, auf dem nackten Boden.

Wie oft zu Hause, in Rosambou, hatte sie eine ganze Nacht im Stall verbracht, wenn eine Stute warf. Sie hatte das Tier beruhigt, hatte es gestreichelt. War sie in dieser Stunde etwas anderes als ein armes gequältes Tier? Warum sollte sie nicht für sich tun können, was sie für ein Tier getan? Es war, als hätten sich die überreizten Nerven plötzlich ausgetobt. Sie wurde ruhiger. Der robuste Teil ihrer Natur gewann die Oberhand. Sie befahl sich, tief durchzuatmen, sich zu entspannen, sich nicht mehr zu wehren. Sie zog sich einen seidenen Gebetsteppich heran, rollte ihn zusammen und schob ihn sich unter den Rücken.

Als hätte es nur noch dieser einen Bewegung bedurft, war das Kind plötzlich da, ausgestoßen von dem glühenden Krater ihres Leibes. Noch war sie zu schwach, um die Hände darnach auszustrecken, noch war das Kind nichts anderes als etwas Warmes, Zappelndes zwischen ihren Schenkeln, aber schon schien aller Schmerz ausgelöscht, schon begann die Verklärung dieses Martyriums.

Ein staunendes Lächeln trat auf Carolines schweißüberströmtes Gesicht, als sie den ersten kläglichen Laut des Neugeborenen vernahm. Sich mit beiden Händen aufstützend, richtete sie sich auf. Wie winzig das Wesen war, das aus tiefblauen Augen zu ihr emporstarrte, wie zerbrechlich.

Sie riß einen Fetzen von ihrem Gewand, zog ein paar Fäden heraus. Sie band die Nabelschnur damit ab; es war als handelte sie für eine andere, als sie die Nabelschnur durchbiß. Sie tauchte das Stück Stoff in den Wasserkrug, um das Kind abzuwaschen, aber vorher verlor sie ihre Kraft.

Sie hörte nicht die Schritte hinter sich. Den Gebetsteppich in der Hand, glitt die Araberin in den Raum, Hajat, die Frau des arabischen Moscheeverwesers, blieb wie angewurzelt

stehen, als sie die schwarze Frau mit dem weißen Kind er=blickte. Gellend schrie sie den Schreck über das Unfaßba das sich ihren Augen bot, hinaus.
War es das Geheimnis der Geburt oder die bittere Qual und Einsamkeit dieser Stunde, die Caroline die triumphierende Ruhe schenkte, mit der sie den Blick zu der schreienden Frau erhob, die sie und ihr Kind wie eine Ausgeburt der Hölle anstarrte? Sie griff nach dem nassen Fetzen, der über dem Rand des Wasserkruges hing. Sie wischte sich damit übers Gesicht, rieb sich die braune Farbe herunter.
Hajat verstummte jäh. Sie ließ sich auf die Knie nieder. Sie stammelte unverständliche Worte, und doch war es Caroline, als hätte ihr nichts so deutlich sagen können wie diese fremden Laute, daß da jemand war, der ihr helfen wollte — eine Frau wie sie.
Hajat nahm Caroline den nassen schmutzigen Fetzen aus der Hand. Sanft half sie ihr auf. Das Kind im Arm, mit Füßen, die, wie ihr schien, keinen Grund finden konnten, sondern über treibende Wolken huschten, ließ Caroline sich von der Araberin durch einen Gang auf einen kleinen Innen=hof führen.
Feigenbäume filterten das Licht, vereinigten ihre Kronen über der Behausung des Moscheeverwesers zu einer Kuppel ewigen Schattens. Mit einer Geste bat die Araberin Caro=line in ihr Haus.
Aus dem dunklen Schlund einer Küche, an deren verrußten Wänden Kupferkessel blinkten, streckte eine schwarze Magd den Kopf heraus und verschwand auf einen Zuruf ihrer Herrin. Weiße Wände glitten vorüber, Türbogen, von Teppichen verhangen. Überall herrschte jene morgendliche

Ordnung, der man noch die flinken Hände ansah. Die Polster der Diwans spannten sich glatt, der Schlauch einer Wasserpfeife kringelte sich auf dem glänzenden Messingtablett. Die Fransen der Teppiche, die in mehreren Schichten übereinanderlagen, waren gekämmt.

Neben Caroline, ihr unverwandt in mütterlicher Besorgtheit zugewandt, schwebte das Gesicht der Araberin. Mit seinem vollkommenen orientalischen Oval, das nur aus sanft gespannten Bögen zusammengesetzt schien, stand es in schroffem Gegensatz zu dem dürren Körper der Frau, dessen herausstehende Schulterknochen nicht einmal die reichen Falten des schwarzen Musselingewandes verbergen konnten.

Zuletzt betraten sie ein kleines Gemach. Lachend und schimpfend scheuchte Hajat das halbe Dutzend getigerter Katzen fort, die es sich auf dem Lager in der Ecke bequem gemacht hatten. Sie zog die bunte Decke weg, holte aus einer Truhe weiße Laken. Sie breitete sie über das Lager, auf dem Hajat ihre Kinder zur Welt gebracht hatte, vier Kinder, die alle gestorben waren, als die Milch noch in ihren Brüsten stieg.

Caroline roch den Duft der frischen Laken, und es war wie zuhause, wenn Marianne die Kästen geöffnet hatte. Und wie dort, wenn sie erschöpft von einem langen Ritt oder von einer durchtanzten Nacht heimgekommen war, ließ sie auch jetzt alles dankbar mit sich geschehen. Die Magd hatte einen Waschzuber und Kübel dampfenden Wassers hereingebracht. Das von Blut und Schweiß beschmutzte Gewand fiel von ihrem Körper; nasse duftende Schwämme lösten die Farbe. In ein reines Hemd gehüllt, sank Caroline auf das Lager.

Mit ihren Händen, die so weiß waren, als pulste kein Blut mehr unter der Haut, erklärte Caroline den Frauen, daß sie einen Sandsack auf den Leib haben wollte. Sie war froh gewesen, daß man ihr das Kind nicht angesehen hatte, und sie wollte auch nicht, daß es an ihrem Leib Spuren hinterließ. Obwohl sie kaum noch die Augen offenhalten konnte, achtete sie darauf, daß die Frauen die weißen Stoffstreifen, mit denen sie den Sack auf ihrem Leib festbanden, auch straff genug anzogen.

Sie sah den Frauen zu, wie sie ihr Kind badeten, auf das kleine Wesen einredeten; es war, als versuchten sie es mit ihren Lauten wieder in die dunkle animalische Wärme des Mutterleibes einzuhüllen.

Schon an den Ufern des Schlafes dahintreibend, ließ Caroline doch kein Auge davon. Sie würde ihren Sohn Gil nennen. Er sollte den Namen seines Vaters tragen, den Namen des Mannes mit der Maske, jenes zweiten Ich des Herzogs, das sie vor ihm geliebt hatte.

Hajat hatte das Kind aus den vorgewärmten Tüchern, mit denen sie es nach dem Bad trocken gerieben hatte, gewickelt, und hielt es stolz Caroline hin.

Mit den Beinchen zappelnd schwebte es vor ihren Augen. Caroline wollte es schon beim Namen rufen — und verstummte. Sie hatte keinen Sohn geboren!

Nicht einmal das, nicht einmal einen Sohn! Wie ein Schatten legte es sich auf sie, wie eine erste Vorahnung der Leiden, die ihr dieses Wesen noch bereiten sollte.

Aber als Hajat ihr das Kind in den Arm legte, zog sie es mit einer leidenschaftlichen Zärtlichkeit an sich. Noch schwang das Gefühl der Enttäuschung in ihr nach, aber schon kam sie sich töricht vor. War sie nicht selber eine Frau! Hatte sie sich dessen je geschämt? Nein, das war nicht der Grund. Es war das Mißtrauen gegen diese Welt der Männer, das es so schrecklich für sie machte, ein Mädchen geboren zu haben. Würde nicht alles, was dieses Geschöpf einmal zu ertragen hatte, auch ihre Schuld sein ...

»Meine arme kleine Giliane«, flüsterte sie, dem Kind einen nur von der Zärtlichkeit erschaffenen Namen gebend. Sie hörte noch wie die beiden Frauen den Waschzuber hinaus=trugen, aber als sie ein paar Minuten später zurückkamen, um das Gemach aufzuräumen, war Caroline bereits einge=schlafen.

KAPITEL 71

Das Kind lag immer noch in ihrem Arm, wie Hajat es hineingelegt hatte, als Caroline erwachte. Sie hätte nicht sagen können, ob sie eine Viertelstunde oder einen halben Tag geschlafen hatte, ob die Stimmen hinter dem Tür=vorhang dauernd dagewesen waren oder erst nach ihrem Erwachen eingesetzt hatten. Jetzt wurden sie lauter, er=regter.

Der Vorhang flog zur Seite. Mit ausgebreiteten Armen ver=suchte Hajat einen mittelgroßen untersetzten Mann mit lan=gem Bart daran zu hindern, den Raum zu betreten. Aber der Verweser der Moschee ließ sich von seiner Frau nicht länger zurückhalten.

Chasid Beniir, dessen weißer Turban und weißes Gewand

seiner olivfarbenen Haut einen tiefen Glanz verliehen, blieb am Ende von Carolines Lager stehen. Er musterte sie mit aufmerksamen mißtrauischen Augen, während seine mit hellen Pigmentflecken übersäten Hände an der Kupferkette, die um seinen Hals hing, nestelten.

Er hatte vom ersten Augenblick an gewußt, wer diese Fremde war. Seit Wochen tuschelte ganz Abomey von der Weißen mit den Saphiraugen. Die einen nannten sie eine Zauberin, die anderen eine Göttin, beides mit dem gleichen Entsetzen. Chasid Beniir wußte, daß König Gezo sie verstoßen hatte, weil sie das Zeichen der Koh=na=pur trug; und eben erst, auf dem Markt, hatte er gehört, daß in der Nacht Don Cesare Santi ermordet worden war, der mächtige Sklavenhändler, und daß seine Männer überall nach dieser Weißen suchten.

Caroline las die Gedanken von dem Gesicht des Mannes. Sie war erleichtert, daß er alles wußte. Vielleicht hätte sie sonst versucht, ihn zu belügen, einfach aus ihrer körperlichen Schwäche heraus, aus dem blinden Trieb, für ihr Kind eine Bleibe zu haben. Sie richtete sich auf. »Ich sehe, Ihr wißt alles«, sagte sie. »Ich werde gehen.«

Chasid Beniir hatte ihre französisch gesprochenen Worte verstanden. Auf alles war er vorbereitet gewesen, aber nicht darauf. Alle Gründe, die er gegen ihr Bleiben hatte, brachen zusammen, durch diese Worte, die alles, was er hatte sagen wollen, vorwegnahmen.

Chasid Beniir kam sich grausam vor; schlimmer, er war nahe daran gewesen, sich gegen Allahs Willen aufzulehnen. Und dennoch zögerte er, sann er auf einen Ausweg, wie er es anstellen sollte, weder den Zorn des Propheten, noch den der Mächtigen dieser Welt auf sich herabzurufen. Er senkte den Kopf, starrte zu Boden. Das Bild dieser jungen Frau mit dem Kind im Arm war mehr als er ertragen konnte. Nur in seinen Träumen hatte ihn manchmal die Ahnung von soviel Schönheit und Liebreiz gestreift. Er vergaß, was er alles über sie gehört hatte. »Allah hat Euch zu uns geschickt«, sagte er schließlich.

»Sie suchen nach mir?« sagte Caroline. Sie wußte, daß der Bezirk der Moschee tabu war. Aber Santis Männer würden sich nicht daran halten, wenn sie erst wußten, daß sie hier war. »Nicht wahr, man sucht mich«, wiederholte sie in die Stille hinein. »Und Sie wollen, daß ich gehe.«

Chasid Beniir schämte sich seines klar abwägenden Verstandes, der ihm sagte, daß er dieser Frau nicht genug Schutz bieten konnte. »Ja, man sucht nach Euch«, bestätigte er stockend. »Don Santi ist ein mächtiger Mann, auch noch im Tod. Meine Frau hat getan, was Allah wollte. Ich würde Euch dabehalten . . . aber wir sind hier nur wenige Gläubige. Wir sind nur geduldet, auf Widerruf. Um Eurer selbst willen solltet Ihr die Stadt verlassen. Es gibt eine Möglichkeit, morgen nacht, wenn die Karawane nach Timbuktu aufbricht.«

Seine Frau war neben Caroline getreten, schob ihr Kissen in den Rücken, legte einen Wollschal um ihre Schultern. Caroline empfand es wie geheime Zeichen, daß sie anders dachte als ihr Mann.

Eine Karawane nach Timbuktu. Viele Hunderte von Meilen durch die Wüste. Vielleicht hatte er recht — daß es nur eine Rettung gab, die Flucht. Hatte sie nicht selbst daran gedacht . . . Und doch: sie konnte hier nicht fort! Und wenn

es in einem Erdloch sein sollte, sie mußte hier ausharren, bis der Herzog sie gefunden hatte!
Daß man in ganz Abomey von ihr sprach, erhöhte die Gefahr für sie. Aber es vergrößerte auch die Hoffnung, daß er sie bald fand. – Wie so oft in den vergangenen Monaten schien ihr, daß sie selbst es gewesen war, die das Räderwerk des Schicksals in Bewegung gesetzt hatte. Wenn sie damals nur in der Villa mit den roten Läden geblieben wäre! Wenn sie dort gewartet hätte, bis er wieder bei ihr war – hätte nicht alles einen anderen Verlauf genommen? Nein, sie durfte nicht noch einmal einen neuen Weg einschlagen. Sie mußte hier bleiben. »Ich kann die Stadt nicht verlassen«, sagte sie. »Ein Fremder, ein Weißer hält sich hier verborgen und sucht mich. Ich muß auf ihn warten.«
Als hätte sie Carolines Worte verstanden, entrollte Hajat ein Bündel schwarzen Musselins. Sie breitete es auf der Decke aus, redete auf arabisch mit ihrem Mann. Sie wiederholte, was sie ihm vorher schon gesagt hatte, daß unter diesen schwarzen Schleiern niemand mehr die Fremde erkennen würde. Aber Chasid Beniir ließ sich nicht irremachen. Zum Glück war er nicht wie seine Frau vom Stamm der Aduan, die an Stelle des Verstandes nur Mut besaßen. Er war ein Thakif. Seine Vorsicht würde dieser Frau im Ernstfall mehr nützen als der Mut seiner Frau, der nichts weiter war, als eine jener blinden Gefühlsaufwallungen, die nur zu leicht ins Verderben führten.
»Ich werde mich umhorchen nach dem Fremden«, sagte er während er den Blick wieder Caroline zuwandte. »Aber da ist noch etwas. In zwei Tagen wird Don Santis Leiche verbrannt. Er war ein großer Mann hier, er war ein Freund

des Königs, und so wird die Totenfeier einen ganzen Tag dauern. Sie werden ihm sieben Stiere opfern – und, so wollen es die Götter Dahomeys, alle Kinder, die am Tag seines Todes geboren wurden.« Er blickte Caroline offen an. »Die Priester des Königs werden jedes Haus durchsuchen. Sie werden auch hierherkommen. Wenn Ihr schon selbst die Gefahr auf Euch nehmt, so müßt Ihr wenigstens Euer Kind in Sicherheit bringen.«

Caroline fand keine Worte. Mutlosigkeit erfaßte sie, lähmende Verzweiflung. Warum hatte sie nicht einfach in einen tiefen Schlaf versinken dürfen, bis er sie fand? Wo blieb er? Warum ließ er es zu, daß all diese Dinge geschahen? Bitternis stieg in ihr auf, ohnmächtiges Aufbegehren und ein blindes Haßgefühl, als hätte er sie um einer anderen willen verraten. Zu lange war sie vernünftig gewesen, zu lange tapfer.

Diese fremde Frau neben ihr, die nicht einmal ihre Sprache verstand, sie hatte ihr geholfen. Ein Zug namenloser Gesichter glitt an ihr vorbei, Menschen, die ihr ein Lächeln geschenkt in diesen vergangenen Monaten, die ihr einen Teller mit Essen gereicht, die ihr Leben für sie gewagt hatten. Und er – wo war er in dieser Stunde, in der man von ihr das Schlimmste verlangte, was man von einer Mutter verlangen konnte – sich von ihrem Kind zu trennen.

»Überlegt es Euch gut«, sagte Chasid Beniir. »Ihr habt vierundzwanzig Stunden Zeit.« Er wandte sich zum Gehen.

Er stand schon unter dem Türbogen, als eine Bewegung Carolines ihn zurückhielt. »Wann geht die Karawane?« fragte sie.

»Morgen, bei Anbruch der Dunkelheit. Es sind alles Freunde, denen Ihr vertrauen könnt.«
Caroline konnte die Worte nicht aussprechen. Sie konnte ihren Entschluß nur mit einem Senken des Kopfes aus=drücken. Der Mann, der es sah, kam sich vor wie ein Folter=knecht, der einem Unschuldigen ein Geständnis entrissen hat.

KAPITEL 72

Ihre Brust war noch feucht vom Mund des Kindes. Mitten im Trinken war es eingeschlafen. Den Kopf schwer in die Armbeuge gebettet lag es da, mit halboffenen Lippen, unter den schwarzen seidigen Löckchen die winzigen Schweiß=perlen von der Anstrengung des Trinkens.
Auf der Truhe stand das Körbchen bereit. Hajat hielt das wollene Häubchen und die Decke, in die sie das Kind gleich einschlagen würde, schon in Händen. Caroline war, als begriffe sie erst jetzt, was sie da tun wollte.
Im Schatten des Türbogens wartete Chasid Beniir, in einen Umhang gehüllt, der auch Kopf und Gesicht verdeckte. »Es ist Zeit«, sagte er. »Eine Karawane wartet nicht.«
Caroline sah ihn schweigend an. Dann schüttelte sie den Kopf, als Hajat die Hände nach dem Kind ausstreckte Caroline preßte das Kind an sich. »Ich kann nicht! Ich gebe es nicht her. Nein!«
Chasid Beniir trat in den Raum. Er blickte zu seiner Frau und dann wieder zu Caroline. »Sinaide wird wie eine Mutte

zu dem Kind sein«, sagte er ruhig. »Sie wird in der Karwanserei von Timbuktu warten, bis Ihr nachkommt.«
»Und wenn die Karawane Timbuktu nie erreicht?« Der Gedanke an die Wüste, die ihr immer als ein Symbol der Freiheit erschienen war, machte sie jetzt zittern. »Wenn ich mein Kind nicht schützen kann – wie kann es dann eine Fremde?«
Chasid Beniir wußte, daß es keinen Sinn hatte, der jungen Frau zu widersprechen. »Ihr habt Angst. Ihr fürchtet, Euer Kind nie mehr wiederzusehen, und daß man es verwechselt. Ich stamme von Beduinen ab, bei uns wird jedes Neugeborene gezeichnet. Wollt Ihr es auch tun?«
Die Ruhe des Mannes hatte etwas Zwingendes. Die Trennung, die Caroline plötzlich wie Wahnsinn erschienen war, wurde wieder zu etwas Unumstößlichem. Chasid Beniir hatte einen kleinen damaszierten Dolch aus den Falten seines Gewandes gezogen.
Caroline zögerte einen Augenblick, dann legte sie das Kind vor sich auf die Laken. Sie streckte die Hand nach der Klinge aus. Wenn, dann wollte sie es selber tun, ehe ein anderer ihrem Kind Schmerz zufügte.
Der Mann fuhr über die Spitze der Klinge. »Das Kind wird nichts spüren.« Er schraubte den Silberknopf des Knaufs ab, schüttelte seltsame bunte Stäbchen aus dem Innern des Griffs. Er nahm ein dunkelviolettes und legte die andern zurück. »Damit müßt Ihr den Schnitt nachfahren. Das Mittel schließt die Wunde, und die Narbe wird sichtbar bleiben.«
Er reichte Caroline Dolch und Farbstäbchen. Sie hob das Hemdchen des Kindes auf, blickte auf die rosige Haut. Sie

erinnerte sich an das Mal der Schlange, den fünfzackigen Stern, den sie auf der Schulter trug, für immer. Vielleicht mußte alles so sein . . .

Das Kind zuckte nicht einmal, als Caroline oberhalb des rechten Knies den winzigen Stern in die Haut ritzte. Die gekreuzten Linien färbten sich im zarten Purpur des Blutes. Wie Chasid Beniir ihr gesagt hatte, fuhr sie mit dem violetten Stift darüber.

Das Kind war nicht aufgewacht. Die Ärmchen ausgebreitet lag es da, den Kopf ein wenig zur Seite, manchmal bewegten sich die Lippen. Durch die Lider, die zart und durchsichtig waren, schimmerten die Augen.

Carolines Blick ging zurück zu dem Zeichen. Etwas zog ihre Kehle zusammen. Ein Bild aus der Vergangenheit stand plötzlich vor ihr: Der Guckkasten im Kloster Monchique, in dem aus dem Nichts eine Szene aufgetaucht war: die Wüste, die Palme und darunter das nackte Kind mit dem Mal . . .

Es war ein Stern gewesen wie dieser, mit dem sie jetzt ihr Kind gezeichnet hatte. Damals hatte sie das »Fenster der Zukunft« für einen bösen Scherz der Mönche gehalten, aber jetzt schauderte ihr.

Sie wehrte sich nicht mehr, als Hajat das Kind aufnahm, es in die wollenen Tücher hüllte. Sie hätte es nicht selber tun können, ihre Hände hätten ihr nicht gehorcht.

Sie kam sich diesem Wesen gegenüber schuldig vor. Schuldig, daß sie es empfangen, schuldig, daß sie es geboren hatte und fortgab. Eine Fremde würde es nähren, in Schla wiegen . . .

Hajat träufelte dem Kind ein wenig Mohnsaft in den Mund Dann hielt sie Caroline das Körbchen noch einmal hin. Vo

Carolines Augen verschwamm alles. Tränen stürzten ihr in die Augen. »Giliane«, flüsterte sie. Dies alles geschah, um dem Kind das Leben zu retten — aber ihr war zumute, als hätte sie es in diesem Augenblick mit eigenen Händen getötet. Sie schlug die Hände vor das Gesicht, überwältigt von einem Kummer, der ihr das Herz zerriß.

KAPITEL 73

Sie hatte Chasid Beniir nicht gehen hören. Sie hörte nicht, als er zurückkehrte. In ihrem Schmerz vergraben, in den sie sich immer wieder selbstquälerisch zurückstieß, kauerte Caroline auf dem Lager.

»Die Karawane hat Abomey verlassen.« Chasid Beniir legte die Hand auf Carolines Schulter. »Euer Entschluß war weise. Es wird alles gut.«

Caroline ließ die Hände vom Gesicht sinken. »Sie soll dem Kind keinen Mohn geben! Warum darf es nicht schreien?« Es war das erste, was ihr, aus dem Dunkel des Schmerzes auftauchend, einfiel, und sie klammerte sich an diese Nichtigkeit.

»Sinaida ist eine gute Amme«, sagte Chasid Beniir in seinem mühsamen Französisch. »Ihre Milch ist kräftig. Das Kind wird gedeihen. Das andere muß Allah tun.«

Was Trost sein sollte, wühlte in Caroline nur den Schmerz von neuem auf. Sein Fatalismus schien ihr nichts anderes als ein Eingeständnis, daß die Gefahren, die ihr Kind in der Wüste erwarteten, nicht geringer waren, als sie es hier gewesen wären. Sechsunddreißig Tage würde die Karawane unterwegs sein, hatte er gesagt. Tage tödlicher Glut, Nächte eisiger Kälte, bedroht von Tieren, Räuberbanden . . .

»Ich habe in der Stadt herumgehorcht«, sprach Chasid Beniir weiter, »wegen des Fremden, auf den Ihr wartet. Ich glaube, ich habe eine Spur gefunden.«

Caroline sah auf. Hatte sie recht gehört? Chasid Beniir war zur Tür gegangen. Er schob den Teppich zur Seite, rief etwas hinaus. Ein farbenprächtig gekleideter Mann trat herein; auf seinem Kopf saß ein spitz auslaufender Turban; um größer zu erscheinen, waren seine gestickten Schnabelschuhe mit dicken Korksohlen versehen. »Das ist Jussuff, der Verwalter der Karawanserei«, stellte Chasid Beniir seinen Freund vor. »Er ist das Ohr von Abomey. Er hatte gestern einen ganz besonderen Kunden.«

Jussuff nickte eifrig. Sein Gesicht mit den Kinderbacken und den Fuchsaugen befand sich in dauernder Bewegung. Augenbrauen, Kinnlade, Lippen, Nase, die einzelnen Teile glichen einem wild durcheinanderspielenden Orchester, ir dem jedes Instrument eine andere Melodie hatte.

»Ein ganz besonderer Kunde, da hat Chasid recht«, begann er. »Ich will nicht klagen, aber solche Kunden sind wi Regen nach langer Dürre. Dieser da kaufte zwei Pferde, di besten, die ich hatte. Zwei Maultiere. Er nahm das gold gestickte Sattelzeug. Er kaufte das hochrote Riemenwer mit den goldenen Glöckchen, zu dem mich einmal mei Hochmut verführt hatte und das seit Jahren dalag, w eine Strafe Allahs. Und, beim Propheten, er fragte nic nach dem Preis.« Jussuff schien es ebensoviel Spaß machen, sein behendes Französisch herzuzeigen, wie sei

Ringe, deren Funkeln das lebhafte Gebärdenspiel seiner Hände begleitete.

Für Caroline war seine langatmige Schilderung eine Folter. Sie war froh, als er endlich eine Pause zum Atemholen machte. »Wer war der Fremde?« fragte sie. »Wie sah er aus?«

Der Händler breitete die Hände aus, warf einen Blick zum Himmel. »Er hat bar gezahlt, ohne zu handeln. Sagt das nicht mehr als ein Name.«

»Wie sah er aus?« unterbrach Caroline ihn ungeduldig. »Gesehen haben Sie ihn doch!«

»Der größte, magerste, knochigste Bursche, der jemals meine Karawanserei betreten hat.« Schwelgend im Gefühl seiner Wichtigkeit, merkte Jussuff nicht, wie die Frau erblaßte. »Der Sprache nach ein Kabyle«, fuhr Jussuff fort. Er griff in die Falten seines Gewandes. »Bezahlt hat er damit.« Das eine Auge zukneifend, öffnete er die Hand, in der ein Goldstück lag.

Mit klopfendem Herzen blickte Caroline auf die Münze, ein portugiesischer Crucedo! Eine Welle von Hitze schwemmte das Frösteln der Enttäuschung weg, das in ihr noch nachzitterte. War dieses Goldstück nicht das Zeichen, auf das sie so verzweifelt gewartet hatte! Es kam vom Herzog. Sie zweifelte nicht daran. Der Kabyle war nur ein Bote, weil er sich selber nicht in die Stadt wagen konnte; die Männer dieses Stammes galten als besonders gute und mutige Führer.

»Wo kann ich den Mann finden?« fragte sie.

Jussuff schloß die Hand um das Goldstück, ließ es verschwinden. Er zuckte mit den Achseln. »Beim Propheten, gesprächig war er nicht. Sein einziges Interesse galt der Totenfeier Don Santis. Darüber wollte er jede Einzelheit wissen.«

»Sonst nichts?«

Ein Erinnern blitzte in den Augen des Mannes auf. »Er muß in den Diensten eines Christen stehen. Er hat meinen kleinen Vorrat an Alkohol aufgekauft. Ein nachsichtiger Gott, der Gott der Christen . . .« Er verstummte, als er den strafenden Blick seines Freundes bemerkte.

»Es ist gut, Jussuff«, murmelte Chasid Beniir. »Du kannst gehen.«

Jussuff verneigte sich. Plötzlich fiel ihm noch etwas ein. Er blickte Caroline an. »Ich möchte schwören, daß der Kabyle morgen zu der Totenfeier in der Stadt sein wird. Er ist nicht zu übersehen. In ganz Abomey gibt es keinen so großen Mann.«

KAPITEL 74

In einen schwarzen Burnus gehüllt, das Gesicht hinter dichten schwarzen Schleiern verborgen, betrat Caroline den von Stimmen und Menschen brodelnden Ah=jah=ee=Platz. Die Mauern der Häuser waren hinter einem rotschwarzen Gobelin von Fahnen und Standarten verschwunden. Golden funkelte das Zeichen der Königswürde, der Leopard, und der geflügelte Stier der Santis. Auf einer blumengeschmückten Plattform thronte König Gezo inmitten seines Hofstaates. Davor stand der Katafalk Cesare Santis: ein riesiger schwarzer Stier aus Holz, mit goldenen Schnüren und Kordeln verschwenderisch geschmückt, der in seinem Innern den Leichnam barg. Sieben schwarze Stiere waren davorgespannt. Schwerer goldener Kopfputz türmte sich auf ihren Häuptern.

Die Hände, die sie hätten verraten können, unter dem Gewand versteckt, drängte sich Caroline durch die Neger. Seit dem Morgengrauen, seit die ersten Menschen hier auf den Platz geströmt waren, hielt sie Ausschau nach dem Mann, den Jussuff ihr beschrieben hatte.

Langsam ließ sie den Blick über die Menge gleiten. Das schwarze Gewebe der Gaze brach die Welt in lauter winzige Facetten. Oder war es der ohrenbetäubende Lärm, das Durcheinander von Trommeln, Flöten, Tamburinen und Menschenstimmen, das jede Wahrnehmung in Splitter zerfallen ließ.

Caroline stand nahe an der Plattform, hinter dem Spalier der Amazonen, die auf beiden Seiten den Weg säumten, bis nach Wydah hinunter. Schulter an Schulter standen sie da. Die kupferrot gefärbten Haare starrten wie Kränze aus Metalldraht unter den roten, grünen und blauen Kappen mit dem Alligator. Im pausenlosen Feuer ihrer Gewehrsalven würde der von den sieben Stieren gezogene Katafalk bis Wydah rollen, an den Strand des Meeres, wo ein riesiger Scheiterhaufen auf den Toten und die Opfer wartete.

Die Sklaven, die die flachen, wie kleine Boote aussehenden Opferkörbe mit den Kindern trugen, standen unmittelbar hinter dem hölzernen Stier. Der Hofstaat war unter dem Wald schneeweißer goldgestickter Sonnenschirme kaum sichtbar. Mitten darin thronte König Gezo, ein starres

weißgoldenes Schemen, über das die Schatten der Pfauenräder huschten, nicht der Mann, als den sie ihn kennengelernt hatte, sondern nur noch das Symbol einer Macht, die dem Tod mehr Ehre erwies als dem Leben.
Hatte sie ihn wirklich gekannt? Hatten die Arme dieses Mannes einmal ihren Leib berührt? Hatte sie den Toten gekannt, der im Bauch dieses Ungeheuers aus Holz lag? Sie kannte ihren Körper und seine Reaktionen. Sie wußte, wie es war, einen Wasserkrug auf der Schulter durch die Nacht zu tragen, ein Kind zu gebären. Das waren Erfahrungen, die ihr gehörten, die bleiben würden, wie eine in Stein gehauene Schrift. Aber was wußte sie von den Menschen? Von den Männern? Was wußte sie vom Herzog, ihrem Mann, dem Vater ihres Kindes? In dieser Stunde schien ihr, daß er der Mensch war, den sie am allerwenigsten kannte.
Sie wich zur Seite, von drei Weißen, die sich sporenklirrend eine Gasse durch die Menge bahnten, weggedrängt. Einer wandte den Blick, musterte sie. Es war der Blonde mit dem Feuermal am Hals, der Anführer der drei Männer, die sie aus dem Königspalast zu Don Santi gebracht hatten.
Caroline wurde es heiß unter den Schleiern. Sie hatte ihre Maske vor dem Spiegel geprüft. Kein Auge konnte diese dichten Schleier durchdringen. Aber dann sah sie die harten spöttischen Augen des Blonden, die an ihr hinunterglitten, auf ihre Füße fielen. Weiß und verräterisch standen sie unter den schwarzen Falten des Burnus hervor.
»Das ist sie«, hörte Caroline die Stimme des Mannes. Sie warf sich mit einem Aufschrei herum, stürzte davon.

Instinktiv rannte sie von der Mitte des Platzes weg, dorthin, wo die Menschen dichter standen. Mit beiden Händen erzwang sie sich einen Weg durch die Mauer nackter schwarzer Leiber, die sich immer wieder vor ihr aufrichteten, Hindernis und Schutz zugleich.
Plötzlich fiel ein Schatten über sie. Eine Hand umschloß ihren Arm, sanft und bestimmt, wie nur die Hand eines Freundes es tun konnte. Als Caroline den Kopf wandte, erkannte sie den Mann, den sie gesucht hatte: baumlang und knochig; ein fahlbraunes Gesicht mit der gebogenen Nase, den ausgehöhlten Wangen und den tiefliegenden Augen der semitischen Rasse.
Ganz von selbst schienen die Menschen vor ihnen eine Gasse zu bilden, als der Kabyle ihre Hand nahm, sie mit sich zog, an den Rand des Platzes, in den Wald von Fahnen und Standarten. In der dämmrigen Schlucht aus starrender Seide und rötlichen Lehmmauern eilten sie weiter, bogen in eine Gasse, schlüpften durch eine angelehnte Tür in ein Haus. Der Kabyle machte ihr ein Zeichen, keinen Laut von sich zu geben. Draußen kamen Schritte näher. Männerstimmen riefen durcheinander. Einen Augenblick blieb einer vor der Tür, hinter der sie Zuflucht gesucht hatte, stehen. Dann rannte er mit einem Fluch weiter. Auf das Gesicht des Kabylen trat ein Lächeln. »Wir wollen ihnen dankbar sein. Sie haben es mir leicht gemacht, Sie zu finden.«
Lautlos legte er den Riegel vor die Tür und bedeutete Caroline, ihm zu folgen. Durch eine qualmige Küche, auf deren Herd vergessene Brotfladen verkohlten, gelangten sie in einen winzigen, mit Brettern eingezäunten Hof. Schwarzweiß gesprenkelte Hühner flatterten auf. Vor einer ange-

pflockten Ziege lag eine Handvoll dürren Grases. Ein Schwein bildete eine einzige verkrustete Masse mit der ausgetrockneten Lehmsuhle, in der es vor sich hindöste.

Der Kabyle deutete auf die Leiter, die einen Schober hinaufführte. Er ließ Caroline vorausklettern. Sie wateten durch meterhoch liegendes Korn. Bei jedem Schritt stieg eine Wolke heißen trockenen Staubes auf.

Der Kabyle strebte geduckt auf das Giebelfenster zu, an dem ein primitiver Aufzug angebracht war. Ein Seil hing am Haus hinunter. Der Kabyle packte es, zwängte sich durch die Luke ins Freie. »Springen Sie einfach. Ich fange Sie schon auf.« Wieder lächelte er, als sei das ganze ein Spiel.

Caroline sah ihn verschwinden. Dann stand er unten, mit blitzendem Gebiß, verwegenen Augen. Caroline sprang ohne Zögern. In dem kleinen Geviert, das Zelttücher vor der Sonne abschirmten, saß eine alte Negerin in einem Berg weißer Federn, die sie mit einem Messer zerschliß. Sie sah entgeistert auf, als sie an ihr vorübereilten. Eine Eisentür schwang auf. In einem dunklen Gewölbe hingen frisch geschlachtete Schweine an Holzgestellen zum Ausbluten, den stumpfen Geruch warmen Blutes verströmend.

Caroline schloß geblendet die Augen, als plötzlich die volle Glut der Sonne auf sie herabstürzte. An den schneeweißen Mauern des weiten Hofes schäumte das Sonnenlicht wie Gischt auf.

Unter einem Vordach, das Schatten bot, standen zwei Pferde. Das fuchsbraune warf wiehernd den Kopf in die Höhe, als es den Kabylen erblickte. Noch im Laufen packte er Caroline, hob sie in den Sattel.

Der Kabyle wollte eben das zweite Pferd losbinden, als in der Toreinfahrt die Männer Santis auftauchten. Ein Schuß peitschte auf, traf das zweite Pferd. Mit einem Satz war der Kabyle bei Caroline, sprang hinter sie auf das Pferd. Er riß die Zügel so heftig an sich, daß der Fuchs in die Höhe stieg. Auf den Hinterbeinen herumwirbelnd, wandte es sich um, jagte durch den Hof, auf die Toreinfahrt zu. Nebeneinander stehend, versperrten die Männer Santis den Weg. Zwei konnten sich in letzter Sekunde zur Seite werfen. Den in der Mitte rissen die Hufe des Pferdes nieder.

Kaum die Erde berührend, flog der Fuchs dahin. Aber die Verfolger gaben nicht auf. Caroline hörte Hufschlag hinter sich immer näher kommen. Vor ihnen lag bereits das Stadttor. Der Kabyle zog etwas aus der Satteltasche; ein prall gefüllter Geldbeutel flog durch die Luft, auf die Torwachen zu. Sie gaben den Weg frei.

In den Donner der Hufe, der noch im Gewölbe des Tores nachhallte, mischten sich die Stimmen der Männer, denen die Wachen in den Weg getreten waren.

Caroline und der Kabyle hatten an die zweihundert Meter Vorsprung, als ihre Verfolger aus dem Schatten des Tores auftauchten.

Der Kabyle riß das Pferd herum, lenkte es auf den tiefen Graben zu, jenseits dessen die Steppe begann. Caroline hörte seinen Ruf, unverständliche Laute einer Geheimsprache zwischen ihm und dem Pferd. Unter ihnen gähnte der Graben, eine Schlucht aus Millionen stahlharter Dornen. Caroline lief es kalt über den Rücken. Das Pferd setzte zum Sprung an. Als hätte es nicht zwei Menschen, sondern Flügel auf dem Rücken, schoß es in einem weiten Bogen in die Luft. Erdklumpen und Grasbüschel flogen herum, als es aufkam. Die Mähne schüttelnd, fiel es in einen etwas langsameren Galopp. Aber das schien die Absicht des Kabylen zu sein. Er übergab Caroline die Zügel. Sie sah, wie die dunkle Hand des Mannes aus der Satteltasche eine Pistole zog.

Hinter ihnen wurde der Hufschlag der Verfolger lauter. Caroline spürte, wie der Kabyle sich im Sattel umwandte. Zwei Schüsse fielen, unmittelbar hintereinander.

»Nur noch einer!« Die Stimme des Mannes war siegestrunken. Er hatte die Zügel wieder an sich genommen. Ohne ersichtlichen Grund machte das Pferd plötzlich einen weiten Sprung, setzte über einen vom Wind zusammengetragenen Haufen Reisig und Gras, als wäre es ein Erdloch. Wieder peitschte ein Schuß auf, von ihrem Verfolger abgegeben. Caroline sah, wie die Hände des Kabylen sich fester um die Zügel schlossen. Er lenkte das Pferd zur Seite, unter die Bäume, die rechts auftauchten, und brachte es zum Stehen.

Der Kabyle saß ganz ruhig hinter ihr. Caroline wandte sich um. Der Verfolger würde sie gleich erreichen. Es war der Blonde. Sie sah in seiner Hand die funkelnde Waffe. Er war jetzt bei der kaum sichtbaren Erhebung im Sand angelangt, die Caroline für einen Reisighaufen gehalten hatte. Im selben Augenblick knickte das Pferd mit den Vorderhufen ein. Kopfüber stürzte es in die Fanggrube, die sich unter dem Reisig verbarg, den Reiter mit sich in die Tiefe reißend.

Der Kabyle starrte lächelnd hinüber, mit dunklen leuchtenden Augen, in denen das Leben funkelte, die Lust am

Kämpfen und Töten – aber auch schon der Tod. Die Zügel, die er eben noch straff gehalten hatte, glitten aus seiner Hand. Ohne einen Laut sackte er zusammen. Sein Oberkörper neigte sich zur Seite; er stürzte, nur ein Fuß, der sich im Steigbügel verfangen hatte, hemmte seinen Fall. Langsam, wie jemand, der sich erschöpft von einer übermenschlichen Anstrengung zur Ruhe legt, sank er in den hellen Sand.

KAPITEL 75

Caroline hatte den Leichnam des Kabylen mit seinem blauen Mantel zugedeckt. Der Einschuß der Kugel war kaum zu sehen in der schwarzen Stickerei des Mantels; unter der linken Schulter war sie eingeschlagen und in sein Herz gedrungen.

Das Gesicht auf einen Arm gebettet, lag er da, immer noch lächelnd, immer noch im Traum des Sieges befangen. Drüben in der Löwengrube, in die der Verfolger gestürzt war, herrschte Stille.

Caroline trat zu dem Pferd. *Murva* – der Name war das einzige, was sie von den Worten des Kabylen verstanden hatte. Sie schwang sich in den Sattel. Sie nahm die Zügel auf und ließ sie wieder sinken. Wohin sollte sie es lenken? Sie kannte das Ziel nicht. Sie neigte sich vor, legte die Hand auf den Hals des Pferdes. »Murva«, sagte sie leise. Sie konnte nur darauf hoffen, daß der Fuchs den Weg kannte. Das Pferd schüttelte die Mähne, warf den Kopf zurück, so wie es seinen Herrn begrüßt hatte. Dann setzte es sich in Bewegung.

Eine Weile trabte es am Saum des Gehölzes hin und schlug dann einen nur dem geübten Auge sichtbaren Saumpfad durch die dichter werdenden Bäume ein. Niedrige rosa=farbene Disteln bedeckten den Boden, an manchen Stel=len so dicht wie ein Teppich. Dazwischen liefen Tier=spuren, alle in derselben Richtung, alle dem Fluß zu, der plötzlich, eingebettet zwischen gelbblühenden Ufern, auf=tauchte.

Mit dem langen glänzenden Schweif nach den Insekten schlagend, die in summenden Trauben über dem Wasser hingen, setzte das Pferd auf die andere Seite. Caroline zog ihre nackten Füße aus dem Steigbügel unter die Falten des Gewandes. Die Bewegung kostete sie Mühe, und erst in diesem Augenblick wurde sie sich der langsam aus ihrem Leib sickernden Wärme bewußt. Es war kaum ein Schmerz. Sie erschrak auch nicht darüber. Es war nur, als wiche mit dem Blut auch jede Spannung aus ihrem Körper.

Eine tiefe Gleichgültigkeit kehrte in sie ein. Die fiebernde Erwartung, was sie am Ende dieses Weges erwarten würde, erlosch. Nicht einmal ihre Phantasie, mit der sie sich den Augenblick des Sich=Wiederfindens so oft ausgemalt hatte, belebte sie. Es war, als hätte sich nach den allzu oft ge=täuschten Hoffnungen ihre Fähigkeit zur Freude erschöpft.

Immer mehr verbreiterte sich der Fluß. Schilf wuchs in die seichten Ufer hinein, Libellen, groß wie Kolibris, saßen auf leuchtend blauen Blüten; ihre geäderten Flügel verschmolzen mit den Blüten zu einer neuen bizarren Blume.

Irgendwo, jenseits der Bäume, klang der rauhe Ruf eines Raubvogels auf.
Das Pferd blieb stehen. Es hob den Kopf, wieherte. Ein Knacken lief durch das Dickicht. Ein Araber trat zwischen den Bäumen heraus, in einen weißen Burnus gehüllt, der nur seine Augen freiließ. In dem roten breiten Gürtel steckten Dolch und Pistole. Wortlos trat er zu dem Pferd, hielt ihm in der offenen Hand Datteln hin, streichelte es. Seine schwarzen, in Runzeln gebetteten Augen sahen kurz zu Caroline auf, blieben einen Moment an ihren weißen Händen hängen, die müßig auf dem Knauf des Sattels lagen. Er nahm das Pferd an der Trense.
Die Bäume rückten noch dichter zusammen. Um die Stämme hatte silbriges, violett blühendes Moos schwellende Kissen gebildet. Sonnenflimmer spielten darüber. Nur die Natur schien in dieser Stunde Empfindungen in Caroline hervorrufen zu können. Ihre Stummheit tat ihr gut. Friede ging davon aus, ein Friede, wie der Mensch ihn nicht kannte, den er auf ewig verloren hatte, als er zu denken begann.
Die Helligkeit nahm zu. Breite goldene Streifen zogen sich durch die Stämme. Eine Lichtung öffnete sich. Vor einem Zelt brannte ein Feuer. Ein kupferner Kessel hing darüber, ein leerer Spieß. Im Eingang des Zelts tauchte ein zweiter Araber auf. Die Männer wechselten ein paar Worte. Der Mann, der sie hierhergeführt hatte, reichte ihr die Hand.
Caroline schwang sich aus dem Sattel. Sie spürte, daß die Blutung zum Stillstand gekommen war. Immer noch tief verschleiert, stand sie da. Der Boden unter ihren Füßen strahlte Wärme aus. Die Luft, die sie umgab, schien flüssige Glut. Und doch fror sie plötzlich.

Stumm deutete der Araber dorthin, wo die Lichtung sich abwärts neigte, wo der Flußlauf sich weitete und wo, aus dem Spiegel des Wassers, die Silhouette eines Mannes auf=ragte ...

Ein breitrandiger Hut aus ungebleichten Pflanzenfasern verbarg sein Gesicht. Mit nackten Beinen stand er in dem Quelltümpel, der den kleinen See und den Fluß mit seinem Wasser speiste. Das flache klare Wasser wimmelte von rot=geschuppten Fischen. Die weiten Ärmel seiner weißen Sei=denbluse flatterten, als er den Arm hob. Die Spitze eines zweizackigen Speers blinkte in der Sonne. Eine glitzernde Fontäne spritzte auf, als er zustieß, der Speer in den Rücken des Fisches drang.
Caroline war froh, daß der Sand das Geräusch ihrer Schritte verschluckte, daß der schwarze Schleier ihr Gesicht ver=hüllte.
All das würde ihr helfen in den Augenblicken, die vor ihr lagen; auch die Weite der Wüste, deren Saum man von hier aus schon ahnte, die gegenwärtig war durch ihren heißen trockenen Atem. In einem Raum hätte sie Angst gehabt, ihm gegenüberzutreten, Angst zu ersticken, er=drückt zu werden von der Lawine angestauter Gefühle. Aber hier war die Natur so stark, daß der Mensch und alles, was ihn bewegte, nichtig wurde.
Die Oberfläche des Wassers hatte sich beruhigt. Den Fisch mit dem Speer aus dem Wasser ziehend, drehte der Mann sich um. Er rief den Dienern einen Befehl zu, aber plötzlich gehorchte ihm die Stimme nicht mehr.
Wie versteinert stand Caroline da, lauschte auf die fremde

Stimme, starrte auf das unter der Krempe des Hutes im Schatten liegende Gesicht.

Es war Ramon Sterne, der dort stand! Caroline war zumute, als hörte sie auf zu leben. Sie war nur noch ein hohles Gefäß, in dem sich der Atem der Wüste fing, zu einem lauten Rauschen anschwoll. Alles, was sie einmal gewesen war, Kraft, Mut, Hoffnung, Liebe, schien es nicht mehr zu geben.

Nicht einmal Fragen! Ob dem Herzog etwas zugestoßen war – sie wollte es nicht wissen! Etwas schlimmeres als daß nicht er es war, der dort stand, konnte sie sich nicht vorstellen. Nicht einmal die Nachricht von seinem Tode könnte sie tiefer treffen. Und wenn er lebte, wenn etwas anderes ihn abgehalten hatte – so wollte sie auch das nicht wissen. Sie stand da, starrte durch die schwarze Gaze ihres Schleiers, die ein Netz von feinen Sprüngen über die Welt zog, wie es alte Bilder trugen. Sie riß den Schleier vom Gesicht, streifte den Schal vom Kopf.

Ramon Sterne hatte den Fisch in den Sand geworfen. Er war glücklich gewesen über diesen Auftrag des Herzogs. Jeden Tag dieser gefahrvollen Irrfahrt der letzten Monate war er glücklich gewesen, weil seine unselige Liebe zu dieser Frau plötzlich einen Sinn bekommen hatte. Dort stand sie. Sie lebte. Er war nicht zu spät gekommen, wie er in den letzten Stunden des Wartens immer wieder befürchtet hatte. Aber mit viel größerer Furcht wartete er jetzt auf ihre Reaktion. Obwohl seine Liebe sich nie Hoffnungen gemacht hatte, wußte er, daß ihre offen gezeigte Enttäuschung, nicht den Herzog, sondern ihn hier zu finden, ihn tief treffen würde.

Zögernd tat er einen Schritt auf sie zu. Er wollte etwas sagen, aber er blieb stumm. Es war, als stünde er einem Wesen gegenüber, das mit Menschen nichts mehr gemein hatte. Ihr Gesicht verriet ihm nichts von ihren Gefühlen. Das Antlitz dieser Frau schien ihm unwandelbar wie Marmor. Die Augen waren nichts als schattiges, ins Violett spielendes Grau. Sie fragten nicht, sie sprachen nicht, sie blickten in in das grelle Licht, als könnte es sie nicht blenden.

Ihre Blicke begegneten sich. Einen Moment glaubte Ramon Sterne etwas Wildes in diesen Augen zu sehen. »Der Herzog hat mich geschickt«, sagte er schließlich, nur um die schreckliche Stille zu unterbrechen.

»Er lebt also?« sagte sie. »Er ist nicht tot.«

»Er konnte nur einen Fremden schicken, einen Mann, den Don Santi nicht kannte . . .«

Caroline unterbrach Ramon Sterne mit einer schroffen Bewegung ihrer Hand. Ihr Verstand, das erste, was nach dem Schock wieder zu arbeiten begann, sagte ihr, daß nur so ihre Rettung möglich geworden war. Sie erinnerte sich an Cesare Santis Worte, an seinen Spott, daß der Herzog einfach durc seine Liebe zu ihr diesen Kampf verlieren mußte. Cesar Santi hatte seinen Gegner unterschätzt. Er war es, der to war, der Herzog lebte.

Aber mit dem Herzen dachte Caroline anders. Für ihr Her zählte nur das eine: daß er nicht da war. Sie lebte, sie wa gerettet, aber diese Errettung schmeckte bitter. Es schie ihr, daß es nichts gab, das sie tiefer hätte schmerzen kö nen, als daß nicht seine Liebe es war, die sie errettet hatt sondern sein Verstand.

Ihr Herz revoltierte gegen diesen neuen Aufschub. S

konnte nicht noch einmal beginnen zu warten. Sie bestand nur noch aus dem grausamen Schmerz getäuschter Hoffnung. Sie raste gegen sich selbst und gegen den, den sie liebte.

Ihr Blick fiel auf die im Sand liegenden zweizackigen Speere. Sie bückte sich darnach, nahm einen auf, trat damit an das Ufer des Tümpels. Rotgeschuppt, mit großen durchsichtigen Flossen, die in der Strömung spielten, standen die Fische im Wasser. Hin und wieder stiegen Luftblasen an die Oberfläche, zerplatzten. Sie hob den Speer.

Das Wasser spritzte auf, als sie zustieß, als die Spitze in den Leib des Fisches eindrang. Sie nahm den nächsten Speer, stieß wieder zu. Sie konnte nicht aufhören, bis das Wasser sich trübte vom aufgewirbelten Sand und vom Blut der Tiere.

Sie wußte nicht, warum sie es tat. Sie wußte nicht, wem dieser Haß galt, der sie dazu trieb zu zerstören, zu töten. Zu vieles war in ihr, für das es kein Vergessen geben würde und das sie doch nicht länger mit sich herumtragen konnte. Er allein hätte es von ihr nehmen können. Aber er war nicht da. Sie mußte es selber töten, wenn sie weiterleben wollte.

Ramon Sterne stand daneben, betroffen von diesem Ausbruch von Grausamkeit; und doch konnte er den Blick nicht von dieser Frau wenden, fasziniert von diesem neuen Gesicht, fasziniert von einer geheimen Verwandtschaft.

Caroline sah zu, wie die arabischen Diener die Fische aus dem Wasser zogen. Sie ließ den letzten Speer sinken. Sie blickte in das rotgefärbte Wasser, und es war ihr, als hätte eine andere das getan.

Ein Gefühl der Befreiung stieg allmählich in ihr auf. In den Monaten, die hinter ihr lagen, war die Liebe zu einer Erinnerung verblaßt. Diese Stunde hatte sie wieder freigelegt. Noch war sie Schmerz, aber schon erhob sich etwas anderes aus diesem Schmerz, plötzlich und triumphierend, wie die Lerche aus der Erdscholle in den Himmel steigt . . .
Sie wandte sich zu Sterne. Sie wußte nicht, daß um ihre Lippen ein Lächeln lag. »Wann reiten wir?« sagte sie.

Vor der kleinen Karawane dehnte sich endlos die Wüste, auch im sinkenden Tag ein flammendes Lichtmeer, über das sich kein Himmel, sondern irisierende Leere wölbte.
Zwei Kamele mit buntverschnürten Ballen auf dem Rücken zogen in ihrem eigenartigen schwankenden Schritt voran. Von den beiden Arabern, die sie führten, waren nur die Augen, die Hände und die kräftigen nackten Füße zu sehen. Dahinter folgten zu Pferd, wie arabische Handelsmänner gekleidet, Caroline und Sterne.
Die Vermummung war Sternes Einfall gewesen. Aber er hatte dabei nicht nur an mögliche Verfolger gedacht. Ramon Sterne hatte gehofft, daß dieses männliche Gewand ihm helfen würde, die Gegenwart der Frau leichter zu ertragen. Nicht die Wüste machte ihm Angst, nicht die vielen hundert Meilen vor ihnen — sondern allein diese Frau. Er wußte jetzt schon, daß diese männlichen Kleider, die sie trug, ihm nichts von dem Kampf mit sich selbst ersparen würden.
Die Araber hatten die Kamele angehalten. Der Führer kniete am Boden, tastete mit seinen dunklen Händen den Sand ab. Als er sich erhob, sagte er: »Nur eine Karawane, die gestern nacht hier durchgekommen sein muß.«

Jetzt sah auch Caroline die Spur. Weich, wie von den Füßen des Windes gezogen, führte sie in einem Bogen durch die Sandwellen und verschwand in der Unendlichkeit.
Hier war das Tier gegangen, das ihr Kind trug, und Sinaida, die fremde Amme, die es in den Armen hielt. Es war wie ein Sog, der sie erfaßte. Es war der Ruf dieser Spur. Der Ruf eines Kindes — und eines Mannes.
Die Tiere hatten sich wieder in Bewegung gesetzt. Die Glöckchen des Zaumzeugs klingelten. Der Saum der Steppe hinter ihnen verschwand. Nichts mehr als wogende Fläche umgab sie.
Die Unendlichkeit der Wüste hatte nichts Beängstigendes für Caroline. In ihr war etwas, das schrecklicher war als diese Glut und tödlicher als diese Unendlichkeit. Und sie wußte, sie würde davon erst genesen, wenn er sie in die Arme schloß — wenn endlich das Grübeln über das grausame Rätsel der Liebe zu Ende wäre . . .